# 二条院讃岐全歌注釈

小田剛

和泉書院

# 目次

# 凡例（含、参考文献）

一、本書は、百人一首九二の名歌「我袖はしほひに見えぬおきの石の人こそしらねかは《わ》くまもなし」（新版『百人一首』平成11年）によって、後世「沖の石の讃岐」の異名を取った、源三位頼政の娘である二条院讃岐（永治元年（1141）頃〜建保五年（1217）頃）の全歌の注釈である。

二、讃岐の歌の本文については、1〜98は、宮内庁書陵部蔵の「讃岐集」（図書寮、3390、1冊、511―21。国書門、桂宮本、歌書、一冊、98号）、なお1〜98の歌番号は、『新編国歌大観　第四巻私家集編II定数歌編』に基づいた。さらに99〜167は、古典文庫133『小侍従集　二條院讃岐集』（森本元子校）によった。99〜155の「五十七首、桃園文庫本による。他本なし。」（古・153頁）、156、157の「二首、東大本による。谷山本・類従本・掬翠院本にもある。」（古・159頁）、158〜162の「五首、掬翠本による。他本なし。」（古・159頁）、163〜167の「勅撰集に入るものの内、上に洩れた歌」（古・160頁）、5首（（一）〜（五））である。そして、その他の「出詠歌合・百首歌等」168〜363のうち351までは、古典文庫（236、237頁）に従って挙げていった。すべて『新編国歌大観』に本文、番号とも拠る。

　1〜98の翻刻の方針としては、原本に忠実であることを旨としたが、濁点を付した。ただし読み易さを考慮して、適宜、（　）内にヨミなどを付した。底本の歴史的仮名遣いの誤りはもとのままとしたが、巻末の和歌の自立語や五句索引は訂正したものを用いた。これは99〜167も同様である。

三、注釈は、【本文】、【校異】、【語注】、【(口語)訳】、【本歌・本説】、「補説・参考事項・参考・類歌」（＝▽）の順とした。また各歌の〝移り変り〟にも留意して、▽の初めに指摘しておいた。さらに【参考】は、勅撰集において①7千載集、私撰集において②10続詞花集、私家集において③129長秋詠藻（俊成）、定数歌集において④30久安百首、歌合、歌学書、物語、日記等において⑤174若宮社歌合〈建久二年三月〉あたりまでとした。【類歌】は、それ以後――①8新古今集、②11今撰集、③130秋篠月清集（良経）、④31正治初度百首、⑤175六百番歌合より――である。

1、詞書（題）についても、【訳】は〈　〉として付したが、あまりにも自明なもの（例、「返し」など）は除いた。

2、校異の略称については、次の如くである。

（二條（条）院）讃岐集（底本―第一類）

河…今治市河野信一記念文化館本（C9153）、一冊（文明一六・1484年写、光経集他と合）――第二類（＋2首（新古今））

冷…冷泉家時雨亭文庫蔵本、第二十六巻『中世私家集二』11（鎌倉時代中期写「仮名書きの部分が多く、本来の原初形態をよくとどめていると考えられる。」（「解題」36頁））――第一類

多…多和文庫（C10387）、一冊――第一類

書…宮内庁書陵部本（501―212）、一冊――第一類

東…東大国文（C1304）、一冊――第二類（＋2首（新古今））

高…「国立歴史民俗博物館」（「高松宮家伝来禁裏本」）、1408、ム―88、一冊（「幸仁」「明暦」御印）――第一類

関…関西大学図書館蔵本（911・208、W2、4）一冊（解説の「二、諸本、伝本」に〔付記〕として触れてある）――第一類

以下は活字本であり、前述の右の諸本と重複するものもあるが、参考のため校異に加えることとする。いう

までもなく重複するものは、前述の諸本を優先した。

私…『私家集大成　中世Ⅰ』35讃岐・讃岐集（書陵部蔵　五一一・二一）＝1〜98の底本と同じ

古…古典文庫133『小侍従集　二条院讃岐集』

国…『新編国歌大観　第四巻私家集編Ⅱ定数歌編』の12「二条院讃岐集」

――『古典文庫』の「二條院讃岐集」の第一類は「桂宮本（底本）」（＝私、国）、書＝「図書寮本」、「彰考館文庫本」、第二類は「京大図書館本」、「桃園文庫本」、「東大所蔵本」、「谷山茂蔵本」、「群書類従所収本」、「掬翠院旧蔵本」である。

3、勅撰集の本文については、おおむね『新編国歌大観　第一巻勅撰集編』に拠った。が、後述の「新大系」に基づいた歌もある。

4、略称は以下の如くである。

歌題索引…『平安和歌歌題索引』（瞿麦会編）

歌枕索引…『平安和歌歌枕地名索引』（大学堂書店）

古代地名索引…『日本古代文学　地名索引』（ビクトリー社）

歌枕辞典…『歌枕歌ことば辞典〈増訂版〉』（笠間書院）

歌ことば大辞典…『歌ことば歌枕大辞典』（角川書店）

旧大系…岩波書店刊の「日本古典文学大系」のシリーズ

新大系…岩波書店刊の「新　日本古典文学大系」のシリーズ

古典集成…新潮社刊の「新潮日本古典集成」のシリーズ

古典全集…小学館刊の「日本古典文学全集」のシリーズ

歌学大系…風間書房刊の「日本歌学大系」のシリーズ
和泉…和泉書院刊の「和泉古典叢書」のシリーズ
私注…『二条院讃岐とその周辺』（森本元子）「二条院讃岐集　私注」
式子全歌注釈…『式子内親王全歌注釈』（和泉書院）
守覚全歌注釈…『守覚法親王全歌注釈』（和泉書院）

○参考文献及び略称

『國學院雑誌』明治45・1912年5月號、「二條院讃岐考」櫻井秀…戦前唯一の論文
『新古今の歌人』谷山茂（昭22・1947年12月）、後『谷山茂著作集五　新古今集とその歌人』「新古今の歌人」（昭58・1983年12月）に所収
『国語国文』「新古今歌風形成への道――讃岐と大輔と小侍従と――」島津忠夫（昭33・1958年1月）…後『島津忠夫著作集　第七巻』（平17・2005年6月、和泉書院）所収、後著の頁による…『島津』
古典文庫133『小侍従集　二条院讃岐集』森本元子校（昭33・1958年8月）…『文庫』
『国文学（学燈社）』4―4〈〈平安女流歌人の探求〉〉、「二條院讃岐」安田章生（昭34・1959年2月）…「安田」、後『新古今集歌人論』「二条院讃岐」（昭35・1960年3月）所収
『解釈と鑑賞』25―9〈〈平安女流文学者総覧〉〉、「二条院讃岐」木越隆（昭35・1960年8月）…「木越」
『国文学』10―12〈〈私家集のすべて〉〉、「小侍従・讃岐・殷富門院大輔とその家集」森本元子、糸賀きみ江（昭40・1965年10月）、後、森本『私家集の研究』所収…「森本、糸賀」
『私家集の研究』「II　「二条院讃岐集」とその作者」森本元子（昭41・1966年11月、明治書院）
『国文鶴見』4号、「新古今入集の当代女流歌人の歌」間中富士子（昭44・1969年3月）…「間中」

『山口女子短大研究報告』24号、「中世女流歌人論――二條院讃岐――」福田百合子（昭44・1969年12月）…福田「中世」

『武蔵野文学』19、「二条院讃岐」糸賀きみ江（昭46・1971年12月）、後『中世の抒情』（昭54・1979年、笠間書院）所収…「糸賀」

『帝塚山大学論集』第4号、「二條院讃岐の「沖の石の」詠について」脇谷英勝（昭47・1972年9月）…脇谷「沖の石の」

『帝塚山大学紀要』第10輯、「二條院讃岐の世界――自然詠を中心として――」脇谷英勝（昭48・1973年12月）…脇谷「自然」

『私家集と新古今集』「Ⅷ　二条院讃岐集」264〜268頁、森本元子（昭49・1974年11月、明治書院）

『香椎潟』10・21、「二條院讃岐集考」古城明美（昭50・1975年6月）…「古城」

『相模女子大学紀要』40巻、「千五百番歌合と女流㈠」森本元子（昭52・1977年2月）

『武蔵野女子大学紀要』12、13号、「二条院讃岐とその周辺――転換期の女流たち――㈠㈡」（昭52・1977年10月、昭53・1978年3月）

『国文学』〈〈鑑賞・日本の名歌名句1000〉〉、（昭52・1977年11月、臨時、126頁、糸賀きみ江）

『相模女子大学紀要』41巻、「千五百番歌合と女流㈡――『優』と『えん』について――」森本元子（昭53・1978年2月）…森本「千五百㈡」

『東洋』15巻―11号、「古注・新注数種対照　小倉百人一首　演習ノート（96）――（九十二）二条院讃岐――」神作光一

『中世文芸論稿』5、「『新勅撰和歌集』における二条院讃岐の歌――『千五百番歌合』からの入集歌について――」高畠望（昭54・1979年5月）…「高畠」

『解釈』25―11、「（古典の新視覚）「かたらふ女友だち」――私家集の女流たち（七）――」森本元子（昭54・1979年11月）…森本『解釈』

『相模女子大学紀要』43巻、「千五百番歌合と女流㊂――二条院讃岐に関して――」森本元子（昭55・1980年2月）、後『讃岐』所収

『新古今和歌集一夕話』百目鬼恭三郎（昭57・1982年6月、新潮社）

『二条院讃岐とその周辺』森本元子（昭59・1984年3月、笠間書院）…『讃岐』

『日本文芸学の世界（實方清博士喜寿記念論集）』、「中世女流歌人の世界」福田百合子（昭60・1985年4月、弘文堂）…福田『實方』

『語文（日大）』63、「二条院讃岐の歌風について」吉野多佳子（昭60・1985年12月）…吉野「歌風」

『古典論叢』12号、「二条院讃岐の歌風について――正治・建仁期を中心に――」吉野多佳子（昭62・1987年12月）…吉野「正治」

『平安後期歌人伝の研究〈増補版〉』井上宗雄（昭63・1988年10月、笠間書院）…『井上』

『語文（大阪大）』59号、「新古今歌人の十如是の和歌について――九条家の舎利講を舞台として――」谷知子（平4・1992年10月）…「谷」

『女房三十六歌仙の抒情』「二条院讃岐」田中阿里子（平5・1993年10月、京都新聞社）

『古典論叢』25号、「正治初度百首における二条院讃岐の歌――本歌取りと当代歌摂取をめぐって――」長澤さち子（平7・1995年8月）…長沢「正治」

『和歌文学研究』第72号、「千五百番歌合における二条院讃岐の歌――古典摂取と同時代からの影響について――」長澤さち子（平8・1996年6月）…長沢「千五」

『正治百首の研究』山崎桂子（平12・2000年2月、勉誠出版）…山崎『正治』
他、『日本古典文学大辞典』（昭60・1985年2月完結、岩波書店）、『和歌大辞典』（昭61・1986年3月、明治書院）、『平安時代史事典』（平6・1994年4月、角川書店）、『国史大辞典』の「二条院讃岐」「二条院讃岐集」「二条院讃岐集（注釈）」、「讃岐・正治初度百首（注釈）」重田仁美

[1] [2]

[3]だいりに[4]やなぎたれりといふことを

1　[5]あをやぎのなびく[6]しづ[7]えに[8]はきてけり[9]ふく[10]春風やともの[11]宮つこ

【校異】 1表紙—底本、左上側「讃岐集」、右上「国（書門）」、桂宮本／歌書、一冊、第九十八号」（ラベル）、右下「図書寮、3390号、1冊、511—21」（ラベル）、内題ナシ。書、まん中上「二條院讃岐集」、右上「国（書門）」、第六十号、歌書、一冊」、右下「図書寮、2325号、1冊、501—212」。[A]「二條院讃岐集」（河、冷、多A「条」、東、高、関）。表紙裏まん中「二條院讃岐集」（冷、書）。表紙裏に「清瀧の御墓にまいり…」の張紙あり（多）。2一頁目、右上、底本・書「図書寮印」（ハンコ）。一行目「二條院讃岐集」（高）、「二条院讃岐集　頼政娘」（河、東、関（「頼政娘」は右端に））、「香木舎文庫」（多。ハンコ）。3だいり—内裏（河、冷、書、東、高、関）。4やなぎたれり—柳垂（河、東、高、関、「二」（古））。5あをやぎ—青柳（河、多、東、高、関）。6しづえ—下枝（河、東、高、関）。7えには—枝を《ヒ》わ《は》（多）。8は—わ《ハ賦》（河）。「はきて—分て掬」（古）。9ふく—吹（河、多、東、関）。10春風—はるかせ（冷、書）。11宮—みや（冷、書）。

【語注】 **○題**　「内裏垂柳《(ママ)》」は、「讃岐1」のみの珍しい歌題（歌題索引）。**○やなぎ**　「「柳」の和歌表現には漢詩文の影響が濃い。」（歌枕辞典）。**○なびくしづえ**　④30久安百首1109「みどりなる浪のよるかとみゆるかな川ぞひ柳なびくしづえは」（春、上西門院兵衛）。「しづえ」は八代集七例、初出は後拾遺75。**○はき**　八代集四例、初出は拾遺61。**○ともの宮つこ**　この語は八代集一例のみ・拾遺1055「殿守の伴の御奴心あらばこの春許朝ぎよめすな」（雑春「延喜御時、南殿に散り積みて侍ける花を見て」源公忠朝臣。①3′拾遺抄397。②6和漢朗詠集132）・「絶賛を博した説話となって伝えられる名歌」（新大系・拾遺1055）。

【訳】 青柳が風に靡いている下のほうの枝によって掃いていることだよ、吹いている春風が殿守の伴の御奴なのだろうか。〈「宮中に柳が垂れている」ということを（よんだ歌＝「よめる歌」）〉

▽〝春〟歌。が、通常の立春の歌から始まらない。この歌は特に「内裏」を寿ぐといった趣でもない。青柳の靡く下枝を箒、春風を伴の御奴にたとえ、宮中の庭を掃いている様に見立てる。つまり風に靡く柳の下枝を歌って〝（讃岐）集〟を歌い始める。後述の如く二条院の思い出を巻頭に据えたか。三句切、体言止。同じ讃岐詠・161に、⑤197千五百番歌合255「はるのいけのみぎはのやなぎうちはへてなびくしづえにをしぞたつなる」（春二、左。②16夫木768）がある。

3参照。

【参考】 ③96経信23「のどかなるかぜのけしきにあをやぎのなびくぞはるのしるしなりける」（「柳を」。②15万代154）

③129長秋詠藻211「春くれば玉の砌をはらひけり柳のいとやとものみやつこ」（中「同〔保元四年の〕春内裏御会に、禁庭柳垂といふ心を」。①14玉葉93。②16夫木812）

⑤10亭子院歌合25「めにみえで《て》かぜは《も》ふけども《かねど》（続）あをやぎのなびくかたにぞはなはちりける」（春、躬恒。①16続後拾遺115）

【類歌】 ④22草庵82「青柳のなびくをみればのどかなる春とて風のふかぬまもなし」（春上「…、柳風」）

「太宰大弐重家集「内にて禁庭柳垂といふ題を」の詠と同じ折の作か。」（古）、「保元四年（一一五九）の詠か。第一章三参照。」（私注）・『讃岐』12頁・③118重家2「にはのおもはひまなくはらふあをやぎにまかせてをみよとものみやつこ」（「又内にて、禁庭柳垂といふ題を」）。

3の「その後まもなくであろう、内裏に再び歌会があって、「禁庭柳垂」の題が講ぜられた。」（久保田淳『新古今歌人の研究』310頁）。このことは詳細に以下に述べられる。「俊成・範兼〔私注―俊成歌は、【参考】。範兼歌は、前述の③

118重家、2の間違いと思われる〕・二条院讃岐の三人が同一の古歌を本歌取していることである。その本歌は、／延喜…／とのもり…／である。「禁庭柳垂」の題で三人が一致してこの歌を本歌とした背後には、次のような心理が働いていたことを想像してよいのではないであろうか。まず、先に披講された「花有喜色」〔私注―3の題〕の「花」はもとより内裏の花であるから、南殿の桜を詠じた公忠の歌は既にその折に想起しやすかった筈である。但し、それは落花の状態を捉えた花の歌であった。「花有喜色」の題が出された時点ではおそらく桜は満開の状態であったのであろうし、又、初度の御会で庭に散り敷いた花の美しさを詠じた公忠の歌を利用することは意識的に避けられたに違いない。が、「禁庭柳垂」の題が披講されたのはそれからやや時日が経過して、内裏の花は公忠の歌の通り散り敷いていたのではないであろうか。そこで、垂柳を落花を掃き清める「とものみやつこ」に見立てるという共通の発想が、前の題の折から公忠詠を思い起していた三人の作で顕現したのではないかと想像してみるのである。ともかく、このように着想が一致した以上、表現の巧みさが競われることになる。」（久保田淳『中世和歌史の研究』225、226頁）。



[1]せきぢのかすみ

2　[2]我《(われ)》[3]もさぞ[4]しらせで[5]すぎば[6]見えざら[7]ん[8]かすみにまがふ[9]ふはの[10]さ《せ》きもり

【校異】　1せきぢのかすみ　關路霞（河、東、高、関）、「「関路霞」二」（古）。2我―われ（冷、書）。3も―は（東、関、「二」（古））。もさ―はた《さ》（河）、は《本》さ（高）。4しらせで―「しゝをて東谷」（古）。5すぎ―過（河、多、東、高、関）。6見―み（河、高、関）。7ん―む（多、冷、書、高）。8かすみ―霞（河、東、関）。9ふは―不破（河、東、高、関）。10さ《せ》―せ（冷、書、国）。さ《せ》きもり―せき守（多）、關守（河、東、高、関）。

【語注】 ○せきぢのかすみ 「関路霞 月詣676（伊余）／覚性21・讃岐2・実国3・重家206・俊恵46」（歌題索引）。後述の重家206以外は、題・詞書は「関路霞」のみで、作歌事情は不明。③116林葉（俊恵）46「何とこはおと羽の山のゆふ霞人めばかりのせきかたむらむ」（春歌「関路霞歌林苑」）。○我もさぞ ④26堀河百首827「きりぎりす秋のうければ我もさぞながき夜すがら鳴きあかしつる」（秋「虫」基俊）。○さぞ 八代集一例・後拾遺596「思ひやるあはれなにはのうらさびて蘆のうきねはさぞなかれけん」（哀傷、伊勢大輔）、他「さぞな」四例。紫式部日記「ほのかなるけはひをも見えじ。ほかの人は、さぞ侍らざなる。」（新大系307頁）。2は第三句「見えざらん」にかかる。○かすみにまがふ ①2後撰1242 1243「菅原や伏見のくれに見わたせば霞にまがふをはつせの山」（雑三「ふしみと…」よみ人しらず。②4古今六帖844）。○ふはのせきもり 八代集にない。が、「不破の関路・屋」は八代集三例。④29為忠家後度百首44「みるほどにひととまりけりいはでただ花にまかせよふはのせきもり」（「関路桜」）。⑤161建春門院北面歌合17「みるからにとまらぬ人ぞなかりける散る紅葉ばやふはの関守」（「関路落葉」左持、盛方朝臣）。

【訳】 私もきっと、知らせないで通り過ぎたとしたら、（必ず）見えはしなかったであろう、霞に見紛った不破の関守は。〈関路の霞〉

▽前歌同様三句切、体言止。が、倒置法。「内裏」（題・都）→「不破の関（守）」（美濃の歌枕）。「内裏垂柳」（題）→「関路霞」（題）。「風」→「霞」、「伴の御奴」（末句）→「我」「（不破の）関守」（末句）。私が知らせなかったら、霞のせいで関守は、私が見えなかったであろう、即ち、人をとどめるのが任務であるのに、それを果たせないと歌う。花、霞ともとれるが、2首目という位置、また左の重家歌から、純粋の霞のみとする。さらに、私もまた、関守が知らせないでいたら、（関が）見えなかったであろう、霞の中に見まがう不破の関（守）であるよ、ともとれる。
「重家集「内御会関路霞」の詠と同じ折の作か。」（古）、「応保二年（一一六二）の詠か。」（私注）・『讃岐』14頁・③118重家206「はるがすみたちへだつれどきよみがた関もるなみのおとはかくれず」（同御会「関路霞」）。

[1]花[2]よろこぶ[3]色[4]あり

3　[5]をのが[6]さく[7]雲[8]井に[9]君を[10]まちつけて[11]思[12]ひらくる[13]花[14]ざくら[15]かな

【校異】　1花—はな（冷、書）。2よろこぶ—悦（河、東、関）、に悦の（高）、「によろこひの類」（古）。3色—いろ（冷、書）。4あり—有（河）。5を—を《お》（河）、お（国）。6さく—咲（東）。7雲井—ゝもゐ（冷、書）。8井—ゐ（高、関）。9君—きみ（冷、書）、はな（高）、「はる桃」（古）。10まち—待（高、関）。まちつけ—待付（河、東）。11思—おも（冷、多、書、東、高、関）。12ひ—ゝ（冷、書）。ひらく—開（河、東、関）。「ひらくる—行くる桃—せきもる類」（古）。13花—はな（河、冷、書）。14ざくらかな—櫻哉（多、東）。15かな—哉（高）。

【語注】　**○花よろこぶ色あり**　この讃岐や後述の重家歌の他、「花有喜色　千載623（経宗）・新古732（範兼）／月詣61（経宗）」（歌題索引）。追加「俊成Ⅰ210」）。即ち、①7千載623 622「千代ふべきはじめの春としり《いひ（月）》がほにけしきことなる花ざくらかな」（賀「二条院御時、おほうちにおはしましてはじめて、花有喜色といへる心をよませ給うけるに、よみ侍りける」左大臣。②12月詣61、賀「保元四年三月内裏の御会に、花によろこびの色ありといふことを」左大臣）、①8新古今732「君が代にあへるは誰もうれしきを花はいろにも出でにけるかな」（賀「二条院御時、花有喜色といふ心を、人人つかうまつりけるに」刑部卿範兼）、③129長秋詠藻210「九重ににほひをそふる桜花いく千世春にあはんとすらん」（中「保元四年の春内裏の御会に、花有喜色といふことをよませたまひしに」）であり、これら三歌（及び讃岐、重家歌）は同時のものと考えられる。この時、二条帝は17歳、讃岐19歳であった。二条天皇につき詳しくは、6の【語注】参照。**○まちつけ**　八代集一例・金葉343。源氏物語「と思乱れて、なをさて待ちつけきこえさせせん事のまばゆければ、」（「帚木」、新大系一—75頁）。②4古今六帖1952「まちつけてもろ友にこそかへるものなみよりさきに人のたつらん」（第三「なみ」)。**〇思ひひらくる**　八代集にない。③131拾玉5716「もろともに君に千とせを契りおきて思ひひらくる桃の花ぞの」(「三月三日」)。が、「ひらく」は八代集二例・拾遺572、千載1160。「ひらく」掛詞。**〇花ざくら(かな)**　③81赤染衛門127「我はまだおもひもたたず花桜君やみたけの山もこゆらん」。⑤220石清水若宮歌合〈寛喜四年〉53「音羽山夕ゐる雲を吹く風にさく程見ゆる花ざくらかな」(「暮山花」頼氏)。

【訳】　自分が咲く宮中に我が君を待ち付けて、思いが(花)開いた花桜であるよ。〈花が(花に)喜ぶ色・様子がある〉

▽「関路霞」(題)→「花有喜色」(題)。「我れ」「関守」→「おの」「君」、「霞」→「雲」、「不破の関」→「雲井(宮中)」。自《み》らで咲く宮中に我君を待ちもうけて思いを遂げる開花の桜を歌う。前述(千載623 622・月詣61、新古今732、長秋詠藻210の詞書)の如くであれば、保元四・1159年3月の二条帝の最初の内裏の御会ということになり、3の歌がより深く理解できる。賀歌的春歌。1参照。

【参考】　③106散木112「春のうちは君がなげきに花さきて思ひひらくるをりもありなん」(春「返し」大弐)

「太宰大弐重家集「内裏にてはしめて御会ありしに花有喜色といふ題を」の詠と同じ折の作か。」(古)、「保元四年(一一五九)の詠か。」(私注)・『讃岐』12頁・③118重家1「はるかぜものどけきみよのうれしさははなのたともとせばくみえけり」(「内裏にてはじめて御会ありしに、花有喜色といふ題を」)。

「保元三年(一一五八)八月十一日、後白河天皇は退位して、…ここに二条天皇の治世が開始された。…保元四(平治元)年二月に立后、三月には内裏で初めての御会があった。「花有喜色」というのがその時の題である。」(久保田淳『新古今歌人の研究』310頁)。

「内裏女房としての讃岐が詠じた最も早い時期の歌は(もちろん現存の作についていうのだが)、保元四年(一一五九)三月、内裏で初めて開かれた御会に、「花有喜色」の題でよんだものである。／おの…(3)／讃岐集には、この歌をはじめ、上記の重家集で知られる内裏御会の詠が、十首近く記録されている。前記一でふれた二条院との贈答歌とともに、讃岐にとっては、二条院女房時代の記念すべき詠作だったと思われる。数例を掲げておこう。…（1）…（23）…（34）…（72）」（『讃岐』16、17頁）。

「題詠…桜の美しさに対する感動を生のまま詠んだとみられるものである。たとえば、①〔私注―3の歌〕は桜の花が自分の咲いている禁中に天皇を待って、待っていたその時に出会うことができ、思いが開くように満開に咲いたことであると、桜に讃岐自身の喜びを仮託して詠んだもので、天皇を讃美する要素をもつ歌といえよう。①②〔私注―4の歌〕とも五句に「さくらかな」…と桜によせる詠嘆を生のまま直接的に表現していると思われる。」（吉野「歌風」37頁）。

4　[1]つねよりも[2]山[3]の[4]は[5]しろき[6]あけぼのは[7]よの[8]まにさける[9]さくら[10]なりけり

【校異】　この歌ヌケ（高）。「この一首、桃本にない。」（古）。頭注―「玉春下祝部成仲山高み朝ゐる雲とみえつるはよのまに…下全同」（河。=①14玉葉139（後述））。1つね―常（河）、恒（東）。2山―やま（冷）。3のは―端（東）。4は―端（多）。はしろ―端白（河）。5しろ―白（東）。6あけ―明（河、東、関）。「あけほのは―あけほのに彰」（古）。7よ―夜（河、東、関）。8ま―間（多、東）。9さくら―櫻（河、多、東、関）。10なり―也（河、東）、成（多）。
【語注】　○つねよりも　③91下野3「つねよりもさきみだれたる山ざとのはなのうへをばいかがかたらむ」（「返し、…」）。○あけぼの　八代集では後拾遺1102よりの用例。○よのまにさける　③76大斎院前の御集17「はだらにてきぎにかかれるあはゆきをよのまにさけるはなかとぞみる」。○さくらなりけり　②7玄玄112「春ごとに心を空になすものは雲ゐにさけるさくらなりけり」（戒秀一首）。②10続詞花45「いづれともわかれぬ物はしら雲の立田の山の桜なりけり」（春下、藤原為業）。他、⑤15京極御息所歌合7、⑤69祐子内親王歌合〈永承五年〉8など。

【訳】いつもの今までよりも山の端が白く見える曙は、夜の間に咲いた桜であるよ。

▽「咲《く》ける」「桜」。「かな」（末）→「けり」（末）。宮中（「雲井」）から「山の端」に舞台を移して、普段より山の端の白い曙は、あれは夜に咲いた桜だったのだとの叙景歌。3参照。

【類歌】①14玉葉139「山たかみあさゐる雲と見えつるはよのまにさける桜なりけり」（春下「（花歌の中に）」祝部成仲）

…4と下句全く同一

③133拾遺愚草618「あけはてずよのまの花にことゝへば山のはしろく雲ぞたなびく」（花月百首、花五十首）

④43為尹千首121「つねよりも山のよそめやちかからむ花にしらめる春の明ぼの」（春二百首「山花」）

「②〈私注―4の歌〉のように桜の美しさに対する感動を生のまま詠んだとみられるものである。…②とも五句に…「さくらなりけり」と桜によせる詠嘆を生のまま直接的に表現していると思われる。」（吉野「歌風」37頁）、「曙を詠んでいて注目されるが、」（同39頁）。

は[1]なまらうどをとむ《ら》[2][3]

5 しばしとも我《われ》[4]はと[5]ゞ[6]めじ春[7]のう[8]ちはき[9]とこ[10]ん[11]人[12]を花[13]にまかせて

【校異】1はな…む―花留客人（河、東、高、関、「二」（古））。2とむ《ら》―とゝむ（冷、多、書）、とどむ（国）。3ら―ゝ（私、古）。4我―われ（河、冷、書）。5とゞ―留（書）。6ゞ―ど（国）。7春―はる（冷、書）。8うち―内（河、多、東、高、関）。「うちは―うちに彰―うちそ東」（古）。9きと―きと《本マ、》（高）。「きとこん―きとはむ桃」（古）。10こ―き《こ歟》

（河）、は（多）。11ん―む（冷、書）。12人―ひと（冷、書）。13花―はな（冷、書）。

【語注】**○はな…ゞむ**（題）「花留客　千載90（実房）…俊成Ⅰ215…」（歌題索引）。①7千載90「ちりかかる花のにしきはきたれどもかへらむことぞわすられにける」（春下「花留客といへる心をよみ侍りける」右近大将実房）、③129長秋詠藻215「尋ねくる人は都をわするれどねにかへり行く山桜かな」（中「左大将実定の十首の題の中、花留客といふことを」）。

**○しばしとも**　①15続千載1351 1355「しばしとも人はとどめぬ別ぢの我のみつらきあかつきの空」（恋三「（別恋を）」寂恵法し）。**○春のうち**『八代集総索引』にないが、後拾遺108にある。他、②1万葉4198 4174、③79輔親200、⑤153相撲立詩歌合25などに用例がある。**○春のうちは**　字余り（「う」）。①4後拾遺108「はるのうちはちらぬさくらとみてしかなさてもやかぜのうしろめたなき」（春上「承暦二年内裏歌合によめる」右大弁通俊）。**○きと**「来《き》とこん人」（私注。「やって来る人はすべて。」（同））。また「きと」（副詞）は、八代集にない。ここもそれか。竹取物語「御輿を寄せ給に、このかぐや姫、きと影になりぬ。」（新大系57頁）。

【訳】暫くだともいって私はとどめるつもりはありません、春の間は必ず来よう人を桜にまかせた状態にして。〈花の客・花のおかげでやってきた人をとどめる〉

▽「桜」→「花」。春中は人を桜に委せてしまって、暫くも私は（人を）留めるつもりはないと歌う。なぜなら、とどめなくても桜ゆえにとどまっているからである。前歌の叙景詠とはうってかわって、人間が大いに顔を出す。二句切、倒置法。

【参考】③73和泉式部186「春毎の花のさかりは我が宿にきとくる人のながゐせぬなし」（「人の屏風の歌よまするに、はるの」。「来《き》と来《く》る人…来る人は一人残らず…」（『和泉式部集全釈』186））

④29為忠家後度百首46「さらねども人のこころをとどむめりはるはせきもり花にまかせよ」（桜廿首「関路桜」）

「題詠…発想の面白さに中心のあるとみられる歌である。たとえば③〈私注―この歌〉は（花の咲いている）しばらくの間は私は訪ね来る人をひき留めはしない、（なぜならば）花にまかせて（その美しさで自然に留まるでしょうから）という意で、直接桜の美しさを詠まずに、発想の面白さを楽しむ歌となっている。」（吉野「歌風」37、38頁）。

二条[1]院の[2]御とき[3]月[4]あか[5]ゝり[6]ける[7]夜[8]ゝ《よ》[9]もすがら南殿のは[10]な御[11]らんじて[12]あ[13]かつきち[14]かくなり[15]てさと[16]へいで[17]ゝ[18]次[19]のひ[20]ま[21]い[22]らせたりし[23]

6

花[24]な[25]らず[26]月[27]も見[28]を[29]《（お）》きし雲[30]のうへ[31]に心[32]ば[33]かりはい[34]でずとをしれ

【校異】　1条—條（冷、書、高）。2の—ナシ（河、東、高、関、「二」（古））。3とき—時（河、多、書、東、高、関）。4き—き、（私、国）。5あ—のあ（河、冷、書、東、高、関）。6ゝ—か（東、国）。7け—つ《ヒ》《け》（多）。8夜—夜、（私、国）。夜ゝ《よ》も—「夜○《よ》も」（古）。9ゝ《よ》—よ（冷、書、国）。○《よ》（私）。ゝ《よ》も—も（多）。ゝ《よ》もすがら—終夜（河、東、高、関）。10はな—花（河、東、関）。11らん—覧（河、冷、書、東、高、関）。12て—て、（私、国）。13あかつき—暁（河、東、高、関）。14ちか—近（河、多、東）。15なり—成（東、高）。16さと—里（河、高）。17いでゝ—出て（東、関）、遣て（河）。いでゝ次—出てつく（多）。18ゝ—ゝ、（私）、て、（国）。19次—つき（冷、書）。20ひ—日（河、書、東、高、関）。21まいらせ—「いらせ京—まいり桃」（古）。22い—ゐ（国）。23し—し」（私）。24花—はな（河、冷、書）。25な—ゝ（冷、書）。26ず—て（多）。27月—つき（冷、書）。28見—み（冷、書、高、関）、光《ヒ》《見》（多）。29を—お（国）。をき—置（河、多、東）。30雲—くも（冷、書）。31うへ—上（河、冷、東、関）。32心—こゝろ（冷、書、高）。33ばかり—斗（東）。34いで—出（河、多、東、高、関）。

【語注】　○二条院　後白河天皇第一皇子。康治二・1143年6月17日生。保元三・1158年8月11日受禅、12月20日16歳で即位。長寛三・1165年6月25日譲位。永万元・1165年7月28日崩、宝算23歳。保元の乱で衰微した歌壇の復興にも力を注いだ。式子の異母兄弟。讃岐は二つ年上の女房である。なお二条帝が葬られた山城香隆寺陵の香隆寺については、『守覚全歌注釈』127にも触れている。　○見おき　八代集にない。源氏物語「少納言をはか〴〵しきものに見を《(お)》き給へれば、親しき家司ども具して、」（「須磨」、新大系二―15頁）。　○雲のうへに　字余り（「う」）。「雲の上」掛詞。①4後拾遺977 978「くものうへにひかりかくれしゆふべよりいくよといふにつきをみるらん」（雑三、天台座主明快）。　○心ばかりは　④30久安百首1081「あひみでも心ばかりは通路の音にききてもあはれしらなん」（恋二十首、堀川）。

【訳】　桜のみならず、月までも見ておいた雲の上・宮中において、心だけは（そこから）出ていないのだと知って下さい。〈二条院の御治世時（の）、月が明るかった夜に、一晩中紫宸殿の（左近の）桜を御覧なされて、暁近くなって実家へ帰って、次の日、さしあげました（歌）〉

▽「花」。「花」→「月」。二条院の御時、明月の夜、終夜、院が南殿の桜を御覧じて、暁近くに里下りをして、翌日送った歌で、桜だけでなく、月も見た宮中に、我心ばかりはとどまっている宮中から一歩も出てはいないと歌ったもの。心の交流歌であり、二人には恋愛関係があったのか。

【参考】　③117頼政573「雲の上に心をふかくとどめおかば住む月影もあはれとぞみむ」（雑「返し」女房読人不知）

③122林下302「くものうへにこころをとむるきみならば月をみすてていでじとぞおもふ」（下、哀傷「返し」女房）

6、7、9、10、77、78「この贈答歌はかなり好意的である。二人の間には恋愛関係があったであろうと思われる。」（「古城」39頁）。

「この贈答については、第一章一に述べた。」（私注）。6、7「花ばかりか月もとくと見た雲の上（宮中）に、心だけは退出しなかったものとおぼし召せという、一種言いわけめいた挨拶に対し、帝（二条天皇）は、退出した上は、花の色も月の光も心に入れぬあなただとわかった、とやりかえされた。「雲の上」に対して「空に知りにき」ととらえ、「心はいでず」に対して「心に入れぬ」と応酬されている。」（『讃岐』4頁）。6、〉7、9、〉10「どちらの贈答も、讃岐は退出が不本意なことを表明して挨拶とし、帝はその表現にすねることで、退出への不満をもらされている。もちろん讃岐にとって、そのまき返しはありがたいのである。／和歌を好まれるわかい帝と、その道にすぐれた側近女房との、このような親愛。わかき日の二条院讃岐は、歌人としての出発をこめて、このような生活をもっていた。」（同4頁）。

「日常の生活の中での贈答歌である。たとえば、④〔私注―この歌〕は二条院の御代に月が明るく照っている夜の間中、南殿の花を御覧になり、暁近くに讃岐が里に下がった次の日に二条院にお贈りしたという状況のもとに詠まれた歌で、美しい花だけではなく美しい月まで見残してきた雲の中（禁中）に、私は里に下がっても、私の心は里にさがらずに、そのまま雲の上にあることを知って下さいという心を詠んでいる。」（吉野「歌風」37、38頁）。

御[1]かへし

〔7 [2]いでしより[3]空に[4]しりにき[5]花の[6]色[7]も[8]月も[9]心に[10]いれぬ[11]君とは〕

【校異】1かへ―返（多、東、関）。2いで―出（多、東、高、関）。3空―そら（冷、書）、「雲掬」（古）。4しり―知（河、東、高）。5花―はな（冷、書）。6色―いろ（冷、書）。7も―に《も歟》（河）、「に掬」（古）。8月―つき（冷、書）。9心―こゝろ（冷、書、高）。10いれ―入（河、東、高、関、「京桃東類掬」（古））。いれぬ―「いらぬ谷」（古）。11君―きみ（高）、物（河）。

【語注】 ○いでしより　①2後撰693694「いでしより見えずなりにし月影は又山のはに入りやしにけん」（恋二）。③122林下301「ありあけの月もろともにいでしよりこころはくものうへにとめてき」（哀傷「院の…」）。○空に　掛詞。○花の色も・第三句　字余り（「い」）。⑤33内裏前栽合〈康保三年〉18「花の色も秋の夜ふかき月かげに君がちとせをまつ虫のこゑ」（衛門佐藤原《（ママ）》）、同22「よろづよの秋にとにほふ花の色も心のどかにみゆる月かな」（紀伊守紀文利）。○心にいれ　伊勢物語「仏の御名を、御心にいれて、御声はいとたうとくて」（六十五段、新大系140頁）。③2赤人10「あかでのみすぎゆくはるをいかでかはこころにいれてをしまざるべき」。③87入道右大臣・頼宗108「月かげを心にいるとしらぬみはにごれる水にうつるとぞ見る」（「返し」）。

【訳】（ここより）出てから、そらで、空に知ってしまったよ、桜の色も月も心に入れない君だというのをば。

▽「出で」「知《れリ》」「花」「月」「心」。返歌ゆえ多くの詞が重なる。禁中退出の讃岐への二条院の返し。花も月も心に入れない君と、出てから空に、暗に知ったと返す。「出で」と「入れ」が対。二句切、倒置法。6参照。

8　[1]おなじ[2]こ[3]ろ[4]雨[5]ふりし[6]ひ[7]なん殿の[8]はなの[9]庭の[10]水にうつりたりし[11]をみて

[12]庭たづみうつさざり[13]せば雲[14]のう[15]へに[16]又[17]たぐひある花[18]とみ[19]ましや

【校異】 1おな—同（高）。おなじころ—同比（河、東、関）。2ころ—比（多）。3ろ—ろ、（私、国）。4雨—あめ（冷、書）、「あめの書桃東類」（古）。5ふり—のふり（冷、書）、の降（河、東、高、関）。6ひ—日（多）、ひ、（私、国）。ひなん—日南（河、東、高、関）。7なん—南（冷、書）。8はな—花（河、東、高、関）。9庭の水—水（河）。10水—みつ

(冷、書)。11み—見(東)。みて—ナシ(多)。12庭—には(冷、書)。13ざ—ゝ(河、冷、書、東、高、関)。14雲—くも(冷、書)。15うへ—上(河、東、高)。16又—また(冷、書)。17た—ゝ(冷、書)。18花—はな(冷、書)。19み—見(東)。みま—みま(冷、書)。

【語注】○庭たづみ　八代集二例・拾遺1254、後拾遺209。古今六帖、第三「にはたづみ」1720〜1723、4首、【参考】歌参照。「雨が降ってたまって流れる水。」(私注)ではなく、雨によって出来た水たまりであろう。○雲のうへに　6と同じく、第三句で字余り(「う」)、さらに「雲の上」掛詞。⑤428住吉物語(真銅本)86「くものうへにあらましものを山ざくらかすみをこめてみえずぞなるらん」(下、中将(大将))。○花とみましや　有名な一句、①1古今63「けふこずはあすは雪とぞふりなましきえずはありとも花と見ましや」(春上「返し」なりひらの朝臣。②4古今六帖4210。③6業平3。⑤415伊勢物語29)がある。

【訳】水たまりに映さなかったとしたら、雲の上・禁中で、又も類例のある花と見たであろうか、イヤそうではない。

〈同時期、雨が降った日、紫宸殿の(左近の)桜が庭の水に映ったのを見て〉

▽「花」。「空」「月」→「雲(の上)」。前歌と同じ頃の詠で、急に降った雨で生じた水たまりの水に映すから、同類の花はない(これ以上ない花カ)と見たのだという、「庭たずみにうつる影のほかに禁中にはこれと同類の花はないという心。」(私注)。反実仮想。

【参考】②4古今六帖1722「にはたづみこのしたがくれながれせ《ず》ば《は》うたかたはな《をほ》を《花(綺)》ありと見ましや」(第三「にはたづみ」。⑤292綺語抄208)

【類歌】④44正徹千首115「のこりなく雨は晴れたる庭たづみ猶雲うつす花の下陰」(春二百首「里花」)

[1]はなざかりに[2]心[3]ならず[4]さとへ[5]いでしに[6]ま[7]いらせける

9　あ[8]かずして[9]雲[10]井の[11]花に[12]め[13]かるれば[14]心[15]そらなる[16]春の[17]夕[18]ぐれ

【校異】　1はな—はなの（冷、書、「書桃東類」（古））、花の（高）。はなざかり—花の盛（河、東、関）。2心—こゝろ（冷、書）。3な—あ《な》（多）。4さと—里（河）。5いで—出（河、東、関）。6ま—さ（多）。7い—ゐ（国）。いらせ—し（冷、書、「書彰」（古））。8かず—「はす谷」（古）。9雲—くも（冷、書）。10井—ゐ（河、冷、書、関）。11花—はな（河、冷、書）。12め—あ《めイ》（東、関）、あ（河、「京桃掬」（古））。13かる—かゝる（多）。14心—こゝろ（冷、書）。15そら—空（東、高）。16春—はる（高）。17夕—ゆふ（冷、書、高、関）。18ぐれ—暮（河、多）。

【語注】　**○あかずして**　②4古今六帖2378「さくらばなけふちりくもれあかずしてわかるる人もたちとまるべく」（第四、別「わかれ」）。**○雲井の花**　八代集一例・金葉69。⑤213内裏百番歌合〈建保四年〉24「いにしへの春にもかへる心かな雲井の花に物わすれせで」（春、讃岐）。②15万代318・125。⑤244南朝五百番歌合132判「あはれなり三代に仕へてみよしの雲井の花にあかぬ心は」（春七）。他、③117頼政81など。**○めかるれ**　八代集二例・古今45、後拾遺349。「目かれ」（名詞）は八代集一例・詞花128。**○心そらなる**　⑤434石清水物語4「朝霞ほのかに花の色みれば心そらなる春のたび人」（（右大将））。**○そら**　「空」は「雲井」の縁語。**○春の夕ぐれ**　八代集一例・①8新古今116「山ざとのはるの夕暮きて見れば…」（春、能因。勅撰集の初め）。⑤27蔵人所歌合〈天暦十一年〉1「うつつまのはるのゆふぐれさまらばれゆめにもみてむはなはあくまで」（ひぜのぞうきむまさ）。他、④26堀河百首212、⑤27蔵人所歌合〈天暦十一年〉6など。

【訳】　飽き足りない心で、雲居（宮中）の花を見なくなると、心は上の空となる春の夕べであるよ。〈桜の盛りに、

不本意にも実家へ帰った時に献上した（歌）〉

▽「雲（の）」「花」。「雲の上」→「空」、「見」→「目」。花盛りであるのに、意にそまず里下りをした時に送った歌であり、満ち足りない思いで、禁中の桜から離れてしまったので、心もうつろな春夕だとの詠。一連の宮中詠の一つ。体言止。9、10は6参照。

「第一章一に述べた。」（私注）。9、10「讃岐が雲井の桜の見られぬことが不満で、心もうつろでございますと申したのに対し、帝の返しは、今は花ざかりだから里居の心が空虚だというのか、ではもし宮中に桜がなかったならば、退出しても平気なのだなと切り返された。ここでは、「心そらなる」が表現の軸になっている。」（『讃岐』4頁）。

「日常の生活の中での贈答歌である。」（吉野「歌風」37頁）。「まだ見あきないうちに花盛りの宮中を下がって里にいる（私の）心は未だ宮中の桜と共にあるので虚ろであるということを詠んだ歌であり、夕暮時の桜の美しさそのものを詠んだ歌ではない。」（同39頁）。

御[1]せい [2] [3]

〔10　いつとても雲[4]井[5]の[6]さくらなかりせば心[7]空[8]なることはあらじな〕

【校異】　1せい―かへし（高）、「返し桃」（古）、「返し御製類」（古）。2（の位置）　御製（東、関）。3御製（河）。4雲井―くもゐ（冷、書）。5井―居（高）、ゐ（関）。6さくら―櫻（東、高）。7心―こゝろ（冷、多、書）。8空―そら（河、冷、書、高）。

【語注】　**○雲井のさくら**　①5金葉二526 561（雑上、藤原惟信朝臣。①5′金葉三516）など。　**○なかりせば**　①5金葉69 73

「ながきよの月のひかりのなかりせばくもゐのはなをいかでをらまし」（春、下野。5′金葉71。③91下野1）。③76大斎院前の御集316「なかなかにこよひの月のなかりせば/とあれば、うちに/そらに心のうかばましやは」。③131拾玉4383「こひといふこころの人になかりせばあるかひもあらじ秋のゆふ暮」（短冊「恋」）。**○心空なる**　①4後拾遺825「いつとなく心そらなるわがこひやふじのたかねにかかるしらくも」（恋四、相模。⑤64内裏歌合〈永承四年〉28）。②12月詣196「ちるは雪ちらぬは雲にまがひつつこころそらなる山ざくらかな」（三月、勝命法師）。**○空**　「雲井」の縁語。

【訳】いつでも雲井（宮中）の桜がなかったとしたら、心が上の空となることはきっとあるまいよなあ。

▽第二句「雲井の花（に）」→「雲井の桜」、第三句「…ば」、第四句「心空なる」。二条院の返歌。多くの詞が重なる。下句この頭韻。いつも禁中の桜がなかったら、心が浮き立つことはあるまいよな!、つまり桜があるから心が「空なること」となるのだな!との、8と同じ反実仮想詠。6、9参照。

11　よる[1]ひる花[2]を思[3]ふ[4]

11　ちる[5]花[6]の見[7]えぬばかり[8]ぞお[9]しみや[10]る心[11]はひるにかはらざりけり[12][13]

【校異】1よる—夜（東、関）、夜る（高）。よるひる—夜晝（河）。2花—はな（冷、書）。3思—おも（河、冷、多、書、高）。4ふ—ナシ（東、関）。5ちる—散（多、東、高）。6花—はな（冷、書、高）。7見—み（高、関）。見え—みへ（河）。8ばかり—斗（多、東）。9お—お《を》（河）、を（国）。おし—惜（東）。「おしみやる—惜みける二」（古）。10や—け（河、東、高、関）。11心—こゝろ（冷、書、高）。12り—「る掬」（古）。13」（私）。

【語注】**○よる…思ふ・題**　「夜昼思花」讃岐11のみの珍しい歌題（歌題索引）。**○ちる花の**　①21新続古今170「ちる花《華》のをしさ《ま》をしばしらせばや心が《か》へせよ春《はる》の山《やま(久)》かぜ」（春下、俊成。④30久安百首812）。②16夫木1538「梢うつ雨にしほれてちる花のをしき心をなににたとへん」（春四「家集、雨中落花を」同（＝西行））。**○をしみやる** 八代集にない。新編国歌大観①〜⑩の索引では、他になかった。**○かはらざりけり** ②4古今六帖3646「秋はぎのふる枝にさける花みればもとの心はかはらざりけり」（第六、草「秋はぎ」みつね）。②9後葉444「埋木の下はくつれどいにしへの花の心はかはらざりけり」（雑一、匡房）。

【訳】散りゆく桜の花びらが見えないだけをぞ、惜しみやるよ、心は昼間と少しも変らないことだ。〈昼夜を分かたず花（桜）を思い慕う（歌）〉

▽「心」。「桜」→「花」。夜は、散っている花が見えないだけを惜しむのであって、心は昼と変らないと歌って、題意に叶う。三句切。また二句切的に「…だけだよ、惜しみやる心は…」ともとれる。

【参考】①5金葉60 63「はるごとにおなじさくらのはなればをしむこころもかはらざりけり」（春「落花の心を」長実卿母。5′金葉61）

「昼だけでなく夜間も花を思う心をよむ。」（私注）。「発想の面白さに中心のあるとみられる歌」（吉野「歌風」38頁）。「夜は散る花の見えないことだけを惜しむことだ、桜を愛惜する気持は昼に変わらないのであるよ、という意の歌で、やはり夜の桜の美しさを詠んではいない。」（同39頁）。

（一行分空白）[8]

か[1]茂[2]の哥[3]あ[4]わ[5]せに[6]か[7]すみを

12 [9]春[10]が[11]すみわ[12]け行[13]まゝ[14]にを[15]のへなる松[16]の[17]みどりぞ色[18]ま[19]さりける

【校異】　1か—賀（河、東、高、関）。2茂—も（冷、多、書）。3哥—歌（私、古、国）、うた（冷、書）。4あわせ—合（河、多、東、高、関）。5わ—は（冷、書、国）。6に—に、（国）、「ナシ彰」（古）。7かすみ—霞（冷、書）。かすみを—ナシ（河、東、高、関、「二」（古））。8（一行分空白）—ナシ（河、冷、多、書、東、高、古、国）。9新続古春上（河）。10春—はる（冷、書）。11がすみ—霞（多、東、関）。12わけ—分（河、冷、多、東、高、関）。13行—行く（国）、ゆく（冷、多、書）。14ゝ—ま（国）。15を—お（冷、多、書）。をのへ—尾上（河、東、高、関）。16松—まつ（冷、書、高）。17みどり—緑（東）。18色—いろ（冷、書）。19まさりける—まさりける《かはりぬる新続古》（河）。

【語注】　**○分行く**　八代集八例。　**○をのへなる**　④44正徹千首859「尾上なる松とも見えず深みどりかたぶく枝は根をかくすまで」（雑二百首「山樹高低」）。　**○松のみどり**　④32正治後度百首501「万代を松のみどりもほのぼのとかすみそめぬる千代の初春」（春「霞」家長）。　**○色まさりける**　③60賀茂保憲女解2「まつおきてはるよりこゆるふぢなみをまつによりてぞいろまさりける（二八の次）」。他、④4有房311、④32正治後度百首605など。

【訳】　春霞（を）、かき分けて行くにつれて、尾上にある松の緑は色がまさって行くことだよ。〈賀茂（社）の歌合に、霞を（詠んだ歌）〉

▽「花」（題、歌）→「霞」（同）。「花」→「松」、「見え」→「色」、末句「…ざりけり」→同「…さりける」。霞を分け行くに従って、彼方にある山の峰の桜ではなく、松こそが緑の色が濃くなるとの詠。〝霞と映発して〟ではなく、〝霞が除去されて〟であろう。俊成によって、初句は少しどうかと思われるが、二句以下の「心姿、優には侍るにや、」として、勝とされた。式子集にも、④1式子355「高砂のをのへの霞たちぬれどなほふりつもる松の白雪」（「だいしらず」。他人の歌）がある。①21新続古今32、春上「治承二年神主重保すすめ侍りける賀茂社の歌合に、霞を」二条院讃岐、末句「色かはりぬる」。②12月詣17、第一、正月「（神主重保、賀茂宝前にて歌合侍りけるに、かすみをよめる）」

讃岐、末句「色まさりぬる」。⑤167別雷社歌合4、二番「右勝」霞、讃岐、末句「色まさりぬる」。

「治承二年戊戌三月十五日己酉、…作者／左／…右／…二条院讃岐…／題／霞　花　述懐／判者　入道三品釈阿」、1178年、讃岐38歳。『平安朝歌合大成　八』四一〇。12、13、73の歌。相手はすべて実房である。二番、左、実房「3村雲のたえまの空やうつるらんまだらにみゆる朝霞かな」―「左、…、右、春霞とおける初の句やいますこし思ふべからむとみえ侍れど、分行くままに松のみどり色まさるらん心すがた、いうには侍るにや、右の勝なるべし」（右、春霞とおいた初句は少し思案の必要があろうかと見えますが、（霞を）分けて行くにつれて、松の緑の色が増さるであろう歌の趣・表現は優雅でございましょうか、右の勝でありましょう）

【参考】①1古今24「ときはなる松のみどりも春くれば今ひとしほの色まさりけり」（春上、源むねゆきの朝臣。②3新撰和歌11。②4古今六帖3511。②6和漢朗詠427）
①1古今25「わがせこが衣はるさめふるごとに《から（六）》のべのみどりぞいろまさりける」（春上、つらゆき。②4古今六帖464）
②4古今六帖1136「春ふかくなりぬる時の野べみれば草のみどりも色まさりけり」（第二「春のの」つらゆき。③19貫之116）
③71高遠336「はる雨のふりそめぬればまつ山のもとのみどりも色まさりけり」（三月。②15万代160）

【類歌】①8新古今68「春雨のふりそめしより青柳のいとのみどりぞいろまさりける」（春上、凡河内躬恒）
「一霞一…本歌「春霞たなびく山の桜花移ろはむとや色変りゆく」（古今・春下・読人不知）。…霞と映発して色を増して行く。本歌とは異なり霞を緑色と捉える。▽古今の本歌を機知的にあしらう。」（『新続古今和歌集』32）。
「屈折がなく率直平明な歌ぶりが認められる。」（「糸賀」42頁）。
「第三章二・三参照。」（私注）。『讃岐』59、62頁参照。「この歌合において讃岐が判者俊成から高い程度の讃辞をうけたこと、その期待にこたえうる歌人であったことを証するものとして重視したいのである。」（『讃岐』60頁）。月詣集と讃岐については、『讃岐』60～64頁参照。

花[1]

13　さき[2][3]そめ[4]て我《わが》世[5][6]にちらぬ花[7]ならばあかぬ心[8]のほど[9]を[10]見[11]てまし

【校異】1花―はな（冷、書）。2新後拾雑上（河）。3さき―咲（河、多、東、高、関）。4そめ―初（多、東、高）。5我―我が（国）、わか（河、冷、多、書、高）。6世―よ（冷、書、高）。7花な―はなゝ（冷、書）。8心―こゝろ（冷、書、高）。9ほど―程（東、関）。10を―をは（冷、書）、をは續後拾（河）、「は類」（古）。11見―み（河、冷、多、東、高）。

【語注】**○さきそめて**　③132壬二908など。**○我世にちらぬ**　新編国歌大観①～⑩の索引に他になかった。**○花ならば**　①5金葉解19「身にかへてをしむにとまる花ならばけふや我が世のかぎりならまし」（春、俊頼。①6詞花4240。②9後葉61）。他、④30久安百首815など。**○あかぬ心（の）**　③119教長116、⑤76太宰大弐資通卿家歌合14など。「あかぬ心」は八代集七例。七夕歌に多い。

【訳】咲き初めて私が生きている間において、散らない花・桜であるとしたら、（桜に）飽きることのない心の具合（「果て」・三百六十番歌合）は、きっと見たであろうよ。〈桜〉

▽「霞」（題）→「花」（同）。「松（の緑）」→「散らぬ花」、「色」→「見」。咲き初めてから、我が生涯ずうっと散らない桜なら、飽きない心の程度は分かるというものであろうに…、いつまで飽きないでいられるのか、試してみるのに、という詠。散る花ゆえに、「飽かぬ心の程」は分からないと言ったもの。反実仮想。俊成によって、「我世」という詞は、皆が詠んではいるが、歌合の時はどうか、注意が必要だと言及されて持となった。①16続後拾遺999991、雑上、

二条院讃岐、末句「ほどはみてまし」。②12月詣168、三月、讃岐、末句「ほどはみてまし」。⑤167別雷社歌合64、二番、右、花、讃岐、末句「程はみてまし」。⑤183三百六十番歌合94、春、四十七番、右、讃岐、末句「はてはみてまし」(「こころのはて」八代集二例、初出は千載291)。

二番、左持、実房「63桜花ちりなん後のすがたをばかはりてみせよ嶺の白雲」―「左右ともにすがた詞いとをかしくこそ侍るめれ、但左は…、右はわがよのこと葉、誰もよむことには侍れど、歌合の時はいかにぞやよういあるべく見え侍るなり、持とすべし」(左、右歌共に歌の形や言葉がたいそう趣深くございますようだ、右歌は「我世」という詞は、皆がよむことではございますが、歌合の時はどうでしょうか、配慮の必要があるように思われるのでございます、持とすべきでしょう。「ようい」―源氏物語「あきれたるけしきにて、何の心深くいとおしきようゐ《(い)》もなし。」(「空蝉」、新大系一―90頁)」)

【参考】①3拾遺44「さきそめていく世へぬらんさくら花色をば人にあかず見せつつ」(春、藤原千景)

①4後拾遺133「よとともにちらずもあらなむさくら花あかぬ心はいつかたゆべき」(春下、平兼盛)

①6詞花35 33「さくらばなちらさで千世もみてしかなあかぬこころはさてもありやと」(春、元真)

⑤421源氏物語699「世のつねの垣根ににほふ花ならばこころのままに折りて見ましを」(「宿木」(薫))

【類歌】①11続古今106「かつ見てもあかぬこころのいろならばうつるばかりやはなにそめまし」(春下、行家)…ことば

④34洞院摂政家百首1973「君が代は千世もやちよも数ならずあかぬ心のほどをこそ見め」(祝五首、少将)

④38文保百首1708「咲きそめてみしにもまさる心かな月まち出づる花の木陰は」(春二十首、実前)

⑤362平家物語(延慶本)211「つねになき浮世の中にさき初めてとまらぬ花や吾が身なるらむ」(中将(惟盛))

「雑歌上は、純粋な四季部に入らない景の歌、すなわち、松…雑春…雑冬を主題とする歌を収める。…▽実際には生

きている間中散らない桜などあり得ないから、十分満足しないうちに散ってしまうのである。」(『続後拾遺和歌集』999)。

「姿を重んじた俊成によって、姿を賞讃されていることは注目してよかろう。」(脇谷「自然」92頁)。

『讃岐』59、63頁参照。

「発想の面白さに中心のあるとみられる歌」(吉野「歌風」38頁)。

[1]さとに[2]ゐて[3]のちに[4]は[5]なはいかに[6]など[7]う[8]ちわたりへ[9]たづねける[10]つ[11]ゐでに

14 [12][13]思[14]ひきや[15]雲[16]井の[17]花のさ[18]きさかず[19]人[20]づ[21]て[22]にのみき[23]か[24]ん[25]物とは

【校異】 1さと—里(東、高、関)。2ゐ—い(多)。3のち—後(河、東、高、関)。4に—に、(私、国)。5はな—花(東、高、関)。6に—ゝ(河、東、高、関、「二」(古))。7ど—「く彰」(古)。8うち—内(東、高、関)。うちわた—内渡(河)。9たづね—尋(河、高)。10つゐで—次(河、東、高、関)。11ゐ—い(冷、書、国)。12頭注—「後春中将御息所/咲さかす我になつけそ櫻花人つてにやはきんと思ひし」(河。後述の①2後撰61、末句「きかんと思ひし」)。13思—おも(冷、書)。14ひ—ナシ(多、東、関)。15雲井—くもゐ(冷、書)。16井—ゐ(関)。17花—はな(多)。花の—さ《は》くら《なの》(冷、書)、「さくら書」(古)。18さき—咲(河、多、東、関)。19人—ひと(冷、書)。20づてに—傳と(東)、「伝と桃東谷掬」(古)。21て—れ《て》(多)。22に—と《に歟》(河、高)。23き—聞(東)。24ん—む(冷、書、東、高、関)。25物—もの(河、冷、書、高)。「物とは—ものかは彰」(古)。

【語注】〇雲井の花　9前出。③117頼政76「てもかけぬ雲ゐの花のしたにゐてちる庭をのみわが物とみる」。〇人づてにのみ　①1古今588「こえぬまはよしのの山のさくら花人づてにのみききわたるかな」(恋二、つらゆき。②4古今六帖4224。③19貫之546)。

【訳】思ったであろうか、イヤ思いもしなかったのだ、宮中の桜が咲いたか、咲かないのか、人を介してばかり聞くようなことになろうとは。〈実家に居て後に、「桜はどうですか」などと、宮中のあたりに問い聞いた折に〉

▽「花」「咲き」。「心」→「思ひ」、「見」→「聞か」。禁中の桜が咲いたかどうか、人伝てにだけ聞くようになろうとは思いもしなかった、つまり、今までずうっと宮中にいて見てきたが、今は宮中にいないので、人から聞くのみだとの詠。河野本頭注の①2後撰61「さきさかず我になつげそさくら花人づてにやはきかんと思ひし」(春中、大将御息所)をふまえて、実家に居た後に「内裏わたり」へ聞いた時に添えた歌。初句切、倒置法。「思ひきや(反語)…とは」は、一つの型《パターン》。29、93にもある。⑤415伊勢物語152「忘れては夢かとぞ思ふ思ひきや雪ふみわけて君を見むとは」(第八十三段、(馬頭)。②4古今六帖715)。

【参考】③62馬内侍175「思ひきやはなたちばなのかばかりもこひしき人にならん物とは」(「返し」)
③125山家1225「おもひきやいみこし人のつてにし《に》てなれしみうちに《を(西)》きかん物とは」(下、雑「かへし」。③126西行法師490)

【類歌】②12月詣807「思ひきや花さく春をよそにみて身をうぐひすの音をなかんとは」(雑下、藤原範明朝臣)
「日常の生活の中での贈答歌」(吉野「歌風」37頁)。

よぶこどり

15　くる人もなきものゆへによぶこどりたれをならしの山になくらん

【校異】1よぶ―呼（高）。2こ―子（東、高）。3どり―鳥（河、東、高、関）。4人―ひと（冷、書）。5なき―無（東）。6もの―物（河、多、東、関）。7へ―へ《ゑ》（河）、ゑ（国）。8よぶこどり―呼子鳥（高）。9どり―鳥（多、東、関）。10た―な（河、東、高、関、「京桃東」（古））。たれ―誰（多）。たれを―「なれも谷―なれと類掬」（古）。11を―と（河）。12山―やま（冷、書）。13なく―鳴（河、多、東、高、関）。14ん―む（高）。

【語注】**○くる人もなき**　①5金葉26 27「いとかやまくる人もなきゆふぐれにこころぼそくもよぶこどりかな」（春「よぶこどりをよめる」前斎院尾張。①5′金葉33）。**○よぶこどり**　題―②4古今六帖、第六、鳥「よぶこどり」4463～4470、④26堀河百首、春「喚子鳥」209～224、久安百首〈部類本〉224～226に歌がある。②4古今六帖4470「朝がすみやへの山こえしよぶこ鳥鳴くやながくるやどはあらなくに」（第六、鳥「よぶこどり」）。・③2赤人223「あしひきのやへやまこえてよぶこどりなくやながくるやどならなくに」。**○ならしの山**　「な（慣）らし」掛詞。八代集一例・後撰53。他、「ならしの岡」拾遺819、1077。「能因歌枕と五代集歌枕も土佐とするが、万葉集・巻八に「古里の奈良思の丘のほととぎす言告げやりし如何に告げきや」とあって大和であることは疑えない。」（新大系・後撰53）。「奈良思の山　大和の国の歌枕であり、斑鳩町竜田とする説の他にも説は多いが、詳細は未詳。「馴らし」と掛けることが多かった。」（新大系、後撰、歌枕・地名索引）。①3′拾遺抄297「わがせこをならしの山のよぶこどりきみよびかへせよのふけぬまに」（恋上「題不知」赤人。①3拾遺819「…ならしの岡の…ぬ時」）。

【訳】やって来る人もないものであるので、呼子鳥は誰を馴らそうとしてか、「ならしの山」に鳴くのであろうか。〈呼子鳥〉

▽「人」「物」。「花」→「呼子鳥」（題）。来る人もないから、誰を求めて馴れ親しまそうとして呼子鳥は、奈良思の山に鳴くのかと歌ったもの。②16夫木1830、春五、喚子鳥、「百首歌」、同（＝二条院讃岐）、第四句「たれをあらしの」。

「夫木抄註に「百首歌」とある。」（古）。

【参考】②4古今六帖871「つの国のまつかねやまのよぶこ鳥なくといまくといふ人もなし」（第二、山「山」）④26堀河百首217「人影もせぬものゆゑによぶこ鳥なにとかがみの山になくらん」（春二十首「喚子鳥」師時。②16夫木1823）④28為忠家初度百首97「きく人もなきものゆゑによぶこどりみみなし山のたにになくなり」（春「谷中喚子鳥」）「歌林苑の歌人の作…とふ人もなきわがやどの夕まぐれ誰にこたふる荻のは風ぞ／（藤原資隆、月詣七）／…「とふ人もなき」「誰にこたふる」のような…類似の韻律が指摘できるであろう。」（「糸賀」43頁）。15、22、45、46、51「「しほひにみえぬおきのいし」「時雨は庭につもら」ずとか、雲間の月を「きえて又ふる雪」（私注―以上、51、46、45の歌）と見たてるような冴えた比喩、着想の裡に鬱勃たる悲しみや、はかなさをこめた作も散在するが、おおむねは湿った叙情の流出か、自然の平淡な描写かであろう。題詠ではあるが、実感実情が歌作の隅にまで浸透しているので、作者の心の陰影が看取されよう。鋭利な感覚で情調を構成する新古今歌風に到達するまでには、かなりの距離が予想される。いったい以上のような作風を形成する要因としては、讃岐の才質ももとより考えられるが、身を寄せていた歌林苑のもたらした影響は見逃せないものがあるであろう。」（同43頁）。

つ[1]ゝじ[2]みちをはさむ

16 [3]いづ[4]かたも[5]ちらさでゆかん[6]い[7]は[8]つ[9]ゝじ[10]左[11]も[12]みぎも[13]まくりで[14]にして[15]

【校異】1ゝ―く（東）、つ（国）。2みち―路（河、東、高、関）。3いづ―何（河、東、高）。4かた―方（東、高）。

5ちら—散（東）。6ん—む（冷、書、東、高、関）。7いは—岩（河、多、東、高、関）。8つ—す《っ》（関）。9ゝ—つ（国）。10左—ひたり（河、冷）。左も—ひたり《本ノマ、》（書）、「ひたり書彰」（古）。11も—ナシ（冷）。12みぎ—右（河、多、東、高、関）。13まくりで—子まつり（河）。14にして—「として桃」（古）。15」ニ（私）。

【語注】○題　⑤130散位源広綱朝臣歌合〈長治元年五月廿日〉の二番「躑躅夾道」1104年。③118重家219「いづかたをわきてをらましつつじさくさぎさか山の谷のほそ路」（次例の当座「躑躅夾路」）。○いはつつじ　八代集四例、初出は古今495。○左　八代集にない。源氏物語「左は、猶数一つある果てに、須磨の巻出で来たるに、」（「絵合」、新大系二—181頁）。○左もみぎも　④38文保百首1369「なみだ河ひだりもみぎもせきつつみいづかたよりか世にはもるべき」（恋二十首、経継）。○みぎ　八代集二例・後拾遺873、千載1257。○まくりで　八代集一例・後拾遺308。古今・異本の歌1136「いかにしてこひをかくさむくれなゐのやしほの衣まくりでにして」。

【訳】　どちら側も散らすことなく進んでいこう、岩つつじを、左も右も腕まくりをして。〈つつじが道をはさむ〉

▽「呼子鳥」（題）→「つつじ」（同）、「来る」→「行か」。両方の岩つつじを散らしたくないから、左右の袖まくりをして行こうと歌ったもの。二句切、倒置法。

『平安朝歌合大成　七』、「三五五　応保二年三月十三日　中宮育子貝合雑載」、18、「もしこれが歌合の歌と認められるならば、讃岐としては歌合史上唯一の所見である。」（2072頁）。「五句目に見られる平俗さが、むしろ新鮮に感じられる。」（福田「中世」38頁）。「重家集、内裏当座「躑躅夾路」の詠と同じ折の作か。」（古）・【語注】参照。『讃岐』15頁参照。「応保二年（一一六二）の詠か。この歌合のことは袋草紙上（日本歌学大系第二巻）に詳述されている。」（私注）。袋草紙・新大系130〜132頁参照。「来たる十三日、中宮の御方に貝合の事有るべし。」（新大系130頁）。

[1]あめの[2]ゝちの[3]つ[4]ゝじ

17 [5]春雨にし[6]ほれ[7]〳〵て[8]い[9]はつ[10]ゝじ[11]はる[12]ゝ[13]けふこそ[14]色まさりけれ

【校異】 1あめの—雨後（河、東、高、関、「桃谷」（古））。あめ…ゝじ—「「雨後躑躅」京東類掬」（古）。2ゝ—の（国）。ゝち—後（多）。3つゝじ—躑躅（東、高、関）。4ゝ—つ（国）。5春雨—はるさめ（冷、書）。6ほ—を（国）。7〳〵—ゝゝゝ（冷）、しをれ（国）。8いは—岩（多、東、高、関）。9は—わ《は》（河）。10ゝ—つ（国）。11はるゝ—晴る（東）。12ゝ—る（国）。13けふ—今日（河、多）。14色—いろ（冷、書）。

【語注】 **○題** 「雨後躑躅」は、讃岐17のみの珍しい歌題（歌題索引）。 **○しを《ほ》れしを《ほ》れ** 八代集にない。が、「しをる」は多い。一句・④28為忠家初度百首489「なにはえのいりえのあしのしをれはのしをれしをれてあとかたもなし」（冬「浜辺葦」）。

【訳】 春雨にしおれしおれはててしまって、岩つつじは、晴れた今日は色がまさっていることよ。〈雨後のつつじ〉

▽「つつじ」（題）。「いはつつじ」（第三句）。「躑躅夾路」（題）→「雨後躑躅」（同）詠へ。春雨が続いて濡れしおれた岩つつじが、今日晴れて一段と色増さった様を歌ったもの。上、下句「はる」の頭韻。

【参考】 ③100江帥394「くれなゐのやしほに見ゆるいはつつじはるさめにこそいろまさりけれ」（「つつじ」）。②16夫木2232

【類歌】 ⑤218内裏百番歌合〈承久元年〉42「夕日かげうつろふ山のいはつつじしをるる色に春雨ぞふる」（「暮春雨」兵衛内侍）

18

[1]はるの[2]く[3]れの[4]哥あまた[5]よみたりし[6]つ[7]いでに
[8][9]身《われのみイ》[10]ひとつのなげきならね[11]ば[12]くれて[13]行《ゆく》[14]春の[15]わかれを[16]と[17]ふ[18]人ぞなき

【校異】　1はる―春（河、冷、書、東、高、関）。2くれ―暮（東、関）。3れの哥―れ○《の》うた（冷）、れ・《の》うた（書）。4哥―歌（東、私、古、国）、うた（高）。5よみ―讀（河、東）。6ついで―次（河、東、高、関）。7い―ゐ（多）。8われ―我（河、東、高、関）。身ひとつ《われのみイ》―身ひとつ（冷、書）。「身ひとつ―われのみ谷」（古）。9ひとつ―一（東、高、関）。10イ―に《の》（河）、のイ（東、関）。11ば―「と掬」（古）。12くれ―暮（河、東）。13行―行く（国）、ゆく（冷、書、関）。14春―はる（冷、書）。15わかれ―別（河、東、関）。16を―「は彰」（古）。17とふ―問（河、多、東、関）。18人―ひと（冷、書）。

【語注】　**○身ひとつ**　八代集一例・後撰1323、が、「我身一つ」は用例が多い。**○くれて行く**　④40永享百首190「をしめどもつひにとまらず暮れて行く春の別をまたやしたはん」（春二十首「暮春」御製）。**○春のわかれ**　八代集三例・①7千載128「身のうさも花みしほどはわすられき春のわかれをなげくのみかは」（春下「（三月尽のこころをよみ侍りける）」源仲綱）、138、新古今172。④30久安百首721「あかでゆく春の別にいにしへの人や卯月といひはじめけむ」（夏十首、実清）。

【訳】　我身一つの〔私だけのイ〕嘆きではないので、暮れて行く春の別れをわざわざどうだと尋ね聞く人がいないことよ。〈春の暮の歌を多く詠んだ続き（時カ）に〉

▽「春」。「雨後躑躅」（題）→「春の暮（の歌）」（詞書）。自然→人事詠。誰も皆で、自分だけの嘆きではないから、春の別れの辛さ淋しさ悲しさをどうですかと問い（訪れカ）慰めてくれる人がいないと歌う。②12月詣234、三月「（暮

春の心をよめる)」讃岐、初句「みひとつの」。

【類歌】①13新後撰153「くれて行く春のわかれはいかにぞと花をしまぬ人にとはばや」(春下「暮春の心を」如願法師)

①21新続古今1658「いかばかり時しる人のをしむらむ我だになげく春のわかれを」(雑上「暮春の心を」雅成親王)

「第三章三参照。」(私注)。『讃岐』63頁参照。「暮春との別れのさびしい心を詠じたもので、近くに配列されている「日をへつゝをしむ心もゆく春もともにぞふかくなり増りける」(覚綱法師)に比較すると、暮春の嘆きを一般的なものとして広範囲に目をそそぎ、着想が巧みなものになっている。」(『糸賀』43頁)。18、38「二首ともに、惜春の情とこぼれる露を惜しむ心情を、曲折なく流暢に表出しているところに、讃岐の当時の歌風の特色が見出される。」(同43頁)。

19　いま[1]はとてわか[2]るゝ[3]春[4]の夕[5]がすみ[6]こよひ[7]ばかりや夏[8]をへだてん[9]

【校異】1いま―今(河、多、東、高、関)。2わか―別(東)。3ゝ―る(国)。4春―はる(冷、書、高)。5夕―ゆふ(冷、書)。6がすみ―霞(多、東)。7こよひ―今夜(河、東、高)。8夏―なつ(冷、書)。9ん―む(冷、書、東、関)。

【語注】**○いまはとて**　④34洞院摂政家百首14「今はとてかすみにけりな難波がた蘆火たくやの春の明ぼの」(春、霞五首、実氏)。⑤395讃岐典侍日記6「今はとてわかるる秋の夕暮は尾花の末も露けかりけり」(下巻、出雲といふ女房)。**○夕がすみ**　八代集にない。守覚5、27にあり(『守覚全歌注釈』参照)。勅撰集初出は新勅撰12(春上、親隆)。が、③106散木1328にもある。「霞」は「へだつ」の縁語。**○こよひばかりや**　④26堀河百首1113「年くれて春はとなりに成りにけりこよひばかりや隔なるらん」(冬十五首「除夜」師時)。④31正治初度百首173「年くれてこよひばかりやあしがきのまぢかき春のへだてなるらむ」（冬、三宮）。　**〇夏をへだて**　⑤197千五百番歌合928「…ひむろやま夏をへだつるこころありけり」。

【訳】　今は、といって、別れ去る春の夕霞は、今夜だけ夏をへだてるのであろうか。

▽「別《れ》るる」「春」。「暮れ」→「夕」。今となってはもうこれが最後だといって、別れて行く春の夕霞は、明日からは夏だから、今夜一晩限りで夏を隔てるのかと歌う。夕霞が夏との隔てとなっているのである。

20　いづくにか[1]くれ[2]ぬる[3]春[4]のとまるらん[5]としは[6]我身にそふと[7]しりにき

【校異】　1くれ—暮（東）。2ぬる—ゆく《ぬる》（冷、書）、「ゆく書」（古）。3春の—はるは（冷、書、「書桃東類」（古））。4の—は（高、関）。のとまる—は留（河、東）。5とし—年（東、関）。6我—我が（国）、わか（冷、書）。7しり—知（河）。

【語注】　**〇とまるらん**　⑤325和歌用意条々6「行く春もよるは越えじととまるらむ暮るるまがきの山吹の花」（故禅門（為家））。　**〇としは我身に**　「「年《とし》」に「疾《と》し」をかける。」（私注）。③129長秋詠藻571「暮れはつる年はわが身につもるなり冬のゆくらん方ぞしられぬ」（右大臣家百首「歳暮」。②16夫木7658）。④39延文百首170「くれてゆくとしはわが身にそふものとおもへばはてのあはれなるかな」（冬、進子内親王）。④41御室五十首238「暮れて行く年は我が身にとまれどもかへらぬ物は月日なりけり」（冬七首、兼宗）。

【訳】　一体どこに暮れはててしまった春はとまるのであろうか、年齢は我が身に加わると知ってしまったよ。

▽「春の」。「夕」→「暮れ」、「別るる」→「止まる」。暮れた春はさてどこに止まるのか、暮れた年のほうは我身にとどまり添い加わって年をとると知ったが…との詠。暮れた春の行方は分からないが、年は「我身に添ふ」と歌う。

【語注】の俊成詠の影響があるか。春と年の対照。三句切。第三、四句との頭韻。同じ讃岐詠・188に④31正治初度百首1923「春はなど行へもしらで帰るらん年は我がみにとまりしものを」（春）がある。20を改作したのであろう。

21　[1]おしみつる[2]春を[3]かぎりと[4]思[5]ふ[6]に[7]は[8]のこれる[9]花も[10]見る[11]そらぞなき

【校異】1お―お《を》（河）、を（国）。おし―惜（東）。2春―はる（冷、書）。3かぎり―限（河、東、関）。4思―おも（河、多、冷、書）。「思ふには―おもふにも書彰」（古）。5ふ―ナシ（東）。6に―木（河）。7は―ミん《は》（冷）、ミも《は》（書）。8のこ―残（東）。9花―はな（冷、書）。「花も―はなは彰」（古）。10見―み（河、冷、書、関）。11そら―空（河、東）。

【語注】〇そら　掛詞。

【訳】惜しんだ春を（今日）限りと思うのには、残っている桜（の花びら）――後述の③106散木197による――も見る空がない、見ようとする気が起らないことよ。

▽「春」。惜しんでいた春ももう最後だ、春が終って去って行くのだと思うと、今まだ残っている花も空に、おちお ち落ちついて見ていられないと歌って、惜春の情を述べる。春の終末詠。

【参考】③106散木197「いとどしくみる空ぞなき桜花わかれし春のかたみと思へば」（夏、四月「余花随風」）…21に近い

③119教長122「さくらばなちるをばみじとおもひしにことしもこりずをしみつるかな」（春「毎年見花」）

【類歌】③133拾遺愚草313「春のきてあひみんことは命ぞと思ひし花をしみつるかな」（閑居百首、春廿首）…21に近い

④38文保百首620「あかざりし春のかたみと思ふには花色ごろもかへまくもをし」（夏十五首、実泰）

[1]ほと[2]ゝぎす

22[3] [4]なき[5]すて[6]ゝ[7]雲[8]ぢ[9]すぎ[10]行[11]ほと[12]ゝぎす[13]いま[14]一[15]こゑは[16]と[17]をざか[18]る[19]なり

【校異】１ほとゝぎす―郭公（冷、書、関）、時鳥（河、東、高）。２ゝ―と（国）。３「新拾雑上為藤／さゝことにさたかならぬを郭公今ひと聲は遠さかりつゝ」（河。①19新拾遺1566、初句「さらでだに」。後述・④38文保百首1624）。４なき―鳴（多、東、高、関）。５すてゝ―捨て（東、高）。６ゝ―て（国）。７雲―くも（冷、書）。８ぢすぎ―路過（河、多、東、高）。９すぎ―過（関）。10行―ゆく（冷、書）、行く（国）。11ほとゝぎす―時鳥（東）。12ゝ―と（国）。13いま―今（河、東、高、関）。いま一こゑ―今ひと声（河）。14一―ひと（冷、書）。15こゑ―聲（東、高）。16とを―遠（河、東）。17を―ほ（国）。18る―り（河）。19なり―也（多、東）。

【語注】**○題**　354にもある。**○なきすて**　八代集にない。**○なきすてて**　③131拾玉2983「時鳥なきすてて行くこゑの跡に心をさそふ松の風かな」（詠百首和歌、夏二十首）。④2守覚解24「なきすててとやまがすそをすぎぬればこゑもおくあるほととぎすかな」（「郭公」。④41御室五十首15）。④40永享百首232「鳴きすてて過行く空の時鳥またが里の初音なるらん」（夏十五首「聞郭公」持基）。**○雲ぢ・すぎ・ゆく**　③96経信69「ほととぎすすぎゆくこゑにくれぬればよはにやなかむみやまべのさと《かくもあり》」（「暮天郭公」）。④31正治初度百首2027「一声に雲路過ぎぬるほととぎすまたいづかたの人さわぐらん」（夏、小侍従）。⑤157中宮亮重家朝臣家歌合46「ほととぎす雲路にきゆる一こゑはゆくかたをだにえやはながむる」（「郭公」隆信）。**○ほとゝぎす・いま一こゑ**　①3拾遺106「行きやらで山ぢくらしつほととぎす今ひとこゑのきかまほしさに」（夏、源公忠。3′拾遺抄69。⑤52前十五番歌合9。⑤166俊成三十六人歌合50）。④41御室五十首464「よひのまの今ひと声を時鳥雲のいづくの月になくらん」（夏七首、有家）。**○とをざかる**　④32正治後度百首

618「ききおくる心もきえぬ郭公遠ざかり行くあかつきのこゑ」（「郭公」長明）。④32同816「郭公さ月の空の雲間よりこゑもかすみて遠ざかるなり」（夏「ほととぎす」宮内卿）。

【訳】 鳴き捨てていって、雲路を過ぎて行く時鳥よ、今一声は遠ざかって行くのである。〈郭公〉

▽〝夏〟歌。「春の暮（の歌）」（詞書）→「郭公」（題）。「見る」→「鳴き、声」。郭公ゆえ、22から夏歌となる。鳴いて雲路の彼方へ去ってしまった郭公の、もう一度鳴いて聞きたいと思った声も遠離《ざか》ったと歌う。最末の「なり」は所謂伝聞推定か。父頼政の①7千載159「ひとこゑはさやかに鳴きて《すぎ（頼）》ほととぎす雲ぢはるかにとほざかるなり」（夏、頼政。③117頼政140）の影が大きい。数多の【類歌】がある。156参照。

【類歌】①11続古今211「ゆきやらでくらせるやまの《山路くらせる（兼）》ほととぎすいまひとこゑは月になくなり」（夏、中務卿親王。⑤346兼載雑談60・宗尊親王）

④22草庵285「時鳥夢うつつともわくべきをいま一こゑはとほざかりつつ」（夏）

④32正治後度百首417「一こゑは夢ぢをすぎて時鳥さむる枕にとほざかるなり」（夏「郭公」隆実）

④37嘉元百首820「一声の山ほととぎすなきすててなさけのこれる夕暮の雲」（夏十首「郭公」実泰）

④38文保百首1624「さらでだにさだかならぬを時鳥今一こゑはとほざかりつつ」（夏、為藤。①19新拾遺1566）

④39延文百首2723「時鳥いま一声もなくやとてすぐる雲まをながめつるかな」（夏十五首「郭公」義詮）

⑤239永福門院百番自歌合42「ほととぎすこゑも高根のよこ雲になき捨ててゆく曙の空」（廿一番、右）

15参照。「歌林苑の歌人の作…かりがねの声する方をながむれば霞のうちにとほざかるなり／（藤原隆信、月詣二）…「とほざかるなり」…のような類似の表現…が指摘できるであろう。」（「糸賀」43頁）。「この二首〔私注―22と150〕などはやはり想像と構成を中心にした自然詠であったというべきであろう。ただ「鳴捨て」の一首は、千載集にも撰入された父頼政の名歌「一声…」からの影響を受けたものであろう。「鳴捨て」と句を発した讃岐の強い調べにも捨てがたいものがある。」（脇谷「自然」91頁）。

23　[1]旅宿[2]のほと[3]ゝぎす

[4]も[5]ろともに[6]たびねする[7]夜[8]の[9]ほと[10]ゝぎす[11]こずゑ[12]やなれ[13]が[14]いほり[15]なるら[16]ん

【校異】1（題）「「たひのやとりの郭公」類」（古）。2のほとゝぎす―子規（河）、郭公（東、高、関、「桃東谷」（古））。3ゝ―と（国）。4もろとも―諸友（東）。5ろ―の《ろ》《ミ》（冷、書）。6たび―旅（河、東、高、関）。7夜―よ（冷、書、高）。8の―「は類」（古）。9ほとゝぎす―時鳥（多、東）、郭公（高、関）。10ゝ―と（国）。11こずゑ―木末（河）、梢（東、高、関）。12や―か（冷、書、「書」（古））。13が―る《か》《ヒ》（多）、る（東、「東谷」（古））。14いほり―盧（河）、庵（東、高）。15なる―成（河、多、東）。16ん―む（冷、書、高）。

【語注】**○題**　③106散木756「郭公旅ねのとこに忍ぶともしらでやうはの空になくらん」（旅宿「修理大夫顕季のなぎさの院にて旅宿郭公といへる事をよめる」）。**○もろともに**　③108基俊105「もろともにたびの空には出でたれどあなおぼつかな春のよの月」。③125山家415「もろともにたびなる空に月もいでてすめばやかげのあはれなるらん」（上、秋）。**○ほとゝぎす**　③129長秋詠藻230「さやかにも鳴きわたるかなほとゝぎすなれや五月の光なるらん」（中、夏「…、郭公」）。⑤197千五百番歌合859「ほととぎすなれもこころやなぐさめぬをばすて山の月に鳴く夜は」（夏二、丹後。②16夫木2824）。**○なれ**　「汝《なれ》」のみ、八代集四例。

【訳】一緒に旅寝をする夜の時鳥よ、梢がお前の庵なのであろうか。〈旅の宿りの時鳥〉

▽「（旅宿の）時鳥」（題、歌・第三句）。共に旅泊をした夜の時鳥は、梢こそがお前の庵なのかと推量したもの。3参

照。

【参考】③105六条修理大夫309「いささめにさそはぬ月ともろともにたびのいほりによをあかすかな」（「月照旅宿并恋」）

⑤419宇津保物語49「ほととぎす旅ねするよのしののめはあけまくをしき物にぞ有りける」（少納言の君）

「保元四年（一一五九）の詠か。同じ時の詠「ほととぎす…」（重家集6）」（私注）・③118重家6「ほととぎすかたらふさとにやどかりておもはぬほかの日数へぬべし」（御方違の行事の次に御会ありしに「旅宿郭公」）。

24　[1]こゑならすしのだの[2]もりの[3]ほと[4]ゝぎすいつ[5]里なれて[6]やどに[7]鳴ら[8]ん

【校異】24の歌は〈割注のような形で一行〉（底本）。1こゑ―声（河）、聲（多、東、高、関）。2もり―杜（河、高）、森（東）。3ほとゝぎす―時鳥（東、関）。4ゝ―と（国）。5里―さと（多、冷、書）。6やど―宿（河、多、東、高）。7鳴―鳴く（国）。鳴ら―きなか（河、冷、書、高、関、「書桃東類」（古））、來なか（東）。8ん―む（冷、関）。

【語注】**○こゑならす**　③106散木219「ほととぎすつきわかしとやおく山のこぬれがくれに声ならすらん」（夏、四月「郭公未遍」）。⑤176民部卿歌合〈建久六年〉85「いつしかと声ならすなり時鳥きのふかへりし春にちがひて」（「初郭公」重政）。**○しのだのもり**　八代集八例。和泉国の歌枕。①4後拾遺189「夜だにあけばたづねてきかむほととぎすしのだのもりのかたになくなり」（夏、能因。⑤69祐子内親王家歌合〈永承五年〉24）。③106散木237「五月こばしのだの森の郭公木づたふちえの数ごとになけ」（夏、五月。④26堀河百首376）。**○ほとゝぎす**　②10続詞花110「はつこゑを聞きそめしより郭公ならしのをかにいくよきぬらん」（夏、藤原隆資）。③4猿丸4「ほととぎす啼くらむさとにいできしがしかなくこゑをきけばくるしも」。③60賀茂保憲女200「やまざとにしる人もなきほととぎすなれにしさとをあはれとぞなく」。③124殷富門院大輔39「かずならぬみやまがくれのほととぎすさとなれぬねをさのみなけとや」。④10寂蓮144「あくがれし人の心もほととぎすさとなれそむるよはの一こゑ」(「初郭公同会に」)。①21新続古243)。④31正治初度百首626「千千《え》にこそかたらはずとも郭公しのだのもりに一《の(新)》こゑもがな」(夏、慈円。①20新後拾遺190)。④34洞院摂政家百首305「郭公やどりやすらん橘の小島がさきの明ぼののこゑ」(郭公五首、大殿)。**○里なれ**　八代集三例、初出は拾遺1076。

【訳】声を馴らしている信太の森の時鳥は、一体いつになったら、里に馴れて(わが)家に鳴くのであろうか。

▽前歌と同題。「郭公」(第三句)。「らん」(最末)。「梢」→「(信田の)森」、「旅」→「里」「宿」。まだ鳴き出して日が浅いので、鳴き初めの声を慣らし練習している信田の杜の時鳥は、いつ里に鳴き慣れて、わが家に来て鳴くのかとの詠。

【参考】③3家持80「神なびのいはせのもりのほととぎすならしのをかにいつかきなかん」(②1万葉1470。②16夫木2757)
⑤112出雲守経仲歌合1「ほととぎすしのだのもりにうちしのびさよのこずゑを一こゑぞなく」(「聞郭公」家宗)
⑤132俊頼朝臣女子達歌合10「五月まつしのだの森の郭公わがやどにきて声はならはせ」(「郭公」)

【類歌】③133拾遺愚草1891「いく里の人にまたれて郭公やどの梢に声ならすらん」(女御入内御屏風歌、五月)

[1]と[2]をきむらの[3]うの[4]はな[5]

25　[6]さと[7]ゝ[8]をみまださ[9]きやらぬう[10]の花[11]やさらしもやらぬゝ[12]のとみゆら[13]ん[14]

【校異】1とを…はな―遠村夘花(河、東、高、関、「二」(古・「卯」))。2を―ほ(国)。3うのはな―卯花(冷、書)。

4はな―花（多）。5」（私）。6さと〻―里と（河、多、関）。さと〻を―里遠（東、高）。7〻―と（古、国）。8を―ほ（国）。9さき―咲（河、多、東、高、関）。10うの―夘（河、東、関）。11花―はな（冷、書、高）。12〻―ぬ（国）。〻の―布（河、多、東、高、関）。13らん―らし本ノマヽ（冷）。14ん―む（高）。

【語注】〇題「遠村卯花」―讃岐25の他、「千143（政平）／為忠初162〜169」のみ（歌題索引）。①7千載143「卯のはなのよそめなりけり山ざとのかきねばかりにふれるしら雪」（夏「遠村卯花といへるこころをよめる」賀茂政平）。④28為忠家初度百首、夏、171〜178。〇まださきやらぬ ④37嘉元百首1208「白雲はたえだえみえてよしの山まださきやらぬ花桜かな」（春「花」実覚）。〇さきやら 八代集にないが、③117頼政33「…さきやらぬ花をばしばしまちもしてまし」（小侍従）、他、③122林下23、129長秋詠藻208、④29為忠家後度百首153などにある。〇うの花や ④28為忠家初度百首174「むかつらのはたのかこひのうの花やしづのさらせるてづくりのぬの」（夏「遠村卯花」。②16夫木15659）。⑤197千五百番歌合645「うの花やみぎはをかけてさきぬらむなみよせまさる玉河の里」（夏、寂蓮）。〇さらしもやら 「さらす」は八代集に七例あるが、「さらしやる」はない。「さらしもやる《ら》」及び「さらしやる《ら》」は、新編国歌大観①〜⑩の索引に、用例が他になかった。〇ぬの 八代集四例。〇ぬのとみ ③117頼政112「卯花の垣根なりけり五月雨にあまざらしする布とみつるは」（夏「卯花、季経朝臣家歌合」）。④28為忠家初度百首171「卯花のさかりなりけりしのむらやむらにさらすぬのとみつるは」（夏「遠村卯花」）。

【訳】里が遠いので、まだ咲ききらない卯の花よ、さらしきらない布と見えるであろうか。〈遠い村の卯花〉

▽「里」、「らん」（最末）。「旅宿時鳥」（題）→「遠村卯花」（題）、「時鳥」（第三句）→「卯花」（同）、「森」→「里」、「声」（聴覚）→「見ゆ」（視覚）。里が遠く、すっかり咲ききっていない卯花は、十分にさらしていない布と見えるのかと、晒した白布を卯の花の白さに見立てた詠。第二、四句末「やらぬ」の繰り返し。第一、四句さの頭韻。

26　[1]たづねてあやめを[2]ひく

[3]なが き[4]ね[5]に あかぬ [6]心を [7]しるべ[8]に てまだしら[9]ぬまのあやめをぞ[10]ひく

【校異】　1たづね—尋（河、東、高、関）。2ひく—引（河、東、高、関）。3なが—長（東、高）。4ね—根（河、高）。5に—「は類」（古）。6心—こゝろ（多、冷、書）。7しる—知（河、東）。8に—と（高）。9ぬま—沼（河）、ぬ（高）。10ひく—引（河、多、東、高、関）。

【語注】　**○題**　「尋引菖蒲」は讃岐26のみの珍しい歌題（歌題索引）。　**○ながきね**　④26堀河百首388「かくれぬにおふとはすれどあやめ草尋ねてぞひく長きねなれば」（夏「菖蒲」師頼）。④41御室五十首116「あやめ草我こそうゐしながきねを今朝はみぬまに人やひくらん」（夏、隆房）。⑤262寛喜女御入内和歌38「ぬま水にひくやあやめのながきねに今日はさ月のたまやぬくらむ」（五月「沼江昌蒲迺《(ママ)》に」）。⑤403弁内侍日記240「あやめぐさそこしらぬまのながきねにふかきといふやよもぎふのつゆ」（弁内侍。⑤358増鏡62）。　**○しらぬま**　「知らぬ間」に「沼」を掛ける。また「白沼」か。「白沼」は八代集二例・金葉134、詞花319。　**○第二、三句**　一つの表現型《パターン》。（例、④35宝治百首907、⑤243新玉津島社歌合〈貞治六年三月〉72）。

【訳】　長い根に飽くことがない心をしるべとして、まだ知らない、沼の菖蒲を引くことよ。〈尋ね求めて、菖蒲（草）を引く〉

▽「まだ」。「遠村卯花」（題）→「尋引菖蒲」（題）、「卯花」→「あやめ」。菖蒲の根の長さを競い、なかなか満足できぬばかりに、もっと菖蒲の長い根が欲しいと、飽くない心を道しるべにして、今まで行ったことのない、未知の沼の菖蒲を抜くとの詠。さらに長い菖蒲の根を求める心を歌う。

**【参考】**⑤68六条斎院歌合（永承五年五月）6「あやめぐさながきねにこそぬまみづのそこの心のほどはしらるれ」（「菖蒲」こま。②15万代628）

**【類歌】**③131拾玉4305「あやめ草ぬまのいはねのながきねに心びきをもなくかはづかな」（「菖蒲」）

④45藤川五百首119「五月とてけさひくあやめながきねに池の心も底しられつつ」（「池朝菖蒲」）

⑤403弁内侍日記241「あやめぐさそこしらぬまのながきねをふかき心にいかがくらべん」（三条の中納言）

[1]とし[2]ごとにあふひをかく

27 [3]たのみこし[4]その[5]神[6]山のあふひ[7]ぐさ[8]おもへばかけぬ[9]としの[10]なき[11]かな

**【校異】**1とし―年（河、冷、書、東、高、関）。2ごと―毎（河、多）、十七（高）。3たのみ―憑（東）。4その―其（東）。5神―かみ（河、冷、書、東、高、関）。6山―やま（冷、書）。7ぐさ―草（河、多、東、高、関）。8おも―思（河、関）。9とし―年（河、東、高、関）。10なき―無（東）、くれ（関）。11かな―哉（河、東、関）。

**【語注】****○題**「毎年掛葵」は、讃岐27のみの珍しい歌題（歌題索引）。**○たのみこ**　八代集一例・新古今1741。他、⑤160住吉社歌合〈嘉応二年〉136、⑤167別雷社歌合171〈第一、二句が讃岐27と全く同じ〉、⑤419宇津保物語601などに用例がある。**○その神山**　八代集三例・後拾遺183、新古今183（後述）、1486。①8新古今183「いかなればその神山のあふひぐさ年はふれどもふた葉なるらん」（夏「あふひをよめる」小侍従。②10続詞花105。④3小侍従31）。「神」掛詞。**○あふひぐさ**　八代集三例・千載146、147（後述）、新古今183（前述）。①7千載147「神山のふもとになれしあふひ草ひきわかれても年ぞへにける」（夏、式子内親王）。③131拾玉724「としをへてかものみあれにあふひ草かけてぞ思ふみよの契を」

（楚忽第一百首、夏「葵」）。③133拾遺愚草423「年をへて神もみあれのあふひ草かけて帰らん身とはいのらず」（早率百首、夏）。④26堀河百首353「神山のけふのしるしのあふひ草心にかくるかざしなりけり」（夏「葵」公実）。④26同357「むかしよりけふのみあれに葵草かけてぞたのむ神のしるし《契(六)》を」（夏「葵」顕仲。③105六条修理大夫203）。④26同358「あふひ草いのりてかくる人ごとになびかぬ神はあらじとぞ思ふ」（夏「葵」顕季）。④26同362「祝子がいはひてとれるあふひ草かけてぞ頼む神のしるしを」（夏「葵」顕仲）。④27永久百首132「人よりもたのみぞかくるあふひ草わきても神のしるしみせなん」（夏「賀茂祭」常陸）。　**〇かけ**　「葵」の縁語。

【訳】頼みとしてきたその昔の神山の葵草よ、思うと（心を）掛けない年はなかったことだよ。〈毎年、葵をかける〉

▽「尋引菖蒲」（題）→「毎年掛葵」（題）、植物・草「あやめ」→「葵（草）」、「心」→「思へ」。今まで神に頼みをかけてきたあの神山の葵草を心に掛け、挿頭にしない年はないとの詠。

【参考】③98顕綱4「おもひきやそのかみやまのあふひぐさかけてもよそにならんものとは」（①9新勅撰1057）

④27永久百首133「年をへてけふかざしくるあふひ草神にたのみをかくるしるしか」（夏「賀茂祭」大進）

【類歌】①14玉葉1619 1611「わすれにしそのかみやまのあふひ草今日だにかけて思ひ出でずや」（恋四、読人しらず）

②12月詣724「いとどしく神をぞ頼むあふひ草おもひかけつるしるしあらせよ」（雑上、賀茂成助）

③131拾玉2651「としをへてかものみあれにあふひ草かけてぞたのむ神のめぐみを」（春日百草「賀茂」）

④14金槐628「名にしおはばその神山のあふひ草かけてむかしを思ひいでなん」（雑「同社をよめる」）

④21兼好11「わがたのむ神のしるべにあふひ草おもひかけずといかがおもはむ」（「返し」）

「四月陰暦中《なか》の酉の日、賀茂祭当日には物ごとに葵の葉を掛ける。「葵を掛く」に「逢ふ日」を心に掛けるの意をこめる。神山は賀茂神社のある山。」（私注）。

[1]雨[2]の[3]うち[4]のさなへ

28 [5]名[6]ごりなく[7]はれぬ[8]めれ[9]ども[10]さなへ[11]と[12]る[13]たごの[14]をかさは[15]ぬぐ[16]よしもなし

【校異】 1雨—あめ（冷、書）。「雨のうちの—あめのゝちの書彰類—雨後の京東掬—雨後桃谷」（古）。2のうち—後（河、東、高、関）。3う—の（国）、ゝ（冷、書）。4のさなへ—早苗（高）。5名—な（冷、書）。6ごり—残（多、東、高、関）。7はれ—晴（東）。8めれ—め。れ（高）。9ども—「とそ類」（古）。10さなへ—早苗（東、高）。11とる—取（多、東、高）。12る—り（河）。13たご—田子（東、高、関）。14を—お（多）。をかさ—小笠（河、東、高、関）。「をかさは—小笠の掬」（古）。15「ぬくよしもなし—ぬきよしもかな掬」（古）。16よし—由（東）。

【語注】 **○題** 「雨後早苗」—「月詣442（範綱）／教長263・慈円3319・親盛35」（歌題索引）。「雨中早苗」—「今撰65（勝信）／在良4・讃岐28・慈円825」（同）。③119教長263「なはしろにほそたにがはもひかでこそあめのなごりはさなへとりけれ」（夏「雨後早苗」）。②11今撰65「五月雨に門田の早苗水こえてまだおひたたぬ心ちこそすれ」（夏「雨中早苗」僧勝信）。歌の第一、二句から、「雨後」が正しかろう。「私注」も「雨ののちの早苗《さなへ》」。**○名ごりなく** 八代集五例、初出は拾遺979。**○さなへ** 八代集六例。**○さなへとる** ④26堀河百首412「さなへとる田子は恋すとなけれども苗代水に袖ぞぬれぬる」（夏「早苗」永縁）。**○たご** 八代集一例・新古今227。**○をかさ** 八代集では「すげのをがさ」（金葉263）一例。

【訳】 すっかり晴れ上ってしまったようだが、早苗を取る田子の小笠は脱ぐこともない。

▽「なき」→「なく《し》」。「毎年掛葵」（題）→「雨後（中）早苗」（題）、「葵草」→「早苗」。雨があかり晴れきったようだが、早苗を取る農夫は忙しくて笠を脱ぐ隙もないとの詠。

【参考】④26堀河百首444「五月雨のはれぬかぎりはさなへとる田子のさ衣かわくまぞなき」（夏「五月雨」永縁）
⑤79或所歌合〈天喜四年四月〉21「さなへとるたごのかけなはうちはへてやむよしもなくいそぐ比かな」（「早苗」）
【類歌】①13新後撰207「さなへとる田子のをがさをそのままにぬがでぞかへるさみだれの比」（夏、信実。④36弘長百首189）

[1]あか[2]月のともし

29 [3]おもひきや[4]しかにも[5]あはぬと[6]もしすと[7]あり[8]明の[9]月を[10]まちつべしとは

【校異】1あか月—暁（河、東、高、関）。2月—つき（多、冷、書）。3おも—思（河、高）。おもひ—思（東、関）。4しか—鹿（河、東、高、関）。5あは—逢（東）。6もし—°しも（高）。7あり—有（河、東、高）、在（多）。8明—あけ（冷、書）。9「月を—月掬」（古）。10まち—待（河、多、東、高、関）。

【語注】○題「暁照射」は讃岐29のみの珍しい歌題（歌題索引）。なお「照射」は堀河百首に夏417〜432、16首ある。○おもひ「火」を掛けるか。○ともしす ③116林葉328「ともしすとは山のすそに立ちかぬる我をや妹は待ちあかすらん」（夏「ともしをよめる」）。④26堀河百首427「さ月やみともしする夜は我もしるめをあはせてもあかしつるかな」（夏「照射」基俊）。

【訳】思ったであろうか、イヤ思いもしなかったのだ、鹿にも会わない照射をして、有明月を待つことになろうとは…。〈暁の照射〉

▽「雨後（中）早苗」（題）→「暁照射」（題）。「田子」→「鹿」、「晴れ」→「明」。照射をしたのに、鹿が照射に寄っ

て来ないので、鹿にも会わないで有明の月を待ち受けることになろうとは思いもしなかったと歌う。つまり①1古今691「今こむといひしばかりに長月のありあけの月をまちいでつるかな」（恋四、そせいほうし）の趣である。第四句字余り（「あ」）。14、93と同じく初句切、倒置法、反語。歌の一つの表現型《パターン》である。代表例・⑤415伊勢物語152。以上14、93参照。

【参考】④26堀河百首429「ともしすと鹿にもあはぬもののゆゑにこぐれの下に夜を明しつる」（夏「照射」隆源）…二つの句が全く同じ

④28為忠家初度百首210「ともしすとさやまによをぞあかしつるしかもわがみもめをもあはせで」（夏「暁更照射」）

[1]かやり[2]火つきぬ

30 さもこそは[3]みじかき[4]よはの[5]ともならめ[6]ふすか[7]ともなく[8]きゆる[9]かやり[10]火

【校異】1かやり―蚊遣（河、東、高、関）。2火―ひ（冷、書）。3みじか―短（東）。4よ―夜（冷、高）。よは―夜半（河、多、書、東）。5とも―友（河、東、高、関）。6ふす―臥（東、関）。ふすか―臥か《ほ歟》（河）。「ふすかともなく―をとさゆるまて彰」（古）。7ともなく―共無（東、関）。8きゆ―消（河、多、東、関）。9かやり―蚊遣（東、高）。10火―ひ（冷、書）。

【語注】**○題**「蚊遣火尽」は、他、長明18のみの珍しい歌題（歌題索引）。④13長明18「かやりびのきえ行くみるぞあはれなるわが下もえよはてはいかにぞ」（夏「蚊遣火尽といふ事を」）。堀河百首、夏「蚊遣火」16首・481〜496がある。その一例、④26堀河百首484「かやり火のけぶりうるさき夏のよはしづのふせやに旅ねをばせし」（夏「蚊遣火」師頼）。

【訳】いかにも（その通り）、短い夜半の友なのであろうよ、臥したかと思う間もなく、すぐに消えてゆく蚊遣火は。
〈蚊遣火が燃え尽きてしまった〉
▽「暁照射」（題）→「蚊遣火尽」（題）。「有明」→「夜半」、「鹿」→「友」「蚊」、「照射」→「蚊遣火」。寝たと思ったらすぐに消えてしまう蚊遣火は、なるほど、だから短い夜半の友だというのであろうと歌ったもの。すぐ消える蚊遣火ゆえに、夏の短夜の友だというのである。④1式子30「夏の夜はやがてかたぶくみか月のみる程もなくあくる山のは」（夏）に通う。「煙」「ふすぶる」などの詞がなく、蚊遣火として、この歌い方は珍しい。三句切、倒置法、体言止。

[1]ふかきよのう[2]川[3]

31　さきた[4]川くだす[5]う[6]舟[7]にさ[8]す[9]さ[10]ほ[11]のを[12]とさゆるまで[13]夜は[14]ふけにけり

【校異】1ふかきよのう―深夜鵜（河、東、高、関）。ふか…う川―「「深夜鵜河」京桃東谷掬。「ふくるよのう河」類」（古）。2川―河（東、高、関）、かは（冷、多、書）。3」三（私）。4川―河（河、東、高、関）、かは（冷、書）、5う―鵜（河、東、高、関）。6舟―ふね（冷、書）。7に―の（多）。8すさほ―すかほ《如本さ歟》（書）。9さほ―棹（高）、笻（東、関）、「かほ書」（古）。10ほ―を（国）。11を―お（国）。をと―音（河、東、関）。12さゆ―寒（東、高、関）。さゆる―寒き（河）。13夜―よ（河、東、高、関）。14ふけ―深（河、東）。

【語注】**○題**「深夜鵜川」は讃岐30のみの珍しい歌題（歌題索引）。**○さきた川**　八代集にない。「さきた川　奥義㊤260　万葉⑲4156・4157・4158」（越中国『古代地名索引』154頁）。奥義抄「二十五　出萬葉集所名…河…さきた川」（歌学大系

一、254、260頁)。②1万葉4180 4156「ながるさきたのかはのせに」、1同4181 4157「さきたがは」、1同4182 4158「さきたがは」。②16夫木11227「年毎にあゆしはしれば崎田川うやつかづけて河せたづねん」(雑六、さきた川、崎田、越中「題不知、万十九」読人しらず)、11228＝讃岐31と、以上夫木抄はこの二首のみ。越中国の歌枕。万葉集巻十九に、大伴家持が越中でこの川の鵜飼を詠んだ歌が見える。五代集歌枕「さきたがは　辟田―／同〔＝萬十九〕くれなゐの…／同　年ごとに…」(歌学大系別巻一、413頁)。万葉4182 4158「年のはに鮎し走らば辟田川鵜八つ潜けて川瀬尋ねむ」(巻第十九「鸕を潜くる歌一首并せて短歌」角川文庫)「と詠われた川。富山県高岡市の西田(さいだ)を流れる川かという。所在未詳。」(宝物集、新大系199頁脚注)。「未詳。…高岡市、あるいはその北の氷見市付近の川であろう。」(新大系・萬葉集四・地名一覧)。○**くだす**　八代集六例。○**くだすう舟**　③106散木361「となせよりくだすう舟のみなれざをゐくひおとなふ心してとれ」(夏)。○**う舟**　八代集二例・金葉151、657。○**さすさほの**　③12躬恒311「あまのがはつまむかへぶねさすさをのさしてはあれどとしにひとたび」(「七日」)。③132壬二1192「秋のよは池のを舟にさす棹のいくめぐりせば有明の月」(大僧四季百首「池」)。○**をとさゆる**　⑤226河合社歌合〈寛元元年十一月〉40「音さゆるかもの川風ゆふかけて長き霜夜に千鳥鳴くなり」(「千鳥」為継)。

【訳】　さきた川を下す鵜舟にさす棹の音が冴え渡るまでに夜はすっかり更けてしまったよ。〈夜更けての鵜川〉

▽「夜半《よは》」→「夜《よ》は」。「蚊遣火尽」(題)→「深夜鵜川」(題)。さきた川を下して行く鵜飼舟の棹の音が、はっきり聞こえるまでに夜が更けたと歌う。「音」(聴覚)。第三、四句さ音のリズム。歌全体(特に下句)が、⑤248和歌一字抄238「しはつ山ならのわか葉にもる月の影さゆるまで夜は更けにけり《ぬらし(散)》」(「月前逐(ママ)涼」同〔＝俊頼朝臣〕。同299。③106散木314(夏、六月「月前遂涼」)と歌型が同じ。54、175、293参照。②15万代719、夏「深夜鵜河といふことを」二条院讃岐。②16夫木11228、雑六、さきた川、崎田、越中「鵜川、万代」二条院讃岐。⑤376宝物集387、第五冊、二条院さぬき。「〔鵜舟〕…▽辟田川を下る鵜飼舟で差す棹の音が響いてくるほど、あたりが静寂になって、夜が更けたことだ。家持

の歌を背景とする。」(『万代和歌集(上)』719)。「かなり実情的な光景が示現されているが、「さす…けり」という表現は女性の鋭い感受と把握があり、詞句表現も適確である。」(脇谷「自然」91頁)。

32　ふ[1]るさとのたち花[2]
た[3]ち花[4]の花[5]ふ[6]くかぜ[7]をとめくれば[8]めづら[9]しげな[10]き[11]みぎりなり[12]けり

【校異】　1ふるさとのたち花—故郷橘(河、東、高、関、「桃東谷」(古))。2花—はな(冷、書)。3たち花—橘(河、東、関)。4花—はな(冷、多、書、高)。5花—はな(冷、多、書)。花ふくかぜ—はな吹風(河)。6ふく—吹(東)。7かぜ—風(多、東、高、関)。8くれば—「つれは掬」(古)。9めづら—珍(東)。10な—無(東)。11き—る(高)。12なり—也(河、東、高)、成(多)。

【語注】　**○題**　「故郷橘　家隆523・讃岐32・慈円3818・定家1123」(歌題索引)。③133拾遺愚草1123「橘の袖の香ばかりむかしにてうつりにけりなふるき都は」(内大臣家百首、夏「古郷橘」)。**○たち花**　これ自体、八代集初出は千載173。が、「橘の小島」は古今121、「花橘」は古今141よりある。③131拾玉3600「たち花の風を涙に吹きためてむかしにかをる袖ぞかなしき」(詠百首和歌、夏)。③132壬二218「橘のはなちるさとの夕風に山ほととぎす声かをるなり」(大輔百首、夏)。④41御室五十首217「橘のはなちる里のおひ風は軒ばにさける心ちこそすれ」(夏、兼宗)。**○とめくれ**　八代集六例。⑤343正徹物語106「鶯の声の匂をとめくれば梅さく山に春風ぞ吹く」。**○めづらしげなき**　八代集三例(すべて三代集)。**○みぎり**　八代集にない。軒先などにある石畳。万葉3338 3324「…大殿の　砌しみみに　露負ひて…」(巻第十三「挽歌」)。千載集、序「紫の庭玉の台千歳久しかるべきみぎりとみがきをき給ひ、」(新大系5頁)。他、大鏡「仁寿殿の東面の砌のほどに、のきとひとしき人の…」(第五巻、道長、旧大系219頁)、今昔物語集「巌ノ腰ヲ廻リ経テ、麓ノ砌ニ至ヌ。上様ヲ見上グレバ、」(巻第十一―第三十、新大系三―82頁)などに用例がある。歌では⑤181仙洞十人歌合91。

【訳】 橘の花を吹く風を求めてやってくると、さして珍しげもない砌であったことよ。〈故里の橘〉

▽「けり」(最末)。「深夜鵜川」(題)→「故郷橘」(題)。「鵜舟」→「橘の花」、「(崎田)川」→「砌」。橘花の香を運び吹いた風を尋ね求めてくると、よく知っている場だったとの詠。何か特に珍しい所だと思っていたのに、そうではなかった失望感を歌う。

【参考】 ③108基俊189「橘の花ちる里のかぜとめばむかしの人とねぬべしや君」(「はなたちばな」)

⑤93禖子内親王家歌合〈五月五日〉8「たちばなの花ふきみだるゆふかぜはむかしをこふる身にぞしみける」(「橘」せじ)

たけのうちのほたる[1]

33 かは[2]竹[3]の夜[4]ごとにともす[5]かゞ[6]り火[7]はやどるほたる[8]の光[9]なりけり[10]

【校異】 1たけ…たる―竹裏螢(河、東、関、「京桃東谷掬」(古))、竹裡螢(高)。2かは―河(河、東、高、関)。3竹―たけ(冷、書)。4夜―よ(河、冷、書、東、高、関)。5もす―「うす彰」(古)。6ゞ―が(国)。7火―ひ(冷、書)。8ほたる―螢(多、東)。9光―ひかり(河、冷、多、書、高)。10なり―也(東)、成(多)。

【語注】 **○題** 「竹中螢」は、他、覚性232のみの珍しい歌題(歌題索引)。⑦46出観232「こころしててらせ夏虫くれたけにねぐらしめたる鳥もこそたて」(夏「竹中蛍」)。 **○かは竹** 八代集三例・後撰1272、金葉305、397。「苦竹」。真竹の別名。あるいは、「川」の傍に生えている「竹」か。**○かは竹の**　「節《よ》」の枕詞か。が、題により、そうはとらない。また「よ（節）」は、「竹」の縁語。**○かがり火**　八代集八例。④28為忠家初度百首234「夏の日のくるればともすかがりびのいくよかかはにかげうつるらん」（夏「叢中蛍火」）。④32正治後度百首177「かがり火とみれば難波の浦風になびくあしまの蛍なりけり」（雑「海辺五首」範光）。**○やどるほたるの**　③33能宣243「世中をなににたとへんなつぐさのやどるほたるのよひのともし火」（三巻）。

【訳】　川竹の中の毎夜〳〵ともす篝火は、中に宿る蛍の光であったことよ。〈竹の中の蛍〉

▽「（みぎ/ひか）りなりけり」（最末）。「故郷橘」（題）→「竹中蛍」（題）。「橘の花」→「川竹」、「橘」→「蛍」、「砌」→「川」、「風」→「光」。河竹の節ごとの如く、毎夜灯している篝火は、竹に宿っている蛍の光であったのだという詠。

【参考】　③105六条修理大夫302「ぬばたまのよかはにとぼ《も（右）》すかがりびはさばしるあゆのしるべなりけり」（「よかは」。⑤140右兵衛督家歌合13「鵜河」因幡）

④26堀河百首469「大井川せぜにひまなきかがり火とみゆるはすだく蛍なりけり」（夏「蛍」顕季。③105六条修理大夫210）

④26同471「うさか川やそとものをのかがり火にまがふはさ夜の蛍なりけり」（夏「蛍」仲実）

【類歌】　②16夫木10672「夜もすがらつだのほそ江にともす火はもゆる蛍のひかりなりけり」（雑五、つだのほそえ、播磨「夏歌中、新深窓」殷富門院尾張）

34

い[1]づみにむかひてともをまつ

ひ[2]とりのみい[3]はひ[4]の水[5]をむ[6]すびつゝ[7]そ[8]こなるか[9]げも君[10]を待[11]らん[12]

【校異】　1いづ…まつ―向泉待友（河、東、高、関、「京桃東谷掬」（古））。2ひとり―獨（東、関）。3いはひ―岩井（河、東、高、関）。4ひ―井（冷、書）。5水―みつ（冷、書）。6むす―結（河、高、関）。むすび―結（東）。7ゝ―つ（国）。8そこ―底（河、東、高）。9かげ―影（河、多、東、関）。10君―きみ（冷、書）。11待―待つ（国）、まつ（河、冷、書）。「待らん―まつらし書桃東類」（古）。12ん―し（河、冷、書、東、高、関）。

【語注】**○題**　「対泉待友」は、他では公重344、大進3のみ（歌題索引）。⑦48風情（公重）344「たのめおきし人にぞつぐるまし水にたえぬちぎりやふたりむすぶと」（「向泉友をまつ」）。**○いはひ**　「いはひ」は八代集にない。「祝・斎ひ」か。「岩井《いはゐ》」は八代集三例・拾遺131、後拾遺1043、新古今280。④新編国歌大観・索引「…ひ」。**○いはひの水**　③116林葉298「松かげの月はいるとも結びあぐるいは井の水は猶やもりこん」（夏「おなじ心を、或所」）。**○そこ**　「底」と「其処」との掛詞か。土佐日記「57ひさかたの月に生ひたる桂川底なる影も変はらざりけり」（新大系31頁）。

【訳】　一人だけで岩井・樋の水を手で結びくみつつ、底にある我が姿の影も君を（さぞ）待っていることであろうよ。

〈泉にむかって友を待つ〉

▽「竹中螢」（題）→「対泉待友」（題）、「火」→「水」、「火」「光」→「影」。一人で岩井の水をすくいながら、水の底に映っている私の影も友である君の来るのを待っているらしいとの詠。3参照。

【参考】①3拾遺131「松影のいはゐの水をむすびあげ《つつ（和）》て夏なきとしと思ひけるかな」（夏、恵慶法師。3′拾遺抄83。②6和漢朗詠集167）

③118重家49「もろともにいはもるしみづむすびつつすずみにこむといひし君はも」（内御会当座「泉辺待客」）

④27永久百首162「道のべの木のした水をむすびつつ夕かげまつぞ久しかりける」（夏「樹陰」顕仲）

「重家集…永暦元年（一一六〇）の詠か。」（私注）・【参考】③118重家49、『讃岐』14頁。

月[1]前[2]のなでしこ

35　てる[3]つき[4]の光[5]をしも[6]とをき[7]ながらさかり[8]にみ[9]ゆるとこ[10]夏[11]のはな[12]

【校異】１「月前の—月のまへの彰—月前京桃東谷掬」（古）。２の—ナシ（河、多、東、関）。のなでしこ—撫子（高）。３てる—照（東）。４つき—月（河、冷、多、書、東、高、関）。５光—ひかり（河、冷、書、高）。６しも—霜（東、高、関）。７を—お（国）。をき—置（河、東）。８さかり—盛（東）。「さかりに—盛の谷」（古）。９み—見（東）。10とこ—床（東、関）。とこ夏—撫子（河）。11夏—なつ（冷、多、書、高）。12はな—花（多、東、高、関）。

【語注】〇題　「月前瞿麦」は讃岐35のみの珍しい歌題（歌題索引）。〇てる月の　②４古今六帖2501「…わたかひのかげもかくれて　てる月の　ひかりも見えず　しらくもの　いさりばかりと…」（第四、ながうた七首「ふじの山をみて」山のべのあか人。②１万葉320）。〇光をしもと　①７千載350 349「さえわたる光を霜にまがへてや月にうつろふ白ぎくのはな」（秋下、家隆）。〇をきながら　①４後拾遺865 866「よしさらばまたれぬみをばおきながら月みぬきみがなこそをしけれ」（雑一、隆方）。〇とこ夏のはな　②４古今六帖3622「ながけくの色をそめつつ春秋をしらでのみ咲くとこ夏の花」（第六、草「なでしこ」つらゆき）。⑤94皇后宮歌合〈治暦二年〉9「おきふしもみてをすぐさむあさゆふにつゆうちはらふとこ夏の花」（「瞿麦」下野）。

【訳】照っている月の光を霜のように置きながら、花盛りとして見える床夏の花であるよ。〈月の前の撫子〉

▽「対泉待友」（題）→「月前瞿麦」（題）、「影」→「月」「光」「見」、「水」→「霜」。照る月光が霜の如く見えていながらも、今を盛りと咲いている撫子の花を描く叙景歌。体言止。上句は「牀前　月光を看る／疑うらくは是れ地上の霜かと」（「静夜思」李白、唐詩選、下35頁）の趣である。「月光を霜と見たてて、夏との対照に興ずる。」（私注）。51

参照。

【参考】③35重之259「あきかぜはふきぬとおとにききてしをさかりにみゆるとこなつのはな」（下、夏廿）…下句同一
④26堀河百首729「夜もすがらおきゐてぞみる照る月の光にまがふ玉ざさの露」（秋「露」師時）
【類歌】⑤319和歌口伝218「おきあかす夜半の袂はさえねどもひかりをしもと見する月影」

[1]くひな[2]いづれの[3]かたぞ

36 [4]まきの[5]とをあけ[6]ん[7]方にやしるから[8]ん[9]くひなはそこを[10]た[11]ゝきけりとは

【校異】1くひな―水鶏（河、東、高、関）、「水鶏は桃」（古）。2い―はい（高）。3かた―方（河、東）。4まき―眞木（河、東、高）、槇（関）。5と―戸（河、多、東、高、関）。6ん―む（冷、書、東、関）、「ぬ類」（古）。7方―かた（冷、書）、音（河、東、「二」（古））、をと（高、関）。8ん―む（冷、書）。9くひな―水鶏（河、東、高、関）。10たゝき―扣（河、東、高）。11ゝ―た（国）。

【語注】○題「水鶏何方」は、他、慈円822のみの珍しい歌題（歌題索引）。③131拾玉824「さよふけてやどもさだめずたたくなり人にはあらじ水鶏なるらん」（詠百首倭歌、夏「水鶏何方」）。○まきのと　八代集七例、初出は後拾遺910。○くひな　八代集五例、初出は拾遺822。

【訳】槙の戸を開けた所では、さぞはっきりしていることだろう、水鶏はそこを叩いたのだとは。〈水鶏はどこの場所か〉
▽「月前瞿麦」（題）→「水鶏何方」（題）、「床」→「（槙の）戸」、「床夏の花」→「水鶏」。戸を叩くような声で鳴く

水鶏ゆえに、水鶏が鳴いたのだとは、槙の戸を開けた場所ではっきり分かると歌ったもの。戸を開けた所では水鶏の声がはっきり聞こえる、の別解はやはり無理であろう。「開《あ》く」と「叩く」とのからみ。同じ讃岐歌に、④12讃岐94「まきのとをたたくひなにおどろけばねぬよぬるよぞおなじかずなる」（「夜をへだてたるくひな」）がある。三句切、倒置法。

【参考】③118重家594「なにゆゑのくひななればかまきのとをあけてののちも猶たたくらむ」（「水鶏」）
⑤95滝口本所歌合10「まきのとをあくるまでこそねざりつれたたくくひなにおどろかれつつ」（「水鶏」）

【類歌】③131拾玉1143「山里はあけてあけぬる槙の戸をたたかでたたくくひななりけり」（勒句百首、夏）
③131同3295「ながむればあくるほどなき槙のとをたたくはくひなさすは月影」（百首句題、夏十五首「山家夏月」）
③133拾遺愚草2000「まきの戸をたたくくひなの明ぼのに人やあやめの軒のうつりが」（詠花鳥和歌、鳥「五月水鶏」）
④31正治初度百首136「夏の夜はあくるほどなき槙のとをまたで水鶏のなにたたくらん」（夏、三宮）
④38文保百首430「明くるまでさらできかばや槙の戸をさても水鶏のよるやたたくと」（夏、実重）
⑤197千五百番歌合819「ことしげしばしはたてんまきのとをたたくくひなよあけはてずとも」（夏二、内大臣）
⑤410中務内侍日記43「くひなかとうたがはれつるまきのとをあくるまでとはなにたたきけん」（（作者））

37　[1]風そよぐならの[2]木[3]かげに[4]たちよ[5]ればう[6]すき[7]衣ぞ[8]まづしられけ[9]る[10]

【校異】1風—かせ（冷、多、書）。2木—こ（冷、書）。3かげ—陰（河、東、高、関）。4たち—立（多、東、高、関）。5れ—の（河）。6うす—薄（東）。7衣—ころも（冷、書）。8まづ—先（多、東、高、関）。9る—り《る》（高）。10」（私）。

【語注】**○風そよぐ**　①9新勅撰192「風そよぐならのをがはのゆふぐれはみそぎぞ夏のしるしなりける」（夏、家隆。

⑤275百人秀歌99。276百人一首98)。③119教長307「かぜそよぐならのはかげのこけむしろなつをわするるまとゐをぞする」(夏「納涼のこころを」)。**○ならの木かげ** ①6詞花150 148「いほりさすならの木かげにもる月の…」(冬、瞻西法師)。③125山家233「夏山のゆふしたかぜのすずしさにならのこかげのたたまうきかな」(上、夏。③126西行法師158)。なお「木かげ」は、八代集二例・詞花150、新古今234。**○たちよれば** ③19貫之684「立ちよれば袖にそよめく風の音に近くはきけどあひもみぬかな」。**○うすき衣** ③133拾遺愚草2684「秋の日のうすき衣に風たちて行く人またぬをちのしら雲」(下、雑、旅「摂政殿詩歌合、羈中眺望」)。

【訳】風のそよぐ楢の木陰に立ち寄ると、(涼しさに、我が)薄い衣がまず知られるよ。

▽「槙」→「楢(の木陰)」。風がそよそよと吹いている木陰に立ち寄ると、そこは涼しく、今着ている着物が薄いのが知られるとの詠。詞書がない。

【類歌】②15万代769「かぜそよぐならのこかげのゆふすずみまたるるあきもわすられにけり」(夏、忠良)

⑤230百首歌合〈建長八年〉1257「たちよれば衣手すずし松陰のあさぢがうへに過ぐる夕かぜ」(入道大納言)

38

[1]はぎの[2]はな[3]露[4]をもし

[5]秋[6]はぎにこぼる[7]ゝ[8]露のしげ[9]ゝれば[10]おれふす[11]枝[12]を[13]なを[14]さで[15]ぞみる

【校異】1はぎ—萩(高)。はぎのはな—萩花(河、東、関)。2はな—花(多、高)。3露—つゆ(冷、書)。4を—を《お》(河)、お(国)。をもし—おれ(高)。をもし—「におれし桃」(古)。5秋—烋(河、関)、あき(冷、書)。6はぎ—萩(多、東、高、関)。はぎに—「萩は類」(古)。7ゝ—る(国)。8露—つゆ(冷、書)。9ゝ—け(高、国)。10お—を

(国)。おれ―折(河、東、高、関)。11枝―えた(冷、書、高)。12なを―猶《なを》(多)、置(関)。なをさ―置ま(河、東、高、「二」(古))。13を―ほ(国)。14で―く(冷)、へ(書)。15み―見(東)。「この一首以下〔五一〕才三句まで彰本に脱す。」(古)。12について、「「直さ」と「置ま」の筆写上の混乱によるとみられる。なお続群書類従所収の月詣集本文に、「あくまて家」の傍注がみえるが、管見に入った讃岐集にこういう本文はない。」(『讃岐』63頁)。

【語注】　**○題**　「萩花露重」は、讃岐38の他、清輔106のみの珍しい歌題(歌題索引)。③115清輔106「ふしにける萩の立えをはかりにてかかれる露のおもさをぞしる」(秋「萩花露重」)。**○秋はぎに**　③15伊勢96「うつろはむ《ん(古)》ことだにをしき秋はぎにをれぬばかりもおける露かな」(②3新撰和歌26。4古今六帖3657。6和漢朗詠284)。③108基俊37「つまこふる鹿の涙か秋はぎにこぼれぬばかりおける白露」(「はぎのうへのつゆ」)。**○こぼるゝ露**　③106散木409「あだし野のはぎの末こす秋かぜにこぼるる露やたま川の水」(秋「…、草花露深…」)。**○をれふす**　八代集四例、初出は金葉233。**○なを《(ほ)》さ**　八代集にない。源氏物語「同じくはわが力入《ちからい》りをし、なを《(ほ)》し引きつくろふべき所なく、」(「帚木」、新大系一―39頁)、平家物語「水手・梶取ども射殺され、きり殺されて、舟をなを《(ほ)》すに及ばず、舟そこにたはれ臥しにけり。」(巻第十一「先帝身投」、新大系下―293頁)。**○なをさで**　「なほ・さて…」以外の「なほさで…」の用例は、新編国歌大観①～⑩の索引になかった。

【訳】　秋萩にこぼれる露が多いので、折れ伏す枝を直さないで見るよ。〈萩の花に露が重たい〉

▽〝秋〟歌。「楢(の木)」→「(秋)萩」、「木」→「枝」、「風」→「露」。こぼれ落ちている露が萩に沢山あり、露の重みによって地面に、折れるように伏してしだれている枝を元に戻さないで見るとの詠。萩に付きものの鹿は出て来ない。②12月詣640、七月、「(草花をよめる)」讃岐、第三句「をしければ」。18、287参照。

【参考】　⑤354栄花物語543「折りやせん折らでや見まし秋萩に露も心をかけぬ日ぞなき」(「根あはせ」美濃)

【類歌】　④22草庵453「秋萩におく白露をえだながらぬかでも玉と宮城ののはら」(秋上「…、草花露」)

⑤273続歌仙落書64「おく露のなびく草ばのしげければふくとも見えぬ秋のゆふかぜ」（「秋夕露を」為家）「月詣集で一首前にある「風吹けば露こぼれけるこはぎ《り歟》原花のちるのみをしきのべかは」（藤原隆親）の歌に見出されるような情趣を上句に集約して、下句に機智的な展開を試みている。」（「糸賀」43頁）。

39　[1]す[2]ゝきの風に[3]なびくを[4]みて

[5][6]ふかぬ[7]まはなびかぬにこそ[8]花[9]す[10]ゝき[11]かぜに[12]したがふ[13]心とは[14]みれ

【校異】　1すゝき—薄（河、東、高、関）。2ゝ—す（国）。3なびく—靡（高）。4み—見（冷、書、東）。5「風雅秋上重之女／まねくともたのむへしやは花すゝき風にしたかふ心也けり」（河。【類歌】の①17風雅492 482、秋上「（秋歌の中に）」源重之女）。6ふか—吹（河、東、高）。「ふかぬま—吹ぬる類」（古）。7ま—間（東）。8花—はな（冷、書）。9すゝき—薄（東、関）。10ゝ—す（国）。11かぜ—風（河、多、東、関）。12したがふ—随（東）。13心—こゝろ（冷、多、書、高、関）。14み—し《み》《ヒ》（多）、し（河）。

【語注】　〇**題**　「薄従風」—「月詣659（讃岐）」のみ（歌題索引）。他、讃岐39の「薄…」、「見…」に当るものは、『歌題索引』に見付からなかった。　〇**ふかぬまは**　②13玄玉665「ふかぬまはいつかはまねく花すすき思へば風の袂なりけり」（草樹下、右京大夫季能）。　〇**花すゝき**　①17風雅493 483「吹くかぜのたよりならでは花すすきこころと人をまねかざりけり」（秋上、季経。②12月詣650）。②16夫木4355「見し人を忍びの岡の花すすきなびくはまねく心ちこそすれ」（秋二「百首歌」登蓮法師）。②16同4416「風ふけばなぎさの岡の花すすきなびくや波のよするなるらん」（秋二、後法性寺入道関白。②12月詣635）。③15伊勢378「すむかたをしるしとまねく花すすきこころよわくぞかぜもふくらし」。③45檜垣嫗26「あきかぜの心やつらき花すすきふきくるかたをまづそむくらむ」。③56恵慶91「秋風にかずへてなびく花すすき心よせある方やなからむ」（「花すすき」）。③100江帥220「あきかぜのふくゆふぐれのはなすすきなびくを君がけしきともがな」（恋「ある女に」）。③121忠度33「花すすきなびくけしきにしるきかなかぜ吹きかはる秋のゆふぐれ」（百首和歌、秋「薄」。②16夫木4363）。③131拾玉2242「はなすすきなびくにつけてまねくてふ風こそ草の心なりけれ」（詠百首倭歌「草」）。③132壬二1057「吹く風の音もなつかし花すすきなびく籬の秋の夕暮」（二百首和歌、秋「薄」）。④20隆祐142「風ふけばまのの入えの花薄なびくやなみのかへるなるらん」（薄「右、春日社百首」）。④45藤川五百首339「花すすきなびきはてにし袂より又吹返し秋風ぞふく」。⑤158太皇太后宮亮平経盛朝臣家歌合20「花すすき風のけしきにしたがひて心おこらぬ人なまねきそ」（「草花」実清）。⑤416大和物語206「秋風のこころやつらきはなすすきふきくるかたをまづそむくらむ」（第百三十段、筑紫なりける女）。⑤424狭衣物語126「わが方に靡けや秋の花すすき心を寄する風はなくとも」（狭衣）。**○かぜにしたがふ** ③125山家597「つれもなき人にみせばやさくらばなかぜにしたがふ心よわさを」（中、恋「寄花恋」）。「したがふ」は、八代集五例。

【訳】（風が）吹かない間は靡かないことによって、花薄は風のままに従う心と見るよ。〈薄が風に靡くのを見て〉

▽「見るれ」（最末）。「萩花露重」（題）→「薄従風」（題、月詣）、「秋萩」→「花薄」、「露」→「風」、「枝」→「花」。風が吹かない時は、（人に）靡かないのによって、花薄は風に従うつもりだと見る、つまり、風には靡くが、（人には）靡かないことを歌う。例によって恋歌めかしている。「花すすき」を歌い込んだ類歌が多い。②12月詣659、七月「すすき風にしたがふといふことをよめる」讃岐、第二句「まねかぬにこそ」。「家集（39）に、「すすき…みて」と、実景のようにしるしている。」（『讃岐』63頁）。

【参考】①4後拾遺325「さだめなきかぜのふかずははなすすきこころとなびくかたはみてまし」（秋上、藤原経衡。⑤57源大納言家歌合〈長暦二年九月〉10「薄」つねひら）

③106散木418「まねけどもうれしげもなし花薄風にしたがふこころと思へば」（秋

**【類歌】** ①17風雅492 482「まねくともたのむべしやは花すすき風にしたがふこころなりけり」（秋上、源重之女）

「艶なる気配の立つ歌」（百目鬼恭三郎『新古今和歌集一夕話』150頁）。

[1]おぎのこゑ[2]夢[3]を[4]ゝどろかす

40 [5]軒[6]ちかき[7]おぎの[8]うは[9]ゞの[10]をとせずは[11]心とさむる[12]夢にぞ[13]あらまし

**【校異】** 1お―を（国）。おぎ…かす―荻声〔聲（東、高、関）〕驚夢（河、東、高、関、「京桃東谷」（古）、「「おきのこゑに夢おとろく」類」（古））。2夢―ゆめ（冷、書）。3をゝ―。《を也》を（多）。4ゝ―お（冷、書、国）。5軒―のき（冷、書）。6ちか―近（東、高）。7お―を（国）。おぎ―荻（河、東、高、関）。8うはゞ―上葉（河、東、高、関）。9ゞ―ば（国）、葉（多）。10を―お（国）。をと―音（河、東、関）。11心―こゝろ（冷、書、高）。12夢―ゆめ（冷、書）、音（高）。13あら―有（河、東、高）。

**【語注】** **○題** 「荻声驚夢」は、讃岐40のみの珍しい歌題（歌題索引）。**○軒ちかきおぎの** ③106散木378「軒ちかき荻のうは風さえそめていく夜か人に忍ばれぬらん」（秋、七月「逐夜風涼」。⑤248和歌一字抄295）。④39延文百首1938「軒ちかきをぎの葉そよぎ吹くかぜや秋のあはれをまづしらすらん」（秋「荻」実継）。**○おぎのうはゞ** 八代集七例、初出は後拾遺321。④27永久百首231「ありやとも人はとはねど秋風のをぎのうは葉にまづぞ音そふ」（秋「秋風」大進）。**○第二、三句** ①4後拾遺321「さりともとおもひし人はおともせでをぎのうはばにかぜぞふくなる」（秋上、三条小右近）。**○をとせずは** ⑤149西宮歌合30「荻原やよかぜぞつらき音せずはねてこそ人を夢にみましか」（「荻」伯）。**○心と**

八代集五例、初出は後拾遺143。

【訳】 軒の近い荻の上葉の音がしなかったら、自分の心からさめた夢であろうよ。〈荻の声が夢をさます〉

▽「心と」。「薄従風」(題)→「荻声驚夢」(題)、「花薄」→「荻(の上葉)」。反実仮想で、自分から自然に夢からさめたのではなく、軒近くに植えた荻の上葉に吹く風の音で、夢から覚めてしまったと歌ったもの。末句字余り(「あ」)。

【類歌】 ⑤238 歌合〈永仁五年当座〉14「のきちかきをぎのうはばにおとづれて風はたさむきあけがたの月」(「秋暁」新宰相)

庭[1]の[2]まへのかるかや

41 ち[3]ぎりあれや野[4]べ[5]のか[6]るかやうつしお[7]きて思[8]ひ[9]みだるゝ[10]と[11]もとなら[12]ふる《しつるイ》

【校異】 1庭―には(冷、書)。2のま…かや―前苅〔苅(東、高、関)〕萱(河、東、高、関、「三」(古))。3ちぎ―契(高)。ちぎり―契(東、関)。4野―墅(東)、の(冷、書、関)。5べ―邊(東、高)。6かるかや―苅萱(東)。7お―を(冷、書、関)。おき―置(河、多、東、高)。「おきて―うへて類」(古)。8思―おも(冷、書、高)。9ひ―ナシ(関)。ひみだる―乱る(東)。10ゝ―る(国)。11とも―友(河、東、高、関)。12らふる《しつるイ》―しつる(河、東、高、関、「三」(古))、らふる本(冷、書)。

【語注】 **○題** 「庭前苅萱」は讃岐41のみの珍しい歌題(歌題索引)。 **○ちぎりあれや** ⑤421源氏物語548「契りあれや君を心にとどめおきてあはれと思ふうらめしと聞く」(「夕霧」大殿(頭中将))。 **○かるかや** 八代集六例＋一(「苅萱の関守」)。「野べのかるかや」は、①7千載243 242にある。②16夫木13482「なほしとてあさのよもぎはなにならずみだれてもあれのべのかるかや」(雑十、蓬、俊成)。④22草庵472「分けゆかば猶やみだれんおく露にしたをれそめし野べのかるかや」(秋上「…、刈萱」)。〇**うつしおき** 八代集にないが、③58好忠278、③116林葉571、③124殷富門院大輔260などに用例がある。〇**思ひみだるゝ** ④26堀河百首645「うづらなくかりばのをのの刈るかやのおもひみだるる秋の夕ぐれ」(秋「刈萱」顕季)。〇**ならふる**《しつるイ》 「並ぶる」か。「習ふ」は四段活用。

【訳】 宿縁があるからか、野辺のかるかやを(庭に)うつしおいて、思いの乱れる友としたことだよ。

▽「あら《れ》」。「荻声驚夢」(題)→「庭前苅萱」(題)、「荻(の上葉)」→「(野辺の)刈萱」、「軒」→「野(辺)」、「心」→「思ひ」。風に乱れる野辺の刈萱をわが家に移し植えて、恋の思いに乱れる私の友にしたの(「なしつる」の本文。「ならぶる」(私注)なら、「友になぞらえるの」(私注))は、「契り」(「前世の因縁」(私注)。「約束」か)があったからか、と歌う。第一句(「あ」)、第三句(「お」)字余り。新編国歌大観の本文は「ならふる《しつるイ》」。

【参考】 ③77大斎院123「あかぬまで秋のはてにもなりぬればおもひみだるるのべのかるかや」

【類歌】 ⑤207内裏詩歌合〈建保元年二月〉100「露ふかき野べのかるかや秋かぜにおもひみだるるさをしかのこゑ」(「野外秋望」)

「参考「秋くれば思ひみだるる刈萱の下葉や人の心なるらん」(千載集秋上二四二　師頼)」(私注)。

[1]はぎを

42 しがらめば[2]花も[3]ちるら[4]ん[5]こ[6]はぎ[7]さく[8]の[9]べには[10]しかを[11]すませずも[12]がな

【校異】　1はぎ—萩（東、高、関）、萩（河）。2花—はな（河、冷、書）。3「ちるらん—散也谷」（古）。4ん—む（冷、書）。5こ—小（河、東、高、関）。6はぎ—萩（東、関）。7さく—咲（多）。さくの—咲埜（河、東）。8の—埜（高、関）。9べ—邊（東）。10しか—鹿（河、東、高、関）。「しかを—鹿も掬」（古）。11すま—住（河）。12がな—哉（多）。

【語注】**○しがらめ**　八代集四例、初出は古今217。が、「しがらみ」（名詞）は多い。**○こはぎさく**　②12月詣645「こはぎさくのべを分けゆくかりころも摺りこそきつれ花にまかせて」（七月「（草花をよめる）」中原定邦。④10寂蓮26「小萩さく野原の露をしるべにてはなに宿かる秋のよの月」（秋）。④33建保名所百首573「小萩さくのじまがさきに風こえて露ちる波に残る月かげ」（秋「野島崎近江国」）。⑤230百首歌合〈建長八年〉128「秋をしもいかに契りてこ萩さく野をなつかしみ鹿のなくらん」（三位中将）。

【訳】　しがらむと、花も散るのであろうよ、（だから）小萩の咲く野べには鹿を住まわせないようにしたいものだよ。

▽「野辺」。「庭前苅萱」（題）→「萩」（題）、「刈萱」→「花」「小萩」、「友」→「鹿」。鹿が萩にからみつくと、足にからませて花も散るであろうから、小萩が咲く野辺には鹿を住ませたくないとの詠。守覚歌・④41御室五十首24「の辺ならばしがらむ鹿にかこたましわれと散りぬる庭の秋萩」（秋十二首、守覚）に歌世界が通う。また④1式子218「いまはただ風をもいはじ吉野川岩こす浪にしがらみもがな」（春）にみられる、女性らしいやさしさがにじむ詠でもある。三句切。

【参考】　③129長秋詠藻544「小萩さく野べをば人のすみかにて鹿はやどにやなかんとすらん」（右大臣家百首「草花」）「秋萩をしがらみ伏せて鳴く鹿の目には見えずて音のさやけさ」（古今秋上）。」（私注）…①1古今217・よみ人しらず

て[1]らしづかにしてむ[2]しをき[3]く

43 [4]かねをだに[5]うちわすれにし[6]山[7]寺[8]の[9]入[10]あひは[11]虫の[12]こゑのみぞ[13]きく[14]

【校異】1てらしづか―寺閑（河、東、高、関）。2むし―虫（河、東、高、関）、「虫の声類」（古）。3きく―聞（河、東、関）。4かね―鐘（河、東、関）。5うちわすれ―打忘（河、東、関）、之忘（高）。6山―やま（高）。7寺―てら（冷、書、高）。8の―に（河、東、高、関、「二」（古））。9入―いり（冷、書）。10あひ―相（多）、会（東、高）。11虫―むし（冷、書、高、関）。12こゑ―声（河）、聲（多、東、高）。13きく―聞（東、関）、「する京」（古）。14」四（私）。

【語注】〇題　「寺閑聞虫」は、讃岐43のみの珍しい歌題（歌題索引）。が、「寺静聞虫」も、末に記述の「重家270」のみの歌題（歌題索引）。〇うちわすれ　八代集一例・①8新古今816「こひわぶときにだにきけ鐘のおとにうちわすらるる時のまぞなき」（哀傷、和泉式部）。「うち」掛詞（接頭語、「打つ」）。〇山寺　八代集二例・拾遺1329、後拾遺555。他、「山の小寺」拾遺527。〇入あひ　八代集一例・後拾遺918。が、「入相の鐘」は八代集七例。〇虫のこゑ　八代集四例、初出は金葉（三）213。他、「虫の声々」一例・千載256。が、「松虫の声」は多い。

【訳】鐘をさえうっかり打ち忘れてしまった山寺の夕暮れ時は、（夕べの）虫の声だけを聞くよ。〈寺が静かで虫（の音）をきく〉

【本歌？】①3拾遺1329「山寺の入あひのかねのこゑごとにけふもくれぬときくぞかなしき」（哀傷、よみ人しらず。3′拾遺抄577。②6和漢朗詠585。⑤277定家十体83。301古来風体抄387。328三五記67）

▽「萩」（題）→「寺閑聞虫」（題）、「野辺」→「山（寺）」、「花」「鹿」→「虫」、「（小）萩」→「虫（の声）」。入相の鐘が鳴らず、鐘を打つのを忘れた山寺の夕暮は虫の声だけを聞くという詠。第四句、字余り（「あ」）。

【参考】③119教長160「やまでらのいりあひのかねにたぐひつつほのごゑすなるよぶこどりかな」（春）
③122林下101「やまでらのいりあひのかねにうちそへてしかのなくねぞあきはかなしき」（秋）

④27永久百首556「つくづくとすぎもゆくかな山寺にいりあひのかねの声ばかりして」（雑「寺」仲実）
④28為忠家初度百首687「いとどしくあはれうちそふやまでらのいりあひのかねのおときこゆなり」（雑「山寺」為忠）
…詞の重なりが多い

【類歌】③132壬二1560「春もくれ身のいりあひも近ければ哀とぞきく山寺のかね」（九条前内大臣家百首、春「暮春」）
長寛元年（1163）、③118重家270「さらぬだにいりあひのかねのさびしきにあはれをそふる虫のこゑかな」（又同会に〈＝「刑部卿逆修すとて和歌会をするに、…」〉、「寺静聞虫」）と同じ折の詠か。（私注）。

月

44　く[1]れぬと[2]てま[3]ちつ[4]る月のかげ[5]きよ[6]み[7]いづれ[8]ばひるに又[9]なり[10]にけり

【校異】1く—ぬ《く》（冷、書）。くれ—暮（東）。くれぬ—暮（高）。2と—ま《と》（多）。3ま—ち《ま》（多）。まち—待（東、関）。4つ—お（多）。5かげ—影（河、多、東、関）。6きよ—よ《き》（冷、書）、清（東、高）。7み—み《見》（多）。8いづれ—何《いつれ》（東）。9又—また（冷、書）。10なり—成（河、多、関）。

【語注】〇題　355にもある。〇くれぬとて　④20隆祐215「くれぬとてまちし夜比のしら露はわかぬるる《るるカ》袖の淵となりけり」（「後朝恋」）。⑤233歌合〈文永二年八月十五夜〉4「くれぬとてまたるる空の山のはに光ぞおそき秋の夜の月」（「未出月」前太政大臣）。〇いづれば　⑤247前摂政家歌合〈嘉吉三年〉522「春日山いづれば影もさやかなる月こそ神のちかひなりけれ」（左近衛中将）。

【訳】暮れてしまったといって待っていた月の光が清らかなので、（月が）出た時には昼間に又なったことだよ。〈月〉

▽「寺閑聞虫」(題)→「月」(題)、「入相」→「暮れ」「昼」。日が暮れたので、月の出を待っていた、その月が明るいので、月が出ると再び昼になったと歌う。
【参考】④30久安百首702「暮れぬとてをしみし春のほどもなくはじめにも又成りにけるかな」(春、実清)…ことば
【類歌】①20新後拾遺225「くれぬとて出づべき月も待ちわびぬ雲に峰なき五月雨のころ」(「…、五月雨雲」為重)

雲まのつき

45 さだめなきくものたえまの月かげはきえて又ふる雪かとぞみる

【校異】1雲―くも(冷、書)。「(題)「雲間月」二|(古)。2まのつき―閒月(河、東、高、関)。3つき―月(冷、多、書)。4さだめなき―さたまらぬ《本 不定ぬ》(関)、「不定ぬ京東谷―不定掬」(古)。4さだめなきくも―不定ぬ雲(河、東)。5めなき―まらぬ(高、「桃類」(古))。6くも―雲(多、高、関)。7のたえま―。《の絶》間(東)。8たえ―絶(関)。9ま―間(多、高)。10かげ―影(東、関)。11きえ―消(河、多、東)。12又―また(冷、書、高)。13ふる―降(東)。14雪―ゆき(冷、書)。15み―見(河、書、高)。
【語注】**○さだめなき** ④39延文百首656「さだめなき雲のゆききの晴れくもりしぐるるほどにくるる空かな」(冬「時雨」尊胤)。**○くものたえま** ①5金葉123 132「郭公くものたえまにもるつきのかげほのかにもなきわたるかな」(夏「月前郭公と…」皇后宮式部。5′金葉123。⑤147永縁奈良房歌合28。248和歌一字抄87)。①7千載195「…ともす火は雲のたえまのほしかとぞみる」(夏、顕季。②9後葉104。③105六条修理大夫207。④26堀河百首421)。④30久安百首499「…いかならむ雲のたえまに　いる月の　かたぶく影に　さしそへて…」(短歌、季通)。他、⑤132俊頼朝臣女子達歌合14判、⑤197千

五百番歌合1215など。**○月かげは**　①2後撰693 694「いでしより見えずなりにし月影は又山のはに入りやしにけん」（恋二）。①7千載294 293「月かげはきえぬこほりとみえながらさざ浪よするしがのからさき」（秋上「湖上月と…」顕家）。他、②7玄玄84など。**○下句**　③116林葉612「日をへつつきえて又ふる雪みればちりてやみにし花のみぞうき」（冬「雪朝越山」）。**○雪かとぞみる**　②4古今六帖294「衣手はさむからねども月影をたまらぬ秋の雪かとぞ見る」（第一、天「秋の月」）。他、①8新古今98など。

【訳】定めのない雲の絶え間の月の光は、（地上に）消えて又降った雪かと見るよ。〈雲間の月〉

▽「月（の）影」。「月」（題）→「雲間月」（題）。雲の流れによって、出たり隠れたりする、その雲の絶間の月は、消えてはまた降ってくる雪のように見えるとの、月光を雪に見立てる詠――霜は35参照。古今332「あさぼらけ有明の月と…」は、45とは逆に、雪を月に見立てる表現で漢詩に学んでいる。和漢朗詠243「嵩山表裏千重の雪・洛水…」（秋「十五夜」白）。空中の月光とも考えられるが、地上の（積雪の）月光とする。15参照。

【参考】④30久安百首1143「秋の夜とおもひながらも月影を降りしく庭の雪かとぞみる」（秋、上西門院兵衛）

「参考、同題「夜もすがら絶えまたえまぞ待たれける雲より雲にうつる月をば」（頼政集216）。」（私注）。

しぐれ[1]

46　[2]をと[3]ばかり[4]夜[5]はの[6]木[7]の[8]はにた[9]ぐへ[10]ども[11]時雨は庭につもらざりけり

【校異】1しぐれ―時雨（東、高、関）、時鳥《雨歟》（河）。2を―お（国）。をと―音（河、東、関）。3ばかり―斗（東）。4夜―よ（冷、書）。5は―半（河、多、東、高）。6木―こ（冷、書）。7のは―葉（河、東、高、関）。8は―葉（多）。9

た―。《た》(多)。10ども―共(東)。11時雨―しくれ(冷、書)。

【語注】 **○おとばかり** ①17風雅1589 1579「おとばかりいた屋の軒のしぐれにてくもらぬ月にふる木の葉かな」(雑上、祝部成国)。⑤202春日社歌合29「いろはなし時雨はやどの音ばかりみせもきかせもふる木の葉かな」(「落葉」行能)。**○夜はの木のは** 新編国歌大観の①〜⑩の索引では、他、⑧35雪玉(実隆)3509、⑨2黄葉(光広)955しかなかった。**○たぐへども** ③106散木1445「もみぢちるおとは時雨にたぐへどもまぎるるかたもなき身なりけり」(雑上)。**○時雨は庭** 新編国歌大観の索引の①〜⑩では、他、⑧10草根(正徹)5095しかなかった。

【訳】 音だけは夜半の木葉と同類なのだけれど、時雨は(木葉や雪などと異なって)庭に積らないことだよ。〈時雨〉

▽〝冬〟歌。「雲間月」(題)→「時雨」(題)。「雲」「雪」→「時雨」、「月(夜)」→「夜半」、「見る」「影」→「音」、「降る」→「積ら」。木葉の散り行く音が時雨のように聞こえ、音だけは木葉に「似ている」(私注)けれども、時雨は庭に積らないと歌う。「木葉時雨」という詞がある。また「たぐふ」に「伴う」の意もあるか。15、51、220参照。

【類歌】 ③132壬二2423「時雨るなりとはぬ里人音ばかり庭のこずゑに青葉残すな」(下、秋「庭紅葉」)

46、52、62「澄んだ観照が深い悲しみを抑えているような趣のある作である。そして、そのために、沈潜した抒情味が感じられる作である。こういう歌が、彼女の特色を出した秀歌だと、私は思う。」(「安田」88頁)。

[1]時雨の[2]うちの[3]たか[4]ゞり

47 [5]しぐ[6]るとて[7]まり[8]やはする[9]みかり[10]墅[11]の[12]かりばの[13]をのにあかぬ[14]心は

【校異】 1時雨―しくれ(冷、多、書)。2うち―中(高)。3たかゞり―鷹狩(河、東、高、関)。4ゞ―か(多)、が

(国)。5しぐる―時雨(東、高、関)。6る―れ(河)。7とまり―留(河、東)、「とゝめ類」(古)。8り―る《ヒリ》(多)。9みかり―御狩(河、東、高、関)。10墅―野(私、古、国)。墅の―のゝ(冷、書、東、関)。11の―ゝ(河、高)。12かりば―狩場(東)。13をの―小墅(河、東、関)。14心―こゝろ(冷、書、高)。

【語注】○題　「時雨中鷹狩」は、讃岐46のみの珍しい歌題(歌題索引)。○しぐるとて　③116林葉649「しぐるとてまづうちよればみかりののははそがしたはこのはさへふる」(冬「雨中のたかがり」)。○とまり(やは)する　八代集二例。「泊る」ともとれるが、やはり「止まる」であろう。○みかり野　八代集四例、初出は後拾遺394。○かりばのをの　八代集二例・新古今1050、1956、が、「かりば」自体はない。①8新古今1050「みかりするかりばのをののならしばのなれはまさらでこひぞまされる」(恋一、人麿)。④18後鳥羽院894「みかりするかりばの小野に風さえてとだちのしばに霰ふるなり」(詠五百首和歌、冬)。

【訳】　時雨れているのだといって、止まることがあろうか、イヤ、み狩野の狩場の小野に飽きることのない心は。

〈時雨の中の鷹狩〉

▽「時雨る」。「時雨」(題)→「時雨中鷹狩」(題)、「庭」→「み狩野の狩場の小野」。狩場の小野に飽きない思いを抱えているので、時雨が降っているからといって、狩をやめるのであろうか、イヤ決してそんなことはないと歌う。二句切、倒置法。第三、四句「みかりののかりばのをのに」のリズム。「み狩野の狩場の小野」は、前述の①8新古今1050と同じ、「万葉集十二「…なれはまさらず恋こそまされ」によるとされ、「恋の心を転じて鷹狩の不首尾に用いた。」(私注)とする。

十月[1]ばかりゝ《に》[2]夜もすがら木[3]の[4]葉[5]の[6]ちりければ

48　あけはてばさゝ《く?》[8]〔て〕だにも見[9]ん[10]こ[11]のはちる庭[12]をば[13]し[14]ものを[15]きなかくしそ

【校異】　1ばか…がら—斗に終夜（河、東）。2ゝ《に》—。《に》（私）、。《に》（古）、に、（国）。ゝ《に》夜—によ（冷、多、書）、よ（高）。ゝ《に》夜もすがら—に終夜（関）。3木—こ（冷、書）。4の葉—葉（河、東、高、関）。5葉—は（冷、書）。6ちり—散（河、多、東、関）。7あけ—明（河、東、高、関）。8ゝ《く?》—く（冷、書）、て（河、多、東、高、関、私、古、国）。9見—み（河、多、東、高、関）。10ん—む（冷、東、関）。11この—よも《この》（多）。このは—木葉（河、東、高、関）。12庭—には（冷、書）。13ばしも—も霜（河）。14しも—霜（多、東、関）。15を—お（国）。をき—置（東、高）、霜《置イ》（河）。

【語注】　**○あけはて**　八代集二例・後拾遺373、金葉15。**○さてだにも見ん**　「庭をば霜」、「おきな隠しそ」と共に、新編国歌大観の索引①～⑩に、他に用例がなかった。**○おきなかくし**　「置き隠す」は、八代集にない。③116林葉589「…けさはなど霜のおきかへ《くイ》すらん」。⑦46出観480「朝霜のおきかくしたる菊なれど…」。

【訳】　明け果てると、そうとさえも見よう、（だから）木葉のちる庭をば霜は置き隠すな。〈十月の程に、夜通し木葉が散ったので〉

▽「み狩野の狩場の小野」→「庭」、「時雨る」→「霜」。夜が明けきったなら、木葉の散り果てた後の様子を、せめてそのままの姿で見たいから、木葉の散った庭を霜が置いて隠してくれるなと呼びかけた詠。47と同じく二句切。

【類歌】　②15万代1348「あけはてばおきてまづ見むこがらしに木木のこずゑのもみぢちるなり」（冬「暁聞落葉といふことを」藤原伊家）

49　万[1][2]　なにはがた[3]みぎ[4]は[5]のあ[6]しはし[7]もがれてな[8]だのす[9]て舟[10]あらはれにけり

【校異】　1続後拾冬（河）。2万―ナシ（河、冷、多、書、東、高、関、古、国）。3なには―難波（高、関）。なにはがたみぎは―難波潟河《汀》（東）。4みぎは―汀（高、関）。5は―わ《は》（河）。6あし―芦（河）、蘆（東、高）。7しも―霜（河、東、高、関）。8なだ―「なたて桃」（古）。9すて―捨（河、東、高、関）。10舟―ふね（冷、書）。

【語注】　○なにはがた　摂津の国の歌枕。「潟」は海岸、その干潟をいう。「難波」と「芦」は付き物。②4古今六帖1965「いつしかといぶせかりつるなにはがたあしこぎわけてみふねきにけり」（第三「かた」つらゆき）。②16夫木17383「…かくしもあへず　なにはがた　みぎはにおふる　あしのねの　あしたゆふべに…」（雑十八「長歌、…」忠岑）。○しもがれ　「霜枯る」は八代集六例、初出は後拾遺395。が、「霜枯《がれ》」（名詞）は多い。○なだ　海で浪の荒い所。八代集二例、内訳をみると、「灘」一例・新古今1605、「芦の屋の灘」一例・新古今1590。摂津国の歌枕でもある。○なだのすて舟　灘の辺りに置き去りにされた舟。他に、④35宝治百首3544「…なだのすて舟」（雑、経朝）、⑩181歌枕名寄3629・讃岐225など。その225後出。○すて舟　乗り捨てて、置き去りにした舟。八代集にない。①14玉葉2567 2554、19新拾遺1793、②14新撰和歌六帖1114、16夫木11394、④38文保百首276、39延文百首289、1589、⑤383十訓抄179、388沙石集38、⑥20拾遺風体和歌集421（為顕）、⑩167経旨和歌75、181歌枕名寄8361など。

【訳】　難波潟、水際の芦は霜枯れはてて、灘の捨舟はその姿が現れたことだよ。

▽「霜」。「庭」→「（難波）潟」「汀」「灘」、「木葉」→「芦」、「見」→「あらはれ」。今まで芦によって隠れていた捨舟が、芦の霜枯によって見えるようになった、姿を現したと歌ったもの。同じ讃岐に、よく似た225・④31正治初度百首1969「難波がた汀の風も寒《さ》えぬれば氷ぞつなぐなだのすて舟」（冬）の詠があり、49の改作と言われている。この49も37同様、詞書・題がない。175、225、293参照。①16続後拾遺444、冬「（題しらず）」二条院讃岐。②12月詣891、十月「（題しらず）」讃岐。②15万代1378、冬「（冬歌の中に）」二条院讃岐。②16夫木6616、冬一、寒草「家集、冬歌」二条院讃岐。⑥20拾遺風体和歌集166、冬「題しらず」二条院讃岐。

【参考】③73和泉式部284「なにはがたみぎはのあしにたづさはるふねとはなしにある我が身かな」④26堀河百首969「おく霜におひたる蘆の枯れふしてすがたの池にあらはれにけり」（冬「寒蘆」師時）

【類歌】①19新拾遺599「難波がた汀の蘆に霜さえて浦風さむき朝ぼらけかな」（冬「寒草帯霜といふことを」西行）④15明日香井793「しもこほるみぎははしらずなにはがたかれ葉のあしのするぞすくなき」（院百首、冬）

「一寒蘆二」…「なだ」は、波打ち際の意の普通名詞か。あるいは、摂津国芦屋の海浜か。…▽難波潟の水際の蘆が霜枯れて疎になったために、蘆に隠れていた廃舟が姿を現す。」（『続後拾遺和歌集』444）。「〔霜〕…参考歌「難波潟水際の葦の老がよに怨みてぞふる人の心を」（後撰・雑二・読人不知）。▽難波潟の水際の葦が霜枯れてしまったので、灘付近の今まで葦に隠れていた捨て舟が現れてきた。」（『万代和歌集㊤』1378）。「「灘の捨舟」という素材が斬新であり、中世的な虚無と離脱を連想するのは深読みであろうが、救済の「主もなき浦のすて舟月のせて」という付句を思い出させる。…女性には珍しく観照に徹した姿勢がうかがえるし、宮内卿的人工性は感じられない。爽やかな観照眼が捉えた自然があり、世俗的人工的な美の世界から脱しえている。なお、この歌は、夫木抄にも採られた「難波…」（私注―225）と着想と表現が似ており、同じ時の歌か、あるいは初案と再案の作かとも考えられる。両首とも対象の自然を精確に捉えて表現しているが、「こほりにつなく(ママ)」の方がやや技巧的である。このような詠出方法は自然観照の歌にすぐれた世界を示した父頼政や歌林苑の人々の影響があったかもしれない。」（脇谷「自然」91頁）。

50　[1]水[2]とりの[3]うは[4]げの[5]しもは[6]はらへども[7]したの[8]こほりやとくる[9]まもなき[10]

【校異】1水―みつ（冷、書）。2とり―鳥（河、東、関）。3うは―上（河、東、高、関）。4げ―毛（東、高、関）。5しも―霜（河、多、東、高、関）。6はら―拂（東）。7した―下（河、東、高）。8こほり―氷（多、東、関）。「こほりや―氷は掬」（古）。9ま―間（河、東、関）。10」（私）。

【語注】**○うはげのしも**　八代集三例・後拾遺681、千載429、432（後述）。さらに「上毛」自体は「鴨の上毛」のみで八代集三例。**○したのこほり**　八代集一例・千載432（後述）。上の「上毛の霜」と対照をなす。千載432により、浮寝の「下の足の氷」。

【訳】水鳥の上毛の霜は払っても、下の氷は解ける時とてもない。

▽「霜」。「霜」→「氷」、「芦」→「（水）鳥」。水鳥は自分の上毛に置いた霜を羽で払い落とすことは出来ても、下の足の氷は溶ける間もないとの詠。50の「水鳥」は、後述の①7千載432により「鴛」。「や」は詠嘆か疑問か、一応詠嘆とする。これも前歌同様、詞書・題がない。冬（四季）の最後の歌で、次歌からは〝恋〟となる。

【参考】①7千載432「このごろのをしのうきねぞあはれなるうはげの霜よ下のこほりよ」（冬、崇徳院御製。②10続詞花300。④30久安百首54。⑤376宝物集134）

③119教長598「みづとりのしたのこほりをいかにしてうはげのしもをうちはらふらん」（冬「氷の歌どものなかに」）…50に特に近い

④30久安百首257「水鳥の霜うちはらふは風にや氷のとこはいとどさゆらむ《さえまさる（教）》」（冬、教長。①13新後撰494。③119教長594）

⑤354栄花物語77「…をしどりの　つがひ離れて　夜もすがら　上毛の霜を　払ひ侘び　氷るつららに　閉ぢられて…」（左衛門督頼通の北の方）

【類歌】①18新千載680「冬の池の氷になるる水鳥はうはげの霜やいとはざるらん」（冬、後醍醐院御製）

④38文保百首66「水鳥のうはげの霜やこほるらんはがへの山にあらし吹くなり」（冬、忠房）

④41御室五十首485「水鳥のうは毛の霜を打ちはらふ羽風ややがてさえまさるらん」（冬、有家）

⑤197千五百番歌合1821「水とりのうはげははらふおとすなり袖にぞきえぬふゆの夜の霜」（冬三、通具）

いしによするこひ[1][2]

51 千 [3][4]

我[5]袖[6]はし[7]ほひ[8]にみ[9]え[10]ぬお[11]きのい[12]しの人[13]こそしらねかは[14]くま[15]ぞ[16]なき[17]

【校異】 1いしに…こひ―寄石戀（河、東、高、関、「「寄石恋」二」（古））。2こひ―戀（多）。3千載恋二（河）。4千―ナシ（河、冷、書、東、高、関、古、国）、51・53「千」、52「新古」は右上（多）。5我―我が（国）、わか（多、高）。我袖―わかこひ（冷、書）。6袖―戀《袖イ》（河、東、関）、「こひ書京東類掬」（古）。7しほひ―壚干（高）。8ひ―ナシ（多）。9み―見（多、東、高）。10え―へ《え》（河）。11お―を《お》（河）。おき―沖（高）、奥（東、関）。12いし―石（河、冷、書、東、高、関）。13人―ひと（冷）。14は―わ（国）。15ま―間（関）。16ぞ―も（高）。ぞなき―そ《も》なき《し千》（河）、「もなし彰桃谷」（古）。17き―し（高）。「三八以下この才三句まで彰本に脱す。」（古）。

【語注】 ○題 ①5金葉508 541「あふ事をとふいしがみのつれなさにわがこころのみうごきぬるかな」（恋下「寄石恋といふ心をよめる」前斎院六条）。 ○我袖は ①2後撰901 902「人しれず物思ふところ《ほど(古)》のわが袖は秋の草ばにおとらざりけり」（恋五、さだかずのみこ。②4古今六帖2672）。 ○しほひ 八代集二例・千載760（この歌）、新古今1555。「しほひのかた」八代集二例・新古今897、1332。 ○おきのいし 八代集一例・千載760。若狭国（福井県）遠敷郡矢代浦より七、八町ばかり沖の海底にある大石という説もある。後に宮城県多賀城市の名所となった。 ○かはくまぞなき ①22新葉660 659「みつしほもさすがひがたはあるものを袖の涙はかわくまぞなき」（恋一、頼意）。③122林下208「わが恋は君をみぬめのうらによるなみのしたくさかわくまぞなき」（下、恋）。

【訳】 我が袖は潮干にも見えない沖の石の如くに人は知らないが、乾く間とてもない。〈石に寄せる恋〉

▽〝恋〟歌。「間《もぞ》なき」（最末）。「水」「霜」「氷」→「潮」。私の袖は、潮が引いても見えない沖の石ではないが、あ

の人は知らないけれども、涙で濡れた袖の乾く時がないと歌う、百人一首所収の有名な代表歌。「沖の石の讃岐」たる由縁である。この歌でもって〝恋〟を開始する。百人一首の注釈書参照。四句切。第三句字余り（「い」）。第二、三句は末句の序詞。15、53、54、101参照。①7千載760 759、恋二「寄石恋といへるこころをよめる」二条院讃岐。⑤275百人秀歌94、二条院讃岐、末句「かわくまもなし」。276百人一首92、二条院讃岐、末句「かわくまもなし」。⑤328三五記251「我が恋は…乾くまもなし」。⑥31題林愚抄7739、末句「かわくまもなし」、恋三、寄石恋「千」讃岐。

【類歌】③132壬二2684「我が袖はほのかに人を水茎の岡の木のはのかわくまぞなき」（下、恋）

⑤184老若五十首歌合455「身をしれば人をもみをもうらみねどくちにし袖のかわくまぞなき」（雑、定家）…ことば「一・二・三句に見られる巧みな譬喩には、作者の才気のほどが十分に現われている。その作歌年時は伝わっていないが、おそらく彼女が二条院に仕えていた頃の作であろう。…ここに仕えた彼女は若く、若い才女の着想の凡ならざることに、人々は驚き、感嘆したものであろう。…よく読めば、彼女のそうした性格――沈潜した抒情性が感じ取られないであろうか。くり返し読んでいるうちに、私には、その粘りのある調べのなかにあって、「潮干に見えぬ沖の石」は、単なる才気の所産というよりも、むしろそのゆたかな抒情と一体となって、その底に深く沈んでいるように思われてくるのである。」（「安田」87、88頁）。51、46、35「などからも知れるように、大変流暢なしかも伝統的な歌風で、着想の面白い、技巧がかつたそして抒情性の強い歌が多い。」（「木越」110頁）。「和泉の詠（私注―③73和泉式部94「わが袖はみづのしたなるいしなれや人にしられでかわくまもなし」（恋））を本歌的に受容しながら、しかも独自の歌境を開示したところにその面目があったのである。」（脇谷「沖の石の」158頁。詳しくは上記論文参照のこと）。福田『實方』164～170頁参照。「歌題「石」を恋心に取りなすのは、難題の一つといえよう。…その濡れた袖を「沖の石」に見立てたところが斬新で、…」（『日本名歌集成』254頁）。「「わが袖は…（和泉式部集）第三章四参照。」（私注）。「参考「ともすれば涙に沈む枕かな潮満つ磯の石ならなくに」（頼政集）。「寄石恋」という歌題から「沖の石」を引き出し、

深く秘めた恋と夜昼乾くことのない涙の袖を象徴した。」(新大系・千載760)。「寿永百首家集か…「わが袖は…の本歌の…、序詞を用いての複雑微妙にして衝迫性の強い歌境を創造し得ている点、本歌に「詠みまさる」(俊頼髄脳)歌と評することができる。やはりすくなくとも「本歌の心にすがりて風情を建立したる歌」(井蛙抄)とすべきであろう。」(和泉・千載759頭注、補注)。「和泉式部集の…わが袖は…という、発想も手法もよく似た一首がある。讃岐の歌はおそらくこれにもとづいて詠んだのであろう。「潮干に見えぬ沖の石の」は、和泉式部歌をぬきんでた巧みな叙述であり、抒情性においても一段まさるといえよう。この一首で「沖の石の讃岐」の異名をとった由が『古事類苑』文学部十「由歌得異名」にみえる〔私注—末の解説の「三　同時代及び後世の評」参照〕。「寄石恋」という歌題は待賢門院堀川集にもみえる〔私注—③112堀河102の「いしによせたる」。なお堀河は源顕仲(1064〜1138)の女。家集の成立は久安六年(1150)以降と推定される〕が、これは時代としてやや古い。林葉集(917)や頼政集(425)にみえる同じ題と関係させて、二条院代に歌林苑で催された歌会のものとみるのは可能であろう。」(『讃岐』66頁)。『新版　百人一首』(島津忠夫。平成11・1999年)において、『頼政集』の三首——前述の③117頼政376「ともすれば…」(下「恋の心を、按察会」)の他、同425「いとはるる我が汀にははなれ石のかくる涙にゆるぎげぞなき」(下、「寄石恋」)、同435「なごの海しほひ塩見つ磯の石となれるが君が見えかくれする」(下「時時見恋」)——、『和泉式部集』・「わが袖は…」があげられ、和泉歌にもとづいてよんだと考えられている。「沖の石をもち出してきたところに独自性があり、技巧の冴えがあった。」(同196頁)。神作光一「百人一首演習ノート(96)」と共に参照。⑤169右大臣家歌合〈治承三年〉6「みつしほにかくれぬ沖のはなれ石かすみにしづむ春のあけぼの」(「霞」仲綱。1179年)「歌からの影響も指摘されている。…讃岐歌は和泉式部歌を本歌取りしながらも、その上で父兄の「磯の石」「離れ石」から、「沖の石」に発想を転換・深化したところが手柄と言えるようである。」(『百人一首の新考察』吉海直人、263、264頁)。

[1]あか[2]月の[3]わかれを

52 新古[4][5]　[6]あけぬれ[7]どまだ[8]きぬ[9]ぐゝに[10]なりやらで[11]人の[12]袖をもぬらしつる[13]かな

【校異】 1あか月―暁（河、東、高、関）。2月―つき（冷、多、書）。3わかれ―別（河、高）。4新古恋二（河）。5新古―ナシ（河、冷、書、東、高、関、古、国）。6あけ―明（河、東、高、関）。7ど―は（関）。8きぬ―衣（河、東、関）。9ぐゝ―ぎぬ（国）。10なり―成（高）。11人―ひと（冷、書）。12袖―そて（冷、書）。13かな―哉（河、東）。

【語注】 **○題** 「暁別（恋）　歌合〔40〕／讃岐52」（歌題索引）。歌合大成「四〇〔天慶六年七月以前〕陽成院親王二人歌合」、「暁の別れ」21～40。**○きぬぐゝ** 八代集二例・古今637、新古今1184（この歌）。**○なりやら** 八代集一例・新古今1184。③116林葉363「きぬぎぬにあまのは衣成りやらで…」。**○人の袖をも** ①19新拾遺579「うち時雨人の袖をもぬらすかな空もやけふは秋をこふらん」（冬「冬歌中に」俊成）。

【訳】 明けはててしまったけれど、まだ後朝の別れになりきらないで、あの人の袖をも濡らしたことだよ。〈暁の別れを（詠んだ歌）〉

▽「人」「袖」。「寄石恋」（題）→「暁別」（題）、「袖」→「衣衣」、「乾く」→「濡らし」、「我が」→「人」。夜は明けたけれども別れがつらく、まだ別れることができなくて、恋しい人の袖をも濡らしたとの詠。新古今所収歌（16首）のうち讃岐集に見える唯一の歌。46、53、77、78参照。①8新古今1184、恋三「二条院御時、あか月かへりなんとするこひといふことを」二条院讃岐。②10続詞花550、恋中「題しらず」讃岐頼政女、第四句「人の袖さへ」。⑤247前摂政家歌合〈嘉吉三年〉400判。⑤271歌仙落書102「後朝恋（「底本「後朝歌《ママ》」なし。書・輪本により補う。」『歌論集（一）』頭注―以下同じ―）」、二条院讃岐、第二、三句「まだきぬぐゝのなかやらむ（書）、まだきぬぐゝになりやとて（輪）。」

（同）。⑤376宝物集240、二条院さぬき。⑥27六華集1110、冬「同（＝新古）」二条院讃岐。⑥31題林愚抄6832、恋二、暁欲帰恋「新古」二条院讃岐。

「恋歌は技巧はあまりなく、大かたはしみじみとした情感がこもっている（例えば52 54 55）。」（「古城」42頁）。「艶なる歌」（「高畠」58頁）。「多分に哀艶の場面の描写をねらっている。」（145頁。『新古今和歌集一夕話』（百目鬼恭三郎）145、146頁）。「「暁に帰りなんとする恋」。…参考「しののめのほがらほがらと明けゆけばおのがきぬぎぬなるぞ悲しき」（古今・恋三・読人しらず）。」（新大系・新古今1184）。「涙に寄せる後朝の歌。…夜が明けても別れ難い恋人同士を歌う。「しののめの…を念頭に置く。」（古典集成・新古今1184）。「新古今集にこの一首が撰ばれたことは、二条院女房時代の一つの記念ともいえよう。」（『私家集と新古今集』266頁）。「第一章一参照。」（私注）。続詞花集所収は、52、54、さらに今撰集所収の53、「三首がそれぞれいかなる折に詠まれ、またいかなるものを資料として両集に収められたかは明らかでない。ただ、両集の成立時期から推して、二条院在世当時、しばしば行われた内裏歌合のいずれかの時に詠まれたかと推定することは可能である。今撰集の「内讃岐」という呼称は、内裏女房の身分を示すものである。」（『讃岐』53頁）。「歌仙落書の流布本には題を示さず、異本の方に「後朝恋」とある。本来あったものが流布本成立にあたって失われたことになるが、「後朝恋」の原典が明かでない上は、どう判断のしようもない。ちなみに家集には「あかつきの別れを」とする。これは作者自身が書いて添えた詞書であろうから、そこから推して、もとこれに類した（「後朝恋」でもよい）題なり詞書なりがあったとみることは十分できる。」（『讃岐』56頁）。53、54、52、55と歌仙落書については、『讃岐』57頁参照。

[1]はじめは[2]おもはで[3]のちに[4]思ふ[5]こひ

53 千[6][7]　[8]いまさらに[9]恋しと[10]いふもたのまれず[11]これも[12]心のかはると[13]思へば

【校異】 1はじめ―初（河、東、高、関）。2おも―思（河、東、高、関）。3のち―後（河、東、高、関）。4思―忍（関）。5ふこひ―戀（河、東、高、関）。6千載戀四（河）。7千―ナシ（河、冷、書、東、高、関、古、国）。8いま―今（高）。いまさら―今更（河、東、関）。9恋―戀（河、東）、こひ（冷、多、書、高）。10いふ―云（東）。11これ―是（東）。12心―こゝろ（冷、書、高）。13思―おも（河、冷、書、高）。

【語注】 **○題** 「初疎後思恋」は「千載891（讃岐）／今撰163（讃岐）／讃岐53・頼政Ｉ454」のみで、「始不思後思恋」は「歌仙落書264⑯」（歌題索引）のみ。③117頼政454「思ひきや新手枕をいとひしにおなじみながらこひむ物とは」（下「始は思はで後に思ふ恋の心を読み侍りしに」）。⑤271歌仙落書100、101＝讃岐の53「今更に…」、54「一夜とて…」の歌、「始思はで後思ふ恋といふことを（「恋の歌とて（書・輪）」）」。 **○恋しといふも** ③124殷富門院大輔305「よそにても我をおもはばひとりふせこひしといふもさらばたのまん」（かくしだい「ひとりふせご」）。 **○たのまれず** ②4古今六帖3492「くれなゐにそめしこころものたのまれず人をあくにしかへると思へば」（第五、色「くれなゐ」）。

【訳】 今さらに恋しいといってもあてにはできない、この恋も結局は、とどのつまりは心変りがすると思うので。
〈当初は何とも思っていずに、後になって思い慕う恋〉

▽「暁別」（題）→「始不思後思恋」（題）。今まで思ってもいなかったのに、突然恋していると言って来ても、頼みに出来ない、この恋しいという気持ちも心変りすると思うのでと歌う。今までの心が変って恋しいというので、又心変りをするのではないかと危惧するのである。自分が恋しいともとれるが、相手のこと。三句切。第四句「これもこころの」のこのリズム。末句字余り（「お」）。52参照。①7千載891 889、恋四「初疎後思恋といへるこころをよめる（初めは疎く、後に思い慕う恋という内容で詠んだ（歌））」二条院讃岐。②11今撰163、恋「初疎後思恋といふ事を」内讃岐。

⑤271歌仙落書100（前述）、二条院讃岐、第二句「おもふもいふも〔「こひしといふも（書・輪）」〕」。⑥31題林愚抄6910、下句「これも心のはる《ママ》と…」恋二、初疎後思恋、二条院讃岐。

【参考】②4古今六帖4099「今さらに心はかへでよはへんといひしことばにあざむかれつつ」（第六、木「かへで」そせい）

【類歌】①20新後拾遺1157「契りしもたのまぬものを今さらにかはる心のいかでみゆらん」（恋四「契変恋」為定）④21兼好47「いまさらにかはるちぎりとおもふまではかなく人をたのみけるかな」（「つらくなりゆく人に」）

「男を信じ難い恋の悩み。」（新大系・千載891）。「前歌の「流れ変はる」と対応する「心の変はる」ことを詠む歌を配列する構成。」（和泉・千載890）。53、55、59「のように、何かしら艶っぽい歌も詠んではいるが、」（「木越」110頁）。彼女の〈恋〉歌をとりあげても、51、53、100、52、113「などに代表される、「恨み侘び」の世界にその本質があったようである。ここにも沈潜された恋心の形象が認められるであろう。」（脇谷「自然」90頁）。「第三章一参照。」（私注）。『讃岐』53頁、「今撰集恋部に、第二句を「恋しといふも」としてみえる。歌仙落書のいわゆる異本はその本文である。異本の本文の方が流布本（群書類従本など）本文に先立って成立したとされるが、後年自撰の家集も「恋しといふも」であり（53）、「おもふもいふも」の流布本本文は疑わしい。」（『讃岐』56頁）、「今撰集恋部に、…「内讃岐」の称で入り、二条天皇内裏女房時代の詠である。このやや珍しい歌題は頼政集（恋部454）にもみえ、同じ歌会の折かと思われる。」（『讃岐』66頁）。

54　[1][2]ひと[3]夜とてよがれし[4]とこのさ[5]むしろにやがて[6]も[7]ちりのつもりぬる[8]かな

【校異】1同（河）。2ひと—一（河、冷、多、書、東、高、関）。3夜—よ（多）。4とこ—床（河、東、高、関）。5むしろ—筵（東、関）。6も—《も》。（多）。7ちり—塵（河）。8かな—哉（河、東、関）。「この一首、桃本にない。」（古）。

【語注】 ○さむしろ 「寒し」を掛けるか。狭莚。簡素な敷物。「独り寝のわびしさをも表現する歌語。」（和泉・千載879補注）。「さむしろに衣片敷き今宵もや我を待つらむ宇治の橋姫」（古今集四六八九）。」（私注）。

【訳】 一夜といって夜離れした床の狭筵に、そのままますぐに塵が積りはててしまうことだよ。

▽一晩だけ、都合が悪くて行けないと言って来なかった床のさ筵に、以後恋人は来ずに、そのまま塵が積り、独寝をすることになったと歌う。53の題・詞書をうけない。52、53参照。①7千載880 878、恋四「恋のうたとてよめる」さぬき。②10続詞花566、恋中「（題不知）」讃岐。⑤222時代不同歌合234、百十七番、右、讃岐。⑤271歌仙落書101「（始思はで後思ふ恋といふことを）」二条院讃岐。⑤303無名抄30「代代恋歌秀歌事」・「俊恵語云、「…しかるを、俊恵が哥苑抄の中には、／一夜…／是をなんおもて哥と思ひ給ふるは、いかゞ侍らん」とぞ。」（旧大系67頁）。⑥27六華集1127、冬「千」二条院讃岐。⑩124女房三十六人歌合47。⑩177定家八代抄1075。

【類歌】 ④21兼好157「こよひだにうちもはらはでさむしろにつもれるちりや人にみせまし」

「恋人の長い途絶えを歎く。以上二首、男に忘れられた女の待つ身の歎き。」（新大系・千載880）。「絶後驚恋。…讃岐集の詞書によると、「（初疎後思恋）」ということにもなろうが、従い難い。無題歌とすべきであろう。一夜だけの夜離れと思ったのに、そのまま仲が絶えてしまったと驚き嘆く歌。無名抄に、俊恵がこの歌を称賛した話が見える。」（和泉・千載879頭注、補注）。51、31、54「など、多くの集にとられて代表的だったと思われる歌を見ても、平明流暢で、着想に巧みで、いかにも俊恵風のよみぶりであり、ことに「一夜とて」の歌などは、俊恵が「歌苑抄」中の面歌といっているほどであった」（『島津』372頁）。54、58「恋のよろこびの歌はなく、女らしい不安や恨みの歌に優れたものがある。」（「古城」42頁）。「歌仙落書に題をしるさないのは、これもおそらく「題しらず」の意であって、「始め思はで云々」の題をうけるものではあるまい。同様のことは家集本文（54）についてもみられ、問題はない。」（『讃岐』56

頁）、「家集（54）に無題七首中の作としてみえ、…無名抄の「代代恋歌秀歌事」の条に、俊恵の話として、顕輔が挙げた後拾遺・金葉・詞花の歌に対し、自分は「歌苑抄」に入れた讃岐のこの歌を「おもて歌」と考えている旨をしるしている。」（『讃岐』66頁）。

55 [1]い[2]ま[3]さらにいか[4]ゞはすべき[5]新[6]まくら[7]としの[8]三[9]とせ[10]は[11]まち[12]わびぬとも

【校異】 1続千戀四（河）。2いま—今（河、東、高、関）。3さら—更（東）。4ゞ—が（国）。5新—にゐ（冷、書）。6まくら—枕（河、多、東、関）。7とし—年（河、東）。8三—み（多、書）。「三とせは—みとせを彰」（古）。9とせ—年（東）。10は—は《を》（河）。11まち—待（東、高、関）。12わび—侘（河）。

【語注】 〇いまさらに 53前出。 〇新まくら 八代集一例・①7千載917 915「まことにやみとせもまたでやましろのふしみの里ににひ枕する」（恋五、中院右大臣）。③116林葉802「みとせまで待ちつる恋のしるしなくあかしもはてぬ新枕かな」（恋「不通夜恋」）。③116同900「帰りてはたがうらむべきことならん三とせもまたぬ新枕をば」（恋「不誤被怨恋」）。③117頼政542「今更にさてあはじとや君ならでいつかは我は新枕する」（下、恋「不誤被怨恋」）。

〇三とせ 八代集五例。 〇まちわび 八代集三例、初出は古今423。主語は旧夫か。が、本歌によれば妻。

【訳】 今更どうするべきであろうか、どうしようもない——新枕をば、年の三年は待ち侘びたとしても。

【「本歌」（私注）】 ⑤415伊勢物語52「あらたまの年の三年を待ちわびてただ今宵こそにひまくらすれ」（第二十四段、（女）。〝梓弓〟の段。①11続古今1210 1218。②15万代2655。⑤299袖中抄121）

▽「床の小莚」→「新枕」、「一夜」→「年の三年」。有名な勢語の梓弓の段の本歌をふまえ、三年の間待ち侘びたとしても、旧夫—「新夫」ともとれる—と新枕を交わすのは、今となってはどうしようもない、と歌って、歌仙落書の

題（詞書）の如く、旧夫を怨んでいるのである。第一、二句いの頭韻。二句切、倒置法。52、53参照。①15続千載1488・1491、恋四「題しらず」二条院讃岐、第四句「としの三とせを」。②15万代2657、恋五「恋のこころを」二条院讃岐。⑤271歌仙落書103「旧夫をうらむる恋（「懐旧夫恋」）と云ふ事を」二条院讃岐、「恨旧夫恋　歌仙落書265③」の題は、讃岐のこの歌のみで、「懐旧夫恋」の題はそれ自体ない（歌題索引）。55は、「歌仙落書以前に出典を求めることができない。」（『讃岐』57頁）。⑥31題林愚抄8134、第四句「としのみとせを」、恋四、寄枕恋「続千」二条院讃岐。「〔絶恋〕…参考歌→二六五五〔私注―「新玉の…」〕」。▽三年間待ちわびたとしても、今更いったいどんな風に新枕をすればよいのか、もはや新枕などできない。」（『万代和歌集(下)』2657）。

56　たのむれば涙[1]の川[2]もよどみけり人[3]のな[4]さけやい[5]せきな[6]るらん[7]

【校異】1涙―なみた（河、冷、多、書）。2川―河（多、東、高、関）、かは（冷、書）。3人―ひと（冷、書）。4なさけ―情（東、関）。5い―ゐ（関、国）、井（冷、書、東）。いせき―井關（河）。6な―成（多）。なる―成（東）。7ん―む（高）。

【語注】**○涙の川**　②4古今六帖1620「ふるる身はなみだの川にみゆればやながらのはしにあやまたるらん」（第三「はし」いせイ）。「「涙の川」は比喩。ただし伊勢の国の歌枕に涙川があり、古今集以来しばしば詠まれた。…川・淀む・ゐぜきは縁語。」（私注）。**○人のなさけ**　八代集にない。③124殷富門院大輔240「かきのもとあとしのびけることのはにひとのなさけのみえもするかな」（少納言）。

【訳】あてにされるので、涙の川も淀みはてることよ、人の心はとどめる堰なのであろうか。

▽恋しい人が、私に頼みを抱かせ希望を与えるので、涙を川のように流すことがなく淀んだ、だから、あの人の情は、

涙の流れを止める堰なのかと歌う。つまり恋人が頼みにさせているので泣くことがないのである。三句切。55の本歌である勢語に、「涙川」を歌った⑤415伊勢物語236「いづこまで送りはしつと人問はばあかぬ別れの涙河まで」（第四十段補歌、女）がある。

【参考】⑤137六条宰相家歌合28「こひわびておさふるそでやながれいづるなみだのかはのゐせきなるらん」（恋（上）、（藤原）道経。①5金葉375。5′金葉392。⑤301古来風体抄520）

「「流れいづる涙の川のいかなれば人目づつみに堰《せ》かれざるらん」（重家集158）。」（私注）。

57　[1][2]めの[3]まへにかはる[4]心をしら[5]露の[6]きえばともにと[7]なに[8]おもひけ[9]ん

【校異】1新勅戀四（河）。2め―目（河、東、高）。3まへ―前（河、東）。4心―こゝろ（河、冷、書、高）。5露―つゆ（冷、書）。6きえ―消（東）。「きえは―きくは桃」（古）。7なに―何（多、東、関）。なにおも―何思（河）。8おもひ―思（東、関）。9ん―む（冷、多、東、関）。

【語注】**○めのまへ**　八代集四例、初出は古今520。**○かはる心を**　「心を」は「心なのに」（新勅撰全釈）。④31正治初度百首2179「はかなくぞこんよまでともたのみけるけふめの前にかはる心を」（恋、丹後）。**○しら露**　「知ら（ず）」との掛詞。「「白露の」は下へは「消え」を導く枕詞となる。」（新勅撰全釈）。①2後撰279「白露のかはるもなにかをしからんありてののちもやや《よは(伊)》うきものを」（秋中、法皇）。③15伊勢135、他、③29順100など）。①2同1263 1264「人心たとへて見れば白露のきゆるまもなほひさしかりけり」（雑四、よみ人しらず）。**○きえばともにと**　「「消え」は「白露が消える意と死ぬ意を掛ける。」（新勅撰全釈）。②1万葉3055 3041「アサナアサナ　クサハニシロク　オクツユノ　キエバトモニト　イヒシキミハモ」（第十二「寄レ物陳レ思」）。**○と＋末句**　有名な後鳥羽院の詠・①8新古今36がある。**○なにおもひ**

けん　③114田多民治91「しら菊は《も（内）》うつろひにけりうき人のこころばかりとなに思ひけん」（冬「残菊」。⑤141内大臣家歌合〈元永元年十月二日〉34）。

【訳】目の前に変る（あの人・男の）心を知らずに、白露が消えたのなら、（そのように）共に消えよう・死のうとどうして思ったのであろうか。

▽「ん」（最末）。「情け」→「心」「思ひ」、「涙（の川）」→「露」。目前で私を捨てて変ってゆくあの人の心であるのに、白露ではないが、死ぬ時には一緒になどとどうして思ったのかと、題の「会不会恋」（新勅撰）を歌う。これも、勢語の有名な芥川の段の、⑤415伊勢物語7「白玉かなにぞと人の問ひし時露と答へて消えなましものを」（第六段、男）がある。①9新勅撰902 904、恋四「あひてあはぬこひの心を」二条院讃岐。⑥31題林愚抄6919、恋二、逢不遇恋「新勅」二条院讃岐。『新勅撰全釈』は、「【参考】類歌。」として、【語注】の②1万葉3055 3041と【参考】の①5金葉471を掲げる。『明治・新勅撰』は、万葉歌を「本歌」、金葉歌を「参考」とする。

「全体的な流れにぎこちなさはなく、うまくまとめられていて、歌はこのように詠むというお手本のような作品である。／配列面では、この歌から…「秋」に関連させた恋の歌を配した。」（新勅撰全釈）。

【参考】①5金葉471「めのまへにかはるこころをなみだがはながれてやともおもひけるかな」（恋下、江侍従。5′金葉466）

【類歌】④34洞院摂政家百首1289「今ぞしる思ひも恋もめの前にうづもれかはる世のならひとは」（「遇不逢恋」大殿）

⑤416大和物語155「からにだに我きたりてへ《（ママ）》つゆの身のきえばともにとちぎりおきてき」（第百四段、滋幹の少将。『校註国歌大系』）

58　[1]あふとみ[2]る[3]夢[4]を[5]さめつるくやしさ[6]と[7]又まどろめ[8]ど[9]かなはざりけり

【校異】1あふ—逢（東、高）。2み—見（東）。3夢—ゆめ（冷）。4を—「の桃」（古）。5さめ—覚（東）。6と—に（河、冷、多、書、東、高、関、私、古、国）。7又—また（冷、書）。8ど—「は掬」（古）。9かな—叶（河、東、関）。

【語注】○くやしさ　八代集二例・後撰99、後拾遺561。○かなはざりけり　⑤226河合社歌合〈寛元元年十一月〉59「思ひねの夢を此世の逢ふ事に頼むさへこそかなはざりけれ」（「不遇恋」能遅）。

【訳】会うと見る夢が覚めてしまった悔しさに、又まどろみはしたが、（夢を見ることは）叶わなかったことだよ。

▽「目」→「見る」。恋しい人と逢ったと思う夢から覚めた悔しさに、再び寝てみたが、甲斐もなかった、つまりまた目をつむったが、愛しい人と逢えなかったと歌ったもの。58の上句は、悔しいから「寝じ」といった左記の道綱母49に拠り、悔しさに「又まどろめど」…となる。大もとに、有名な左の小町歌が存在するのはいうまでもない。

【参考】③64道綱母49「おもひつつこひつつはねじあふとみるゆめは《を（帯）》さめてはくやしかりけり」（「こひ」）。⑤47帯刀陣歌合〈正暦四年〉20。⑤384古今著聞集75）

③116林葉836「あふと見る夢のさむるはかへるにて又その暮にゆかばこそあらめ」（恋「寄夢恋同」）

「参考「思ひつつ寝《ぬ》れば人の見えつらむ夢と知りせばさめざらましを」（古今集恋二五五二小町）。」（私注）。

59　[1][2]夜と[3]ゝもに[4]し[5]水[6]に[7]袖をぬらせ[8]どもこ[9]ゆる[10]よもなき[11]あふ[12]さか[13]のせき[14]

【校異】59、60共に三行で上下にあり（冷、書）。1新後戀（河〔次歌60との間違いか〕）。2夜—よ（河、冷、書）。3ゝ

—と（国）。ゝも—共（東、高）4し—清（河、東、高、関）。5水—みつ（冷、書）。6袖—そて（冷、書）。7を—は（河、東、高、関、「二」（古））。8ども—共（東）。9こゆ—越（東、関）。10よ—夜（多）、世（河、東、高、関）。11あふさか—逢坂（高）、相坂（河、東）。12さか—坂（関）。13せき—關（河、東、関）。14」五（私）。

【語注】○第二句　①1古今2「袖ひちてむすびし水のこほれるを春立つけふの風やとくらむ」（春上、貫之）。「清水」は、①3拾遺170「あふさかの関のし水に影見えて…」（秋、つらゆき）による。関付近の清泉。**○あふさかのせき**「逢ふ」を掛ける。「関」ゆえ「越ゆる」。近江の歌枕。

【訳】毎夜毎夜、清水（の涙）に袖を濡らしはしても、越える夜とてもない逢坂の関であるよ。

▽「あふ」。「夢」→「夜」「夜」。夜が重なるにつれて、清水の如き涙で袖は濡らすのだが、「逢坂の関」なのに、恋しい人と逢うことはない、つまりあの人が来ずに、毎夜袖を濡らし、人を思うのだが、会う時もないという心。体言止。多くの【参考】歌がある。「夜」が二度出る。後は「世」か。53参照。

【参考】①4後拾遺632「あふさかのなをもたのまじこひすればせきのし水にそでもぬれけり」（恋一、御製）

①5′金葉211「ありあけの月もし水にやどりけりこよひはこえじあふさかのせき」（秋、範永）。①7千載498 497。②8新撰朗詠611。②10続詞花710）

②4古今六帖2808「しらつゆにぬれつつさよはふけにけりいまはこえなんあふさかのせき」（第五、雑思「ちかくてあはず」）

③100江帥172「いつかまた君にあふさかとおもふにはしみづにそでをぬらしつるかな」（離別）

⑤141内大臣家歌合〈元永元年十月二日〉59「夜とともに袖のみぬれて衣川こひこそわたれ逢瀬なければ」（「恋」信濃公。②9後葉308）

⑤393和泉式部日記8「夜とともにぬるとは袖をおもふ身ものどかに夢をみるよひぞなき」（女（和泉式部））

【類歌】④11隆信874「よとともにし水に袖をぬらしつついつかは春にあふさかの関」（雑三「述懐歌中に」）…59に極めて近い

60　[1][2]いまはさは[3]なに[4]〻[5]いのち[6]を[7]かけよとて[8]夢にも人の[9]み[10]えず[11]なるら[12]ん

【校異】1新後戀五（河）。2いま—今（河、多、東、高、関）。3なに〻—何と（河、東、関、「二」（古））。4〻—に（国）、と（高）。5いのち—命（河、冷、関）。6を—「の彰」（古）。7「かけよ—か〻れ彰」（古）。8夢—ゆめ（冷、書）。9み—見（多、東）。10え—へ《え》（河）。11なるらん—成覧（河）。12ん—む（冷、書、高、関）。

【語注】**○いまはさは**　①7千載731 730「いまはさはあひみむまではかたくとも命とならむことのはもがな」（恋二、顕輔）。**○夢にも人の**　①14玉葉1587 1579「いかでかは夢にも人の見えつらんものおもひそめし後はねなくに」（恋三、朝光）。①17風雅1354 1344「うきながらおもひいでけるをりをりや夢にも人の見えしなるらん」（恋五、公宗母）。

【訳】今となって何に命をかけよというのか、夢にも人が見えなくなってしまったのであろうか。

▽「夜」→「夢」。今になってそれでは何に命をかけよといって、夢にもあの人は見えなくなったのであろうか、即ち、今までは夢での逢いに命を懸けていたのだが、夢にもあの人が見えなくなって、今は何に命を懸けよというのかと歌ったもの。①13新後撰1164 1169、恋五「（題しらず）」二条院讃岐。

[1]あめのうちに[2]かへるこひ

61　いたづらにかへる[3]空より[4]ふる[5]あめは[6]わきて[7]袖こそぬれまさりけ[8]れ

【校異】　1あめ…こひ—雨中歸〔帰（東）〕戀（河、東、高、関）。「「雨中帰恋を」桃。「雨中帰恋」京東谷類揃」（古）。2かへ—歸（多）。3空—そら（河、冷、多、書）。4ふるあめ—降雨（河、東）、◦雨《ふる》（多）。5あめ—雨（高、関）。6わき—分（東、高）。7袖—そて（冷、書）。8れ—り（関）。

【語注】　〇題　「雨中帰恋」・讃岐61のみの珍しい歌題（歌題索引）。〇いたづらに　①19新拾遺61「いたづらにふりぬと思ひし春雨のめぐみあまねき御代に逢ひつつ」（春上「…、春雨」衣笠前内大臣）。④37嘉元百首1460「いたづらに袖のみぬれて涙川しらぬあふせにしづむ名ぞうき」（恋「不逢恋」俊光）。④39延文百首477「いたづらに袖のみぬれておきべにもよらぬ玉ものみだれわびつつ」（恋「寄藻恋」顕実母）。〇ぬれまさり　八代集にない。が、②4古今六帖1343、⑤389土左日記9、⑤390蜻蛉日記89などに用例がある。①14玉葉2517 2504「ふりはつる老のね覚の涙にぞ身をしる袖はぬれまさりける」（雑五、藤原信兼）。⑤354栄花物語36「桜もと降るあは雪を花と見て折るにも袖ぞぬれまさりける」（帥殿（伊周））。

【訳】　むなしく帰って行く空から降りゆく雨は、特別に袖こそが濡れまさることよ。〈雨の中に帰って行く恋〉

▽あの人に会えずに、むなしく帰ってくる空から降ってくる雨は、会えなかった涙も加わって、格別に袖は濡れまさると男の立場で（女のそれも可）歌う。「後朝の別れ」ではなかろう。

【参考】　①3拾遺958「ふる雨にいでてもぬれぬわがそでのかげにゐながらひちまさるかな」（恋五、つらゆき）

【類歌】　②14新撰和歌六帖1273「いたづらにぬるる袖かなすみ染のけふも暮れぬそらをながめて」（第四帖「おもひをのぶ」）

[1]みじかき[2]夜を[3]うらむる[4]戀

62 [5]夏の[6]よを[7]なにげくら[8]んひたすらにた[9]え(へ)て[10]あひみぬ[11]ときもこそあれ

【校異】 1みじかき—短(河、東、高、関)。みじ…戀—「「短夜恨恋」谷」(古)。2夜—よ(書)。3うらむる—恨(河、東、高、関)。4戀—恋(私、古、国)、こひ(冷、多、書)。5夏—なつ(冷、書)。6よ—夜(多、東)。7なに—何(河、東、関)。8ん—む(冷)。9たえ—絶(東)、行(河、高、「桃東谷類掬」(古))、ゆき(関)。10あひ—逢(河、東)。11とき—時(河、多、東、高、関)。

【語注】 **○題** 「恨短夜恋」は、讃岐62のみの珍しい歌題(歌題索引)。 **○ひたすらに** ③132壬二2737「ひたすらにたえやはてなむみなせ川ありて行く水袖にせくとも」(恋)。⑤8左兵衛佐定文歌合38「ひたすらにわすれもぞするわすれぐさみずやあらましこひはしぬとも」(躬恒)。

【訳】 短い夏夜をどうして嘆くことがあろうか、そんな必要は少しもない、一筋に堪え忍んで(あの人を)会い見ない時もあるのだよ。〈(夏の)短い夜を恨む恋〉

▽「こそ…れ」(最末)。「雨中帰恋」(題)→「恨短夜恋」(題)。夏の夜をどうして嘆くのか、一途に我慢して逢えない時もあるのだからとの詠。「堪へ」としたが、「絶え」(新編国歌大観④本文「たえ」)か。夏の夜は短いため、逢えないこと、さらに逢ってもすぐ別れねばならないことがあるのを心配するのだが、短夜でも逢うことができれば、よしとせねば…、と自《みずか》らを慰め励ます歌。第一、二句、なの頭韻。二句切。46参照。

63
む[1]かし見[2]ける人にあひたる人にかはりて
な[3]かたえし埜[4]中の水[5]のゆ[6]くす[7]ゐ[8]にながれ[9]あひてもぬるゝ[10]袖[11]か[12]な

【校異】 1むかし—昔（河、東）。2見—み（河、冷、多、書、関）。3なかたえ—中絶（河、東、高、関）。4埜—野（冷、多、書、高、私、古、国）。5水—みつ（冷、書）。6ゆく—行（河、東、高、関）。7すゐ—末（東、高）。8ゐ—へ《ゑ》（河）。9がれ—こり（高）。10ゝ—る（国）。11袖—そて（冷、書、高）。12かな—哉（河、多、東）。

【語注】 **○野中の水** 八代集にないが、「野中の清水」は①1古今887「いにしへの野中のし水ぬるけれど本の心をしる人ぞくむ」（雑上「題しらず」よみ人しらず。この歌は古くなった妻を今も愛しているとの解あり）よりある。播磨の国の歌枕。②10続詞花651「今更に何かは袖をぬらさましのなかのしみづおもひ出でずは」（恋下、二条大宮別当）。③24中務150「みる人のそでをあやなくぬらすかなのなかのみづのふかきばかりに」。③129長秋詠藻355「むかし見し野中の水に尋ねきてさらに袖をもぬらしつるかな」（恋。①18新千載1614。②15万代2543）。 **○ながれあひ** 「流会」は八代集二例・後撰612、949、「流敢」は一例・古今303。「水」の縁で「流れあふ」「濡るる」を用いた。「泣かれ」を掛けるか。 **○ぬるゝ袖かな** ①11続古今1705 1714「かずならでよにふるかはのむもれみづゆくかたもなくぬるるそでかな」（雑中、大江頼重）。

【訳】 二人の仲が絶え果ててしまった野中の水の行末に、流れが合っても（二人は逢っても）、濡れてしまう袖であることよ。〈昔見た人に会った人に代わって（歌った歌）〉

▽「たえ」「あひ」。二人の仲が絶えた後、歳月がたって再び逢っても袖が濡れる、即ち絶えし水であるのに濡れると歌う。「なか…のなか…ながれ…（かな）」のリズム。

「「昔見し野中の清水いかにして思ひのほかに絶えはそめしぞ」（江帥集462）」（私注）
【類歌】①18新千載1613「契りさへあさざは水の草がくれたえ行く中にぬるる袖かな」（恋五、円伊）
④31正治初度百首383「かよひこし野中のし水かきたえてくまぬにしもぞ袖はぬれける」（恋、御室）

しのび[1]て心[2]をかよはすこひ[3]

64 人[4]しれずした[5][6]に行[7]かふあし[8]のね[9]や[10]君[11]と我[12]《われ》とが心[13]なるらむ[14]

【校異】1しの―忍（河）。しのび―忍（高）。2心―こゝろ（冷、書、東）。「心を―心掬」（古）。3こひ―戀（河、東、高、関）、ナシ（多）。4人―ひと（冷、書）。5した―下（河、東、高）。6た―たひ《ヒ》（多）。7行―行き（国）、ゆき（冷、書）。8あし―芦（河）、蘆（東、高）。9ね―根（河、高）。10や―「の彰」（古）。11君―きみ（冷、書）。12我―われ（冷、書）。13心―こゝろ（冷、多、書、高、関）。14む―ん（河、多、東、関）。

【語注】**○題**「忍通心恋」は、讃岐64のみの珍しい歌題（歌題索引）。**○人しれず** ①2後撰463 464「人しれず君につけてしわが袖のけさしもとけずこほるなるべし」（冬）。**○ね**「寝」を掛けるか。**○心なるらむ** ③25信明86「我をこそ世に見ぐるしく思ひしか人はいかなるこころなるらん」。

【訳】人に知られることなく、下のほうにひそかに行きかう芦の根よ、それはさぞあなたと私との心なのであろうよ。
〈ひっそりと心を通わせる恋〉
▽「行《く》き」。「絶え」「流れ（あひ）」→「行き（かふ）」。見えない所で通じている蘆の根の如く、他人に知られないで行き通っているのは、君と私との心なのだとの「忍通心恋」詠。

「本歌「あし根はふうきは上こそつれなけれ下はえならず思ふ心を」（拾遺集恋四八九三よみ人しらず）うきは泥沼。」（私注）。

【参考】①2後撰1064 1065「人浪にあらぬわが身はなにはなるあしのねのみぞしたにながるる」（恋六、よみ人しらず）

②3新撰和歌334「思ひやるこころやゆきて人しれずきみがしたひもときわたるらん」（第四、恋　雑）

あからさま[1]にはるか[2]なる所[3]へまかりたりしに[4]みやこ[5]なる人[6]のもと[7]より

〔65　かくてのみたへ[8]て[9]いのち[10]のあらばこそかなは[11]ぬまでもまち[12]心[13]み[14]め[15]〕

【校異】1あからさま―白地（河、東、高、関）。2はるか―はか《ミる》（関）、遙（河）。3所―ところ（冷、書）。4に―に、（私、国）。5みやこ―都（河、東、高、関）、宮古（多）。6人―ひと（冷、書）。7もと―本（河）、許（東、高、関）。8たへ―給《絶》（東）、絶《たへ歟》（関）、絶（高）。9へ―え（冷、多、書）、ら（河）。10いのち―命（河、東、関）。11は―わ（河）。12まち―待（東、関）。13ち―つ（河、高、「谷」（古））。14心―こゝろ（冷、書、高）。15」（私）。

【語注】○たへ　「堪ふ」。「絶ゆ」か。　○まち心み　八代集一例・後拾遺1142。③81赤染衛門257「まことにやたづぬるをりはありけるとまち心みむ花のちるまで」（「たちかへりまゐらす」）。

【訳】　こうしてばかり堪え忍んで命があったとしたら、（会うことは）叶わないまでも、待ち試みよう。〈ほんの少し（都より）遠い所へ下った時に、都にいる人の許から〉

▽「心」。都から遥かな所にあなた（貴女）は行って、私は耐えているが、命さえあれば、逢うことが出来なくても

待っていようとの他人詠。64、69「恋」の歌につき恋歌である。娘時代に何かの用事でちょっと都から遥かな地へ下向した際に、都の人（男）から送られたものか。

【参考】③24中務228「かくてのみうき身いのちのたへたればたのめぬよまでまたむとぞおもふ」

【類歌】①14玉葉1815 1807「恋しさにたへて命のあらばこそあはれをかけんをりもまちみめ」（恋五、紀伊）

「訴訟のため鎌倉へ下ったことをさすか。〔一四一〕・〔一四二〕本文参照。」（古）。「どこへの下向か不明。玉葉集雑二二〇七六に「二条…云々」」として善信法師との贈答がみえるが、鎌倉右大臣実朝の征夷大将軍在任は讃岐六十歳台で、家集作には適合しない。夫藤原重頼の任地に同行としては「あからさまに」（ついちょっと）が合わない。「都なる人」も誰か不明。」（私注）。

[1]かへし

66 [2][3]まちかね[4]た[5]えず[6]なり[7]なむ[8]いのち[9]をも[10]我《われ》あらばこそ[11]あはれとも[12]みめ

【校異】1かへ—返（河、東、関）、返《かヒ》（多）。かへし—ナシ（高）。2返し（高）。3まち—待（河、多、東、関）。4たえ—絶（河、東、高）、絶《たへ歟》（関）。5え—へ（国）。6なり—成（河、東、関）。7む—ん（多、書）。むいのち—ん命（河、高）。8いのち—命（冷、東）。9を—と（高）。10我—われ（冷、書）。11あはれ—哀（河、東）。12み—見（冷、高）。

【語注】**〇まちかね**　八代集六例、初出は金葉114。②4古今六帖569「まちかねてうちへはいらじ白妙の…」」。**〇いのちをも**　③19貫之678「あひみずてわが恋ひしなん命をもさすがに人やつらしと思はん」。

【訳】 待ちかねてしまって、堪え忍びきれずにきっとなることでしょう、命も私がおればこそ、〃あはれ〃とも見るのでしょうよ。

▽「待ち」「たへ《え》」「命」「あらばこそ」「も・（み）め」。〃返し〃歌ゆえに多くの詞が重なる。「堪へ」か「絶え」か。前歌ゆえ、また歌の内容からして「堪へ」。帰るのを待ちかね、耐えきれなくなって死んでしまう貴方（男）の命も、私—自分・相手・男か—が生きていればこそ、〃かわいそうに〃とも見るだろうとの、作者・讃岐の詠。「（その私だってどうなるかわからない）という心。」（私注）。二句切。

仁わじ[1]の女院にさぶらふ人のもと[2]よりひとり[3][4]ねのな[5][6]ど
たび[7]〳〵[8]申[9]つかは[10]す[11]かへりごと[12]に

67　をみなへし[13]みだるゝ[14][15]の[16]べ[17]にいり[18]しよりかたしくよ[19]は[20]ゝ[21]あら[22]じとぞおも[23]ふ

【校異】 1わじ—和寺（河、冷、書、東、高、関）。わし《和寺》（多）。2もと—本（多）、許（東、高、関）。3り—リ、（私、国）。4ひとり—獨（東、関）、独（高）。5ねのな—ね《の》な（冷、書）。6の—ナシ（多）。7たび〳〵—度ゝ（東、関）。8〳〵—たび（国）。9申—申し（国）。10つかは—遣（高）。11す—す、（国）。12かへりごと—返事（河、冷、書、東、高、関）、「返し桃」（古）。13をみなへし—女良花（東）、女郎花（高、関）。14みだるゝ—乱る（東）、みたるし《みたるし》（多）。15ゝ—る（国）。16の—墅（河、多、東、関）、野（高）。17べ—邊（東）。18いり—入（河、多、東、高、関）。19よ—夜（多、高）。20は—半（高）。21ゝ—は（高、国）。22あら—有（河、関、「東類」（古））、存（東）、折（高）。23おも—思（河、多、東、関）。おもふ—思（高）。

【語注】 **○仁わじの女院**　保延三・1137年四月八日生、保元二・1157年六月十九日出家の「鳥羽天皇皇女暲子内親王」（古）・八条院とするが、大治元・1126年八月二十三日生（絢子）、保元三・1158年二月三日皇后、永暦元・1160年二月十七日出家、今鏡の「藤波の下　第六」（古典全書281、282頁）参照の「上西門院統子内親王であろう。鳥羽院皇女で母は待賢門院。…仁和寺に小御堂を造進した。」（私注）。**○ひとりねの**　「「ひとり寝の」は古歌の一句であろう。「ひとりねのわびしきままに起きゐつつ月をあはれと忌みぞかねつる」（後撰集恋二 六八四）「妻こふる鹿ぞ鳴くなるひとりねのとこの山風身にやしむらん」（金葉集秋二二三　三宮大進）。」（私注）。**○をみなへし**　①3拾遺161「日ぐらしに見れどもあかぬをみなへしのべにやこよひたびねしなまし」（秋、長能。3′拾遺抄107）。③26朝忠50「ほのかにもかけてみてしが女なへしのべにまされるいろはありやと」（「をみなへし」）。「「をみなへし云々」は、女房が多数仕える御所をさし、」（森本『解釈』63頁）。

【訳】　女郎花の乱れている野辺に入ってからというもの、一人寝の夜半は決してあるまいと思うことだよ。〈仁和寺の女院に伺候している人の許から、一人寝のことなどをしばしば申しつかわしてきた、その返事として〉

▽「有ら」。女郎花が乱れ咲いている野辺に入ってからは、一人寝の夜半はないだろうと思う、つまり女院に多数仕える女房達のいる御所では、一人寝はないと歌う。末句字余り（「お」）。

【参考】　⑤421源氏物語762「をみなへし乱るる野辺にまじるともつゆのあだ名をわれにかけめや」（「蜻蛉」、（薫）。「本歌」（私注））…一、二句同じ

67、68「本歌に、…六条院中宮御殿での左記の歌が指摘できよう。／をみなへし…（薫）／花といへば名こそあだなれをみなへしなべての露に乱れやはする（女房中将）〔私注—⑤421源氏物語763（〈中将のおもと〉）〕／ひとり寝をかこってよこした女房は、もと二条院で讃岐の同僚だったのだろう。「わがふるさと」がそれであり、「花」はそこで愛した讃岐をさす。女同士の交情だが、「ひとり寝」とか「片敷く袖」とかの叙述は、恋歌におけるそのままであり、女房

間のいわゆる同性愛をのぞかせている。」（森本『解釈』63頁）。

返し[1]

〔68 [2][3]をみなへしみだる[4]ゝ[5]埜[6]べはめもた[7]ゝで[8]我[9]ふるさとの[10]花[11]ぞ[12]こひしき《をしぞ思ふイ》[13]〕

【校異】 1返―かへ（冷、書）。返し―ナシ（高）。2返し（高）。3をみなへし―女郎花（河、多、東（良）、高、関）。4ゝ―る（国）。5埜―野（多、私、古、国）、の（冷、書、東、関）。6べ―邊（河、多）。7ゝ―た（国）。ゝで―てゝ（多）、「えて谷」（古）。8我―我が（国）、わか（河、冷、書、高、関）。9ふるさと―故郷（多、東、高、関）。10花―はな（冷、書、高）。11ぞこひしき《をしぞ思ふイ》―そこひしき（冷、多、書）、「をしそおもふ谷」（古）。12こひ―戀（東、高、関）。13ふ―ナシ（東、高、関）。

【語注】 **○めもたゝ** 「めたつ」は八代集にない。④3小侍従181「…さてやすぐさむめもたてずして」。源氏物語「たゞ明け暮れのけぢめしなければ、あながちに目も立たざりき。」（「薄雲」、新大系二―223頁）。和泉式部日記「七日、すきごとどもする人のもとより、たなばたひこぼしといふことどもあまたあれど、目も立たず。」（古典全集107頁）。

**○我ふるさと** ②4古今六帖78「昔見し我が故郷は今も猶うの花のみぞめには見えける」（第一、夏「うのはな」みつね）。

【訳】 女郎花の乱れている野辺は気にならずに、私の故里の花が恋しいことだよ〔花を思い慕うことだよイ〕。

▽「女郎花乱るる野辺」（第一、二句）、「ぞ（思ふ）」。〝返し〟歌ゆえ詞の重なりも多い。女郎花が乱れ咲いているこの野辺（＝女院に仕える女房が一杯いる此処）は私の目に入らないで、故郷の花（＝もと二条院で同僚だった相手（讃

岐）が恋しいと返す。他人の詠。67参照。

【参考】③28元真63「をみなへし野辺の古郷おもひいでて宿れる虫の声やこひしき」（「女へし《ママ》」）。①8新古今337）

④26堀河百首613「秋ぎりにかくれのをののをみなへしわが袂には匂へとぞおもふ」（秋「女郎花」顕季。②16夫木4246）

④30久安百首736「秋霧のよづまが野べの女郎花わがみにくればたちかくすらん」（秋、実清。②16夫木9690）

⑤19東院前栽合8「あきののにあだなのみたつをみなへし花さかぬまはしる人ぞなき」（「をみなへし」）

⑤421源氏物語762「をみなへし乱るる野辺にまじるともつゆのあだ名をわれにかけめや」（「蜻蛉」、（薫））

[1]むしによする戀[2]

69　[3]我《わが》[4]こひ[5]は[6]と[7]を[8]墅に[9]すだく[10]虫なれや[11]なくとも[12]人のしらばこそ[13]あらめ

【校異】1むしによする―寄虫（河、東、高、関）。「（題）「寄虫恋」二」（古）。2戀―恋（私、古、国）、こひ（冷、書）。3我―我が（国）、わか（冷、多、書、関）。我こ―わかた《こ》（河）。4こひ―戀（多、東、高、関）。5は―の《は》（関）。6とを―遠（河、東、高、関）。「とを野―をちの類」（古）。7を―ほ（国）。8墅―野（河、私、古、国）、の（冷、多、書、東、高、関）。9だく―「てし彰」（古）。10虫―むし（冷、書）。11なく―鳴（東、高、関）。12人―ひと（冷、書）。13あら―有（東）。

【語注】**○題**「寄虫恋」―「六百番1069～1080／家隆290…俊頼Ⅰ1112…」（歌題索引）。③106散木1120「ゆふがほのしげみにすだくくつわ虫おびたたしくもこひさけぶかな」（恋上「寄虫恋」）。**○我こひは**　①8新古今1036「我がこひはしる人もなしせくとこの涙もらすなつげ《露(式)》のをまくら」（恋一、式子内親王。④1式子275。④31正治初度百首277）。④34洞院摂政家百首1058「我が恋はしる人なしに山吹の花色衣ころもへにけり」（恋「忍恋」頼氏）。**○とを埜**「とほ《（を）》野」は八代集にない。③69長能62「おほあらきのとを《ほ》の《ほ（歌枕索引）》のはら《さと（歌枕索引）》にすむ人をみすてゝゆけば袖ぞ露けき」（「こころ…」）。②16夫木9740）。歌枕か普通名詞か。他、②16夫木9741「…おほあらきのとほののはらの五月雨のころ」（雑四、源仲業）がある。「と《ほを》の（野）…」は、①～⑩の新編国歌大観の索引をみても、以上に挙げた歌以外にはない。「遠野」は、『古代地名索引』、『歌枕辞典』『歌ことば大辞典』に項目・記述がなく、『歌枕索引』に「とほののさと（遠野里）「おほあらきのとほののさと」参照／とほののはら（遠野原）「おほあらきのとほののはら」参照」（452頁）とあるが、用例歌は共に、前述の③69長能62である。**○すだく**　八代集四例、初出は後拾遺159。**○なく**　掛詞。

【訳】私の恋は遠い野原に集まる虫なのであろうか、鳴・泣いたとしても、人が知ればよいのだが、さぞ知るはずがない。〈虫に寄せる恋〉

▽「我が」「恋《ひ》」「野」。「花」（「女郎花」）→「虫」、「乱るる」→「集く」。私の恋は遠い野に集まって鳴く虫なのか、泣いても誰も知らないと慨嘆する。末句、字余り（「あ」）。

【参考】②4古今六帖1890「わがこひはしる人あらばたごのうらにたつらんなみのかずをかぞへよ」（第三「うら」）

③12躬恒286「わがこひはしらぬみちにもあらなくにまどひわたれどあふ人もなし」（「ざふ」）

③110忠盛139「かくとだにいはでのもりのよぶこ鳥なけども人のしらばこそあらめ」

[1]はじめたる[2]こひの[3]哥[4]よみあひたりしに

70

[5]思ひかね[6]けふ[7]かき[8]そむる[9]玉[10]づさに[11]たえぬ[12]ちぎりを[13]むすびつる[14]かな

【校異】 1はじめ—初（河、東、高、関）。2こひ—戀（河、多、東、高、関）。3哥—歌（私、古、国）、うた（冷、書、東）。4よみ—讀（河、東、関）。5思—おも（冷、多、書）。思ひ—思（東、関）。6けふ—今日（東、関）。7かき—書（河、東）、たて（多）、「いひ類」（古）。8そむ—初（東）。9玉—たま（冷、書）。10づさ—章（東、高、関）。11たえ—絶（河、東）。12ちぎ—契（関）。ちぎり—契（東）。13むす—結（河、東、関）。むすび—維《むすひ》（多）。14かな—哉（河、多、東、高）。

【語注】〇題 「初恋」—「後拾613…六百番601〜612／…家隆251…讃岐70…」（歌題索引）。331にもある。①4後拾遺613「なきなたつ人だによにはあるものをきみこふるみとしられぬぞうき」（恋一「はじめのこひをよめる」実源）。**〇思ひかね** ⑤188和歌所影供歌合〈建仁元年八月〉164「おもひかねけふふみそむるあ〔 〕いづれの誰かあふ坂の関」（「初恋」静賢）。**〇かきそむる** 八代集にない。③75御堂関白55「千とせ経てすむかはぎりにかきそむる君がみづぐきながれてをみん」。**〇むすび** 掛詞・「玉章」「契」を結ぶ。

【訳】 思いかねて今日書き始めた手紙を結び、手紙に絶えることのない契りを結んだことよ。〈（恋い）始めた恋の歌を詠み合った時に〉

▽「寄虫恋」（題）→「初恋」（題）。思いに耐えかねて今日初めて書いて出した恋文を結び付け、その手紙に絶えることのない永遠の約束を誓ったと、「初めたる恋」＝初恋を歌う。第三、四句たの頭韻。

【参考】①6詞花190「おもひかねけふたてそむるにしきぎのちつかもまたであふよしもがな」（恋上、匡房。②9後葉316。④26堀河百首1122。⑤299袖中抄908）…リズム

②14新撰和歌六帖1331「おもひかねけふうちいづるやまみづのながれてたえぬちぎりともがな」（第五帖「いひはじむ」）

③118重家152「いかにせむけふかきそむるたまづさになびくばかりのことのはもがな」（内裏百首「初恋」）…二、三句同じ

【類歌】⑤197千五百番歌合2379「いひそむる恋ぢにかよふたまづさのむすぼほれたるものをこそおもへ」（恋一、越前）

[1]かたみを[2]と[3]ゞめて[4]かくれたる[5][6]戀

71　そことだにしらせでいにし[7]我《わが》[8]せこが[9]と[10]ゞむる[11]ふえの[12]ね[13]にぞ[14]なきぬる

【校異】1かたみ—形見（東、高、関）。2とゞ—と（河）。とゞめ—留（東、関）。3ゞ—ど（国）。4かくれ—隠（河、東、関）。5戀—恋（私、古、国）、こひ（冷、書）。6」六（私）。7我—我が（国）、わか（河、関）。我せ—わき《カ》も《セ》（冷、書）。「我せこ—わきもこ書」（古）。8せ—や《せ》（関）。9とゞむ—留（東）。10ゞ—ど（国）。11ふえ—笛（河、東、高、関）。12ね—音（東、高）。ねにぞ—音社《にそ歟》（河）。13に—こ《に》（冷、書）。にぞ—そ（関）。14なき—鳴（多）。

【語注】**○題**　「留形見隠恋」は讃岐71のみの珍しい歌題（歌題索引）。**○せこ**　万葉に用例の多い上代語で、一時代前の言葉。**○ふえのね**　八代集三例、初出は後拾遺1198。「音《ね》」掛詞。

【訳】　そこ（にいるのだ）とさえも知らせないで、（彼方へ）往ってしまった私の恋人が（私の許に）とどめておいた笛の音ではないが、声に出して泣いてしまったことよ。〈形見をとどめておいて、姿を消した恋〉

▽「初恋」（題）→「留形見隠恋」（題）、「玉章」→「笛（の音）」。ここに移ったとも行き先を知らせないで隠れ去った私の愛人、その人がとどめ置いた形見の笛を見て泣くとの詠。

③118重家276「とどめおくいもがしなれのつげまくらつげよやわれにゆくかたをだに」（刑部卿逆修会「留信隠恋」）の「詠と同じ折の作か。」（古）、の「詠がある。」（私注）。

哥[1]によりてまさるこひ[2]

72 う[3]しと思[4]ふ人の心[5]をた[6]ねとすることのは[7]をしもみ[8]るぞかな[9]しき

【校異】 1哥—歌（東、関、私、古、国）、うた（冷、多、書）。2こひ—戀（河、東、高、関）。3う—こ（高）。4思—おも（河、冷、書）。思ふ—思（東、高、関）。5心—こゝろ（冷、多、書、高）。6たね—種（東）。7は—葉（河、東、関）。8み—見（多）。9かな—悲（高）。

【語注】 ○題 「依歌増恋↓依和歌増恋」・「月詣500（讃岐）／讃岐720（ママ）・実国39〜42・重家207〔私注—後述〕」（歌題索引）。

【訳】 つらいと思う人の心を種とするその歌の言葉をしかと見ることは、悲しいものだよ。〈歌によってさらに（愛《いと》しさの）まさっていく恋〉

▽「留形見隠恋」（題）→「依歌増恋」（題）、「（我が）背子」→「人」、「笛の音」→「言の葉」、「泣き」→「憂し」「悲しき」。辛く悲しいと思う人の心をもとにして作った歌を見ても悲しいとの詠。初句、字余り（「お」）。②12月詣500、恋中「歌によりてこひまさるといふことをよめる」讃岐。①1古今集仮名序「やまとうたは人のこころをたねとしてよろづのことのはとぞなれりける」に拠っている。また③118重家207「こひぐさは人のこころをたねとすることのはにこそしげりあひけれ」（同御会「依和歌増恋」）は、第二、三、（四）句が同じで72と近い。3参照。

【参考】 ③97国基51「うしとおもふ人のこころはくさばかはかへるたもとのつゆけかるらん」（「女の…」）

④26堀河百首1265「うしとのみ人の心を見しま江の入江のまこも思ひみだれて」（恋「恨」公実）

【類歌】 ①14玉葉2448 2435「秋つしま人の心をたねとしてとほくつたへしやまと言のは」（雑五、為家。②16夫木14125）

③134拾遺愚草員外766「ふりにけるそのみづぐきの跡ごとに人の心をみるぞかなしき」（堀河題百首、雑）
④16右京大夫347「おもふらむよはのなげきもあるものをとふことのはをみるぞかなしき」
⑤409十六夜日記117「…みちしるく　人のこころを　たねとして　よろづのわざを　ことのはに　おに神までも　…」
（三、長歌、（作者））
「応保二年（一一六二）の詠か。」（私注）。「「依和歌増恋」という題は重家集（207）や実国集（39）にみえ、二条院内裏御会の詠と推定される（第一章三参照）。」（『讃岐』63頁）。

[1]おもひをのぶ[2][3]　[4]かもの[5]哥あはせ

73　いはでのみ[6]たのみぞ[7]わたる[8]よそながら[9]みたらしが[10]はのを[11]とに[12]たてねど

【校異】　1おもひをのぶ―述懐（河、東、関）、賀茂哥合述懐（高）。「（題）「賀茂歌合に述懐」桃。「述懐賀茂歌合」京東谷類掬。」（古）。2ぶ―ぶ、（国）。3すぐ下へ続く（国）、一字分アキ（書）、二字分アキ（冷）、六字分アキ（東）。4かもの―賀茂（河、冷、書、東）。かもの哥あはせ―ナシ（高）。5哥―歌（私、古、国）。あはせ―合（河、冷、書、東）。6たのみ―憑（東）。7わたる―渡（東）。8よそ―外（河、東、関）。9み―見（多）。みたらし―御手洗（東、高、関）。10がは―川（河、書）、河（多、東、高、関）。11を―お（国）。をと―音（河、多、東、関）。12たて―立（東、関）。

【語注】　**○題**　「述懐…讃岐73～76…」（歌題索引）。　**○たのみわたる**　八代集一例・金葉540。「わたる」は「川」の縁語。　**○みたらしがは**　「見」との掛詞。普通名詞説が多いが、上賀茂神社の境内を流れる小川を指す場合もあるという。　**○おとにたて**　②1万葉2727 2718「…おとにはたてじ《オトニハタテジ》…」（第十一「寄レ物陳レ思」）、①1古今651「吉野河水の心ははやくともたきのおとにはたてじとぞ思ふ」（恋三「題しらず」よみ人しらず）、③131拾玉4773などにある。 **○たのみぞわたる** ①18新千載967「今も猶たのみぞわたるむかしわが身をたてそめしかもの河波」（神祇、為定）。 **○よそながら** 第二句にも掛かる。④28為忠家初度百首512「よそながらみるだにさゆるかはなみにいかなるとりのうきねしつらん」（冬「河上水鳥」）。④31正治初度百首1074「よそながらみ室の山のいはね分けいいはばいとどくるしかりけり」（恋、経家）。

【訳】 口に出さないばかりで、他人の存在としてずうっとあてにし続けることよ、他者の存在として見る、御手洗川の音、そのように声として口に出さないけれど。〈思いを述べる、賀茂の歌合にて〉

▽〝雑〟歌。「見（る）」。「依歌増恋」（題）→「述懐」（題）、「言の葉」→「言ふ」。遠く離れ見ているだけで、御手洗川の如く声にしないけれど、黙ってただずうっとよそながら神を頼みとしていると歌う。下句「見」（視覚）と「音」（聴覚）の対照。二句切、倒置法、また第二、三句も倒置、つまり「よそながら御手洗川の音に立てねど、言はでのみよそながら頼みぞ渡る」なのである。⑤167別雷社歌合124「述懐」二番、右、（左勝）、讃岐。123「人はまたおなじいのりをいのるともただしき道を神はことわれ」（実房）。12、13も同歌合。治承二・1178年三月十五日。『平安朝歌合大成八』四一〇。判者は入道三品釈阿「右、みたらし川の音にたてねどといへる、歌ざまはをかしく侍るを、よそながらたのみわたらんもほいなくやあらん、以左為勝」（右歌は、「御手洗川の音に立てねど」と歌っているのは、歌の有様は趣深くございますが、他人の存在として頼りとし続けようと思うのも、歌の主旨（「述懐」）に外れているのでしょうよ、（そこで）左を勝とする。「ほいなく」―源氏物語「「年ごろ思ひきこえし本意なく、馴れはまさらぬ御けしきの心うきこと」とうらみきこえ給ほどに、年もかへりぬ。」（「葵」、新大系一―334頁）。

[1]うち[2]〱に[3]思ひ[4]のぶる[5]心をあまた[6]よみあひたりしに

74
[7]我《われ》も[8]又ふりな[9]んことの[10]ちかければ[11]ながらの[12]はし[13]を[14]よそにやはきく

【校異】 1うち〳〵ー内ゝ（河、高、関）、内ゝ（東）。2〳〵ーうち（国）。3思ーおも（河、冷、書、東、高、関）。「思ひーおもひを桃東類」（古）。4ひーひを（河、東、関）。5心ーこゝろ（冷、書）。6よみー讀（河）、「よひ谷」（古）。7我ーわれ（河、冷、書）。8又ーまた（河、冷、書、高）。9んーむ（東、関）。10ちーち《を》（冷）。ちかー近（東、関）。11ながらー長柄（河、東）。12はしー橋（東）。「はしをー橋も掬」（古）。13をよそーもほか（河）。14よそー「ほか掬」（古）、外（東、関）。

【語注】 **○ながらのはし** 摂津の国の歌枕。①1古今890「世中にふりぬる物はつのくにのながらのはしと我となりけり」（雑上「題しらず」よみ人しらず。②3新撰和歌209）…原型。④3小侍従177「聞きおきしながらのはしはこれかさは雪ふりにけり跡だにもなく」（雑、名所「長柄橋」）。

【訳】 私もまたきっと古びてしまうであろうことが近いので、長柄の橋のことを我身に無関係なものとして聞こうか、イヤそうではない。〈内輪の会で、思いを述べる心を多く詠み合った時に〉

▽「思ひ（を）述ぶ（る）」（題・詞書）、「よそ」。「御手洗川」→「長柄の橋」、「言は」→「聞く」。私も年を取って長柄の橋と同じように古くなったので、長柄の橋を我身に無関係なものとは聞かないと歌ったもので、これも前歌に続いての「述懐」詠。

【類歌】 ②16夫木9436「われのみぞながらのはしをわたりけるともにふりぬる身とやなりなん」（雑三、ながらのはし、摂津「家集」貫之）

75 [1][2]かすが[3]やま[4]おひそふ[5]松の[6]かずごとに[7]こ[8]だかくなら[9]ん[10]かげをこそまて

【校異】 1「続古賀頼綱／咲そむるかさしの花の千よをへて木たかく下全同」（河。①11続古今1868 1878、賀、源頼綱（後述））。2かすがやま―春日山（河、東、高、関）。3やま―山（多）。4おひ―生（高）。5松―枩（高）、まつ（冷、書）。6かず―数（河、東）、「枝類」（古）。7こ―木（河、東、高、関）。8だか―高（東、高）。9ん―む（冷）。10かげ―陰（河）、影（東、関）。

【語注】 **○春日山** ③132壬二2933「春日山松の梢にいづる日のいつともわかぬ千代の陰かな」（祝「同家御会に、春日山祝」）。④35宝治百首3307「春日山おひそふ峰の松はあれどかげはもれてぞ身はふりにける」（「嶺松」隆祐）。⑤159実国家歌合115「春日山おひそふ松は君がためいく千とせともかぎらざりけり」（「祝」定長）…一、二句同じ。⑤227春日若宮社歌合〈寛元四年十二月〉75「日のひかりのどかにてらせ春日山木だかき松のよろづ代までに《花(千)》」（「祝」中納言）。**○おひそふ** 八代集四例、初出は後撰572。**○おひそふ松の** ②16夫木13717「いくかへりおひそふ松の陰をみんはこやの山の春の木ずゑは《に(千)》」（第二十九、松「千五百番歌合」越前。⑤197千五百番歌合2183）。⑤182石清水若宮歌合〈正治二年〉265「をとこ山生ひそふ松のかずごとに君や千年の末をみるべき」（「祝」小侍従）。**○かずごと** 八代集一例・千載411。**○下句** 同一・⑤354栄花物語625「咲きそむる挿頭の花の千代を経て木高くならん影をこそ待て」（巻第四十、紫野、頼綱。①11続古今1868 1878）。

【訳】 春日山に生え添う松の数ごとに、木高くなるであろう陰を待つことだよ。

▽「長柄の橋」（摂津）→「春日山」（大和）。春日山に生え加わるすべての松毎に高くなる、その庇護を待っていると歌う。「春日山」は藤原氏のゆかりであるので、藤原氏の群臣たちが、千歳に繁栄し高くなって行くその恩恵を期待

しているとの詠。第四句は、我身も木高くなる＝人に認められることではなかろう。これも歌枕による述懐詠。「松…まて」のリズム。

【参考】③56恵慶39「ふた葉なるのべのこ松にことよせてこだかくならむかげをこそまて」

⑤131左近権中将俊忠朝臣家歌合19「かすがやまおひそふまつのいやましにかぞへもやらねちよのかずかも」（「祝」尾張君）

「本歌「ふた葉より頼もしきかな春日山木高き松のかげと思へば」（拾遺集賀二六七　能宣）」（私注）…①3拾遺267は、「かげ」の本文が「たね」、詞書「藤氏のうぶやにまかりて」。①3′拾遺抄167は、「山」の本文が「のの」、「かげ」が「たね」。

76　と[1]を[2]ざかるその[3]いにしへの戀[4]しきになに[5]行[6]するゐ[7]のちか[8]くなる[9]らん[10]

【校異】1とを—遠（河、東、高）。2を—ほ（国）。3そのいにしへ—其古（東）。4戀—恋（私、古、国）、こひ（河、冷、書）。5なに—何（河、東）。6行—ゆく（冷、書、関）。7するゐ—末（多、東、高、関）。8ちか—近（東、関）。9な—成（多）。なる—成（河、東）。10ん—む（河、冷、高）。

【語注】**○そのいにしへの**　③119教長516「げにやさぞかはらざりけるむつごとにそのいにしへのあきぞこひしき」（秋「かへし」覚延）。　**○恋しきに**　⑤197千五百番歌合2655判「なにとなくすぎにしかたのこひしきにいにしへざまになれや世の中」（恋三）。

【訳】遠ざかって行くその昔が恋しいことであるのに、どうして将来が近くなるのであろうか。

▽「なるら・ん」。「高く」→「近く」。どんどん遠ざかる昔のことが恋しいのに、何故遠い未来と思っていたことが近

くなるのかとの詠。「行末」は、死・命の終りのことであろう。年を取る、老いに向うことではあるまい。上句「遠離る・古へ」と下句「行末・近くなる」との対照。

【類歌】④37嘉元百首127「たれとなくそのいにしへの恋しきに風なつかしき軒のたち花」（夏「盧橘」当院）

[1]ひとの[2]袖をもと[3]いふ[4]哥を御[5]らんじて[6]
[7][8]御[9]せい

〔77 ぬらさる[10]ゝその[11]たもとにはあらね[12]ども[13]きくにくちな[14]ん[15]ことぞ[16]はかな[17]き[18]〕

【校異】1ひと—人（河、多、東、高、関）。2袖—そて（冷、書）。3いふ—云（河、東）。4哥—歌（私、古、国）、うた（冷、書）。5らん—覧（冷、書、東、高、関）。6御せい（多）。7御製（高）。8御せい—ナシ（多）、この位置にナシ（高）。9せい—製（河、東、関）。10ゝ—る（国）。11たもと—袂（東、高、関）。12ども—共（東）。13きく—聞（東）。14ん—む（冷、東、関）。15こと—事（河）。16は—は《は》《ヒ》（多）。17き—し（河、東、「東谷掬」（古））。18」（私）。

【語注】**〇初句**　「る」受身。尊敬、可能、自発ではなかろう。**〇ことぞはかなき**　③118重家344「こひしなむことぞはかなきわたりがはあふせありとはきかぬものゆゑ」（「恋」。①7千載762 761）。

【訳】濡らされたその袂ではないけれども、聞いて必ず腐ってしまうであろうことこそが、はかないよ。〈「人の袖をも」という歌を御覧になられて〉

▽「その」。「恋しき」→「はかなき」。歌・52で歌われた、濡らされてしまったその袖袂ではないが、この歌・52「新古　あけぬれどまだきぬぐ〳〵になりやらで人の袖をもぬらしつるかな」（「あか月のわかれを」）を聞いただけで、

袖袂が涙で濡れて朽ちてしまうのははかないと歌う。他人・二条天皇の御製。①4後拾遺815「うらみわびほさぬそでだにあるものをこひにくちなんなこそをしけれ」（恋四「永承六年内裏歌合に」相摸《ママ》。⑤276百人一首65）を思わせる。6、52参照。

【類歌】④31正治初度百首2011「ききおきしそのかたみにはあらねどもせりつむ袖はただもぬれけり」（春、小侍従）

「この贈答については第一章一参照。」（私注）。77、78について、52は「内裏の歌会でよまれた題詠であることはまちがいあるまい。それであればこそ、帝のお目にもとまったのである。／御製の上三句、「ぬらさ…ども」には、その暁、あなたが別れを惜しんだ相手ではないがという意味があり、この歌を実体験の歌のようにとらえている。下二句は、聞いただけで、わたしの袖は涙で朽ちそうになる、とはまあはかないことよ、の意である。／ここには、讃岐の詠に寄せる帝の讃美と共感があり、和歌的な誇張ではあろうが、底にほのかな思慕がある。それゆえに、讃岐は返歌に、数ならぬ身のなげきが人の袂をぬらしたことにより、畏くも陛下にご同情いただけました、とおこたえする。ここでも、「暁の別れ」は、単なる題詠として扱われてはいず、それが実体験であったように詠まれているのである。しかも、帝が「はかなき」と自省しておられるのに対し、ご同情いただいたことそのことを、表に立てて感謝している。「はかなき」をまともにとりあげないところに、女房としての讃岐の分を弁えた心がある。／この贈答歌は、特に、讃岐の詠作に二条院がふかい関心を持たれたことが知られる点で重要である。」（『讃岐』5頁）。

[1]御[2]かへし

78　[3][4]かずならぬ[5]涙[6]もいか[7]でしられまし[8]人[9]のたもとをぬらさ[10]ゞりせば

【校異】 1御かへし—ナシ（高）。2かへ—返（東、関）。3御返し（高）。4かず—数（河、東）。5涙—なみた（冷、書）。6いか—如何（関）。「いかて—如何に京東谷類掬」（古）。7で—に（河、東、関）。8人—ひと（冷、書）。9たもと—袂（東、高）。10ゞ—ざ（国）、さ（高）。

【語注】 **〇かずならぬ** ①5′金葉三419「しのぶるもくるしかりけりかずならぬ人はなみだのなからましかば」（恋、出羽弁。②7玄玄163）。②10続詞花615「人しれず袖をぞしぼるかずならぬ身をしる雨のおとはたてねど」（恋下、参河）。**〇しられまし** ①15続千載1884 1886「かずならば世にも人にもしられまし我が身のほどにあまるうれへを」（雑中「…、述懐」定為）。③125山家1251「みさをなる涙なりせばから衣かけても人にしられましやは」（下、雑、恋百十首）。**〇人のたもと** 八代集にない（索引）。が、③14兼輔104、⑤390蜻蛉日記196などに用例がある。52「…人の袖をもぬらしつるかな」による。

【訳】 ものの数ではない涙もどうして知られましょうか、人の袂を濡らさなかったとしたら。〈御返し〉

▽「の袂」「濡らさ」。あの人・男の袂を濡らしたからこそ、取るに足らない人間である涙も我が君に知られるようになった、つまり、この歌によって、畏れ多くも二条院に知られることになったと歌ったもの。作者・讃岐の〝返し〟の詠。三句切、倒置法。反実仮想。6、52、77参照。

【参考】 ③65相如4「かずならぬ人のひとへにやまぶきのやへここのへといかでしるらむ」（「人のもとより」）

中宮の御[1]かたに[2]わたらせ[3]たまひて[4]女房のからき[5]ぬをと[6]りておはしましたりし[7]を[8]たづぬる人[9]もなかりしかば[10]二三日ば[11]かりあ[12]りて[13]か[14]へしを[15]かせた[16]まふとて[17]む[18]すひつけよとお[19]ほせられしかば

79　[20]思ひかね[21]かへしつる[22]かなから[23]衣[24]ゆめにも[25]みゆるぬしや[26]あるとて

【校異】 1かた―方（河、冷、書、東、関）。2に―「にて彰」（古）。3たまひ―給（河、東、高、関）。4て―て、（私、国）。5きぬ―衣（河、東、高、関）、「きぬ《ママ》」（国）。6とり―取（東、高）。7を―を、（私、国）。8たづぬ―尋（東、高、関）。9人―ひと（冷、書）。10ば―は《ゞ》、（私、国）。11ばかり―斗（東、高）。12あり―有（河、東、高）。13て―て、（国）。14かへ―返（河、東、高、関）。15を―お（河、東、国）。16たま―給（河、東、関）。たまふ―給（高）。17て―て、（私、国）。18むす―結（河、東、高、関）。19おほせ―仰（河）。20思―おも（河、冷、書）。思ひ―思ひ《思ひ》（多）、思（東、関）。21かへ―返（河）。かへし―返（東）。22かな―哉（東、高）。23衣―ころも（冷、書、高）。24ゆめ―夢（河、多、東、高）。25み―見（東）。26ある―有（河、東）。

【語注】 **○中宮**　二条天皇中宮育子「応保元十二廿七入内…同（＝兼《ママ》安）三年八十五崩廿七才」（尊卑分脈一―178頁）、「山槐記藤原忠通公猶子」（同）。**○思ひかね**　⑤146関白内大臣歌合〈保安二年〉62「おもひかねかへすころもはもよぐさかりにあひみぬこひもするかな」（恋、定信）。**○かへし**　「裏返す」に「返却する」を掛ける。**○かへしつるかな**　②4古今六帖3024「いれひものさしてきつれどからころもからくいひてもかへしつるかな」（第五、雑思「くれどあはず」）。**○から衣**　④35宝治百首3133「いまよりはかへさでおきむからころも見はてぬ夢はかひなかりけり」（「寄衣恋」有教）。

【訳】 思いにたえかねて裏返し、また返してしまったことだよ、唐衣を、夢にも見える持ち主はあるかと。〈（帝が）中宮の御《おん》所にお渡りなされて、女房の唐衣を取って行かれましたのを、（返してと）聞いてくる人もなかったので、二・三日ほどたって、お返しおきなされるという時に、結び付けよとおっしゃられたので〉

▽「袂」→「唐衣」、「人」→「主」。帝が中宮の所へ行って、女房の唐衣を取ってきたのであるが、問い尋ねる人も

なかったので、二三日して、返しなされる時に、歌を結びつけよと、帝が言われたので、という詞書による。唐衣を取った私のことを、夢にも見る持主があるかと思って、思いに耐えかねて（このように、唐衣を）裏返し、返したという、帝に代っての讃岐詠。二句切、倒置法。第二、三句かの頭韻。

【参考】①7千載828 827「おもひかね夢にみゆやとかへさずはうらさへ袖はぬらさざらまし」（恋三、頼政）
④26堀河百首1269「おもひかねよる打ちかへすから衣うらみをれどもしる人ぞなき」（恋「恨」顕季）
⑤374今昔物語集168「あまのつとおもはぬかたにありければみるかひなくもかへしつるかな」（本の妻）

【類歌】①10続後撰880 876「思ひきやかさねし夜半のから衣かへしてきみをゆめにみむとは」（恋四、大炊御門右大臣）

「この歌については第一章二に述べた。」（私注）。「ここに「中宮」とあるのは、藤原育子（一一四六―一一七三）で、応保元年（一一六一）十二月、十六歳で入内して女御となり、翌年二月、中宮に冊立した。故左大臣徳大寺実能（一〇九六―一一五七）の女で、前関白太政大臣忠通（一〇九七―一一六四）の養女という身分をもっている。…さて讃岐集の、上記の歌は、帝が中宮附きの女房の唐衣を取りあげて自室に戻られたことを語り、それを返す折に、讃岐が代作を命ぜられて、詠んで結びつけたというのである。何のために帝がそのようなことをされたのか。非常に豪華な、特殊な技法でもこらした唐衣だったのか。「たづぬる人もなかりしかば」とある点からは、持ち主の女房が誰かわからず、別にすぐれて美人だから召し寄せるためでもないらしい。讃岐が代作した歌は、いうまでもなく古今集（恋二）の小町の歌（私注―①1古今554「いとせめてこひしき時はむば玉のよるの衣を返してぞきる」（恋二（題しらず）小野小町）」をふまえ、裏返すを返却する意に転じて、夢にでもその持主にあいたいとの意をこめている。」（『讃岐』7頁）。

三川[1]内侍の哥[2]を[3]よしなど人[4]く[5]申[6]あひたりしかば[7]つかは
しける

80
花[8]のか[9]の身にしむばかり[10]にほ[11]ふかないか[12]なるい[13]ゑ[14]の風[15]にかある[16]らん[17]

【校異】1川—河（河、東、高、関）。2哥—歌（私、古、国）、うた（河）。3を—を、（私）。4人—ひと（冷、書）。5く—ゝ（多、関）、人（国）。6申—申し（国）。7ば—ば、（国）。8花—はな（冷、書）。9か—香（河、多、東、高、関）。10ばかり—斗（多、東）。11にほ—匂（河）。にほふかな—匂ふ哉（高）、匂哉（東）。12いか—如何（東）。13いゑ—家（河、多、東、高、関）。14ゑ—へ（冷、書、国）。15風—かせ（冷、書）。16ある—有（河、東、高）。17ん—む（冷、書、高）。

【語注】**〇三川内侍**　後述。**〇にほふかな**　③91下野44「いろみえぬむめのかばかりにほふかなよるふく《よぶかく（和）》かぜのたよりうれしく」（⑤248和歌一字抄991）。③132壬二2273「ふくかぜにうつりがこくも匂ふかなはな橘のよその衣手」（夏）。**〇下句**　②10続詞花746「むかしよりいかなるいへのかぜなればちることのはのたえせざるらん」（雑上、宗子）。**〇いゑの風**　八代集六例、初出は拾遺473。代々その歌の家に伝えられた気風や伝統。

【訳】花の香が身にしむほどに匂うことだよ、どのような家の風であるのでしょうか。〈参河内侍の歌を「よい」などと人々が申しあったので、言い送った（歌）〉

▽「哉《かな》」「有る」。「主《ぬし》」→「家」。花の香（＝三河内侍の歌）が身に沁みるほど匂ったのは、どのような家の風があるのかと、三川の歌を賛美したもの。三句切。末句字余り（「あ」）。

【参考】①7千載23「さ夜ふけて風やふくらん花のかのにほふここちのそらにするかな」（春上、道信）

⑤165治承三十六人歌合309「さ夜更けて《袖ふれて(今)》花たちばなの匂ふかな秋風よりも身にぞしみぬる《け(今)》」（「盧橘夜薫」登蓮。②11今撰61）

80、81「讃岐が三川内侍の歌のうまいという評判を聞いて、彼女の和歌の才能をほめて贈っている。」（「古城」39頁）。80、81、82「建久六年（私注―1195）○正月廿日経房家歌合。…文献の明徴による限り、三河内侍は、歌合では初めてここに讃岐と同座している。共に二条院に仕えた仲であり、父同士（為業と頼政）も親しかったので、両者は旧知の仲であったろう。…殆ど同年位。讃岐集に、…（八〇、一）、隔意に親交があったかとも思われるが、「三川…（八二）など、微妙な心理的屈折あるが如き歌を詠んでいる。」（『井上』284頁）。「二条院女房三河内侍。加賀守藤原為業女。」（古）。千載740、879、1087、新古今733所収。保延6年（1140）頃の生、没年未詳。三河内侍につき詳しくは、『讃岐』40～43頁参照。「第二章四参照。」（私注）。「三河内侍が師光や西行や隆信と哀傷詠を交したことは、前記の通りだが、讃岐集にもその人との贈答詠が収められていてもよさそうに思われる。それもあるいはおなじ損傷部分にあったのかもしれない。同僚中でも三河内侍とは特に親しく、関心を寄せあっていたことは、讃岐集に、次の作（私注―80、81、82）があることでも察せられよう。」（『讃岐』21頁）。「父頼政との交友を通して、為業女三河内侍のことは、讃岐の耳にもはやくからきこえていたであろう。讃岐集に、「三河内侍の歌をよしなど、…ける」と詞書する贈答歌、…（80＝81）は、そのころの讃岐のあこがれを示している。「春のうちに」とあるのは、当時三河内侍が東宮（のちの二条院）の女房であったことを意味する。保元元年（一一五六）三月十五日の山槐記に「東宮女房参川」の名が見え、それが三河内侍であることは、井上宗雄氏の指摘されたところである。」（『讃岐』40、41頁）。

返[1]し[2]　　三[3]川内侍

〔81　は[4,5]るの[6]うちに[7]ゝほふば[8]かりのは[9]なのか[10]をいかなるい[11]ゐ[12]のか[13]ぜとかはみ[14]る[15][16]〕

【校異】　1返—かへ（冷、書）。返し—ナシ（高）、「かへし三川内侍書彰」（古）。2下の文字（「三川…」）まで—三字分アキ（冷、書）、四字分アキ（多）。3三川内侍—ナシ（河、東、高、関、私、古）。4返し（高）。5はる—春（河、多、東、高、関）。6うち—内（河、東、高、関）。7ゝ—に（河、多、国）。ゝほふ—匂（東、「桃東」（古））、「にほひ類」（古）、匂ひ（高）、にほふ《本句》（関）。8ばかり—計（河）。9はな—花（河、多、東、高、関）。10か—香（河、多、東、高）。11いゐ—家（河、多、東、高、関）。12ゐ—へ（冷、書、国）。13かぜ—風（河、多、東、関）。14み—見（書、高）。15る—つ（多）。16」—七（私）。

【語注】　**○はるのうち**　5前出。「春は春宮《とうぐう》を表わす。三河内侍が春宮（のちの二条天皇）女房当時の贈答と知られる。」（私注）。　**○はなのかを**　②16夫木1230「花の香を行手にとめよ旅人のころもの関のはるの山風」（春四「…花」経通）。③1人丸283「鶯のあきてたちぬる花のかを風のたよりにわれはみる《まつ》かな」（下、山陽道「あき」）。④31正治初度百首2115「花の春を一かたならず吹く風に春の心の空にちるかな」（春、丹後）。

【訳】　春の内に匂いしみるだけの花の香を、どのような家の風と見るのでしょうか。

▽「匂ふ」「ばかり」「花の香」「いかなる家の風」。「花」↓「春」。歌といっても、春宮内にしか匂わない程度《レベル》の花の香なのに、どんな家風とみるのか、歌の家系という程のものではないと返す。初句、字余り（「う」）。80参照。

【参考】　③77大斎院15「われこそみつれはなのにほひを／とあれば／ほどもなくうつろふ色をはるのうちに」

③116林葉（俊恵）73「春風はややもふかなん梅の花ちらぬものからにほふばかりに」（春）

【類歌】　④22草庵160「夕暮の花のほかなる鐘の音もにほふばかりに春風ぞふく」（春下「夕花」）

三川[1]の内侍[2]人[3]よりはことにたのむなどいはれしに

82 [4]いまよりは[5]たのみわたら[6]ん[7]八[8]はしの[9]したの[10]心は[11]われもしらねど

【校異】 1川の—川（冷、多、書）、河（河、東、高、関）。2侍—侍、（私、国）。3人—ひと（冷、書）。4いま—今（河、多、東、高、関）。5わた—渡（東）。6ん—む（河、冷、書、高）。7八—やつ（冷、書）。8はし—橋（河、東、高、関）。9した—下（河、東、高）。10心—こゝろ（河、冷、書、高）。11われ—我（東、高）。「われも—我は搊」（古）。

【語注】 **○いまよりは** ①5金葉678 219「いまよりは心ゆるさじ月かげのゆくへもしらず人さそひけり」（異本歌「月の…」家経）。②1万葉2450 2446「しらたまをまきてぞもてる《マキテモタレバ》いまよりはわがたまにせむしれるときだに《シルトキダニモ》」（巻第十一、寄レ物陳レ思）。③62馬内侍110「人ごころよしみつしほのいまよりは我つらくともたごのうらなみ」。 **○たのみわたら** 八代集一例・金葉540。「わたら」は「橋」の縁語。④35宝治百首2743「あはれわが恋に命をかけ橋のさていつまでかたのみわたらん」（恋「寄橋恋」為継）。 **○八はし** 八代集三例、初出は後撰570。①2後撰570 571「うちわたし長き心はやつはしのくもでに思ふ事はたえせじ」（恋一「返し」よみ人しらず。⑤294奥儀抄295）。②16夫木2009「八橋のむかしのあとのかきつばた同じこころにこひわたるかな」（春六、為家）。④43為尹千首920「今はただ心にかけてきくばかりすまのうら波八橋のあと」（雑二百首「懐旧非一」）。 **○したの心** 八代集二例・後撰604、新古今1086。

【訳】 今からは、ずうっと頼みとすることにしよう、八橋の下の心は私も知らないけれども…。〈参河内侍、人よりは特に頼みとするなどと言われたので〉

▽「家」↓「橋」、「内」↓「下」。詞書は、「内侍は他人より殊に頼みとできる存在だなどと…」で、「内侍を他人より特によろしくなどと…」ではなかろう。秘めた思い、心の奥底のことは知らないが、今後参河内侍を頼りとし続け

ようと思うとの作者・讃岐の詠。二句切、倒置法。「八橋の下の心」。三河の八橋（歌枕）を歌い込む。伊勢物語「三河の国、八橋といふ所にいたりぬ」（九段）、新大系87頁）。80参照。

83

[1]ある《リイ》[2][3]ところしらねばいはぬぞ[4]と[5]申ける人[6]に[7]つかはさ[8]ん[9]と[10]人の[11]申けるにかはりて

[12]わた[13]つ[14]うみの[15]そことも[16]にかしらざらん[17]みるめ[18]たづ[19]ぬる[20]心[21]なりせば

【校異】　1あ る《リイ》ところ—有所（河、東、高、「京桃東谷掬」（古））。2る《リイ》—り（冷、書、関、「書類」（古））。3ところ—所（多、関）。4ぞ—な（河、東、高、「桃東谷類掬」（古））。5申—申し（国）。6人—ひと（冷、書）。7に—に、（私）。8ん—む（冷、高）。9と—と、（国）、とて（河、冷、書、東、高、関、「諸本」（古））。10人—ひと（冷、書）。11申—申し（国）。12わた—渡（東、関）。13つ—津（東、関）。14うみ—海（河、多、東、関）。15そこ—底（河、東、関）。16に—と（河、冷、書、東、高、関、「書桃東類」（古））。17み—見（高）。18たづ—絶（東、関、「東類」（古））。19づ—え（河・「ゝ」か、高、「桃」（古））、へ（「書」（古））。づぬる—へぬ《る》。（多）。20心—こゝろ（冷、書）。21なり—也（東）。

【語注】　**○わたつうみのそこ**　「「わたつ海の」底から其処《そこ》をみちびく句法。」（私注）。③119教長410「わたつうみのそこの玉ももみゆるまでこころふかくもすめる月かな」（秋）。⑤295袋草紙541「よよふともたれかしるべきわたつみのそこのみくづのおもふ心を」（相円）。**○そこ**　底。「其処」との掛詞。**○第三句**　③107行尊207「人こそはわがこころをもしらざらめ神はあはれとなどかみざらん」（「おまへに…」）。②15万代1599）。**○みるめ**　海藻の一種。掛詞・「海松布」「見る目」。

【訳】 大海の底であっても、どうして知らないことがあろうか（、知っている）、みるめ、会うことをさがし求める心であったとしたら…。〈「居所を知らないので、（それを）言わないぞ」と申した人に言い送ろうと、人が申したのに代って〉

▽「知ら《ねざら》」「心」。「（八）橋」→「渡津海（の底）」。「ありかを知らないから、言わない」と申した人に遣わそうと、人が申したのに代ってという詞書で、逢うのを求める心があるなら、其処だなどと知っている筈だ、つまり心がないから、知らない（「知らねば言はぬぞ」）などと言うのだと言い送ったもの。詞書と歌の「知らね」「知らざら」、詞書の「申しける人」と「人の申しける」が対応する。三句切、倒置法。反実仮想。初句字余り（「う」）。

【参考】 ②3新撰和歌234「わたつうみのそこのこころはしらねども人を見るめはからむとぞ思ふ」（第四、恋 雑）

②4古今六帖2544「たまかづくあまならねどもわたつうみのそこひもしらずいれる心を」（第五、雑思「いひはじむ」）

【類歌】 ①13新後撰1042 1044「わたつ海のそことしりてもいかがせんみるめはおのが心ならねば」（恋三、氏久）…83にかなり近い

「「浪わけてみるよしもがなわたつみのそこのみるめも紅葉ちるやと」（後撰集秋下四一七文屋朝康）」（私注）。

春[1]ご[2]ろこん[3]とたのめたる人[4]の[5]さ[6]もなかりければ[7]夢[8]にみ[9]

えけるしるしもな[10]き心[11]ちして

84 春[12]の夜[13]の夢[14]には人[15]のみ[16]え[17]しかどまさしからでも[18]す[19]ぎにけるか[20]な

【校異】 1春—はる（冷、書）。2ごろ—のころ（多）、の比（河、東、高、関、「二」（古））。3ん—む（冷、書、東、

関）。4たる—ナシ（多）。5人—ひと（冷、書）。6「さもなかり—きもなり谷」（古）。7ば—ば、（私、国）。8夢—ゆめ（冷、書、関）。9み—見（多、書、東）。みえ—みゝ《え》（河）。「みえける—見てける谷」（古）。10なき—無（東）。11心ち—こゝち（冷、書）。12春—はる（書）。13夜—よ（河、冷、書）。14夢—ゆめ（冷、書）。15人—ひと（冷、書）。16み—見（多、書、東）。17え—へ《え》（河）。18「も—は谷」（古）。19すぎ—過（河、東、高、関）。20かな—哉（河、東）。

【語注】 **○春の夜の・夢** ②4古今六帖3126「春のよのゆめはわれこそたのみしか人のうへにてみるがわびしさ」（第五、雑思「いまはかひなし」）。②16夫木11246「春の夜のゆめさき河を漕ぎわたり恋しき人にあふがまさしき」（雑六、高遠）。③15伊勢117「はるのよのゆめにあふとし《あひつと》みえつるは《れば》おもひたえにし人を《ぞ》まつかな《たるる(新)》」（①8新古今1382 1381）。③132壬二1613「いかにせむいまはたたえて春のよの人だのめなる夢をだにみず」（九条前内大臣家百首、恋十五首、春恋三首）。⑤250風葉1057「春のよのみはてぬ夢はさもあらばあれ人の心のかからずもがな」（恋五「かへし」よみ人しらず）。⑤422夜の寝覚44「見やしつる見ずやありつる春の夜のゆめとて何を人にかたらん」（巻三（帝））。 **○まさしから** ⑤416大和物語328「秋のよの夢ははかなくあり《ふ》といへ《ふ》ば《を》春にかへりてまさしから《るら(平)》なん」（男。⑤417平中物語96）。

【訳】 春の夜の夢には人が見えたけれど、本当にならずに（時は）過ぎてしまったことだよ。〈春頃にやって来ようと頼みとした人が、そうでもなかったので、夢に見えたかいもない心ちがして〉

▽「見」。春比尋ねて行こうとあてにさせた人が来なかったので、夢に見えた効果もない心ちのして、という詞書で、春夜の夢に愛《いと》しい人が見えたが、夢が現実とならないで、日々が過ぎたと歌ったもの。②15万代2087、恋二「春のころ、たのめたる人のゆめに見えて、さてしもほどへにければ」二条院讃岐。

【参考】 ①2後撰509 510「まどろまぬかべにも人を見つるかなまさしからなん春の夜の夢」（恋一、するが）③119教長772「はるの夜のゆめには人にあふとみついまはうつつにまさしからなん」（恋）③32兼盛5「思ひつつねつれば見えつ春のよのまさしき夢にむなしからずな」

「私注」は、右の①2後撰509 510を「本歌」とし、「本歌の主旨を逆にし、人は見えたが確かではなかったとする。」」。〔頼恋〕…○さてしもほどへにければ―それから逢うこともなく時が経ったので。…参考歌「まどろまぬ…」（『万代和歌集(上)』2087）。

かへし[1]

〔85 [2][3]はるの[4]よ[5]の[6]夢に[7]し[8]げ[9]にもみえたらばまさしからでは[10]いか[11]ゞ[12]あるべき〕

【校異】 1かへ―返（河、東、関）。かへし―ナシ（高）。2返し（高）。3はる―春（東、高）。4よ―夜（多、高）。5の―を《の》（東）、を（河）。6夢―ゆめ（冷、書）。7に―る《く歟》（河）、さ（高）。にも―「さも桃」（古）。8も―と《も》（冷、書）、「と書」（古）。9み―見（多）。10い―わ《い》（多）。11ゞ―が（国）。12ある―有（河、東）。

【語注】 **○はるのよの・夢** ①8新古今1383 1382「はるのよの夢のしなしはつらくともみしばかりだにあらばたのまむ」（恋五、盛明親王）。⑤250風葉1057「春のよのみはてぬ夢はさもあらばあれ人の心のかからずもがな」（恋五「かへし」よみ人しらず）。⑤422夜の寝覚44「見やしつる見ずやありつる春の夜のゆめとて何を人にかたらん」（巻三、（帝））。**○夢にしげにも** 「夢に繁《しげ》にも」ではなかろう。**○げに** 八代集六例、初出は後拾遺273。「現《げん》に」の転か。

【訳】 春の夜の夢に実際に見えたとしたら、本当でなくてはどうしてありましょうか、本当だ。

▽「春の夜の夢に」（冒頭）、「見え」（第三句初め）、「まさしからで」（第四句）。春夜の夢にその通り見えたのなら、現実となると返す。「実《げ》にも見え」と「まさしから」が対応。当然ながら84で指摘した歌と多く共通する。他人・男の詠。

【参考】①2後撰509 510「まどろまぬかべにも人を見つるかなまさしからなん春の夜の夢」（恋一、するが）
③32兼盛5「思ひつつねつれば見えつ春のよのまさしき夢にむなしからずな」
③119教長772「はるの夜のゆめには人にあふとみついまはうつつにまさしからなん」（恋）
⑤416大和物語328「秋のよの夢ははかなくあり《ふ》といへ《ふ》ば《を》春にかへりてまさしから《る》な《ら(平)》ん」（男。⑤417平中物語96）

[1]あからさまに[2]たちはなれたる人の[3]もとより

〔86　[4]あひ[5]みでも[6]ありぬべしやと[7]心[8]み[9]に[10]たちは[11]なるればぬる[12]ゝ[13]袖[14]かな[15]〕

【校異】1あからさま—白地（河、東、関）。2たち—立（河、東、高、関）。3もと—本（河）、許（高）。4あひ—逢（東、高、関）。5み—見（書、関）。6あり—有（河、東、高）。7心—こゝろ（冷、多、書）。8み—見（多）。9に—む《に》《ヒ》（東）。10たち—立（東、高）。11なる—な《る》。（多、高）。12ゝ—る（国）。13袖—そて（冷、書、高）。14かな—哉（多、東、関）。15」（私）。

【語注】**○ありぬべしや**　②15万代3130「すみとげてありぬべしやはわがこころやまのあなたを見てかへらなん」（雑三、二条院讃岐）・351。**○心みに**　八代集五例、初出は古今568。②4古今六帖3207「しぬるいのちいきもやすると心みに玉のをばかりあひみてしかな」（第五、服飾「たまのを」おきかぜ）。④29為忠家後度百首334「こころみにたちいでてみればみねたかみこもれる月のすみのぼるかな」（秋月廿首「立待月」）。**○たちはなるれ**　八代集四例、初出は古今430。**○ぬるゝ袖かな**　②3新撰和歌227「みな人はこころごころにあるものをおしひたすらにぬるるそでかな」（第四、恋雑）。②4古今六帖1659「心にもあらでうきよにすみのえのきしとはなみにぬるる袖かな」（第三「江」）。

【訳】会い見なくても、いていられるのだろうかと、試しに遠ざかった時には、濡れる袖であることよ。〈ついちょっと遠ざかった人の許より〉

▽「見」「在《るり》」「べ《きし》」。かりそめに離れていた人の所から、逢わないでいても堪えて生きていられるのかと、試みに愛《いと》しい人から離れてみると、袖が濡れ萎れ果てたと送られてきた他人・男と思われる詠。雑歌群ではあるが、恋歌であろう。第一、二句あの頭韻。

【参考】①4後拾遺697「あひみではありぬべしやと心みるほどはくるしきものにぞありける」（恋二、読人不知）

③12躬恒46「きみみではありぬべしやとこころみむたたまくをしきからにしきかな」（「ざふのうた」）

かへし[1]

87 あ[2]ひ[3]み[4]でもあるべきこ[5]とのあればこそか[6]ねて心[7]をこ[8]ゝ[9]み[10]るらめ

【校異】1かへ—返（東、関）。かへし—ナシ（高）。2返し（高）。3あひ—逢（東、高、関）。4み—見（書）。5こと—事（河）。6かね—兼（河）。7心—こゝろ（冷、多、書、関）。8こゝろ—心（河、多、東、関）。「こゝろみるらめ—心みるらん京類掬」（古）。9ゝ—こ（国）。10み—見（多、関）。

【語注】○あひみでも　③117頼政404「あひみて（ママ）もかねて朝のなげかれてかた心には物をこそ思へ」（下、恋「恋の心を」）。○あればこそ　②4古今六帖3520「たちよりてみるべき人のあればこそ秋のはやしににしきしるらめ」（第五、錦綾「にしき」つらゆき）。

【訳】会い見なくても、いていられることがあるからこそ、前もって心を試すのであろうよ。〈返し〉

▽「会ひ見でも（初句）」「有《るり》・べ《きし》（第二句初め）」「心み」。逢うことがなくとも、生きていられるわけがあるので、あらかじめ、離れる前から離れるという、そのような心を試みることができるのであろうよ、と返す作者の詠。上句あの頭韻。下句「こころ」の繰り返し。「離れることは予定の行動だったのでしょうの心。」（私注）。

【参考】①4後拾遺697「あひみではありぬべしやと心みるほどはくるしきものにぞありける」（恋二、読人不知）

88

[1]おもふ[2]こと[3]ありける[4]こ[5]ろ[6]しのびて[7]すむところ[8]の[9]には[10]く
さ[11]も[12]うち[13]はらふ[14]こと[15]もなかりけれ[16]ば[17]露[18]しげく[19]をきたり
け[20]る[21]みて

[22]おもふ[23]ことしげみの[24]庭の[25]くさの[26]葉に[27]涙の[28]つゆは[29]をきあまりけり[30]

【校異】　1おも—思（河、多、高）。おもふ—思（東、関）。「おもふこと—思も谷」（古）。2こと—事（河、多、東、高、関）。3あり—有（高）。4ころ—比（河、多、東、高、関）。5ろ—ろ、（私、国）。6しの—忍（河）。しのび—忍（東、高、関）。7すむところ—住所（河、東、高、関）。8の—「に彰」（古）。9には—庭（河、冷、多、書、東、高、関）。10くさ—草（河、冷、多、書、東、高、関）。11も—も、（国）。12うち—打（河、東、高、関）。13はらふこと—拂事（河、東、関）。14こと—事（冷、書、高）。15「なかり—なり東」（古）。16ば—は（゛）、（私、国）。17露—つゆの（冷、書、東、高）。露しげ—つゆの滋（河）。18し—のし（関）。19を—お（東、国）。をき—置（河）。20るみ—るをみ（河、書、東）、るを見（冷）、をみ（多）。21み—見（高）。22おもふ—思（関）。23こと—事（河）。24庭—には（冷、書）。25くさ—草（河、多、東）。くさの葉—草葉《和空〔本定?〕》（関）。26葉—は（冷、書、高）。27涙—なみた（冷、多、書、高）。28つゆ—露（河、多、東、高、関）。29をーお（国）。をきー置（河、多、東）。30りー「る桃」（古）。

【語注】○**にはくさ**　八代集一例・①3拾遺1110「庭草にむらさめふりて…」（雑秋、人まろ）。○**しげみ**　八代集五例。茂み。「草」の縁語。また掛詞、他は「茂」＋「み」。○**しげみの庭**　①〜⑩の新編国歌大観の索引では、88の他、⑦88信実60「浅茅生のしげみの庭の秋風に露を哀と月にみるかな」（秋「同百首（＝摂政殿御百首）に、あさぢの月」）のみである。○**くさの葉に**　③33能宣17「くさのはにおきてぞあかすあきのよのつゆことならぬわが身とおもへば」。④35宝治百首1228「露だにもまだおきあへぬ草の葉に思ひなせばや秋のくるらん」（秋「早秋」行家）。④40永享百首808「忘れ行く人を忍ぶのくさのはに涙の露ぞおかぬまぞなき」（「寄草恋」御製）。○**涙のつゆ**　八代集七例。○**おきあまり**　八代集にない。徒然草「心のまゝに茂れる秋の野らは、を《お》きあまる露に埋もれて、虫の音」（第四十四段）、新大系121頁）。④39延文百首3049「おきあまる草葉の露のとこのみやはらひもあへず虫の鳴くらん」（秋「虫」雅冬）。⑤247前摂政家歌合〈嘉吉三年〉174「おきあまる露をたもとにさそひきて草葉より吹く秋の初かぜ」（「初秋」成前宿禰）。

【訳】　思うことが多いので、茂みの庭の草の葉に涙の露は置き余っていることよ。〈心に思うことがあった頃に、人目を避けて住んでいる所の庭草も、払うこともなかったので、露が沢山置いたのを見て〉

▽「こと」。「心」→「思ふ」。思いごとのあった時に、ひっそりと隠れ住んだ住居の庭草を取り払うこともなく、露が一杯置いていたのを見てという詞書で、あれやこれや物思いが多く、繁茂した庭の草の葉に、涙の露が余りに多く置いているとの詠。

【類歌】①12続拾遺571 572「おもひおくなみだの露はいく秋かことの葉ごとに数つもるらん」（雑秋、基良）
②16夫木9223「いかばかりおきあまりてか夏草のしげみのをか《のに(和)》の露のこぼるる」（雑三、後九条内大臣。⑤248和歌一字抄410）
④40永享百首275「おきあまるめぐみの露にことの葉もなほこそしげれ庭の夏草」（夏「夏草」公冬）

④45藤川五百首139「思ふことあまりにしげき夏草の下にみだるるをのの夕露」（「野夕夏草」）

したしき[1]人の[2]とし[3]ごろうとくて[4]すぐる[5]にひとつ[6]にわたりあひていひ[7]つかはし[8]たりし[9] [10] [11] [12] [13]

89　[14]ことの[15]はの[16]露[17]ばかりだにかけよかし[18]草のゆかりの[19]かずならずとも

【校異】 詞書「したしき…たりし」—「ナシ桃」（古）。1人—ひと（冷）。2とし—年（高）。3ごろ—比（多、東、高、関）。4すぐ—過（河、多、東、高、関）。5に—に、（私、国）。6に—ナシ（河）。にわたり—「わたりに類拘」（古）。7つかは—遣（高）。8たりし—ける（高）。9「諸本この下に「大殿参河」とある。」（古）。10大殿三河（高）。11大殿参河（冷、書）。12法性寺入道〔殿?・〕（河）。13大殿三河（河、東、関）。14玉雑三（河）。15は—葉（多、東、関）。16露—つゆ（冷、書、東）。17ば—ち《は》《ヒ》（多）。ばかり—斗（東）。18草—くさ（冷、書）。19かず—数（河、東）。

【語注】 **○人** 讃岐ではなく、三河。 **○ことのはの** ①14玉葉2464 2451「ことの葉の露におもひをかけし人身こそはきゆれ心きえめや」（雑五）。①18新千載2217 2216「故郷の草のかげにもてらしみば猶色そへよことのはの露」（哀傷、定為）。②10続詞花731「ことの葉の露のなさけの見えぬればうれしきたびの草枕かな」（旅、永実）。④36弘長百首428「ことの葉の露ももらさじ歎きつつ人にしのぶの山のかげ草」（「忍恋」実空）。「葉」は「露」「草」の縁語。 **○露ばかり** ②4古今六帖3367「つゆばかりたのめおかなんことの葉にしばしもとまるいのちありやと」（第五、服飾「ことの葉」）。②10続詞花479「しらせばやしげき人めを忍ぶ草下葉にむすぶ露ばかりだに」（恋上、隆恵）。 **○かけ** 「露」の縁語。

【訳】 言葉の露だけでもかけて下さいよ、草のゆかり・あなたとかかわりのある人の内《うち》に入っていなくても。〈親し

い人が長年疎遠ですごしていたのに、一つの所に行き合って言い送った（歌）〉

▽「の葉」「こと」「露」「草の」。「茂み」→「庭」「葉」「露」「草」、「涙」→「露」、「置き」→「掛け」、「茂《しげ》」→「数」。知人が長らくご無沙汰であったのに、たまたま同じ所に行き合せて、当方から先方へ言葉をかけた、または便りを届けたとの詞書で、私は一族中とるに足りない者であっても、少しは言葉を、露の如くかけてほしいといったもの。三句切、倒置法。この贈答は、玉葉では、作者が逆。が、この歌は讃岐詠であろう。①14玉葉2288 2280、雑三「ゆかりある人のとし比うとくて過ぎけるに、まかりあひてのちいひつかはしける」法性寺入道前関白家参川。三河は「兵庫頭源仲政女、頼政〔私注―1104～1180〕の妹。法性寺関白忠通の女房。」（古）。金葉集初出。歌合への出詠が多い。当然、歌人としても讃岐（1141？～1217？）の先輩。即ち父の妹で、叔母、30歳ぐらい上か。

【参考】①4後拾遺813「おもひにはつゆのいのちぞきえぬべきことのはにだにかけよかしきみ」（恋四、入道摂政）「〔通釈〕これからはお言葉を、ちょっとでもいいからかけて下さい。御親戚の数には数えられない程度の私であっても。」（『玉葉和歌集全注釈下巻』2288）。89、90「大殿三川が「お手紙でもください。他人ではありませんからネ」と贈り、讃岐は「長年御無沙汰をしてはおりましたけれど、どうして叔母さまを忘れましたでしょうか」という返歌をしている。」（『古城』39頁）。

かへし[1]　大殿[2]参[3]川

〔90 む[4]ら[5]さきの色[6]にい[7]でて[8]はいはねどもく[9]さのゆかりをわ[10]すれやはする〕

【校異】1かへ―返（河、東、関）。かへし―ナシ（高）。2大殿参川―ナシ（河、冷、書、東、高、関、私、古）。3参

—参（国）。4返し（高）。同（河）。5むらさき—紫（多、東、関）。6色—いろ（冷、書）。7いで—出（河、東）。8て—ゝ（冷、多、書、私、古）。9くさ—草（河、多、東、高、関）。10わす—忘（河）。わすれ—忘（東、高）。

【語注】　○むらさきの　「下句。「草のゆかり」にかかる。」（『校註国歌大系』、玉葉）。○いはねども　②4古今六帖3787「かるかやのほにいでて物をいはねどもなびく草ばにあはれとぞみし」（第六、草「かるかや」）。

【訳】　紫草の如く、はっきりと分かるようには言わないけれども、（紫）草の如く、かかわりのあることを忘れようか、イヤ忘れない。

▽「草のゆかり」（第四句）。「草」→「紫」、「言の葉」→「言は」、「葉」「露」→「草」。紫の、色に出るように、言葉ではあからさまに言わないが、紫草の縁《ゆかり》、親族であるあなた・讃岐を忘れたりなどはしないと返す。三河の詠。第二、三句いの頭韻（第二句内さらに「い」）。①14玉葉2289 2281「返し」二条院讃岐。もと①1古今867「紫のひともとゆえにむさしのの草はみながらあはれとぞ見る」（雑上、よみ人しらず）、①1古今868「紫の色こき時はめもはるに野なる草木ぞわかれざりける」（雑上、なりひら）。89参照。

【参考】　①3拾遺360「紫の色にはさくなむさしのの草《花（抄）》のゆかりと人もこそ見れ」（物名「さくなむ《ん（抄）》さ」）如覚法師。3′拾遺抄482）

【類歌】　①15続千載1035 1039「おもひそむる心の色をむらさきの草のゆかりにたづねつるかな」（恋一「初尋縁恋…」法皇）

「〔通釈〕はでな紫の色のように、ことさら態度に出してお親しさをひけらかすようなはしたないまねはしませんけれど、あなたとの深い御縁をどうして忘れたり致しましょうか。／〔参考〕「紫の一本…「紫の色には…〔私注—古今867、拾遺360〕／〔補説〕讃岐集によれば作者が贈答入れ違っている。参川は讃岐の叔母でもあり先輩歌人でもあり、讃岐集の作者付が正しいであろうと思われる。後世、両者の知名度が逆転したための、錯誤、或いは撰者の意図的改変か。」（『玉葉和歌集全注釈下巻』2289）。「むらさき」「草のゆかり」は、古今867、拾遺360「による。」（私注）。玉葉集では89・参川、90・讃岐となっているが、「歌意からしても作者は逆であろう。」（私注）。

雨の[1]うちの[2]と[3]をき[4]くさと[5]いふ[6]ことを[7]

91 [8]雨[9]ふれば[10]思[11]ひ[12]こ[13]そやれいづみなるしの[14]だの[15]もりの[16]したの[17]かげ[18]草

【校異】1のうち—中（河、冷、書、東、高、関）。2とを—遠（河、東、高、関）。3を—ほ（国）。4くさ—草（河、冷、書、東、高、関）。5いふこと—言事（河、東）。6こと—事（冷、書、高、関）。7」八（私）。8雨—あめ（冷、書）。9ふれ—降（河、東、関）。10思—おも（冷、多、書、関）。11ひ—ナシ（東）。ひこそやれ—「こゝろを谷」（古）。12こ—ゝ《こ》《ヒ》（多）。13やれ—遣（東）。14だ—ふ（多）。15もり—杜（河、高、関）、森（多、東）。16した—下（河、多、東、高）。17かげ—陰（河、東、関）。18草—くさ（冷、書）。

【語注】**○題**「雨中遠草」は讃岐91のみの珍しい歌題（歌題索引）。**○一、二句** 同一②10続詞花221「雨ふればおもひこそやれ露をだにおもげにみえしまののむらはぎ」（秋下「雨中野花…」顕季。③105六条修理大夫15。⑤248和歌一字抄28）。**○いづみ** 八代集七例。「和泉」国。**○しのだのもり** 八代集八例、初出は後拾遺189。和泉の国の歌枕。①6詞花365 364「わがおもふことのしげさにくらぶればしのだのもりのちえはかずかは」（雑下、増基。「私注」）。**○したのかげ草《くさ》** 八代集にない。新編国歌大観の索引①～⑩では、他になかった。なお「かげ草」は八代集四例、金葉277、新古今1213、1946、「夕陰草」新古今1190。「「かげ草」は万葉集十（二一五九）に「影草の生ひたる宿の…」とあり、古い歌語。」（私注）。

【訳】　雨がふった時には、思いやることだよ、和泉の国にある信太の森の下の陰の草をば。〈雨の中の遠い草ということを（よんだ歌）〉

▽「草」。「草」→「森」。雨が降ると、和泉国にある信田の森の木々からしたたる雨で、どのように草が濡れたか気にかかると歌う。つまり「雨降れば」・「和泉…下の陰草（を）」・「思ひこそやれ」となる。二句切、倒置法。下句しの頭韻、ののリズム。体言止。

【参考】　②4古今六帖1049「いづみなるしのだのもりのくず《す》のは《木》のちへ《え(夫)》にわかれてものをこそ思へ」（第二、山「もり」。②16夫木10093）

③117頼政170「名を聞くに思ひなすにや和泉なるしの田の森の陰ぞすずしき」（夏「杜辺納涼」）

【類歌】　④18後鳥羽院1730「よひよひに思ひやいづるいづみなるしのだの森の露の木がらし」（「夜恋」）

[1]壽量品のこ[2]ゝ[3]ろを

92　[4]けふ[5]きけば[6]光も[7]ふ[8]るき月[9]かげを[10]いづる[11]はじめ[12]と[13]思ひける[14]かな

【校異】　1壽―寿（私、古、国）。2こゝろ―心（河、東、高、関）。3ゝ―こ（国）。4けふ―今日（河、関）。「今京」（古）。5きけ―聞（東）。6光―ひかり（河、冷、書、高）。7ふる―古（河、東、関）。8る―る《か也》（多）。9かげ―影（河、多、東、関）。10いづ―出（東、高、関）。11はじめ―初（東）。12と―も（高）。13思―おも（冷、多、書、東、高）。14かな―哉（多、東）。

【語注】　**○題**　「寿量品」→「如来寿量品」後拾遺1195、千載1207、1231…（歌題索引）。①4後拾遺1195 1197「わしの山へだつるくもやふかからんつねにすむなる月をみぬかな」（雑六、釈教「寿量品」康資王母）。寿量品は、釈迦は永遠に教えを説いて寿命は無量だが、人々の心を誡めるために稀にしか世に出ないことを説く。**〇月かげを** ⑤358増鏡133「むかし見し秋のみ山の月影を思ひいでてや思ひやるらん」（内の上（後醍醐院））。**〇思ひけるかな** ③124殷富門院大輔292「成なりをへてへにけるみちをしらずしてけふをはじめとおもひけるかな」。

【訳】今日きくと、光も古い月の光を差し出した初めと思ったことであるよ。〈寿量品のこころを〉

▽「思ひ」。「雨」→「月（影）」。寿量品の心・主旨を、今日（説教を）聞くと、釈迦は昔から存在していたのだが、今日初めて出てきたのだと思ったと歌う。「月影」が釈迦のこと。「今日」「古き」「初め」と時は続く。釈教詠。

[1]あさぢはら[2]と[3]なりに[4]ける[5]所[6]に[7]はなの[8]ゝこりて[9]さきて侍[10]けるを[11]ゝり[12]て[13]人[14]につかはしたりければ

〔93　[15]思[16]ひき[17]や[18]花[19]も我身も[20]を[21]くれゐて[22]あり[23]しむかしをし[24]のぶべし[25]とは〕

【校異】1あさぢはら―淺茅原（河、東、高、関）。2はら―原（多）。3なり―成（河、東、高）。4に―ナシ（多）。5所―ところ（冷、多、書）。6に―に、（私、国）。7はな―花（多、東、高、関）。8ゝ―の（多、国）。ゝこ―殘（高）。ゝこり―殘（河、東、関）。9さき―咲（河、東、高、関）。「さきて―咲谷」（古）。10侍―侍り（東、高、関、国）、はんへり（冷、書）。11ゝ―を（国）、お（冷、多、書、東、高、関）。ゝり―折（河）。12て―て、（私、国）。13人―ひと（冷、書）。14に―ゝ（高）。15思―おも（冷、書）。16ひ―ナシ（東、関）。17花―はな（冷、多、書）。18も―に（多）。19我―我が（国）、吾（河）、わか（冷、書、東、関）。20を―を《お》（河）、お（国）。21く―は《く》《ヒ》（多）。22あり―有（河、東、高）。23むかし―昔（河、東）。24しの―忍（多）、思（河、高、「桃」（古））。しのぶ―忍（関）、思（東）。しのぶべし―「思へかし谷」（古）。25とは―「やは掬」（古）。

【語注】○思ひきや　③129長秋詠藻130「おもひきや花たちばなのかくばかりうき身ながらにあらん物とは」（堀河題百首、夏「盧橘」）…詞の類似。○一、末句　⑤295袋草紙268「思ひきやとこよの国のとだちにも独都を忍ぶべしとは」（亡者歌、橘為仲）。**おくれゐ**　八代集四例、初出は拾遺335。

【訳】思ったであろうか、イヤ、思いもしなかった、花も我身も世に生き残っていて、かつての昔を思い慕うようになろうとは。〈浅茅原となってしまった所に、花・桜が残っていて咲いておりましたのを折って、人に遣したところ〉

▽「思ひ」。「月」→「花」、「古き」→「昔」、「思ひ」→「しのぶ」。浅茅原（荒廃のさま）となり果てた所に、桜が残って咲いていたのを、私・讃岐が折って相手の人に送ったという詞書で、93は他人・相手の歌であり、このように花・桜も私も生き残って、かつての昔・故人の生前を思い慕うようになろうとは思ってもみなかったといったもの。初句切、倒置法。14、29と同じく、⑤415伊勢物語152の如く「思ひきや…とは」の歌型。下句しのリズム。

【参考】①7千載918 916「うき人を《つらくとも（歌）》しのぶべしとはおもひきやわが心さへなどかはるらん」（恋五、待賢門院堀河。②9後葉397。②12月詣597。③112堀河77。④30久安百首1071。⑤223時代不同歌合270。⑤272中古六歌仙253。⑤323歌苑連署事書39）

【類歌】①15続千載1963 1972「かずかずにしのぶべしとはおもひきや猶ざりにこそ過ぎし昔を」（雑下、慈勝）
③133拾遺愚草2974「しらざりつ身は有明のつきもせず昔になしてしのぶべしとは」（「暁天懐旧」）

「「つかはしたりければ」下に「よみておこせる」などのことばが略されている。この一首は他人の歌であり、このあとの讃岐の返歌は脱落したとみられる。…哀傷歌である。第一章五参照。」（私注）。「詞書にはそれとなくとも、歌の内容は、人に死別してありし日をおもう心が詠ぜられている。／あさぢ…思ひき…（93）／この一首は詞書から推して、あきらかに他人の作である。当然このあとには讃岐の返歌がなければならない。そうすれば、この哀傷は、お互に共通する人の死にかかわるものでなければなるまい。断定はできないが、これは、二条院をしのぶ哀傷詠であり、讃岐の返歌は、家集の損傷によってうしなわれたものと推定されるのである。」（『讃岐』20、21頁）。

[1]夜を[2]へだてたる[3]くひな

94　[4]まきの[5]とを[6]たゝ[7]くくひなに[8]おどろけばねぬ[9]よぬる[10]よぞ[11]おなじ[12]かずなる

【校異】　1夜―よ（河、東、高）。2へだてた―隔（河、東、関、「二」（古））。へだてたる―隔（高）。3くひな―水鶏（河、東、高、関）。4まき―眞木（東、高）、槇（多、関）。5と―戸（多、高、関）。6ゝ―た（国）。7く―ゝ（書）。くひな―水鶏（河、多、東、高、関）。8お―を《お》（冷、書）。おどろけ―驚生《け》（東）。9よ―夜（河、東、高、関）。10よ―夜（関）、ま（高）、こ（河）。11おな―同（河、高）。12かず―數（河、東、関）。

【語注】　**○題**　「隔夜水鶏」は讃岐94のみの珍しい歌題（歌題索引）。**○まきのと**　36前出。「戸」ゆえに「隔つ」（題）。④31正治初度百首136「夏の夜はあくるほどなき槙のとをまたで水鶏のなにたたくらん」（夏、三宮）。⑤116若狭守通宗朝臣女子達歌合7「とふ人もなき山ざとのまきの戸を夜はにたたくはくひななりけり」（「蛙鳥」蔵人大夫）。**○たゝくくひな**　③94大弐三位38「よもすがらたたく水鶏にまきのとをすむ月かげやさして入るらん」（「…、くひなを」）。③116林葉285「槙の戸のならべる数をよそながらたたく水鶏のおとにてぞしる」（夏「家家水鶏」）。**○くひな**　36前出。

【訳】　槙の戸を叩くような水鶏の鳴き声にハッとして目覚めると、寝ない夜と寝た夜とが同じ数であることよ。〈夜を隔てて鳴く水鶏〉

▽〝夏〟。「花」→「水鶏」。「一晩おきに聞く水鶏」という題で、槇の戸を叩く水鶏の声で目をさまし、考えてみると、一晩おき（題）ゆえに、寝ない夜と寝た夜とは同数であったと歌ったもの。同じ讃岐歌に、④12讃岐36「まきのとをあけん方にやしるからんくひなはそこをたたきけりとは」（「くひないづれのかたぞ」）がある。ここに夏歌・94があるのは変なので、94～98は補遺歌か。

【参考】④28為忠家初度百首225「さよふけてたたくくひなのはげしさにねざめぬ人やおどろきぬらん」（「窟窠水鶏」）

⑤95滝口本所歌合10「まきのとをあくるまでこそねざりつれたたくくひなにおどろかれつつ」（「水鶏」）…94に近い

⑤125東塔東谷歌合6「夏くればたたくくひなにおどろきてくさのとざしをあけぬよぞなき」（「水鶏」）

【類歌】④6師光73「まきのとをたたくくひなの《を（新、三）》それかともおどろかぬ《す（三）》までとはぬきみかな」（「寄水鶏恋」）。①19新拾遺1156。⑤183三百六十番歌合244

「現存本の終りの五首（私注―94～98）が、その前に存する九十三首と異質的な存在であることも、あるひは後人が、別の一本と比較照合して発見した歌を摘出併記したものかもしれない。」（『文庫』217頁）。「ここにまた夏の歌があるのは、構成上不審である。」（私注）。

[1]はじめの[2]夏[3]ほと[4]ゝぎす[5]まつ

95　[6]としごとにまたぬ[7]夏のみ[8]さき[9]だちて[10]心もとなき[11]ほと[12]ゝぎす[13]かな

【校異】1はじめ―初（河、東、高、関）。2夏―なつ（冷、書、東）。3ほとゝぎす―子規を（河）、「ほとゝきすを諸本」（古）。ほと…まつ―郭公を待（東、関）、時鳥を待（高）。4ゝ―と（国）。5まつ―をまつ（冷、多、書）。6とし

—年（東、高、関）。7夏—なつ（冷、書）、「うき類」（古）。8さき—先（東）。9だち—立（東）。10心—こゝろ（冷、書、東、高）。11ほと…かな—郭公哉（東）、時鳥かな（多）、時鳥哉（河）。12ゝ—と（国）。13かな—哉（関）。

【語注】**○題** 「初夏待郭公」は、讃岐95〜96《ママ》のみの珍しい歌題（歌題索引）。**○心もとなき** 八代集一例・詞花231。が、散文には多い詞。源氏物語「政所、家司などをはじめ、ことにわかちて心もとなからず仕うまつらせ給ふ。」（「紅葉賀」、新大系一—244頁）。④29為忠家後度百首384「たかねよりひかりばかりをさきだててこころもとなきよはの月かな」（秋月廿首「山葉月」）。**○ほとゝぎすかな** ④30久安百首823「さらぬだにふす程もなき夏の夜にまたれてもなく時鳥かな」（夏、顕広）。

【訳】年毎に待ちはしない夏ばかりが先立って、待ち遠しい郭公であるよ。〈初夏に、郭公を待つ〉

▽〝夏〟。「隔夜水鶏」（題）→「初夏待郭公」（題）、「水鶏」→「時鳥」。毎年、待ちもしない夏ばかりが先にやって来て、待ちうける郭公はなかなか鳴いてくれず、じれったく辛い思いをすると歌ったもの。

【参考】③105六条修理大夫289「なつごろもたちきる日よりけふ《は(和)》までにまつにきなかぬほととぎすかな」（「未聞郭公」）。

【類歌】④23続草庵127「年毎に待つを習ひになしはてて初音いそがぬ郭公かな」（夏「待郭公」）。
⑤248和歌一字抄733

96 [1]ほと[2]ゝぎす[3]なきつる[4]空の[5]さみだれにぬれ[6]ぬる[7]袖もなつかしき[8]かな

【校異】1ほとゝぎす—郭公（東、関）。2ゝ—と（国）。3なき—鳴（東、関）。なきつる—「待つる掬」（古）。4空—そら（冷、書）。空の—「そらを彰」（古）。5さみだれ—五月雨（河、東、高）、「村雨谷」（古）。6ぬる—「つる京」（古）。7袖—そて（冷、書）。8かな—哉（河、多）。

【語注】○第一、二句　①7千載161「ほととぎす鳴きつるかたをながむれば…」（夏、右のおほいまうちぎみ。⑤276百人一首81）。⑤99禖子内親王家歌合〈夏〉3「ほととぎすなきつる空を詠めつつ…」（「ひるのこゑ」宣旨）。○さみだれに　⑤29内裏歌合〈応和二年〉13「さみだれになきわたらむ（ママ）ほととぎすまつよひすぎばいつかをしまむ」（佐時）。

【訳】　郭公が鳴いた空の五月雨にすっかり濡れはててしまった袖も慕わしいことよ。

▽〝夏〟。「郭公」「哉《かな》（最末）」。「心もとなき」→「なつかしき」。時鳥が鳴いた空より降る五月雨で濡れた袖までも心ひかれると、袖を通して郭公のことを偲んでいるのである。時鳥ゆえに、多くの【参考】【類歌】がある。「雨中の郭公を詠ずる。」（『文庫』215頁）。95の題をうけるのではない。また式子にも、④1式子25「雨すぐる花たち花に時鳥おとづれずしてぬれぬ袖かな」（夏）がある。

【参考】③18敦忠4「さみだれのよよとなきつつほととぎすそでのひるまもなくぞかなしき」（「また」）

③100江帥61「さみだれにぬれにやきつるほととぎすのきのしづくのこゑたえずなけ」（夏「あめのうちのほととぎす」）

③124殷富門院大輔37「さみだれにぬれぬれきなくほととぎすむぐらのかどにあまやどりせよ」

⑤69祐子内親王家歌合〈永承五年〉19「さみだれにぬれてきなくはほととぎすはつこゑよりもあはれとぞきく」（「郭公」出羽弁）

⑤147永縁奈良房歌合19「さみだれにぬるともゆかむほととぎすふたこゑきなくさとはありやと」（「郭公」老隠）

⑤157中宮亮重家朝臣家歌合37「五月雨にしをれつつなく郭公ぬれいろにこそ《も（重）》こゑはきこゆれ」（「郭公」重家。②16夫木2923。③118重家318）

【類歌】③131拾玉3504「郭公空もとどろになくころはよたた雨ふる袖のうへかな」（詠百首和歌、夏）

③131拾玉4114「時鳥ぬれてなくねぞなつかしきにほひも雨も橘のころ」（詠三首和歌「雨中郭公」）

④11隆信106「さみだれにぬれぬれこそはたづねつれくもままちけるほととぎすかな」（夏）

⑤250風葉184「五月雨にぬれてやきなく時鳥あかぬなごりの袖にたぐへて」（夏、くもゐの月の左大臣）…96に近い

かど[1]をあけぬこひ[2][3]

97　あけ[4]やらぬまき[5]のと[6]ざしをまつ[7]ほど[8]によこ[9]雲[10]わたる山[11]のは[12]ぞ[13]う[14]き[15]

**【校異】**　1かど—門（河、冷、書、東、高、関）。2こひ—戀（河、東、高、関）。3」（私）。4あけ—明（東、高、関）。5まき—眞木（河、東、高）、槇（関）。6と—戸（高、関）。7まつ—待（河、東、高、関）。8ほど—程（河、多、関）。9よこ—横（東）。10雲—くも（冷、書）。11山—やま（冷、書）。12は—端（東、関）。13ぞ—の（多）。14う—な（河）。15き—し（多）。

**【語注】**　**○題**　「不開門恋」は、讃岐97のみの珍しい歌題（歌題索引）。**○あけやら**　八代集三例、初出は千載427。「開・明け」掛詞。④32正治後度百首202「春はなほあけゆく空ぞ明けやらぬ霞かかれるよこ雲の山」（春「霞」雅経）。**○まきのとざし**　八代集にない。が、「槙の戸」は36前出で、八代集七例、初出は後拾遺910。③132壬二2186「白雲のまきのとざしの花のえもたわむばかりにさける朝あけ」（春「庭前花」）。④34洞院摂政家百首1250「かへるさの槙の戸ざしはまてしばしまだ明けぬ夜の空とだにみん」（恋「後朝恋五首」信実）。他、③130月清1220など。**○まつほどに**　①6詞花77 75「まつほどになつのよいたくふけぬればをしみもあへぬ《ず(新)》山のはの月」（夏、源道済。②8新撰朗詠146）。**○よこ雲**　八代集四例、すべて新古今で「横雲」2、「横雲の空」2例。詳しくは『守覚全歌注釈』99参照。**○よこ雲わたる**　③111顕輔9「…なくやまのはによこぐもわたる」。⑤248和歌一字抄180「山桜わきぞかねつるみよしののよこ雲渡る春の明ぼの」（朝「朝見花」匡房）。

【訳】　夜が明け、また戸を開けやりはしない槙の戸ざしが開くのを待っているうちに、夜が明け横雲がたなびいて行く山の端が辛く悲しいことよ。〈門を開けはしない恋〉

▽〝恋〟。郭公の詠↓「不開門恋」（題）、「空」「五月雨」↓「横雲」、「空」↓「山の端」、「なつかしき」↓「憂き」。恋人・女の許にやって来ても、槙の戸を開けないので、開くのを待っている間に、夜が明けてきて、横雲が渡って行く山の端を見るのは辛く苦しいと、男の立場で歌う。女の立場なら、「門を（男ガ）開けぬ恋」（題）で、「（男ガ）あけやらぬ槙の戸ざしを（女ガ）待つ程に横雲渡る山の端ぞ（私・女ハ）憂き」となる。第二、三句まの頭韻。

【参考】④27永久百首27「あづさ弓はるかにみれば山のはによこ雲わたるあけぼののそら」（春「春曙」常陸）

【類歌】①9新勅撰17「月ならでながむるものは山のはによこぐもわたる春のあけぼの」（春上、八条院六条）

⑤183三百六十番歌合138「なにとなく心ぼそきはやまのはによこ雲わたる春のあけぼの」（春、前斎院・式子）

いづみにて

98　あかず[1]な[2]を[3]むすぶ[4]いづみに[5]ほどふれば[6]心の[7]うちに[8]秋はきにけり[9]

【校異】歌—5行5段書き（冷、書）。「この一首、谷本補入。」（古）。1なを—猶（多、東、関）。2を—を《ほ》（河）、ほ（国）。3むす—結（多、東、関）。4いづみ—泉（多）。5ほど—程（東、高、関）。6心—こゝろ（冷、書、高）、ん《心》《ヒ》（多）。7うち—内（河、東）。8秋—秌（関）、あき（冷、書）。9「（九行分空白）」九」（私）。

【語注】○なを《ほ》　「、それでもやはり」か。○むすぶいづみ　②6和漢朗詠166「…むすぶいづみのてさへすずしき」（夏「納涼」中務）。○秋はきにけり　①1古今184「このまよりもりくる月の影見れば心づくしの秋はきにけり」（秋上、よみ人しらず)。②10続詞花145「松がねに岩もる清水結ぶよは我が身ひとつの秋はきにけり」(秋上、贈左大臣)。④28為忠家初度百首286「てにむすぶいづみにうつるわがかげのうとくなりゆく秋はきにけり」(秋「泉辺初秋」)。終り方の一つの型《パターン》。「「秋」に飽きをかける。」(私注)。

【訳】 飽きることなく、さらに掬《すく》う泉に時間がたつと、心の中に秋がやってきたことだよ。〈泉で〉

▽〝夏〟。「程」。「恋」(題)→「泉」(詞書)。飽きないで、泉の水を掬《むす》び上げていると、季節は夏でも、心の中に秋が来たと歌う。「心中秋の来ることを詠ずる。」(『文庫』216頁)。

【類歌】 ④41御室五十首120「おどろかす風にも今朝はさき立ちて心のうちにあきは来にけり」(秋、隆房)…下句同じ

撰集ニ入歌

初疎後思恋といへる心をよめる

99 今更に恋しといふもたのまれず是《これ》も心のかはると思へば

▽以下、155まで「五十七首、桃園文庫本〈私注―「桃園文庫蔵　阿波国文庫・不忍文庫旧蔵」(『文庫』207頁)〉による。他本なし。」(古)。古典文庫による。勅撰集に入っている歌(ではあるが、家集に見えない作)。99＝53・千載891 889。

題しらず

100
君恋《こふ》る心のやみをわびつゝは此《この》世ばかりとおもはましかば

【語注】○心のやみ　八代集六例。煩悩妄執に迷う心。○わびつゝは　③132壬二254「わびつつは顕れてだにうちなげきおもふばかりも人を恋はばや」（殷富門院大輔百首、忍恋十首）。「わびつつもに近い意。」（私注）。○此世ばかり　③125山家205「にしにのみこころぞかかるあやめ草このよばかりのやどと思へば」（夏）。

【訳】あなたを恋い慕う心の闇を侘びながら、この此世だけだと思ったとしたら…。

▽君・恋人を恋い慕う未来永劫の、心の煩悩妄執を歎き歎きしながらも、もし現世限り（のもの・苦悩だ）と思うとしたら、「さぞさびしいだろう」（私注）との心。他解、…と思うとしたらよいが、やはり永劫の闇に迷うであろう。

①7千載925 923、恋五「題不知」二条院讃岐。「他に所見がなく、詠作の場は未詳。」（『讃岐』66頁）。53参照。

【参考】③116林葉755「わびつつは逢ふと見るよの夢をだに君が情と思はましかば」（恋）

⑤165治承三十六人歌合244「侘びつつは君に逢ふてふぬれ衣とかわかぬ袖を思はましかば」（「恋」盛方）

「大意—無明の闇に沈むであろうと思うとつらくてならないという心。」（岩波文庫・千載925）。「無明の闇に沈みそうなわが恋を歎く。」（新大系・千載925）。「恋の妄執を詠む歌を配列。」（和泉・千載924）。「恋の煩悩により、無明長夜の闇に沈む苦しみの予感に戦きながら、またそれを否定し切れない矛盾した心を詠む作意の歌。」（和泉・千載924補注）。

101
百首歌たてまつりし春のうた
山たかみ峰の嵐に散《ちる》花の月にあまぎる明方の空

【語注】○月にあまぎる 「月はありながら落花にかすんでいる趣の艶麗なイメージで、詠歌一体は制詞とする。」（新大系・新古今130）。○明方の空 八代集四例、初出は千載323。①7千載323 322「…み山のさとのあけがたのそら」（秋下、惟宗広言）。

【訳】山が高いので、峰の嵐に散りゆく花の、月に対して天霧る明方の空であるよ。〈百首歌を献上しました時の春の歌〉

▽高山の峰の嵐に散る桜の花びらが、月を曇らせている明方の空を描いた、雄大なスケールの叙景歌。体言止。①8新古今130、春下、二条院讃岐。④31正治初度百首1919、春、讃岐二条院女房。⑤183三百六十番歌合124、春、六十二番、右、讃岐。102、129参照。

【参考】②4古今六帖3857「山たかみ峰のあらしのふくさとはにほひもあへずはなぞちりける」（第六、草「しのぶぐさ」つらゆき）…101の上句の語がほぼある

【類歌】②16夫木5252「名ごりなく峰の嵐に月《雲（千）》落ちて軒ばの空にあり明の月」（秋四、月「千五百番歌合」寂蓮。⑤197千五百番歌合1461）

④18後鳥羽院641「御芳野の月にあまぎる花の色に空さへにほふ春の明ぼの」（詠五百首和歌、春百首）

「嶺の落花」（新大系・新古今130）。「山（高山）を背景とした壮大な落花の風景を捉えた歌を並べる。これも一二二の発想に類似した長高《たけ》い歌であるが、時間を明け方とし、花とともに美の典型である月を配したところが一つの工夫と見られる。本来雪や霧・霞などの天象に関していう「あまぎる」を用いたのは、「散る花」を暗に雪に見立てているからと考えられる。」（古典集成・新古今130）。「山頂の落花が空を覆って有明の月を曇らしている情景。想像の世界だが美しい。「天霧る雪」は古くからあるが「月に天霧る」は新しい。」（私注）。101、156、102「いずれも新古今集に撰入されている歌であり、巧緻な表現のなかに感覚の冴えを見せている歌である。」（「安田」88頁）。「象徴的手法を用ゐた新

古今調の歌…まことに幽玄で華麗な春の曙の風情である。後鳥羽院の「嵐もしろき春のあけぼの」や宮内卿の「嵐ぞかすむ関の杉むら」に同巧異曲である。」（「間中」6、7頁）。「(2)〔私注―156〕よりは更に緻密に構成された歌であり、絵画的である。しかも、実感的な印象を与えるのは、感覚に富んだ詠いぶりにもかかわらず、「たけ」のある一首を形成していることにもよるであろうか。やや趣を異にするが、同じ『院初度百首』の「あや…〔私注―137〕などとともに作者の歌才の豊かさがしのばれる。「ちる花の月にあまぎる明方の空」という詞句の続け柄は巧みであり、彼女の表現のうまさが認められる。彼女の素材の扱い方のうまさと表現技法の確かさは、千載に撰集された「我袖は…」〔私注―51〕や新古今の「あとたえて…」〔私注―113〕などの〈恋〉歌においても十分発揮されている。」（脇谷「自然」88頁）。「艶麗であり、華やかである歌、」（「高畠」58頁）。「山に咲き空に散る桜の美しさを、直接対象として詠むようになっている。⑮⑱〔私注―この歌と129〕は、明け方・曙の朧化した風景の中に幻想的・絵画的な歌を詠んでおり、散る花を惜しむ心情を中心とした家集中の詠み方に代わって、散る桜の美しさそのものを表現する詠み方になっていることも指摘できる。」（吉野「歌風」38頁）。「⑮⑱は散る桜を詠んでいる点で共通しており、「明方」「在明」の語は、単に時間を示しているとは思われない。明け方の薄明りの峯に散ってゆく桜の動的な景の一瞬をとらえたものであり、色彩的で絵画的な世界を作り上げているといえる。／この二首の歌の幻想的な雰囲気を譲し出している歌材に「月」がある。…散る桜の時間の設定に加え、新古今的な歌材である春の月を詠み込むなど、讃岐は時代の流れに敏感に反応し、新傾向を受け入れている。単に新風を取り入れただけでなく、自分のものとして昇華できたことは、⑮が『三百六十番歌合』に採られ、『新古今集』にも入集し、更に『定家八代抄』にも撰ばれ、当時の歌人に高い評価を得ていることからも知られる。」（吉野「歌風」40頁）。101「は、新古今的な歌材である「春の月」を詠み込み、「明け方」という時間帯の中で、散り乱れる桜の花が月を曇らせるという朧化した世界を詠んでいる。月を曇らせて散ってゆく花の動的な光景の一瞬をとらえた幻想的絵画的な歌となっている。新古今集の配列の中では、春下に入り、山の嵐に散る桜の一連に配されている。作者は、越前、宮内卿、讃岐と続いており、後鳥羽院歌壇を代表する新進女流歌人の歌とならんで位置している。…この一首からも、讃岐は正治初度百首で新風和歌へと大きく傾斜したことが窺われるように思われる。」（吉野「正治」4頁）。「主題は落花と思われ、…島津氏は当該歌から讃岐を「新風歌人になりきっている」とされ、吉野氏（A論文（私注—「歌風」））も歌材、時間帯、散り乱れる桜の花が月を曇らせるという朧化した一首の世界に新古今的特徴を見いだされている。ここでは「月にあまぎる」という表現に注目したい。「あまぎる」という語は、本来霧や霞がかかって空が曇ることを指すのに使用するものである。次にこれを用いた和歌を、古今集以下適宜挙げる。…いずれも雪や霞といった天候を表す詞が含まれていることが分かる。※の院の歌〔私注—前述の④18後鳥羽院641〕が讃岐歌と近似しているが、これは讃岐より時代が下るため讃岐の表現は前例のないものとなる。」（長沢「正治」29頁）。

百首歌たてまつりし時

102 なく蟬の聲も涼しき夕ぐれに秋をかけたる森の下露

【語注】○なく蟬の　⑤239永福門院百番自歌合55「なく蟬のこゑさへすずし吹く風にむら雨まじる山のゆふかげ」。○夕ぐれに　③116林葉417「秋風を露吹きむすぶ夕暮にこゑごゑ虫のみだるなるかな」（秋「…、むしを」）。④40永享百首403「白露の木の葉色どる夕暮に秋風さむみ雁ぞなくなる」（秋「雁」兼良）…ことば。○下露　八代集九例。他、「木の下露」三例。「露」は一般に秋の景物。「露」の縁語「懸く」。

【訳】鳴いている蟬の声も涼しい夕暮時に、秋をかけている森の下露であるよ。〈百首歌を献上なさった時（に）〉

▽「蟬」（蜩）の歌。蜩の声も涼しく聞こえる夕暮に、秋を掛けて先取りしている、森の落ちる下露―下陰に置く露かーの様を描いた叙景歌。まだ季節は夏であるのだが、早くも秋を思わせるのである。よくある季節の交錯詠。体言止。【類歌】が多い。101参照。①8新古今271、夏、二条院讃岐。④31正治初度百首1937、夏、讃岐二条院女房。

【類歌】①8新古今270「秋ちかきけしきの森になくせみのなみだの露や下葉そむらん」（夏、摂政太政大臣。③130月清733。④31正治初度百首437）

③131拾玉3934「おく露はおのが涙かなく蟬のこゑもおいその杜の下くさ」（縉素歌合十題「蟬声夏深」）

③133拾遺愚草1227「ゆふすずみおほえの山の《も（夫）》玉かづら秋をかけたる露ぞこぼるる《すずしき（夫）》」（内裏百首、夏「大江山」。②16夫木13381。④33建保名所百首315）

④19俊成女230「雨はれて雲吹く風に鳴くせみのこゑも《に（影）》乱るる森の下露」（①17風雅425 415。⑤198影供歌合〈建仁三年六月〉80）

④37嘉元百首626「うつせみのなくねも風におちそひてすずしくくるる杜の下露」（夏「納涼」内実）

⑤175六百番歌合299「なくせみのはにおくつゆに秋かけてこかげすずしき夕ぐれのこゑ」（夏「蟬」女房＝良経。③130月清324）…102にかなり近い

⑤198影供歌合〈建仁三年六月〉103「ゆふだちのすぐるはれまに鳴く蟬のなみだがほなる杜のした露」（「雨後聞蟬」戒心）

「すっかり新風の歌人となりきっていることは、／102、101／などの歌を見れば明らかであり、」（『島津』372頁）。新風を学んだと思われる作に、【類歌】の「良経の、／鳴く…があげられよう。「秋かけて」、「秋をかけたる」と中心の詞の重なりが多く、夏から秋への微細な季節の動きを感覚的に表出している。「秋かけて」は定家にも「山里は蟬の諸ごゑ秋かけて外面のきりの下葉おつなり」（二句百首、風雅・秋上・四四六）がある。」（「糸賀」46頁）。「「秋をかけたる森

の下露」などの繊細にして気品のある詠いぶりは、その流麗な調べと相まって清澄なる感覚美の世界を形成しており、宮内卿や俊成卿女などにはあまり認められない一面を具現している。(1)〔私注―101〕の「たけ」ある歌とともに讃岐の自然詠の中の佳作といえよう。」(脇谷「自然」88頁)。102「は良経歌の／なく…・324)／と「なく蟬」「露」「秋をかけて」「涼しき夕暮」の語が重なる。蟬の声による聴覚の世界、夏の終りの涼しい夕暮という時間設定も一致しており、讃岐が良経歌から学んだことを既に糸賀きみ江氏も指摘しておられる。この讃岐歌は新古今集にも入集しており、島津忠夫氏は「すっかり新風の歌人となりきっている事は、この歌を見れば明らかである」と述べておられる。この讃岐歌と良経歌に先行する本歌にあたるものはなく、当代歌人である良経歌の詞を摂取し、歌の作り出すイメージにも影響をうけ、自分の歌に取り込んでくるという讃岐の積極的な当代歌摂取の態度が窺える。」(吉野「正治」5、6頁)。「摂取」―「建久四〜五　六百番歌合　夏「蟬」二九九(良経)」(長沢「正治」20頁)。102は、「分散させているが、一首に先行歌の占める割合は多い。…良経が聴覚を重視しているのに対し、讃岐は下露を杜のものとして蟬から離し、視覚・聴覚の両面から秋を感じさせる晩夏の世界を詠んでいる。また、良経歌は俊成の歌合判詞で「(前略)左歌は、羽に置く露に秋かけて等いへる、姿詞殊に艶にこそをかしくも侍るかな、尤可為勝」と高く評価されており、こちらを参考にした可能性も考えられる。」(同25、26頁)。

経房卿家歌合に暁月のこゝろをよめる

103　おほかたの秋の寝覚《ざめ》の露けくは又誰袖《たが》に有明の月

**【語注】**　**○経房**　藤原。「建久元年八月兼任民部卿。建久九年十一月権大納言となり、正治二年閏二月十一日薨、五

十九。(ママ)」(古)、当時権中納言。俊成の甥。康治二年(1143)〜正治二年(1200)。吉田大納言と号した。千載集以下入集。式子は建久三年(1192)、父後白河院の薨じた後、勘解由小路の吉田経房邸に移った(『明月記』)。**○暁月**(歌題)新古今594、1545、1546など。**○第一、二句** ①8新古今1760 1758「おほかたの秋のねざめの長き夜も…」(雑下、家隆)。ののリズム。**○秋の寝覚** 八代集五例、初出は千載302、あと全て新古今。秋の夜寝ざめた時の状態や心情。"あはれ"深いものとされる。115、157(=103)後出。**○誰袖** 八代集五例。**○有明** 掛詞。「袖に在り」と。

**【訳】** おおよその秋の寝覚が露っぽいのは、一体また誰の袖に(姿がうつる)有明の月があるというのか、イヤあるまい。〈経房卿家の歌合に「暁の月」の趣を詠んだ歌〉

▽一般の秋の寝覚が露・涙っぽいものなら、一体また誰の袖に有明の月は映っているのか、涙するのは自分だけで、そこに月が宿っているのだとの反語表現(下句)。体言止。168参照。①8新古今435、秋上、二条院讃岐、初句「おほかたに」。⑤176民部卿家歌合〈建久六年〉98、初句「おほかたに」、1195年正月廿日、判者釈阿「暁月」三番、右勝、讃岐。左・97「秋はただ鴫の羽音の過ぐるまで月すむ夜半の数をこそかけ」(左衛門督・隆房)、判「左歌、…右歌、秋のね覚の露けくは、とおきて、又たが袖に、といへる心、殊にふかくも侍るかな、猶右可為勝」(左歌は、…右歌は、「秋の寝覚の露けくは」と表現して、「又誰が袖に」、と歌った歌の趣は、特に深くもございますことよ、やはり右歌は勝とすべきでしょう)。「民部卿家歌合建久六年正月廿日」、「題／山花　初郭公　暁月　深雪　久恋／歌人／左…／右…中宮讃岐　勝二　持二　負一…／判者　皇太后宮大夫入道釈阿」1195年。民部卿家歌合と讃岐については、『讃岐』72〜77頁参照。すべて隆房と番えられて、讃岐歌は148、168、103=157、113である。⑥31題林愚抄4028、初句「おほかたに」、秋三、暁月「新古」二条院讃岐。

**【類歌】** ③133拾遺愚草144「おほかたの秋の気色はくれはててただ山のはの在明の月」(二見浦百首、秋)
④4有房384「いまよりはきみとねまちのよひよひをまたたれとかはありあけの月」(「かへし」)

⑤197千五百番歌合1252「おほかたの月にはかぜもつらからずやどかるつゆのあるがあだなる」（秋二、保季）「暁ノ月の歌。」・「暁の月を見て悲しんでいるのは自分一人であると、悲哀感を強調した歌。」（古典集成・新古今435）。「「秋月」に「袂」または「袖」を結ぶ。」「涙の袖に有明の月が映るのに感動しての反語で、この経験は自分のほかにはあるまいというのである。参考「遥かなるもろこしまでも行くものは秋の寝覚の心なりけり」（千載・秋下・大弐三位）。」（新大系・新古今435）。103、104、105「時代的好尚の拠る所象徴的で技巧的な手法を用ゐてゐる。」（「間中」7頁）。103、163、139「自然詠というよりは、自己の感懐を自然に託して詠ったもので、抒情歌としての性格の方が強い。新進の歌人達と巧緻にして洗練された歌を競う一方で、こうした老境をしみじみと感受した円熟味のある歌を思い思いに詠み分けることができたところに彼女の歌才と力量がうかがえる。」（脇谷「自然」90頁）。103、113は「殊に判者によって賞讃されたものであり、讃岐の歌風が一段と練磨された様子が知られる。この頃に至って、女流歌人として一層重んじられたことが推察される。」（同93頁）。

百首歌奉りし時

104　散〈ちり〉かゝる紅葉の色はふかけれどわたればわたる（ママ）〔にごる〕山川の水

【語注】○散かゝる　八代集七例。○散かゝる・紅葉　③96経信140「ちりかかるもみぢながるる《れぬ》おほゐがはいづら《れ（新）》ゐせきのみづのしがらみ」（①8新古今555）。④45藤川五百首227「散りかかる色だにあかじ紅葉葉のかげみるかたのみづのかがみは」（「紅葉移水」）。○紅葉の色　③33能宣404「しぐるればもみぢのいろもわたるせのみぎはもふかくなりまさるかな」。③49海人手古良27「高砂にたちわたりたるきりまより紅葉の色のふかきおく山」（秋）。③73和泉式部58「おちつもる紅葉の色に山がはのあさきもふかきながれとぞみる」（秋）。**○ふかけれ**　「水」の縁語を用いて、色の濃いこと。**○わたる**　誤写であろう。**○わたればにごる**　制詞（詠歌一体）。①～⑩の新編国歌大観の索引では、この歌の他にはない。**○山川の水**　①3拾遺194よりある。

【訳】　散りかかってくる紅葉の色は深く濃いけれども、渡った時には濁る山川の水であるよ。

▽水に散りかかっている紅葉の色は深いが、実は水が浅いのか、渡ると濁ってしまう山川の水だとの叙景歌。体言止。103参照。①8新古今540、秋下、二条院讃岐。④31正治初度百首1953、秋、讃岐二条院女房。⑤223時代不同歌合230、百十五番、右、讃岐。⑩177定家八代抄456「百首歌たてまつりける時」二条院讃岐。

【参考】　①5金葉259 276「やまがはのみづはまさらでしぐれにはもみぢのいろぞふかくなりける」（冬、永縁）

④30久安百首752「落ちつもる紅葉の色はふかけれど浅く成行く山の井の水」（冬、実清）

【類歌】　②14新撰和歌六帖1077「いく色とえやはわくべきちりかかるもみぢのふちの谷川のみづ」（第三「ふち」）

④18後鳥羽院858「ちりかかる紅葉の雨にまさればや色のみふかきやま川の水」（詠五百首和歌、冬）…104にかなり近い

「紅葉の歌…「渡ればにごる」ということから山川が浅いことを暗示し、「もみぢの色は深けれど」と対になる。「龍田川…〔私注―後述〕を念頭に置いて「渡れば」という。「渡ればにごる」ということによって、かえって青く澄んだ山川の水と川面に散る紅葉の紅が色彩的な印象を与えている。」（古典集成・新古今540）。「色あざやかで華美な歌」（「高畠」58頁）。「本歌」―「古今　秋下二八三（読人不知）」（長沢「正治」17頁）、①1古今283「龍田河もみぢみだれて流るめりわたらば錦なかやたえなむ」（秋下、よみ人しらず）、「本歌取りによるが、「渡れば濁る」には先行例がなく、讃岐独自の表現である。…本歌が紅葉の錦を「渡ったならば途切れてしまうだろう」としているのに対し、讃岐はそれを渡った後の状態を詠んでおり、「散り（塵が）かかる⇔濁《ママ》る」、「深い」に対する「浅い」の意味での「濁る」という対照も見られる。」（同29頁）。

千五百番歌合に冬のうた

105 世にふるはくるしき物をまきの屋にやすくも過る《〈すぐ〉》初時雨かな

【語注】○ふる 「経る・降る（「時雨」の縁語）」掛詞。○まきの屋 八代集三例、初出は千載1174。他、「槙の伏屋」八代集一例・金葉170。○時雨 枕草子「ふるものは 雪。霰。霙…時雨、霰は、板屋。」（新大系（二三二段）、271、272頁）。その音をめでた。②7玄玄153「もろともに山めぐりするしぐれかなふるにかひなき世《身（金、詞）》とはしらずや」（道雅。①5′金葉三263、冬。①6詞花149 147、冬）。

【訳】世の中に降り、また生きて行くのは苦しいものであるのに、槙の屋に心安くも過ぎて行く初時雨であるよ。

▽「苦しき」「安く」の対照により、生きるのは苦しいのに、この槙の屋にいかにも安安と降る初時雨が通り過ぎて行くと歌う。第四句「やすくもすぐる」のリズム。宗祇の有名な句「世にふるもさらに時雨のやどりかな」は、この歌をふまえる。芭蕉にも「世にふるは《もイ》さらに宗祇のやどりかな」がある。103、283参照。①8新古今590、冬「千五百番歌合に、冬歌」二条院讃岐。⑤197千五百番歌合1814、冬二、九百八番、左、讃岐、初句「世にふれば」（「高・桂・水」（校本））、「世《新古》にふるは」（校本）、「左　勝」（校本）。⑤277定家十体114「心ある部卅九」讃岐、初句「よにふれば」。⑤342落書露顕16。⑥27六華集954、末句「村時雨かな」、冬「同（＝新古）」二条院讃岐。千五百番歌合1815「なにはえにむれゐるたづもかくれなくあしのしたばはしもがれにけり」（右、丹後）。判者・季経、「右歌、…／左歌、やすくもすぐるはつしぐれかなといへ《侍（校本）》る、宜しく侍り、仍為勝」（右歌は、…／左歌は、「やすくも過ぐる初時雨かな」といった表現は、よろしくもございます、そこで勝とする）。

【類歌】①12続拾遺636 637「袖ぬらす物とはきけどまきの屋に過ぐるはをしきはつ時雨かな」（雑秋、荒木田延季）…第

三、末句共通

②12月詣911「ひとむらの時雨はすぎぬまきの屋にをりをりふるや木のはなるらん」（十月、隆親）

④1式子58「槙の屋に時雨は過ぎて行くものをふりもやまぬや木葉なるらん」（冬）

「真木の屋（板葺きの屋）に降る時雨。…世路を渡る苦しさを身にしみて感じている折しも、初しぐれがいかにもあっさり降り過ぎた音を聞いて、そのこだわりのなさを羨んだ。」（古典集成・新古今590）。「時雨…初時雨を迎えての新鮮な感動。秀歌として中世の人々の心を捉えたのは、発想のよい意味での通俗性と人生観的な味わいであろう。参考「世にふれば憂きこ《ママ》そまされみ吉野の岩のかけ道踏みならしてむ」（古今・雑下・読人しらず〔私注—①1古今951〕）。」（新大系・新古今590）。「王朝末期から中世初頭の、時代の転換期という厳しい現実を生きぬく暗鬱な情感と、初時雨の屈託のなさそうな軽やかな印象とを交響させた発想が巧みである。…人生の憂苦と、自然の風情との対照的構成を試み着想を生かした。」（『国文学』昭和52年11月臨時）。「作者は当時、六〇歳を超えており、出家生活を送っていたようである。そこに到る「世に経る」過程には、…そうした思い出を重く負って（時雨の訪れは夜、という類想からすれば眠れぬ夜に、季節のめぐりによって久し振りに音信《おとずれ》た者としての「初時雨」が、時の間もなく去っていくことに軽い恨みの情を訴えて、そこに孤独な老いの悲愁をただよわせているものである。あるいは一種の悟りを述べているか。」（『日本名歌集成』254、255頁）。「一・二句に見られる、正面切っての詠嘆が少しも嫌味でないのも、また、「まきの屋」に降り過ぎてゆく「初時雨」のかすかな音を深く捉えることができたのも、沈潜した抒情が一首を強く貫いているためにほかなるまい。いのちなき「時雨」も、そこでは、いのちがあるもののように、作者の心にひびいてくる。一見、大げさとも見られる表現も、強い抒情の重みに見事に堪えており、そのことによって、少しも大げさではなくなっている。…もっとも、これらの句〔私注—前述の宗祇、芭蕉の句〕と比較する時、讃岐の歌は、いささか感傷的であるように見える。しかし、讃岐の歌に、短歌形式を十分に生かした美しい調べと、女性らしいこまやかな感受性とがあることも、間違いないことだ。そして、さらにまた思えば、この歌がもっている、しずかに深い詠嘆には、単なる感傷の域を脱して、人生の深い苦しみを経験してきた、ないしは経験しているものが達し得た、透徹した観照があることをも、やはり認めねばなるまい。そのように透徹した深い観照が、「初時雨」を「やすくも過ぐる」と捉えることができたのである。そして、この歌を詠んだ建仁元年（一二〇一）には、彼女はすでに老齢となっていたことが明らかなのであるが、してみると、事実ここには、長い人生の苦しみに堪えてきたものの感慨が、にじみ出るように出ているわけである。」（「安田」88頁）。「思ひつきの技巧の様に思はれる。」（「間中」7頁）。①8新古今583「世中《間（和）》にふるもかなしぐれつつ《する》雲間の月のいで《づ（和）》やと思へば」（冬、和泉式部。③73和泉式部63、冬）を「本歌的に踏襲し、しかも独自の歌境を開示したのではないかと考えられる。」（脇谷「沖の石の」154頁）。「讃岐の代表作であり、自然の景情と作者の抒情が見事に融和し、一二世紀末の乱世を生き抜いて来た老女流歌人の切々とした抒情がうかがえる。…また家隆の「かくばかりさだめなき世に年ふりて身さへしぐるる神無月かな」（私注―③132壬二2577）などの影響も考えられよう。」（脇谷「自然」82、95頁）。「「世にふる」は、有名な「花の色は移りにけりないたづらに吾が身世にふるながめせしまに」（小野小町）の「世にふる」を踏襲していると思われる。…小町の女の「あはれ」を背後に、二條院讃岐の「幽玄」は、女性的美意識から男性的理念への移行志向である。」（福田『實方』161、162頁）。

百首歌奉りし時秋歌

106　むかしみし雲ゐをめぐる秋の月今いくとせか袖にやどさむ

**【語注】** **○初句**　「「むかし見し」に二条院出仕時代への回想がある。」（私注）。**○雲ゐ**　掛詞。**○雲ゐをめぐる**

①〜⑩の新編国歌大観索引をみると、この歌の他には、⑩171応安二年内裏和歌29「ちとせをもあまたかぞへて君ぞみむ雲井をめぐる秋のよの月」（実遠）のみである。**〇めぐる** 「月」の縁語。**〇いくとせ** 八代集四例、初出は金葉519。**〇袖にやど** ③81赤染衛門269「雲井にてながむるだにもあるものを袖にやどれる月をみるらん」。

【訳】昔に見た宮中、（今）雲井をめぐっている秋の月を、今後幾年袖に宿すのであろうか。

▽かつて見た宮中と同じく、今空をめぐっている秋の月をば、今後何年、懐旧の涙で袖に宿すことが出来るのであろうかとの詠。「昔」「今」が各々「雲井・宮中」「雲井」に対応する。①8新古今1512 1510、雑上「百首歌たてまつりし秋歌」二条院讃岐。④31正治初度百首1950、秋、讃岐二条院女房。⑩177定家八代抄1613「百首歌奉りける時」二条院さぬき。176参照。

【参考】③95為仲171「かくしつつ世をへてみつる秋の月今いくとせかあらむとすらむ」（「月前の述懐、といふこころを」）

【類歌】①13新後撰1310 1315「ながらへて今いくとせか月をみむことしも秋はなかばすぐなり」（雑上、法印良守）

③134拾遺愚草員外649「昔みし秋やいくよの古郷にいまも在明の月ぞのこれる」（秋）

「参考「あひにあひて物思ふころのわが袖にやどる月さへぬるる顔なる」（古今集恋五伊勢）。」（私注）。「月に寄せる雑歌。…昔宮廷に出仕していた女房が、老いて後再び禁中を照らす月を見て、自身の齢《よわい》を顧み、余命わずかであることを実感しての感慨。」（古典集成・新古今1510）。「「月」に寄せる。…〇むかし　二条天皇の内裏など。〇雲井　同じ語の縁で、昔と今が一つに結ばれる。〇いくとせ　余命を思うさま。▽源家長日記に「齢たけて、ひとへに後の世の営みして」と記されている作者の痛烈な感傷。」（新大系・新古今1512）。上記は『源家長日記全註解』63頁。337参照。「正治初度百首の讃岐の作で、特に生活心情をしのばせるものをいくつかあげてみよう。」（『讃岐』81頁）―176、106、139、217、229、155、247、249、以上「全体として温雅でふかい味わいがある。」（同82頁）。「身辺状況…懐旧の思いを詠んだもの」（山崎『正治』242頁）。

千五百番歌合に

107 身のうさに月やあらぬとながむれば昔ながらのかげぞもりくる

【語注】 ○ながむれば ①13新後撰1348 1353「夜もすがらひとりまち出でてながむればうき事のみぞ有明の月」（雑中、基俊）。③116林葉499「ながむれば身のうきことのおぼゆるをうれへ顔にや月も見るらん」（秋「月前述懐」。①17風雅1576 1566。②15万代3000）。

【訳】 身の憂さ辛さに、「月やあらぬ」と眺めてみると、昔そのままの月の光が漏れてくることよ。

▽老の嘆きの、この身の憂さゆえに、月は昔のままなのか、我身はすっかり変りはててしまったと、物思いに沈みながら思い見ると、月は昔と変らず、そのままの光が軒端を漏れて来ると歌う。「本歌」（私注）は、業平の①1古今747「月やあらぬ春や昔の春ならぬわが身ひとつはもとの身にして」（恋五、業平。②4古今六帖2904。⑤415伊勢物語5＝伊勢四段）。①8新古今1542 1540、雑上、二条院讃岐、初句「身のうさを」。⑤197千五百番歌合2806、雑一、千四百三番、左、讃岐。⑤277定家十体20「幽玄様五十八首」。千五百番歌合2807「あかつきはひとりねざめにおもふことあはれかずそふしぎのはねがき」（右、通具朝臣）、判者前権僧正「みのうさのながめはげにぞあはれなる月やあらぬのはるのあけぼの、以左為勝」（身の憂さのしみじみと思い見ることは、実に心にしみることだ、「月やあらぬ」（月は昔のまま）の春の曙は、左歌を勝とする。三句切、体言止、倒置法（上、下句）

【参考】 ②7玄玄59「つれづれとあれたるやどを詠むれば月影のみぞむかしなりける」（帥大臣一首

【類歌】③132壬二1705「夏もなほ月やあらぬとながむれば昔にかをる軒の橘」(老若歌合五十首、夏。⑤184老若五十首歌合147)
④31正治初度百首680「むかしこそ月やあらぬとながむなれ春さへくれぬわがもとの身に」(詠百首和歌、恋)
④40永享百首72「かすむ夜の月やあらぬとながむればわが身ひとつの涙なりけり」(春「春月」貞成)
「月に寄せる雑歌。…「月や…」を本歌として、業平のような心で歌う。しかし、嘆きの理由は恋ではなくて「身のうさ」なので、雑歌である。」(古典集成・新古今1540)。「「月」に寄せる。…▽自然は恒常、変ったのはわが身ばかりと思い知る。」(新大系・新古今1542)。「本歌の「春」「吾が身」を除いて、「身の憂き(ママ)」を冒頭に詠出した点に注目したい。」(福田『實方』164頁)。「古今集の/月や…/を本歌としている。慈円の判歌に「身の…曙」と評されているように、本歌の恋の世界を、初句の身の憂さにとおいて述懐的な要素の強い歌に詠み変えている。窪田空穂氏は「心を主とし、それをあくまで具象化しようとする所に、当時の風があり、また美しさも持ち得ている歌である」と述べておられる。この歌は新古今集に入集していることからも、本歌取りとして成功し、新風になり得ているといえよう。」(吉野「正治」8頁)。「本歌」—「古今　恋五・七四七(業平)=伊勢四段」(長沢「千五」30頁)。

百首歌たてまつりしとき

108　ながらへて猶君が代を松山のまつとせしまに年ぞへにける

【語注】**○ながらへて**　①1古今347「かくしつつとにもかくにもながらへて君がやちよにあふよしもがな」(賀)。
**○松山**　「松山」は、「年ぞへにける」の縁語として、また賀の意を添える。陸奥、讃岐国の歌枕にもあるが、ここは特定の地名ではない。さらに「松山の」は、同音を重ねて「待つ」を起こす有意の序詞である。

【訳】 生き永らえて、猶君が代を、松山の待つとしている間に年月がたったよ。

▽生き永らえ、さらにわが君の世を待っているうちに歳月がたってしまったと歌う。第一、二句な、第三、四句まつ、の頭韻。①8新古今1636 1634、雑中、二条院讃岐。⑤197千五百番歌合2956、雑二、千四百七十八番、左、讃岐。⑤328三五記80、二条院讃岐。⑤277定家十体157「麗様廿四」。千五百番歌合2957「いとせめて身のうきときのながめには袖にもおつるたきのしらたま」（右、三宮）、判者前権僧正「たれもみなのぶるおもひはしなじなに《の》あはれにぬるる《みゆるゝ（ママ）》もくさの袖《花そてイ（校本）》、仍為持」（誰でもすべて口にする思いはそれぞれであって、しみじみと濡れはてる、多くの袖であるよ、そこで持とする。体言止）。⑥31題林愚抄8567、雑、山「同（＝新古）」二条院讃岐。

【参考】①1古今826「あふ事をながらのはしのながらへてこひ渡るまに年ぞへにける」（恋五、坂上これのり。④4古今六帖2568）

①7千載633「君が代にくらべていはば松山のまつのはかずはすくなかりけり」（賀、孝善）

③42元良40「まつ山のまつとしきけ《か（万）》ばとしふともいろかはらじとわれもたのまむ」（②15万代2096）

「「百首歌」は不審。…祝意の歌。」（私注）。「「百首歌」とあるのは誤り。あるいは千五百番歌合に結実する以前の後鳥羽院第三度百首の意であるかもしれないが。」（『讃岐』121頁）。「山の歌。老人の述懐の歌だが、祝言の心を籠める。多くの帝の治世を見てきた作者の実感。」（古典集成・新古今1634）。「「山辺」に寄せる。…本歌「かく…」（古今・賀・光孝天皇）（私注―【語注】の①1古今347）。…▽御代の栄えに寄せて長寿を自祝する。参考「君が代は雲居に見ゆる松山の葉毎に千代を数ふばかりぞ」（江師集「松契遐年」）。」（新大系・新古今1636）。「「ながらへて」「待つとせしまに松しま」「年ぞへにける」の各句は先行歌の慣用的歌句の慣用的使用であることは明かである。」（福田『實方』163頁）。「本歌」―「古今　賀三四七（読人不知）」（長沢「千五」30頁）。

入道前関白家に十如是歌よませ侍りけるに如是報

109 うきも猶むかしのゆへ《ゑ》とおもはずはいかに此世《この》をうらみはてまし

【語注】　○入道前関白　藤原兼実。忠通男。久安五年（1149）生。建久七年（1196）十一月関白を辞し、建仁二年（1202）正月廿七日出家。建永二年（1207）四月五日薨、五十九歳。月輪殿・後法性寺殿。○十如是　③133拾遺愚草2925、詞書「後法性寺入道関白殿舎利講に詩歌結縁あるべしとて、十如是の心を、相」。○題（如是報）「如是報（十如是）…定家2933」（歌題索引）。③133拾遺愚草2933「しらぬよを思ふもつらきめのまへに又なげきつむのちの煙よ」（尺教「報」）。今生の善悪の業因に酬い、未来の苦楽の果を受けること。○むかしのゆへ《ゑ》　③129長秋詠藻602「さらに又むかしのゆゑもしのばれて…」。○おもはずは　①3拾遺309「君が世を長月とだにおもはずはいかに別のかなしからまし」（別、御製。①3′拾遺抄201）。⑤165治承三十六人歌合130「世間を常なき物と思はずはいかでか花の散るにたへまし」（「落花」右、寂然）…ことば。○うらみはてまし　「うらみはつ」は八代集六例。④20隆祐24「ふるさとになれこし月のちぎらずはいかにうきねのうらみはてまし」（「旅泊」）…ことば。

【訳】　憂きこともやはり昔の事跡のせいだと思わないとしたら、どれほどこの世を恨みはてたことであろうか。〈入道前関白・兼実家において、十如是歌をよませました時に「如是報」〉

▽辛く苦しいのも、前世の罪の報い・因果応報だと思わなくては、どれほど現世の不幸を恨みきったことだろう、前世の宿縁と思うから恨み通すことはしないと歌う反実仮想詠。118参照。①8新古今1965 1966、釈教、二条院讃岐。④45藤川五百首256左注。⑤383十訓抄149、二条院讃岐、第二句「むかしゆゑぞと」。⑤384古今著聞集109、二条院讃岐、（旧大系156頁）。⑤388沙石集3、二条の院の讃岐、（旧大系75頁）。

【類歌】①20新後拾遺1259「身のうさを思ひしらずはいかに猶心のままにうらみはてまし」（恋五、尊円）「十如是（十の存在の仕方。『法華経』巻第一「方便品第二」に見える）の歌。」（古典集成・新古今1966）。「○如是報…「過ぎ来ける世々にや罪を重ねけむ報い悲しき昨日今日かな」（秋篠月清集・釈教）。○うらみはて「はかなさを恨みもはてじ桜花憂き世はたれも心ならねば」（千載・雑中・覚性）。」（新大系・新古今1965）。「この歌合は開催年時不明だが摂政良経生前（建永元年〈私注―1206〉三月薨）で良経・定家の家集に十如是題（…）各十首がみえる。…なお第五章二参照。」（私注）。「おそらくこの期（私注―建久期、1190～1198年）の詠であろう。十如是題の詠は良経の秋篠月清集と定家の拾遺愚草に各十首みえている。「十如是」の「如是」は不変不易の義で、「十如是」は法華経巻一方便品により、一切事物の実相には十種の如是があるというもの。すなわち相・性・体・力・作・因・縁・果・報・本末究竟の十種である。…歌詞中の「むかし」はつまり前世の意。」（『讃岐』121頁）。「文治六年〈私注―1190〉以降の夏、それも数年の間に催されたと推測しておく。」（「谷」14頁）。

恋のうたとてよめる

110　みるめこそいりぬる磯の草ならめ袖さへ浪の下に朽〈朽ち〉ぬる

【語注】○みるめ　掛詞「海松布・見る目」。破れ衣の形容とされるので、「袖」の縁語。○いりぬる磯の　④29為忠家後度百首593「そでのうらはかかるなみだにくちぬべしいりぬるいそのなげきするまに」（恋「時時見恋」）。○草「（悩みの）種」を掛けるか。○袖さへ浪の　制詞（詠歌一体）。①～⑩の新編国歌大観索引をみると、この歌のみである。○下に朽ちぬ　①8新古今231「五月雨はおふの河原のまこも草からでや浪の下にくちなむ」（夏、入道前関白太政大臣）。

【訳】 見ることが、海松布こそが入り込んだ磯の草なのであろうよ、袖までが涙の浪の下に朽ちはててしまったよ。

〈恋の歌とてよんだ歌〉

【本歌】①3拾遺967「しほみてば入りぬるいその草なれや見らく《る日(新)》すくなくこふらくのおほき《おほし(新)》」（恋五、坂上郎女。①3′拾遺抄318。②1万葉1398 1394。②3新撰和歌280。④4古今六帖3582。②16夫木12037）

▽とどのつまり、会うことが少なく、袖までもが嘆き悲しみの涙で朽ちたと歌う、情景でもって心情を表す、慈円の新古今1030「わが恋は松を時雨のそめかねて真葛が原に風さは《(わ)》ぐなり」（恋一、慈円）にみられる象徴・恋歌。三句切。

①8新古今1084、恋二「恋歌とてよめる」二条院讃岐。⑩177定家八代抄927「百首歌奉りける時」二条院讃岐。⑩206歌林良材18、讃岐。同89、讃岐。

千五百番歌合に

111　うちはへてくるしき物は人めのみ忍ぶのうらの蜑のたくなは

【語注】 ○うちはへて 「はへ」は、「繰る」「栲縄」の縁語。○くるしき 「繰る」を掛けて、共に「（栲）縄」の縁語。○忍ぶのうら 八代集二例・新古今971、1096（この歌）。他、①10続後撰751（家隆）、③132壬二1781、2009、2897、④18後鳥羽院751、903、⑤141内大臣家歌合〈元永元年十月二日〉61（雅光）、⑤169右大臣家歌合〈治承三年〉53（女房・兼実）などがある。「人目のみ忍ぶ」との掛詞。陸奥、常陸（和歌初学抄）の歌枕を導く。○たくなは 八代集四例。延縄《はえなわ》釣りに用いる。

【訳】　ずうっと引き延ばして繰る、苦しいものは、人目ばかりこらえる忍ぶの浦の海人のたくなわであるよ。

▽長く引いて繰る、苦しいものは、信夫の浦の海人の栲縄であるように、引き続き苦しいものは、人目ばかり忍んでいる私の恋だとの詠。後述の古今集、古今六帖、後拾遺集に、共によく似た古歌があり、それをふまえた【類歌】が多い。体言止。第二句「…物は」、下句「3字・の・2・の・4（体言止）」型《パターン》。①8新古今1096、恋二、二条院讃岐。⑤197千五百番歌合2384、恋一、千百九十三番、左、讃岐、「左　勝」（校本）。千五百番歌合2385「から衣ひもゆふぐれのそらのいろくもらばくもれまつ人もなし」（右、家隆）、判者・師光・生蓮「左歌、なびやかにいひくだされて侍るうへに、右歌もおもしろく侍るに《れとも(校本)》、すこし歌合には恋の心やすくなく侍らんとおもひたまふれば、猶左も勝《ナシ》侍りなん《ら(校本)》」（左歌は、なだらかに美しく歌い下されています上に、右歌も味わい深くございますが、少々歌合としては、恋の趣が少なくてございましょうかと思い申し上げるので、やはり左も勝ちとなるのでしょうよ）。

【参考】①1古今510「いせのうみのあまのつり《たく(新)》なは打ちはへてくるしとのみや思ひ渡らむ」（恋一、読人しらず。清輔本古今「海人の栲縄」。②3新撰330。⑤299袖中抄615）

①4後拾遺960 961「こころえ《み》つあまのたくなはうちはへてくるをくるしとおもふなるべし」（雑二、土御門御匣殿）

②4古今六帖1835「いそなるるあまの《き(万)》つりなはうちはへてくるしくもあるかいもにあはずて」（第三「つり」）

【類歌】①13新後撰896 897「もしほやくあまのたく縄うちはへてくるしとだにもいふかたぞ《の(万)》なき」（恋二、後鳥羽院。②15万代1773）

③132壬二2022「春くればあまの焼くなはうちはへて霞みにけりな塩がまのうら」（下、春）

④15明日香井719「あびきするあまのたくなはうちはへてくるしきもののはてはうけくに」（百日歌合「引網」）

④31正治初度百首2180「伊勢の海の浪のよるよる人まつとくるしき物はあまの《か(夫)》たくなは」（恋、丹後。②16夫木15893）

⑤410中務内侍日記51「うちはへてくるしき物とおもひしにあまのたくなはほすひまもあり」（（作者））

「縄に寄せる恋。…本歌「心得…（私注―【参考】の①4後拾遺960 961）」（古典集成・新古今1096）。「本歌「伊勢…（私注―【参考】の①1古今510）▽「人目のみ」の句が挿まれて一首が恋歌となる。／「信夫浦」に寄せる。」（新大系・新古今1096）。「人目を忍ぶ恋の苦しさを譬喩で詠じた。本歌「心え…」（私注）。「判者（師光）は、この左歌を、「なびやかに」言ひくだされて侍ると評する。「なびやか」は名義抄に「秘」をそう訓じているが、語源的にはおそらく「なびく」に発し、しなやかな、なよなよとしたさまの形容らしい。散木奇歌集の釈教部、極楽を詠じた歌の一つに、「その国は触れけん鳥も羽やすみ草の羽がひもするゐなびやかに」とあるのがよい例だ。判詞に、右歌もおもしろい歌だが、歌合の歌としては恋の心が不足するといっているが、表現の上でも語気が明快にすぎるようだ。」（『讃岐』94頁）。「「しのぶのうら」は『和歌初学抄』『八雲御抄』に「陸奥」とある。この名所は田尻喜（ママ）信氏が「新古今初出名所で作者が新古今歌人であるもの」として指摘しておられ、讃岐はそのような新古今所出の名所も自分の歌に取り入れていることが知られる。…「しのぶの浦」の用例としては、讃岐歌以前には次にあげる(イ)(ロ)(ハ)の三首しか見出せないようである。／(イ)元永元年十月二日内大臣忠通歌合／恋　雅光朝臣／玉藻かる忍ぶの浦の蜑だにもいとかく袖はぬるゝ物かは／(ロ)良玉集／恋　内大臣越後／いかでわれしのぶのうらに身をなして恋をするかと人にいはれん／(ハ)治承三年十月十八日右大臣兼実歌合／旅　女房（兼実）／日をへつつ都しのぶの浦さびて浪より外のおとづれもなし／雅光歌(イ)と越後歌(ロ)と兼実歌(ハ)は「しのぶ」が「忍ぶ」と「信夫の浦」の掛け詞になっているが、兼実歌(ハ)は遠い都を思いおこす気持ちで恋的な要素はみられない。讃岐歌も（ママ）雅光歌(イ)と越後歌(ロ)のように恋の想いを忍ぶ意味と地名を掛け詞にしているが、「あまのたくなは」を詠み込んだ点が独自である。「たくなは」は和歌では「繰り返し」を導く序詞を構成する語であり、讃岐歌の「うちはへて」と相まって長い間忍んでいる恋となっていると思われる。更に、この「あまのたくなは」を詠み込んだ歌は／(ニ)古今…いせの…(ホ)後拾…ここ…の二首があり、「うちはへ」「くるし」の語ともかさなり、讃岐はこれらの歌の影響をうけたと考えられる。」（吉野「歌風」44頁）。右記の(ロ)の歌について、築瀬一雄『中世和歌研究』「中世散佚歌集の研究」「一、良玉集（13〜26頁）に、良玉集の歌の一覧があるが、そこに(ロ)の歌は見当らず、同著の「一、散佚歌集収集歌の初句索引」をみたが、それにもなかった。また新編国歌大観の①〜⑩の索引をみたが、(ロ)の歌はなかった。あるいは、別の本文の良玉集なのであろうか。(イ)(ハ)の歌については前述。
「本歌」—「清輔本古今　恋一・五一〇（読人不知）」（長沢「千五」30頁）。

百首歌たてまつりし時

112　泪川たぎつ心のはやき瀬をしがらみかけてせく袖ぞなき

【語注】○泪川　伊勢国の歌枕ともいう。八雲御抄「同（私注—伊勢）なみだ（古今。）」（「河」廿九、歌学大系別巻三、415頁）。①5金葉377 400「なみだがはそでのゐせきもくちはててよどむかたなき恋もするかな」（恋上、皇后宮右衛門佐）。①7千載680 679「もらさばやしのびはつべき涙かは袖のしがらみかくとばかりも」（恋一、源有房）。①9新勅撰699 701「涙河袖のしがらみかけとめてあはぬうき名をながさずもがな」（恋一、源有房）。②2新撰万葉474「アカズシテ　ワカレシヨヒノ　ナミダガハヨドミモナクモ　タギツココロカ」（恋。⑤4寛平御時后宮歌合177）。③76大斎院前の御集69「なみだがはせくかたもなくくちなしのそでのつつみもみをとこそなれ」（「かへし」）。④31正治初度百首2277「心こそやるかたなけれ涙河袖きりとほし水はゆくとも」（恋、信広）。○たぎつ　「泪川たぎつ」「たぎつ心」両義あり。○はやき瀬　①1古今531「はやきせに見るめおひせばわが袖の涙の河にうゑましものを」（恋一、読人しらず）。○瀬　浅瀬。流れは速い。
【訳】涙川のたぎっている心の早い瀬を、柵をかけて止める袖がないよ。
▽激しい恋の思いで、涙の川は湧き返り、早く流れている瀬に柵をかけてせきとどめる袖はないと歌う。数多の【類

歌】（①10続後撰767、①18新千載1082、1083、①19新拾遺940、①22新葉703、④11隆信932、④22草庵865、⑤244南朝五百番歌合173など）があるが、省略する。①8新古今1120、恋二、二条院讃岐。④31正治初度百首1982、恋、讃岐（二条院女房）。
【参考】①7千載723 722「せきかぬる涙の川のはやきせはあふよりほかのしがらみぞなき」（恋二、頼政）
③119教長642「しばしこそ袖にもつつめなみだ河たぎつこころをいかにせか（で〈風〉）まし」（恋。①17風雅962）
③119教長701「かくばかりなみだのかはのはやければたぎつこころのよどむまぞなき」（恋。④30久安百首276）
⑤421源氏物語767「身を投げし涙の川のはやき瀬をしがらみかけてたれかとどめし」（「手習」、（浮舟））
「川に寄せる恋。…縁語を駆使して涙のおびただしさを強調した。「涙川落つる…〈私注—後述〉の本歌取り。「身を投げし…「堰きかぬる…〈私注—共に【参考】歌〉などの影響もある。」（古典集成・新古今1120）。「「川」に寄せる。…本歌「身をなげし…」（新大系・新古今1120）。「あしひきの山下水の木隠れてたぎつ心をせきぞかねつる」（古今集恋一〈私注—①1古今491、読人しらず。＝①2後撰860〉）「涙河おつるみなかみ早ければせきぞかねつる袖のしがらみ」（拾遺集恋四貫之〈私注—①3拾遺876〉）「身を投げし…などを本歌として、人を思う激情からあふれ出る涙をとめるにもとめようがないという意。」（私注）。

経房卿家歌合に久《シキ》恋を

113 跡たへ《え》て浅茅が末に成にけりたのめし宿の庭のしら露

【語注】○経房…歌合 103既出。○題 332にもある。○浅茅が末 八代集五例、初出は後拾遺1007。③133拾遺愚草349「色かはるあさぢがすゑのしら露に猶影やどす在明の月」（閑居百首、秋）。④1式子199「きほひつつさきだつ露をかぞへてもあさぢがするゐを猶たのむかな」(雑)。 **○成にけり** ①22新葉277「よなよなの露のやどりに成りけりあさぢが原とあるる古郷」(秋上、福恩寺前関白内大臣)。 **○しら露** 自身の涙を暗示している。

【訳】 人跡がなくなって、浅茅の末となりはててしまったよ、頼みとした家の庭の白露は置いて。〈経房卿家の歌合において、「久しい恋」を(題にして歌を詠む)〉

▽人の通った足跡も絶え、月日が経ち、(あの人が)訪ねて来るとあてにさせた我家の庭の白露の置き所となって、荒れ果てた浅茅の葉末—そこは露しか宿らない—が生い茂ってしまったと、「久恋」を詠む。三句切(「…けり」)、体言止の型《パターン》。第二、三句と下句との倒置法。初句、第二句あの頭韻。53、101、103、168参照。式子に④1式子240「あともなき庭のあさぢにむすぼほれ露のそこなる松虫の声」(秋。新古今474。④31正治初度百首242)がある。①8新古今1286、恋四、二条院讃岐。⑤176民部卿家歌合〈建久六年〉190「久恋」三番、右、讃岐。⑤183三百六十番歌合654、雑、卅九番、讃岐。民部卿家歌合189「忍びつつ恋ひわたるまに朽ちにけりながらの橋を又や作らむ」(左持、左衛門督)、判者・釈阿「左歌、…右歌又、浅茅が末に成りにけり、とおき頼めしやどの庭のしら露、といへる心詞あはれに、苔の袖にさへ露かかる心地し侍れば、いづれをまさるとも申し分きがたくなん」(左歌は、…右歌は又、「浅茅が末に成りにけり」、とおき、「頼めし宿の庭の白露」といった歌の中身と詞とが情趣深く、出家の我身にまでも袖に涙のかかる心地がするのでございますので、どちらを優れているとも申し分きがたい(のであります))。因みに俊成の出家は、安元二年(1176)、63歳。

⑥31題林愚抄6437、恋一、久恋「(=新古)」二条院讃岐。

【類歌】 ①21新続古今1213「跡たえてはてはあさぢになりぬともたのめし宿の昔わするな」(恋二、保季)

④31正治初度百首949「しら露もあさぢがするゐにやどるめりいづくをたのむ我が身なるらん」(秋、季経)

「荒れた庭に寄せる恋の歌。」(古典集成・新古今1286)。「庭に寄せて久しき恋」(新大系・新古今1286)。「本歌「ものをのみ思ひし程にはかなくて浅茅が末に世はなりにけり」(後拾遺集雑三和泉式部)」(私注。古典集成、新大系も)…「本歌取りの歌もみられ、」（吉野「正治」3頁）。

千五百番歌合に

114　百敷や大宮人《びと》の玉かづらかけてぞなびく青柳の糸

【語注】〇**百敷や**　枕詞か。③130月清221「ももしきやたまのうてなにてる月のひかりをえたる秋のみや人」（十題百首、居処十首。②16夫木14176）…ことば。〇**大宮人**　八代集三例、初出は拾遺569。宮中に仕える人。〇**玉かづら**　「玉葛」は八代集八例、「玉鬘」は八代集四例。ここは後者で、鬘（髪飾り）の美称。「糸」はその縁語。〇**かけてぞなびく**　①〜⑩の新編国歌大観索引では、この歌の他は、⑧1雅世85「春風にきしうつ浪の花かづらかけてぞなびく青柳の糸」、35雪玉（実隆）7711「はし姫のかざす柳の玉かづらかけてぞなびくうぢの川波」（「水辺柳」）のみである。「垂れ下がっては揺れ動く。」（明治・新勅撰）〇**柳の糸**　漢詩文の「柳糸」の語にもとづく表現。

【訳】宮中よ、大宮人の玉鬘をかけて、かけ下げて靡いでいる青柳の枝であるよ。

▽宮中の大宮人は玉鬘をかけて、そのように柳の枝が緑の糸を懸け下げて靡いていると歌ったもの。「大宮人の玉鬘」が、「かけ（て）」の序詞。体言止。①9新勅撰26、春上、二条院讃岐。⑤197千五百番歌合285、春二、百四十三番、左、讃岐。「右　勝」（校本）。千五百番歌合286「はるさめのこころぼそくもふるさとは人くといとふ鳥のみぞなく」（右、内大臣）、判者・忠良「ひとくといとふとりのみぞなくと侍る、（ナシ（校本））まことに心ぼそく思ひやられはべり（侍（校本））、勝に侍る（ナシ（校本））べし」（「人来と厭ふ鳥のみぞ鳴く」とございますのは、本当に心細く思いやられているのでございます、勝でございますようだ）

【参考】③3家持27「ももしきのおほみや人のかづらするしだりやなぎはみれどあかぬかも」（早春）

【類歌】①16続後拾遺45「春の日の光もながし玉かづらかけてほすてふ青柳のいと」(春上、為家)
「柳」の歌…〔参考〕本歌。／『万葉集』巻十・一八五六・作者不明／百礒城《モモシキノ》　大宮人之《オオミヤヒトノ》　蘰有《カヅラナル》　垂柳者《シダリヤナギハ》　雖見《ミレド》　不飽鴨《アカヌカモ》／『後撰集』夏・一六一・よみ人しらず／ゆきかへるやそうぢ人の玉かづらかけてぞたのむ葵てふ名を…詠まれている内容は、柳の枝が緑の糸を懸け下げてなびいているようだということを詠んだ歌である。そして、それを、右に掲げた『万葉』『後撰』の歌を本歌として踏まえ、序詞に仕立てて、一首を構成したものと言えよう。そして柳と鬘は意味上柳を鬘にするところから関連があるので、序詞と本体とが微妙につながり合っていると言えよう。」(『新勅撰和歌集全釈　一』26)。「もゝ…(『万葉集』)／行帰…(『後撰集』)／を本歌にしている歌で、『万葉集』の歌については上句の詞をそのまま採り、『後撰集』の歌からは、「かけて」にかかる枕詞「玉かづら」を生かし、「青柳」を女の鬘に見立てながら、それが風に「なびく」という動きのある世界を表出させることによって、優艶な雰囲気を印象的に詠じているのである。又、季吟の『新勅撰和歌集口實』には、「上句は序歌ながら柳のかつらのなまめかしきさまをよそへてよめるにや」とあり、やはりこの歌が「なまめかし」い艶なる歌であることを指摘しているのである。／ただ、この歌が忠良によって負歌とされてはいるものの、判詞にはこの歌の難点を指摘していない所から、おそらく、右歌の作者通親に対する遠慮もあって、忠良が負にしたのではないかと思うのである。」(「高畠」55頁)。「本歌」—「万葉　巻十　春雑歌一八五六、後撰　夏一六一　(読人不知)」(長沢「千五」30頁)。「本歌」・万葉1856、後撰161(明治・新勅撰)。

百首歌の中に

115　今よりの秋の寝覚をいかにとも荻《をぎ》のはならで誰か問《とふ》べき

【語注】○秋の寝覚　103前出。○荻　「風」に関連して詠まれることが多く、その葉ずれの音に秋を知ると詠まれた。○か　反語。○問　「「とふ」の縁で「招き」が響くか。」（明治・新勅撰）。

【訳】今からの秋の寝覚をどうですかとも、荻の葉でなくては誰が訪うてくれましょうか、誰もいません。

▽今からの秋の夜長の、寝覚（の侘しさ）を、荻の葉を吹く風以外に尋ねるものはないの意。秋が来た今日から後の日々、秋は寝覚がちなので、今年もそうなってしまうのかと、荻の葉以外の誰に問うことができるのであろうか、誰もいないとの解も考えられる。①9新勅撰222、秋上、二条院讃岐。④31正治初度百首1939、秋、讃岐二条院女房、第三句「いかがとも」。

【類歌】①19新拾遺490「今よりの秋のねざめよいかならむ初雁がねも鳴きてきにけり」（秋下、雅冬。④39延文百首3040）

①21新続古477「月かげも夜さむになりぬ今よりのね覚をたれかとはむとすらん」（秋上、行能。⑤213内裏百番歌合〈建保四年〉118）

②15万代939「いまよりのねざめのそらのあきかぜにあはれいかなるものかおもはむ」（秋上「秋歌のなかに」為継）

④35宝治百首1825「いまよりのねざめの空の秋風にいかにせよとか衣うつらん」（秋「聞擣衣」為継）

⑤210内裏歌合〈建保二年〉6「いまよりの萩のしたばもいかならんまづいねがての秋風ぞふく」（「秋風」雅経）

「〔語釈〕…○たれかとふべき…荻の葉は「音」を立てるところから、便りをよこす意にからめた修辞。…中務歌を参照。…〔参考〕参考歌。／『古今集』秋上・二二〇・よみ人しらず／あきはぎのしたば色づく今よりやひとりある人のいねがてにする／『後撰集』恋四・八四六・中務／秋風の吹くにつけてもとはぬかな荻の葉ならばおとはしてまし／〔余釈〕…秋の夜の孤独の寂しさやもの悲しさ、そして荻の葉の音によってそれが一層つのるということを詠んだ歌である。…「荻」の歌となる。」（『新勅撰和歌集全釈　二』222）。「本歌「秋風の…」（私注）。「本歌」・古今220、後撰

846、「類歌」・「荻の葉に秋かぜたちぬ今よりの夕の空をとふ人もがな」（和漢兼作集・秋・早秋夕・伊頼）・⑥16和漢兼作集524（明治・新勅撰）。

題しらず

116 たづねきて旅ねをせずは女郎花ひとりや野べに露けからまし

【語注】**○女郎花** 「一人」と共に「寝」と縁語。」（明治・新勅撰）。さらに「女郎花」「一人」との縁で、「露」は「涙を暗喩。」（同）。**○女郎花ひとり** ④15明日香井766「やどれつきおのがすむののをみなへしひとりしほるる花のした露」（院百首、秋）。**○ひとりや野べに** ①～⑩の新編国歌大観の索引には、他になかった。**○露** 「露」は涙の意を含む。

【訳】 訪れて来て旅寝をしないなら、女郎花は一人で野辺に露を置いて、さぞ涙っぽかったであろうよ。

▽尋ね求めて来て、野原に宿泊しなければ、女郎花という女性は、一人野に露を置き涙がちで、きっとしおしおと濡れはてていたであろうよ、つまり旅寝をしたから、露（涙）けくなかったと歌う。例によって女郎花をその名から女性にたとえている。第一、二句たの頭韻。反実仮想。①9新勅撰241、秋上、二条院讃岐。

【参考】①3拾遺161「日ぐらしに見れどもあかぬ《ず（抄、新）》をみなへしのべにやこよひたびねしなまし」（秋、長能。3′拾遺抄107。②8新撰朗詠267）

③88範永53「一夜だにねてこそゆかめをみなへしつゆけきのべにそではぬるとも」（①21新続古今1114）

【類歌】②11今撰90「ひとりのみふしみの野辺のをみなへし露けさまさる秋の夕ぐれ」（秋、二条宮右衛門佐）

②16夫木4250「故郷のみかきが原のをみなへしひとりつゆけきのべにふすかな」（秋二、如願）「女郎花」の歌…〔余釈〕秋の野に女郎花を尋ね求めて来て一晩泊る、もしも自分が泊らずに帰ってしまったなら、女郎花は野辺でひとり露（涙）に濡れているのか、という意の歌である。これも女郎花を女性に擬えて詠んだ歌である。」（『新勅撰和歌集全釈　二』241）。「参考「をみなへし多かる野べにやどりせばあやなくあだの名をやたちなむ」（古今集秋上小野良材）」（私注）。「出典未詳の作が、「題しらず」としてとられている④〔私注―116〕）。あるいはもと家集に存したかと疑われる一首である。」（『讃岐』129頁）。「参考」・拾遺161、「今日ここに見にこざりせば梅の花ひとりや春の風にちらまし」（金葉・春・経信）・①5金葉二19（明治・新勅撰）。

千五百番歌合に

117　うちはへて冬はさばかり永き夜に猶残りける有明の月

【語注】○冬はさばかり　①〜⑩の新編国歌大観の索引には、他になかった。○さばかり　八代集三例。○永き夜に猶　「「冬はさばかり長き」「長き夜に」と鎖る。」（明治・新勅撰）。①14玉葉2010 2002「ながき夜に猶あまりあるおもひとやあけてもしばし虫の鳴くらん」（雑一、基有）。

【訳】ずうっと冬はそれほどまでに長い夜に、猶残っている有明の月であるよ。

▽ずうっといつまでも続いて、冬の長夜であるのに、残った有明月を歌う。第三、四句なの頭韻。体言止。①9新勅撰403、冬、二条院讃岐。⑤197千五百番歌合1844、冬二、九百二十三番、左、讃岐、「左　勝」（校本）、第三句「なかき夜を」に（校本）。⑥31題林愚抄5410、冬中、冬暁月「新勅」讃岐。千五百番歌合1845「よもすがらさえつるとこのあやしさ

にいつしかみればみねのはつゆき」（右、越前）、判者・季経「左歌、心をかしきう《お(校本)》へに《ナシ(校本)》、猶のこりける有明の月、宜《よろ(校本)》しくや／…、左の、なほ《猶(校本)》のこりける在《有(校本)》明の月は、こころ《心(校本)》にもと《ナシ(校本)》どまれりと申す《申(校本)》べし」（左歌は、歌の趣が味わいがある上に、「猶残りける有明の月」という表現は、よろしいでしょうか／…、左歌の、「猶残りける有明の月」は、わが心にもとどまっていると申すべきでしょう）。

【類歌】③131拾玉5420「わがよふけてながむと君やおもふらむ猶ながきよは有明の月」

③133拾遺愚草141「在明の光のみかは秋の夜の月はこの世に猶のこりけり」（二見浦百首、秋）

④43為尹千首456「おしかへし夢もね覚もしげき夜の猶のこりある有明の月」（秋二百首「秋夜長」）

「「冬の月」の歌…〔参考〕本歌。／『後撰集』春下・九二・深養父／うさはへてはるはさばかりのどけきを花の心やなにいそぐらん／〔余釈〕…冬は夜が長いにもかかわらず「なほ残りける」といったところに一首の趣向がある。」（『新勅撰和歌集全釈　二』403）。117、135「抒情と観照が調和した円熟した歌境がうかがえる。主情的な詞句を使用しながらも観照の冴えを示しているところは、宮内卿や俊成卿女には望みえないものであったであろう。」（脇谷「自然」90頁）。「冴え冴えとした寂風的な歌」（「高畠」57頁）。「本歌」―「後撰　春下九二（深養父）」（長沢「千五」30頁）。「本歌」・後撰92（明治・新勅撰）。

如是性

118　すむとてもおもひも知らぬ身の内にしたひてのこる有明の月

【語注】○**如是性**（十如是）　そのままの特性。定家2926・③133拾遺愚草2926「にごり江やを川の水にしづめどもまことはおなじ山のはの月」（尺教「性」）。　**○すむとても**　「すむ」掛詞か。「「すむ」―「住む」と「澄む」の掛詞で「月」の縁語。」（明治・新勅撰）。①7千載1015 1012「あし曳の山のはちかくすむとてもまたでやはみるあり明の月」（雑上、静蓮）。　**○身の内**　八代集にない。宇治拾遺物語「利仁が宿衣を着せたれども、身の中しすきたるべければ、いみじう寒げに思たるに、」（巻一ノ一八。新大系36頁）。新編国歌大観の索引①〜⑩をみると、この歌の他に、「身の内《うち》に」は、②15万代1660、⑤230百首歌合〈建長八年〉1442、⑦51禅林瘀葉（資隆）92「身のうちにつねにすみける月をなどやるよりいづるものとしりけん」（「心月輪」）、69閑谷157しかない。　**○したひてのこる**　八代集にない（「したひのこる」）。また「慕ひて残（る）」「慕ひ残（る）」は、①〜⑩の新編国歌大観の索引をみると、他にはなかった。「四句―新奇な句。身中に慕い残る（真如の月）と西の空に入り難く残る（有明の月）の意を重ねる。」（明治・新勅撰）。　**○有明の月**　⑤176民部卿家歌合〈建久六年〉132「松の戸に独ながめしむかしさへ思ひしらるるあり明の月」（「暁月」光行）。

【訳】　澄むとしても思いも知らない身の中に、思い慕って残っている有明の月であるよ。

▽月が澄んでいても、（それを全く）思い知らない我身の内に、真如の月を慕って、その月は（我身に）残っていると歌う。即ち迷妄の中にいる自分にも仏性はあるとの詠。体言止。109と同じ折の十如是の歌。109参照。①9新勅撰620 622、釈教、二条院讃岐。

「〔余釈〕…仏性を月に擬え、それと気づかないような迷いの闇の中にある自分にもそれは具わっているという形で「如是性」を読んだ。…」（『新勅撰和歌集全釈　三』620）。なお第四句の解釈について、同著は、「自分が月を慕って、月はそれに応じて残る」、「月が慕って残る」があるとし、前者をよしとする。「身の内にある仏性を詠む。」（「谷」15頁）。讃岐は仏性を「月」と表現し、この仏性を覆い隠す煩悩、汚れた現実を、「思ひも知らぬ身」と表現する。（「谷」15頁）。「諸々の経旨の歌…参考「つらきをも思ひも知らぬ身の程に恋しさいかで忘れざるらん」（金葉・恋下・長実）。・①5金葉二437 466」（明治・新勅撰）。

千五百番歌合に

119 蛙《かはづ》なく神なび河に咲《さく》花のいはぬ色をも人のとへかし

【語注】○神なび河　八代集二例・金葉78、新古今161。大和の竜田川か飛鳥川か。○いはぬ色　八代集一例・新古今1481。「梔子《くちなし》色」を「口無し色」に掛け、さらに「言はぬ色」と転じた洒落。染め色の「山吹」は梔子の実で染めた。黄金色。「口に出して言わない恋情。」（明治・新勅撰）。

【訳】河鹿が鳴いている神無備川に咲いている花の、口に出しはしない色をも人は訪れよ。

▽河鹿の鳴いている神無備川に咲く山吹の花の「梔子色」・来て下さいとは表立っては言わないが、あなたよ来て下さいと歌ったもの。上句が「言はぬ色」の序詞。第一、二句かの頭韻。①9新勅撰691 693、恋一、二条院讃岐。⑤197千五百番歌合2324、恋一、千百六十三番、左、讃岐、「右　勝」（校本）、千五百番歌合2325「たれかまたものおもふことをしへお《を(校本)》きしまくらひとつをしる人にして」（右、定家）、判者・生蓮「左の、かみなび河にさく花のいはぬ色などは、ふるまはれて侍るに、右の…勝にや侍らん」（左歌の、「神無備河に咲く花の言はぬ色」など（の表現）は、ことさら趣向をこらしておりますので、右歌の、…勝でございましょうか）。

【参考】①7千載112「山ぶきのはなさきにけりかはづなくゐでのさと人いまや問はまし」（春下、基俊。④26堀河百首299）

②3新撰和歌93「かはづなくかみなび《み(新古)》川にかげみえていまや《か(万、夫、新古)》さく《ちる(和)》らんやまぶきの花」（春。①8新古今161。もと②1万葉1439 1435。②6和漢朗詠142。②16夫木2069。⑤264和歌体十種33。⑤274秀歌大体27）

⑤92禖子内親王家歌合〈庚申〉9「山ぶきの花やさくらんひまもなくかみなび河にかはづ鳴くなり」（「蛙」小弁）

【類歌】⑤197千五百番歌合545「はるくれぬいまかさくらむかはづなく神なび河のやまぶきの花」（春四、釈阿。②15万代437）
⑤197千五百番歌合566「こころあれやかみなびがはになくかはづはるもうつろふやまぶきの花」（春四、具親）
「かはづなく―「神奈備川」にかかる枕詞。…【参考】本歌…河津鳴《カハヅナク》…山吹の花色衣ぬしやたれとへどこたへずくちなしにして〔私注―【参考】の②3新撰和歌93と①1古今1012〕／〔余釈〕私が思っていることを言わなくても、あちらからどうしたのかと尋ねてほしい、という意の歌である。…『千五百番歌合』では、定家の歌と番えられて負になっている。それを定家がこの『新勅撰集』に撰入したということは、自分の歌と番えられたこの歌に捨てがたいすぐれた点を認めたからであろうと推察される。それは、師光の判詞に「かみ…侍る」とあるように、『万葉集』歌や『古今集』歌の詞や心を巧みに取り入れながら、「忍恋」の歌に仕立てた趣向に強くひかれたからではなかったであろうか。」（『新勅撰和歌集全釈―以下、『新勅撰全釈』と略―四』691）。「本歌「かはづなく…」（万葉集八厚見王）「山吹の…」（古今集雑体素性）により花は山吹と知られる。」（私注）。「判詞に「左の…侍る」とあり、古風であるから負だとし、右の定家の歌、／たれ…の、「風情めづらしく見所侍」る新奇な点を捉えて勝にしている。しかし、「ふるまはれて」と判じられた讃岐の歌は、／蛙な…（『万葉集』）／山吹の…（『古今集』）／の二首を本歌としている歌で、内閣文庫『新勅撰集抄』にはこの二首の本歌のうち、「後の哥の心詞を取て初の哥の詞をかりて合せり」とあるように、『万葉集』の「蛙なく」の詞をそのまま取り、『古今集』の「山吹の」の歌は、「ぬしやたれとへどこたへ」ない所から「くちなし」としているのを、「口無し」即ち「いはぬ色」と捉えたもので、讃岐の歌にしては、かなり知的技巧を凝らした歌であり、「山吹の」の知的発想の巧みさと、「蛙なく」の万葉的風格を帯びた詞を上句に生かした歌であるといえよう。」（「高畠」56、57頁）。「古典」―「万葉　巻八　春雑歌一四三九＝新古今　春下一六一（厚見王）／狭衣　巻一」、「摂取」―「〃文治五春　早率露胆百首「春」＝拾遺愚草四一九／正治初度百首「春二十首」一九（後鳥

羽院)〟」(長沢「千五」31頁)…狭衣物語「狭 いかにせん言はぬ色なる花なれば心の中を知る人もなし/と思ひ続けられ給へど、」(巻一、旧大系30頁)、③133拾遺愚草419「ちらすなよゐでのしがらみせきかへしいはぬ色なる山吹の花」(早率露胆百首、春)、④31正治初度百首19「すぎがてにゐでのわたりをみわたせばいはぬ色なるはなの夕ばえ」(春、御製=後鳥羽院)。「本歌」・②6和漢朗詠142、①1古今1012(明治・新勅撰)。

120　更にけりこれやたのめし夜半《よは》ならん月をのみこそ待つべかりけれ

【語注】 **○更にけり** 「この初句切れの形は為忠家初度百首に早いが六百番歌合や正治初度百首に散見。」(明治・新勅撰)。①8新古今1282「わくらばにまちつるよひもふけにけりさやはちぎりし山のはの月」(恋四、摂政太政大臣)。④32正治後度百首134「更けにけり待ちつる方の軒ばよりとほざかりゆく夜はの月影」(秋「月」範光)。⑤197千五百番歌合2553「うらかぜやこよひもまつにふけにけりたのめぬ浪のおとばかりして」(恋三、家隆)。**○これやたの(め)…** 新編国歌大観①~⑩の索引をみると、他にはない。「「や」は疑問」(新勅撰全釈)。**○夜半ならん** 新編国歌大観①~⑩の索引を見ると、この歌以外では、⑦61実家143「むかしよりさこそなをゆるよはならめたぐひもみえぬ月のいろかな」、⑩93後二条院歌合〈乾元二年七月〉21、131七十一番職人歌合281がある。**○こそ待つべかりけれ** ⑤248和歌一字抄597「忘れにし人もとひけり秋のよは月出でばとこそ待つべかりけれ」(客、三条大納言)。

【訳】 すっかり夜更けてしまったよ、これがあの頼みとした夜半なのであろうよ、月をだけ待つべきであったよ。

▽夜更けてしまって、これが、あの人が来るとあてにさせた夜半の実体なのであろう、それならただ月だけを待つべきであったとの、男の来ない詠。初句切。三句切。①9新勅撰963 965、恋五、二条院讃岐。⑤197千五百番歌合2414、恋二、千二百八番、左、讃岐、「深にけり…夜にならん」(校本)、「右　勝」(校本)。千五百番歌合2415「あはれともいつかは

ひとにいはれののいはれずかかる袖のつゆかな」（右、雅経）、判者・顕昭「左歌は、後拾遺に侍る江侍従が、月みれば山のはたかく成《な(校本)》りにけりいでばといひし人につげばや、とよめる事《こと(校本)》おもひいでられ侍り／右歌に、…、ふるくもよみて侍る《ケシ(校本)》にこそ、いかさまにもおなじほどにや《右歌かちにや(校本)》」（左歌は、後拾遺集（856）にございます江侍従の、「月見れば山の端高く成りにけり出でばと言ひし人に告げばや」（①4後拾遺856 857、末句「人にみせばや」）と詠んだこと（=歌）が想起されるのでございます／右歌に、…、昔にも詠んでいますよ、（まあ）どのようでも同じ程度《レベル》で（ありましょうか））。

【参考】　③99康資王母82「たけのよなかにいづる月かな…ふけにけりこやふしまちのほどならん」

【類歌】　②15万代2116「いかにせむたのめしよりもふけにけりやまのはとほきよはの月かげ」（恋二、資季）④31正治初度百首1683「あり明になるまで夜はの月を見ばこぬ人をこそ待つべかりけれ」（恋、寂蓮。②15万代2123）「金葉集雑藤原正季「このよには…」（『校註国歌大系』）…①5金葉二535 570「この世にはやまのはいづる月をのみまつことにてもやみぬべきかな」（雑上、藤原正季）。「参考「月見れば山のは…」（後拾遺集雑一江侍従）。」（私注）。「男女の契りを素材としている歌…（「月み…」）を想起させる歌であると指摘しながらも、歌の味わいにまで言及せず、右歌が、（「いはれ野の萩のしら露わけゆけばこひせし袖のこゝちこそすれ」）を本歌として、「ふるくもよみて侍」るからこれを勝にするとしているのであり、待てど訪い来ぬ人を恨みはかなみつつ、月をのみ待ち明かすという女のしみじみとした哀感を素直に詠じた歌であり、…女性らしい感傷的体験の上に立った歌であるといえよう。…雅経の本歌取りをしながら表現の上で新鮮さに欠ける歌…を斥けて、負歌である讃岐の歌をあえて入集させたのではないかと思うのである。」（「高畠」56頁）。『新勅撰全釈』は、「〔参考〕類歌。」として、①5金葉二535 570、「参考歌。」として、万葉3016 3002「あしひきの山より出づる月待つと人には言ひて妹待つ我れ《君をこそまて(拾)》を」（巻第十二。①3拾遺782・恋・人まろ）と①4後拾遺856 857を挙げる。一方『明治・新勅撰』は、「参考」として、後拾遺歌と金葉歌を記載する。「人の来るのを待つことに月の出を待つことを重ねて詠むことは『万葉集』にも例があり…、この歌もその伝統の流れの中にある。この歌では、来るという約束は破られ、その悔しさやつらさから「月をのみこそ待つべかりけれ」と詠んだのである。／「ふけにけり」という初句に、月はすでに空高く昇ってしまったということが暗に示されている。…上句には見過ごせない興趣があると言えよう。…配列面では、この歌から…夜更けの月を詠んだ歌を配する。」（新勅撰全釈）。

121　あはれ〳〵はかなかりける契かなたゞうたゝねの春の夜の夢

【語注】**○あはれ〳〵**　八代集二例・古今1001、後拾遺1008。字余り（「あ」）。「一句に置く形は平中物語が早いが、作者に身近な先例は西行の「あはれあはれ…〔私注―③125山家710〕か。」（明治・新勅撰）。**○第四句**　後述の③133拾遺愚草1604「が近い先例。」（明治・新勅撰）。**○春の夜の夢**　すでに①2後撰509に用例がある。「当時の流行表現を摂取したと思われる例」（長沢「千五」38頁）。「新古今歌人が好む。」（明治・新勅撰）。

【訳】　ああああ、はかなかった二人の縁《えにし》であるよ、それはただうたたねの春の夜の夢のようなものだ。

▽ただ転寝の春夜の夢の如き、むなしくもろかった二人の宿縁を描く。三句切、体言止。①9新勅撰979 981、恋五、二条院讃岐。⑤197千五百番歌合2684、恋三、千三百四十三番、左、讃岐、「右　勝」（校本）、千五百番歌合2685「こひといふうき名をばかりとどめけんわすれがたみをたれしのべとて」（右、俊成卿女）、判者・顕昭「左歌は、あまりによろづ《万（校本）》をむなしくおもひとられてたふ《う（校本）》とくや／右歌は、…、恋の歌には《うたにや（校本）》まさり侍る《ナシ（校本）》べきにこそ」（左歌は、あまりにもすべてをかいなく了解されて尊ぶべきことよ（かカ）／右歌は、…恋の歌にはすぐれていますようだ）。

【類歌】①11続古今1318 1326「さてもなほはかなかりけるちぎりかなあはれむかしのよこそつらけれ」（恋五、忠良。②15万代2735）

③132壬二1106「待ちえてもはかなかりける契かな憑めもはてぬ夏のみじかよ」（二百首和歌、恋「初会恋」）

③133拾遺愚草1604「ころもさぞただうたたねの手枕にはかなくかへる春の夜の夢」（韻歌百廿八首和歌、春）…詞の共通が多い

③19俊成卿女152「あぢきなく残るうらみの永き夜にはかなかりけるうたたねの夢」（詠百首和歌「恨恋」）。④34洞院摂政家百首1472）

「俊成卿女の「風通ふ寝覚の袖の花のかにかをる枕の春の夜の夢」（新古今・春下・一一二）も千五百番歌合の、百廿番に出詠の作で、「春の夜の夢」は偶然の一致でもあろうか。なお俊成卿女には、後年の作として「味気なく…があるが、これは讃岐からの影響であろうか。」（「糸賀」46頁）。「男女の契りを素材としている歌…「あま…くや」としながらも、右歌の、「やうかはりて恋にしみかへりてみえ侍れば」を勝にしているのである。…仮寝の夢の如き儚き契りを、女性の情趣こまやかな心情でもって優艶に詠じた歌であり、…女性らしい感傷的体験の上に立った歌であるといえよう。…俊成女の余情味に欠ける歌を斥けて、負歌である讃岐の歌をあえて入集させたのではないかと思うのである。」（「高畠」56頁）。「摂取」―「〝建久七　九・一八韻歌百二十八首「春」＝拾遺愚草一六〇四〟」（長沢「千五」32頁）。「儚い契りを短く儚い春の夜のうたた寝の夢に寄せて嘆く。下句は、現実の契りの儚さの比喩とも、極めて儚い夢の中の契りを言うとも解される。後者か。」（明治・新勅撰）。「「春の夜の夢」ははかないものの譬えとされるが、この歌ではさらに「うたた寝の」夢であることで、そのはかなさが強調されている。…判詞で顕昭は…と評している。はかなくむなしいということが強調されすぎ、この世の無常を嘆くかのようで、恋の歌の本来の趣旨が十分に表れていないということであろうか。しかし、定家はこの歌の詞の素直さやそれによって表された切実な心情を高く評価したものかと推察される。」（新勅撰全釈）。

122
# さかぬまは花と見よとやみよしのゝ山の白雪消《きえ》がてにする

【語注】 ○さかぬま　①18新千載87「さかぬまの雲をもかつは花とみてさかり久しき山ざくらかな」(春上、平兼盛)。
○みよしのゝ　①7千載76「御よしのの花のさかりをけふみればこしのしらねに春かぜぞふく」(春上、俊成)。④26堀河百首42「谷たくれまだ雪きえぬみよしののおなじ山べにたつかすみかな」(春「霞」顕仲)。④26同152「さくら花さきぬる時はみよしのの山のかひより浪ぞこえける」(春「桜」俊頼)。④30久安百首759「み芳野の青根が峰をしら雲のたちこめたりとみゆる雪かな」(冬十首、実清)。④32正治後度百首1012「三吉野の花なりけりとおもへとや雪ふるかにはるる白雲」(「花」慈鎮)。⑤157重家朝臣家歌合28「三よし野の花さきぬらしこぞもさぞみねにはかけしやへのしら雲」(「花」俊恵)。⑤163三井寺新羅社歌合11「みよし野の花は夜のまに咲きにけり峰に朝ゐる八重のしら雲」(「遥見山花」道禅)。 ○消がてにする　八代集一例・古今75。④22草庵792「み山にはいくへかつもる春だにもきえがてにせし松のしら雪」(冬「…、松雪」)。

【訳】 (桜が)咲いていない間は、花・桜と見よということでか、み吉野の山の白雪は消えにくくすることよ。

▽桜のまだ咲いていない時には、桜と見よということでか、吉野山(大和の歌枕・桜の名所)の白雪はなかなか消えないと歌う。第二、三句にかけてのみよのリズム。①9新勅撰1029 1031、雑一、二条院讃岐。⑤197千五百番歌合345、春三、百七十三番、左、讃岐、「左　勝」(校本)、千五百番歌合346「くれぬともしばしなつげそはつせやま花見るほどのいりあひのかね」(右、兼宗)、判者・釈阿「左歌、よし野の山の雪、心ありて見え侍り、右歌は、…、心とりどりに侍る［ナシ(校本)］を、なほやまの［を山(校本)］しらゆききえ［白雪消(校本)］がてにするといへる心宜しく［ナシ(校本)］や侍らん、まさる［勝(校本)］と申すべき［ナシ(校本)］にや」(左歌は、「吉野の山の雪」という表現は、興趣があるように見えます。右歌は、…歌の趣はさまざまでございますが、やはり「山の白雪消えがて

にする」と歌った趣が良いようでございますようだ、優っていると申し上げるべきでしょうか）。

【参考】⑤176民部卿家歌合〈建久六年〉15「さかぬまは花かとみえし白雲にまたまがひぬる山ざくらかな」（「山花」季経。①10続後撰72。②15万代263）

【類歌】①9新勅撰66「さかぬまぞ花とも見えし山ざくらおなじたかねにかかるしらくも」（春上、典侍因子）

①19新拾遺6「たつ日より花とみよとて吉野山雪の梢に春や来ぬらん」（春上、基俊）

①19同13「みよし野の山の白雪消えぬまにふる郷かけてたつかすみかな」（春上、為定。④38文保百首2498）

②15万代419「よしのがはなみもこほらぬはるかぜにはなはゆきとぞきえがてにする」（春下、国通）

「古今集春読人不知「志深く…」同承均法師「桜散る…」（『校註国歌大系』）・①1古今7「心ざしふかくそめてし折りければきえあへぬ雪の花と見ゆらむ」（春上、よみ人しらず）、①1同75「桜ちる花の所は春ながら雪ぞふりつつきえがてにする」（春下、そうく法師）。「心うるわしく調べの高い歌、」（「高畠」57頁）。「「心ありて」は、山の雪を、意志があるかのように詠んだ作者の才気をほめたものとみてよいだろう。右歌にも心は認めているが、宜しき心は左の方にあり、それが勝の理由とされた。」（『讃岐』98頁）。「古典」―「古今　冬　三二五（是則）」、「摂取」―「〃建久六民部卿家歌合「山花」一五（季経）〃」（長沢「千五」31頁）・①1古今325「みよしのの山の白雪つもるらしふるさとさむくなりまさるなり」（冬、坂上これのり）。「d（私注―この①1古今325）では冬の景物である「み吉野の山の白雪」を、讃岐は初春の残雪と捉えている。また桜と白雪の見立ての発想はe（私注―【参考】の⑤176民部卿家歌合15）（eでは桜と白雲）に拠ると思われる。俊成はeの季経歌に対して、出典の歌合判詞で「白雲に花を紛ふる事は、ふりにたる事を珍しき様にいひなして侍るべし」と述べ、伝統的な発想ではあるが、目新しい趣向に変えて歌っていると評価している。季経は作者自身が雲と桜を誤認したと詠むのに対し、讃岐は雪を擬人化し、雪が作者に誤認を促したと詠んでおり、季経が評価された発想の転換を更に変化させている。千五百番歌合で判者俊成は「吉野の…らん」と、讃岐の趣向を評価し、讃岐に勝を与えている。」(長沢「千五」36頁)。『新勅撰全釈』は、「〔参考〕類歌。」として、①1古今363「白雪のふりしく時はみよしのの山した風に花ぞちりける」(賀「冬」。①3拾遺253・冬・つらゆき)、①3拾遺1034「かきくらし雪もふらなん桜花まださかぬまはよそへても見む」(雑春、よみ人しらず)、①8新古今19「春きては花とも見よとかたをかの松のうは《がうれ(堀)》葉にあは雪ぞふる」(春上、仲実。④26堀河百首87)、さらに前述の①19新拾遺6、⑤176民部卿家歌合15を記す。また『明治・新勅撰』は、①1古今75、①1同325を「本歌」とし、⑤176民15を「参考」とし、「享受「咲かぬ間は花かとぞ見るみ吉野の山下風に降れる白雪」(白河殿七百首・雪似花・為氏)。」と記す。「吉野山は雪深いところで、春になってもなかなかその雪が消えないことと、「花(桜)」の名所であることとを結び付けて詠んだところに一首の趣向がある。「咲かぬ間は花と見よとや」と「雪」を擬人化し、その心を忖度するという形で詠んだ点が、いかにも優美である。…右に見るような趣向を構えて優美に詠みなしているところに、撰者定家がこの歌を選び入れた理由もあるのであろう。/配列面では、「残雪」を詠んだ歌を配した。」(新勅撰全釈)。

123　かげたけてくやしかるべき秋の月やみぢちかくも成《〈なり〉》やしぬらん

【語注】 **○かげたけて** ①8新古今425「あきの月しのにやどかる《れ(続)》かげたけてをざさがはらに露ふけにけり」(秋上、源家長。⑤273続歌仙落書73)。 **○たけ** 「たけゆく」「としたく」も含めて八代集五例。 **○くやしかるべき** ③131拾玉685「やみぢにはすぐる月日をいたづらにながめし事ぞくやしかるべき」(厭離百首、雑五十首)。 **○やみぢ** 八代集一例・新古今1931。「死者の行く道。冥途、黄泉路。」(明治・新勅撰)。 **○やみぢちか(く)** 新編国歌大観①~⑩の索引では、他にない。 **○成やしぬらん** ①7千載1289 426「暁になりやしぬらん月影のきよきかはらにちどりなくなり」(異本歌、右大臣)。

【訳】月光が深まって末近くなり、悔しい筈の秋の月であるよ、闇路が近くも成ってしまったのであろうか。

▽傾く秋の月を見て、しみじみと年を取って末期が近くなり、悔しい思いをしている自分を振り返って、冥途が近くなったのかと歌う。①9新勅撰1160 1162、雑二、二条院讃岐。⑤197千五百番歌合2926、雑二、千四百六十三番、左、讃岐、第四句「山ちゝかくも」(校本)、千五百番歌合2927「君が代《やみイ》にそめますものとなりにけりやまとことは《(ママ)》のいまのひとしほ」(右、家長)、判者・前権僧正・慈円「君が代にそめますときくいろ《物(校本)》なればいまひとしほ《一入(校本)》も身にぞしむべき、右可勝歟」(君が代に染め増すときいている色であるので、さらに一層身にしみわたるようだ、右歌が勝つのであろうか)。「述懐の心を詠じた歌で、秋の月影のかたむく姿にわが齢のたけたことを暗示させ、此世において自分が如何なる善根をもなさずにいたのが、冥途が近いことを知って、漸く我身を悔ゆる気持ちになったことを巧みに表現した譬喩的な歌である。しかし、そこには女としての情趣こまやかな心情が表されているところから、撰者定家の目に止ったのではないかと思われるのである。」(「高畠」57頁)。『新勅撰全釈』は「〔参考〕類歌。」として、前述の③131拾玉685、③131同1383「かへりいでてのちのやみぢをてらさなん心にやどる山のはの月」(花月百首、月五十首)、「参考歌。」として、有名な①3拾遺1342「暗きより暗き道にぞ入りぬべき遥に照せ山のはの月」(哀傷、雅致女式部)を書す。「晩節の身を西に傾く秋月に喩える。」(明治・新勅撰)。「年老いて人生も終わりに近づくことを「影闌けて」と月に寄せて詠んだ。そして、日々無為に過ごして仏道修行に励むこともなかったので、「悔しかるべき」つまり、その時になって悔やむことになるにちがいないというのである。「闇路」は無明の闇のことであり、それを月のない暗い夜道に擬して詠んだのである。／なお…慈円歌(六八五)は、この讃岐歌と…の語句が共通しており、内容も類似している。因みに、慈円歌は、文治三(1187)年厭離百首での詠であるから、…この讃岐歌に先行する。」(新勅撰全釈)。

124　後の世のみ《〈身〉》をしる雨のかき曇《〈くもり〉》苔のたもとにふらぬ日ぞなき

**【語注】** **○みをしる雨**　八代集四例、初出の①1古今705「〔数々に思ひ思はず問ひがたみ身をしる雨はふりぞまされる」（古今集恋四業平）による慣用句。」（私注）。⑤175六百番歌合938「こひゆゑに身をしる雨のとしをへてこころのうちにかきくもるらん」（恋「寄雨恋」中宮権大夫）。**○曇**　空、心とも。**○苔のたもと**　八代集五例。**○ふらぬ日ぞなき**　①8新古今1923 1924「寂寞のこけのいはとのしづけきに涙の雨のふらぬ日ぞなき」（釈教、日蔵上人）。

**【訳】**　後世の我身のはてを知る雨がかき曇って、出家の苔の衣に涙の雨が降らない日がないことよ。

▽来世での我身の程を知っている涙で、出家の袂はいつも濡れていると歌う。因みに讃岐の出家は、建久七・1196年56歳頃と考えられている。①9新勅撰1161 1163、雑二、二条院讃岐。⑤197千五百番歌合2866、雑二、千四百三十三番、左、讃岐、千五百番歌合2867「たまもしきそでしくいその松がねにあはれかくるもおきつしらなみ」（右、雅経）、判者・前権僧正「花なくて《ら（校本）》実あり《な（校本）》と見ゆることのはをふきなみだりそいその松風、以左為勝」（花がなく実があると見える言の葉を吹いて乱れさしはするな、磯の松風よ、左歌を勝とする。四句切、体言止、下句、倒置法）。

**【参考】**　①3拾遺956「かきくもり雨ふる河のささらなみまなくも人のこひらるるかな」（恋五、人まろ）
③19貫之652「かきくもり雨ふることもまだしらぬかさとり山にまどはるるかな」（第五、恋）
「述懐の心を詠じた歌」（〔高畠〕57頁）。「本歌」―「古今　恋四・七〇五（業平）＝伊勢一〇七段」（長沢「千五」30頁）。『新勅撰全釈』は、「〔参考〕類歌。」として、伊勢物語第一〇七段歌（①1古今705）を挙げ、『明治・新勅撰』は、同①1古今705を「本歌」とする。「後世を思い流す涙。」（明治・新勅撰）。「涙が流れ落ちるのは、死後のわが運命を知るからである。その涙を、…「身を知る雨」という詞によって表現し、「のちの…雨」と続け、「苔の袂に降らぬ日ぞな

き」と「雨」の縁語で詞を整えたところに、一首の趣向がある。死後の自らの運命を知るのは、仏道修行に専一に励んでこなかったことによるものであることは、前歌一一六〇番と同様である。…「苔の袂」は、…僧衣のことであり、この歌を詠んだ当時（建仁元〈1201〉年頃）、讃岐は出家していたものと思われる。出家しても、この世への思い、あるいは、この世との関係は断ちがたかったということであろうか。」（新勅撰全釈）。

建保四年内裏歌合に

125　いにしへの春にもかへる心かな雲井のはなに物わすれせで

【語注】〇いにしへの　④26堀河百首1522「埋木の下はくつれどいにしへの花の心はわすれざりけり」（雑「懐旧」匡房）。〇いにしへの・春　「作者がかつて二条天皇・中宮任子に仕えていたころ。」（『続後撰和歌集全注釈』82）。①12続拾遺494 495「いにしへの春のみ山のさくらばななれしみとせのかげぞ忘れぬ」（雑春、基政）。①14玉葉2724 2711「いにしへの春のなかばを思ひいでて心にくもる夜はの月かげ」（釈教、泰光）。①18新千載126「いにしへの春をぞしたふ今の世の花になりぬる人の心に」（春下、後宇多院御製）。③84定頼58「いにしへの春わすれずはむめの花もとのあるじのをるなとがめそ」。④31正治初度百首1673「いにしへの春までしのぶ心かなむかへんことも一夜ばかりに」（冬、寂蓮）。⑤354栄花物語343「いにしへの花見し人は尋ねしを老は春にも忘られにけり」（巻第三十一、民部卿（斉信））。〇雲井のはな　9、14前出。〇物わすれせ　八代集二例。

【訳】昔の春にも帰って行く心であるよ、宮中・雲居の桜に物忘れもしないで。

▽宮中の花に物忘れをしないで、昔の春にも帰って行く心を歌う。三句切、倒置法。1216年閏六月九日、76歳比、最後

の出詠、翌年頃他界か。①10続後撰82、春中「建保四年内裏百番歌合に」二条院讃岐。②15万代318、春下「建保内裏百番歌合のうた」二条院讃岐。⑤213内裏百番歌合〈建保四年〉24、十二番、右、讃岐、内裏百番歌合23「やま河に春ゆく水はよどめども風にとまらぬ花のしら浪」（左勝、権大納言通光）、判者・定家「雲井の花に物わすれせで、あはれに聞え侍れど、はるゆく水はよどめども風にとまらぬ花のしら波、殊秀逸之由両方ともに申し為勝」（「雲井の花に物忘れせで」という歌い方は、しみじみと心にしみて耳にされますが、「春行く水は淀めども風に止らぬ花の白波」の表現は、特に秀れている旨、左右両方とも申して（いますので）、勝とする）。

【参考】①1古今734「いにしへに猶立帰る心かなこひしきことに物わすれせで」（恋四、つらゆき。②4古今六帖2907。③19貫之591）…125に語句が対応

【類歌】①9新勅撰1045 1047「いにしへのくもゐのはなにこひかねて身をわすれても見つるはるかな」（雑一、俊成）

「〔通釈〕こうして内裏歌合に参席させていただく光栄に浴しますと、かつて出仕させていただいていました昔の春にも帰る気持ちがいたしますわ。内裏の美しいさくらの花に見とれて物忘れしないで。」（『続後撰和歌集全注釈』82）。「〔桜〕…▽作者はかつて宮廷に出仕していた。今、久しぶりに出仕して、昔の春に帰った気がする。それは、宮中の桜が昔と少しも変わらず、私に物忘れをさせないでくれるから。本歌「いにしへに…」（『万代和歌集(上)』318）。「述懐的な要素を含む「いにしへの春に帰る心」「ものわすれせで」などの語と共に詠まれた歌がみられる。「雲井の花」は禁中の花であり、共に内裏歌詠という点を考慮しても、家集中に見られる「雲井の花」を懐古するような内容を詠んでいる。」（吉野「歌風」38頁）。「第五章三参照。」（私注）。「判詞に下二句をあげて、「あはれにきこえ侍る」としており、たしかに情緒のふかい歌であるが、対する通光の、／山川に…が、「殊に秀逸の由両方ともに申す」ということで、それに勝をゆずった。／かつて島津忠夫氏は、「讃岐の新古今歌風に対する傾倒ぶりと努力」の並々でなかったことを讃えられた。つづけて、「しかし、建仁三年以後は歌合にも参加せず、十年余の空白の後、」この百番歌合に七

十六歳の高齢で参加したときは、「もはや昔日の面影もなく」と、「いにしへの」の歌に並べて、／神無月…〔私注―346〕を挙げ、「いかにも老人くさい懐古的な歌」と評し、鎌倉下向のことにもふれて、「この晩年の歌の不振が、高齢による作歌の衰へもあらうが、より多く歌壇から遠ざかつてゐた事に由来すると思はれる事は、特に注目しなければならない」と述べられた〔私注―以上『島津』373頁に相当〕。まことにその通りであると私も思う。／右の「いにしへの」の歌には、若き日、二条院内裏にあったころを偲ぶ思いが看取される。列席の人々、特に判者定家には、それが「あはれ」と思われたのだろうか。結果として成績はよくなかったにしても、この高齢でこの大歌合に加えられ、五十何年にわたる歌人としての生涯を完《お》えるよろこびを、讃岐はおそらくかみしめていたころだろう。／讃岐のこの歌は続後撰集巻二春中（八二）に採られている。撰者為家が見おとさなかったかげには、父定家の判詞もあったにちがいない。勅撰入集で歌合の勝負は特に問題とされない一例ともなろう。」（『讃岐』124、125頁）。125「というような、ふたたびもとの古くさい歌風に戻ってしまった。公的な歌合から退いたために、実感を素直に述べる旧風に戻ったといえよう。結局、讃岐は新古今歌人になれなかったのである。これは讃岐一人の問題ではなかったろう。女たちにとって、後鳥羽院の歌合に加わって新風の歌をつくり続けることが、いかに無理なものであり苦しい作業であったのか推測できる。」（『和歌文字講座6　新古今集』「女流歌人群」276、277頁、錦仁）。

千五百番歌合に

126　よとゝもになだの塩焼《しほやき》いとまなみ波のよるさへ衣うつなり

【語注】○よ　世。「夜」を響かせる。○なだ　49前出。八代集で、「灘」は新古今1605のみ、「芦の屋の灘・」は①8新古今1590 1588（②4古今六帖3180。④415伊勢物語157「蘆の屋のなだの塩焼いとまなみ黄楊の小櫛もささず来にけり」（第八十七段、昔の歌））のみ。○塩焼　この名詞は八代集一例・新古今1590（前述）。あと八代集には「塩焼衣《やき》」「塩焼く」などの詞がある。海水を煮て塩を作る人。○いとまなみ　「いとまなし」は八代集四例。○末句　終り方の一つの型《パターン》。

【訳】常々いつも灘の塩焼人は暇《ヒマ》がないので、波の寄る夜までも衣をうつのである。

▽始終灘の塩焼女は暇がないから、夜までも衣をうつとの擣衣詠。第三、四句「いとまなみなみの」のリズム。「波の」も「寄る」から「夜《よる》」（掛詞）をおこす序詞。②16夫木5731「あしの屋になみのよるさへうつ衣なだのしほやきいとまなのよや」（秋五、擣衣「…、名所擣衣」家長）が126に酷似している。①10続後撰402 394、秋下、二条院讃岐。②15万代1118、秋下「千五百番歌合の歌」二条院讃岐、末句「ころもうつらむ」。⑤197千五百番歌合1514、秋四、七百五十八番、左、讃岐、末句「衣うつらん」、「左　勝」（校本）、千五百番歌合1515「なにとかくはらひもあへずむすぶらんたもとはつゆのおきどころかは」（右、雅経）、判者・定家「なみにうつ衣、露むすぶたもと、歌の姿、詞のつづき、いづれもいと《ナシ（校本）》をかしくは見え侍るを、《ナシ（校本）》なだのしほや《屋（校本）（ママ）》のなみの心はなほよれるところや侍らん」（「波に打つ衣」、「露結ぶ袂」、歌の姿や詞の続き具合は、どちらもたいそう趣深く見えますが、「灘の塩屋の波」の情趣は、やはり拠っている（「寄」・ひかれるカ）ものがございましょうか）。⑥31題林愚抄4547、末句「うつ衣かな」、秋四、海辺擣衣「同（＝続後拾）」二条院讃岐。

【類歌】④38文保百首451「あしたゆく塩くむあまのいとまなみ衣打つよもまどほなるらし」（秋二十首、実重）

「〔通釈〕灘の塩を焼く人は、しじゅう暇がないので、波の寄る夜までも、衣を打つ音が、波の音にまじって聞こえる。」（『続後撰和歌集全注釈』402）。「〔擣衣〕…塩焼き人はいつも暇がなく、夜まで衣を擣って働くらしく、波音に混じって砧の音が聞こえるのである。参考歌「芦の屋の…」（『万代和歌集(上)』1118）。「本歌「あしのやの…」（伊勢物語八七段）」（私注）。「歌の姿、詞のつづき、そうした表現面は、どちらもおもしろいが、左がまさるのはその「心」であるという。この「心」は発想の意とみてよさそうだ。」（『讃岐』104頁）。「本歌」―「古今六帖　第五・三一八〇＝新古今雑中一五九〇（業平）＝伊勢八七段」（長沢「千五」30頁）。「ここでは、本歌と同様に塩焼きの忙しい様子を詠んでいるが、讃岐歌では擣衣による忙しさへと主題を変化させている。同音の反復や掛詞による修辞を効かせて、波と擣衣による聴覚的要素の交錯を描き、物語的気分を残した四季歌へと趣向を変えている。判者定家は「…」と、総対的な印象・技巧の両方を高く評価し、讃岐に勝を与えている。」（長沢「千五」34頁）。

恋の歌の中に

127　君まつとさゝでやすらふ槇の戸にいかで更《ふけ》ぬるいざよひの月

**【語注】**　**○さゝでやすらふ**　③72紫式部73「まきの戸もささでやすらふ月かげになにをあかずとたたくひなぞ」（「返し」）。①9新勅撰1060 1062）。　**○やすらふ**　八代集七例、初出は後拾遺680、さらに「立ちやすらふ」は古今1001のみ。**○槇の戸**　八代集七例、初出は後拾遺910。良材の戸。①4後拾遺920 921「やすらひにまきのとこそはささざらめいかにあけつるふゆのよならん」（雑二、和泉式部）。①17風雅593 583「さ夜ふけて人はしづまるまきの戸にひとりさしいる月ぞさびしき」（秋中「月歌に」前関白左大臣通）。④29為忠家後度百首346「まきのとにまちねにしばしまどろめばさしおどろかすやまのはの月」（秋月「寝待月」）。④35宝治百首1061「ま木のとのあくるもやすき短夜にまたれず出でよいざよひの月」（夏「夏月」顕氏）。④39延文百首2329「すずむとてまちいづる月の槇のとにさすかとみればあけぬ此よは」（夏「夏月」空静）。　**○いざよひ**　「十六夜」は、八代集では古今690のみ、さらに「十六夜の月」は新古今1197のみ。「やすらふ」と縁を持たせ、〃たゆとう、ためらう〃の意を含ませる。

【訳】 あなたを待つと戸鎖さないでためらっている槙の戸にどうして夜更けてしまったのか、ためらいの十六夜の月は。

▽恋人を待つのだと鍵《カギ》をしないでためらっている槙の戸に、たゆたいの十六夜の月は何故《ゆえ》夜更けたのかと歌う。下句いの頭韻。体言止。下句倒置法。式子にも、①8新古今1204「君まつとねやへもいらぬまきのとにいたくなふけそ山のはの月」（恋三、式子内親王。④1式子321。⑤277定家十体258）がある。①10続後撰805 801、恋三「恋歌の中に」二条院讃岐。

【類歌】 ①15続千載1309 1313「つくづくとひとりながめて深けにけりまきのとささぬいざよひの月」（恋三、景綱）

④39延文百首1347「ながめつつしばしやすらふまきの戸にさしいる月の影ぞ更行く」（秋「月」道嗣）

「〔通釈〕おいでになるあなたをお待ちするとて、閉じないでためらいたたずんでいる槙の戸なのに、ためらってのぼってきた十六夜の月が、どうして、ためらうことなく、もうふけてしまったのでしょうか。待つ人はおいでにならないのに。」（『続後撰和歌集全注釈』805）。「古今集恋読人不知「君や来む…」（『校註国歌大系』）・①1古今690「君やこむ我やゆかむのいさよひにまきのいたどもささずねにけり」（恋四、よみ人しらず）。「出典未詳。本歌「真木の戸もささで…」（紫式部）。」（私注）…前出。

千五百番歌合に

128 かへり行《ゆく》こしぢの雪やさむからん春は霞の衣かりがね

【語注】 **○かへり行** 八代集一例・①7千載469「かきくらしこし路もみえずふる雪にいかでかとしのかへり行くらん」（冬、実長）、さらに「立ち帰り行く」一例・後撰1313。**○こしぢ** 「越し」をほのめかすか。**○こしぢの雪** ③

116林葉88「ちりかかるこしぢの雪になれてや花を見すてて帰る雁金」(春)。**○霞の衣**　八代集二例、初出は古今23。漢語「霞衣」に当り、たなびく霞を衣に見立てる。④21兼好251「いとせめてこひしきころとふるさとにかすみの衣かへるかりがね」。**○衣かりがね**　①5金葉221 234「いもせやまみねのあらしやさむからんころもかりがねそらになくなり」(秋、公実。①5′金葉218)。**○かり**　掛詞「借り」「雁がね」。**○かりがね**　もとは「雁が音」。「借りがね」を掛ける。」(『続古今和歌集全注釈』83)。「がね」までも掛けるとはとらない。

【訳】(北へ)帰って行く越路の雪はさぞ寒いことであろうよ、春は霞の衣を借りている雁であるよ。

▽これから帰って行く北陸道の雪がまだ寒いのか、春は霞の衣を借りて雁が去ると歌う。三句切、体言止。①11続古今83、春上、二条院讃岐。⑤197千五百番歌合195、春二、九十八番、左、讃岐、「右　勝」(校本)、千五百番歌合196「たづねつる花の木ずゑをながむればうつろふ雲にはるの山風」(右、寂蓮)、判者・忠良「左歌、はるは霞の衣かりがねといへる、よろしく侍れど、右歌、うつろふ雲に春の山風、又優にきこゆ、右勝べきにや侍らん」(左歌は、「春は霞の衣かりがね」と表現したのは、悪くないのでございますが、右歌(の)、「移ろふ雲に春の山風」という表現は、又、優雅に聞こえる(ので)、右歌が勝つべきでございましょうか)。⑥31題林愚抄1231、春四、帰雁「千五百番」讃岐。

【参考】①5金葉解14「ゆきかかる雲ぢは春もさえければかすみの衣きてかへる雁」(春、慶経法し)

「〔通釈〕帰って行く越路の雪が寒いでしょうねえ。雁よ、春は、霞の衣を借るといいわ。」(『続古今和歌集全注釈』83)。

「本歌」―「金葉　橋本公夏筆本拾遺　春一四(慶経)」(長沢「千五」30頁)…【参考】。「参考「妹背山峯の…」(金葉集秋公実)」(私注)…【語注】。

129　今はとてはるの有明に散花《ちる》や月にもをしき峰の白雲

【語注】 ○今はとて ④41御室五十首428「今はとて月も名残やをしからんあき暮がたの在明の空」（秋、隆信）。○はるの有明（…） 新編国歌大観の索引①～⑩を見ると、他には⑦97竹風和歌抄（宗尊親王）330「くれて行く春の有明の山のはにつれなくみえてかすむ月影」（「暮春」）だけである。 ○散花や ④42仙洞句題五十首53「風ふけば峰の雲より散る花や空にしらるる春のあは雪」（「花似雪」宮内卿）。 ○月にもをし（き） 新編国歌大観の①～⑩の索引をみると、他にない。 ○峰の白雲 ④18後鳥羽院216「まよふともいまはいとはじ春のかぜ花より後の峰のしらくも」（内宮御百首、春）。

【訳】 今は（限り）といって春の有明に散る花よ、月光の中にでも惜しい光景である峰の（花の）白雲であるよ。

▽もうこれが最後だといって、春の有明空に散り行く桜は、月の光の中にも惜しい存在である峰の白雲だと歌う。例によって、桜を白雲に見立てている。花、月の春の・有明。第二句「ありあけ」のリズム、字余り（「あ」）。体言止。101参照。①11続古今135、春下、二条院讃岐。⑤197千五百番歌合554、春四、二百七十八番、左、讃岐、「左　持」（校本）。⑥11雲葉192、春中「千五百番歌合に」二条院讃岐。千五百番歌合555「さくら花ちりのまがひにくれななむかへらばはるのみちまがふがに」（右、通具）、判者・釈阿「左、月にもをしきみねのしら雲、いと宜しくこそ見え侍る《ナシ(校本)》めれ／右、…、又おとるとは申《ナシ(校本)》し《ナシ(校本)》がたし、よりて持とすべし」（左歌の、「月にも惜しき峯の白雲」の表現は、たいそう悪くなく見えますようだ、右歌の、…又劣っているとは申し難い、そこで持とすべきでしょう）。

【類歌】 ①11続古今134「いまはとてつきもなごりやをしむらんはなちるやまのありあけのそら」（春下「月前落花と…」内大臣）…129の一つ前の歌

「〔通釈〕今はもうこれまで、と春の有明に散るさくらの花は、まあ、月にとっても、なごり惜しい峰の白雲だわ。」（『続古今和歌集全注釈』135）。「やや巧緻な歌（脇谷「自然」90頁）。「左歌への「月に…こそ」とは、単にその表現がよいというだけではない。落花を惜しむ歌は古来多いが、峯の白雲を背景とする在明の月が、落花のために背景を失うという左歌。構築された美的世界といっても、このおおらかで静かな自然の推移の観照は、どう評したらよいだろう。右歌にしても、桜花が繽紛と散りしきる中を日が暮れてしまえばよい、春が帰り去ってゆくことができないように――。季節というものを宇宙の生の中にこれ以上大きくとらえることができるだろうか。左は叙述を、右は主題を、それぞれたたえて持としたのだが、凡庸な判者では扱いきれまい。さすが釈阿だとの感を改めて抱かされる。」（『讃岐』102頁）。「明け方・曙の朧化した風景の中に幻想的・絵画的な歌を詠んでおり、散る花を惜しむ心情を中心とした家集中の詠み方に代わって、散る桜の美しさそのものを表現する詠み方になっていることも指摘できる。」（吉野「歌風」38頁）。101、129は「散る桜を詠んでいる点で共通しており、「明方」「在明」の語は、単に時間を示しているとは思われない。明方の薄明りの峯に散ってゆく桜の動的な景の一瞬をとらえたものであり、色彩的で絵画的な世界を作り上げているといえる。…散る桜の時間の設定に加え、新古今的な歌材である春の月を詠み込むなど、讃岐は時代の流れに敏感に反応し、新傾向を受け入れている。」（同40頁）。

130　たをりつる花橘にか《〈香〉》をしめて我手《〈わがた〉》枕にお《〈を〉》しき袖かな

**【語注】** **○たをり**　八代集四例。**○たをりつる**　④38文保百首514「手折りつるむかしならひの一枝に花の香のこる墨染の袖」（春、空性）。**○花橘に**　③58好忠111「香をかげばむかしの人のこひしさにはなたちばなに袖をしめつる」（四月中）。**○お《〈を〉》しき袖…**　新編国歌大観の索引①〜⑩では、他にない。

**【訳】**　手折った花橘に香を染めて、我が手枕には口惜しい袖（の香）であるよ。

▽手で折り取った橘の花の香に、袖を染め移し、しみこませてしまって、自分一人が腕を枕にするには惜しい袖だ、あの人と共にしたいと歌ったもの。「占《し》む（独占する、ひとりじめする）」掛詞か。①11続古今250、夏、二条院讃岐。⑤

197千五百番歌合704、夏一、三百五十三番、左、讃岐、第二句「花たちばなの」（校本も）、千五百番歌合705「うの花のかきねつづきのほととぎす月かげわくる夜半のしのびね」（右、三宮）。

【参考】①7千載172「風にちるはなたちばなに袖しめてわがおもふいもが手枕にせん」（夏、基俊）

「〔通釈〕手折った花橘で香を染《し》めて、わたしひとりの手枕にするのは惜しい袖だわ。この香をなつかしんでくださるお人と、この袖を交わしたいわ。」（『続古今和歌集全注釈』250）。「本歌「さつき待つ花橘の香をかげば昔の人の袖の香ぞする」（古今集夏一三九）」（私注）。「本歌」─「古今　夏一三九（読人不知）」（長沢「千五」30頁）。

土御門内大臣家歌合に　海辺歳暮

131　あら磯の岩たちのぼる《り》よる浪のはやくもかへるとしの暮かな

【語注】**○土御門内大臣**　源通親。久安5年（1149）生、内大臣雅通の男。正二位内大臣、千載集初出。正治元年6月任内大臣。建仁2年（1202）10月20日（一説21日）薨、54歳。**○海辺歳暮**　「新古704（有家）・705（寂蓮）／家隆2248・慈円4197」（歌題索引）。①8新古今704「ゆくとしををじまのあまのぬれ衣かさねて袖に浪やかくらむ」（冬「土御門内大臣家にて、海辺歳暮といへる心をよめる」有家）。**○あら磯**　「ありそ」以外、「あらいそ」八代集三例。③74和泉式部続318「聞く人もしづけからぬをあら磯のたちよる浪のさわぎなりけり」。**○岩たちのぼ（り）**　「はやくもかへ（る）」と共に、新編国歌大観の索引①～⑩では、他にない。**○たちのぼり**　八代集十例、初出は後拾遺539。**○としの暮**　八代集五例、初出は金葉301。

【訳】荒磯の岩を立ち上って寄る浪の如く、早くも帰って行く年の暮であるよ。

▽岩が切り立ち波が激しく打ち寄せる海岸、その浪が早く返り、沖へ帰るように、早くも春に帰り、返って（年が改まる年末だと歌う。上句は「早くも返る」の序詞。第四句までは海岸風景の実景。第四句の「早く」「返る」は掛詞（後者は、「浪が返・帰る」、「年が返・帰る」）で、歳暮をあらわす。①11続古今683 687、冬「土御門内大臣家歌合に、海辺歳暮」二条院讃岐、第二句「いはたちのぼり」。②15万代1527、冬「後鳥羽院御時、海辺歳暮といふことを」二条院讃岐、第二句「いはたちのぼり」。⑥11雲葉880、冬「土御門内大臣家歌合に、海辺歳暮」二条院讃岐、第二句「いはたちのぼり」。⑥31題林愚抄6158、冬下、海辺歳暮「続古」二条院讃岐、第二句「いはたちのぼり」。正治二年（1200）「十二月二十六日源通親家影供歌合の詠。」（私注）・明月記、正治二年十二月廿六日、第一、200頁。

【類歌】④10寂蓮294「あらいその岩もとゆすり立つ波のたくましきまでぬるる袖かな」（②16夫木12041）

④37嘉元百首1336「あらいそのいはうつ浪の立帰りこほりくだくる秋の夜の月」（秋「月」俊定）

「〔通釈〕荒磯の岩を立ちのぼって寄る波が、はやくも返るように、はやくも立ち返り改まる、年の暮ですこと。」（『続古今和歌集全注釈』683）。「〔歳暮〕…歌合（散佚）の時の詠。…上句は、「返る」に懸かる序詞。▽荒磯の岩に立ち上るほどに寄せていた波がすぐに返るように、早くも今年が帰ってゆく年の暮だ。」（『万代和歌集(上)』1527）。

月〈ノ〉歌とて

132　諸共になれし雲ゐは忘られぬ月は我をぞしらずがほなる

【語注】**○諸共に**　③23忠見97「もろともにわれしをらねばさくらばなたがともえだにしらずぞありける」（「さくら、…」）。④26堀河百首316「もろともに我もいなまし春のゆく今夜の道をしれる身ならば」（春「三月尽」永縁）。**○雲ゐ**

「月」の縁語。**○しらずがほなる**　八代集三例。⑤165治承三十六人歌合42「世に住みてはてはかくるるならひをも知らずがほなる夜はの月かな」（「月を見て」成範）。
【訳】一緒に慣れ親しんだ宮中・雲井は決して忘れることができないよ、月は私を知らず顔であるよ。
▽かつて共に親しんだ宮中・雲井は忘れられないのに、月は私に対して、覚えていないかのように知らんぷりをしていると歌う。「雲ゐ」掛詞。「忘られ」可能、「「ぬ」は打消」（私注）。三句切。①12続拾遺602 603、雑秋「（月の歌とて）」二条院讃岐、第三句「わすれぬに」。「出典未詳。」（私注）。
「宮仕え時代と変らぬ月を当時の同僚の如く見立てた。」（『続拾遺和歌集』602）。

正治百首歌に

133　露けさはおきわかるらん床よりもながめ侘《わび》ぬる有明の月

【語注】**○露けさ**　八代集三例、初出は金葉163。「「今朝」を掛けるか。涙を暗示。」（『続拾遺和歌集』936）。**○おきわかる**　八代集にない。「起き」に「置き」が掛り、「露」の縁語。③132壬二8「あさねがみおきわかれゆく心ちして露けき宿の玉柳かな」（初心百首、春）。他、③130月清558、131拾玉1822、132壬二1029、1051、④18後鳥羽院887、⑤197千五百番歌合2643、2692、424狭衣物語101などにある。夜の寝覚「身にちかき御衣ばかりを名残に脱ぎかへて、起きわかれ給ふほど、述べばさらなり。」（旧大系127、128頁）。**○ながめ侘**　八代集三例、すべて新古今。①8新古今1526 1524「ながめわびぬ柴のあみどのあけがたに山のはちかく残る月かげ」（雑上、猷円法師）。**○有明の月**　③130月清554「たがためぞちぎらぬよはをふしわびてながめはてつるありあけの月」（南海漁父百首、恋）。

【訳】　露けさ、涙っぽさは、（その時に露が）置き、起き別れたであろう床以上にも、眺め侘びた有明の月であるよ。

▽袖が涙でしとど濡れるのは、露が置く後朝の朝、あの人（二人か）が起きて別れて行く床よりも、恋人が来ないいまま寝ずに夜を過ごした朝、つらい思いで有明月を眺めている時分だと歌う。「…は…よりも…体言（止）」の型。体言止。小侍従の名歌、新古今1191「待つよゐ《ひ》にふけゆく鐘の声きけばあかぬ別れの鳥は物かは」（恋三）に通じる詠。①12続拾遺936 937、恋三、二条院讃岐、末句「明がたの空」。④31正治初度百首1981、恋、讃岐二条院女房—以下、名は省略—、末句「明方の空」。

【類歌】　①10続後撰829 825「夜さむなるあはれありあけの月かげにいかにせんとかおきわかるらん」（恋三、尚侍家中納言。②15万代2232）

①19新拾遺1198「面影をのちしのべとや在明の月にも人のおきわかるらむ」（恋三、基隆）

千五百番歌合に

134　人はみな心の外《ほか》の秋なれや我《わが》袖ばかりを《お》けるしら露

【語注】　**○心の外**　八代集三例、初出は後拾遺1191。他、新古今1309、1575。漢語「心外」か。なお後拾遺1191は、「…、心外無別法」に基く。源氏物語「など、世を御心のほかにまつりごちなし給人くのあるに、」（「須磨」、新大系二—30、31頁）。　**○心の外の秋**　「季節は秋であるが心の内は寂しい秋でなく楽しんでゐる。」（『校註 国歌大系』）。

【訳】　人はすべて〝心の外の秋〟なのであろうか、我袖ばかりに置いている白露であるよ。

▽人皆、心にかけはしない秋なのか、我袖だけに涙が置いていると歌う。「人・皆」に、「我が・ばかり」が対応する。

体言止。①13新後撰289、秋上、二条院讃岐。⑤197千五百番歌合1484、秋三、七百四十三番、左勝、讃岐、「左　勝」（校本）、千五百番歌合1485「秋のあらしふきにけらしなとやまなるしばのしたくさ色かはるまで」（右、家隆）、御判・女房・良経「鹿のねのはるかにかよふ野山かなまやのあまりのけさの秋風」・「しはのまけ」（鹿の声が遥かに通ってくる野山であるよ、まやの余りの今朝の秋風に乗って。柴の負け）。⑥11雲葉集490、秋上「（千五百番歌合）」二条院讃岐。②

【参考】①2後撰1281 1282「我ならぬ草葉も《で（定）》ものは思ひけり袖より外におけるしらつゆ」（雑四、ふぢはらのただくに。②4古今六帖577。⑤277定家十体213。⑤301古来風体抄337）

②10続詞花870「人はみな花咲く春にあふものをわれのみあきの心なるかな」（雑下、実綱）…ことば

③80公任319「わりなきは心の外におく露を袖のみだれにかくるなりけり」（「返しとて」）

【類歌】①8新古今1575 1573「うつろふは心のほかの秋なれば今はよそにぞ菊の上のつゆ」（雑上、冷泉院御歌）

②15万代2932「わび人はとしにしられぬあきなれやわがそでにしもしぐれふるらむ」（雑一、貫之）

「参考「うつろふは…」（新古今集、雑上、冷泉院）」（私注）…【類歌】。「理由は述べられていないのだが、右歌の率直明快にすぎるのに対して、左歌の内面的な主題、曲折のある叙述、まつわりつくような調べが、秋の感じを存分に言いえている点、勅判はそんな点に目をつけたのであろう。」（『讃岐』94頁）。

135　ふる雪に人こそ問《とは》ね炭竈の煙《けぶり》はたえぬ大原の里

【語注】○炭竈の　①8新古今1669 1667「煙たえてやく人もなき炭がまの跡のなげきを誰かこるらむ」（雑中、賀茂重保）。②16夫木7565「よそにてもさびしとはしれ大原やけぶりをたつるすみがまのさと」（冬三、炭竈、土御門院）。②16同7568「炭がまのおなじけぶりの末だにもとほきはかすむ大原のさと」（冬三、炭竈、為家）。③111顕輔80「すみがまのけぶり

ばかりはたえずとも山ざといかにさびしかるらん」。⑤122権大納言家歌合〈永長元年〉17「をしほやま雪ふりつみてすみがまのけぶりばかりぞしるし《(ママ)》み《く(夫)》えける」（「雪」）。②16夫木7555。②16同7574）。⑤197千五百番歌合2016「すみがまのたえぬけぶりのゆゑなれやゆきにもかよふをののほそ道」（冬三、公継）。○煙「けぶり」＝「ケムリ」の古形。「けふりは…」（この歌・⑤索引）。

【訳】降る雪に人は訪れないが、炭竈の煙は絶えることのない大原の里であるよ。

▽降る雪に人は来ないが、大原の里に煙は絶えることはないと、山城の歌枕である「大原」を舞台として、「人・問はず」に「煙・絶えず」を、前歌同様対応させる。二句切、体言止。135に近い俊成、式子の詠に以下がある。④31正治初度百首1166「すみがまのけぶりばかりを人めにてはつ雪ふりぬおほ原のさと」（冬、釈阿）、①8新古今690「ひかずふる雪げ《び(式、正)》にまさる炭がまの煙もさむしおほ原の里」（冬、式子内親王。④1式子268。④31正治初度百首270）。117参照。①13新後撰526、冬、二条院讃岐。⑤197千五百番歌合1964、冬三、九百八十三番、左、讃岐、「左　勝」（校本）、千五百番歌合1965「あしまとぢいかにうきねのをしのこゑまづこほりけるなみの枕を」（右、雅経）、判者・季経「左歌、よろしくもはべる《侍(校本)》かな／右歌、すこしおとりて《ナシ(校本)》侍ら《む(校本)》ん」（左歌は、悪くなくございますことよ／右歌は、少々劣っているのでございましょう）。

【参考】③89相模478「やくとのみなげきをこりてすみがまにけぶりたえせぬおほはらのさと」（「十一月」）
④26堀河百首1073「としをへて爪木こりく《と(夫)》べ炭竈に煙をたえぬおほ原の里」（冬「炭竈」公実。②16夫木7547）
④26同1076「おほ原やをののすみがま雪ふりて心ぼそげに立つけぶりかな」（冬「同」師頼。②16夫木7548）
④26同1077「炭がまやそこともみえずふる雪に道たえぬらんをのの里人」（冬「同」顕季）
④26同1079「大原やをののすみがま雪ふれどたえぬ煙ぞしるべなりける」（冬「同」仲実）
④26同1086「み山木を焼くすみがまにこりくべて煙たえせぬ大原のさと」（冬「同」肥後）

⑤98禖子内親王家歌合〈治暦四年〉15「すみがまのけぶりは雲とたなびきて晴間も見えずおほはらの里」（「炭釜煙高こま」）

【類歌】①21新続古今732「すみがまの煙は雲にたちそひて空にしらるる大原の里」（冬、経継）
③132壬二1724「すみがまの峰の煙に雲こ《き（老）》りて雪げになりぬ大原の里」（老若歌合五十首、冬。⑤184老若五十首歌合337）
④31正治初度百首1868「すみがまののぼる煙のたえだえに心ぼそきはおほ原の里」（冬、静空）
④38文保百首2465「すみがまの煙ぞたえぬ白雪のふるにつけてやたちまさるらん」（冬、行房）
⑤197千五百番歌合1867「冬くればおのがやくとやすみがまのけぶりにきほふおほはらのさと」（冬二、釈阿）
「「大原や小野の炭がま雪ふれば《（ママ）》…（堀河百首 俊頼《（ママ）》）。」（私注）…【参考】の④26堀河百首1079。「古典」―「詞花 雑下 三六七（良暹）」、「摂取」―「〝正治初度百首「冬」二七〇（式子内親王）〟」（長沢「千五」31頁）…①6詞花367 366「おほはらやまだすみがまもならはねばわがやどのみぞけぶりたえたる」（雑下、良暹）。

136 枝にちる花こそあらめ鶯のねさへかれ行《ゆく》春のくれかな

【語注】○ね 冒頭の「枝」により、「根」さらに下の「枯れ」をほのめかす。○ねさへかれ ①1古今268「うゑしうゑば秋なき時やさかざらむ花こそちら《ん（六）》めねさへかれめや」（秋下、在原なりひら。②4古今六帖3731、第六「きく」みちひら）。○かれ行 「離《か》れ行く」は八代集六例。○春のくれ 八代集一例・新古今171。他、「春の暮方」八代集一例・新古今1980。③132壬二1027「花ちりて後はものうきながめさへ霞にかぎる春のくれかな」（二百首和歌、春「三月尽」）。

【訳】枝に散る花はあるだろうが、鶯の声までも離れ去って行く春の暮であるよ。

▽枝に散る桜はともかくとして、春の暮は、鶯の声までもが、たたぬようになってしまうと、花（桜）と鶯（鳥）の

退く春暮を慨嘆する。花（は根）と鳥の帰る様を歌った有名な、①7千載122「花はねに鳥はふるすにかへるなり春のとまりをしる人ぞなき」（春下、崇徳院。和漢朗詠集61「花は根に帰らむことを悔ゆれども悔ゆるに益なし　鳥は谷に入らむことを期すれども定めて期を延ぶらむ」（春「閏三月」藤滋藤）による）がある。①14玉葉285、春下、二条院讃岐。⑤197千五百番歌合584、春四、二百九十三番、左、讃岐、「左　持」（校本）、千五百番歌合585「みよしののおほかはのべのふぢなみのはるもふかしといろに見すらむ」（右、家隆）、判者・釈阿「此両首又とも《共(校)》に宜《よろ(校)》しく見《み(校本)》え侍り、猶持に侍る《ナシ(校本)》べし」（この二首は又共に悪くなく見えます、やはり持でございましょう）。

【参考】②4古今六帖467「春雨のふると見ゆるは鶯のちる花をしむなみだなりけり」（第一、天「あめ」）

③23忠見解7「花なれば枝にこづたふうぐひすの春の末まで鳴くをきくかな」

【類歌】⑤177慈鎮和尚自歌合124「うぐひすの枝のうつりにまよふかなかれたるきだに花は咲けども」

〔通釈〕（菊の花を詠んだあの業平の歌とはこと変り）枝に散る桜花はまあ仕方のない事でもあろうが、鶯の声までも遠ざかって行く、春の暮であることよ。／〔語釈〕…「音さへ離れ行く」に参考業平詠「根さへ枯れめや」を響かせた趣向。／〔参考〕「植ゑし植ゑば…〔私注―【語注】歌〕」（『玉葉和歌集全注釈上巻』285）。「晩春を美しく、調べよくよんでいるのが、評価されたのだろう。」（『讃岐』102頁）。「本歌」―「古今　秋下二六八（業平）＝伊勢五一段＝大和一六三段」（長沢「千五」30頁）。「本歌の花は菊を指すが、讃岐は暮春の景を詠んでおり、春の花ということになる。「ねさへかれ」るの表現も、本歌では菊の根を指すが、讃岐は鶯の鳴く音と設定して、同音を異なる意味で新歌に生かす工夫をしている。」（同34頁）。

正治百首歌奉りける時

137
あやめふく軒ば涼しき夕風に山ほとゝぎすちかく成《なり》けり

【語注】〇ふく　「葺く」。「吹く」をにおわせる。〇軒ば　「軒端」の八代集初出は金葉136。〇軒ば涼しき　⑤197千五百番歌合910「夏かりのあしふくこやにかよひきてのきばすずしき難波浦風」（夏三、季能）。〇夕風　八代集六例、初出は後拾遺511、あとすべて新古今五例。「秋の夕風」八代集二例、初出は千載772。③壬二218「橘のはなちるさとの夕風に山ほとときす声かをるなり」（大輔百首、夏）。
【訳】菖蒲草を葺いた軒ばの涼しい夕風によって、山時鳥が近くになったことよ。
▽菖蒲を葺く、またその辺りを吹いて涼しい軒端の夕風によって（の中で）、山時鳥の声が軒端に近くやって来たと歌う。101参照。①14玉葉347、夏「正治百首歌たてまつりける時」二条院讃岐、末句「ちかくなくなり」。④31正治初度百首1928、夏、末句「ちかくなくなり」。⑤183三百六十番歌合164、夏、十番、右、讃岐、末句「ちかく鳴くなり」。
【参考】③126西行法師763「あやめふく軒に匂へる橘にきてこゑぐせよ山郭公」（③128残集9。②16夫木2703）
【類歌】②16夫木2694「あやめふくよもぎのやどの夕風ににほひすずしきのきのたちばな」（夏一、橘、衣笠内大臣）
［通釈］菖蒲を葺いた軒端を、涼しく夕風が吹き渡り、山時鳥もすぐ耳近くで鳴くようだよ。」（『玉葉和歌集全注釈上巻』347）。「摂取」―「西行集七六三」（長沢「正治」19頁）…【参考】。

138
正治百首歌奉りける中
秋の夜は尋《たづぬ》るやどに人もなし誰も月にやあくがれぬらん

【語注】○人もなし　⑤421源氏物語564「わがやどは花もてはやす人もなしなににか春のたづね来つらん」（「幻」、（光源氏））。○や　詠嘆としたが、疑問か。○あくがれぬらん　③116林葉436「み空行く月をば軒にやどし置きて何地心のあくがれぬらん」（秋）。

【訳】秋の夜は訪い尋ねた家に人もいない、誰も皆すべて月に浮かれ出ているのであろうよ。

▽秋夜の家に訪れていっても、そこに人はいない、すべての人がきっと月見に浮かれ出てしまっているのであろうと推量したもの。三句切。①14玉葉670 671、秋下「正治百首歌たてまつりける中に」二条院讃岐。④31正治初度百首1949、秋。⑤183三百六十番歌合346、秋、廿九番、右、丹後。⑥10秋風集334、秋上「正治二年にたてまつりける百首に」二条院讃岐。

【参考】①4後拾遺258「すむ人もなきやまざとのあきのよは月のひかりもさびしかりけり」（秋上、範永。①5′金葉三167。②7玄玄168。②8新撰朗詠245）

④26堀河百首1335「ふむ人もなき庭の面に秋のよは苔莚にぞ月はやどれる」（雑「苔」仲実）

【類歌】①8新古今408「たのめたる人はなけれど秋のよは月見てぬべきここちこそせね」（秋上、和泉式部。②10続詞花171）

〔通釈〕秋の夜は、せっかく訪ねて行った家には人も居はしない。誰も彼も月に心うかれて、出歩いているのだろう。／〔参考〕「月を見て思ふ心のまゝならば行方もしらずあくがれなまし」（金葉一八九、肥後）「花見にと人は山べに入りはてて春は都ぞさびしかりける」（後拾遺一〇三、道命）」（『玉葉和歌集全注釈上巻』670）。

正治二年百首歌に

139　長月《ながづき》の有明の月も更《ふけ》けにけり我世《わが》のすゑを思ふのみかは

【語注】○我世のすゑ　「参考「石清水たえぬ流れは身にうけつわが世の末を神にまかせん」（続拾遺集神祇一四一八　後鳥羽院）」（私注）。

【訳】九月の有明の月もすっかり夜更けてしまったことよ、わが世の末・最後をもの思うばかりであろうか、イヤそうではない。

▽夜の長い、九月の有明月もすっかり更けた、ずっと我が生涯の終りを思いふけっていたからか、イヤそうではなくて、この上ない「長月の有明月」の情趣に魅せられていたからなのだ――「秋」20首の19首目ゆえ、晩秋のもの思いにふけり沈んでいた、さらに月や秋の末を思いふけっていたとの解もある――、と歌ったもの。特に晩秋の九月の有明の月は情趣の極致と考えられていた。式子にも④1式子254「あさぢはらはつ霜むすぶなが月の有明の空におもひきえつつ」（秋）、②15万代1233「ながづきのありあけのそらにながめせしものおもふことのかぎりなりけり」（秋下、式子内親王）がある。三句切、倒置法か。第二句、字余り（「あ」）。この時、正治初度百首、正治二・1200年、讃岐60歳。103、106参照。

【参考】①14玉葉825 826、秋下、二条院讃岐。④31正治初度百首1957、秋。

①3拾遺795「長月の在明の月の有りつつも君しきまさば我こひめやも《われも忘れじ（六）》」（恋三、人まろ。②4古今六帖364）

⑤393和泉式部日記67「我ならぬ人もさぞみんなが月のありあけの月にしかじあはれは」（女（和泉式部））

【類歌】④38文保百首3151「むしのねもかれがれになる長月のすゑのの原の在明の月」（宣子）

④40永享百首547「長月の有明の月も影ふけて秋こそかへれ山のはのそら」（秋「暮秋」性脩）

⑤197千五百番歌合1299「千千におもふこころは月にふけにけり我が身ひとつの秋とながめて」（秋二、忠良）

⑤386西行物語81「ふけにけり我が身のかげをおもふまにはるかに月のかたむきにけり」（西行）

「〔通釈〕秋も末、九月の終り近い有明の月も、夜深い風情になって来てしまった。私の生涯の残り少いのを思うばかりではない。（秋にも月にも名残が惜しまれることだなあ）／〔参考〕「長月の有明の月はありながらはかなく秋は過ぎぬべらなり」（後撰四四一、貫之）「はかなくもわが世のふけを知らずしていさよふ月を待ちわたるかな」（千載九九七、仲正）」（『玉葉和歌集全注釈上巻』825）。「残り少い身を省みる思いがある。」（『讃岐』82頁）。「身辺状況…老いを意識したものであろう。」（山崎『正治』242頁）。

正治二年後鳥羽院に百首歌奉りける時祝の心を

140　和田津《わたつ》うみよせてはかへるしき波の数かぎりなき君が御代かな

【語注】 **○和田津うみ**　83前出。④30久安百首985「君が代ははるかにみゆるわたつ海のかぎれるはてもあらじとぞ思ふ」（慶賀、清輔）。④30同1085「わたつ海ののりにたとふる花さきてやほ万代は君ぞかぞへん」（慶賀、堀川）。**○よせてはかへる**　⑤345心敬私語79「はじめもはてもしらぬよの中／和田原よせてはかへる奥津なみ」。**○しき波**　頻波。八代集にない。万葉3353 3339「…神の渡りの　しき波の　寄する浜辺に　…」（巻第十三。角川文庫、下）。蜻蛉日記「網おろしたれば、しき波に寄せて、なごりにはなしといひふるしたる貝もありけり。」（中、新大系114頁）。**○数かぎりなき**　③125山家1170「ひまもなくふりくる雨のあしよりも数かぎりなき君がみよかな」（下、雑「いはひ」）。⑤169右大臣家歌合〈治承三年〉38「すみよしの神もしるらめよる浪の数かぎりなき君が御代をば」（「祝」頼政）。**○君が御代かな**　「君」は御鳥羽院のこと。④31正治初度百首1101「わたつ海のはてをばそこと尋ぬともかぎりもしらぬ君が御代かな」（祝、経家）。

【訳】大海原（の）、寄せては返るしきりに寄せ来る波の如く、数限りのない君の御代であるよ。

▽海の、次々と寄せては返って行く波の如く、齢の無限に続く君が御代と、君の長久、永遠を寿ぐ。お決まりの祝・賀の型《パターン》。上句は序詞。正治二・1200年。①14玉葉1073 1074、賀「正治…たてまつりける時、祝いの心を」二条院讃岐。④31正治初度百首2001、祝、初句「わたつ海に」（字余り「う」）。⑥31題林愚抄10268、初句「わたつ海の」、賀、祝「玉」二条院讃岐。

【類歌】③133拾遺愚草712「わたつ海によせては帰るしき浪の初もはてもしる人ぞなき」（十題百首、地）

④31正治初度百首699「神風やみもすそ河による波の数かぎりなき君が御代かな」（祝、慈円）

④31同1803「うなばらやゆらのみさきに立つ浪の数限なき君が御代かな」（祝、生蓮）

⑤197千五百番歌合2135「いつとなくやへのしほぢにたつなみのかずかぎりなききみがみよかな」（祝、寂蓮）

「〈通釈〉大海の、寄せては返って次々と立つ波の数のように、限りもなく続く我が君の御代であることよ。…〈参考〉「宇治川の瀬々のしきなみしく〳〵に妹は心に乗りにけるかも」（万葉二四二七）「ひまもなく…〈私注―【語注】の③125山家1170〉」（『玉葉和歌集全注釈 中巻』1073）。「参考「たづのすむいつぬき川のしき波になほたちまさる御代の数かな」（新続古今集賀七九五惟明親王）」（私注）。「摂取」―「建久二冬　十題百首「地部十」＝拾遺愚草七一二」（長沢「正治」20頁）…【類歌】。「上句が、…先行歌と酷似しており、」（同25頁）。

二条院讃岐伊勢国にしる所侍《はべり》けるにわづらひあるによりて鎌倉右大臣にうれへむとてあづまにくだり侍《はべり》けるにほゐ《い》のごとくなりて帰りのぼり侍《はべり》ければ申《まうし》つかはしける

善信法師

〔141　おば《〈を〉》たゞのいたゞの橋のとだえしをふみな《〈ほ〉》をしてもわたる君かな〕

**【語注】** **○わづらひ**　源氏物語「かねてより響くを、事のわづらひ多くいかめしき事はむかしより好み給はぬ御心にて、」（「若菜上」、新大系三―233、234頁）。**○鎌倉右大臣**　源実朝。建久三年（1192）八月九日生。建仁三年（1203）九月七日任征夷大将軍。建保六年（1218）十二月二日任右大臣。同七年・承久元年（1219）正月廿七日薨・暗殺された。28歳。**○うれへ**　源氏物語「なやみ給人の御ありさまもうれへきこえ給。」（「葵」、新大系一―302頁）。**○ほゐ**　伊勢物語「などいひ〳〵て、つゐに本意のごとくあひにけり。」（二十三段）、新大系104頁）。**○おば《〈を〉》たゞ**　「をばただ」は八代集一例・千載1243（後述）。なお「おー」は八代集にない。「をばただの板田の橋」と続く。万葉集の地名「小墾田」（小治田）の訓。万葉では、大和・奈良県高市郡明日香村とするが、「板田橋」を摂津とする説（五代集歌枕）もある。平安期一般は「をはただ」の訓であるが、「をはりだ」の訓もある。同名の伊勢国小幡村を掛ける。**○第一、二句**　②4古今六帖1619「をばただのいたただのはしのこぼれなばけたよりゆかんこふなわぎもこ」（第三「はし」）。**○いたゞの橋**　八代集一例・千載1243（後述）。**○ふみな《〈ほ〉》をし**　八代集に用例はない。「橋」の縁語「踏み」と「文」を掛け（掛詞「踏み直す、文直す」）、土地所有を証する文書の不正を正したことをいう。平家物語「太刀ゆがめばお《〈を〉》どりのき、おしな《〈ほ〉》をし、踏みな《〈ほ〉》をし、たちどころによき物ども十四五人こそきりふせたれ。」（「信連」、新大系上―218頁）。「ふみなほ（し）…」は新編国歌大観の索引①～⑩では、他にない。

**【訳】**〈二条院讃岐が伊勢の国に領有する所がございましたが、難儀が出てきたことによって、実朝殿に愁訴しようといって東国へ下りました時に、念願叶って帰って来て上京しましたので、申し上げつかわした（歌）善信法師〉

小幡と同名の、小墾田の板田の橋が（中途で）途絶えていたのを、証文を直し、踏み直しても渡って行く君であるよ。

▽領有している伊勢の小幡村の所有地の所有権について厄介なことが起こりましたので、実朝に訴えようとして鎌倉

に下向した後、望み通りに解決して帰京したので、善信法師が言い送った歌であり、要は、「をばただの板田の橋」が途絶えてしまっていたのを、修復しても、つまり小幡村の領有権が絶えていたのを、証文を直し、帰って行く君・讃岐と詠む。他人の歌。「橋」の縁語「と絶え」「踏み」「渡る」。歌に、成功した讃岐を寓意する。①14玉葉2076 2068、雑二。⑩181歌枕名寄4480「板田橋」、初句「をはただの」、さらに次の⑩181同4481は二条院讃岐の歌、第三句「橋づくり」、左注「右二首　贈答、讃岐伊勢国…帰りのぼる時の事とぞ」＝142。

【参考】①7千載1243 1240「くちはててあやふくみえしをばただの《たえだえは（月）》いただのはしもいまわたすなり」（釈教、泰覚。②12月詣1054）

③108基俊66「いかにして君うらむらんをはただのいただのはしのけたよりもこで」（「こひ」）

④26堀河百首1435「夜はくらし妹は恋しをばただの板田のはしをいかがふままし」（雑「橋」基俊

【類歌】①21新続古今1143「をはただのいただのはしとこぼるるはわたらぬ中の涙なりけり」（恋二、源兼氏。⑤335井蛙抄538）

②16夫木14588「えぞゆかぬをはただのさとのいもがりはいただのはしのけたもとだえて」（雑十三、里、をはただの里、道因）

④31正治初度百首1030「五月雨の日をふるままにをばただやいただの橋は水わたりけり」（夏、経家

「〔通釈〕古歌にいう、朽ちてこわれた「をばた田の板田の橋」ではありませんが、小幡の領有権の途絶したのを、見事に証文を改め、自領と確認して帰京されたとは、実に見事なあなたの行動ですよ。…〔参考〕「をばただの…」（古今六帖一六一九〔私注―【語注】参照〕）「朽ちはてて…〔私注―【語注】【参考】の歌〕…〔補説〕…時に讃岐69歳位。十六夜日記の阿仏に先立つ壮挙である。」（『玉葉和歌集全注釈下巻』2076）。「善信法師と讃岐の東国下向については吾妻鏡に記事がある。第五章三参照。」（私注）。「伊勢の国小幡村を没収して新地頭を補したところ、「領家の女房」が頻り

に愁訴したので、大夫属入道善信を奉行として地頭を停止し、領家に戻すよう命じたという。きびしい現実が、すでに七十歳に近い讃岐を歌壇から遠ざけることになったのだろう。」（『讃岐』122頁）。承元元年・1207、67歳「伊勢の国小幡村の所領の件で鎌倉幕府に訴訟に赴く。11月目的を果たして帰京。」（『讃岐』「年譜」168頁）。141、142、善信は「三善康信か、と考える。…鎌倉に下向したのは、元久元年（一二〇四）六十五歳～建暦三年（一二一三）年《ママ》七十三歳のあいだ（森本説）と思われ、…讃岐の訴えが聞き入れられたのを善信法師が「よかったですね」といい贈り、讃岐は「老骨に鞭打って行った甲斐がありましたよ」と答えている。」（「古城」39頁）。吾妻鏡「十七日、戊子、伊勢国小幡村者、為伊勢平氏富田三郎基度年来忽緒、領家押領之、滅亡後又為没収地、被補新《ママ》頭之間、領家女房頻愁申之、為大夫属入道善信奉行、今日停止其職、如本可為領家進止之由被仰遣云々、」（承元元年・1207年十一月、巻二、31頁）。

返し

142　朽《くち》ぬべきいたゞの橋のはしつくりおもふまゝにも渡しつるかな

【語注】○はしつくり　「久米の～」八代集一例・拾遺719。○いたゞの橋　①7千載1243 1240「くちはててあやふくみえしをばただ《たえだえは(月)》のいただのはしもいまわたすなり」（釈教、泰覚。②12月詣1054）。②16夫木9395「待つほどにいただのはしもけたくちばわたせなしとてとしをへよとや」（雑三、橋、登蓮）。○渡しつる　③131拾玉2420「かつしかや法のみちにぞわたしつるむかし思ひしままのつぎはし」（詠百首和歌、方便品）。

【訳】朽ちてしまいそうな板田の橋の橋作り人は、思い通りにも渡したことであるよ。

▽讃岐の「返し」歌。朽ちそうな板田の橋を修復し、思い通りにも渡した、つまり念願が叶ったと歌う。①14玉葉2077

2069、雑二、二条院讃岐。⑩181歌枕名寄4481、二条院讃岐。141・前歌参照。

【類歌】⑤375古本説話集49「くちにけるながらのはしのはしばしらのりのためにもわたしつるかな」(「伯母仏事事」はくの母。⑤380宇治拾遺物語6)

「〔通釈〕今にも朽ちてしまいそうな板田の橋の橋大工が計画通り橋を渡したように、よくもまあ思い通りに領地の所有権を取り戻すことができたものですよ。／〔参考〕「葛城や我やは久米の橋つくり明けてゆく程は物をこそ思へ」(拾遺七一九、読人しらず)」(『玉葉和歌集全注釈下巻』2077)。

千五百番歌合に

143　神まつる卯月の花も咲《さき》にけり山ほとゝぎすゆふかけてなけ

【語注】**○神まつる**　八代集四例。①3拾遺91「神まつる卯月にさける卯の花は《を(六)》しろくもきねが《のが(抄)》しらげたるかな」(夏、みつね。①3′拾遺抄59。②4古今六帖83、第一、歳時「神まつり」そせい法師。⑤291俊頼髄脳346)。①5′金葉三299「神まつるみむろの山にしもふればゆふしでかけぬさかきばぞなき」(冬、師時)。①21新続古今812「白妙のゆふとりしで神まつる卯月ににほふはながきの郷」(賀、俊光)。②16夫木14850「神まつる花の時にやなりぬらんありまのむらにかくるしらゆふ」(雑十三、村、光俊)。③117頼政110「神まつる比にもなればうつぎさすこやの袖がき花さきにけり」(夏「卯花」)。**○卯月**　「卯月の忌み」も含めて八代集四例。八代集に用例がないので、「空木」との掛詞とは見なさない。**○さきにけり**　②10続詞花98「山里のももの花ややさきにけりみやこは今やうづきなるらん」(夏、源信)。**○山ほととぎす**　①8新古今194「おのがつま恋ひつつなくや五月やみ神なび山の山ほととぎす」(夏、読人しらず)。③

132壬二2220「ゆふかけて声たむくなりちはやぶる神のみむろの山時鳥」（下、夏。④34洞院摂政家百首解214）。

【訳】　神をまつる卯月・四月の花（卯花）も咲いたことだ、山時鳥よ、夕暮にかけて、木綿をかけて、身にまとって鳴け。

▽山時鳥に対して、賀茂祭の月の卯の花も咲いたから夕べにわたって鳴けと呼びかけ命令したもの。多数の【類歌】がある。三句切。「夕」に、「神」の縁語「木綿《ゆふ》」（ぬさ）を掛け、「かけて」も掛詞。①15続千載214 215、夏、二条院讃岐。②15万代521、夏「千五百番歌合の歌」二条院讃岐。⑤197千五百番歌合614、夏、三百八番、左、讃岐。千五百番歌合615「そでのいろもうつりにけりな夏衣はるはくれぬとながめせしまに」（右、雅経）。⑥31題林愚抄1719、夏上、卯花「続千」讃岐。

【参考】①1古今135「わがやどの池の藤波さきにけり山郭公いつ《いまや（新、人）今や（六）》かきなかむ」（夏、よみ人しらず。②3新撰和歌121。②4古今六帖4236（人丸）。③1人丸171）

【類歌】①14玉葉138「見わたせばしらゆふかけてさきにけり神をか山の初さくら花」（春下、宗尊親王。②16夫木1110）

①21新続古今246「榊とる卯月きぬらし郭公その神山にゆふかけて鳴く」（夏、無品親王）

②12月詣324「あはれとや神も聞くらん《つきがきね（夫2471）》ほととぎすさかきのえだにゆふかけて鳴く」（源宗光女、四月）

②14新撰和歌六帖78「神まつるう月《うつぎ（夫2470）》のはなのしろたへにゆふとりしでてやまかづらせり」（第一帖「神まつり」。②16夫木2470、衣笠内大臣。16同2471、知家）

③133拾遺愚草1791「神まつる卯月まちいでてさく花もえだもとををにかくるしらゆふ」（院五十首、夏。⑤184老若五十首歌合125）

④15明日香井931「神まつるうづきのはなやさきぬらんした草かへるもりのゆふしで」（仁和寺宮五十首、夏七首「社卯花」）

④18後鳥羽院709「かみやまにゆふかけてなく時鳥しひ柴か《が〈続〉》くれしばしかたらへ」(詠五百首和歌、夏。①11続古今215)④31正治初度百首2025「日影さす卯花山のをみ衣誰ぬぎかけて神まつるらん」(夏、小侍従)「〈卯花〉…五二一までの三首は卯花を木綿に見たてた歌で、次の葵の歌へ続く構成となっている。…「卯月」に「空木」を掛ける。参考歌↓五一九本歌〈私注―①3拾遺91(前述)〉。」(『万代和歌集(上)』521)。「本歌」―「拾遺　夏九一(躬恒)」(長沢「千五」30頁)…【語注】。

144　さびしさに秋の哀をそへてけりあれたる宿の荻《をぎ》の上《うは》風

【語注】○さびしさに　①4後拾遺333「さびしさにやどをたちいでてながむればいづくもおなじあきのゆふぐれ」(秋上、良暹。⑤275百人秀歌58。⑤276百人一首70)。○秋の哀　八代集四例、初出は後拾遺551。②10続詞花279「をぎのはにあすもふくべき風なれど秋のあはれはこよひばかりぞ」(秋下、範兼)。○荻の上風　八代集六例、初出は千載233。④26堀河百首684「いとどしく物のかなしき夕暮にあはれをそふる荻のうはかぜ」(秋「荻」永縁)。

【訳】淋しさに加えて秋の哀を添えたことよ、荒れはてた家の荻の上を吹く風は。

▽荒れた住まいの荻の上風によって、淋しさに更に〝秋の哀〟を加えたと、「荒れたる宿」の「淋しさ」に「荻の上風」の「秋の哀」の構造なのであろう。百人一首の「八重葎…」(①3拾遺140。⑤275百人秀歌52。⑤276百人一首47)、「さびしさに…」(【語注】参照)、さらに、①1古今287「秋は来ぬ…」、①1同770「わが宿は…」の歌等が想起される詠である。三句切、倒置法、体言止。上句の「秋の哀」と下句の「荻の上風」が鍵語《キーワード》である。①15続千載360 362、秋上、二条院讃岐。②15万代891、秋上「千五百番歌合の歌」二条院讃岐。⑤197千五百番歌合1184、秋一、五百九十三番「左勝」讃岐、「左　持」(校本)、千五百番歌合1185「秋きぬとをぎのうはかぜうたがひて萩のしたつゆこころおかるな」(右、

内大臣)、判者・後京極殿「可奇(弁(校本))風露少秋興　何況右方難饗応」(変奇たるべき風と露に少ないのは秋の情趣であり、何をかいわんや右方はもてなしがたい)。

【参考】②9後葉516「おもひやれあれたるやどのさびしきに松吹く風の秋の夕ぐれ」(雑二、度会俊忠)

⑤168廿二番歌合〈治承二年〉6「ぬしなくてさびしき宿の庭の面に秋おとづるる荻の上風」(「閑庭秋来」伊経)

【類歌】①22新葉269「とふ人もなきやどからのさびしさを秋ぞとつぐる荻のうはかぜ」(秋上、新宣陽門院)

「参考「あはれとて…」(新古今集、恋四、西行)」(私注)…③125山家705「あはれとてとふ人のなどなかるらんものおもふやどの荻のうはかぜ」(恋「恋」)。「(荻)」(『万代和歌集(上)』891)。「西行の、/哀とて…(私注―③125山家705)を想起させる。詞の重なりもあるし、心も通うところの多い作となっている。…西行は、歌林苑のメンバーではなかったにせよ、隆信等と往来があり、歌林苑とも関係があったかと考えられる。時代的にも歌風の点からいっても近接しており、彼女の周囲の歌人達は等しく西行を敬慕し、大なり小なりその影響下にあるのであるから、今の場合も影響関係を想定することはむしろ自然であろう。」(「糸賀」45頁)。「観照の澄んだ中に、しみじみとした哀感を漂わせた落ちついた歌の世界を形成している。」(脇谷「自然」89頁)。「摂取」―「山家集　恋「恋」七〇五」(長沢「千五」32頁)…③125山家705(前述)。

145　磯の上《かみ》ふるのわさ田につなはへてひく人あらばものはおもはじ

【語注】**○第一、二句**　慣用句。②4古今六帖2678「いその神ふるのわさだのほにはいでずこころのうちにこふるこの比」(第五、雑思「人しれぬ」)。**○ふるのわさ田**　八代集三例。**○つなはへて**　③19貫之513よりある。④35宝治百首3578「杣人のひく手あまたにつなはへてとるやみ山木今くだすなり」(雑「杣山」顕氏)。**○ものはおもはじ**　①3拾遺

571「…しづめじと　あまのつりなは　うちはへて　ひくとしきかば　物はおもはじ」（雑下、源したがふ）。

【訳】（石上）布留の早稲田に綱を張り渡し引く、そのように引いてくれる人があったとしたら、決して物思いなんかはしませんよ。

▽布留の早稲田に綱を延ばして巡らして引く、その如く私を引き寄せる人があれば物思いなんぞはしない、そんな人がいないから物思いをすると歌う反実仮想詠。上句は「引く」を導く序詞。①15続千載1426・1429、恋四、二条院讃岐。②16夫木5054、秋三、秋田「千五百番歌合」二条院讃岐。⑤197千五百番歌合2654、恋三、千三百二十八番、左、讃岐、「左勝」（校本）、第三句「つなはひて」（校本）、千五百番歌合2655「むかしみし人のみいまは恋しきをまたあふまじきことぞかなしき」（右、釈阿）、判者・顕昭「左歌は万葉に、いそのかみふるのわさだのほにはいでず心のうちに《ナシ(校本)》こふるこのごろ、と侍るを《ナシ(同)》うかが《伺(同)》ひて、上句をばよみお《を(同)》かれて、下句にひく人あらばものはおもはじと、を《お(同)》かしくこそよまれて侍る《ナシ(同)》めれ／右歌は、…左作者、ふるのわさ田につなはへてなど、優によみて、又竜のねぶり《眠(同)》にあはれぬるにこそ侍る《ナシ(同)》めれ、このたびばかり《りは(同)》左の《ナシ(同)》歌に勝の詞《ことば(同)》をつけはべり《侍(同)》ぬ」（左歌は、万葉に、「石上布留の早稲田の穂には出でず心の内に恋ふる此頃」とございますのを参照して、上句を詠み置かれて、下句には「引く人あらばものは思はじ」と興趣深く詠まれたのでございますようだ／右歌は、…左歌の作者は、「布留の早稲田に綱延へて」などと、優雅に詠んで、又竜の眠りに会われたようでございます。今回だけは左の歌に〝勝〟の詞を付けました。「竜の眠り」—佩文韻府「眠龍」・「梁簡文對燭賦」（一—52頁）、「龍眠」・「宋史文苑傳」「蘇軾李伯時陽関図詩」など（一—680頁））。和漢朗詠集433「…臥竜の文を点ず」よりも、曽我物語「龍ねぶりて、本体をあらはす。人ゑいて、本心をあらはす。」（第八巻、旧大系329頁）、頭注「壒嚢鈔六に、「文集云、竜眠尓二本体一、人酔顕二本心一」とある」。が、上記は白氏文集にはなく、白氏文集では、巻第十八—十七「初喪崔兒。報微之晦叔。」（律詩）の5、6句目「蟬老悲鳴抛蛻後。龍眠驚覚失珠時。」（『漢詩大観　中巻』2263頁）とあった。他、「龍眠」の用例は蘇東坡の詩に多い。

【参考】②1万葉1357 1353「イソノカミ《いそのかみ》フルノワサダヲ《ふるのわさだを》ヒデズトモ《ひでずとも》シメダニハヘヨ《なはだにはへよ》モリツツヲラム《もりつつをらむ》」（第七、譬喩歌「寄レ稲」）

【類歌】⑤230百首歌合〈建長八年〉716「なはははへてすごがもるてふ磯神ふるのわさ田に秋風ぞ吹く」（権中納言）

⑤293和歌童蒙抄210「いそのかみふるのわさだはひでずともつなだにはへよもりつつをらむ」…145に最も近い

「本歌」―「万葉　巻九　相聞一七七二、後撰　恋一・五一二（読人不知）」（長沢「千五」30頁）…万葉1772 1768「石上布留の早稲田の穂には出でず心のうちに恋ふるこのころ」【語注】の②4古今六帖2678、①2後撰512 513「うち返し君ぞこひしきやまとなるふるのわさ田の思ひいでつつ」（恋一、よみ人しらず）。

題しらず

146　今さらにいかゞはすべき新枕《にひまくら》としのみ《三》とせを待《まち》わびぬとも・続千載1488 1491、恋四＝55

千五百番歌合に

147　あま雲《ぐも》のよそながらだにいつまでか。見《めに》るほどの契成《なる》らん

【語注】○あま雲　「天雲」八代集四例、他、「雨雲」八代集五例。○めに見る　八代集にない。

【訳】天雲の如く、疎遠な状態でさえも、いつまでか、はるか遠くに目に見る程の二人の縁なのであろうよ。

【本歌】①1古今784「あま雲のよそにも人のなりゆくかさすがにめには見ゆるものから」（恋五、きのありつねがむす

め。②3新撰和歌284。③6業平52。⑤415伊勢物語32)

▽目には見えているのに、よそよそしくあなたはなってゆくのかという本歌をうけて、147は、空の雲のように遠くからだけで、いつまで相手の姿を見かける二人の宿縁なのかと歌う。168参照。①16続後拾遺900 892、恋四「千五百番歌合歌」二条院讃岐、初句「天雲の」、下句「めにみる程の契なりけん」。⑤197千五百番歌合2624、恋三、千三百十三番、左、讃岐、下句「めにみるほどのちぎりありけん」、「右　勝」(校本)。⑥11雲葉集1031、恋五(「恋の歌の中に」二条院さぬき)、下句「めにみるほどのちぎりありけん」。千五百番歌合2625「かひなしとかへすころもをうらむればねられぬ夜はのならひなりけり」(右、通光卿)、判者・顕昭「左歌は、あまぐものよそにも人のなり《成(校本)》ゆくかさすがにめにはみゆるものから、と申す《ナシ(同)》歌の心ばへなるべし、いささか心はよみつけられて侍る歟《に(同)》/右歌は、…、右歌の《ナシ(同)》すこぶるかち侍るべきにこそ」(左歌は、「天雲のよそにも人のなりゆくかさすがに目には見ゆるものから」【本歌】の①1古今784)と申し上げる歌の心の趣なのであろう、少々中身は詠み付けられていますか/右歌は、…、右歌がたいそう勝ちまして当然で(あります)。「よみつけ」・源氏物語「その中の言葉を取り出づるに、よみつきたる筋こそ強うは変はらざるべけれ。」(「玉鬘」、新大系二―370頁)・四段動詞)。

【類歌】①19新拾遺1019「いつまでかよそにのみしてあま雲のへだつる中に恋ひわたるべき」(恋二、鴨祐夏)

①21新続古今381「ほしあひのこよひばかりはあま雲のよそにへだてぬ契なるらし」(秋上、後八条入道前内大臣)

⑤175六百番歌合832「めにみえぬよるこそまされあまぐものよそになりゆく人のつらさは」(恋上「夜恋」家隆。③132壬二370)

「恋歌四は、逢不逢恋(…)・恨恋を主題とする歌を収める。…他文献のように「ありけん」の方が意味は通じやすいか。」(『続後拾遺和歌集』900)。「本歌」―「古今　恋五・七八四(有常女)=伊勢一九段」(長沢「千五」30頁)。

前大納言経房家歌合に

148
風かほ《を》る花のあたりにきてみれば雲もまがはずみよしのゝ山

【語注】○風かほ《を》る　①16続後拾遺98「風かをる雲にやどとふゆふは山花こそ春のとまりなりけれ」（春下、後西園寺入道前太政大臣）。③133拾遺愚草107「風かをるをちの山ぢの梅の花色にみするは谷の下水」（二見浦百首、春。②16夫木737）。⑤176民部卿家歌合〈建久六年〉45「風かをる春のにしきにまがふかな花ちるころの志賀の山ごえ」（「山花」釈阿）。○かほ《を》る　八代集初出は金葉59。○花のあたり　八代集七例。○きてみれば　⑤167別雷社歌合105「花ざかりかもの水がきてみれば吉のの山も名にこそ有りけれ」（「花」成家）。○みよしのゝ山　122前出。一句のみとしては、八代集では①8新古今1618・一例。②13玄玉558「花ざかりなほおくありとみゆるかな雲のはてなきみよしのの山」（草樹上、宗円）。④34洞院摂政家百首111「明けぬとて嶺立ちのぼる色もみず花の雲ゐるみよし野の山」（春、花、実氏）。

【訳】風に桜の香がする桜のあたりにやって来て見ると、花雲だとも見まがいはしない、み吉野の山であるよ。

▽風に桜の香のする辺りに来ると、雲にもまぎれない吉野山だと歌う。体言止。103参照。①18新千載95、春上、二条院讃岐。⑤176民部卿家歌合〈建久六年〉6、「山花」三番、右勝、中宮讃岐、歌合5「いつのまに花の白雪積るらんかぶろにみえし山のいただき」（左、左衛門督隆房）、判者・釈阿「左歌、…右歌、風かをる、とおけるより、姿詞優なるべし、勝とすべし」（右歌は、「風薫る」と初句を置いて以下、（歌全体の）姿、詞は優雅でありましょう、勝とすべきです）。

【類歌】①12続拾遺94「風かよふおなじよそめの花の色に雲もうつろふみよしのの山」（春下、藤原為世）
③130月清1212「春はなほ心あてにぞ花は見しくももまがはぬみよしのの月」（上、秋）

⑤197千五百番歌合288「かぜかをるゆきのみふかきよしのやま雲とは花のそらめなりけり」(春二、忠良)「第三章七参照。」(私注)・『讃岐』74頁。「名所を詠み込み、山に咲き空に散る桜の美しさを、直接対象として詠むようになっている。」(吉野「歌風」38頁)。

題しらず

149 こえて後《のち》ものおもひけるあふ坂は関もる神やゆるさゞるらん

【語注】○こえ　掛詞「(逢坂を)越える」「男女が逢う」。また「関」の縁語。○こえて後　①18新千載1299「越えて後又つらくとも相坂の関路の鳥をきく夜半もがな」(恋三、等持院贈左大臣。④39延文百首1675)。①19新拾遺1227「うき身にはこえて後こそ相坂の山もへだつる関となりけれ」(恋四、為勝)。⑤250風葉936「こえて後しづ心なきあふ坂を中中せきのこなたなりせば」(恋二、玉もにあそぶ関白)。○あふ　掛詞。○関もる神　八代集二例・千載190、363。②15万代1985「こえぬまをせきもるかみにうれへてもたむけぞたえぬあふさかのやま」(恋二、信実)。○や　疑問とも反語ともとれる。○ゆるさ　八代集五例、初出は後拾遺939。

【訳】一線を越えて後、物思いをした逢坂・会うことは関を守る神が許しはしなかったのであろうよ。

▽踏み越しての後、物思いをする会いは、神が認めなかったであろうか、と歌う。①18新千載1418、恋三、二条院讃岐。②15万代2513、恋四「題不知」二条院讃岐、末句「ゆるさざりけん」。

【参考】⑤419宇津保物語673「なをのみはたのまぬものをあふさかはゆるさぬせきはこえずとかきく」(かんのおとど(俊蔭女))

【類歌】④37嘉元百首1260「うつつにもあふさか山の関なればさこそゆめぢもゆるさざるらめ」（恋「不逢恋」実覚）
④39延文百首1475「会坂はわがあらましのたのみにてゆるさぬ中の関守ぞうき」（恋「寄関恋」源通相）
⑤438しのびね物語9「逢坂の関にやきりのたちつらんこえての後もなほまどふらん」（きんつね）
「〔隔恋〕…○関守る神―…伊勢物語五段などにより、恋路を許さない関守のイメージがある。参考歌「人知れぬわが通ひ路の関守はよひよひ毎にうちも寝ななむ」（伊勢物語・五段、古今にも）。」（『万代和歌集(下)』2513）。「出典未詳。参考「逢坂の山ほととぎす名のるなり関もる神や空にとふらん」「千《ママ》載集夏師時。…59参照。」（私注）。

春のうたとてよめる

150　日にそへて立《たち》ぞかさなるみよしのゝよしのゝ山の花の白雲

【語注】**○日にそへ**　八代集にない。竹取物語「人の聞き笑はんことを、日にそへて思ひ給ひければ、」（新大系49頁）。源氏物語「なやみたまふさま、そこはかと見えず、たゞ日に添へてよはり給さまにのみ見ゆれば、」（「若菜下」、新大系三―357頁）。**○立（ぞ）かさなる**　八代集にない。が、「たちかさぬ（裁重）」は八代集二例・後撰1356、拾遺592。枕草子「所もなく立ちかさなりたるに、よき所の御車、人だまひ、」（新大系（二二〇段）、261頁）、さらに「立ち重な（る）」は、③106散木110、118重家463、⑤159実国家歌合2（重家）、291俊頼髄脳72（貫之）、「立ちぞ重な（る）」は、④31正治初度1832（静空）にある。③133拾遺愚草111「青柳のかづらき山の花ざかり雲に錦をたちぞかさぬる」（二見浦百首、春）。⑤421源氏物語96「うらみても言ふかひぞなきたち《た（新）》かさね引きてかへりし波のなごりに」（「紅葉の賀」内侍（源典侍））。**○みよしのゝ**　①1古今3「春霞たてるやいづこみよしののよしのの山に雪はふりつつ」（春上、よみ人しらず。②3新撰和歌3。②4古今六帖603。②6和漢朗詠78)。③116林葉113「みよしのの花のさかりと知りながら猶しら雲とあやまたれつつ」(春)。④30久安百首605「としをへて立ちかさぬればみよし野の霞ぞ山のころもなりける」(春、親隆)。④30同759「み芳野の青根が峰をしら雲のたちこめたりとみゆる雪かな」(冬、実清)。⑤261最勝四天王院和歌14「み芳のの花のしら雲《雪(夫)》猶分けて桜にくもるはるのやまびと」(「吉野山大和」俊成卿女。②16夫木1185)。**○みよしののよしの、山** 八代集四例。①9新勅撰54「はなゆゑにふみならすかなみよしののよしのの山のいはのかけみち」(春上、長方。④9長方34)。①17風雅32「みよしのの吉野の山のはる霞たつをみるみるなほぞ雪ふる」(春上、紀貫之)。③119教長147「さくらばなちりくるままにみよしののよしのの山のゆきのむらぎえ」(春)。④15明日香井294「きえあへぬ雪をはなとやみよしののよしののやまのはるのはつかぜ」(詠百首和歌、春)。**○よしの、山の** ②12月詣93「いつとなきよしのの山のしら雲も花まつ春ぞめにはかかれる」(二月、兼俊法師)。③133拾遺愚草2454「冬の朝吉のの山の白雪も花にふりにし雲かとぞみる」(下、冬)。④1式子14「たれも見よ芳野の山のみねつづき雲ぞ桜よはなぞしらゆき」(前小《ママ》斎院御百首、春)。**○花の白雲** 一句のみとしては、八代集にない。③116林葉103「みよしのの山した風やはらふらん木ずゑに帰《かか》花の白雪《雲》」(春「…、花二首」)。④7広言16「よしのやまかすみはれのくたえまよりたちかはりぬる花のしらくも」(春)。⑤165治承三十六人歌合200「春ふかく成行くままに吉野山たちのみくだる花の白雲」(「花」経正)。

【訳】 日に添えて立ち重なるみ吉野の吉野の山の花の白雲であることよ。

▽日々に立ち重なって行く吉野山の花の白雲の叙景歌。体言止。【語注】も含めて、多くの【参考】【類歌】がある。「みよしののよしのの山の花の…」のリズム。①19新拾遺98、春下「春歌とてよめる」二条院讃岐。

【参考】 ①2後撰117「み吉野のよしのの山の桜花白雲とのみ見えまがひつつ」(春下、よみ人しらず)
①6詞花22 21「白雲とみゆるにしるしみよしののよしののやまのはなざかりかも」(春、匡房。②9後葉44。③100江帥39。⑤121高陽院七番歌合4。⑤311八雲御抄81・末句「はなのさかりかも《ざかりかも》」)

【類歌】①13新後撰132「みよし野の花のしらゆきふるままに梢の雲をはらふ山かぜ」（春下「…、落花」忠良）
①16続後拾遺76「みるままに立ちぞかさぬる筑波根の峰の桜の花のしら雲」（春下「…、花」為世）
②13玄玉499「日にそへて立ちこそまされみよしのの吉野の山の花の白雲」（草樹上、師仲）…150に酷似・「こそまされ」のみが異なり、他は全く同じ
⑤197千五百番歌合301「みよし野のよしのの山の花ざかり雲よりしたのはるのしら雲」（春三、女房。④18後鳥羽院411）
「出典未詳」（私注）。「この二首〔私注―22と150〕などはやはり想像と構成を中心にした自然詠であったというべきであろう。」（脇谷「自然」91頁）。

千五百番歌合歌

151 女郎花よがれぬ露を置《おき》ながらあだなる風に何《なに》なびくらん

【語注】**○女郎花** ②16夫木4293「女郎花なびきもはてぬ秋風に心よわきは露の下おび《をれ(千)》」（秋二、女郎花、寂蓮。⑤197千五百番歌合1151）。④30久安百首147「をみなへし露のころもをかさねきてなにあだし野にたはれ伏すらん」（秋、公能）。④30同936「女郎花あだにはたれもおもはぬをなにをあかすと露けかるらむ」（秋、清輔）。④30同1135「あだなりといはれ野にさく女郎花露にぬれ衣きるにや有るらん」（秋、上西門院兵衛）。**○よがれ** 夜、女を訪れることがとだえる。「をみなへし」の縁で用いた。**○第二、三句** 「「夜の通ひが相変らず続いて杜絶えはしない、毎晩必ず露が来て置くのに」の意。」（『校註 国歌大系』）。**○置ながら** 「放っておいたままで」を掛けるか。

【訳】 女郎花は、夜離れない＝夜に必ず訪れてくる露をば置いたままの状態で、浮気な風に何故に靡くのであろうか。

▽女郎花は、夜に欠かさず降りる露を置かせておきながら無視して、不実な風にどうして靡くのかとの詠。「女郎花」に対して、「(夜離れぬ)露」＝誠実、「(あだなる)風」＝不実、の構造。①19新拾遺365、秋上、二条院讃岐。⑤197千五百番歌合1274、秋二、六百三十八番、左勝、讃岐、歌合1275「さ夜ふけてあはれときけば袖のうへに露をつたふるをぎのうはかぜ」(右、通光)、御判・女房「みわの里きてもとへかしはるばるとまつもうらめしくずの秋風」(三輪の里を、来ても尋ねてくれよ、はるばると待つのもうらめしい、葛に秋風が吹いている。「待つ・松」掛詞。二句切、四句切。体言止)。「みきはまく(右は負く)」。

【参考】②9後葉162「心からあだなる風に打ちなびきけさは露けき女郎花かな」(秋上、藤原かねつね)
③110忠盛33「おなじくはわれにたはれよをみなへしあだなるかぜになびくとならば」(秋、百首)
④28為忠家初度百首312「をみなへしませゆひかくるかひもなくあだなる風になびきやすなり」(秋「籬中女郎花」)
④30久安百首1037「秋風になになびくらむ女郎花ふけばかれゆくつまとしらずや」(秋、堀川)

【類歌】④31正治初度百首1042「秋ぎりはたちかくせども女良花あだなる風に猶なびきけり」(秋、経家)

「摂取」—「為忠初度百首　秋「籬中女郎花」三一二(為盛)・忠盛集　百首「秋二十首」三三」(長沢「千五」32頁)…共に【参考】歌。

正治百首歌に

152 今はとてさはべにかへる芦たづの猶たち出《いづ》る和かのうら浪

【語注】○さはべ　八代集六例。○さはべにかへる　③115清輔52など。○芦たづの　①1古今919「あしたづのたてる河辺を吹く風によせてかへらぬ浪かとぞ見る」(雑上、つらゆき。②3新撰和歌273。②4古今六帖4345。②8新撰朗詠420)。**○和かのうら浪** 
④31正治初度百首2292「わかの浦のしほみつよにもあしたづのよるかたもなみ鳴きまよふらん」(「鳥」信広)。
八代集一例・新古今741。

【訳】 今はその時だといって、沢辺に帰る葦鶴がやはり出発し、さらに立ち出る和歌の浦浪であるよ。

▽もう年老いて終焉だとばかりに、沢辺に帰り引っ込んでいた鶴・自分が再びあらわれ出てくる和歌の浦、つまり歌壇に復帰し、又歌人達と立ち交わることを歌う。「立ち出る」が掛詞(鶴ガ―、―浪)で、「和歌の浦」が和歌の世界をあらわす。体言止。同じ讃岐に、⑤197千五百番歌合2986「おいのなみなほたちいづるわかのうらにあはれはかけよすみよしの神」(雑二、讃岐)・326がある。①20新後拾遺1417、雑下、二条院讃岐。④31正治初度百首1994、鳥(一首目)。

【参考】 ③115清輔325「あしたづのわかのうら見て巣すつる《なみすぎしかど(重)》にとびたつばかり今ぞうれしき」(「かへし」。③118重家216、大進)

【類歌】 ①18新千載1957 1956「年ふりて世をうみわたるあし鶴の猶立ちまじるわかのうら波」(雑中、花園院)

「参考「和歌の浦に潮みちくれば潟をなみ芦べをさしてたづ鳴きわたる」(万葉集六・赤人集・古今六帖)歌壇復帰の感激を譬喩的に詠ずる。」(私注)・万葉集924 919。「森本氏は、「出家隠栖した讃岐が当時一流と目された歌人に伍して」百首に列せられた折の感激を詠じたものであろうとされた」(「糸賀」46、47頁)・建久七・1196年56歳頃隠栖か、正治初度百首は正治二・1200年60歳。「まざまざと歌壇復帰を意識してこそのつよい感激であろう。…丹後がおなじく「鳥」の部で、/うれしさ…(私注―④31正治初度百首2193(鳥、丹後))と詠んだのも、この百首に加えられた喜びの表現であろうが、讃岐の作の方が感激はいちだんと深いようだ。」(『讃岐』82頁)。「後鳥羽院に和歌を以て召し出されたことに深い感慨を抱いていることが窺える。讃岐は再び『千五百番歌合』でも、/おいの…(二九八六)(私注―326)/と「なほたちいづる和歌の浦」を詠むのである。」(山崎『正治』242、243頁)、「このような傾向(私注―身辺状況を詠じたものが多い」は鳥の歌にも顕著に表れており、五首それぞれに鳥名と共に我が身のことを詠み込んでいる」（山崎『正治』242頁）。

千五百番歌合に

153 夏のよの月のかつらの下紅葉かつぐ秋の光をぞまつ

【語注】**○夏のよの** ②4古今六帖290「こぬ人を下にしまてば夏の夜の月のあはれといひつつぞをる」（第一、天「夏の月」）。**○月のかつらの** ①1古今463「秋くれば月のかつらのみやはなるひかりを花とちらすばかりを」（物名「かつらのみや」源ほどこす）。**○下紅葉** 「下の紅葉」「下紅葉す」も含めて八代集八例。③58好忠176「したもみぢあきもこなくにいろづくはてる夏の日にこがれたるかも」（「六月をはり」）。**○かつぐ** 八代集四例。**○かつぐ秋** 新編国歌大観①〜⑩の索引を見ても、②16夫木9171（⑩1為家千首482）、③131拾玉1647（⑤175六百番歌合254。⑥31題林愚抄2739）しかない。**○秋の光** 八代集にない。⑤89無動寺和尚賢聖院歌合9、182石清水若宮歌合174、354栄花物語217などに用例がある。⑤187鳥羽殿影供歌合33「よさの浦松かぜすずし夜はの月秋のひかりをかりのとまやに」（「海辺夏月」権僧正）。

【訳】夏の夜の月の桂の下の方の紅葉は、早くも秋の光を待っているよ。

▽夏の夜の月に、生えた桂の木の下紅葉は、早くももう秋の月光を待ちもうけているとの詠。一、二句ののリズム。

①21新続古今333、夏、二条院讃岐。⑤197千五百番歌合974、夏三、四百八十八番、左勝、讃岐、末句「ひかりなりけり」（校本も。こちらのほうが分かりやすい）。歌合975「夏の夜はまだよひのまとながめつつぬるやかはべのしののめの

そら」（右、定家）、判者・後京極殿「只翫桂華《花（校本）》秋色染　夏宵不憶一夢成」（只桂の花が秋の色に染まるのを賞翫し、夏の宵に一夜の夢となれるのを思わない）。

【参考】⑤140右兵衛督家歌合6「みるからにひかりつゆけきなつのよのつきのかつらにかぜやふくらん」（「夏月」大進）

【類歌】②16夫木3923「よひのまの月のかつらのうすもみぢてるとしもなき初秋の空」（秋一、初秋、鴨長明。②16夫木13862。⑤259三体和歌39）

「一納涼一…早くも秋色を見せはじめた月を詠むか。」（『新続古今和歌集』333）。「本歌「久方の月の桂も秋はなほ紅葉すればや照りまさるらん」（古今集秋上忠岑）。」（私注）・①1古今194・②4古今六帖307・f。「古典」―「古今　秋上一九四（忠岑）」…右歌、「摂取」―「〃建久四～五　六百番歌合　夏「扇」二五四（慈円）〃」（長沢「千五」31頁）…⑤175六百番歌合254「ゆふまぐれならすあふぎのかぜにこそかつがつあきはたちはじめけれ」（夏「扇」信定）・g。153の「月世界の紅葉という場面構想はfに依拠しているが、「早くも秋」という意味を表す「かつがつ秋」はgの慈円歌に拠ると思われる。古歌の季節が初秋であるのを、讃岐は時間を戻して晩夏に設定し、「かつがつ秋」によって季節の移行期の微妙な感覚を詠んでいる。「かつがつ秋」という表現は、讃岐以前にはg一例のみで、これも俊成が判詞で「右（稿者注g）、かつがつ秋はといへる、勝り侍らむ」と評価している部分である。」（長沢「千五」36、37頁）。

正治百首歌に

154 俤《おもかげ》に秋の名残をとゞめ置《おき》て霜の籬に花をみるかな

【語注】○俤に　③50一条摂政御集157「おもかげにみつつををらん花のいろをかがみのいけにうつしうゑては」。○秋の名残（一句）八代集では①7千載388 387初出。①8新古今617「霜がれはそこともみえぬ草の原誰に問はまし秋のなごりを」（冬、俊成女）。○とゞめ置て　①8新古今793「くちもせぬその名ばかりをとどめおきて枯野の薄かたみにぞみる」（哀傷、西行）。○霜の籬（一句）八代集では①8新古今621初出。①15続千載625 627「おきまよふ霜のまがきはわすれねど日影に残る色ぞすくなき」（冬、西園寺入道前太政大臣）。

【訳】面影として秋の名残をとどめて置いて、霜の籬に（白菊の）花を見ることだよ。

▽秋の華やかさを思い返すよすがとして、心の中の面影に秋の名残をとどめ置き、目前の霜の置いた籬に、古今277「…初霜のを《(お)》きまどはせる白菊の花」の如く、霜に見まがう白菊の花（色の変った霜の白い花か）を見るとの詠。後述の新古今621の「花」も菊。意識（「秋の名残」）と現実（「籬の霜の花」）の景の重層の構造。第三句字余り（「お」）。①21新続古今646、冬、二条院讃岐。④31正治初度百首1960、冬。

「一冬の花一…本歌「しぐれつゝ…」（『新続古今和歌集』646）…以下の次歌。「参考「しぐれつつかれゆく野辺の花なれば霜のまがきににほふ色かな」（新古今集冬六二一延喜御歌）」《(ママ)》」（私注）。

155　都出《〈いで〉》てふかく入《〈いり〉》りにしおく山に猶のこりける夢のかよひぢ

【語注】○都出て　③131拾玉3392「みやこいでている日のすゑは山もなし思ひつきせぬ浪のうへかな」（略秘贈答和歌百首）。○ふかく入り…おく山に　②7玄玄142「ふかくいりてすまばやとおもふおく山《やまのはを》にいかなる月のいづちなる《る(詞)》らん」（高松殿のうへ二首。①6詞花309 308）。○夢のかよひぢ　八代集三例。

【訳】都を出て深く入り込んだ奥山に、猶残っている夢の通い路であるよ。

▽隠棲のために都を離れ深く入った深山に、人の行き来する道はすっかり跡がと絶えてしまっても、やはりまだ夢の中で都と往復する道、つまり都のことを思うのは残っているとの詠。初句字余り（「い」）。体言止。106、176参照。①21新続古今1858、雑中、二条院讃岐。④31正治初度百首1989、山家。⑤183三百六十番歌合704、雑、六十四番、右、讃岐。「一山の雑歌一」（『新続古今和歌集』1858）。

雨[1]後時鳥

156　[2][3]五月雨に雲間の月のはれ行[4]《ゆく》をしばし待[5]《まち》ける時鳥哉

【校異】98の次（河、東〔2行分アキ〕）。1雨…鳥—ナシ（東）。2新古／雨後時鳥（東）。3新古夏（河）。4行—ゆく（河）。5待—まち（河）。「以下二首、東大本による。谷山本・類従本・掬翠院本にもある。」（古）。

【語注】**○雨後郭公**「新古237（讃岐）／定家2209・隆信II106・良経1062」（歌題索引）。③130月清1062「さみだれをいとふなしにほととぎす人にまたれて月をまちける」（上、夏「院の撰歌合十首内、雨後郭公」）。**○五月雨**　96前出。④31正治初度百首1532「五月雨のはれ行く空の明けぬればながめぞちかきよこ雲のみね」（夏、範光）。④34洞院摂政家百首403「五月雨にまつべき雲のひまもなしいかなる嶺に月のいづらん」（五月雨、大殿）。**○雲間の月**（一句）八代集では①8新古今180初出。**○はれ行**　八代集六例、初出は金葉206。④31正治初度百首1634「ゆふ立の晴行く空の雲間より思ひあへなる夜はの月影」（夏、寂蓮）。**○しばし待**　⑤184老若五十首歌合121「こころあれやしばし待たれて郭公ふけゆく月にあはれそふなり」（夏、権大納言）。**○時鳥**　①19新拾遺258「月かげは思ひたえたる五月雨の雲より出づるほととぎすかな」（夏、宮内卿）。⑤230百首歌合〈建長八年〉985「過ぎにける雨をやしたふ時雨はれ行くかたの雲になくなり」(伊嗣)。

【訳】 五月雨に雲間の月が晴れて行くのを、しばらくの間待っている時鳥であるよ。〈雨の後の時鳥〉

▽五月雨によって、雲の中に閉ざされていたが、雲が晴れて月が見えるようになるのを、しばし待っている郭公を歌う。第四句擬人法。101参照。①8新古今237、夏「建仁元年三月歌合に、雨後時鳥といへる心を」二条院讃岐、第一句「五月雨の」。⑤186新宮撰歌合〈建仁元年三月〉20、十番「雨後時鳥」右勝、讃岐。歌合19「ほととぎす待つよひながら村雨のはるればあくる雲になくなり」(左、有家)、判者・釈阿「右歌殊《ママ》よろしきなり、不及沙汰可勝之由、左方申、判者、同じく以右為勝」(右歌は特に悪くないのである、あれこれと言うことでもなく勝つべき旨を、左方が申している、判者も同様に右を勝とする)、初句「さみだれの」、1201年三月二十九日。⑥31題林愚抄2150、初句「五月雨の」、夏上、雨後郭公、「新古建仁元三歌合」二条院讃岐。

【類歌】③131拾玉2990「五月雨の雲に成行くなつのよの月影しのぶほととぎすかな」(詠百首和歌、夏)

④11隆信106「さみだれにぬれぬれこそはたづねつれくもまちけるほととぎすかな」(夏)

④31正治初度百首732「さみだれの雲まの月のをりしもあれ身にしむ時の鳥のこゑかな」(夏、忠良。②16夫木2734)

「五月雨に郭公を取り合せた歌。…さみだれがあがって月が美しく照る折も折ほととぎすが鳴いたので、ほととぎすを擬人化して、このような機会を待っていたのだろうと想像した。」(古典集成・新古今237)。「「五月雨」…月が雲から出たとたんに鳴いた郭公に感情を移入して興じるとともに、月と郭公の両方を待ち得た喜びも表わしている。」(新大系・新古今237)。『讃岐』86、87頁参照。「ほととぎすの一声を聞こうとして夜更けあるいは明方まで待った王朝人の姿が髣髴とするが、この一首ではむしろ、「五月…行くを」という時間的推移を基軸にした詠みぶりがその中心をなしている。その意味では一首が極めて構成的であり、絵画的である。従って、同じ讃岐の「鳴捨て〻…〔私注—22〕という一首とはかなりちがった印象を受ける。」(脇谷「自然」88頁)。「艶麗であり、華やかである歌、」(「高畠」58頁)。

[1]暁月

157 [2][3]大かたに[4]秋のね[5]覚の[6]つゆけくは[7]又たが袖に有明の月

【校異】 98の次次（河、東）。2同／暁月（東）。3同（河）。4に—「は谷掬」（古）。5覚—覺（東）、さめ（河）。6つゆ—露（河）。7又—また（河）。

▽①8新古今435、秋上、103既出。

158 夢にだに人をみよとやうたゝねの袖ふきかへす秋〈の〉初風

【校異】 「以下五首、掬翠院本による。他本なし。」（古）。

【語注】 **〇夢にだに** ①7千載899 897「恋ひわびてうちぬるよひの夢にだにあふとは人のみえばこそあらめ」（恋四、成範）。 **〇人をみよ…** 新編国歌大観索引の①〜⑩では、他にない。 **〇うたゝねの** ①5金葉553 587「うたたねのゆめなかりせばわかれにしむかしの人をまたもみましや《見ましやは（堀）》」（雑上、顕季。④26堀河百首1541）。①7千載738 737「うたたねの夢にあひみて後よりは人もたのめぬくれぞまたるる」（恋二、源慶法師）。①8新古今1161「忘れても人にかたるなうたたねの夢みてのちもながらへじよを」（恋三、馬内侍）。⑤229影供歌合〈建長三年九月〉11「秋きぬと人こそつげねうたたねの袖の露にぞおどろかれぬる」（「初秋露」実雄）。

【訳】 夢だけなりとも人を見よということでか、うたたねの袖を吹き返している秋の初風であるよ。

▽せめて夢だけでもあの人を見よというのか、うたたねの袖を秋の初風が吹き返していると歌う。体言止。②16夫木

17071、雑十八、夢「千五百番歌合」二条院讃岐。⑤197千五百番歌合2444、恋二、千二百二十三番、左、讃岐、末句「あきの夕かせ」（校本）、「左　勝」（校本）、歌合2445「伊勢のうみのしほせになびくはまをぎのほどなきふしになにしをるらん」（右、寂蓮）、判者・顕昭「左歌は万葉に、しろたへ《白妙(校本)》の袖をりかへしこふればかいもがすがたのゆめにしみゆる、といふ歌《うた(同)》の心をおもひ《思(同)》て、袖ふきかへす《吹かへせ(同)》とよめる《まれた(同)》も《ナシ(同)》よろしく侍り、国信卿の歌合のとき、《に(同)》夜恋に隆源法師が、こひ《恋(同)》わびてかたしく袖はかへせども《ゝん(同)》いつかは君が夢にみえける、とよめるをば其時《その(同)》の歌仙、衣かへすとおなじことかなとおぼめき侍り《ナシ(同)》けるも、万葉《葉の(同)》歌たしかに《に(同)》もおぼえざりけるにや／右歌は、…、左勝《歌かち(同)》にや」（左歌は、万葉に、「白妙の袖折り返し恋ふればか妹が姿の夢にし見ゆる」（万葉2949 2937）という歌の趣を思って、「袖吹き返す」と歌ったのも悪くなくございます。国信卿の歌合の時、「夜恋」（題）で、隆源法師が、「恋ひ侘びて片敷く袖は返せどもいつかは君が夢に見えける」（⑤126源宰相中将家歌合〈康和二年〉29、末「みえざる」）、と詠んだのを、その時の歌仙・歌の名手が、「衣返す」と同じことであるよと、いぶかしく思いましたのも、万葉歌をはっきりとは覚えていなかったのでしょうか／右歌は、…、左の勝でしょうか）。

【類歌】①8新古今308「うたたねのあさけの袖にかはるなりならすあふぎの秋のはつ風」（秋上、式子内親王。⑤183三百六十番歌合292）

①8新古今953「旅人のそで吹きかへす秋風にゆふ日さびしき山のかけはし」（羈旅、定家。③133拾遺愚草1635）

①17風雅448 438「しらつゆはまだおきあへぬうたたねの袖におどろく秋のはつかぜ」（秋上、但馬。④35宝治百首1239）

③132壬二230「あき風のうちふくよひはうたたねの人だのめなるをぎの音かな」（大輔百首、秋）

④34洞院摂政家百首621「うたたねの袖の上とふ人もあれや夜寒の月に秋風ぞふく」（月、経通）

158の「「袖吹…かぜ」は定家の、／旅の…／旅人の…に学んだのであろうか。讃岐の作は「袖吹…かぜ」を転寝の袖を吹くものとして、恋の妖艶な余情を揺曳させている。」（「糸賀」46頁）。「顕昭の判詞に／白妙の…の「歌の心を…よろしく侍り」とある。讃岐歌は万葉集歌の内容をふまえ、風を擬人化して詠み変えている。「秋の夕風」という讃岐歌の時間の設定は、訪れのとだえがちな恋人を一人待ち佗びる姿を暗示させる。③〔私注―295〕が歌の詞を取り入れ、④〔私注―この歌〕では歌の心を取り入れたことが判詞に述べられている。」（吉野「正治」9頁）。「古典」―「古今恋二・五五三（小町）」、「摂取」―「〃建久七　九・一八　韻歌百二十八首「秋」＝拾遺愚草一六三五〃」（長沢「千五」31頁）…①1古今553「うたたねに恋しきひとを見てしより夢てふ物は憑みそめてき」（恋二、小町）、【類歌】の①8新古今953。

159　石上ふるの早田《（ママ）》につなはへてひく人あらばものはおもはじ＝145

160　いそのかみふるの高橋たかしとも見えずなり行《ゆく》五月雨のころ

【語注】**○ふるの高橋**　「高橋」共八代集にない。大和国の歌枕。布留川に高く架けた橋と考えられていた。催馬楽2「沢田川　袖漬くばかり　や　浅けれど　はれ　浅けれど　恭仁の宮人　や　高橋わたす　…」（「沢田川」、旧大系381頁）。96実国49「五月雨の日をふるまゝにさはるかは《わた川賻》　そのたかはしはなのみなりけり」（私家集大成・中古Ⅱ）。○**五月雨のころ**（一句）八代集では①8新古今226が初出。

【訳】布留の高橋は高いものだとも見えないようになって行く五月雨の頃であるよ。

▽川に架かる布留の高橋が高いのだとは、五月雨の比は分からなくなると歌う叙景歌。体言止。363に同じ五月雨の布留の高橋を歌った「さみだれに下行く水やまさるらむ波にちかづくふるのたか橋」（夏「橋五月雨」）がある。②15万

代685「五月雨を」夏、二条院讃岐。②16夫木3040、夏二、五月雨「同〈＝家集〉」二条院讃岐。⑤183三百六十番歌合222、夏、卅九番、右、讃岐。

**【参考】**②4古今六帖1608「いそのかみふるのたかはしたかだ《た(万)》かにいもがまつらんよぞふけにける」（第三「はし」。②1万葉3010 2997。②16夫木9472）…もと

**【類歌】**①15続千載287 289「日かげへて浪やこすらん五月雨は雲間もみえずふるのたか橋」（夏、大江宗秀）

①19新拾遺264「五月雨のふるの高はしたかしともみかさまさりてみえぬ比かな」（夏「橋五月雨といふことを」藤原基任）…160によく似る

「〈五月雨〉…参考歌「石上布留の…」（万葉・巻十三《ママ》）〈私注―**【参考】**歌〉。▽布留の高橋さえ、高く見えないほど、五月雨で水量が増している。」（『万代和歌集(上)』685）。

161　春の池の汀の柳打《うち》はへてなびくしづえにをしぞ立《たつ》なる

**【語注】**○**春の池の汀の**　③130月清1022「はるのいけのみぎはのむめのさきしよりくれなゐくくるさざなみぞたつ」（上、春「池岸梅花」）。○**汀の柳**（一句）八代集になく、①〜⑩の新編国歌大観索引をみると、他に④3小侍従12、⑦82紫禁（順徳院）1115「池水の汀の柳露散りて浪にしらるる春のむら雨」（「春雨」）、⑨12芳雲（実陰）401、23鈴屋（宣長）126、⑩54山家三番歌合9、68歌合〈建保七年二月十一日〉7に用例がある。○**打はへて**　111、117前出。③58好忠526「かつまたのいけのうらなみうちはへてたちてもゐてもものをこそおもへ」（恋）。⑤31宰相中将君達春秋歌合32「かたおりてやなぎのいとのうちはへて春がよればやまくとみゆらん」（「あき」）。○**なびくしづえ**（一句）八代集にないが、同じ作者に、④12讃岐1「あをやぎのなびくしづえにはきてけりふく春風やともの宮つこ」（「だいりに

…」）があり、④30久安百首1109（春、上西門院兵衛）にもある。○しづえ　1前出。○末句　④1式子265「…さえくれて氷のねやにをしぞ鳴くなる」（冬）。161の「なる」断定、「ようだ」ではない。

【訳】　春の池の汀の柳はずうっと続いて靡いている下のほうの枝に鴛鴦が立っているのだ。

▽春池の汀の柳がずらっと風に靡いている下枝に鴛が立つ叙景歌。初句字余り（「い」）。【語注】の讃岐歌1参照。②16夫木768、春三「千五百番歌合」二条院さぬき。⑤197千五百番歌合255、春二、百二十八番、左、讃岐、「右　勝」（校本）、歌合256「うゑおきしわかきのむめのはつ花ににほひそめぬるねやのうちかな」（右、三宮）、判者・忠良「左歌、をしにはかにいできたるやうに侍るにや《や侍らん（校本）》、右すこしはまさるべくや《や侍らん（同）》」（左歌は、鴛鴦が急に（歌に）出てきたようでございますでしょうか、右歌のほうが少しは優れているでしょうか）。

「摂取」—「讃岐集「内裏柳垂」一」（長沢「千五」32頁）・【語注】の讃岐歌。

162　千鳥鳴《なく》そがの川風身にしみて真菅かたしくあかすよは哉

【語注】　○千鳥鳴　③132壬二2809「千鳥鳴く河辺のちはら風さえてあはでぞかへる有明の空」（下、恋「河辺恋」。⑤194水無瀬恋十五首歌合128）。○そが　八代集にない。「宗我」・「御所市を発して大和川に注ぐ曽我川。」（角川文庫『万葉集下巻』3101 3087）。大和国高市郡、檜隈川の下流。『歌ことば大辞典』では、「宗我の川原…所在未詳の歌枕。」石見、出雲説あり。「「千鳥」や「真菅」を詠む。」「万葉歌によって形づくられた歌枕であるということはいえよう。」とする。また『歌枕索引』は、「そがのかはら（曽我川原）」として、月清集の2例（後述の③130月清544、1309）をあげる。『古代地名索引』は、「宗我川」として万葉の他、「奥義㊤260（河原）」を記す。その奥義抄「（二十五　出萬葉集所名）河…そがのかはら マスゲヨキ」（歌学大系、第一巻260頁）。○そがの川　②1万葉3101 3087「ますげよし《マスゲヨキ》　そがのかはらに《ソガノカハラニ》　なくちどり《ナクチドリ》　まなしわがせこ《マナシワガセコ》ワガコフラクハ《あがこふらくは》（レシコフレバ）（ママ）」（巻第十二、寄レ物陳レ思）。②16夫木6737「ますげよきそがのかはらになく千鳥まなくわがせこ我しこふれば」（冬二、千鳥、読人不知）。**○川風**　八代集五例。**○身にしみて**　④31正治初度百首2041「いかにせんあまの川風身にしみて恨をのこす明くれの空」（秋、小侍従）。さらに俊成の自讃歌①7千載259 258「夕されば野べのあきかぜ身にしみてうづら鳴くなり…」（秋上）がある。**○真菅**　八代集一例・千載689。**○かたしく**　このままなら四句切か。また「よは（夜半）」にかかるか。他集の如く「かたしき」であろう。

【訳】千鳥が鳴いているそがの川風が身にしみて、（真）菅を片敷いている、（夜を）明す夜半であるよ。

▽水辺に群をなして棲む千鳥の鳴いている宗我（曽我）の川風が身にしみて冷たく寒いので、菅を片敷いての独寝で夜を明すとの冬の覊旅歌。①11続古今908 915、覊旅、二条院讃岐、第四句「ますげかたしき」。④31正治初度百首1967、冬、第四句「ますげかたしき」。⑥10秋風509、冬下「正治二年たてまつりける百首の冬歌」二条院のさぬき、第四句「ますげかたしき」。⑥27六華集1357、第三、四句「身にしめて真菅かたしき」、冬「（新後拾）」藤原通光。

【類歌】①22新葉454 453「ますげよきそがの川風ふけぬとやしばなくちどりこゑぞさびしき」（「…、千鳥を」冷泉入道前右大臣）

③130月清544こよひたれますげかたしきあかすらむそがのかはらにちどりなくなり」（南海漁父百首、冬十首。①21新続古661。②16夫木6738。③131拾玉1794）…162に酷似

④39延文百首3062「ますげふくそがの川風おとさえてこほるみぎはに千鳥鳴くなり」（冬「千鳥」雅冬）

「〔通釈〕千鳥がわびしく鳴く宗我川の川風が身にしみて、菅を下に敷いて、夜を明かすことよ。」（『続古今和歌集全注釈』908）。「「そがの河」は『五代集歌枕』に「河原　そがのかはら（下野）」〔私注―歌学大系別巻一、418頁〕とあり（ママ）万葉集の歌(イ)を引いている。また『八雲御抄』には「河原　そがの石見　万ますげよき　千鳥」〔私注―歌学大系別巻三、416頁〕とある。これらの歌学書に引用された万葉集歌は／寄物陳思／(イ)[b]ます…〔私注―【語注】の②1万葉

3101 3087〕／である。他に、讃岐歌以前に「そがの河原」を詠み込んだ歌は(ロ)(ハ)(ニ)の三首が見いだされる。／(ロ)文治…万代と…〔私注―後述の⑤258文治…138〕／(ハ)秋篠…こよ…〔私注―〔類歌〕の③130月清544〕／(ニ)秋篠…しも…〔私注―後述の③130月清1309〕／良経歌(ハ)は讃岐歌と「千鳥」「ますげ」の歌材が重なり、夜を明かすという設定も同じである。どちらも万葉集歌(イ)と歌材が重なる。讃岐は、万葉集歌(イ)をも知っていた可能性は高いと思われるが、直接の契機になったのは当代の良経歌(ハ)であり、これに刺激されて詠作したと想定してよいように思われる。」〔吉野「歌風」42、43頁〕。「本歌取りをしている当代歌人の歌の影響をうけながら、同じ本歌をふまえて讃岐が詠んだと考えられる歌」〔吉野「正治」5頁〕…「本歌」②1万葉3101 3087、「当代」③130月清544〔私注―共に前述〕。「摂取」―「万葉　寄物陳思三一〇一」、「文治六　女御入内屛風　六月「六月祓」一三八（実定）／建久五秋　南海漁父百首「冬」＝秋篠月清集五四四／秋篠月清集　冬一三〇九」〔長沢「正治」18頁〕…前述2首と③130月清1309「しもこほるますげがしたにとぢてけりそがのかはらのみづのしらなみ」〔冬「冬の…」〕、⑤258文治六年女御入内和歌138「万代といはふみそぎはますげよきそがの河原のゆふぐれのそら」〔夏、左、「六月祓」〕。「「そが川」「富士の鳴沢」は、いずれも讃岐以前には右に挙げたのみで、用例の希少な歌枕である。「そが川」については既に吉野氏〔A論文〔私注―「吉野「歌風」」〕〕による指摘があるので、」〔長沢「正治」23頁〕。

百首の歌奉りしに

163（一）折《をり》こそあれながめにかゝる浮雲の袖もひとつにうちしぐれ《時雨》つゝ

【語注】○折こそあれ　八代集はこの歌・163のみ。③81赤染衛門128、96経信221などに用例がある。字余り（「あ」）。

**○浮雲**　八代集初出は金葉56。①7千載1000 997「うき雲のかかるほどだにあるものをかくれなはてそ…」（雑上、近衛院）。**○うちしぐれ**（動詞）八代集三例、初出は金葉614。

**【訳】**折も折、ながめにかかっている浮雲の袖も一つのものとなって時雨つつあるよ。

▽ちょうどその時、物思いの眼にうつる空の浮雲が、袖と一体となって涙の時雨を降らせてくると歌う。もと・正治初度百首では恋歌、新古今では冬となる。「時雨」の語が下にあるので、「ながめ」は「長雨」との掛詞とはみなさない。103参照。①8新古今584、冬「百首歌たてまつりしに」二条院讃岐。④31正治初度百首1979、恋。

**【類歌】**③132壬二557「むら雲のいこまの山にかかるよりながむる袖も打時雨れつつ」（院百首、冬。⑤197千五百番歌合1681）…163に近い

④15明日香井464「いたづらにむなしきそらをながめてもよはうき雲のうちしぐれつつ」（詠千日影供百首和歌、無常）

「時雨の歌…自然がわが心に感応するかのように悲しい風貌を呈していると歌う。…浮雲「憂き」を響かせる。」（古典集成・新古今584）。「「時雨」。…「長雨」に掛けて、縁語の「浮雲」「しぐれ」を導く。…▽浮雲が時雨を降らせると、物思いする身はこらえきれずに忽ち袖にも涙の時雨を降らせる。」（新大系・新古今584）。

千五百番歌合に

164（二）　春の夜のみじかきほどをいかにして八聲《やこゑ》の鳥の空にしるらむ

**【語注】○春の夜の**　「の」とも「が」（主格）ともとれる。**○八聲の鳥**　八代集一例・千載948。他、③116林葉216、④26堀河百首9などがある。夜明けにたびたび鳴く鶏。**○空にしる**　掛詞。

【訳】春の夜の短い具合を、どのようにして鶏はそれとなく自然に、空に対して知っているのであろうか。

▽春の日永に対して、春夜が短いのを、鶏は頭で、空を見て知っているのかといぶかったもの。①9新勅撰123、春下、二条院讃岐。⑤197千五百番歌合465、春四、二百三十三番、左、讃岐、「左　持」（校本）、歌合466「よしのやまたづねし花はちりはててあとなき雲のあとを見るかな」（右、丹後）、判者・釈阿「左右両首姿詞いひしりて宜しく見え侍り、勝劣申し《ナシ（校本）》がたかるべし、仍りて持とす」（左右二首は、歌の姿、詞が表現し得て、悪くなく見えます、勝負は申し上げにくいようでしょう、そこで持とする。「いひしり」—伊勢物語「文もおさ〱しからず、ことばもいひ知らず、いはむや歌はよまざりければ、」（百七段）、新大系182頁）、古今和歌集638「明けぬとて今はの心つくからになど言ひしらぬ思ひ添ふらむ」（恋三「題しらず」藤原国経）。

【参考】③100江帥1「はるたてばひと夜がほどにいかにしてそらのけしきのまづかはるらむ」（春。②16夫木49）

【類歌】③133拾遺愚草1517「春の夜のやこゑの鳥も鳴かぬまにたのむの雁のいそぎ立つらん」（春「深夜帰雁」。④45藤川五百首81）

⑤244南朝五百番歌合912判「山ざとに都をいそぐ心をや八声の鳥も空に知るらん」（雑一）

「〔語釈〕「空」「鳥」は縁語であろう。…〔余釈〕春の夜が短いのを、鶏はどうして誰からも教えてもらわないのに知っていて朝になると鳴くのだろう、という意の歌である。春の短か夜を嘆く気持を鶏に寄せて詠んでいる。後朝の別れまで連想させる。平明な歌である。」（『新勅撰和歌集全釈二』123）。「すが…侍り」と判詞にあるような、姿すなおで優艶な感じの歌、」（「高畠」57頁）。「古典」—「堀河百首　雑「暁」一二九四（肥後）」、「摂取」—「千載　恋五　九四八（雅頼）」（長沢「千五」31頁）…④26堀河百首1294「さしぐしの暁がたになりぬとや八こゑの鳥のおどろかすらん」（雑「暁」肥後）、①7千載948 945「おもひかねこゆるせきぢに夜をふかみやこゑの鳥のねをぞそへつる」（恋五「隔関路恋…」雅頼）。「類歌「春の夜は短きものをあなにくやいとど夜長のやまめがらすや」（正治初度百首・鳥・範光）。」（明治・新勅撰）・④31同1594。

千五百番歌合に

165（三） 富士のねも立ちそふ雲はあるものをこひの煙《けぶり》ぞまがふ方なき

【語注】 **○富士のね** ②3新撰和歌258「君といへば見まれみずまれふじのねのめづらしげなくもゆる我がこひ」（恋）。 **○立ちそふ** 八代集三例。 **○こひの煙** （一句） ①7千載703、③96経信230、③109雅兼51、⑤424狭衣物語215、⑤164右大臣家歌合〈安元元年〉42「独ねの恋のけぶりやほのぼのと明けゆく山のみねのよこ雲」（「暁恋」清輔）などに用例がある。

【訳】 富士の嶺も立ち添う雲はあるのに、恋の火の煙はまがうものがないよ。

▽富士山も、煙と見まがえる、立ち添う雲は存在するのに、思いに胸を焦がす恋（「火」を掛ける）の煙は見まがうものがないと歌う。①11続古今1078 1086、恋二、二条院讃岐。①13新後撰1609 925、二条院讃岐（〔異本歌〕、正保四年板本、同巻十二、九二三の次）。②15万代1949、恋二「千五百番歌合の歌」二条院讃岐。⑤197千五百番歌合2264、恋一、千百三十三番、左、讃岐、「左　持」（校本）、歌合2265「けふこそは袖にもらせいつのまにやがて涙のいろに見ゆらん」（右、丹後）、判者・生蓮「共にいひしりて、させる難なくはべり、おなじ程のことにこそ」（共に歌い方を心得て、どういう欠点もなくてございます、同じレベルのことで（ございましょう）。「いひしり」は前歌164の判参照）。

【類歌】 ②16夫木7861「やへ雲も風吹く空はなびきけりこひのけぶりぞやるかたもなき」（雑一、雲、八重雲、藤原資光）④37嘉元百首1763「ふじのねもむなしき名をやたてそへん跡なき恋の煙くらべに」（恋「不逢恋」為信）

「〔通釈〕高い富士山でも、立ちそう雲はあって、その煙が見えないこともあるのに、恋の火の煙は、まぎれようがなくて、人に知られてしまうことよ。…☆「いかにせむ室の八島に宿もがな恋の煙を空にまがへむ」（千載・恋一・俊成）。」（『続古今和歌集全注釈』1078）。「〔恋の苦しみ〕…○恋―「火」を掛ける。▽富士の嶺に立ち添う雲はあるのに、私には添う人はいないから私の恋の煙は紛れる方法がない。」（『万代和歌集(上)』1949）。「本歌」―「古今　雑体一〇二八（紀乳母）、後撰　恋六・一〇一四（朝頼）・一〇一五（読人不知）」（長沢「千五」30頁）…①1古今1028「ふじのねのならぬおもひにもえばもえ神だにけたぬむなしけぶりを」（雑体、きのめのと）、①2後撰1014 1015「ふじのねをよそにぞききし今はわが思ひにもゆる煙なりけり」（恋六、あさより）、①2同1015 1016「しるしなき思ひとぞきくふじのねもかごとばかりの煙なるらん」（恋六「返し」よみ人しらず）。

千五百番歌合に

166（四）あはれなる山田の庵《いほ》のねざめかな稲葉の風に初かりの声《こゑ》

【語注】○稲葉の風（一句）八代集では①8新古今61、449のみ。他、③35重之280などがある。

【訳】しみじみと情趣深い山田の庵の寝覚であるよ、（その時には）稲葉をふく風に初雁の声が聞こえることだ。

▽稲葉の風に聞こえてくる初雁の声を聞くと、寝覚めてしみじみとした山田の庵の情緒を感ずるという倒置法か。また「寝覚」は、声によって眠りから覚めたのか、物思いによる不眠か。三句切、体言止。左記の如く数多の【類歌】がある。讃岐にも④31正治初度百首1952「旅ねする山田の庵は夜寒にて稲ばの風に衣うつなり」（秋、讃岐 二条院女房。②16夫木5743）・212がある。①14玉葉598、秋上、二条院讃岐。②16夫木4953、秋三、雁「秋歌中、初雁」二条院讃岐、第二

句「みやまのいほの」。⑤197千五百番歌合1424、秋三、七百十三番、左、讃岐、「右　勝」（校本）。⑤323歌苑連署事書16、二条院讃岐。歌合1425「もみぢする月のかつらにさそはれてしたのなげきも色ぞうつろふ」（右勝、定家朝臣）、判者・女房・御判「ものおもへばみだれて露ぞちりまがふ夜はにねざめをしかのこゑより」、「もみちよし（紅葉良し）」（ものを思うと、乱れて露（＝涙）がちりまがうことよ、夜半に寝覚をする、鹿の声によって。初句、字余り（「お」）。

【参考】②10続詞花253「霧はれぬ山田の庵の夕さればいなばのかぜのおとのみぞする」（秋下、行宗）

⑤148摂政左大臣家歌合〈大治元年〉7「いなぶきの山田のいほにたびねしてもる夜はかりのこゑのみぞする《きく（夫）》」（旅宿雁、国能。②16夫木5046）

【類歌】①8新古今449「山ざとのいなばの風にねざめして夜ぶかく鹿《かり（定）》の声を聞くかな」（秋下、師忠。⑤277定家十体128）

①17風雅525 515「を山田のいほもる床も夜寒にていな葉のかぜに鹿ぞなくなる」（秋上、為藤。④38文保百首1640）

③132壬二195「露ながら稲ばのかぜをかた敷きて山田のいほに月をみるかな」（後度百首、雑）

③132壬二1062「とふ人も風《かど（玉、正）》よりほかはなかりつる山辺の庵のはつかりのこゑ」（二百首和歌、秋「雁」）

④1式子241「我がやどのいな葉の風におどろけば霧のあなたに初かりのこゑ」（秋。①14玉葉578。④31正治初度百首243）

④31正治初度百首1651「雲につく嶺の庵にね覚してただここもとに初雁の声」（秋、寂蓮）

⑤184老若五十首歌合268「遠山田いなばの風はほのかにていほもるひたのさ夜ふかきこゑ」（秋、雅経）

〔通釈〕しみじみと心にしみる、山田の中の庵での寝覚の風情であることよ。稲葉を風が渡り、初雁の声が聞える。／〔参考〕（578・585番歌および本詠を列挙して）「右の三首…おそれあり」（歌苑連署事書）…〔補説〕歌苑連署事書の非難は、三首ともに「…に初雁の声」の表現を取る点を問題にしている。和漢朗詠集六七一・六七二に同一表現の句が並ぶのは、別に意義があるから許せるのだとする。」（『玉葉和歌集全注釈上巻』598）。「観照の澄んだ中に、しみじみとした哀感を漂わせた落ちついた歌の世界を形成している。」（脇谷「自然」89頁）。「摂取」―「〃正治初度百首「秋」二四三（式子内親王）・一九五二（讃岐）〃」（長沢「千五」32頁）・【類歌】の④1式子241、▽の④31正治初度百首1952。

題しらず

167（五）いかなれば泪の雨はひまなきを阿武隈《あぶくま》川の瀬だえしぬらむ

【語注】○泪の雨（一句）後撰955、1326、②4古今六帖2454などよりある。○ひまなき　八代集九例。が、初出は後拾遺691。○阿武隈川　八代集七例。④30久安百首63「床の上にたえずなみだはみなぎれどあぶくま川とならばこそあらめ」（恋、御製）。「会ふ」を掛ける。○瀬だえし　八代集一例・①7千載890 888「すみなれしさのの中川せだえしてながれかはるは涙なりけり」（恋四、源仲綱）。「瀬だえ」掛詞（「折・機会の絶えること」も）。

【訳】どういうわけで、泪の雨は絶え間がないのに、会うという阿武隈川の瀬はたえ、会う時もたえはててしまったのであろうか。

▽どうして泪の雨は絶えないのに、阿武隈川の瀬がない、そのように逢瀬がないのかといぶかったもの。①19新拾遺1266、恋四、二条院讃岐。⑤213内裏百番歌合〈建保四年〉164、恋、八十二番、右、讃岐、第三句「ひまなきに」、歌合163「おもひあればつれなき色もかはりけりえやはいはねの松のした露」（左勝、通光）、判者・定家・判「左心詞いうにをかしく聞え侍之由各申して為勝」（左の歌の内容と表現とが優雅に趣深く耳にされます旨、各々が申し上げて（その結果）勝とする）。

「通光のこの歌に負けた讃岐の作が、なぜまた新拾遺集にとられたのか。あるいは定家が新勅撰集で示した強い支持

が、代々の勅撰集にうけつがれるという、一つの心を認めうるのではないか。」（『讃岐』125頁）

**【類歌】**③131拾玉390「いかなれば涙のあめはかかれどももゆる思ひのしめらざるらむ」（百首、恋）

④7広言79「月かげのはれゆくままにいかなればなみだのあめのふりまさるらん」（恋「月前恋歌合」）

⑤250風葉1015「あふ事はまたなき中にいかなれば涙ばかりの絶えぬなるらむ」（をだえのぬまの春宮大夫）…167に近い

『古典文庫』236、237頁の「出詠歌合・百首歌等（算用数字は歌数を示す。）」に基づいて、今までの歌以外を挙げていく。

「別雷社歌合　治承二年三月十五日　3」

〈春霞…・4＝12〉、〈咲初めて…・64＝13〉、〈いはでのみ…・124＝73〉

「民部卿家歌合　建久六年正月廿日　5」・⑤176民部卿家歌合〈建久六年〉

〈かぜかをる…・6＝148〉、〈おほかたに…・98＝103＝157〉、〈跡たえて…・190＝113〉

168　ほととぎす太山《みやま》がくれを出でやらで雨うちそそく暮を待ちけん

**【語注】**　**○太山がくれ**　①2後撰549 550「かずならぬみ山がくれの郭公人しれぬねをなきつつぞふる」（恋一、春道のつらき）。**○出でやら**　八代集にない。蜻蛉日記「かなしきに、「時たがひぬる」といふまでもえ出でやらず、又、こゝなる硯に」（上、新大系44頁）。源氏物語「言少なにても、と思があはれなるに、えも出でやらず。」（「柏木」、新大系四―10頁）。なお「出でやらで」は、③133拾遺愚草1294、④32正治後度百首507（家長）などに用例がある。**○雨うちそそく**　「うちそそく」は八代集にない。「うち」掛詞（「打ち」と接頭語）か。「そそく」八代集五例、初出は後拾遺

1086、「いはそそく」八代集二例・千載1134、新古今32、「あまそそき」八代集一例・新古今1492。「雨そそく」につき、詳しくは『藤原定家研究』(佐藤恒雄)、228～231頁参照。③131拾玉712「はるかさは雨うちそそく山里に物思ふ人のゐたるゆふ暮」(楚忽第一百首「春雨」)。

【訳】 時鳥は深山に隠れているのを出やらないで、雨のうち注ぐ暮を待ったのであろう。

▽時鳥は深山がくれを出ないで、雨の注ぐ夕暮を待っていたのであろうと歌う。式子にも、①8新古今215「こゑはして雲ぢにむせぶ時鳥涙やそそくよひのむらさめ」(夏)の名歌がある。⑤176民部卿家歌合52、「初郭公」三番、右、讃岐、歌合51「いづかたへ山時鳥すぎぬらんよにしのぶ音を我にもらして」(左持、左衛門督)、判者・釈阿「左、…、右、雨打ちそそく、などいへるは艶にみえ侍るを、はじめの心やすくなく侍らん、などとて持とすべきや」(右歌は、「雨打ち注ぐ」、などと表現したのは、艶(優美)に見えますが、「初」を歌に歌い込む意図がさぞ簡単でない(少ないカ)のでございましたのでしょう、などとして持とすべきでしょうか)。

【参考】 ③80公任74「月よりもまちぞかねつる時鳥み山をいでんほどをしらねば」(①11続古今195)
③117頼政150「宮こにはまつらんものを郭公いづるを惜む深山べの里」(夏「山家郭公、…」)

【類歌】 ③133拾遺愚草2217「郭公いづるあなしの山かづらいまやさと人かけてまつらし(む(新))」(下、夏「…、暁郭公」。①13新後撰174)
④39延文百首824「ほととぎすいでて深山に立ちかへり又や都の人にまたれん」(夏「郭公」尊道)
168、169は「他の三首(私注―147、103、113)に比べても明らかに見劣りがするし、題の心や上下の句の不調和などが指摘されている。しかし、全体には落ちついた風情ある詠みぶりが示されたのである。」(脇谷「自然」93頁)。「当代歌人の歌から影響をうけたと思われる歌③④(私注―168、169)もみられる。」(吉野「正治」3頁)・【語注】の③131拾玉712と③132壬二20「けふのみとはるも名残や惜むらむ雨うちそそく夕暮の空」(初心百首、春)。

169
## しばしこそ人も待ちしか山里はいたくなとぢそ雪のかよひ路

【語注】 **○深雪** （歌合題）「家隆2312・寂蓮Ⅱ34・隆信Ⅱ290」（歌題索引）。③132壬二2660「うづもれて梢にかはる深山ぢにまだ跡たえぬ夕暮の空」（冬「経房卿家歌合に、深雪」）。 **○山里は** ①3拾遺251「山ざとは雪ふりつみて道もなしけふこむ人をあはれとは見む」（冬、かねもり。3′拾遺抄158。②8新撰朗詠356）。⑤107讃岐寺顕季家歌合15「山ざとはゆきこそふかくふりにけれよひこし人もみちまよふまで」（「雪」）。 **○いたくなとぢそ** （一句）①〜⑩の新編国歌大観の索引では、他は、⑩168正平二十年三百六十首155（中御門一位）だけである。 **○雪のかよひ路** ④10寂蓮165「すみわびぬ我だに人を尋ねばやと山のすゐの雪の通ひぢ」（「山家雪」。②16夫木7248）。

【訳】 しばらくの間、人も待ったことだよ、（だから）山里はたいそう閉じこめてくれるな、雪の通路をば。

▽しばらく人も待った、だから山里は雪が降って通路を閉ざしてくれるなと、雪へ呼びかけたもの。「人が待った」ともとれ、その場合人が山里にいる体、自分が山里なら「人を待った」となる。二句切。体言止。下句倒置法。168参照。⑤176民部144、三番「深雪」、右、讃岐、歌合143「夜を寒みこしの山風さえさえて積るがうへにつもる白雪」（左勝、左衛門督）、「…、右歌、姿はよろしく侍るを、上下の句の心、相かなはぬやうに聞え侍るにや、左可勝や侍らん」（右歌は、歌の姿は悪くなくございますが、上句と下句との歌の趣が、共に応じ合っていないように聞こえますでしょうか、左歌が勝つべきでございましょうか）。

【類歌】 ①15続千載693 695「しばしこそ人のなさけもまたれしかあまりなるまでつもる雪かな」（冬「…、雪」入道前太政大臣。④37嘉元百首356）
④34洞院摂政家百首1637「しばしこそ人やとふともまたれしか槙の戸あくる山颪のかぜ」（雑、山家、範宗）

⑤197千五百番歌合1720「山ざとはゆきげのそらのくもるよりわけこん人ぞしたまたれける」(冬一、季能)
「当代歌人の歌からの影響をうけたと思われる歌③④〔私注―168、169〕もみられる。」(吉野「正治」3頁)…③131拾玉5309「柴の戸の雪のかよひぢいかにまたふらでもよそにいとひけんあと」(「かへし」幕下)、【語注】の④10寂蓮165。

正治二年初度院御百首　1200年
④31正治初度百首　讃岐二条院女房　／春

170　いはそそくたるみのおとにしるきかな氷とけ行く春の初風・1904

【語注】○いはそそく　八代集二例・168の【語注】参照・千載1134、以下の新古今32。志貴皇子の名歌、②4古今六帖7「岩そそく《ばしる(万)》たるひ《み(新)》《ミみ(万)》のうへのさわらびのもえ出づる春になりにけるかな《モも(万)》」(志貴皇子、春「む月」)。①8新古今32。②1万葉1422 1418。②6和漢朗詠15)。○たるみ　八代集一例・新古今32。なお「たるみ」と「たるひ」に関しては、『中世和歌の文献学的研究』(武井和人)の「〈たるみ〉と〈たるひ〉――『式子内親王集』校讎余考――」参照。その式子歌は【類歌】にある。○しるき　「来春が」か。○氷とけ行く　④17明恵119「はるかぜにこほりとけゆくたにがはをかすみぞけさはたちわたりける」。他、「氷とけゆく」は③131拾玉2111などがある。なお「とけ行く」は八代集一例・金葉4。○春の初風(二句)　新編国歌大観①(勅撰集編)の索引になく、また「なつの―」「ふゆの―」もない。つまり「あきのはつかぜ」(八代集14例)のみであり、勅撰集において「初風」は、「秋の―」とよむものと定まっていた。例・①1古今171「…吹返しうらめづらしき秋のはつ風」(秋上、よみ人しらず)。なお「春の初風」は、【参考】の好忠歌の他、③32兼盛93、59千穎51などに用例がある。

【訳】 岩に注いでいる垂水の音にはっきりしていることよ、氷が解けて行く春の初風であることだ。

▽春20首の1首目―以下、「20の1」などと略―。岩に注ぐ滝の音によって、氷が解けて行っているのが分かる、そうして春の初風が吹いている、礼記・月令「孟春の月…東風解レ凍」と歌って、春、四季、百首歌の巻頭の〝立春〟を詠じる。志貴皇子、【類歌】の式子詠を視野に入れるか。三句切、体言止。氷が解けて行く春の初風であるのは、岩注ぐ垂水の音に明白だと歌う倒置法か。また下句は「春の初風」によって氷がとけ行くか。

【参考】②10続詞花3「なる滝の岩まの氷いかならし《とけぬ(万、夫)》春のはつかぜよはにふくなり」(春上、好忠。②15万代9。②16夫木12370。③58好忠5)

③129長秋詠藻484「をしのゐる池の氷のとけゆくはおのがはぶきや春のはつかぜ」(右大臣家百首、立春。②16夫木83)

【類歌】③132壬二1956「かぜ寒みたるみの氷とけやらでなほ岩そそく春のしら雪」(住吉三十首、春)…170に近い

④1式子2「うぐひすはまだ声せねど岩そそくたるみの音に春ぞ聞ゆる」(前小斎院《ママ》御百首、春)

「本歌」―「万葉 春雑一四二二=新古今 春上三二(志貴皇子)」(長沢「正治」16頁)・【語注】の歌。

171 鶯の谷のふるすをとなりにて友に待ちつる春はきにけり・1905

【語注】 **○鶯の** ②16夫木431「うぐひすのまちこし野べに春のきて萩のふるえぞあさみどりなる」(春二、鶯、為家)。⑤174若宮社歌合〈建久二年三月〉6「たにふかき宿の梢はうぐひすの古巣ながらも里なれにけり」(「山居聞鶯」静賢)。 **○谷のふるす** ⑤247前摂政家歌合〈嘉吉三年〉22「奥山にこゑたてそめてうぐひすや谷のふるすの春をしるらん」(「初春」実政)。 **○となり** 八代集五例(うち「春の―」二例)。 **○友に** 「共に」か。 **○春はきにけり** 終り方の一つの型《パターン》。④27永久百首418「谷の戸をいでずとなけやうぐひすは年もあけぬに春はきにけり」(冬「旧年立春」忠

房）。

【訳】 鶯の谷の古巣を隣にして、友として待った春はやって来たことよ。

▽春20の2。「春」。「岩」「垂水」「氷」→「谷」、「初」→「来《き》」。鶯の谷の古巣を隣として、友として待った春は来たと、山里・家にいる体で歌う。①1古今14「うぐひすの谷よりいづるこゑなくは《ば（六32）》春くることを《ハルハクルトモ（新）》たれかしらまし《つげ（新、六4396、寛）》」（春上、大江千里。②2新撰万葉261。②4古今六帖32。②4同4396。⑤4寛平時后宮歌合22）、①3拾遺1064「谷の戸をとぢやはてつる鶯のまつにおとせではるも《の（玄） のくれ（金、千）》すぎぬる」（雑春、左大臣。①5′金葉三508。①7千載1061 1058。②7玄玄11）よりの〝鶯〟の詠。第三、四句との頭韻。

【参考】 ⑤174若宮社歌合〈建久二年三月〉4「わが宿は谷のふるすを隣にてふかくみにしむうぐひすの声」（「山居聞鶯」隆信）

【類歌】 ④2守覚2「おく山の谷のふるすのうぐひすもたかきにうつる春にあひにけり」（春「鶯」）

④31正治初度百首2009「鶯の谷のふるすのとなりにてまだかたことの初音をぞ聞く」（春、小侍従。②16夫木319）

⑤185通親亭影供歌合〈建仁元年三月〉111「かへる春いづかたならむうぐひすの谷のふるすにとなりしむなり」（「山家暮春」釈阿）

「摂取」―「古今　春上一四（大江千里）」、「建久二　若宮社歌合「山居聞鶯」四（隆信）」（長沢「正治」17頁）…▽中の歌、【参考】の歌。

172　山里のかきねにこむる小松原野べにも出でぬ子日をぞする・1906

【語注】 **○かきねにこむる**　③125山家302「しかのねをかきねにこめてきくのみか月もすみけり《る（西）》あきの山ざと」（上、

秋。③126西行法師241)。　○小松原　①8新古今728「ねの日《び(続)》するみかきのうちの小松ばら千代をばほかの物とやはみる」(賀、経信。②10続詞花7)。

【訳】山里の垣根にこめている小松原は、野辺に出ない子日をすることだよ。

▽春20の3。「谷の古巣」→「山里の垣根」「野辺」、「鶯」→「松」、「待つ」→「出で」。山里の垣根に込めてある小松原で、小松を引くのに普通野辺に出るのであるが、外へ出ないで庭の小松を引いて、子日の行事をすると歌う。

【類歌】③132壬二202「はるばると出でぬばかりぞ山ざとのかきねに摘むも野べのわかなを」(大輔百首、春)

④31正治初度百首2104「ひく人のよはひもしるし小松原子日の千代を野べに出でつつ」(春、丹後)

「元日に野辺に出て小松を引き長寿を願う、という年中行事の子日は歌題として伝統的なものである。それを敢えて「野辺に出でずに」と否定する背景には、上句に説かれる一首の環境が問題かと思われる。同じ初度百首中に見られる「野辺にいづる跡はながめぞ消えにける霞の中や都なるらん」(範光／春一五二一)のように、都にいるから野辺に出向く必要があるのである。讃岐歌は「山里」という場所の指定により、自ら出向かずとも小松引きが可能であることを示している。山里の持つ郊外の印象を強調するが故、「野辺にも出でぬ子日」になるのである。出掛けないと否定したところから山里の様子を想起するのである。」(長沢「正治」27頁)。

173　わかなゆゑひとつ雪間に尋ねきてちぎらぬ友になるるけふかな・1907

【語注】○わかな　①1古今21「君がため春ののにいでてわかなつむわが衣手に雪はふりつつ」(春上「仁和のみかど…」)。　○わかなゆゑ　④31正治初度百首2206「思はずよわかな故とてしめし野に昨日もけふも雪をつめとは」(春、信広)。　○ひとつ雪間　新編国歌大観索引①～⑩では、他、①20新後拾遺586(雑春、源直氏)だけである。　○雪間　八代集四例。○**尋ねきて**　116前出。④2守覚22「わするなよおなじ木陰にたづねきてなれぬるけふの花のまど《と（新）》ゐを」（春。①21新続古今140）。○**ちぎらぬ友**　新編国歌大観の①～⑩の索引では、他、⑩111南朝三百番歌合〈建徳二年〉175（宰相中将）だけである。

【訳】　若菜ゆえに一つの雪間に尋ねやってきて、約束はしない友に慣れ親しむ今日であるよ。

▽春20の4。「子日」から「若菜（摘み）」の詠へ。「小松」→「若菜」、「（山里の垣根、小松原、）野辺」→「雪間」、「日」→「今日」。若菜を摘むために偶然同じ雪間に尋ねやって来て、共に摘もうとも約束しなかった友に今日馴れ親しむと歌う。

174　山のはに雪げの雲の晴れぬれば霞にくもる春の夜の月・1908

【語注】○**山のはに**　①8新古今414「山のはに雲のよこぎるよひのまは出でても月ぞ《は（玄）》猶またれける」（秋上、道因。②13玄玉166）。①11続古今69「山のはにかすめる月はかたぶきてよぶかきまどににほふむめがえ」（春上、衣笠前内大臣）。①22新葉467 466「里よりはしぐるとみつる山のはに雪をのこしてはるるうき雲」（冬、関白左大臣）。③132壬二502「春たちてけふみか月の山のはに霞みそめたる夕暮の空」（院百首、春。②16夫木135。⑤197千五百番歌合52）。④15明日香井1115「山のはに雲をあつめてこよひみなせかばや月のいりやらぬまで」。④39延文百首2「みしままの雪だに消えぬ山のはに春をおそしとたつかすみかな」（春「霞」）。④41御室五十首513「山のはに月もまち出でぬ夜をかさねなほ雲のぼる五月雨のそら」（夏、定家）。⑤156太皇太后宮大進清輔朝臣家歌合34「山のはに雲のよこぎるよひのまは出でても月ぞ猶またれける」（「月」敦頼）。○**雪げの雲**　八代集二例、初出は金葉290。○**晴れぬれば**　①15続千載655 657「晴れぬれば残る山なくつもりけり雲まにみつる嶺のしら雪」（冬、平時有）。③107行尊123「くらきよのまど《よ（新）》ひのくものはれぬればしづかにすめる月をみるかな」(①13新後撰654)。○霞にくもる(一句) 新風語か。勅撰集初出は①9新勅撰47。⑤167別雷社歌合13(「霞」実綱)に用例がある。○春の夜の月 八代集七例、初出は千載20、新古今に六例ある。末句の終り方の一つの型《パターン》。

【訳】 山の端に雪模様の雲が晴れてしまったので、霞に曇っている春の夜の月であるよ。

▽春20の5。「若菜(摘み)」から「春月」の詠へ。「雪」。「雪」→「雲」「霞」、「雪間」→「山の端」。山の端に、冬の時には雪模様の雲が晴れて、春となった今では、そこに霞状態で曇っている春夜の月を歌う。「雪げの雲の晴れ」と「霞に曇る」と、繰り返しと対照がある。またおびただしい【類歌】がある。体言止。

【参考】 ⑤165治承三十六人歌合188「妹背山雪げの雲や晴れぬらん吉野の滝に月のさやけき」(「冬月」有房)

【類歌】 ①8新古今23「そらは猶かすみもやらず風さえて雪げにくもる春のよの月」(春上、摂政太政大臣。③130月清302。⑤175六百番歌合23)

①9新勅撰47「春の夜のおぼろ月夜やこれならむかすみにくもるありあけのそら」(春上「後京極摂政の家の歌合に、暁霞をよみ侍りける」丹後。⑤183三百六十番歌合30)

①15続千載181 182「春のよはかすみにくもる空なれどなみだいとはで月やみるべき」(春下「春月を」時村)

①20新後拾遺11「山のはにはれぬ雪げを残しても春立ちそふは霞なりけり」(春上、左大臣)

①22新葉47「いかばかり山のあなたもかすむらん曇りていづる春の夜の月」(春上、経高)

①22同224「山のはに霞も霧もたちそはぬ月のさかりは夏の夜の空」(夏、文貞公)

②14新撰和歌六帖260「おぼろにもまだこそみえね山のはのかすみやうすき春の夜の月」(第一帖「はるの月」)

③132壬二407「くもるとは雪げの空にみし程に霞みもはてず春のよの月」(院百首、春)

④33建保名所百首122「月影のいづくはあれど春のよの霞にくもる塩がまのうら」(春「塩竈浦」)

④35宝治百首213「山のはに霞さそひしうす雲の雪げに帰るそらのさむけさ」（春「余寒」忠定）
④37嘉元百首2017「いでつるも今入るかたも霞にて山のはうとき春の夜の月」（春「春月」宗寂）
④38文保百首2207「はれずのみさえし雪げの雲まより霞にうつる春の夜の月」（春、雅孝）…174と詞の重なりが多い
⑤184老若五十首歌合31「山のはもいづくと見えぬおほ空の霞にやどる春のよの月」（春、権大納言。⑤183三百六十番歌合19）

「空はなほ…良経の歌は「余寒」の題を詠じた作であるので、「雪げ…の月」であるが、讃岐では、季節を少し推し進めて、雪気の雲が晴れて「霞に…の月」になったというのであり、新風への傾倒の努力が看取される。」（「糸賀」46頁）。「良経歌は「雪げにくもる」余寒の月を詠んでいるのに対し、讃岐歌は「雪気の雲」は晴れて、春の霞にくもった寒さを通り越した時点を詠んでいると思われる。糸賀きみ江氏は讃岐が良経歌の季節を少し推し進めて詠んだとされ、「新風へ…看取される」と述べておられるが、肯首すべき見解であろう。」（吉野「歌合」40頁）。「摂取」―「建久四～五　六百番歌合　春「余寒」二三（良経）／建久六？　六百番後番歌合「暁霞」（丹後）＝新勅撰　春上四七」（長沢「正治」19頁）…【類歌】の①8新古今23、①9新勅撰47。「⑤⑦（私注―174、102）は分散させているが、一首に先行歌の占める割合は多い。その中で⑤の先行歌として既に糸賀・吉野（A論文）両氏にイの良経歌が指摘されている。傍線を付した重複部分の量からもその見解は順当と思われるが、新古今集で注目される「朧月」を表すであろう「霞に曇る」の部分を考えると、ロの丹後歌にもその要素が見いだせる。ロは詞書から良経邸での歌合でのものと分かるが、森本元子氏が指摘されている「六百番後番歌合」中の歌と思われ、讃岐も同歌合のメンバーと推定されていることから、讃岐が丹後歌に触れる機会があったことも推測される。良経は余寒の題に従い、初春の雪げに曇る月を詠んでいるのに対して、糸賀氏は「讃岐では…看取される。」と指摘されているが、「霞に曇る」という表現は丹後が既に用いており、丹後と良経の歌を複合摂取することで季節を進めていると考えたい。丹後歌には「朧月」という

詞が見られるが、讃岐歌は同義語の重複を避け「霞に曇る春の月」の一語でそれを示している。丹後のように主眼の「朧月夜」を直接提示するよりも、前の季節を示すことでその印象を深めようとしていると思われる。」（長沢「正治」25頁）。

175　おしなべてかすめる花とみゆるかなこしの白根の春の明ぼの・1909

【語注】　○おしなべて　⑤182石清水若宮歌合〈正治二年〉223「おしなべて花は玉かとみゆるかな雪ふりつもる木木の梢は」（「雪」基範）。○みゆるかな　③134拾遺愚草員外126「さほひめの心の色にみゆるかな花もかすみも春の山ざと」（春卅）。○こしの白根　八代集二例・後撰499、千載76。「白根」はあと「甲斐の白嶺」八代集一例・後拾遺404。①7千載76「御よしのの花のさかりをけふみればこしのしらねに春かぜぞふく」（春上、俊成。③129長秋詠藻212「家十首の歌の中の、花」）。○春の明ぼの　八代集七例、が、初出は千載28。また「曙」の八代集初出は後拾遺1102。「新古今時代にむかって増大していった「春の曙」を取り入れて詠んでいるといえる。」（吉野「歌風」39頁）。①9新勅撰93「月かげのこずゑにのこる山のはに花もかすめるはるのあけぼの」（春下、六条入道前太政大臣）。①20新後拾遺105「これならで何を此世にしのばまし花にかすめる春の明ぼの」（春下、八条院高倉）。④1式子11「花はいさそこはかとなく見渡せばかすみぞかをる春の明ぼの」（前小斎《（ママ）》院御百首、春）。

【訳】　すべてにわたって霞んでいる花と見えるよ、越の白嶺の春の曙の情景は。

▽春20の6。「春」「霞」。「雪」「雲」「晴れ」「曇る」→「霞め」、「山の端」→「（越の）白嶺」、「夜」→「曙」。前歌の春夜から春曙へと時は移り、春（四季）の最大の景物である桜が出てくる。歌の位置より、「花」は梅、さらに一般的な春の花とも考えられるが、幻視の桜ととる。が、本格的に「花・桜」が登場するのは、181からである。175は、

越の白根の春曙は、（山の雪が花と見え、）どこも一様に霞んでいる花と見えると歌う。三句切、倒置法。体言止（前歌同様）。②16夫木1315、春四、花「正治二年百首」二条院さぬき。
【参考】③71高遠371「見わたせば春とぞみゆるおしなべてはなのみやこにふれるしら雪」（十二月）
「やや巧緻なものであり、(12)や(13)の歌（私注－49、31）の世界よりはむしろ新古今的である。」（脇谷「自然」91頁）。
「摂取」―「仁安二～承安二？　俊成家十首会「花」＝長秋詠藻二一二」（長沢「正治」19頁）…【語注】の歌。

176　にほひくる軒ばの梅のうつりがにむかしおぼゆる墨染の袖・1910

【語注】○にほひくる　八代集二例、初出は後拾遺52。①15続千載1720 1721「匂ひくる花たちばなの袖のかにこの里人も昔こふらし」（雑上、祝部成賢）。○軒ば　137前出。○うつりが　④30久安百首610「梅がえに夜の間の風や吹きつらんおぼえぬ袖のうつり香ぞする」（春、親隆）。○墨染の袖　八代集七例、初出は詞花85。
【訳】香ってくる軒端の梅の移り香に、昔のことが思われる僧の衣であるよ。
▽春20の7。「花」→「梅」、「見ゆる」→嗅覚（「匂ひ」「香」）。体言止（連続）。幻の花・桜から梅詠へとなる。匂う軒端の移り香によって、今は遁世の墨染の袖を身にまとう身であるが、昔の人（恋人か）・ことなどを思い出ししのばれると歌う。106参照。
127）
【類歌】①10続後撰52「むめのはなをりける袖の《つ(万)》うつりがにあやなむかしの人ぞこひしき」（春上、定頼。②15万代
③130月清1391「わがそでにのきばのむめのかをとめよはなはいくよもはるぞにほはむ」（「庭梅久芳」）
④10寂蓮19「軒ちかく花たちばなや匂ふらんおぼえぬものを墨染の袖」（夏「盧橘」。②16夫木2701

⑤185通親亭影供歌合〈建仁元年三月〉10「よしさらば軒端のむめはちりもせよ匂をうつせ手枕のそで」（「梅香留袖」新参）

176、217、155「などの詠は、この頃の生活を如実に示すものと考へられる。」（森本「文庫」232頁）。「出家隠棲のさまは①や⑤〔私注―176、217〕に顕著であるが、心情としては特に懐旧の思いが①②③⑧〔私注―176、191、106、247〕などにあふれている。①のかげには伊勢物語の「月やあらぬ」の歌があるにちがいない。」（『讃岐』82頁）。「身辺状況…懐旧の思いを詠んだもの」（山崎『正治』242頁）。「摂取」―「後拾遺　春上五五（読人不知）」、「保元元以降？法門百首「梅檀香風、悦可衆心」＝新古今　釈教一九五三」（長沢「正治」17頁）…①4後拾遺55「わがやどのかきねのむめのうつりがにひとりねもせぬ心地こそすれ」（春上、読人不知）、①8新古今1953 1954「吹く風にはなたちばなやにほふらむ昔おぼゆるけふの庭かな」（釈教、寂然）。

177　たちそめし野べの霞の朝緑春と友にやふかく成るらむ・1911

【語注】**○たちそめ**　八代集二例、初出は詞花162。⑤20近江御息所歌合14「はるがすみたちそめしよりいろかへてのはならしてきわかなつむべく」（「かへで」）。**○第二、三句**　①3拾遺40「浅緑のべの霞はつつめども…」、4後拾遺30「あさみどりのべのかすみのたなびくに…」。**○朝緑**　浅緑。「朝」も掛けるか。①21新続古今1621「朝緑野べの霞やわか草のしたもえわたるけぶりなるらん」（雑上、公宗母）。④18後鳥羽院625「百ちどりさへづる春のあさみどり野べの霞ににほふ梅がえ」（詠五百首和歌、春）。⑤177慈鎮和尚自歌合5「あさみどり春は霞に立田山夜半にや年もひとりこえけん」（「立春」）。⑤243新玉津島社歌合22「あさみどりたちそふ春の色みえて松よりかすむわかのうらなみ」（浦霞、忠光）。**○春と友に**　③100江帥3「かづらきやたかまの山のあさがすみはるとともにも立ちにけるかな」（春「…、霞」①10続後撰2。②15万代3。⑤109内裏後番歌合〈承暦二年〉4）。**○友に**　共に。「友」を掛けるか。

【訳】　立ち初めた野辺の霞の浅い緑の色は、春につれて深くなって行くのだろうか。

▽春20の8。「軒端」→「野辺」、「墨」→「緑」。梅から霞詠へ。立ち始めた野の霞の浅緑色は、春（の深まるの）と同様に、（木々の緑も加わって）深くなるのかとの詠。「初《そ》め」「浅」→「深く」が対照。

【参考】②4古今六帖48「若なつむ我を人見ば浅みどり野べの霞と《も》たちかくれなん《さ(貫)》」（歳時「わかな」つらゆき。③19貫之68）

②4同1211「春くれば花みんとおもふ《ヲミムテフ(新)》心こそ野べのかすみとともにたち《たたば花をみむてふ(寛)》いづれ《ケレ(新)》《ぬれ(寛)》」（「のべ」。②2新撰万葉251。⑤4寛平御時后宮歌合12）

⑤78六条斎院歌合11「あさみどりむらむらみえしわかくさの春とともにぞふかくなりゆく」（「若草」左衛門）

【類歌】②16夫木11380「あはづののさはべのぬまにかはづなく春のみどりぞふかく成るらん」（雑六、あはづの沼、近江、元輔）

③132壬二103「朝みどりのべの霞のした草にきぎす鳴くなり春のあけぼの」（後度百首、春）

④31正治初度百首1619「かすみしく野べのけしきはあさ緑染めこそやらね春雨の空」（春、寂蓮）

「本歌」―「天喜四年閏三月六条斎院歌合「若草」――（左衛門）」（長沢「正治」16頁）…【参考】の⑤78六条11。「句の位置を変えずに、…二句以上取っている。…本歌においては若草の浅緑が色を増すのに対し、讃岐は少し前に時間を設定し、野辺にかかった「霞の緑」と表現している。讃岐は本歌同様「浅い⇔深《(ママ)》い」の対照の他に、本来色を持たない霞の「白」と野辺の「緑」という色彩の対比も行っている。」（長沢「正治」21頁）。

178　鶯のこほれる涙とけぬれば花のうへにや露とおくらん・1912

【語注】○鶯の・涙　③132壬二806「梅がえにつまこひきなく鶯の涙やそむる花のあさ露」（院百首、春）。○花　「桜」か。が、「鶯」故に「梅」であろう。

【訳】鶯の氷っていた涙がとけてしまったので、花の上に露と置くのであろうか。

▽春20の9。下句「…にや…らむん」。「霞」↓「氷れ」「露」。鶯の氷りはてていた、冬の涙がとけて、花・梅の上に露として置くのかと歌ったもの。

【参考】①1古今4「雪の内に春はきにけりうぐひすのこほれる涙今やとくらむ」（春上、二条のきさき。②3新撰和歌17。②4古今六帖4405。②8新撰朗詠63）

【類歌】③130月清406「うぐひすのこほりしなみだこほらずはあらぬつゆもやはなにおくらむ」（治承題百首、鶯）…178に近い

③130同1436「うぐひすのこほれるなみだとけぬれどなほわがそではむすぼほれつつ」（恋「春恋」。⑤194水無瀬恋十五首歌合1）

③132壬二2029「鶯の涙の氷いつとけて今朝は雪まの梅のはつ花」（下、春）

④31正治初度百首108「鶯のなみだのこほり打ちとけてふるすながらや春をしるらん」（春、三宮）

⑤197千五百番歌合99「うぐひすのこほれるなみだとけにけりまだふるとしのゆきはきえあへで」（春一、公経）

「この讃岐歌は／雪のうちに…の本歌取りである。讃岐歌の鶯の涙を花の露と置くという発想は、良経の／鶯の…〔私注―【類歌】の③130月清406〕に既に見られる。治承題百首は、久保田淳氏によって建久六年から政変のあった建

久七年以前に成ったとされており、讃岐がこの歌を詠む前に、良経歌を見た可能性は充分に考えられるように思われる。この良経歌も古今集歌を本歌としていると思われる。讃岐は、古今集の春が来て鶯の凍った涙がとける、ということをふまえて、良経歌の鶯の涙は露となって花に置くという発想を取り入れている。良経が古今集を否定的にふまえ、いまだ鶯の涙が凍っているのに対し、讃岐は古今集歌をそのまま受けて、鶯の涙のとける春の様子を推量した歌となっている。讃岐歌は古今集歌を本歌としながら同時に同じ歌をふまえた当代歌人の良経歌からの影響をうけつつ詠まれていると考えられる。」（吉野「正治」4頁）。「摂取」―「古今　春上四（読人不知）」、「建久七以前？　治承題百首「鶯」＝秋篠月清集四〇六」（長沢「正治」17頁）・【参考】の①1古今4、【類歌】の③130月清406。

179　くもりなき池にうつれる青柳や緑の空にあそぶいとゆふ・1913

**【語注】**　**○池にうつれる**　③81赤染衛門552「…ありときけいけにうつれるかげも見えなん」にある。**○第三句以下**　古今26「青柳のいとよりかくる…」・「青柳のいと」は漢語「柳糸」に当る。白氏文集12・楊柳枝詞八首「更有三愁腸似二柳糸一」（『白氏長慶集　中』第三十一、815頁。『漢詩大観　中巻』後集巻十二、2299頁）。**○緑の空**　八代集にない。③49海人手古良8、⑤89無動寺和尚賢聖院歌合18、175六百番歌合107などに用例がある。「碧空」を和らげて言ったか。仏説に基くともいう。第三句の「青柳」と色彩の上で応ずる。二首前「朝緑」。**○下句**　同一⑤197千五百番歌合174「…なりゆくかみどりの空にあそぶいとゆふ」（春二、内大臣）。**○あそぶ**（動詞）八代集四例。「糸遊」と対応か。**○いとゆふ**　八代集にない。③131拾玉5416、5426、⑤175六百番歌合99、103、182石清水若宮歌合〈正治二年〉43などにある。六百番歌合、春中「遊糸」12首（97～108）に「いとゆふ」が頻出する。また④27永久百首、春、29～35の題も「遊糸」である。共に後述参照。狭衣物語「ふと降りゐ給に、いとゆふのやうなる物を、中将の君にかけ給と見るに、」

（旧大系46頁）。

【訳】 一点の曇りもない池の表面にうつっている青柳よ、（それは）緑の空に遊び戯れる糸遊であるよ。

▽春20の10。「露」→「曇り」、「花」→「青柳」。曇りのない、真青な澄んだ池の上に映っている青柳は、緑色の空に遊んでいる陽炎なのかと歌ったもの。柳の枝を柳の糸というので、青柳を空に遊ぶ糸遊かというのである。「曇りなき」と「緑」、「池」と「空」、「青柳」と「糸遊」との対応がある。体言止。②16夫木1002、春三、遊糸「正治二年百首」二条院さぬき。

【参考】②6和漢朗詠415「かすみはれみどりのそらものどけくてあるかなきかにあそぶいとゆふ」（下「晴」）

【類歌】③133拾遺愚草1206「青柳のかづらき山のながき日は空もみどりにあそぶいとゆふ」（内裏百首、春廿首「葛木山」）。
②16夫木1004。④33建保名所百首63）

「摂取」―「和漢朗詠 下「晴」四一五／永久百首 春「遊糸」三〇（仲実）」「建久四~五 六百番歌合 春「遊糸」一〇四（寂蓮）」（長沢「正治」18頁）…【参考】の②6和漢415、④27永久百首30「ひばりあがる二月の日にあそぶいとにみどりの空もまがひみえけり」（春「遊糸」仲実）、⑤175六百番歌合104「はるかぜののどかにふけばあをやぎのえだもひとつにあそぶいとゆふ」（春「遊糸」寂蓮）。

180 秋風の稲ばの音を契置《ちぎりお》きてたのむの雁も立ちかへるなり・ 1914

【語注】 **○たのむの雁** 八代集四例、初出は千載36。「頼む・田の面」掛詞。 **○立ちかへるなり** 「立ち」掛詞、「立帰る」と接頭語。「なり」は断定、いわゆる伝聞推定ではなかろう。

【訳】 秋風の稲葉に吹く音を約束して置いて、頼みとする田面の雁も出発し、北へ帰っているのである。

▽春20の11。「青柳」→「稲葉」。秋風の稲葉に吹く音が聞こえる時に、再び帰って来ると約束しておいて、それを頼りとする田の面の雁も北へ発《た》って帰って行くと歌う。下句たの頭韻。第三句字余り（「お」）。

【参考】①7千載36「春くればたのむのかりもいまはとてかへる雲ぢにおもひたつなり」（春上、俊頼）。③106散木152

【類歌】③132壬二2329「門田ふく稲葉のおとになりぬなりをのへの松のすゑの秋かぜ」（下、秋「田家風」）

④31正治初度百首542「かへる春猶あき風と契りてやたのむの雁のまだきなくらん」（秋、通親）…180に近い

「本歌取りをしている当代歌人の歌の影響をうけながら、同じ本歌をふまえて讃岐が詠んだと考えられる歌」（吉野「正治」5頁）…後述の⑤415伊勢14と③130月清115。「摂取」―「伊勢一〇段　二首」、「建久元・一二　二夜百首「帰雁」」＝秋篠月清集一一五」（長沢「正治」18頁）…⑤415伊勢物語14「みよし野のたのむの雁もひたぶるに君が方にぞよると鳴くなる」（第十段、母（女の母））、⑤415同15「わが方によると鳴くなるみよし野のたのむの雁をいつか忘れむ」（第十段、むこがね（男））、③130月清115「わするなよたのむのさはをたつかりもいなばのかぜの秋のゆふぐれ」（二夜百首「帰雁五首」）。

181　思ひやる春のね覚の床ながらよもの山べの花を見るかな・1915

【語注】〇**思ひやる**　91前出。②13玄玉571「おもひやる四方のたかねの花ざかり見る面影に雲をかけつる」（草樹歌上、行円法師）。〇**春のね覚**　八代集にない。③116林葉126、⑤21陽成院親王二人歌合19などに用例がある。〇**ね覚の床**　八代集四例、初出は後拾遺291。〇**よもの山べ**　八代集六例、初出は後拾遺106。①7千載42「いづかたに花さきぬらんとおもふよりよもの山辺にちる心かな」（春上、堀川。②9後葉38）。①7千載64「花ざかりよもの山べにあくがれて春は心のみにそはぬかな」（春上、公衡）。⑤107讃岐守顕季家歌合1「たちかはる春のしるしにみるものはよも

の山べのかすみなりけり」（「霞」）。
【訳】　思いをはせる春の寝覚の床にいるままで、まわりの山辺の花・桜を見るよ。
▽春20の12。「秋」→「春」、「田（の面）」→「（四方の）山辺」、「稲葉」→「花」、「音」→「見る」。春の寝覚の床にいる状態のままで、まわりの山辺の花（＝満開の桜）を思いやって想像して見ると歌う。本格的な「花（桜）」の歌が始まる。⑥10秋風集81、春下「正治二年たてまつりける百首歌」二条院のさぬき。
181では、「「おもひね」…のように、春の歌に恋的な要素を連想させる桜の歌を詠んでいることも注目される。」（吉野「歌風」38頁）。

182　枝かはす松に契をむすびおきて花もときはにさきかはれかし・1916

【語注】　**○枝かはす**（一句）　③67実方38、③116林葉970などの用例がある。　**○松に契をむすびおきて**　①14玉葉2756 2743「いはしろの松にちぎりをむすびおきて…」（神祇、後白河院）。　**○さきかはれ**　八代集一例・拾遺1013。
【訳】　枝を交わしている松に約束をしておいて、桜も常盤に（咲くように）咲き変れよ。
▽春20の13。「花」。「花」→「松」、歌末「かな」→「かし」。枝を差し交わしている松に契りを結んでおいて、桜も松の如く変って永久に咲けと桜に呼びかけたもの。第三句字余り（「お」）。
【参考】　⑤174若宮社歌合〈建久二年三月〉59「枝かはす松のしるしに梅のはな色をもかをもときはなりせば」（「松間梅花」光成）
【類歌】　②12月詣39「枝かはす梅の初はな咲きにけり松かぜにほふはるのあけぼの」（正月、覚延）
④31正治初度百首155「ちぎりをばここぬかごとにむすび置きてやへさく菊の花ぞたえぬる」（秋、三宮）…ことば

④31同1213「えだかはす梢のさくらさきぬれば花をむすべるあを柳の糸」（春、隆信）「摂取」─「金葉二　春三八（実能）」、「仁安元・一一　屏風歌「桜山、桜花満開、松樹交枝」＝長秋詠藻二九八」（長沢「正治」18頁）…①5金葉38 39「このはるはのどかににほへさくら花えださしかはすまつのしるしに」（春、実能）、③129長秋詠藻298「松がえに枝さしかはす桜山花もちとせの春やにほはん」（「乙帖三四月」「桜山、桜花盛開、松樹交枝」）。

183　吹く風ものどけき御代の春にてぞさきける花のさかりをもしる・1917

【訳】　吹く風ものどかな（帝の）御代の春にて、咲いた花の盛りをも知るよ。

▽春20の14。「咲き」「花」。吹く風ものどかな御代（詠進させた後鳥羽院か、土御門帝か）の春であるので、咲いた花の盛り（の盛大さ、及び風に散らずに長久さ）を知ると歌う。類型化された賀歌的春歌であるので、【類歌】が多い。下句さの頭韻。

【参考】　③118重家1「はるかぜものどけきみよのうれしさははなのたもともせばくみえけり」

【類歌】　①11続古今1668 1676「ふくかぜものどけきはなのみやこどりをさまれるよのことやとは《って(和)》まし」（雑中、少将内侍。⑤319和歌口伝82）

②12月詣55「諸人はのどけき御代の春にあひて思ひ思ひにはなさきにけり」（賀、能盛）

④1式子353「吹くかぜものどけき御代のはるにこそ心と花の散るは見えけれ」（①12続拾遺103・春下。⑥11雲葉149・巻二・建長五・1253年）…183に近い

④35宝治百首526「吹く風ものどけき御世につかへてぞ二心なく花はみるべき」（春「見花」基良）

④35同572「をりかざす峰の桜に吹く風ものどかなる世の春ぞしらるる」（春「翫花」為経）…183に近い
④37嘉元百首213「吹く風ものどけき御代の春なればおのが心と花やちるらん」（春「花」基忠）…183に近い
④38文保百首1512「さかりをものどかにみする春の日の長きなさけは花にこそしれ」（春、為相）
④40永享百首151「吹く風も長閑なる世の花ぞとやなべてさかりの色ぞひさしき」（春「盛花」貞成）…183に近い
⑤262寛喜女御入内和歌19「ふくかぜものどけきはるにさく花をちらさで千世もきみぞ見るべき」（三月）…183に近い
「摂取」―「式子内親王集三五三」（長沢「正治」19頁）、「上句が、…それぞれの先行歌と酷似しており、…一首に先行歌の占める割合は多い。」（長沢「正治」25頁）。

184　ちらぬまにいま一たびと契るとも花にまかせぬ春の山風・1918

【語注】**○花にまかせ**　⑤182石清水若宮歌合〈正治二年〉16「いはねふみしらぬ山路を尋ねても春のすみかは花にまかせん」（「桜」隆信）。**○花にまかせぬ**　花がもっと咲いていたいと思っても、その心のままにならないで、風に散らされてしまうこと。
【訳】散らない間にもう一度（見たい）と（花に）約束しても、桜にまかせてはくれない春の山風であるよ。
▽春20の15。「花」「春」「風」。「咲き」「盛り」→「散ら」、「吹く」→「風」。花の散らないうちにもう一度見に来ようと桜に約束をするが、春の山風は花の心のままにさせないと歌う。下句はの頭韻。体言止。
【参考】①6詞花277 276「ちらぬまにいまひとたびもみてしか《（ママ）》なはなにさきだつ身ともこそなれ」（雑上、源心。②9後葉493）
④30久安百首1212「はな錦ちらでは四方の山ざくら一むらぬすめ春のやまかぜ」（春、安芸）

【類歌】③130月清28「ちらぬまにいまひとたびとちぎるかなけふもろともに花見つる人」（花月百首、花五十首）…184に近い

「本歌取りをしている当代歌人の歌の影響をうけながら、同じ本歌をふまえて讃岐が詠んだと考えられる歌」（吉野「正治」5頁）…「本歌」は【参考】の①6詞花277 276、「当代歌人の歌」は【類歌】の③130月清28。「摂取」―「寿永元讃岐集「花客人」五／建久元秋　花月百首「花」＝秋篠月清集一四・二八」（長沢「正治」19頁）…④12讃岐5「しばしとも我はとどめじ春のうちはきとこん人を花にまかせて」（「はな…」）、③130月清14「わがやどをはなにまかせてこのごろはたのめぬ人のしたまたれつつ」（花月百首、花五十首）、【類歌】の③130月清28。

1919　山たかみ嶺の嵐に散る花の月にあまぎる明がたの空

▽春20の16。101。「山」「散る《ら》」「花」。184と同じ体言止。「山」↓「嶺」「天」「空」、「風」↓「嵐」「霧る」、「花」↓「月」。

185　よぶこ鳥なくねぞいとどあはれなるははその杜のあけがたの空・1920

【語注】**○よぶこ鳥**　15前出。③110忠盛139「かくとだにいはでのもりのよぶこ鳥なけども人のしらばこそあらめ」。**○なく**　掛詞（「鳴・泣く」）か。**○ははその杜**　八代集三例、初出は後拾遺342。「母」を含ませて、上の「子」に対応させる。山城国の歌枕。精華町祝園。紅葉の名所。**○あけがたの空**　101前出。①8新古今932「夏かりのあしのかりねもあはれなりたまえの月の明がたの空」（羈旅、俊成）。③129長秋詠藻54「月清み千鳥鳴くなり奥つ風ふけひの浦の明がたの空」（冬。④30久安百首854）。

【訳】 呼子鳥の鳴く音はこの上なくしみじみとしているよ、柞の森の明方の空では。
▽春20の17。「明方の空」(末句)。「花」→「鳥」「柞」、「山」「嶺」→「杜」、「月」→「明け」「空」。明け方の柞の杜において呼子鳥が鳴く音には、大変心引かれると歌う。三句切、倒置法。②16夫木1829、春五、喚子鳥、「同(=千五百番歌合)」・まちがい、同(=二条院讃岐)、下句「ははその森のくれがたのそら」。

186 よしの河桜ながれし波の上にあらぬ色なる山吹のはな・1921

【語注】 ○よしの河 ②16夫木1177「よしの川さくら吹きまく山風に雪げの水ぞいろに出行く」(春四、花、家隆)。③119教長135「よしのがははなのしらなみながるめりふきにけらしなやまおろしのかぜ」(春。①19新拾遺156。②13玄玉500)。④30久安百首1210「水上に桜ちるらし芳野川いはこす浪の花とみえつつ」(春、安芸)。④33建保名所百首964「芳野河ながれてはやくちる花の波のいづくに春とまるらん」(雑「芳野河」)。④34洞院摂政家百首解285「吉野河桜かざしてゆく浪のうつろふ花にはるかぜぞふく」((花)、(家隆))。⑤197千五百番歌合456「やまおろしにさくらながるるよし野河はやくもはるのくれてゆくかな」(春四、忠良)。⑤244南朝五百番歌合130判「まつほどは同じ梢ぞよしの川色なき花のあだ波やたつ」。

【訳】 吉野川(において)、桜の花びらが流れていた波の上に、桜の色ではない山吹の花よ。
▽春20の18。「柞の杜」(歌枕)→「吉野川」(同)、「杜」→「桜」「花」、「柞」→「桜」「山吹」、「音《ね》」(聴覚)→「色」(視覚)。吉野川の桜が流れ去ってしまった波の上に、(桜の時が過ぎ)そうではない黄色の岸辺の山吹の花が川面に映っていると歌ったもの。「呼子鳥」から「山吹」詠へとなる。第三句字余り(「う」)。体言止(前歌同様)。

【参考】 ④30久安百首1318「口なしに河せの浪のかくればやぬれ色にさくやまぶきのはな」(春、小大進)

【類歌】①17風雅274 264「吉野川さくらながれし岩まよりうつればかはる山ぶきのいろ」（春下、後鳥羽院）…186に近い
①20新後拾遺148「ちる花のかたみもよしや吉野河あらぬ色香にさけ《うつ（嘉）》る山吹」（春下、後宇多院。④37嘉元百首119）
②16夫木2263「よし野川山ぶきの瀬のいはまくらむすぼほれ行くはなのうき浪」（春六、暮春、光明峰寺入道摂政）
④36弘長百首131「吉野川岩こす水にかげ見えて浪にをらるる山ぶきのはな」（春「款冬」為氏）
④38文保百首317「吉野河桜ふきしく山風にうきてみなぎる花のあだなみ」（春、内経）
④39延文百首2918「こすなみにかげはくだけて芳野川ながれぬきしの山ぶきの花」（春「款冬」行輔）
⑤319和歌口伝215「みなそこのかげとぞ見ゆるよしの河浪こすきしの山吹の花」
「摂取」―「教長集　春「落花」一三五、文治五春　早率露胆百首「春」＝拾遺愚草四一九」（長沢「正治」19頁）…【語注】の③119教長135、③133拾遺愚草419「ちらすなよゐでのしがらみせきかへしいはぬ色なる山吹の花」（早率露胆百首、春）。「桜と山吹を別々に詠んだ歌を複合することで、讃岐歌は季節の推移を構成している。「あらぬ色」とは、定家の「いはぬ色」に変化を加えたものであろう。現在波の上にあるのは山吹の花の色であるが、桜の不在を示すことで、流れて消えた桜の花の色を再度印象として呼び戻す効果をもたらしている。」（同28頁）。

187　さきかかる松の木陰に立ちよればをらでも藤をかざしつるかな・1922

【語注】**○さきかかる**　八代集三例。①21新続古195「さきかかる松は残らずうづもれておのれ木だかき春の藤波」（春下、重光）。②16夫木2109「咲きかかるふせの浦わの藤波にうつるかげのみ松は見えつつ」（春六、藤花、衣笠内大臣）。④39延文百首2919「さきかかる梢の藤に色そへてみどりぞふかき庭のまつがえ」（春「藤」行輔）。**○松の木陰**（一句）八代集にない。①17風雅417 407「風たかき松の木かげにたちよれば…」（夏、今上）。第二、三句同じ。他、③85能因122、

115清輔86などがある。　**○木陰**　37前出。　**○末句**　藤の花房が下に垂れ下がっているので、挿頭にさしたような気がするのである。

【訳】（藤の）咲きかかっている松の木陰に立ち寄ると、（藤の枝を）折らないでも藤をかざしとしたことだよ。

▽春20の19。「花」→「咲き」「木」、「桜」「山吹」→「松」「藤」。咲きかかる松の木陰に立つと、わざわざ藤を折らないでも、かざしに挿したようなものだと歌う。水辺の松に咲きかかる藤の花は、大和絵の類型的な画題で、和歌にもよく詠まれる。

【参考】①3拾遺83「夏にこそさきかかりけれふぢの花松にとのみも思ひけるかな」（夏、しげゆき。①3′拾遺抄401）

【類歌】④35宝治百首760「さきかかる梢の藤の花の色をたをらば松の色ややつれん」（春「松上藤」下野）

④37嘉元百首2118「さきかかる陰なるうみの岩根松木ずゑもしづく春の藤浪」（春「藤」国冬）

「摂取」―「建久元・一二　二夜百首「禁中」＝秋篠月清集一七七」（長沢「正治」19頁）・③130月清177「春をへてさかりひさしきふぢの花おほみや人のかざしなりけり」（二夜百首、禁中五首）。

188　春はなど行へもしらで帰るらん年は我がみにとまりしものを・1923

【語注】**○行へもしらで**（一句）八代集の用例（及び①索引）にない。が、⑤132俊頼朝臣女子達歌合6、⑤419宇津保物語788などに用例がある。　**○かへるらん**　③33能宣406「ゆきふかき山ぢになにか《と(宝)》へるらむはるまつはな《国(宝)》のかげにとまらで」（五巻「十二月、仏名」。⑤376宝物集466）。④34洞院摂政家百首300「うぐひすも谷の古巣にかへるらんしらばやくるる春の行へを」（春「暮春」但馬）。

【訳】春はどこへ行くのかも分からないで、帰って行くのであろうか、年は我身にとどまったままであるのに。

▽春20の20。年は我が身に留まったものなのに、春は何故に去って行く方向も知らないで帰るのかといぶかったもの。「春」と「年」、つまり上句と下句との対照。三句切、倒置法。下句との頭韻。同じ讃岐に④12讃岐20「いづくにかくれぬる春のとまるらんとしは我が身にそふとしりにき」がある。

【類歌】④41御室五十首238「暮れて行く年は我が身にとまれどもかへらぬ物は月日なりけり」（冬七首、兼宗）

「摂取」―「寿永元　讃岐集「暮春」二〇」（長沢「正治」19頁）・▽の④12讃岐20。「身辺状況…老いを意識したものであろう。」（山崎『正治』242頁）。白氏文集（上、229、230頁）「送春」（感傷二）によるという説もある。

## 夏

189 草も木も花の袂もかへてけり今朝は野山も深緑なる・1924

【語注】○草も木も　②4古今六帖1135「草も木もみどりにみゆる春ののに雨ふりそめば色やまさらん」（野「春のの」）。④31正治初度百首1256「草も木も今朝は名残の見えぬかな野分や秋のかぎりなるらん」（秋、隆信）。○花の袂　八代集七例。「花」掛詞。④26堀河百首332「山ぶきの花のたもとをぬぎかへて蟬のは衣けふぞきるめる」（夏「更衣」永縁）。⑤143内大臣家歌合〈元永二年〉10「草草の花の袂をむつまじみ野もりはみるといざたはれなん」（「草花」行盛）。⑤159実国家歌合30「たちかへり春やうらみむいつしかとけさぬぎかふる花の袂を」（「更衣」俊恵）。○今朝は野山　新編国歌大観①～⑩の索引では、他になかった。○野山　八代集五例。○深緑　浅緑（177）に対する。八代集八例。④26堀河百首167「冬草とみえし春のの小篠原やよひの雨に深みどりなる」（春「春雨」仲実）。⑤175六百番歌合296「みやまべのふかみどりなるなつこだちせみのこゑとてしげからぬかは」（夏「蟬」経家）。

【訳】 草も木も花も、また衣がえで花の袂もかえてしまったことよ、今朝は野も山も深緑であるよ。

▽夏15の1。三句切。草も木も花も、さらに花の袂も更衣をして、今朝は野山もまた袂も深い緑色だと歌う。春は花が咲いていたが、夏の今日は花がなくなり、緑一色になったのである。花は桜か。また春の「草の花」「木の花」もかえて、か。とどのつまり初夏の「更衣」の詠。上句に三つ、下句に一つのものリズム。「草、木、花の袂」の上句と、変化した「(今朝、)野山(、深緑)」の下句との対照。

【類歌】 ⑤247前摂政家歌合〈嘉吉三年〉101「夏くればうすきみどりにかへてけり遠山姫の花ぞめの袖」(「初夏」仲方)

190 郭公出づるつばさに雨散りて忍びねよりやしをれそめけん・1925

【語注】 **○郭公** ③87入道右大臣80「ほととぎすいづるとやまにたびねしてよはにかへらんこゑやきかまし」。③131拾玉4850「郭公しのびねをさへまつとしれうの花がきのさきそめしより」。③133拾遺愚草1418「山かづら明行く雲にほととぎすいづる初音も峰わかるなり」(左大臣家百首「郭公」)。④31正治初度百首1428「衣手のなみだもるらしほととぎす雨うちそそくしのびねの空」(夏、家隆。③132壬二425)。 **○出づるつばさ** ①~⑩の新編国歌大観の索引では、他になかった。 **○つばさ** 八代集五例、すべて新古今。 **○雨散り(て)** 新編国歌大観の①~⑩の索引では、他は⑦112沙弥蓮愉集198のみである。 **○忍びね** 八代集五例、初出は後拾遺777。時鳥は五月になって公然と鳴き、それ以前は忍び音とされていた。 **○しをれそめ** 八代集にないが、③129長秋詠藻488、⑤188和歌所影供歌合〈建仁元年八月〉154(越前)などに用例がある。

【訳】 郭公が出て行く翼に雨が散りかかって、忍び音の時から萎れはじめたのであろうか。

▽夏15の2。「緑」(色)→「音《ね》」(音)。郭公が山里より出る翼に、涙を思わせる雨が散りかかって、忍び音のうちか

ら私は涙で濡れ始める、ましてや本格的な「忍び音」の時でなくなると…か。また単純に、郭公が山里より出て来る翼に雨が降って、忍び音のうちから郭公は濡れ始めたのかと歌ったものか。「音《ね》」と「雨」「萎れ」の対照。下句しの頭韻。更衣から「郭公」の詠となる。式子にも、①8新古今215「こゑはして雲ぢにむせぶ時鳥涙やそそくよひのむらさめ」（夏）がある。

191　橘の花ちる里にすまひして昔忍ぶの露ぞひまなき・1926

【語注】○すまひし　八代集一例・千載1020。が、「すまひ」八代集二例・共に新古今、「すまふ《(住)》」八代集三例、初出は古今631。○忍ぶ　掛詞。○ひまなき　167前出。

【訳】橘の花が散っている里に住んでいて、昔を思い忍ぶ、忍ぶ草の露がたえまないことよ、また涙も。

▽夏15の3。「忍ぶ《び》」「散る《り》」。「郭公」→「橘の花」、「雨」「萎れ」→「露」。橘の花の散る里に住まいし、橘の香によって昔を思い出して、昔を忍んで流す涙の露が絶え間もないと歌う。「橘」の詠へ。名歌①1古今139「さつきまつ花橘のかをかげば昔の人の袖のかぞする」（夏、よみ人しらず）。106、176参照。

【参考】④30久安百首826「夏も猶あはれはふかし橘の花散るさとに家居せしより」（夏、顕広。③129長秋詠藻26）

【類歌】①8新古今241「たちばなの花ちる檐のしのぶむかしをかけて露ぞこぼるる」（夏、忠良。④31正治初度百首729）…191に近い

①11続古今252「たちばなのはなちるさとのほととぎすかたこひしつつなかぬひもなし《鳴く日しぞ多き(万)》」（夏、旅人。②1万葉1477 1473）

①14玉葉372「たちばなの花ちる里の庭の雨《面(後)》に山時鳥むかしをぞとふ」（夏、後京極摂政前太政大臣。⑤178後京極殿自歌合〈建久九年〉38）

③130月清622「たちばなの花ちるさとに見るゆめはうちおどろくもむかしなりけり」(西洞隠士百首、春)④15明日香井556「ふるさとはむかししのぶののきの露袖にかけてもかをるたち花」(春日社百首、夏)④32正治後度百首225「我が袖にむかしはとはん橘の花ちるさとの五月雨のそら」(夏「五月雨」雅経)⑤224遠島御歌合40「今もかも昔やこふる橘の花ちる里になく郭公」(「郭公」如願法師)「摂取」—「万葉　夏雑一四七七(旅人)、源氏　花散里」、「文治元　楚忽《ママ》第一百首　夏「蘆橘」=拾玉七三〇」(長沢「正治」18頁)…【類歌】の①11続古今252、⑤421源氏物語168「橘の香をなつかしみほととぎす花散る里をたづねてぞとふ」(「花散里」、(光源氏))、③131拾玉730「たち花のはなちる里のすまひかなわれもさこそは昔がたりよ」(楚忽第一百首、夏「盧橘」)。

192　時鳥またずといかできかれまし我《われ》を恨みて鳴く夜ありやと・1927

【語注】○時鳥　①4後拾遺193「なかぬよもなくよもさらにほととぎすまつとてやすくいやはねらるる」(夏、赤染衛門)。①4同194「よもすがらまちつるものをほととぎすまただになかですぎぬなるかな」(夏、同)。①8新古今193「さ月山うの花月よ時鳥きけどもあかず又なかむかも」(夏、読人しらず)。①8同214「いかにせんこぬよあまたの時鳥またじとおもへばむら雨の空」(夏、家隆)。③118重家343「ほかにてはいかがなくべきほととぎすわれがこころに声はとまりぬ」(「時鳥」)。⑤133山家五番歌合24「ほととぎすなくよのみかはなかぬよもまつときごとにいこそねられね」(「郭公」道経)。

【訳】時鳥(を私が)、待たないで何とか聞かれ、聞きたいものだ、私を恨んで鳴く夜があるのかと。

▽夏15の4。「橘の花」から「時鳥」の詠へ。私を恨んだことで、鳴く夜があるのではないかと思って、時鳥の声を

私が待つことなく（どうにかして）聞きたいものと歌う。その場合、上句は、私が待たずで、「れ」が可能・自発（受身も可）となる。また、時鳥が「（私が）待っていない」と聞かれたのであろうか（「れ」・受身）、だから恨んで鳴いてほしいの解もある。しかし後者はやはり無理があるか。三句切、倒置法。「時鳥」ゆえに数多の【参考】【類歌】がある。⑤183三百六十番歌合180、夏、十八番、右、讃岐。⑥10秋風集147、夏上「（正治二年の百首の夏歌）」二条院のさぬき。

【参考】③106散木262「我が身をもうらみつるかな郭公またずはなかぬなげきせましや《すまじ(内)》」（夏。⑤145内蔵頭長実家歌合12）
③119教長222「ほととぎすいかできかましわがやどにはなたちばなのにほは《かをら(久)》ざりせば」（夏。④30久安百首227）
③119同241「まちかねてしばしもねなばほととぎすいかできかましあけぐれのこゑ」（夏）
⑤121高陽院七番歌合28「まちかねてぬるよもあらばほととぎすきかぬためしのなをやたたまし」（「郭公」俊頼）

【類歌】①13新後撰165「またずとも我となくべき夕ぐれをつれなくすぐす郭公かな」（夏、為世）
①14玉葉1926 1918「あらずなるうき世のはてに時鳥いかでなくねのかはらざるらん」（雑一、建礼門院右京大夫。④16右京大夫267）
①15続千載230 231「まつほどの心もくるしほととぎすいかでおもひのほかにきかまし」（夏、三条入道左大臣。④31正治初度百首1827）

1928　あやめふく軒ば涼しき夕風に山時鳥ちかくなくなり

▽夏15の5。137。「時鳥」「鳴く」。「夜」→「夕」。

193　五月雨に岸の松がえ《ねイ》水《波イ》こえて汀ぞせばき広沢の池・1929

【語注】**○五月雨に**　④41御室五十首66「五月雨に水こえにけりさはだ河くに宮人のわたす高はし」（夏、静空）。**○岸の松がえ**《ねイ》　「…え」は既に②4古今六帖2901にあり、「…ね」も②1万葉1163 1159、③127聞書集251などにある。歌の内容から「…ね」が相応しかろう。　**○松がね**　「松がね」は八代集六例、初出は金葉211、「松の根」は八代集二例。　**○汀ぞせば（き）**　新編国歌大観の①〜⑩の索引では、他になかった。　**○広沢の池**　八代集にない。月の名所、⑤175六百番歌合に秋「広沢池眺望」（409〜420）がある。山城国の歌枕。今の京都市右京区嵯峨。「狭き」と「広」が対。「ひろ沢の池」は、②3新撰和歌108に早くもある。④30久安百首1311「ほそくふる三月の雨やいとならん水にあやおるひろ沢の池」（春、小大進）。

【訳】五月雨に岸辺の松の枝〔根イ〕に水〔波イ〕が越えていってしまって、汀が狭いことよ、広沢の池は。

▽夏15の6。「菖蒲」→「松」、「風」→「雨」、「山」→「岸」「汀」「池」。「菖蒲」の「山郭公」（前歌）から、「五月雨」の「広沢の池」の叙景歌となる。五月雨によって、岸の松の枝〔根イ〕を水〔波イ〕が越えて、広沢の池は増水の為に水際の岸が狭くなったと歌う。四句切、体言止、倒置法。第三、四句みの頭韻。②16夫木10848、雑五、ひろさはの池、山城「家集、夏歌中」二条院讃岐、第二、三句「きしの松陰水みちて」。⑩181歌枕名寄533、広沢池「正治百首五月雨　岸松」讃岐、第二、三句「きしの松がね浪こえて」。

【類歌】④32正治後度百首823「五月雨に玉島川の水こえて岸の岩ねぞ遠ざかりぬる」（夏「さみだれ」宮内卿）

④32同920「さみだれは庭もひとつに水こえて池のあやめのはずゑだになし」（なつ「さみだれ」越前）

「この作は現存讃岐集の中に見えない。…もと家集にあつたものと考へられ、すくなくとも夫木和歌抄成立（延慶年間）の頃には、そのやうな一本が存在してゐたのであらう。」（森本「文庫」217頁）。

194　有明の月より西の郭公わがおもふかたに鳴きわたるかな・1930

【語注】○郭公　②1万葉4218 4194「ほととぎす　なきわたりぬと　つぐれども　われききつかず　はなはすぎつつ」（第十九）。○わたる　「郭公」の縁語。

【訳】有明の月より西の方にいる郭公よ、わが思い願う方（極楽浄土）に鳴き渡っていることよ。

▽夏15の7。「雨」→「月」、「松」（植物・木）→「郭公」（鳥）。「五月雨」から「郭公」詠となる。月が沈む有明の月より西の郭公は、私の願い望む、西方浄土のある方角へ鳴き続け渡って行くと歌う。時鳥は、死出田長、魂迎鳥、冥途鳥、蜀魂などともいう。また時鳥ゆえに、例によって多くの【参考】【類歌】がある。第四句字余り（「お」）。

【参考】①7千載161「ほととぎす鳴き《ずとお（万）》つるかたをながむればただあり明の月ぞのこれる」（夏、右のおほいまうちぎみ）

②4古今六帖4430「月をだにあかずおもひてねぬものをほととぎすさへ鳴きわたるかな」（鳥「ほととぎす」。①19新拾遺215（貫之）。②15万代649）

②10続詞花126「郭公有明の空になく声をふけゆく月のつとにかもせん」（夏、仲実）

③30斎宮女御97「さとにのみなきわたるかなほととぎす我が待つときになどかつれなき」

③59千穎17「わがまへのこずゑをすぎてほととぎすなきわたるよはあさましきかな」（夏）

③100江帥51「まちかねてたづぬるやまのほととぎすありあけのつきのかげになくなり」（夏。②15万代567）

【類歌】③130月清91「うきよいとふこころのやみのしるべかなわがおもふかたにありあけの月」（花月百首、月。②13玄玉191。⑤178後京極殿御自歌合174）

④10寂蓮186「時鳥あり明の月のいり《入・入》がた《が(仙)・方(続)》に山のは出づる夜はのひとこゑ」（①15続千載240。⑤192仙洞影供歌合〈建仁二年五月〉18）

「摂取」―「重家集「郷外郭公」五九〇、建久元秋　花月百首「月」＝秋篠月清集五四・九一」（長沢「正治」20頁）…③118重家590「ほととぎすみやこのかたへゆくならばわがおもふ人にことかたらなむ」（右大臣家御会「郷外郭公」）、③130月清54「さらぬだにふくるはをしき秋のよの月よりにしにのこるしらくも」（花月百首、月五十首）、【類歌】の③130月清91。

195　ともしする比にしなれはつくば山このもかのもぞあらはなりける・1931

【語注】**○つくば山**　八代集三例、初出は詞花373。が、「つくばの山」は八代集二例、初出は後撰674。常陸国（茨城県）の、万葉以来の歌枕。後述でも触れた古今集以後、「このもかのも（此面彼面）」と詠まれることが多い。**○このもかのも**　八代集四例。『守覚全歌注釈』64参照。参考、「筑波嶺の「このもかのも」の論争」（西村加代子『平安後期歌学の研究』）。**○あらはなり**　八代集六例。

【訳】照射する比に、さあなると、筑波山はこちら側もあちら側もが（、照射の光によって）あらわであるよ。

▽夏15の8。「月」「西」→「山」。「郭公」から「照射」の歌となる。鹿を射るために火を燃し、照射をする頃になると、筑波山は（照射の）火で山の両面が、はっきり見てとれると歌う。勿論もとは、有名な①1古今1095「つくばねのこのもかのもに影はあれど君がみかげにますかげはなし」（東歌「ひたちうた」）であり、第一、二句が全く同一の、【参考】の③119教長265と比べるなら、讃岐の方法は、舞台を「筑波山」に移して、下句で「此面彼面」が「あらは」とする。②16夫木3082、夏二、照射「正治二年百首」二条院讃岐。

【参考】③23忠見35「つくばやまこのもかのものもみぢばはあきはくれどもあかずぞありける」
③119教長265「ともしするころにしなればさつきやまほぐしのかげのたゆるよぞなき」（夏）
⑤230百首歌合〈建長八年〉1211「ともしするころにもなればますらをのいくよ山べに立ちあかすらん」（二位中将）
「摂取」―「古今　東歌一〇九五」、「久安初度百首「照射」＝教長集　夏二六五」（長沢「正治」18頁）…▽の①1古今1095、【参考】の③119教長265。195の「このもかのも」は『袖中抄』『無名抄』に見ることができる。「このもかのも」は③イ〈私注―①1古今1095〉を例に「只筑波山と云山のみにてぞかく読て侍る。」（袖中抄）、…と、歌に詠む場合に条件のつけられている歌語である。讃岐歌は③〈私注―195〉では「筑波山」を詠み、…共にその条件を満たしている。…讃岐が歌学書の指摘や、歌合判詞の評価にも留意し、詠歌の際の参考にする姿勢が窺われる。」（長沢「正治」24頁）。

196　夜もすがら草ばにつたふ蛍こそ風にこぼれぬ露とみえけれ・1932

【語注】○夜もすがら　①5金葉385 408「夜もすがらくさのまくらにおくつゆはふるさとこふる涙なりけり」（恋上、長実）。○草ばにつた（ふ）　新編国歌大観①～⑩の索引では、他になかった。○蛍こそ　③35重之252「たびとのたぐひとみつるほたるこそつゆにもきえぬひかりなりけれ」（下、夏）。○風にこぼ（れ）　新編国歌大観索引の①～⑩の索引では、他に⑥34難波捨草225、⑦46出観229、⑧5為富40、⑨34草径182があり、就中、⑦46出観（覚性法親王）229「むらくさのしたばとびかふ蛍こそ風にこぼるる露とみえけれ」（夏「蛍」。覚性1129～1169年）は、ほぼ2／3の語が重なり、多大な影響関係が想定される。○露とみ　⑤84六条斎院歌合（天喜五年五月）13「夏の夜の草のほたるをつゆとみてはらへばそでにたまぞみだるる」（「草蛍似露」しもつけ）、⑤84同21「もろともにおきあかすかなよなよを草のほたるのつゆとみえつつ」（「同」宮殿）。

【訳】一晩中、草葉に伝わっている蛍こそが、風によってこぼれちりはしない露と見えることよ。

▽夏15の9。「照射」(夜)・「比」→「夜(もすがら)」、「あらは」→「見え」。「照射」から「蛍」の詠となる。夜通し草葉を伝っている蛍は、風にもこぼれない露—普通風が吹くと露は落ちる—と見えると歌う見立て詠。②16夫木3275、夏二、蛍「正治二年百首」二条院讃岐。

【参考】⑤84六条斎院歌合(天喜五年五月)14「くさしげみまがふほたるのひかりこそむらむらおけるつゆとみえけれ」(「草蛍似露」むさし)

⑤84同23「とびまがふくさのほたるのひかりこそおきそふよはのつゆとみえけれ」(「同」こま)

「本歌」—「拾遺　雑春一〇七八(健守)」(長沢「正治」16頁)・①3拾遺1078「終夜もゆるほたるをけさ見れば草のはごとにつゆぞおきける」(雑春、健守)。「分散させてはいるが、合計では二句以上に及ぶ本歌の詞を摂取している。」(長沢「正治」21頁)。

197　ませのうちに露もはらはぬとこ夏や玉をかざれる錦なるらん・1933

【語注】**○ませ**　八代集一例・新古今275(【類歌】)。竹・木で作った、低く目の荒い垣。**○ませのうち**　⑤54東宮学士義忠歌合15「なでしこのつゆにほへるませのうちはそのいろならぬくさもめでたし」(「瞿麦匂露」)。**○露もはらはぬ**　③130月清829「ちりをこそすゑじとせしかひとりぬるわがとこなつはつゆもはらはず」(院第二度百首、夏。⑤197千五百番歌合872)。**○とこ夏**　35前出。④27永久百首153「露はらひをる人もなき放郷にひとりのみぬるとこなつのはな」(夏、「瞿麦」常陸)。④34洞院摂政家百首498「五月雨に袖もぬれぬれはらへども露おもげなる床夏の花」(五月雨、但馬)。**○かざる**　八代集一例・千載141。

【訳】垣根の中に露も払い落としはしない床夏よ、(それは)玉を飾りにしている錦なのであろうよ。
▽夏15の10。「露」。「草葉」→「笆」「床夏」。垣の内の露も払わない床夏は、玉を飾った錦なのかと推量する。第二、三句を下句に、つまり露の床夏を玉の錦に見立てる、前歌(蛍を露に)に続いての見立ての叙景詠。初句字余り(「う」)。
【類歌】①8新古今275「白露のたまもてゆへるませの中にひかりさへそふとこ夏の花」(夏、高倉院)
「本歌」・「後拾遺　夏二二五(定頼)、新古今　夏二七五(高倉院)」(長沢「正治」16頁)…①4後拾遺225「とこなつのにほへるにはからくにおれるにしきもしかじとぞおもふ《みる》」(夏、定頼)、【類歌】の①8新古今275。

198　秋といへば紅くくる竜田川夏は緑のいろぞ見えける・1934

【語注】○紅くくる　「くくる」は八代集二例。「くれなゐくくる」のリズム。またこの表現は八代集にない。①12続拾遺398 399「大井川ゐせきに秋の色とめてくれなゐくくるせぜのいは波」(冬、太上天皇)。④18後鳥羽院555「秋はけふくれなゐくくるたつた川神よもしらずすぐる月かは」(建保四年二月御百首、秋)。④31正治初度百首456「竜田川ちらぬもみぢのかげみえてくれなゐくくるせぜのしら波」(秋、良経)。
【訳】秋というと、紅色のくくり染めにする竜田川よ、夏は緑の色が見えるよ。
▽夏15の11。「夏」。秋だとなれば、紅のくくり染めの竜田川も、夏は緑色に見えるとの、これも前歌に続いての見立て(上句、紅葉を紅のくくり染めに)の叙景歌。上句の紅と下句の緑の色(視覚)の対照がある。下句は、山の景色ではなく、川に映る「緑の色」であろう。初句字余り(「い」)。上句は、いうまでもなく、①1古今294「ちはやぶる神世もきかず竜田河唐紅に水くくるとは」(秋下、なりひらの朝臣)による。

【参考】②1万葉2181 2177「はるはもえ　なつはみどりに　くれなゐの　まだら《ニシキ》にみゆる　あきのやまかも」（巻第十、秋雑歌「詠レ山」）

【類歌】①13新後撰905 906「たつた川くれなゐくくる秋の水色もながれもそでのほかかは」（恋二「…、名所恋」光明峰寺入道前摂政左大臣）

④15明日香井1228「秋はけふくれなゐくくるたつたがはい《ゆ(新)》くせのなみもいろかはるらん」（下。①9新勅撰359

「この讃岐歌は／ちは…をふまえている。また、この讃岐歌が詠まれる以前の作として定家の／夕暮…〔私注―後述の③133拾遺愚草2222〕がある。この建久五年左大将家歌合には讃岐も出詠しており、定家から影響をうけた可能性は高いと思われる。定家歌は同じ古今集歌をふまえて季節を夏に変化させ、緑の影と白浪との色彩的な対比で、竜田河の夏の夕暮の涼感を詠んでおり、讃岐歌は、定家歌に詠まれている夕暮の涼感は摂取せず、夏という季節と緑の色彩とを取り入れ、古今集歌の秋の紅と対比させている。季節と色の組み合わせを比べる、やや理知的趣向の強い歌となっている。」（吉野「正治」5頁）。「摂取」―「伊勢一〇六段＝古今　秋下二九四（業平）」、「建久五夏　左大将家歌合「竜田川夏」＝拾遺愚草二二二二（長沢「正治」18頁）…▽の①1古今294、③133拾遺愚草2222「夕暮は山かげすずし竜田川みどりの影をくぐる白浪」（下、夏「建久五年夏左大将家歌合、竜田河夏」）。

199　まだしらぬ衣の玉の面影も心にかくるはちすばの露・1935

【語注】**○衣の玉**「衣の玉」のみは、八代集五例、初出は後拾遺1028。①5金葉640 683「いかにしてころものたまをしりぬらんおもひもかけぬ人もある世に」（雑下、永縁。5′金葉三632）。過去には悟れなかったが、釈迦の教えに接して悟りを得られたことの比喩。**○はちすば**　八代集四例（古今序含）。①1古今165「はちすばのにごりにしまぬ心もてなにかはつゆを玉とあざむく」（夏、僧正へんぜう）。
【訳】まだ（思い）知りはしない衣の玉の面影も、心にかけている蓮葉の露であるよ。
▽夏15の12。「色」→「面影」、「緑」→「蓮葉」。長く、苦難の末に発見する、まだその存在を知らない「玉・（の面影）」も、心にかけている悟りの「蓮葉の露・」だと歌ったもの。これも露を玉に見立てた詠であるが、法華経（五百弟子授記品）の「繫宝珠の喩ひ」、衣裏繫珠の喩えによっていて、釈教的要素が強い。体言止。
【参考】③126西行法師688「露つつむ池のはちすのまくりばに衣の玉をおもひしるかな」（雑。②15万代724）
【類歌】②16夫木13668「まだしらぬ玉のうゐ木の面影もゆきの梢にみるここちする」（第二十九、木、為家）…ことば「摂取」―「法華経「衣裏宝珠」／金葉二　雑下六四〇（永縁）」、「西行集　雑六八八」（長沢「正治」18頁）…【語注】の①5金葉640 683、【参考】の③126西行688。「身辺状況…出家隠栖の経験に関わるもの、」（山崎『正治』242頁）。

200　しめはふるきねが外面の柴のとに又さきかかる夕がほの花・　1936

【語注】**○しめはふる**　八代集二例、初出は金葉74。①5金葉74「…うちかへしたねまきてけりしめはへてみゆ」（春、国基。5′金葉三76）。「柴の戸」にかかる。あるいは「きね」にか。「標《しめ》」のみは八代集四例。**○きね**「巫覡」・八代集四例。**○きねが外面**　新編国歌大観①～⑩の索引には、他になかった。**○外面**　八代集五例、初出は金葉75。**○柴のと**　八代集九例、初出は金葉568。**○さきかかる**　187前出。八代集三例。**○夕がほの花**　八代集一例・新古今276。⑤175六百番歌合265～276に12首、夏「夕顔」の歌があるが、200に近いものはなかった。⑤421源氏物語26「…白露の光そへたる夕顔の花」（「夕顔」、（夕顔））。
【訳】注連縄を張り渡している、神人（みこ）の外側の柴の戸に又咲きかかっている夕顔の花よ。

▽夏15の13。体言止。「かくる」↓「かかる」、「蓮」↓「夕顔」、「葉」↓「花」、仏教↓神。注連を張った柴の戸に、注連縄と共に夕顔の花が咲きかかるとの、これも叙景歌。

【類歌】②16夫木4568「かたをかの日かげしぐるるしばの戸にしばしかかれるあさがほの花」（秋二、槿花、家隆）

1937 鳴くせみのこゑも涼しき夕ぐれに秋をかけたる杜の下つゆ

▽夏15の14。102。「夕」、体言止。「懸かる」↓「懸け」。

201 みそぎ川ゐせきの音の涼しきはあきよりさきに浪やこゆらん・1938

【語注】**○みそぎ川** 八代集にない。③76大斎院前の御集129、148、⑤421源氏物語724などにある。源氏物語「立ち出で給へりし御禊河の荒かりし瀬に、いとゞよろづいとうくおぼし入れたり。」（「葵」、新大系一―300頁）。『古代地名索引』にはなかったが、『歌枕索引』には、「みそぎがは」（場所表記ナシ）がある。⑤247前摂政家歌合〈嘉吉三年〉162「年なみのなかばこえ行くみそぎ川せきとめられぬ月日なりけり」（後夏、為季）。**○ゐせき** 56前出。**○涼しきは** ④31正治初度百首538「まだきより川せの風のすずしきは秋のなごしのみそぎなりけり」（夏、通親）。

【訳】 禊川（の）、井堰の音が涼しいのは、秋が来るよりも前に、浪が夏（の時）を越えるのであろうか。

▽夏15の15。「涼しき」「秋」。「杜」↓「川」、「声」↓「音」、「露」↓「浪」。みそぎ川の井堰の音が涼しいのは、秋が来ないうちから浪が越えるからなのかと漏らす。前歌同様、季節の交錯を歌って夏歌を閉じる。

【参考】④26堀河百首解19「ゆふかけて波のしめゆふ川やしろ秋よりさきに涼しかりけり」（夏「荒和祓」五四六、匡房。①10続後撰233 224）

【類歌】①18新千載304「大井河まだ夏ながら涼しきはゐせきに秋やもりてきつらん」（夏「…、納涼」よみ人しらず）
④31正治初度百首1038「御祓《みそぎ》してぬさとる袖のすずしきは河瀬の浪に秋や立つらん」（夏、経家）
④38文保百首834「みそぎして帰る袂のすずしきは河せの浪に秋やたつらん」（夏、師信）
⑤197千五百番歌合1027「みそぎする河せのかぜのすずしきは秋にや神もこころよすらん」（夏三、丹後）
「摂取」―「林葉集　夏「河辺納涼」三〇三」（長沢「正治」20頁）・③116林葉303「水上に秋や来ぬらん大井河ゐせきにかかるおとぞ涼しき」（夏「河辺納涼」）。

## 秋

1939　いまよりの秋のね覚をいかがとも荻のはならで誰か問ふべき

▽秋20の1。115。「秋」。

202　七夕の恋の煙やはれぬらん秋の今夜《こよひ》のあまの川風・　1940

【語注】〇七夕の　①7千載239 238「七夕のあまのかはら《せ(月)》のいはまくらかはし《く(散)》もはて《あへ(同)》ずあけぬこの夜は」（秋上、俊頼。②12月詣620。③106散木385）。③2赤人63「ひととせにただこよひこそたなばたのあまのかはらを《も(万、千)》《に(続)》わたるて《とい(続)》ふなれ」（わがこふ。①10続後撰253 244。②15万代818（千里）。③40千里40）。③73和泉式部322「七夕の今夜あふせはあまのがはわたりてぬるとおもふなりけり」（秋）。③132壬二286「七夕のあまの川原に宿からん年に一夜も契りありやと」（大輔百首、寄名所恋十首）。⑤230百首歌合〈建長八年〉66「又もこむ秋をやちぎる七夕のあまの川とのあけがたの空」（権大納言）。
〇恋の煙・（一句）165前出。考えても分かるように、「煙」は富士や浅間などであり、七夕は珍しい。恋の思いの火から昇る煙。「こひ」に「火」を掛ける。○や　強意ととったが、疑問か。○はれぬらん　④31正治初度百首641「七夕の心やこよひはれぬらん雲こそなけれほしあひの空」（秋、慈円。②16夫木4028）。○秋の今夜（一句）⑤159実国家歌合43などに用例がある。○あまの川風（一句）八代集三例、初出は①5′金葉三161。③73和泉式部815、③115清輔96、102、⑤22陽成院一親王姫君達歌合35などに用例がある。③132壬二537「七夕の雲の衣を吹きかさねよさむになりぬあまの河風」（院百首、秋。⑤197千五百番歌合1091）。

【訳】二人の恋の火の煙は、さぞ晴れたことであろうよ、秋の今夜の天の川風によって。

▽秋20の2。「秋」。「寝覚」→「今夜」「恋」。秋の今宵の天の川の川風で、七夕の恋の火の燃える煙はさぞ晴れたろうと推量したもの。また二星が会うことによって、会う前のくすぶっていた恋慕の情もさぞ晴れたろう、も含まれよう。「七夕」歌ゆえに、数多の【類歌】がある。三句切、倒置法。下句あの頭韻とののリズム。体言止。

【参考】③60保憲女71「たなばたのあまのかはぶねあきごとにいかなるほしかつなでひくらん」（あき）

【類歌】①11続古今315 317「たなばたのこひやつもりてあまのがはまれなるなかのふちとなるらん」（秋上「…、七夕を」中務卿親王）

③130月清834「たなばたのあまのかはらにこひせじと秋をむかふるみそぎすらし《ず(千)》も」（院第二度百首、夏。②16夫木3842。⑤197千五百番歌合1022）

③132壬二1053「七夕のあふ秋の袖を吹きかへしあくるもつらき天の川かぜ」（二百首和歌、秋「七夕」）

⑤231三十六人大歌合5「たなばたの恋やつもりてあまのがはまれなるなかの淵となるらむ」

⑤244南朝五百番歌合313「七夕のあまの川せの岩まくらかはすこよひも袖やぬるらむ」（秋一、公長）

「摂取」—「金葉三　秋一六一（頼通）」、「建久歌　秋「七夕」＝壬二集一〇五三」（長沢「正治」18頁）…①5′金葉三161「ちぎりけむほどはしらねどたなばたのたえせぬけふのあまの河風」（秋「七夕…」宇治入道前太政大臣）、【類歌】

の③132壬二1053。

203　そのこととさして思はぬ袖の上にげにあやしきは秋の夕露・1941

【語注】◯そのことと（一句）①6詞花393 390、③25信明126、③87入道右大臣36などにある。①11続古今375 377「そのこととおもはでもののかなしきや秋のゆふべのならひなるらむ」（秋上、経平）。◯袖の上に　①9新勅撰265「袖のうへにつゆおきそめしゆふべよりなれていくよの秋の月かげ」（秋上、真昭）。①17風雅1974 1964「おもへかしさらでももろき袖の上に露おきあまる秋のこころを」（雑下、隆博）。⑤197千五百番歌合2352「おもふことえぞしのばれぬ袖のうへに秋ならばこそ露とかこため」（恋一、宮内卿）。◯げに　85前出。◯げにあやし（き）　新編国歌大観の索引①〜⑩では、他になかった。◯秋の夕露　八代集・①7千載264 263（②10続詞花241、堀河。④30久安百首1038）初出、他、③86伊勢大輔35（＝③96経信249）などにある。また「夕露」は八代集八例、初出は後拾遺682。

【訳】そのことだとも強いて思いはしない袖の上に、実に不可思議なものは秋の夕露＝涙よ。

▽秋20の3。体言止。「秋の」。「今夜」→「夕」、「川・風」→「露」。理由がなく、特にその理由をこうだとも思わない袖の上に置き、また恋の物思いもしないのに流れて、本当に不思議な秋の夕露・涙を歌う。第三句字余り（「う」）。⑥10秋風集304、「正治二年にたてまつりける百首に」二条院さぬき、第三句「袖の上も」、末句「秋のゆふぐれ」。

【参考】③123唯心房51「なにごとをさしておもふとなけれどもたもとつゆけき秋のゆふぐれ」（秋）

【類歌】①20新後拾遺728「そのことと思はで袖の露けきや秋のゆふべのならひなるらん」（雑秋、よみ人しらず）…203に近く、【語注】の①11続古今375 377に似る

④18後鳥羽院336「袖の上につゆただならぬ夕かな思ひし事よ秋のはつかぜ」（外宮御百首、秋廿首）…203に近い

「摂取」―「唯心房集「秋歌」五一」（長沢「正治」20頁）・【参考】の③123唯心房51。「先行歌を短縮」・「しているが、結局は同じことを言わんがための否定である。」（同27頁）。

204　おきて見る物ともしらで朝ごとの草ばの露をはらふ秋かぜ・1942

【語注】**○おき**　掛詞「起・置き」。**○草葉の露**（一句）勅撰集では、①2後撰1354よりある。①5金葉177 188「もろともにくさ葉のつゆのおきゐずはひとりや見まし秋のよの月」（秋、顕仲卿女。5′金葉三170）。

【訳】起きて、置いて見る物だとも知りはしないで、朝ごとの草葉の露を払い落とす秋風よ。

▽秋20の4。「露」「秋」体言止。「夕」→「朝」、「露」→「風」。起きて見るものだとも知らず、毎朝の草葉に置く露を吹き払う秋風を歌う。

【参考】③89相模25「あさごとのくさばのつゆとみるものをわすれておけるたまかとぞ思ふ」（「くさむらのつゆたまにたり」）…204に近い

⑤146関白内大臣歌合〈保安二年〉37「うつしうゑしくさばのつゆのこぼるれば秋のにはをばはらはでぞみる」（「庭露」重基）

⑤146同42「あれゆけば秋ののらなるにはのおもをはらはでぞみるあさごとのつゆ」（「庭露」明賢）

【類歌】④38文保百首3135「吹く風は草葉の露をはらへとやわが袖ほさぬ秋のしら露」（宣子）

「本歌」―「相模集「叢露玉似」二五」（長沢「正治」16頁）・【参考】の③89相模25。「句の位置を変えて二句以上取っている。…題の如く草葉の露を玉に見立てた本歌では季節感が明確ではないが、讃岐は秋風によりそれを示している。本歌が露の美的な外観を重視しているのに対し、讃岐は風にこぼれるはかない露を詠み、秋の哀感を強調している。」

（長沢「正治」21、22頁）。

205 風わたる尾花が上に散る露を波にくだくる玉かとぞ見る・1943

【語注】○風わたる（一句） 勅撰集では、①7千載29が初出。④38文保百首3138「おきとめてみる程ぞなき風わたるを花がつゆのこぼれや（ ）」（宣子）。○尾花が上（一句） 勅撰集では、①2後撰305「わがやどのを花がうへの白露をけたずて玉にぬく物にもが」（秋中、よみ人しらず）にあり、あと、②1万葉1568、4古今六帖402「我が宿のをばながうへの白露の置きし日よりぞ秋風のふく」（歳時、天「あきの風」）、510、3692「我がやどのをばながうへのしらつゆをけたずてたまにぬくものにもが」（草「すすき」）、3709などにもある。

【訳】風の渡っている尾花の上に散っている露を、波に砕け散る玉かと見るよ。

▽秋20の5。「風」「露（を）」（203〜205）」「見る」。「草」→「（尾）花」、「払ふ」→「散る」、「露」→「波」「玉」。風が吹き渡り行く尾花の上に散る露を、波に砕けた玉かと見るという見立ての叙景歌。

【参考】④26堀河百首604「秋萩の花の上なる露みればにしきにおれる玉かとぞみる」（秋「萩」永縁）

【類歌】②16夫木4402「風わたるをばながうれは布引の滝よりあまる波かとぞみる」（秋二、薄、澄覚）

「摂取」―「拾玉集 百首「雑十六首」三八五」（長沢「正治」20頁）・③131拾玉385「たのむべきかたこそなけれかぜわたるを花がすゑの露ばかりだに」（百首、雑）。

206 心にはうつらぬ花もなけれども袖にみゆるや萩が花ずり・1944

【語注】○うつら 「移・映ら」掛詞。○うつらぬ花 新編国歌大観の索引①〜⑩には、他になかった。○なけれども ③125山家68「花みればそのいはれとはなけれども心のうちぞくるしかりける」（上、春。②16夫木17286）。○や 詠嘆ととったが、疑問か。○萩が花ずり 八代集三例、初出は後拾遺304、他、③88範永10、⑤158太皇太后宮亮平経盛朝臣家歌合1などに用例がある。

【訳】心の中には、移り、映らない花もない、すべてが「移・映」ってはいるが、袖に見えるのは、ただ萩の花摺りだけだ。

▽秋20の6。「花」「見」。「尾花」→「萩」、「渡る」→「移ら」。心引かれ染めて、すべての花はわが心に移り映るのだが、袖にうつって見えるのは、萩の花摺（模様）のみと歌う。心にすべて花はうつるが、袖に見えるのは萩が花摺・具体物のみという、上句・心の全花と下句・袖の萩の花摺との対比・対照。体言止。⑤183三百六十番歌合380、四十六番、右、讃岐。

【参考】①7千載250 249「心をばちくさの色にそむれども袖にうつるは萩がはなずり」（秋上、長覚）

③125山家971「衣でにうつりしはなの色かれてそでほころぶるはぎが花ずり」（雑）

【類歌】①19新拾遺354「宮城野の露わけきつる袖よりも心にうつる萩が花ずり」（秋上、隆淵）

⑤183三百六十番歌合379「よそながらみやぎがはらをみわたせばこころにうつるはきがはなずり」（秋、前関白。②12月詣634。②13玄玉646）

「摂取」—「千載 秋上二五〇（長覚）」（長沢「正治」20頁）・【参考】の①7千載250 249。「先行歌を…拡大しているが、結局は同じことを言わんがための否定である。」（同27頁）。

207　なく鹿に声うちそふる高砂の尾上の松もつまや恋ふらん・1945

【語注】○なく　「泣く」との掛詞か。○声うちそふる　①1古今360よりある。ここは松籟のこと。○うちそふる　下二段。八代集四例。○高砂の尾上の松　八代集四例、初出は後拾遺282。○つま　「松の妻」は変であるので、やはり鹿の妻であろう。

【訳】（妻を恋い慕って）鳴く鹿に声（松風の音）を加える高砂の尾上の松も妻を恋い慕っているのだろうか。

▽秋20の7。「萩（鹿の妻）」→「鹿」、「見」→「声」、「花」→「松」。鳴く鹿に声を添える高砂の尾上の松も、鹿同様妻を恋しいのかと歌ったもの。これも【参考】【類歌】が多い。②16夫木13800、巻第二十九、松「同（＝「千五百番歌合」）」・まちがい、二条院讃岐。

【参考】①4後拾遺282「しかのねに秋をしるかなたかさごのをのへのまつはみどりなれども」（秋上、すずしき）
③33能宣196「ゆふぐれはあらしのこゑもたかさごのをのへのまつにつけてこそきけ」（二巻「たかさご」）
④26堀河百首711「高砂の尾上の松はさしながら何をしるしにしかのなくらん」（秋「鹿」仲実）…207に近い
④30久安百首941「高砂の尾上の風やさむからんすそのの原に鹿ぞなくなる」（秋、清輔）
⑤75播磨守兼房朝臣歌合2「高砂のをのへの松にまつのまた君がよにこそおひそひにけれ」（木工頭「高砂松」）
⑤88丹後守公基朝臣歌合〈天喜六年〉17「鹿の音に秋をしるかな高砂のをのへの松はみどりなれども」（「鹿」少納言君）

【類歌】①15続千載403 405「たかさごのをのへの鹿はつれもなき松をためしに妻や恋ふらん」（秋上、定為。④37嘉元百首2338）…207に近い

②15万代1907「こひすてふなはたかさごにたちぬれどをのへのまつといふ人のなき」（恋一、匡衡）「本歌」―「後撰　恋六・一〇五六（源庶明）」（長沢「正治」16頁）・①2後撰1056 1057「さをしかのつまなきこひを高砂のをのへのこ松ききもいれなん」（恋六、源庶明）。「分散させてはいるが、合計では二句以上に及ぶ本歌の詞を摂取している。…恋部の本歌を取って秋の世界を詠んでいる。定家の本歌取りの定義に従うならば同心を避けた④〔私注―207・この歌〕のような取り方が望ましいのであろうが、讃岐は部立を変えて場面を著しく異にするのではなく、むしろ本歌の世界を大切にしている印象を持つ。」（同21、22頁）。

208　中中に心なくてもすみぬべし深山の里の秋の暮がた・1946

**【語注】**　**〇中中に**　③73和泉式部250「ひこぼしはおもひもすらん中中に秋はきのふのなからましかば」。**〇深山の里**（一句）八代集四例。他、①2後撰468 469、②4古今六帖982、⑤421源氏物語675にある。③130月清46「はなちればやがて人めもかれはつるみやまのさとのはるのくれがた」（花月百首「花」）。**〇秋の暮**　八代集二例、初出は千載333。**〇秋の暮がた**　勅撰集初出は、①9新勅撰293、他、③132壬二768、④18後鳥羽院350「すみわびぬ事とひこなん都人みやまのいほの秋のくれがた」（外宮御百首、秋）にある。**〇暮がた**　「暮方の空」八代集一例・千載1246、「春の暮方」八代集一例・新古今1980。

**【訳】**　却って（「もののあはれ」を知る）心がなくても、きっと住むことができるだろう、深山の里の秋の夕暮方は。

▽秋20の8。「高砂の尾上」→「深山（の里）」、「恋ふ」→「心」。情趣を知る心があっても住めるが、深山の里の秋の夕暮は、秋夕の寂寥に耐えられずということがないので、かえって心がなくても住むことができると歌ったもの。あるいは、単純に、奥山里の秋夕は、なまじっか（に）心がなくても住めるといったものか。西行の①8新古今362

「こころなき身にもあはれはしられけりしぎたつ沢の秋の夕暮」（秋上）を彷彿とさせる。三句切、倒置法、体言止。下句ののリズム。

【参考】③121忠度50「やまざとにすみぬべしやとならはせるこころもたへぬ秋の夕ぐれ」（秋）…208に近い

【類歌】④15明日香井1576「われかくてすみぬべしやと世のなかにこころのどめよやまのはの月」（雑）

④31正治初度百首1258「この葉ちる深山のさとに秋くれて心ばかりぞ猶とまりける」（秋、隆信）

「摂取」—「建久元秋　花月百首「花」＝秋篠月清集四六」（長沢「正治」20頁）・【語注】の③130月清46。208は「下句がそれぞれの先行歌と酷似しており、」（長沢「正治」25頁）。

209　玉づさをいかなる里につたふらん秋を忘れぬ初かりの声・1947

【語注】○玉づさ　70前出。雁の列を手紙に見立てたもの。○秋を忘れぬ　⑤117四条宮扇歌合20「としをへてあきをわすれずなく《くる》かりのこゑはるかにもめづらしきかな」（「かり」しきぶ）。

【訳】手紙を一体どのような里に伝えるのであろうかと思われるよ、秋を忘れはしないでやってくる初雁の声を聞くと。

▽秋20の9。「秋」「里」、三句切、倒置法、体言止。秋を忘れず来る初雁の声がすると、手紙をどんな里に伝えにやって来たのかと思うと歌う「初雁」の詠。

【参考】①4後拾遺274「わぎもこがかけてまつらんたまづさを《と（内）》かきつらねたるはつかりのこゑ」（秋上、長能。⑤43内裏歌合〈寛和元年〉10）

【類歌】④41御宝五十首123「たまづさをつたふるのみか初雁はこゑにあはれをかけて来にけり」（秋、隆房）

「摂取」―「古今　秋上二〇七（友則）」、「秋篠月清集　雑「五行」一四九二」（長沢「正治」18頁）…①1古今207「秋風にはつかりがねぞきこゆなるたがたまづさをかけてきつらむ」（秋上、とものり）、③130月清1492「たまづさをまつらむさとの秋かぜにはるかにむかふはつかりのこゑ」（雑・五行を…「南」）。

210　吹《ふき》送る風のたえまはよわるなり籬の野べの虫のこゑごゑ・1948

【語注】**○吹送る**　八代集一例・新古今351。③132壬二1920「吹きおくるにほひは野べぞまさりけるおなじ梅さく春の山かぜ」（寛喜女御入内屏風和歌、二月「梅」）。**○風のたえま**　八代集にない。が、③132壬二3065「露はなほかぜのたえまもあるものを涙やすめよ秋のよの月」（下、雑）、④31正治初度百首2160（冬、丹後）、38文保百首1132（夏、実教）、⑧39通勝344（「萩」）などにある。**○よわるなり**　③131拾玉1783「秋の野の虫のこゑこそよわるなれうらがれわたる萩に時雨れて」（百番歌合、秋。②16夫木5569）。**○なり**　いわゆる伝聞推定。**○籬の野べ**　③130月清1169「にはふかきまがきののべのむしのねを月とかぜとのしたにきくかな」（上、秋）。**○虫のこゑごゑ**　八代集一例・千載256。③106散木1566「ほどもなくとくさむく野はなりにけりむしのこゑごゑよわりゆくまで」（雑、隠題）。

【訳】吹き送ってくる風の絶間は声が弱って聞こえるようだ、籬の野べの虫の声声は。

▽秋20の10。「声」、三句切、体言止、倒置法。「里」→「籬・野辺」、「雁」→「虫」。垣根の野辺に鳴く様々な虫の声が、吹き送る風の絶え間には弱る、つまり風が「籬の野辺の虫の声声」を運んで来るという詠。

【類歌】④11隆信230「おとらじとおのがさまざまよわるなり秋はするの虫のこゑごゑ」（秋下。31正治初度百首1255）

⑤188和歌所影供歌合〈建仁元年八月〉116「あれぬなりたが住みすてし宿なれやまがきの野べの虫の声ごゑ」（「故郷虫」有家）

「本歌」―「千載　離別四七八（紫式部）」（長沢「正治」16頁）・①7千載478「なきよわるまがきの虫もとめがたき秋のわかれやかなしかるらん」（離別、紫式部）。

1949　秋の夜はたづぬる宿に人もなし誰も月にやあくがれぬらん
▽秋20の11。138。三句切。「籬」↓「宿」、「虫」↓「人」、「風」↓「月」、「絶え」↓「無し」。

1950　昔見し雲ゐをめぐる秋の月いまいくとせか袖にやどさん
▽秋20の12。106。「秋」「月」「宿」「ん（歌末）」、三句切。「月」↓「雲」、「夜」↓「月」。

211　ながむべき浪の花をもこめてけり籬が島の秋の夕ぎり・1951

【語注】**○ながむべき**　③81赤染衛門273「ながむべき方だにもなき秋霧にあはればかりやまぎれざるらん」。⑤197千五百番歌合1135「ながむべき秋のなかばのかげまでもおもひしらするゆふづくよかな」（秋一、通光）。**○べき**　可能としたが、推量（つもり・筈の）か。**○こめてけり**　③131拾玉1777「雨そそくその雲ながらこめてけりはその杜のきりのゆふぐれ」（百番歌合、秋）。**○籬が島**　八代集にない。が、「籬の島」（陸奥の歌枕。陸前国。宮城県塩釜市の松島湾にある島。「籬」を連想）は、八代集三例（初出は古今1089）。新編国歌大観の①〜⑩の索引では、211の他に、①16続後拾遺227（夏、好忠。③58好忠500「まがきのしま」）、⑥20拾遺風体和歌集240（離別、円曽）、39大江戸倭歌集959（国安）、⑧32春夢草（肖柏）1844、⑨10漫吟（契沖）1815、15賀茂翁380、⑩181歌枕名寄7310（好忠）がある。『古代地名索引』に「籬の島」の項目はあっても、「籬が島」はない。『歌枕索引』に「まがきがしま」の歌例として挙がっている三例・③25信明139、③121忠度24、④14金槐282もすべて「まがきのしま」である。⑦48風情（公重）82「しほかぜにまがきのしまをみわたせばなみのはなこそさきてちりけれ」。「籬」は「花」の縁語。**○秋の夕ぎり**　八代集にない。③129長秋詠藻99、⑤155右衛門督家歌合〈久安五年〉39などにある。また「夕霧」は八代集七例、初出は後拾遺292。

【訳】眺めることのできる浪の花をも込めたよ、籬が島の秋の夕霧は。
▽秋20の13。「秋」、三句切。「見」→「ながむ」、「雲」→「霧」、「月」→「花」「夕」。「籬が島」の、立ち籠めた秋の夕霧によって、眺望可能な波の花をも閉じたと歌う、まさに叙景詠。倒置法。第一、二句なの頭韻。
「本歌」―「能宣集　屏風歌一一月四八一」（長沢「正治」17頁）・③33能宣481「うらごとにさくなみのはなちりやせんまがきのしまにしめもゆはぬは」。

212　旅ねする山田の庵《いほ》は夜寒にて稲ばの風に衣うつなり・　1952

【語注】**○山田の庵**　⑤148摂政左大臣家歌合〈大治元年〉7「いなぶきの山田のいほにたびねしてもる夜はかりのこゑのみぞする《きく（夫）》」（「旅宿雁」国能。②16夫木5046）。**○夜寒**　八代集六例、初出は後拾遺276。**○末句・衣うつなり**　126前出。【類歌】の如く、この終り方は一つの型《パターン》。②16夫木5727「月ゐるはまだねぬさともありすがは夜さむしられて衣うつなり」（秋五、擣衣、為氏）。⑤184老若五十首歌合287「ややさむきいく田の森の秋風に絶えぬさと人ころもうつなり」（秋、家隆）。⑤218内裏百番歌合〈承久元年〉123「こぬさとも秋をいそがず風の音もねぬよかさねて衣うつなり」（「聞擣衣」知家）。**○なり**　いわゆる伝聞推定。が、断定か。
【訳】旅寝をする山田の庵は夜寒であって、稲葉を吹く風の中に衣を打つ声が聞こえるようだ。
▽秋20の14。「夕」→「夜」、「霧」→「風」、「籬」→「庵」、「花」→「（稲）葉」。旅寝をする山田の庵は夜も寒く、

稲葉の風の音と共に衣を擣つ音が聞こえると歌う。同じ讃岐・166に、後年に詠んだ⑤197千五百番歌合1424「あはれなる山田のいほのねざめかないなばの風にはつかりのこゑ」（秋三、讃岐。①14玉葉598）の類歌がある。また以下の如く【類歌】が数多ある。②16夫木5743、秋五、擣衣「正治二年百首」二条院讃岐。

【参考】②10続詞花248「秋のよをねざめて聞けば風さむみとをちの里に衣うつなり」（秋下、済円）

②10同253「霧はれぬ山田の庵の夕さればいなばのかぜのおとのみぞする」（秋下、行宗）

【類歌】①8新古今449「山ざとのいなばの風にねざめして夜ぶかく鹿の声を聞くかな」（秋下、師忠）

①8同483「みよしのの山の秋かぜさよふけて古郷さむく衣うつなり」（秋下、雅経）

①13新後撰412「あれはてて風もたまらぬ故郷の夜さむのねやにころもうつなり」（秋下、九条左大臣女）

①15続千載1770 1772「かたしきの袖の秋風夜をさむみね覚めてきけば衣うつなり」（雑上、清寿）

①17風雅525 515「を山田のいほもる床も夜寒にていな葉のかぜに鹿ぞなくなる」（秋上、為藤。④38文保百首1640）…212に近い

②15万代1120「あきはなほつれなきたけのふしみやまよかぜをさむみころもうつなり」（秋下、為家）

②16夫木5780「秋しらぬときはの山のさと人もよがれぬかぜにころもうつなり」（秋五、擣衣、為家）

④18後鳥羽院836「夜やさむき時雨にきほふ雁がねに衣うつなり山のべのいほ」（詠五百首和歌、秋）

④41御室五十首579「門田ふくいな葉の風やさむからんあしのまろやに衣うつなり」（秋、家隆）…212に近い

④45藤川五百首209「夜寒なる山田のおしねかりそめの庵の賤も衣うつなり」

⑤184老若五十首268「遠山田いなばの風はほのかにていほもるひたのさ夜ふかきこゑ」（秋、雅経）

⑤230百首歌合〈建長八年〉680「松にふく浦のしほかぜ夜さむにて遠里をのは衣うつなり」（師

⑤244南朝五百番歌合462「みよしののすず吹く風は夜さむにてふもとの里に衣うつなり」（秋九、源頼武）

1953　散りかかる紅葉の色はふかけれどわたればにごる山川のみづ
▽秋20の15。104。「葉」「山」。「稲葉」→「紅葉」。

213　さまざまの野べの千草も日をへつつ一色《ひとつ》にぞ霜がれにける・　1954

【語注】○さまざまの　八代集三例、初出は千載261。が、「さまざま」は後撰659よりある。○野べの千草　③133拾遺愚草843＝⑤175六百番歌合513、③133拾遺愚草1898などにある。○日をへつつ　②15万代2863「こころしてこまははやめよひをへつつのばらのふしきくさがくれゆく」（雑一「野夏草を」読人しらず）。○一色　八代集一例・後拾遺397。①18新千載639「おのづから残る小篠に霜さえてひとつ色なる野べの冬草」（冬、慈道）。

【訳】様々の色であった野辺の千草も日をへながら、（終りには）たった一つの色に霜枯れ果ててしまったことよ。

▽秋20の16。「色」。「山」→「野」、「紅葉」→「千草」、「水」→「霜」。いろいろの（色に咲いた）野辺の千草も日数を経て、すべてが同じ霜枯れの一色になったとの、脳裏の過去の「様々の野辺の千草」の景と、現実の目前の「一色・霜枯」の景との対立の詠。無常の観念を歌った象徴詠ともいえる。式子にも④1式子57「いかにせむ千草の色はむかしにてまた更になき花の一本」（冬、前小斎《（ママ）》院御百首）がある。「様々」「千」と「一」との対比。第三、四句ひの頭韻。

【参考】①4後拾遺397「しもがれはひとついろになりにけるちくさにみえしのべにあらずや」（冬、少輔）…213に近い

①7千載391 390「さまざまの草葉もいまは霜がれぬ野べより冬やたちてきつら《ぬ》ん《む（久）》」（冬、大炊御門右大臣。④30久安百首151）

③125山家506「さまざまに花さきにけりと見しのべのおなじいろにもしもがれにけり」（上、冬）…213に近い

【類歌】④35宝治百首2091「今は又ひとつ色にぞ成りにける秋見し草の霜がれのころ」（冬「寒草」為経）
④35同2110「さきまじる野辺の千草の色色もおなじすがたに霜枯れにけり」（冬「落葉」禅信）
④39延文百首559「おしなべてひとつ色なる霜枯にその名もわかぬ庭の冬草」（「寒草」沙門法守）
「摂取」―「後拾遺　冬三九七（少輔）」、「山家集　冬「野辺寒草」五〇六」（長沢「正治」18頁）…【参考】の①4後拾遺397、③125山家506。

214　うゑて見る心もちらず我が宿にただ一もとのしら菊の花・1955

【語注】○**うゑて見る**　①18新千載529「うゑてみるかひもあるかな長月のためしにさける白菊の花」（秋下、よみ人しらず）。○**心もちらず**　②12月詣216「はがくれにひとえだのこる花みては心もちらぬ物にぞ有りける」（三月、実家）。「散ら」は、「花」の縁語。○**ちらず**　継続してか。○**我が宿に**　①4後拾遺62「わがやどにうゑぬばかりぞむめの花あるじなりともかばかりぞみん」（春上、大江嘉言）。○**一もと**　八代集五例。
【訳】植えて見た心も（花も）散らずに、我が家にただ一本の白菊の花よ。
▽秋20の17。「一」。「草」→「花」「（白）菊」、「野辺」→「（我が）宿」。植えて見ようと思った心が叶って（「咲いて」）、家に一本の白菊が咲いたと歌う。体言止。
【参考】②1万葉469 466「わがやどに　はなぞさきたる　そをみれど《それをみて（袖）》　こころもゆかず…」（巻第三、挽歌。⑤299袖中抄63）
【類歌】⑤248和歌一字抄840「うゑてみる宿もひさしの菊の花ともにちとせの契とぞみる」（契、待賢門院中納言）
「摂取」―「古今　秋下二七五（友則）」、「為忠初度百首　秋「水岸菊」四一七（頼政）」（長沢「正治」18頁）…①1古

今275「ひともとと思ひしきくをおほさはの池のそこにもたれかうゑけむ」（秋下、とものり）、④28為忠初度百首417「水にうつるかげなかりせばしらぎくのただひとむらとみてややままし」（秋「水岸菊」）。

215　秋ふかみ杜の下草うらがれて梢にすさむ日ぐらしの声・1956

【語注】〇**杜の下草**（一句）①1古今892よりある。〇**うらがれて**「うらがる」は八代集六例。③115清輔182「ふみわくる山の下草うらがれて秋の末ばになりにけるかな」（秋「山路秋深」）。③133拾遺愚草1053「さをしかのふすや草むらうらがれてしたもあらはに秋風ぞふく」（千五百番百首、秋。①12続拾遺343。⑤197千五百番歌合1565。⑤216定家卿百番自歌合69）。〇**梢にすさ（む）**　新編国歌大観①〜⑩の索引をみると、他は、④31正治初度百首2162、⑤197千五百番歌合564だけである。

【訳】秋が深いので、杜の下草はすっかり先が枯れ果ててしまって、梢に時折鳴く日ぐらしの声よ。

▽秋20の18。体言止。「花」→「草」、「(白)菊」→「蜩」、「見る」→「声」。秋が深く杜の下草の末葉が枯れて、梢でたまに鳴く蜩の声を歌う。②16夫木6306、秋六、暮秋「正治二年百首」二条院御製《ママ》。

【類歌】②16夫木5678「あきふかきもりの下草うらがれていはたのをのにうづらなくなり」（秋五、鶉「名所秋、人家」実伊）

③132壬二224「かげすずむ杜の下風身にしみて秋になりゆく日晩の声」（大輔百首、夏）

④31正治初度百首733「夏深き杜のした陰風すぎて梢をわたる日らしの声」（夏、忠良）

「摂取」―「建久四〜五　六百番歌合　秋「秋雨」三七二（寂蓮）、「作」四四一（良経）」（長沢「正治」20頁）…⑤175六百番歌合372「こはぎさくかたやまかげに日ぐらしのなきすさみたるむらさめの空」（秋「秋雨」寂蓮）、⑤175同441

「ははそはらしづくも色やかはるらむもりのした草秋ふけにけり」（秋「柞」女房）。

1957　長月の有明の月も深けにけり我が世の末を思ふのみかは

▽秋20の19。139。「秋」→「長月」、「日ぐらし」→「有明」、「深（み）」→「深け」、「うら（先）」→「末」。

216　暮れて行く秋もやしばしやすらふと風立ちむかへ波のかよひ路・1958

【語注】　**○暮れて行く**　③133拾遺愚草240「暮れて行く秋も山路のみえぬまでちりかひくもれ峰のもみぢば」（大輔百首、秋）。④26堀河百首872「暮れて行く秋し尾花の末ならば手折りてもたん立ちやとまると」（秋「九月尽」俊頼）。④26同876「くれて行く秋に心をあらせばやをしまば霧のたちやとまると」（秋「九月尽」永縁）。④30久安百首349「暮れて行く秋ををしむといたづらにおもひのみこそ木がらしの風」（秋、顕輔）。**○風立ちむか（へ）**　新編国歌大観の索引①〜⑩では、他になかった。**○立ちむかへ**　八代集にない。万葉に五例、徒然草に一例ある。万葉61「ますらをのさつ矢手挟み立ち向ひ…」、徒然草「逢ひたるに、この男立ち向かひて、「日暮れにたる山中なり。」（新大系163頁、（第八十七段））。今昔物語集「京童部数立《たち》テ向《むかひ》ケレバ、其ノ方へニ否不逃《えにげ》ズシテ、…忠明、京童部ノ刀ヲ抜テ立向ケル時、御堂ノ方ニ向テ、」（巻第十九—第四十。新大系四—210頁）。「立ち」掛詞か。**○波のかよひ路**　八代集二例、新古今1333、1908。他、③131拾玉3049、132壬二671、2972など。ここを通って秋が去る。⑤261最勝四天王院和歌231「大井川なみのかよひぢ立ちかへり跡ある風に木葉ちりつつ」（「大井川」御製）。

【訳】　暮れはてて行く秋もしばらくの間はとどまるのかと、風よ立ちむかってくれ、波の通路において。

▽秋20の20。「秋」。「長月」→「秋」、「深け」→「行く」、「明」→「暮れ」、「月」→「風」。暮れ行く秋もしばし立ち

去るのを止め躊躇するのかと、風よ、波の通路に立ち向かえと風に命令して、「秋」歌群を閉幕する。下句、倒置法。体言止。

【類歌】④15明日香井1336「秋風のたつやおそきとあまのがはこころゆきかふなみのかよひぢ」(秋「兼思七夕」)

「本歌」―「拾遺　秋二一四(兼盛)、堀河百首　秋「九月尽」八七二(俊頼)・八七六(永縁)」(長沢「正治」17頁)…
①3拾遺214「くれてゆく秋のかたみにおく物はわがもとゆひのしもにぞ有りける」(秋、兼盛)、【語注】の④26堀河百首872、④26同876。

## 冬

217　大かたもこけの衣はうすけれど冬をしらする山下風《やまおろし》のかぜ・1959

【語注】**○こけの衣**　①8新古今1627 1625「白露のあした夕におく山のこけの衣は風もさはらず」(雑中「返し」如覚)。①8同1663 1661「世をそむく山のみなみの松かぜに苔の衣やよさむなるらむ」(雑中、安法法師)。⑤418多武峰少将物語36「露霜はあした夕におく山の苔のころもはかぜもとまらず」(山のきみ)。**○うすけれど**　冬の支度のしていないことか。**○山下風のかぜ**　八代集初出は古今285。
【訳】大よそも、苔の衣(僧衣)は薄いものだけれども、冬を知らせてくれる山おろしの風よ。
▽冬15の1。「風」、体言止。「秋」→「冬」、「波」→「山」。だいたいにおいても僧衣は薄いものなのだが、山下風は寒々と吹いて、冬というものをしみじみと知らせると歌ったもの。末句、字余り(「お」)。106、176参照。
【参考】④26堀河百首892「山臥の苔の衣のうすければ冬に成りぬるけふぞかなしき」(冬「初冬」永縁)

「身辺状況…出家隠栖に関わるもの、」（山崎『正治』242頁）。

1960　面影に秋の名残をとどめ置きて霜の籬に花を見るかな

▽冬15の2。154。「風」→「霜」、「冬」→「秋」。

218　かれにけり鶉と友に住みなれしあしのまろ屋の内もあらはに・1961

【語注】〇**友**　「共・友」掛詞か。〇**住みなれ**　八代集五例、初出は後拾遺850。①8新古今1680 1678は「鶉」と共によむ。〇**あしのまろ屋**　八代集三例、初出は金葉173。葦で葺いた粗末な小屋。後述の③130月清328＝⑤175六百番歌合345＝⑤178後京極殿御自歌合59は、「鶉」と共に詠む。鶉は、荒廃した土地でわびしげに鳴くというイメージがある。

【訳】　すっかり枯れはててしまったことよ、鶉と共に住みなれた芦の丸屋の内部もまる見えとなるぐらいに。

▽冬15の3。「籬」→「住み」「丸屋」、「霜」→「枯れ」、「秋」→「鶉」。秋に鶉と一緒に住み慣れた葦の丸屋の中もあらわに見えるぐらいになって、まわりは枯れはてたと歌う。初句切、倒置法。

【類歌】　③130月清931「ふしなれしあしのまろやもしもがれてうちもあらはにやどる月かな」（院無題五十首、冬。②16夫木6640。⑤184老若五十首歌合312）…218に近い

「摂取」―「拾遺　冬二二三（重之）」、「建久四～五　六百番歌合　秋　「鶉」三四五（良経）」（長沢「正治」18頁）…

①3拾遺223「あしのはにかくれてすみしつのくにのこやもあらはに冬はきにけり」（冬、源重之）、⑤175六百番歌合345「ひとりふすあしのまろ屋のした露にとこをならべてうづらなくなり」（秋「鶉」女房）。

219 はなれたる奥《おき（ママ）》の小島の梢までわたりて染むる初時雨かな・ 1962

【語注】 ○はなれたる　離島。離れ小島。離れている故に時雨が来ないものと判断。 ○奥の小島　「沖の―」八代集一例・千載542。新編国歌大観索引④に、「おくの―」はない。 ○わたりて　掛詞（「渡って、すべてに」）か。「渡る」は、「沖の小島」の縁語。

【訳】 彼方に離れてしまっている沖の小島の梢までも、海を渡って行って染めている初時雨であるよ。

▽冬15の4。「芦」→「梢」。離れている沖の小島の梢まで、渡海して紅葉に染める初時雨を歌う。珍しく【参考】【類歌】がないが、小侍従に④3小侍従176「かぎりあればおきにはやばや成りにけりわかの浦まつしたもみぢして」（雑、名所「和歌浦」）がある。

220 あやなくも音を時雨にかりながらくもらぬ空にふる木葉かな・ 1963

【語注】 ○くもらぬ空　⑤76太宰大弐資通卿家歌合9「かみなづきくもらぬそらもこのはちるみねのあらしぞしぐれなりける」（「紅葉」中原ながくに）。

【訳】 わけがわからないことに、音を時雨に借りながら、晴れた空に降っている木葉であるよ。

▽冬15の5。「時雨」「木」「かな（最末）」。「時雨」→「曇」「空」「降る」。理不尽にも、音は時雨の降るのを借りていながら、曇らない空に木葉が降ると歌う。古今的な理知歌。「木葉時雨」というように、木葉の散る音は、時雨の降る音と似ているからである。

【参考】⑤164右大臣家歌合〈安元元年〉6「板まふくこのはの音をあやなくももる時雨かとおもひけるかな」(「落葉」頼輔)

【類歌】①17風雅1589 1579「おとばかりいた屋の軒のしぐれにてくもらぬ月にふる木の葉かな」(雑上、祝部成国)
①19新拾遺573「吹きおくるあらしの空の浮雲にしぐれをそへてふるこのはかな」(冬、良冬)
④36弘長百首374「神無月空さだめなきうき雲のしぐれぬ隙もふるこの葉かな」(冬「落葉」為氏)
④39延文百首1657「ひとむらの雲にしぐれはすぎのやにおともかはらでふる木の葉かな」(冬「落葉」尊氏)
「初期の作品を改変したと思われるものに次の歌があげられよう。/即ち、/46/220/の二首を見ると、「時雨は庭につもらざりけり」は、いわば風情の過ぎた句である。歌林苑では受けたかもしれないが、新古今時代においては、それはもはやことごとしい趣向にすぎないのである。それに対して落葉時雨の歌には、しみじみとした情調が感ぜられる。」(「糸賀」44頁)。「摂取」―「久安百首「冬十首」八五二(俊成)、安元元 右大臣家百首「落葉」六(頼輔)」(長沢「正治」20頁)…④30久安百首852「まばらなるまきの板屋に音はしてもらぬ時雨は木の葉なりけり」(冬、顕広)、【参考】の⑤164右大6。「「くもらぬ空」は、落葉の音が時雨に似ているが、実際には空は晴れていることを指している。」(長沢「正治」27頁)。

221 あさぢ原庭に日影のさすままに霜は露にぞ消えかはりぬる・1964

【語注】**○あさぢ原** ③42元良親王82「たのむれどしたのこころはあさぢはらつゆにぬるればいろかはるとか」(「女」)。④32正治後度百首831「あさぢ原露のみわけてとふ人の心ぞみゆる夜半の月かげ」(秋「月」宮内卿)。**○庭に日影** 新編国歌大観の索引①〜⑩では、他に、⑧10草根(正徹)4720(「閑庭萩」)だけである。**○霜は露** 新編国歌大観索引①〜⑩では、他になかった。〇**消えかはり** 八代集にない。が、「消えかへる」は多い。なお「消えかは（り）」は、新編国家大観の索引①〜⑩では、他に、⑧10草根（正徹）3207（「初秋暁露」）、32春夢草（肖柏）1893（「暁灯」）にある。

【訳】浅茅が原（の）、庭に日の光の差し込むのに従って、霜は露にすっかり消え変ってしまったよ。

▽冬15の6。「曇」「時雨」「空」→「日」「霜」「露」、「木葉」→「浅茅」、「降る」→「差す」。浅茅原の庭に日がさすにつれて、日によって霜がとけて露と消え変ったと歌う。

【参考】③125山家527「たちの《け（夫）》ぼる朝日の影のさすままに都の雪はきえみきえずみ」（上、冬。②16夫木7189。③126西行法師309）

【類歌】④38文保百首2962「霜雪もしばしぞかはる浅茅原きえてはおなじ露とおきつつ」（冬、道順）…221に近い

222　めづらしく雪まに見えし若草の霜がれはつる冬はきにけり・1965

【語注】〇**めづらしく** ①3′拾遺抄147「宮こにてめづらしくみるはつ雪を吉野の山はふりやしぬらむ」（冬、かげあきら）。〇**雪ま** 173前出。二、三句は、①1古今478「かすがののゆきまをわけておひいでくる草のはつかに見えしきみはも」（恋一、みぶのただみね）による。〇**若草** 八代集六例（古今17初出）。〇**霜がれはつる** 八代集にない。③101周防内侍47などにある。〇**末句・冬はきにけり** 「春は―」「夏は―」「秋は―」と共に表現の終り方の一つの型《パターン》。①5金葉解72「住吉のちぎのかたそぎゆきもあはで霜おきまど《が（散）》ふ冬はきにけり」（冬、俊頼。③106散木851。④26堀河百首920）。④26堀河百首890「大あらきのもりのもみぢ葉ち《よ（堀）》りはてて下草かるる冬はきにけり」（冬「初冬」顕仲）。

【訳】珍しくも雪間に見えた若草の霜枯れ果てる冬はやってきたよ。

▽冬15の7。「霜」。「日」「霜」「露」→「雪」、「浅茅」→「若草」、「消え」→「枯れ」。春には珍しく雪間に見えた若草が、霜枯れ果てる冬が来たと、春の意識（「雪間に見えし若草」）の景と冬の現実（「（若草の）霜枯果つる」）の景との詠。

**【参考】** ①4後拾遺635「したきゆるゆきまのくさのめづらしくわがおもふ人にあひみてしかな」（恋一、和泉式部）
③58好忠22「かたをかのゆきまにきざすわか草のはつかに見えし人ぞこひしき」（正月中）
③129長秋詠藻366「めづらしき日影を見てもおもはずや霜がれはつる草のゆかりを」（下、雑。①12続拾遺648 649）…222に近い
⑤78六条斎院歌合（天喜四年閏三月）12「ゆきまわけむらむらみえしわかくさのなべてみどりになりにけるかな」（若草、いでは）

「摂取」―「後拾遺　恋一六三三（道命）・六三五（和泉式部）」、「永治二　贈答歌　雑＝長秋詠藻三六六」（長治「正治」18頁）…①4後拾遺633「あふことはさもこそひとめかたからめこころばかりはとけてみえなむ」（恋一、道命）・これについては疑問である、**【参考】**の①4後拾635、③129長秋366。

223　かり枕玉もかたしくうたたねのとまやの軒に千鳥鳴くなり・1966

**【語注】** **○かり枕**　八代集一例・新古今961（有家）。③130月清852、⑤169右大臣家歌合〈治承三年〉47（隆信）などにある。**○玉もかたしく（く）**　新編国歌大観索引①〜⑩に、他になかった。**○とまやの軒**　新編国歌大観①〜⑩の索引では、左記の歌の他、④37嘉元百首2642（権大納言局）、⑤244南朝五百番歌合440判、⑥22続現葉和歌集321（秋下、二品法親王覚）、23松花和歌集122（冬、平範貞）、31題林愚抄188（春「浦霞」深守大覚寺宮）、29菊葉和歌集405（夏、政子）、⑦108

澄覚法親王82（夏）、⑧9沙玉（後崇光院）II619（恋）にある。○**鳴く**「泣く」との掛詞か。○**なり** 断定か。

【訳】 仮の旅寝において〔船旅を続け（三百）〕、玉藻を片敷いて一人寝をするうたたねの苫屋の軒に千鳥が鳴くようだ。

▽冬15の8。最末「り」。「（若）草」→「千鳥」。仮寝で藻を片敷き転寝の苫屋の軒に千鳥が鳴くとの「羇旅」的詠。⑤183三百六十番歌合524、冬、四十六番、右、讃岐、初句「かぢまくら」〔八代集一例・千載515〕、第四句「とまやがのきに」〔「とまやがのき」は、新編国歌大観①～⑩の索引では、この歌のみ〕

【類歌】 ④38文保百首2461「みつしほや磯辺にちかく成りぬらんとまやの軒に千鳥なくなり」（冬、行房）

1967 千鳥なくそがの川風身にしみてますげかたしき明す夜はかな

▽冬15の9。162。「千鳥鳴く」「片敷《く》き」。「玉藻」→「真菅」、「（仮）枕」「（転）寝」→「明す夜半」。

224 池水にあられふる夜はをし鳥のかづかぬ浪に玉やちるらむ・ 1968

【語注】 ○**池水に** ④26堀河百首1022「池水にむれておりゐる水鳥のは風に浪やたちさわぐらん」（冬「水鳥」肥後）。○**あられふる夜は** ③132壬二159「石ばしる芳野の滝はこほれども霰ふるよは玉ぞ散りける」（後度百首、冬）。○**夜は** 「夜半」ではなかろう。○**をし鳥の** ①3拾遺226「夜をさむみねざめてきけばをしどりの浦山しくもみなるなるかな」（冬、よみ人しらず）。○**かづかぬ浪** 新風語か。①～⑩の新編国家大観の索引には、他にない。が、「かづかぬ海士、袖」はまま見うけられる。

【訳】 池水に霰の降る夜は、鴛鴦が潜《もぐ》らない浪に（霰の）玉が散るのであろうか。

▽冬15の10。「夜」「鳥」。「川」→「池水」「浪」、「風」→「霰」、「千鳥」→「鴛鴦」。池水に霰の降る夜は、鴛鴦が水に潜らない波に玉が散るのかと歌う。よくある「霰」を「玉」と見立てたもので、「潜」くと「浪」の「玉」が散るからである。

【類歌】④23続草庵292「をし鳥の玉もの床を住みすてば氷りやはてん冬の池水」（冬「池水鳥を」）

「摂取」―「文治四〜建久八？　後度百首　「冬」＝壬二集一五九」（長沢「正治」20頁）・【語注】の③132壬二159。「「かづかぬ波」も、鴛鴦が潜らなくてもあられが降るので池に玉が散る、というものであり、理知的でイメージの重層にはつながらない。」（同27頁）。

225
難波がた汀の風も寒《さ》えぬれば氷《〈こほり〉》ぞつなぐなだのすて舟・1969

【語注】○汀の風　②4古今六帖397、③130月清258などにある。○氷ぞつな（ぐ）　新風表現か。式子に、下句の通う④1式子269「わたの原ふかくや冬の成りぬらん氷ぞつなぐあまのつりぶね」（冬。②16夫木7088。④31正治初度百首271）がある。なお新編国歌大観の①〜⑩の索引には、他になかった。○なだのすて舟　49前出。

【訳】難波潟の汀の風も冷え冷えとしたので、氷がつなぎ止めている灘の捨舟であるよ。

▽冬15の11。「池水」「浪」→「潟」「汀」「灘」「舟」、「霰」→「風」「冴え」「氷」。難波潟の汀の風も冴えたせいで、凍って舟が沖に出られず、氷が灘の捨舟をつないでいると歌う。同じ讃岐詠に、④12讃岐49「なにはがたみぎはのあしはしもがれてなだのすて舟あらはれにけり」（①16続後拾遺444。②12月詣891。②15万代1378。②16夫木6616）がある。49参照。体言止。②16夫木7089、冬二、氷「同」＝「正治二年百首」二条院讃岐、末句「なだのつり舟」。⑩181歌枕名寄3629、幾内（ママ）、摂津、難波、潟、「正治百　灘捨舟」讃岐。

【類歌】①19新拾遺599「難波がた汀の蘆に霜さえて浦風さむき朝ぼらけかな」（冬、西行）
「多くの集にとられて初期の秀作というべき、／49／を、ほとんど内容を変えることなく、詞に彫琢を加え、調べも体言止めの新風に改作して、／225／としているところからも、讃岐の新古今歌風に対する傾倒ぶりと努力の姿を如実に知るのであり、また歌林苑の歌風と新古今歌風との相違を端的に示しているともいえよう。」（『島津』372、373頁）。「同じ正治百首に、式子内親王の、／和田…（私注―【語注】の④1式子269）が詠進されている。「氷ぞつなぐ」の表現、体言止のしらべは、偶然の一致か、影響関係があるのか不明であるが、島津氏が言及された初期の歌を改作する折、新風の表現と韻律を学んで自身のものにしていたと考えられる。」（「糸賀」44頁）。49を225「とつくり変えている。「風も冴えぬ」「氷ぞつなぐ」という斬新な感覚的・非現実的表現をとり入れ、結句も流行の名詞止めにし、時代の求める新しい歌風へ装いを一新したのである。原歌は霜枯れの浜辺の情景を説明的にまとめたものだが、新歌は説明調を完全に脱し、いかにも新古今的な歌になっている。」（『和歌文学講座6　新古今集』「女流歌人群」錦仁276頁）。「摂取」―「金葉二　冬二九六（輔仁親王）」、「寿永元　讃岐集「一〇月終夜《（ママ）》落葉」四九」（長沢「正治」18頁）…①5金葉296 316「つながねどながれもゆかずたかせぶねむすぶこほりのとけぬかぎりは」（冬「氷を…」三宮）、▽の④12讃岐49。

226　ふる雪に嶺の煙はのこれどもふじのなるさは氷りゐにけり・　1970

【語注】**○嶺の煙**　③30斎宮女御72、⑤421源氏物語543などにある。**○のこれども**　③133拾遺愚草835「すみきける跡《に（六）》は光にのこれども月こそふりね広さはの池」（歌合百首、秋「広沢池眺望。⑤175六百番歌合411）。**○ふじのなるさは**　富士山の落石などで鳴る谷。駿河国の歌枕。「袖中抄」（歌学大系、別巻二）、「一、ふじのなるさは」117、118頁など参照。後述の③106散木584、④31正治初度百首630（慈円）、861（隆房）などにある。②16夫木12399「いかばかりふりつむ雪のたかければきえずみゆらんふじの鳴沢」（雑八、沢、なる沢、駿河「…、雪」法眼全真）。④18後鳥羽院565「けぶりたつ思ひの《も(続)》したやこほるらんふじのなるさは音むせぶなり」（建保四年二月御百首、冬。①11続古今638 642）。あと重複も含めて、①19新拾遺270（慈鎮）、後述の②12月詣6（仲綱）、13玄玉365（仲綱）、16夫木3018（慈鎮）、6442（隆房）、6444（俊頼）、⑤299袖中抄294（俊頼）。**○なるさは**　八代集にない。万葉二例・後述の万葉3372 3358、万葉3373《(ママ)》「…さ鳴らくは伊豆の高嶺の鳴沢なすよ」。**○氷りゐ**　八代集三例、初出は詞花1。

【訳】降る雪に対して、嶺の煙は残っているが、富士の鳴沢は氷っているよ。

▽冬15の12。「氷」。「風」「冴え」「氷」↓「雪」、「潟」「灘」「汀」↓「嶺」「沢」、「難波」（歌枕）↓「富士」（同）。雪が降っても峰の煙はまだ残っているけれども、富士の鳴沢は雪のために凍ってしまったと歌う。〝富士の煙〟と「鳴沢」の組み合せは珍しい。②16夫木12398、雑八、沢、なる沢、駿河「正治二年百首」二条院讃岐。

【類歌】⑤176民部卿家歌合〈建久六年〉179「夜とともにたえぬ煙もみえぬまで雪ふりつもるふじのなる沢」（「深雪」性照）

「摂取」―「万葉　相聞三三七二／散木奇歌集　冬五八四／基俊集九三」、「寿永元・二　寿永《(ママ)》百首「立春」六（仲綱）／治承二・五～七　右大臣百首「五月雨」＝長秋詠藻五二五／建久六　民部卿家歌合　冬「深雪」一七九（性照）」（長沢「正治」19頁）…万葉3372 3358「さ寝《ぬ》らくは玉の緒ばかり恋ふらくは富士の高嶺の鳴沢のごと」（相聞）、③106散木584「雲のゐるふじのなるさはかぜこしてきよみが関ににしきおりかく」（冬、「…紅葉…」）、③108基俊93「かぎりあれば富士の高ねになるさはの我がおとづれにあにまさらめや」、②12月詣6「春やきて雪の下水さそふらんふじのなるさはおと増るなり」（正月「右大臣家百首（私注―治承二年（1178）兼実家百首、『鳥帚』253頁）歌に、立春の心をよめる」源仲綱）、③129長秋詠藻525「五月雨はたかねも雲のうちにしてなるさぞふじのしるしなりける」（右大臣家百首「五月雨」）、【類歌】の⑤176民部179。「「そが川」「富士の鳴沢」は、いずれも讃岐以前には右に挙げたのみで、用例の希少な歌枕である。…初度百首で慈円が同じ歌枕を用いているが、それ以外に「富士の鳴沢」を詠んだ歌は右の六首のみとなる。また、これは『袖中抄』に採り上げられているので以下に一部を引用する。…万葉歌の如く「鳴沢」と詠むのが正しく、俊成のように「なるさ」と詠んではならないと指摘されている難義の一つである。讃岐歌はへ〔私注―⑤176民部179〕と内容が近似しており、流れの永続性やその音が一般的な認識である「富士の鳴沢」を敢えて凍らせ、無音の状態にするという工夫が見られるが、「鳴沢」に対しては伝統的な詠み方を選び、その規定に従っている。」（長沢「正治」23、24頁）。

227　ふる雪におのが情を見せがほに冬の里とふをのの山人・1971

**【語注】**　**○ふる雪に**　②3新撰和歌148「くらぶ山こずゑも見えでふる雪に夜半にこえくる人やたれぞも」（第二、冬）。⑤147永縁奈良房歌合53「ふるゆきに山のほそみちうづもれてまれにとひこし人もかよはず」（「雪」香雲房）。**○おのが情**　①13新後撰197、④35宝治百首886、37嘉元百首521など。**○見せがほ**　八代集にない。③125山家4（⑤172御裳濯河歌合21）、129長秋詠藻534、④28為忠家初度百首447などにある。④11隆信243「ふゆきぬとしるしばかりをみせがほにこほればとくる山河の水」（冬。④41御室五十首432）。**○冬の里**（一句）八代集にない。「冬の里…」も、①～⑩の新編国歌大観の索引でも、②16夫木10389、⑧10草根（正徹）6032のみ。**○をのの山人**　八代集にない。「小野の山」も八代集にない。が、「小野山」は八代集四例、初出は後拾遺401。さらに「小野の山…」は、③33能宣233「小野の山辺」、79輔親174「小野の山路」、④1式子68（後述）、26堀河百首750「小野の山辺」、⑤125東塔東谷歌合2「小野の山田」などとある。また「小野の・人」は、①5金葉98 103「ゆきのいろをうばひてさけるうの花にをののさと人ふゆごもりすな」（夏、公実。5′金葉三103）にある。⑤76太宰大弐資通卿家歌合19「めづらしくふれるゆきかないかばかりうれしかるらんをのの山人」（「初雪」肥後守のりゆき）…初出あたり。

【訳】降っている雪に対して、自分の思いをさも見せようといって、冬の里を訪れる小野の山人であるよ。
▽冬15の13。「ふる雪に」（初句）。「雪」「氷り」→「冬」、「嶺」→「里」「山」、「富士の鳴沢」（歌枕）→「小野の山」（同）。雪が降ったので、人を訪れるという自分の心を見せつけるように、冬の里を訪れる小野の山人を歌ったもの。体言止。式子にも、④1式子68「思ふより猶ふかくこそさびしけれ雪ふるままのをのの山ざと」（冬）の詠があり、同じ讃岐・135にも⑤197千五百番歌合1964「ふるゆきに人こそとはねすみがまのけぶりはたえぬおほはらのさと」（冬三。①13新後撰526）がある。
【参考】④26堀河百首1077「炭がまやそこともみえずふる雪に道たえぬらんをのの里人」（冬「炭竈」顕季）
【類歌】①13新後撰516「ふる雪にゆききの道も跡たえていくかになりぬ小野の里人」（冬、祐盛法師）
①18新千載709「降る雪に小野の山郷跡もなし煙やけさのしるべなるらん」（冬、中宮上総）
⑤176民部卿家歌合〈建久六年〉168「降る雪に小野の山路は埋もれて通ひし人も跡まがふなり」（「深雪」有経）

228　まとゐする夜はの埋火かきのけて春より冬に又かへりぬる・1972

【語注】○埋火　八代集二例、後拾遺402、新古今689。④26堀河百首1101「埋火のあたりに冬はまとゐしてむつがたりする事ぞ嬉しき」（冬「炉火」隆源）。④26同1103「ね覚してかきおどろかす埋火ぞ冬の夜深き友には有りける」（冬「炉火」紀伊）。式子393「うづみ火のあたりのまとゐさよふけてこまかになりぬはひのてならひ」（⑥11雲葉878、冬）。○かきのけ　八代集にない。宇治拾遺物語「それが、かく屋の内に侍れば、かきのけんと思侍れど、女は力弱し。かきのくべきやうもなければ、」（巻一三―一。新大系320頁）。徒然草「振舞て、木の葉を掻《か》き退《の》けたれど、つや〳〵物見えず。」

（第五十四段）、新大系132頁）。「かきの（け）」は、新編国歌大観索引の①〜⑩では、左記やこの歌の他なかった。**〇春より冬（に）** 新編国歌大観①〜⑩の索引では、他に⑤182石清水若宮歌合〈正治二年〉2000、⑦98為家1398、⑩45南都百首（兼良）69だけである。

**【訳】** 団らんの夜中の埋火をかきのけて、春から冬に再び帰ったことよ。

▽冬15の14。「冬」。「里」→「まとゐ」。人々が集まり、夜半の埋火の上にかけた灰をかきのけて火を起こすことによって、春から冬へ再びかえったと歌う。

**【類歌】** ③131拾玉558「ね覚する夜はのうづみ火かきのけてとふはひうらもうき身なりけり」（御裳濯百首、冬）…二、三句同じ

④16建礼門院右京大夫193「おもふどち夜半のうづみ火かきおこしやみのうつつにまとゐをぞする」

「摂取」―「堀河百首　冬「炉火」一一〇一（隆源）」、「文治四　御裳濯川百首「冬十首」＝拾玉集五五八」（長沢「正治」19頁）…【語注】の④26堀河1101、【類歌】の③131拾玉558。

229　暮れはつる年のつもりをかぞふればむそぢの春も近付きにけり・1973

**【語注】** **〇暮れはつる** 八代集三例。**〇暮れはつる年** ②4古今六帖2889「くれはつるとしのこころもはづかしくとはでや君が春になしつる」（「おどろかす」）。③46安法法師1「くれはつる年をしみかねうちふさばゆめみむほどに春はきぬべし」。③129長秋詠藻571「暮れはつる年はわが身につもるなり冬のゆくらん方ぞしられぬ」（右大臣家百首「歳暮」）。**〇年のつもり** 八代集にないが、①7千載866「としのつもるは」。また八代集に「積る」の用例は多いが、名詞「積り」の用例はない。源氏物語「人の心をのみ動かし、うらみを負ふ積りにやありけむ、」（「桐壺」、新大系一―

4頁)。また③101周防内侍85「としのつもりて」、131拾玉1983「としのつもらむ」、④30久安百首190「年のつもるも」、⑤417平中物語25「としのつもりや」などにある。**○かぞふれば**　②5金玉39「かぞふればわが身につもるとし月をおくりむかふとなにいそぐらん」(冬、かねもり。②6和漢朗詠396)。**○むそぢ**　八代集二例、初出は千載1022。**○むそぢの春**　正治二年(1200)7～9月初度百首、讃岐は永治元年(1141)頃出生かとされる。①14玉葉1830 1822「あはれにもむそぢの春はむかへきぬおくらん年のかずぞかなしき」(雑一、慈鎮)。他、③110忠盛137、④28為忠家初度百首731などにある。**○近付き**　八代集二例、初出は千載1200。

**【訳】**　暮れはててしまった、年の積み重ねを数えると、六十歳の春も近づいたことだよ。

▽冬15の15。「春」。「冬」→「暮れ」「年」、「埋み」→「積り」。すっかり暮れ果て、今まで生きてきた歳の蓄積を数えてみると、六十路の春も近づいたと歌って、冬(四季)歌群を閉じる。106参照。

**【参考】**　③89相模280「おもふ事月日にそへてかぞふればとしのはてまでなりにけるかな」(「はての冬」)
④30久安百首660「暮れはつる年の行へを尋ぬればわが身につもる老にぞ有りける」(冬、親隆)

「この百首をまとめた時期を正治元年(一一九九)の年の暮と見て、献詠の年、正治二年を六十歳とおおまかに推定する上の重要な根拠となる。出生を永治元年(一一四一)と推定するのもこのためである。」(『讃岐』82頁)。「正治二年に五十九歳、康治元年(一一四二)生まれとしておきたい。」(山崎『正治』242頁)。「摂取」―「治承二・五～七　右大臣家百首「歳暮」＝長秋詠藻五七一」(長沢「正治」20頁)・【語注】の③129長秋571。

## 恋

230　わが袖やみるめなぎさのいかならんむなしき浪のかけぬまぞなき・1974

【語注】○みるめなぎさ 「海松布渚」「見る目無」の掛詞。○むなしき浪 八代集にない。後述の④16建礼門院右京大夫215、⑤244南朝五百番歌合655にある。

【訳】わが袖よ、海松布の渚、会うことがないのはどのようであろうか、甲斐のない浪が掛けない間がない、いつも掛けている。

▽恋10の1。「六十路」→「我が」。恋人と逢えずに空しい涙の波をいつも懸けているので、私の袖はどのようになるのかと歌ったもの。いわゆる象徴詠。三句切。

【類歌】①18新千載1628「よそになる我が身をうらのおきつ波しばしも袖にかけぬまぞなき」(恋五、為成)

③133拾遺愚草1156「我が袖にむなしき浪はかけそめつ契もしらぬ床のうら風」(内大臣家百首、恋廿五首。①10続後撰657 649。

④18後鳥羽院689「わぎもこが袖のつまずりいかならん浪に色こきかきつばたかな」(詠五百首和歌、春百首

⑤216定家卿百番自歌合117)

⑤175六百番歌合1024「夜《世(新)》とともにかわくまもなきわが袖やしほひもわかぬなみのした草」(「寄草恋」隆信。①9新勅撰772。

④11隆信572)

「摂取」―「待賢門院堀河集「恋」九七」、「建礼門院右京大夫集二一五」(長沢「正治」19頁)…③112堀河97「みるめなきかけぬまもなき袖の浦にわすれがひをばえこそひろはね」(恋)、④16右京大夫215「春の花の色によそへしおもかげのむなしきなみのしたにくちぬる」。

231 いかにせんうきもつらきも契ぞとしらぬ昔になぐさむるかな・1975

【語注】○いかにせん　③119教長908「いかにせんうき身なりともしらかはのなみのながれはわれをしづむな」（雑）。③125山家1277「いかにせんうき名をばよにたてはてて思ひもしらぬ人の心を」（下、恋百十首）。③133拾遺愚草80「いかにせむうきにつけてもつらきにも思ひやむべき心ちこそせね」（初学百首、恋廿首）。○うきもつらきも　後述の①1古今941などにある。○しらぬ昔　①21新続古今1965「思ひねはさもこそあらめいかにしてしらぬむかしの夢にみゆらむ」（雑中、秀長）。他、③133拾遺愚草1599、2286などにある。

【訳】どうしようか、どうしようもない、憂く悲しいことも辛いことも前世からの因縁だと、（恋人のことを）知りはしなかった昔を思い出して心を慰めることよ。

▽恋10の2。「いかならん/に・ん」。「むなしき」→「憂き」「辛き」、「間《ま》」→「昔」。（このやるせなく辛い気持ちを）どうしようもない、憂き気持ちも辛い心も、（恋をしたならこれが）宿命なのだと、恋をまだ知らなかった昔に返って、逆に心を慰めると歌う。式子にも、④1式子374「これもまたありてなき世とおもふをぞうきをりふしのなぐさめにする」（雑「だいしらず」）がある。⑥10秋風集924、恋下「正治二年によみてたてまつりける百首の恋歌」二条院のさぬき、初句「いかがせん」。

「本歌」—「古今　雑下九四一（読人不知）」（長沢「正治」17頁）・①1古今941「世中のうきもつらきもつげなくにまづしる物はなみだなりけり」（雑下、よみ人しらず）。

232　物おもふ心に秋やふけぬらん色に成りてもちる涙かな・1976

【語注】○秋「飽き」を掛けるか。○色に成り　①3拾遺1234、⑤69祐子内親王家歌合〈永承五年〉34「つまこふるしかのこころはあきはぎのしたばをみてやいろになるらん」（「鹿」経衡）などにある。

【訳】（恋の）物思いをする心に秋が深けてしまったのだろうか、紅・血色になっても散りはてる涙であるよ。

▽恋10の3。「ん」「かな」。「憂き」「辛き」→「物思ふ」。あれやこれやと物思いをする心に、（秋は紅葉させるので、紅色になったのは、）秋が更けたのか、紅色になり果てて散る涙だと歌う。三句切。【類歌】の如く「物思ふ秋の心、心の秋」というのは一つの表現型《パターン》。

【参考】①7千載231 230「この葉だに色づくほどはあるものを秋かぜふけばちる涙かな」（秋上、よみ人しらず）

③2赤人64「ものおもふこころのあきになりぬればすべてはひとぞみえわたりける」

【類歌】①17風雅978 968「涙をばもらさずとても物おもふこころのいろのえやはかくれん」（恋一、直義）

③131拾玉5279「物思ふこころの秋に成りぬればいかでか袖ももみぢさる（ママ）べき」

④15明日香井281「ものおもふこころひとつにあきふけて人をも身をもくずのうら風」（千五百番歌合百首、恋）

④37嘉元百首1330「物おもふあきの心をしるべにて涙こととふをぎのうはかぜ」（秋「荻」俊定）

「摂取」―「建久二　贈答歌＝拾玉集五二七九、建久四～五　六百番歌合　恋「怨恋」七六八（慈円）」（長沢「正治」20頁）・【類歌】の③131拾玉5279、⑤175六百番歌合768「ものおもふこころのあきのゆふまぐれまくずがはらに風わたるなり」（恋上「怨恋」信定）。

233　出でて行く跡もさながらまつものをたが通路とおもひなすらん・1977

【語注】**○出でて行く**　①1古今1043よりある。**○さながら**　八代集三例、初出は千載346　**○まつ**　「松」を掛けるか。

【訳】（あの人が、夜明けに）出て行く跡もそのまま待っているものであるのに、（いつしか私は）誰の通路だと思いなすのであろうか。

▽恋10の4。「思ふ《ひ》」「らん」。「成り」→「為す」。恋人が帰って行った跡もそのままの状態で、又の訪れを待っているのに、それを私は誰の通路と思い込むのかとの詠。また下句は、後述の伊勢物語の男・業平の立場で、あの人・恋人は、自分・男以外の誰が通っているものと思いなすのか、か。
【参考】⑤415伊勢物語79「出でてこし《いにし(新)》あとだにいまだ変らじを《ぬに(新、業)》たが通ひ路と今はなるらむ」（第四十二段、男。①8新古今1409 1408。③6業平75）
「本歌」―「伊勢四二段＝新古今　恋五・一四〇九（業平）」（長沢「正治」17頁）・【参考】の⑤415伊勢79。「句の位置を変えずに、…二句以上取っている。…本歌と同じ詞を各所に用いながら男の出て行った後の女の立場に詠み変えている。物語世界に参入し、業平との贈答の立場を想定し、返歌を詠んでいると思われる。」（長沢「正治」21、22頁）。

234　おのづからいつかあふせにかはるべき涙の淵ぞつれなかりける・1978

【語注】○おのづから　八代集初出は後拾遺952。⑤157中宮亮重家朝臣家歌合128「おのづからあふにやかふとおもはずは恋には身をもなげつべきかな」（恋、有房）。○せ　「瀬」は「淵」の縁語。○涙の淵　八代集にない。③30斎宮女御4、51本院侍従17などにある。
【訳】自然のままに、いつ会う時に変ることができるのであろうか、涙の淵は一向に冷淡である、変らないよ。
▽恋10の5。「跡」「路」→「瀬」「淵」。ひとりでにいつ逢瀬へと変るのか、涙の淵はあふれかえって、つれなくも逢瀬にならないと歌う。〝淵が瀬に変る〟は、有名な①1古今933「世中はなにかつねなるあすかがはきのふのふちぞけふはせになる」（雑下、読人しらず）による。三句切。
【類歌】④31正治初度百首1077「おちつもる涙は淵と成りにけりいつかあふ瀬にかはり行くべき」（恋、経家）…234に近

い

④38文保百首284「おのづから逢せ一よのなさけにてまたつれなさにかへる中かな」（恋、道平）
⑤175六百番歌合715「つれもなくあふにいのちのながらへてけふはわかれにかはるべきかは」（恋上「別恋」有家）

1979 をりこそあれながめにかかるうき雲の袖も一にうち時雨れつつ

▽恋10の6。163。「瀬」「淵」↓「時雨」、「瀬」↓「折」。

235 露時雨ひとつにしぼる山人の麻の袂もかくはぬれじを・1980

【語注】 ○露時雨 「露と時雨」。「木葉時雨」の類いや時雨のような露、露のような時雨ではない。八代集では、後述の新古今537のみ。他、③133拾遺愚草697、1673、2358、2881、130月清1520などにある。①8新古今537「露しぐれもる山かげのした紅葉ぬるともをらむ《ん(壬、千)》秋のかたみに」（秋下、家隆。③132壬二555。⑤197千五百番歌合1625。⑤217家隆卿百番自歌合85）。③133拾遺愚草2558「露時雨下草かけてもる山の色かずならぬ袖をみせばや」（下、恋。⑤216定家卿百番自歌合106）。⑤219後鳥羽院自歌合13「露しぐれもる山かげのうす紅葉した草かけて秋ぞかれ行く」（「山時雨」）。 ○ひとつにしぼ（る） 新編国歌大観索引の①～⑩では、他に、⑥10秋風和歌集1298「ひとつにしほる」（雑下、民部卿すけ）がある。 ○麻 「朝」を掛けるか。 ○麻の袂 八代集にない。「麻の衣」は古今1068にある。新編国歌大観索引①～⑩では、他、⑧32春夢草（肖柏）2130、⑨24うけらが花初編294（千蔭）、⑩42慶運百首20がある。 ○かく 「袂」の縁語「掛く」をかけるか。 ○かくはぬれ ①7千載859「露ふかきあさまののらにをがやかるしづのたもともかくはぬれじを」（恋四、清輔）。③133拾遺愚草2578「もしほたれすまの浦浪たちならし人のたもとやかくはぬれけん」（下、恋）。

【訳】露や時雨を一つにして濡れている山がつの麻の粗末な袂も（私の涙の）このようには決して濡れまいものであるのに。

▽恋10の7。「時雨」「一つに」。「雲」→「露」、「時雨る」→「しぼる」「濡れ」、「の袖も」→「の袂も」、「かかる」→「かく」。露も時雨も一緒くたにしてはなはだしく濡れしぼる山人の麻の袂も、私のようには濡れまいと歌ったもの。

1981　つゆけさはおきわかるらん床よりもながめ侘びぬる明方の空

▽恋10の8。133。「露」（冒頭）。「時雨」→「空」。

1982　涙川たぎつ心のはやき瀬をしがらみかけてせく袖ぞなき

▽恋10の9。112。「露」→「涙・川」「瀬」。

236　するがなる富士の煙のたたぬ日はあれどもむねははれじとぞおもふ・1983

【語注】**○するが**　八代集五例。**○富士の煙**　八代集五例。**○日**　「煙」の縁語「火」を掛けるか。

【訳】駿河にある富士の煙の立たない日はあるけれども、そのようにわが（恋の）胸は煙は立たないでも、決して晴れはすまいと思うことだよ。

▽恋10の10。「心」→「思ふ」「胸」。駿河の富士の煙が空に立たない日はあっても、恋の火に焼かれた胸の煙の晴れない日はあるまいと思うと歌って、恋歌群を終える。末句字余り（「お」）。②16夫木17105、雑十八、恋「正治二年百首」

二条院讃岐、第四句「ありともむねは」。
【参考】①1古今489「するがなるたごの浦浪たたぬひはあれども君をこひぬ日は《ぞ》なし《き(定)》」（恋一、読人しらず。⑤310定家物語10。335井蛙抄332）…236と初句、第三句、下句冒頭が共通
③29順52「するがなるふじのけぶりもはるたてばかすみとのみぞ見えてたなびく」
【類歌】①10続後撰775 770「としをふるおもひなりけりするがなるふじのたかねにたえぬ煙は」（恋二、京極前関白太政大臣）
④38文保百首2830「するがなるふじのけぶりにあらなくにとはにもえつつゆくほたるかな」（夏、雲雅）
「本歌」―「古今　恋一・四八九（読人不知）、金葉三　恋三九七＝詞花　恋上二一三（平祐挙）」（長沢「正治」17頁）…【参考】の①1古今489、①5′金葉三397「むねはふじそではきよみがせきなれやけぶりもなみもたたぬひぞなき」（恋、平祐挙。①6詞花213 212）。「本歌イ（私注―①1古今489）では「田子の浦波の立たない日」と「あなたを恋しく思わない日」のように「日」で揃えた対句が見られる。ロ（私注―①5′金葉三397）では「富士の煙」と「清見関の波」という互いに「立つもの」を「立たない日」と対照させている。讃岐が普遍的な「富士の煙」に対応させたのは恋に思い悩む心情（胸の煙）であり、本歌のような整った対比を崩しているが、ここでも四句までがイ・ロの本歌によるもので、その印象を明確に提示していることが分かる。」（長沢「正治」22頁）。

羇旅

237　宮こ出てかさなる山にゐる雲のへだつる中を猶へだつらん・1984

【語注】 ○宮こ出でて ④11隆信192「都いでてかさなる山のあき風にむかしのあとをしら川の関」（秋上。⑤188和歌所影供歌合〈建仁元年八月〉52）。④31正治初度百首1989「都いでてふかく入りにしおく山に猶のこりける夢の通路」（山家・讃岐）・155。 ○かさなる山 ⑤175六百番歌合801「くもかかりかさなるやまをこえもせずへだてまさるはあくるひのかげ」（恋上「朝恋」定家）。

【訳】 都を出て幾重の山に存在する雲が、隔てる中をさらに隔てるのであろうか。

▽覊旅5の1。「駿河なる富士」→「都」、「富士」→「山」。都を出て、重なっている山にかかる雲が、旅先と都とを隔てているその中を、もっと隔て、一層都を遠いものにしていると歌う。初句字余り（「い」）。

【類歌】 ①12続拾遺805 806「いはでのみしのぶの山にゐる雲や心のおくを猶へだつらむ」（恋一、高階宗成）

③133拾遺愚草2694「都出でて雲のたちゐにしのぶとも山のいくへかへだてきぬらん」（雑、旅）…237に近い

「摂取」―「建久四～五　六百番歌合　恋「朝恋」八〇一（定家）」（長沢「正治」20頁）・【語注】の⑤175六百801。

238　よそに見し波のうへにも床なれぬ幾夜あかしの浮ねなるらん・1985

【語注】 ○よそに見し ④41御室五十首47「さても世をすぐ《ご(守)》しけるかとよそにみしひなのささやに《なかやま(守)》いくよとまりぬ」（旅、御詠。④2守覚解93）。 ○波のうへにも ③131拾玉2873「夜はの霜を浪のうへにも見つるかなにほのうきすとかものうはげと」。 ○床なれ 八代集一例・千載900。 ○ぬ 打消「ず」で下に続いていくとも考えられるが、【訳】の如くにした。 ○幾夜あかしの ①15続千載782 786「ね覚していく夜明石のうら風を浪のまくらにひとり聞くらん」（覊旅、忠成朝臣女）。 ○あかし 「明石・明かし」の掛詞。 ○浮ねなるらん ①11続古今407 409「しきたへのとこのうらわのなみまくらやどるや月のうきねなるらん」（秋上、定円）。③124殷富門院大輔227「こよひまたたれにまくらをかはしつ

ついづれのなみにうきねなるらん」。「憂き」を掛けるか。

【訳】 他の存在として見た波の上での寝泊りにもすっかり床慣れてしまった、その寝泊りも幾夜を明す、この明石の浮寝なのであろうか。

▽羇旅5の2。「らん」（最末）。「中」→「上」、「へだつ（る）」→「よそに」、「重なる」→「幾」、「山」→「波」。今までは自分に無関係なものとして思ってきた波の上の舟での旅寝にもすっかり馴れ、今後幾夜を明す明石での浮き寝なのかと歌う。三句切。⑤183三百六十番歌合606、雑、十五番、右、讃岐。

【類歌】 ③130月清1460「いかだとよむせぜのいはまのなみのおとにいくよなれたるうきねなるらむ」（上、旅）

「摂取」―「新古今　夏二〇六（公通）」（長沢「正治」20頁）・①8新古今206「ふた声ときかずはいでじほととぎすいくよあかしのとまりなりとも」（夏、公通）。

239　旅ねするすまの浦路のとまやかた音せぬ浪も袖にかけけり・1986

【語注】 ○旅ねする ①8新古今926「いそなれぬ心ぞたへぬ旅ねするあしのまろ屋にかかる白なみ」（羇旅、源師賢）。○すまの浦路 八代集一例・千載536（後述）。新編国歌大観①～⑩をみると、左記やこの歌の他には、①11続古今1670、1678、④11隆信540、31正治初度百首107、1563、40永享百首466、⑦78範宗724、⑩137道助法親王家五十首1045、181歌枕名寄4272（家隆）、4288、7975（俊成）がある。○とまやかた 八代集に「苫屋」は多いが、これはない。③125山家1166、133拾遺愚草1364、④31正治初度百首2084、⑤184老若五十首400などにある。苫で屋根を葺いた小屋。①19新拾遺259「五月雨のふるえのむらのとまやかた軒までかかる田子のうら波」（夏、定円）。②16夫木14848）。②12月詣256「玉つしまいその浦やのとまやが（ママ）た夢だにみえぬ波のおとかな」（羇旅、隆信）。○音せぬ浪 ①～⑩の新編国歌大観索引をみると、①17風雅429＝④

18後鳥羽院532、①22新葉138、④22草庵238、⑥31題林愚抄1508、39大江戸倭歌集293、⑨5逍遥集2785、8広沢輯藻（長孝）684などにある。　**○袖にかけ**　④31正治初度百首687「月影を袖にかけても見つるかなすまのうきねのあり明のなみ」（羈旅、慈円）。

【訳】旅寝をする須磨の浦路の苫屋形において、音のしない浪＝涙も（旅の愁いによって）袖にかけたことよ。

▽羈旅5の3。「寝」「浪」。「床」→「袖」「苫屋形」、「波」→「浦」、「夜」→「寝」、「明石」→「須磨」。旅寝の、須磨の浦路の苫の小屋で、音を立てない涙の波も、実際の波と同様袖にかけると歌う。⑤183三百六十番歌合602、雑十三番、右、讃岐。

【参考】①5金葉解47「たびねする難波の浦のとま屋かたもろともにしも《心にも（初）》やどる月かな」（秋、有業。⑥1金葉・初度本275）

①7千載536 535「たびねするすまのうらぢのさよ千どりこゑこそ袖の浪はかけけれ」（羈旅、家隆。③132壬二962）…239に近い

【類歌】②12月詣278「旅ねする磯のとまやのむら時雨あはれを波のうちそへてける」（羈旅、実家）

④34洞院摂政家百首解77「もくづしくすまのせきやのとまやがた《（ママ）》音にも袖をぬらす浪かな」（旅、兼高）

⑤203元久詩歌合66「詠むれば袖にかけけり春のよの朧月夜のすまのうらなみ」（水郷春望、秀能）

「摂取」―「文治三・一一　百首「冬十五首」＝壬二集九六二」（長沢「正治」20頁）・【参考】の①7千載536 535。「「音せぬ波」とは涙であろう。讃岐歌は羈旅部で、須磨という歌枕から流離の印象による涙と思われる。海辺の苫屋においては、現実の波の音は当然耳にできる。それを袖にかけるというのも、涙することの一般的な表現である。「音せぬ波」ということで、音のする波を想起する。「も」と続くので、その両方を袖にかけたことが分かるのである。家隆の「千鳥の声」のように表面上は聴覚的要素を持たないが、波の音は暗示する形で詠まれている。讃岐歌では音の

する波も「袖にかけた」ことを示しており、涙の倍増、寂寥感の強調を図っているのである。」（長沢「正治」28頁）。

240　ゆきとまるをがやかりしく旅の庵を吹きなみだりそ野べの夕風・1987

【語注】○ゆきとまる　八代集二例、初出は古今987。「泊る」（「旅の庵」の縁語）を掛けるか。③131拾玉1094「行きとまる心づくしのあはれさはあしやの里のまつのゆふ風」（宇治山百首、雑「海路」）。○をがや　八代集二例、初出は千載856。○をがやかりしく　⑤163三井寺新羅社歌合60「霜がれのをがやかりしき旅ねする野べさへさえて雪降りにけり」（「野宿雪」長照）。○かりしく　八代集一例・新古今929「刈、仮」掛詞か。○旅の庵《いほ》　八代集にない。第三句・字余り（「い」）。②1万葉2239 2235（「タビノイホリニ たびのいほりに」）、③106散木572、131拾玉893、133拾遺愚草2922、⑤160住吉社歌合〈嘉応二年〉91（「たびねのいほ」）、197千五百番歌合1210（「たびねのいほ」）などにある。○吹きなみだりそ　①5金葉157 166「まくずはふあだのおほののしらつゆをふきなみだりそ秋のはつかぜ」（秋、長実。5′金葉三150）。③131拾玉348「いとすすきふきなみだりそ野べの風はたおる虫にまかせてをみむ」（百首、秋）。③131同2621「あはづ野のをばなにつづくさざ浪を吹きなみだりそ山おろしのかぜ」（秋）。「庵」の縁語「葺き」を含ませるか。○野べの夕風　八代集にない。③131拾玉345、732、④10寂蓮287、18後鳥羽院1569、41御室五十首81、⑤184老若五十首歌合199、197千五百番歌合1047、1177、198影供歌合〈建仁三年六月〉18などにある。○夕風　137前出。

【訳】行き止まる茅を刈って敷く、旅の庵を吹き乱れるな、野べの夕風よ。

▽羇旅5の4。「旅」。「苫」→「萱」、「屋形」→「庵」、「浦」→「野」、「寝」→「夕」。旅に出て止どまる、萱を刈り敷く旅の宿を、野辺の夕風よ、吹き乱さないでくれと訴えたもの。体言止。

【類歌】①22新葉498 497「はし鷹のかりばの鳥のおち草をふきなみだりそ野べの夕かぜ」（冬、為忠）…下句同一

④35宝治百首3823「行きとまる夕の空といひながらさのみや旅のやどをかるらん」（雑「旅宿」為継）
「摂取」—「拾玉集　百首「秋二十三首」三四八」（長沢「正治」20頁）・【語注】の③131拾玉348。

241
草枕露おきながら立ちぬれば又こん人やあはれかくべき・1988

【語注】○草枕　①3拾遺1326「草枕人はたれとかいひおきしつひのすみかはの山とぞ見る」（哀傷、したがふ）。③119教長693「くさまくらおくしら露をかこたんとおもふにすぎてぬるる袖かな」（恋）。③119同820「くさまくらおきゐるつゆは君をのみいもねでこふるなみだなりけり」（雑「恋」。④30久安百首296）。⑤104摂津守有綱家歌合13「恋すればたびねのとこの草枕露おきまさる物にぞありける」（「恋」帯刀致定）。⑤160住吉社歌合〈嘉応二年〉84「くさまくらつゆけきたびのくれはとりあやにくにまたしぐれふるなり」（「旅宿時雨」円実）。○おき　「置、起く」掛詞か。○あはれかく　⑤175六百番歌合397「こもまくらたかせのよどにたつしぎのはおともそそやあはれかくなり」（秋「鴫」顕昭）。○かく　「露」の縁語。

【訳】旅寝において、草を枕としてそこに露を置いたままで出発した時には、またそこにやってきた人は、（それを涙だと思って、）〝あはれ〟をかけるのであろうか。

▽羈旅5の5。「旅の庵」→「草枕」、「風」→「露」、「萱」「野」→「草」。旅寝で露が置いたまま立ち去ってしまったら、次に来る人は、それをわが涙だと思って悲哀をかけてくれるのかと歌ったもの。

【参考】①7千載823 822「おきてゆく涙のかかる草まくら露しげしとや人のあやめん」（恋三、よみ人しらず）
②4古今六帖2420「またかかるたびしなければ草まくらつゆけからんとおもはざりしを」（別「たび」）
②10続詞花593「かりそめにふし見の野べの草枕露かかりきと人にかたるな」（恋中、よみ人しらず）

1989　都いでてふかく入りにしおく山に猶のこりける夢の通路

▽山家5の1。155。「立ち」→「出で」、「草枕」→「都」「奥山」「夢」「通路」。

242　おのづからあたりにたつる煙こそ柴の庵の友となりけれ・1990

【語注】**○おのづから**　八代集初出は後拾遺952。下句にもかかるか。**○柴の庵**　八代集三例、初出は新古今579。他、「しばのいほ」八代集一例・千載1072。③86伊勢大輔147、126西行法師559、④26堀河百首1507、27永久百首337（「柴の庵《いほ》」）などにある。

【訳】　自然とその辺に立つ煙こそが、柴の庵の友となることだよ。

▽山家5の2。「都」「奥山」→「柴の庵」。友がいないので、おのずと、近くに立つ煙が柴の庵の友となると歌ったもの。

「本歌」―「散木奇歌集　夏三四八」（長沢「正治」17頁）・③106散木348「くる人もなき山里はかやり火のくゆるけぶりぞ友となりける」（夏、六月）。

243　山里《ざと》は野原《のばら》につづく庭《には》の面《おも》にうゑぬ籬の花を見るかな・1991

【語注】**○つづく**　八代集一例・後撰190。他、「思ひ続く」八代集二例。**○うゑぬ籬**　新編国歌大観①～⑩の索引をみると、他は⑨12芳雲（実陰）888（春「籬菫」）だけである。

【訳】山里というものは、野原に続いている庭の上に、植えはしない自然の（ままの）籬の花を見ることだよ。
▽山家5の3。「庵」→「山里」「庭」「籬」。山里では、家が荒れて、野原と続いている庭に、野の花が自然と咲き、植えていない垣根の花を見ると歌う。第三句字余り（「お」）。⑤183三百六十番歌合710、雑、六十七番、右、讃岐。
【類歌】②15万代3144「うゑしよりしたまつものをやまざとのはな見にさそふ人のなきかな」（雑三、四条太皇太后宮）
③131拾玉2462「春の山あきの野原をながめすてて庭に蓮の花をみるかな」（詠百首和歌、法師品）
③132壬二940「あれはてて野ばらにつづく花の色をもとの籬にこむる霧かな」（百首、秋二十首。②13玄玉240）
④36弘長百首239「山里は野べもひとつに鹿ぞすむうつさぬ庭の秋はぎの花」（秋「萩」実空）
⑤178後京極殿御自歌合〈建久九年〉38「橘の花ちる里の庭の面に山時鳥むかしをぞとふ」（夏「郭公」）
「これも山里を舞台に、自然に生息する花を見る態度を「植えぬ花を見る」と表現したと考えられる。菊のように人為的に植えたのではない花のある場所、人手の及ばない山里の印象をここでも強調している。」（長沢「正治」27頁）。

244　軒ちかき秋のを山田かりにだに思ひかけきやかかるすまひを・1992

【語注】**○軒ちかき**　③132壬二629「軒ちかき山の下荻こゑたてて夕日がくれに秋風ぞふく」（光明峰寺入道摂政家百首、秋「夕荻」）。**○かり**　「刈り」に「仮」を掛けて、第一、二句は「仮りに」の序詞。**○思ひかけきや**　①2後撰1408 1409「もろともにおきゐし秋のつゆばかりかからん物と思ひかけきや」（哀傷、玄上朝臣女）。③93弁乳母63「ふりすてて雲井はるかにすずか山かからんものと思ひかけきや」。**○かかるすまひ**　③131拾玉1865「みよしののまきたつ山にやどしめつ思ひしことぞかかるすまひは」（百番歌合「山家」）。**○すまひ**　八代集二例・新古今1671、1721。「すまひす」八代集一例・千載1020、「すまふ」八代集三例、初出は古今631。

【訳】 軒の近い秋の山あいの田を刈る、そのように仮にさえ思いをかけたのであろうか、このような住居を。
▽山家5の4。「山」。「里」「庭」「籬」→「軒」「住まひ」、「野・原」→「田」。軒近くにある秋の山田を刈るではないが、仮りにもこのような家に住もうとは思いもしなかったと歌う。全体としてか音のリズム。下句、倒置法。
【類歌】 ⑤229影供歌合〈建長三年九月〉281「おしねほす小田の庵のかりにだにいくよか秋の月をみつらん」(「田家月」為継)
⑤435言はで忍ぶ189「身をもすて世をもあきにし山のおくにかかるみゆきは思ひかけきや」(巻四)、(入道関白)…ことば

245 つま木《ぎ》こるわが通路《かよひぢ》のほかに又人も問ひこぬ谷の岩《いは》ばし・1993

【語注】 **○つま木** 八代集四例。**○つま木こる** ④18後鳥羽院1291「妻木こる谷の北かぜふきかへてけふより春と人にしらるる」(同月住吉三十首御会、春)。⑤190和歌所影供歌合〈建仁元年九月〉29「はるばるのたもともさびしつま木こる山人かへす谷のきたかぜ」(「遠山暮風」信仲)。**○ほかに又** ④35宝治百首3686「山里は松の嵐のほかに又事とふ人の音づれもなし」(雑「山家嵐」公相)。**○人も問ひこぬ** ⑤422夜の寝覚1「天の原雲のかよひ路とぢてけり月の都のひともとひこず」(巻一、(中の君)。⑤249物語二百番歌合202。⑤250風葉1321)。**○問ひこ** 八代集五例、初出は千載413。**○谷の岩ばし** ④20隆祐25「人はこずたにの岩橋おのづから雲はれわたる月影もがな」(九条大納言家三十首御会「山家橋」)。新編国歌大観の①~⑩の索引では、他に、③130月清1049、132壬二3013、④37嘉元百首2285、⑥31題林愚抄8676、37霞関集920、39大江戸倭歌集1753、⑦48風情(公重)276、⑧15続亜槐(雅親)299、35雪玉(実隆)5680、⑨12芳雲(実陰)4454、26琴後(春海)391、⑩174隠岐高田明神百首89にある。**○岩ばし** 八代集五例。

【訳】端木を伐採するわが通路の他にまた、人も訪れて来はしない谷の岩橋よ。
▽山家5の5。「山」→「谷」。薪をとるために私が通る路として以外には、誰もやっては来ない谷の岩橋だと歌って、「山家」歌群を閉じる。体言止。②16夫木9537、雑三、橋、たにのいはばし「正治二年百首」二条院讃岐。
【類歌】⑤229影供歌合〈建長三年九月〉44「つまぎこる谷のゆききの道すがら人にしらるる秋の山風」（「山家秋風」
前内大臣基）
「摂取」―「後撰　雑一・一〇八三（業平）」、「壬二集「山家」三〇一三」（長沢「正治」19頁）…①2後撰1083 1084「すみわびぬ今は限と山ざとにつまぎこるべきやどもとめてむ」（雑一、業平）、③132壬二3013「ありとてもくちぬためしのかひぞなき人もわたらぬ谷の岩ばし」（雑「山家の心を」）。

鳥

1994 いまはとてさはべにかへるあしたづの猶たちいづるわかの浦なみ
▽鳥5の1。152。体言止。「谷」→「沢（辺）」「浦」、「人」→「（芦）鶴」、「来《こ》」→「帰る」。

246 おのづからたちよるかたもなぎさなるにほのうきすのうきみなりけり・1995

【語注】○**おのづから**　234前出。④11隆信833「おのづからたちよるなみも花さけばかひあるわかの浦とこそみれ」（雑二「かへし」）。○**たちよるかたも**　①2後撰650 651「みるめかるなぎさやいづこあふごなみ立ちよる方もしらぬわが身は」（恋二、在原元方）。○**かた**「潟」との掛詞。○**なぎさ**「無き」と掛詞。○**なぎさなる**　③106散木1520「…かきやるかたも　なぎさなる　人なみなみに　たちゐつつ　なげきゐるとも　…」（雑下、長歌）。○**にほ**　八代集にない。が、「鳰鳥」は三代集（五例）にある。「鳰の海」は八代集二例。②4古今六帖、第三「にほ」9首（1497〜1505）、うち②4古今六帖1501「君がなもわが名もたてじいけにすむ鳰といふ鳥のしたにかよはん」（第三「にほ」）、②4同1505「ひとりのみみつのほりえにすむ鳰のそこはたえずもこひわたるかな」（第三「にほ」）。源氏物語「しなてるや鳰のみづうみに漕ぐ舟のまほならねどもあひ見し物を」（「早蕨」、新大系五―18頁）。無名抄「鳰の浮巣の様を知られぬにこそ。彼の浮巣はゆられ歩くべき物にあらず。…鳰の巣をくふには、蘆の茎を中に籠めて、しかもかれをばくつろげて周りにくひたれば、潮満ちては上へ上り、塩の干れば随ひて下るなり。」（旧大系42頁）。他、③133拾遺愚草1441「…かよひしにほの跡をみぬかな」。うつほ物語「中島に水の溜りに、鳰といふ鳥の、心すごくなきたるを…池水に玉藻しづむは鳰どりの…」（「藤原の君」。旧大系一―178頁）。**○にほのうきす**（一句）八代集にない。勅撰集初出は①18新千載1402「したにこそかよひしものをいかにしてにほのうきすのうき名立つらん」（恋三、尊道法親王）。他、③117頼政277、130月清258（後述）、131拾玉2873、132壬二1464、④1式子295、⑤161建春門院北面歌合30（頼政。後述）、181仙洞十人歌合84などにある。④15明日香井952「ゆられゆくにほのうきすも《の（夫）》よるべなみこほらぬほどぞひろさはの池」（仁和寺宮五十首、冬「池水鳥」。②16夫木10849。④39延文百首1380「つれなしやにほのうきすのうき身にもかよふ契はなほまたれつつ」（恋「寄鳰恋」道嗣）。**○うきす**　八代集にない。「にほのうきす」参照。**○うきみ**　「浮巣」の縁語。「浮き」を掛ける。

【訳】　自然と、立ち寄る所・潟もない、汀にある鳰の浮巣の如き、わが浮いた憂き身であるよ。

▽鳥5の2。「立ち」。「沢」「芦」「浦・波」→「渚」「浮巣」、「（芦）鶴」→「鳰」。おのずと立ち寄る方・潟もない、渚の鳰の浮巣のような辛い我身だと歌ったもの。歌壇復帰の前歌から「憂き身」歌へと転ずる。下句「…うきすのうきみ…」のリズム。

【類歌】　①20新後拾遺1398「おのづからうきを忘るる在増の身のなぐさめは心なりけり」（雑下、為世）…ことば
④15明日香井361「あはれなりにほのうきすのうきてのみよるべしらなみあともとどめず」（詠百首和歌、冬）

「摂取」―「古今六帖　水「鳰」一五〇二」、「嘉応二　建春門院北面歌合「水鳥近馴」三〇（頼政）／建久二　十題百首「鳥部十首」＝秋篠月清集二五八」（長沢「正治」19頁）。「④〔私注―この歌〕の「鳰の浮巣」は『袖中抄』『無名抄』に見ることができる。…「鳰の浮巣」は④ロ〔私注―前述及び後述の⑤161建春30〕を例に「鳰の浮巣波に揺られて浮かれ歩くことなし。水に従ひて深くなれば従ひて浮上り、浅くなれば従ひて沈下る。されば浮巣とは云也と云。」（袖中抄）と、歌に詠む場合に条件のつけられている歌語である。讃岐歌は…④では距離感の有る漂流は示さず、共にその条件を満たしている。また④ロは、『袖中抄』では歌語の使用法として誤りとされているが、俊成の歌合判詞には「鳰の浮巣の揺られきてといへる景色、理求め出でてめづらしく見ゆる（中略）以右勝としをはりぬ」と高く評価されている。讃岐が歌学書の指摘や、歌合判詞の評価にも留意し、詠歌の際の参考にする姿勢が窺われる。」（同24頁）…②4古今六帖1502「あふことのなぎさによする鳰鳥のうきにしづみて物をこそおもへ」（第三「にほ」）、⑤161建春30「子を思ふ鳰のうきすのゆられきて捨てじとすれやみがくれもせぬ」（「水鳥近馴」）、③130月清258「みさごゐるみぎはのかぜにゆられきてにほのうきすはたびねしてけり」（十題百首、鳥部十首）。

247　いとひけん昔おもふぞあはれなるゆふつけ鳥にめをさましつつ・1996

【語注】**○いとひけん**　④32正治後度百首818「足曳の山郭公いとひけん昔をしるはねざめなりけり」（春、ほととぎす、宮内卿）。**○あはれなる**　⑤173宮河歌合5「若菜つむ野べの霞ぞあはれなるむかしを遠くへだつと思へば」。**○さまし**　八代集五例。

【訳】厭い嫌ったであろう昔のことを思うのが、しみじみと哀しいことよ、鶏の声に目をさましつつ眠れずに。

▽鳥5の3。「鳰」→「木綿付鳥」。鶏が鳴くのに目をさまし、老いの寝覚の状態で、後朝の別れがつらく、鶏の声を

嫌った昔を思うのが悲しいと歌ったもの。三句切、倒置法。106、176参照。
【参考】③129長秋詠藻80「はじめなきむかしおもふぞ哀なるいつより恋にむすぼほれけん」（上、恋。④30久安百首881）
…第二、三句同一
【類歌】①8新古今1810「暁のゆふつけどりぞあはれなるながきねぶりをおもふ枕に」（雑下、式子内親王）
②15万代587「ほととぎすかはらぬこゑぞあはれなるむかしをおもふ老のねざめに」（夏、成宗）
「本歌」―「古今　恋一・五三六・六三四（読人不知）」（長沢「正治」17頁）…①1古今536「相坂のゆふつけどりもわがごとく人やこひしきねのみなくらむ」（恋一、読人しらず）、①1同634「こひこひてまれにこよひぞ相坂のゆふつけ鳥はなかずもあらなむ」（恋三、よみ人しらず）。

248　くれ竹にねぐらあらそふ村すずめそれのみ友と聞くぞさびしき・1997

【語注】○ねぐら　八代集二例。○ねぐらあらそふ　③115清輔360「夕されば竹のそのふにぬる鳥のねぐらあらそふ声きこゆなり」（「暮鳥宿林」）。○あらそふ　八代集七例。○村すずめ　八代集にない。③131拾玉293、1476、2218、4749、133拾遺愚草756、④26堀河百首1513などにある。古本説話集「残りの米ども続きたり。群雀などのやうに、飛び続きたるを見るに、」（下、六五。新大系500頁）。梁塵秘抄「480○たつものは　海に立つ波群雀、播磨の赤穂が造れる腰刀」（新大系133頁）。○それのみ友　新編国歌大観索引①～⑩には、他になかった。
【訳】呉竹に塒を争い騒ぐ村雀がいる、その村雀のみが我が友だと耳にするのは淋しいことよ。
▽鳥5の4。「目を覚まし」→「塒」、「木綿付鳥」→「村雀」、「あはれ（なる）」→「淋しき」。呉竹の所で塒を争っている村雀だけを友として聞いているのは淋しいと漏らす。②16夫木12877、雑九、動物、雀「同（＝正治二年百首）」、

二条院讃岐。
【参考】③125山家535「雪うづむそののくれ竹をれふしてねぐらもとむるむらすずめかな」（上、冬。126西行法師家集296。①14玉葉991 992）
【類歌】①17風雅1738 1728「くれぬるかまがきの竹のむらすずめねぐらあらそふ声さわぐなり」（雑中、浄妙寺左大臣）…248に近い
③131拾玉964「夕まぐれふしにくげなる竹にしもねぐらあらそふ村すずめかな」（一日百首「竹」）…248に近い
④31正治初度百首2194「我が宿のそのの呉竹霧こめてねぐらもとむる村すずめかな」（鳥、丹後）
「摂取」―「清輔集「暮鳥宿林」三六〇、建久元・四　一日百首「竹」＝拾玉集九六四」（長沢「正治」20頁）…【語注】の③115清輔360、【類歌】の③131拾玉964。

249　とる方もなきみながらにはしたかのすずろに身をも捨てやらぬかな・1998

【語注】○とる方もなき　「箸鷹が獲物を捕るすべがない」を掛けている。「ひっぱりあげてくれる人がない」か。○はしたか　①5金葉282 301「はしたかをとりかふさはにかげ見ればわが身もともにとやがへりせり」（冬、俊頼。5′金葉三298）。②4古今六帖1178「かりしてのほどなき身にもはしたかのねはなきはらふものにざりける」（第二、野「こたか」）。③106散木1458「立ちいづればひぢつかれつつはしたかのすずろはしきは我が身なりけり」（雑上）。○すずろに　八代集三例、すべて新古今。「鈴」を掛ける。「一途に」か。○捨てやら　八代集一例・新古今1770。
【訳】箸鷹が獲物を取れないように、何ら取得もない我身であるが、箸鷹の鈴と同音の「すず・漫ろに」・何となく我身をば捨てきらないことよ。

▽鳥5の5。「村雀」→「箸鷹」。評価に値する点が何もない我身であるのだが、不本意に、心の外に、ただ身を捨てられないと歌って、「鳥」歌群を終える。下句すの頭韻。106参照。

【参考】④30久安百首1299「…そらばそらばや　はしたかの　すずろに過ぐる　よはひかな　あはれうき世を　すてやらで　…」(短歌、安芸。②16夫木12792)

「はし鷹になぞらえて自嘲しながら、身を捨てることはむずかしいとなげく。そんな折、思いがけずこの百首歌に加えられた。」(『讃岐』82頁)。ならびに、「本歌」―「散木奇歌集　雑上一四五八」(長沢「正治」17頁)・【語注】の③106散木1458。

祝

250　あまの原行末遠き雲の上に月ものどけき君が御代かな・1999

【語注】○あまの原　③76大斎院前の御集84「あまの原よのうきくものみだるればすみがたからむやまのはの月」。○行末遠き　掛詞。○第二、三句　③101周防内侍64「けふみばやゆくすゑとほきくものうへにさしはじむらんとよの日かげを」。⑤358増鏡70「朝日かげあらはれそむる雲の上に行すゑ遠き契をぞしる」(太政大臣(実氏))。○雲の上　「宮中」の意を掛ける。

【訳】大空よ、はるか行先遠い雲の上に、永遠の宮中に月ものどかな君の御代であるよ。

▽祝5の1。「かな」。「身」→「君」。天の原の遙か果の雲の上、及び未来永久の宮中に、月ものどかにさしている君が御代との、時、空にわたって、宮中、我君を寿ぐ。「祝」歌群5首はすべて末句「君が御代《よ》かな」。第三句字余り

（「う」）。

【参考】③100江帥357「きみがよのくもりなければよごのうみにつきものどけくすむにぞありける」

【類歌】②16夫木14710「君がためひときにちよをちぎりつつ行するゐとほき松原のさと」（雑十三、里、松原の里「祝歌中」肥後）

④16建礼門院右京大夫203「雲のうへにゆくするゐとほくみし月のひかりきえぬときくぞかなしき」（①21新続古今1570。⑤361平家物語（覚一本）48）

⑤246内裏九十番歌合53「あまのはら雲のみをゆく風さえてこほりのうへにこほる月かげ」（「寒月」尊経）

正治百首の「祝題五首は結句を全て「きみが御代かな」と詠んでいるが、他の部立では祝意を込めた歌は詠んでおらず、祝言性は全体に濃厚ではない。専ら感慨の表白の思いの方が強かったのであろう。」（山崎『正治』243頁）。

251　ゆくするゐはしら玉つばきしるべして猶もおよばぬ君が御代かな・2000

【語注】○ゆくするゐは　①15続千載565 567「ゆくするゐはなほなが月のきくのえにかさなる千世を君にゆづらん」（秋下、法皇）。○しら玉つばき　八代集一例・①4後拾遺453「きみがよはしらたまつばきやちよともなにかかぞへむかぎりなければ」（賀、資業。⑤64内裏歌合〈永承四年〉25）。「知らず」を掛ける。他、③114田多民治164、④26堀河百首1601などにある。催馬楽「3　…高砂の　尾上に立てる　白玉　玉椿　玉柳　…」（「高砂」、旧大系381頁）。花の白い椿の美称。荘子の八千歳の大椿の故事から、長寿を祝う歌に多く用いられる。○しるべし　八代集六例、初出は後拾遺616。○猶もおよ（ば）　新編国歌大観①～⑩の索引では、他になかった。○およば　八代集一例・拾遺891。

【訳】行く先の果ては知らず、しるべをしてそれでも及びはしない君が御代であるよ。

▽祝5の2。末句「君が御代かな」「行末」。「遠き」→「及ばぬ」。将来は果てしなく、白玉椿の八千歳の齢をしるべとして、それでも追いつかない程の長久の我君の御代を寿ぐ。第二、三句しの頭韻。

【参考】③116林葉967「君がよにしらたま椿いくたびか猶さかゆかん杖にぎるべき」(雑、祝)

④30久安百首1400「君が代は　行末まつに　花さきて　…　なみたてる　白玉つばき　やちかへり　葉がへするまで
…」(短歌、小大進)…251に近い

【類歌】⑤240院六首歌合〈康永二年〉124「かぎりなき我が君が代のゆくすゑはしら玉つばき色にみゆらん」(新宰相)
…251に近い

「本歌」―「後拾遺　賀四五三(資業)」(長沢「正治」17頁)・【語注】の①4後拾遺453。

2001　わたつ海によせてはかへるしき浪の数限なき君が御よかな

▽祝5の3。140。末句「君が御よかな」。「末は知ら(ず)」→「数限なき」。

252　たけ川の水の緑の末までもながれたえせぬ君が御代かな・2002

【語注】**○たけ川**　八代集一例・拾遺1131。多気川。伊勢。常緑を連想させる。「竹」ゆえ「緑」。③29順256「神代より色もかはらで竹がはのよよをばきみぞかぞへわたらん」。⑤421源氏物語618「流れてのたのめむなしき竹河に世はうきものと思ひ知りにき」(「竹河」、(薫))。催馬楽・竹河「35竹河の　橋のつめなるや　…」(旧大系401頁)。**○水の緑**(一句)　八代集にない。③106散木698、119教長148、187、889、④26堀河百首410、⑤182石清水若宮歌合〈正治二年〉296などある。**○末**　掛詞。**○ながれ**　「川」「水」の縁語「流れ」。**○ながれたえせぬ**　①10続後撰1139 1136「神代よりながれたえせぬ河竹にいろますことの葉をぞそへつる」（雑中、堀河院）。④32正治後度百首879「昔よりながれたえせぬ御河水いく万代のかげうつるらん」（ざふ「きんちゆう」宮内卿）。

【訳】 竹河の水の緑の先、行末までも、流れの絶えはしない君の御代であるよ。

▽祝5の4。末句「君が御代かな」。「海」「浪」→「川」「水」「流れ」、「数限なき」→「絶えせぬ」。竹川の水の緑の末の、将来までも、過去よりの流れの絶えない如く、永久に続く我君の御代と、例によって永遠長久の我君の御代を祝う詠。俊成に⑦67長秋草（俊成）54「ももしきやながれひさしきかはたけのちよのみどりはきみぞみるべき」（雑、竹「日」。②16夫木14181・五社百首）、守覚に⑤363源平盛衰記150「呉竹の本のかけひは絶えはてて流るる水の末をしらばや」（守覚法親王）の詠がある。

【参考】③100江師154「きみがよはひさしかるべしわたらひやいすずのかはのながれたえせで」（慶賀「…、祝」）

④27永久百首55「きみが代ののどけきかげをくみみれば流たえせぬ石清水かな」（春「石清水臨時祭」常陸）…252に近い

【類歌】③132壬二1440「竹河の水のみどりも君がためいく千世までかすまんとすらん」（家百首、雑「寄水雑」）…252に近い

④38文保百首599「かは竹のながれたえせず色かへず久しからなんみよの行末」（雑、空性）…252に近い

⑤182石清水若宮歌合〈正治二年〉295「いく千代とさしてもいはじ石清水ながれたえせぬ君が御代をば」（「祝」忠行）

⑤228院御歌合〈宝治元年〉258「君すまむながれ絶えせぬ石清みづいはねどしるき千代のかげかな」（「社頭祝」沙弥禅信）

⑤256嘉応元年宇治別業和歌5「むかしよりながれ絶えせぬうぢ川の八千代すむとも君こそは見め」（源俊光

⑤256同11「うぢ川のながれたえせぬ君が代はうれしきよよぞ久しかるべき」（源定雅）

253 霜おけど色もかはらぬ榊葉のさしてもしるき君が御代かな・2003

【語注】**○上句** ①1古今1075「しもやたびおけどかれせぬさかきばのたちさかゆべき神のきねかも」(神あそびのうた「とりもののうた」)。…神楽歌4、採物「榊」旧大系298頁。**○色もかはらぬ** ①3拾遺602「万代の色もかはらぬさか木ばはみかさの山におふるなりけり」(神楽歌、よみ人しらず)。④27永久百首572「神代より色もかはらぬ榊ばはさかえときはににほふなりけり」(雑「榊」忠房)。⑤354栄花物語366「よろづ代に色も変らぬ榊ばは散るもみぢ葉に木綿やかけまし」(権大納言(長家))。**○榊葉の** ①12続拾遺1458 1460「榊葉のかはらぬ色にとしふりて神代ひさしきあまのかぐ山」(神祇、為家)。③100江帥338「さかきばのいろもかはらでけふよりはとひのを《み(夫)》やまにちよをこそまて」(「かぐら歌、とひのをやま」。②16夫木8227)。④36弘長百首585「さか木葉のかはらぬ色に年ふりて神代ひさしきあまのかぐ山」(雑「山」融覚)。**○さして** 「榊葉の挿して」を掛ける。**○さしてもしる(き)** 新編国歌大観の①〜⑩の索引では、他になかった。

【訳】霜がおいても、色も変らない榊葉を挿して、それにしても常磐がはっきりしている我君の御代であるよ。

▽祝5の5。末句「君が御代かな」。「川」「水」「流れ」→「霜」、「竹」「緑」→「榊・葉」「色」、「絶えせぬ」→「変らぬ」。霜は置くが、永久不変で、色も変化しない榊の葉を挿す、それと同音の、「さしても」・それにしてもこんなにも永遠に続くことが明白な君の御代と、例によっての慶祝歌で、祝及び全体の百首歌を歌い納める。【参考】【類歌】を見ても分るように、「色もかはらぬ榊葉…君が御代」との歌の型《パターン》があった。第三、四句さの頭韻。

【参考】③19貫之19「おく霜に色もかはらぬ榊葉に《の(新)》かを《こゑ(夫)》やは人のとめてきつらむ」(「十一月神楽」、①8新古今1869)
③100江帥515「よばふなるおとたかやまのさかきばのいろもかはらぬ君がみよかな」(「神楽歌、音高山」。①15続千載922

926。②16夫木8258）…253に近い

④27永久百首570「しもおけど色もかはらぬさかきばは君がちとせのかざしなりけり」（雑「榊」仲実）…253にかなり近い

⑤63六条斎院歌合〈永承三年〉3「としふれどいろもかはらぬさかき《きみが世（続）》ばをのどかにさしていのるきみがよ《さかきば（続）》」（「さかき」さがみ。①10続後撰567）…253に近い

⑤107讃岐守顕季家歌合18「きみがよはかみがきやまのさかきばのよろづよふともいろはかはらじ」（「祝」）

【類歌】①12続拾遺1421 1423「君が世にかげをならべて榊葉の色かはらじと神やうゑけむ」（神祇、賀茂氏久）

「本歌」―「貫之集一九＝新古今　神祇一八六九、拾遺六〇二（読人不知）／永久百首　雑「禁中」五七〇（仲実）」（長沢「正治」17頁）…【参考】の③19貫之19、【語注】の①3拾遺602、【参考】の④27永久570。

三百六十番歌合　正治二年（1200）秋　12＝⑤183三百六十番歌合 正治二年「讃岐十三《二歟》首 宜秋門院女房／春二首　夏三首　秋二《一歟》首　冬一首　雑五首　…」、「讃岐」

春94・讃13、初句「さきそめて」、124・讃101「山たかみ」。夏164・讃137「あやめふく」、180・讃192「ほととぎす」、222・讃160「いそのかみ」。秋1首、380・讃206「こころには」。冬524・讃223「かぢまくら」。雑602・讃239「たびねする」、606・讃238「よそに見し」、654・讃113「あとたえて」、704・讃155「宮こいでて」、710・讃243「山里は」。讃岐の12首はすべて、必ず他の撰集なりにあり、実際に歌合が行われた様子もなく、机・紙上歌合としての三百六十番歌合の性格が、これによってもわかろう。

廿四番歌合　正治二年（1200）九月冬《（ママ）》　3＝

⑤179院当座歌合 正治二年九月 「歌合／題／月契多秋　暮見紅葉　暁更聞鹿」判者　皇太后宮大夫入道俊成卿

七番「月契多秋」右勝　讃岐〔以下略〕

254 秋の夜のちよに一たび月影をやちよまでには君ぞみるべき・14

左歌、契字不分明、右、久しき心すぐれたり、仍為勝

【語注】**○月契多秋**　「歌題索引」(80頁)にない。**○秋の夜の**　②2新撰万葉362「アキノヨノ　ツキノカゲコソ　コノマヨリ　オツレバキヌト　ミエワタリケレ」(秋)。③49海人手古良94「秋の夜の月影うかぶ水のおもやあまの川ともみえわたるらん」。⑤415伊勢物語46「秋の夜の千夜を一夜になせりともことば残りてとりや鳴きなむ」(第二十二段、(女)。①11続古今1157 1165。②15万代2206)。**○ちよ**　八代集に「千代」は多いが、「千夜」はない。万葉一例、伊勢物語二(前、後述)、源氏物語一。万葉2533 2528「さ寝ぬ夜は千夜にありとも我が背子が…」(角川文庫。巻第十二)。源氏物語「よろづのこと飽かずおもしろきまゝに、千夜《よ》を一夜《ひとよ》になさまほしき夜の、何にもあらで明けぬれば、」(「若菜下」、新大系三―326頁)。**○月影を**　⑤428住吉物語(真銅本)42「かくばかりさやけかりける月かげをよなよな君と見るよしもがな」(上、少将(大将))。**○やちよ**　「八千代」を掛けるか。

【訳】秋の夜の千夜に一度この月光を見るのも、八千夜までに君は見ることができるよ。〔左歌は、「契」の字の意味あいが明らかではなく、右歌は、長久の意図が優れている、そこで勝とする〕、〈月は多くの秋を約束する〉

▽秋夜の千夜に一度見る月影を、八千夜までに我が君は見ることができるとの、祝・250～253にみられる賀歌的詠。左、沙弥釈阿、13「君がへん千とせの秋にあはむとは月こそ空におもひ置きけめ」。

【参考】④30久安百首1143「秋の夜とおもひながらも月影を降りしく庭の雪かとぞみる」（秋、上西門院兵衛）
⑤39三条左大臣殿前栽歌合65「すみにけるみづにうかべるつきかげをあきのよながにそらとこそみれ」（ながより）
⑤415伊勢物語45「秋の夜の千夜を一夜になずらへて八千夜し寝ばや《なば》あく時のあらむ《こひはさめな(六)》」（第二十二段、（男）。②4古今六帖1987）

【類歌】①8新古今406「心こそあくがれにけれ秋のよの夜ぶかき月をひとりみしより」（秋上、源道済）
①14玉葉1048 1049「ちぢの春よろづの秋にながらへて月と花とを君ぞみるべき」（賀、鎌倉右大臣。④14金槐671）
③131拾玉1359「あふ坂にこまひく夜半の月影を秋のみ空の関とこそみれ」（花月百首、月）
⑤197千五百番歌合1489「月にあかぬあきのこころは秋の夜のちよをひと夜に秋かぜぞふく」（秋三、寂蓮）

一番「暮見紅葉」〔左持〕右

255 幾しほともみぢの色をみるべきにおぼつかなしや黄昏の空・18

左、…、右、たそかれ、させるよりどころなくや侍らむ、仍持とす

【語注】○**暮見紅葉**　「歌題索引」（196頁）にない。　○**幾しほ**　八代集二例、初出は金葉（三）531。回数か。⑤117四条宮扇歌合23「いくしほとはかりもしらずもみぢばのからくれなゐのいろのふかさは」（「紅葉」みの）。　○**もみぢの色**　①4後拾遺501「ゆくみちのもみぢのいろもみるべきをきりとともにやいそぎたつべき」（羈旅、公任）。③36小大君41「うぢやまのもみぢのいろをやどもがなをぐらの山のおぼつかなさに」。　○**黄昏**　八代集一例・新古今277。他、「黄昏

時」八代集四例＝①2後撰139、3拾遺1076・3′拾遺抄405、7千載344 343、8新古今208。⑤143内大臣家歌合〈元永二年〉36「たそかれのおぼつかなきにあまの原空めづらしき夕月夜かな」（「暮月」定信）。**○黄昏の空**（二句）新編国歌大観①の索引（勅撰集）にない。他、③133拾遺愚草1427、④18後鳥羽院118、32正治後度百首18、468、⑤197千五百番歌合781、1072などにある。

**【訳】** 濃い深さだと紅葉の色を見ることができるのに、ぼんやりしていることよ、夕暮の空は。〔左歌は、…、右歌は、「黄昏」（という表現は）、これといった根拠・出典はないのでございましょうか、そこで持とする〕〈夕暮に紅葉を見る〉

▽濃い紅葉の色を見られるのに、夕べの空ははっきりと見えないと歌う。体言止。左、忠良、17「山のはに夕紅のかげとめて入日の色をのこすもみぢば」。

**【類歌】** ①18新千載549「あけばまづよもの紅葉もみるべきにおぼつかなしやけさの朝霧」秋（万）（秋下、宇治入道前関白太政大臣。②15万代1208）

一番「暁更聞鹿」左持

256 いひしらぬ声ぞきこゆるおきわかれしかもいまはのこころづくしに・33

左、鹿のおもひおしはからるる、しかるべしといへども、いひしらぬ声いかが、右、…、仍為持

**【語注】** **○暁更聞鹿** 「歌題索引」（71頁）にない。**○いひしら** 八代集三例。**○声ぞきこゆる** ⑤31宰相中将君達

春秋歌合85「なごりなくうつろひはつるあきなればしかもわびたるこゑぞきこゆる」。〇おきわかれ　八代集にない。133前出（が、133・掛詞）。〇しかも　「然も」を掛けるか。〇しかもいまはの　牝鹿及び行く秋との別れか。③132壬二455「秋もくれ鹿もいまはのこゑすなりをぐらの山の夕暮の空」（院百首 正治二年、秋。④31正治初度百首1458）。⑤197千五百番歌合1631「こゑたつるしかもいまはのときはやまおのれなきてや秋はくるらん」（秋四、家長）。〇いまは　〝死に際〟のことか。〇こころづくしに　②4古今六帖2384「わたくしのわかれなりせばあきのよを心づくしにゆくなといはまし」（第四、別「わかれ」かねずみ）。

【訳】　言い知れない声が聞こえることよ、起き別れ鹿も今はとなっての心尽くしによって。〔左歌の、鹿の思いは推量することができる、その通りであろうといっても、「言ひ知らぬ声」という表現はどうであろうか、右歌は、…そこで持とする〕〈暁に更に加えて鹿（の音）を聞く〉

▽暁にあの人が起き別れて行く時、鹿も、私同様、（別れの）今となってはの心尽くしによって、何とも言えない鹿の声が聞こえるとの恋歌的詠。二句切、倒置法。右、34「しののめや吹さだまらぬ秋風にをのへの鹿の声まよふなり」（本文には作者名が空白となっているが、④18後鳥羽院1496にこの歌はあるので、作者は「女房」（後鳥羽院）。

【参考】　①1古今638「曙ぬとて今はの心つくからになどいひしらぬ思ひそふらむ」（恋三、国経）

新宮撰歌合　建仁元年（1201）三月廿九日　1＝⑤186新宮撰歌合　建仁元年三月　「新宮撰歌合建仁元年三月二十九日　作者隠名褒貶」、「右方　…讃岐二条院官女（ママ）頼政女　…判者　皇太后宮大夫入道釈阿」十番　／20さみだれ…　▽156。

千五百番歌合　建仁元年（1201）

⑤197千五百番歌合　「百首歌合／題／春二十首　夏十五首　秋二十首　冬十五首　祝五首　恋十五首　雑十首／作者

／左方…讃岐」

春一（忠良）

八番　左　讃岐〔以下略〕

257 雲井より春やたつらんあまのとをおしあけがたのかすみそめぬる・15

両首の霞勝劣不分明歟、持とすべし「左　持」（校本）、

「おしーをし（〃）」

【語注】〇**雲井より**　④19俊成卿女81「朝日さす三笠の山の雲井より霞みそめたる千世の初春」（詠百首和歌「霞」）。④34洞院摂政家百首86）。〇**あまのとを**　④27永久百首22「あまの戸をほのかにあけて弛屋の野の霞と友に立ちぞやすらふ」（「春曙」顕仲）。④33建保名所百首145「あしのやのなだの塩やのあまの戸をおし明がたぞ春はさびしき」（春、葦屋里。①11続古今54）。④38文保百首1「春来ぬと空にしらせてあまのとをおし明がたぞまつか〔　〕」（春、忠房）。〇**おしあけがた**　八代集二例・新古今1260、1547。「押し開け」と「明方」との掛詞。他、③73和泉式部255＝74和泉式部続267、91下野177「あまのとやおしあけがたになりぬらん／とあれば／うちまで月のいりにけるかな」、115清輔13「あまのとをおしあけがたにうたふなり此鶯のあさくらのこゑ」（春「鶯」）などにある。〇**かすみそめ**　八代集にない。③115清輔4、132壬二502「春たちてけふみか月の山のはに霞みそめたる夕暮の空」（千五百番百首、春）、133拾遺愚草1829「春霞かすみそめぬると山よりやがてたちそふ花の面影」（院句題五十首「初春待花」）、④32正治後度百首501などにある。

【訳】雲のある所から春が立つのであろうか、天の門戸を押しあけて、明方の霞が霞み初めたよ。〔二首の霞（の歌）

は、優劣が明らかにしがたいか、持とすべきである」

▽春20首の1首目―以下、「春20の1」などと略―。雲井から春が立つのだろう、天の門を押し開け、明方が霞み始めると、春、立春を表象する景物である霞を歌って、春・四季、百首歌を歌い出す。二句切。⑥31題林愚抄98、末句「霞みそめつる」、春一、早春霞「千五百番歌合 此題心歟」讃岐。右、丹後、16「きのふまでこやもあらはにみえしかどけさぞなにはの浦はかすめる」。

【類歌】③130月清1591「あまのとをおしあけがたのくもまよりかみよの月のかげぞのこれる」（神祇、院春日社歌合に「暁月を」。①8新古今1547 1545。⑤202春日社歌合〈元久元年〉32）

④38文保百首500「雲ゐより春たちくらしあさづく日霞みて出づる天の香具山」（春、空性）

④38同1198「雲井よりかすみて春は立ちぬらし朝日長閑けきあまのかご山」（春、俊光）

④38同2497「あまつ空霞へだてて久かたの雲井はるかに春やたつらむ」（春、為定。①20新後拾遺1）

⑤218内裏百番歌合〈承久元年〉72「あまの戸をおしあけ方の時鳥横雲ながらこゑぞきえ行く」（「暁郭公」光経）

⑤228院御歌合〈宝治元年〉13「あまのとを明くるやおそき立つ春の霞みてみゆるよこ雲の空」（「早春霞」通成）

「古典」―「新古今　恋四・一二六〇（読人不知）」、「摂取」―「治承二　五～七　右大臣家百首「立春」＝長秋詠藻四八一」（長沢「千五」31頁）…①8新古今1260「あまのとをおしあけがたの月みればうき人しもぞこひしかりける」（恋四、読人しらず）、③129長秋詠藻481「あまの戸のあくる気しきも長閑にて雲ゐよりこそ春は立ちけれ」（右大臣家百首「立春」）。

二十三番　左

258
はるかぜをさらにゆきげにふきかへてみねのかすみぞくもがくれ行く・45

左心詞ともにいうに侍るべし、右ことなる事なければ、
左かち侍るべし「左　持」(校本)、「いう―優(〃)」

【語注】 **○ゆきげ** 「雪消」ではなく、「雪気(の〜)」は八代集六例、初出は後拾遺393。174前出。 **○ふきかへ** 八代集にない。源氏物語は、(動四)で一例のみ、「吹きかふ風も近きほどにて、斎院にも聞こえ給けり。」(「賢木」、新大系一―368頁)。③130月清707「しもがれのこやのやへぶき《〔葺〕》ふきかへてあしのわかばにはるかぜぞふく」(院初度百首、春。④31正治初度百首411)。③130同812「はるかぜは花とまつとにふきかへてちるもちらぬもみにしまずやは」(千五百番百首、春。⑤197千五百番歌合363)。③131拾玉5019「今朝よりは春の神風吹きかへてみもすそ川の音ぞのどけき」(述懐)。他、⑤186新宮撰歌合〈建仁元年三月〉48、197千五百番歌合53などにある。 **○みねのかすみ** ①4後拾遺11、③46安法法師67、56恵慶194、⑤66六条斎院歌合〈永承五年二月〉2、419宇津保物語494、421源氏物語188などにある。 **○くもがくれ行く** 八代集一例・新古今266。③3家持245、47増基73、106散木344、④26堀河百首1445、⑤4寛平御時后宮歌合6「春の日に霞わけつつとぶ雁の見えみみえずみ雲がくれ行く」(春)、⑤424狭衣物語143などにある。

【訳】 春風を更に雪げ模様に吹きかえて、峯の霞が雲隠れ行くよ。〔左歌は、(歌の)内容、表現が共に優雅でございましょう、右歌はさしたることがないので、左が勝といたしましょう〕

▽春20の2。「春」「霞」「雲」。「雲」「天」「霞」→「風」「雪」。春風を雪気に吹き更え、峯の霞が雲隠れ行くと、冬(雪)がまじり、春の表象である霞も雪気の雲に隠れると、空を舞台にして季節の交錯を歌う。⑥11雲葉集36、春上「(題しらず)」二条院讃岐、初句「はるかぜは」。⑥31題林愚抄413、春一、余寒「千五百番 判云、心詞共に優に侍り」讃岐。右、46、越前「はるきぬといふばかりにはかすめどもまだゆきふかしみよし野の山」。

「摂取」—「〃建久六　三〜七・一一？　治承題百首「歳暮」＝秋篠月清集四四九〃／文治三〜四以前？　日吉百首「春二十首」＝拾玉集四〇二」（長沢「千五」32頁）…③130月清449「ゆきげだにしばしなはれそみねのくもあすのかすみはたちかはるとも」（治承題百首「歳暮」）、③131拾玉402「ふじねの雪げの雲を吹きのけて霞にかふる春のはつ風」（日吉百首和歌、春）。

「忠良判で、一首全体に対して「心詞ともに優」と評したのはこの一例だけである。…いかにも才気が富んでいて、風、霞、雲と、春の気象を流動的にうたっている。…この「優」には、一種躍動する軽やかな美があり、変化の妙を重んじていることに注意される。」（森本「千五〔二〕」27頁）。

三十八番　左

259 はるのゆきはなほふか草にはれやらでみちふみわけぬ竹のしたをれ・75

左の深草のゆき、をかしうおもひやられ侍り／…、左まさり侍りなん「左　勝」（校本）、「しう—しく（〃）、まさり…なん—まさりなむ（〃）」

【語注】○はるのゆき　八代集二例。○ふか草　「深」掛詞。「深草」のみは八代集四例。○はれやら　八代集二例、初出は千載217。他、③125山家1490、④31正治初度百首43（御製）などにある。「晴れ」は溶けることか。○みちふみわけ　①1古今287＝③4猿丸41、⑤22陽成院一親王姫君達歌合23、⑤132俊頼朝臣女子達歌合17「山里の雪は消えやることぞなき道ふみ分くる人しなければ」（「雪」）。⑤176民部卿家歌合〈建久六年〉145「春過ぎば道ふみ分くる人やあると降りつむ雪を誰忍ぶらむ」（「深雪」藤中納言）などにある。〇**竹のしたをれ**　新編国歌大観索引の①〜⑩をみると、【類歌】や259の他、④37嘉元百首455、⑥31題林愚抄456、⑦111親清五女188、113隣女（雅有）229、115法性寺為信210、⑧39通勝1183がある。〇**したをれ**　「下折る」は八代集一例・千載243、「下折れす」は八代集一例・千載246、「萱が下折れ」は八代集一例・後拾遺729、「雪の下折れ」は八代集二例、共に新古今。下枝が折れて、下に垂れ下ること。

【訳】　春の雪は、やはりまだ深く、深草に晴れきらないで、道を踏み分けて行くことができない竹の下折であるよ。
〔左歌の深草の雪は、趣深く思いやられるのでございます、…左歌のほうが優れているのできっとございましょう〕

▽春20の3。「春」「雪」。「雪気」「霞」「雲・隠れ」→「晴れ」。春雪はまだ深く、深草（伏見の深草、歌枕）に晴れきらないで、竹の下折によって道を踏み分けがたいと歌う。初句字余り（母音ナシ）。体言止。右、定家、76「山のはにかすみばかりはいそげどもはるにはなれぬそらの色かな」。

【類歌】④35宝治百首105「つもりにしかきねの雪の消えやらで春にかかれる竹の下をれ」（春「春雪」寂西）

五十三番　左

260　みやまいでて花をおそしとおもひけりまつのゆきにぞうぐひすはなく・105

左、詞つづかぬやうにきこえ侍れど、右、…持などにや「左　持」（校本）、「やうに—やうにそ（〃）」

【語注】〇**初句**　「深山」を「出で」るのは時鳥が多いが、この場合は、作者か鶯か、一応作者とする。「みやまいでて」・①3拾遺101＝3′拾遺抄65（③32兼盛98）、5金葉104＝5′金葉三110、③23忠見20、39深養父10、⑤10亭子院歌合41。

**○花**　「梅」としたが、春の一般の花か。　**○おもひけり**　③126西行法師13「我なきて鹿秋なりと思ひけり春をもさてや鶯のしる」（春「鶯」）。　**○まつのゆき**　後述の①1古今19「み山には松の雪だにきえなくに…」。④15明日香井1055「やどふかきみやまにかすむ松の雪よのこるとならばはなのころまで」（「山家残雪」）。　**○うぐひすは**　③19貫之296「鶯は鳴き初めぬるを梅花色まがへとや雪のふるらむ」。③42元良167「うぐひすはながむしづくにぬれねとやわがおもふひとのまつのよそなる」。

【訳】深山を出て、梅の開花が遅いと思ったことよ、松の雪の辺りに鶯は鳴くよ。〈左歌は、詞の続き具合がよくないようにうかがえますが、右歌は、…、持などで（ございましょう）か〉

▽春20の4。「雪」。「草」→「花」、「竹」→「松」。深山を出て、梅花の開くのがまだだと思う、（なぜなら）松の雪に対して鶯は鳴いているから…との詠。判詞の如く少し分かりにくい。初句字余り（「い」）。三句切。右、通具、106「せりつみしみかきがはらはそれながらむかしをよそにぬらす袖かな」。

【参考】③23忠見106「うぐひすのなくこゑきけばみやまいでてわれよりさきにはるはきにけり」（「うぐひす」）

【類歌】④32正治後度百首607「春やときまだ思ひえぬ梅がえに花をおそしと鶯ぞ鳴く」（「鶯」長明）…260に近い

「本歌」―「古今　春上一九（読人不知）」（長沢「千五」29頁）・①1古今19「み山には松の雪だにきえなくに宮こはのべのわかなつみけり」（春上、よみ人しらず）。

六十八番　左

261　むめのはなにほひはよそにちらすともいろをばかぜのをしまましかば・135

左のをしままましかば、ききよくも侍ぬにや、右…可為持歟「左　持」（校本）、「左の―左歌（〃）、可為持歟―持とすへき歟（〃）」

【語注】○**むめのはな**　③28元真335「ちるほどは雪とみゆれどむめのはなかぜににほひてきえぬばかりぞ」。○**にほひはよそに**　②4古今六帖4149「わがやどのむめのそのえに風ふけばにほひはよそになりやしぬらん」（第六、木「むめ」）。○**をしままし**　②11今撰12「いかばかりかつちるいろをしままましたちえにつぼむ花なかりせば」（春、御室）。

【訳】梅の花（の）、匂いは他に散らしたとしても、（梅花の）色をば風が惜しむ（＝散らさない）なら、それはそれでいい。〔左歌の「惜しままましかば」という表現は、耳ざわりでございませんのでは…、右歌は、…持とすべきでしょうか〕

▽春20の5。「花」。「松」「鶯」→「梅」。梅花の香を他所へ散らしても、色・花（びら）を風が愛惜し、散らさないとしたら、それでいいとの詠。右、家隆136「子日する松にちとせやちぎりけむおなじふたばの野辺の若草」。

【参考】①3拾遺31「匂をば風にそふとも梅の花色さへあやなあだにちらすな」（春、能宣）
③33能宣31「にほひをばまかせたりともむめのはないろをばかぜにさそはるなゆめ」

【類歌】④36弘長百首51「さきさかずなにかよそなる梅の花匂ひぞ風のしるべなりける」（春「梅」為氏）
④38文保百首2007「色も香も散るををしとや梅の花風の立枝に鶯のなく」（春、頓覚）
④39延文百首2008「待つ人のとめもやくると梅の花よそのにほひはかぜにをしまじ」（春「梅」実俊）
⑤183三百六十番歌合47「梅の花にほひをおくるはるかぜのいろをもそでにうつさましかば」（春、家隆）…261に近い

「本歌」―「古今六帖　第六・四一四九（友則）、能宣集「正月　梅花惜歌」三一」（長沢「千五」29頁）…【語注】の

②4古今六帖4149、【参考】の③33能宣31。

春二（同）

八十三番　左

262　いそのかみふるののを野とききしかどわかなはとしにおひかはりけり・165

右歌、…左又させる事なければ、なほすがたよろしきにつきて右かち侍るべきにや「右　勝」（校本）、「生—おひ（〃）」

【語注】○いその…ののを　①8新古今698「いその神ふるののをざさ霜をへてひとよばかりに残るとしかな」（冬、摂政太政大臣）。②14新撰和歌六帖1521「いそのかみふるののをののたまかづらかけてむかしをこひぬ日も《は（夫）》なし」（第五帖「むかしをこふ」）。16夫木13390）。○ふるののを野　八代集一例・千載145＝⑤133山家五番歌合16。他、③132壬二1115、⑤143内大臣家歌合〈元永二年〉15などがある。〝古〟と、下の〝若〟との対照。○わかなはとし　新編国歌大観①～⑩の索引には、他になかった。○おひかはり（生ひ…）　八代集五例。「ふる野」ゆえ「老い」を響かせるか。

【訳】布留（古）野の小野と聞いてはいたが、若菜は年ごとに生い変ることとよ。〔右歌は、…左歌もまたたいしたことがないので、やはり歌の姿が悪くありませんので、右歌が勝となるでしょうか〕

▽春20の6。「梅の花」→「若菜」、「匂ひ」「色」→「聞き」。布留（古）野とは聞いていたが、若菜は年ごとに生え変るとの詠。右、雅経、166「はるもきてたちよるばかりありしよりかすみのそでのむめのうつりが」。

【類歌】⑤197千五百番歌合205「いそのかみふるののをののあめのうちにぬれてももゆるはるの若草」（春二、良平）「摂取」―「山家集　春「雨中若菜」二〇／〃建仁元　正・七　後鳥羽院御所年始歌会「朝若菜」＝拾遺愚草二一二九〃」（長沢「千五」32頁）…③125山家20「春雨のふるののわかなおひぬらしぬれぬれつまんかたみたぬきれ」（春「雨中若菜」）、③133拾遺愚草2129「霞たちこのめ春さめ昨日までふる野の若菜今朝はつみてん」（下、春「朝若菜」）。

九十八番　左

195 かへりゆくこしぢのゆきやさむからんはるはかすみの衣かりがね

▽春20の7。128。「若菜」↓「雁」、「布留野（の小野）」↓「越路」。

百十三番　左

263 わぎもこが衣はるさめふるからにすそのの草ぞいろまさりゆく・225

左歌、わがせこが衣はるさめふるごとに野辺の翠ぞ色まさりける、といふ歌にいとたがひたるところなきにや侍らん／右歌、…、古歌にあらねば勝と申し侍りなん「右　勝」（校本）、「から―まゝ（〃）、翠―緑（〃）、なきにや―なき様にや（〃）、歌に―歌には（〃）、勝と―勝とも（〃）」

【語注】 **○はる** 掛詞「張る」「春」。 **○衣はるさめ** ④35宝治百首332「浅緑そむるもしるく我がせこが衣春雨いまふりぬなり」（春「春雨」為経）。 **○すその** 八代集三例、初出は後拾遺371。他、「裾野の原」八代集三例・すべて千載歌。「裾」は「衣」の縁語。 **○すそのの草** ①5金葉144 153＝5′金葉139＝③105六条修理大夫301、④27永久百首144、⑤140右兵衛督家歌合10などにある。 **○いろまさりゆく** 八代集二例。①1古今361、②2新撰万葉185、③33能宣77、⑤4寛平御時后宮歌合125、70六条斎院歌合〈永承六年一月〉18などにある。

【訳】 我妹子・あなたの衣のはる春雨が降るにつれて、裾野の草が色まさり行くことだ。〔左歌は、「我が背子が…」という歌にたいそう違っている所がないのでしょうか、（ほとんど同じではないですか）／右歌は、古歌でないので、しかと勝と申しましょう〕

▽春20の8。「行く」「衣」「春」。「雪」「霞」↓「雨」、「雁」↓「我妹子」。要は春雨が降るに従って裾野の草の色が濃くなるという叙景歌。判詞の如く、貫之歌の①1古今25「わがせこが衣はるさめふるごと《から(六)》にのべのみどりぞいろまさりける《行く(袖)》」（春上、つらゆき。②3新撰和歌33、4古今六帖464、⑤274秀歌大体15、299袖中抄190）とほぼ同一。右、家長226、「おのづからあと見しゆきはきえはててくさたつ庭にはるさめぞふる」。

【参考】 ②4古今六帖4160「はるさめのふりそめしよりあをやぎのいとのはなだぞ色《に(躬)》まさりゆく」（木「やなぎ」みつね。③12躬恒398）

【類歌】 ②14新撰和歌六帖390「ふればかつしをるるものをわぎもこがころもはるさめ名にはたてども」（第一帖「はるさめ」）

③132壬二1348「けふも又朝の原の春雨に染むる草ばぞ色まさりゆく」（家百首、春「草漸青」）

「本歌」―「古今　春上二五（貫之）」（長沢「千五」30頁）・▽の①1古今25。

百二十八番　左

255 はるのいけのみぎはのやなぎうちはへてなびくしづえにをしぞたつなる

▽春20の9。161。「春」。「裾野」「雨」→「池」「汀」、「草」→「柳」「下枝」、「我妹子」→「鴛」、「行く」→「延《は》へ」「なびく」、「降る」→「立つ」。

百四十三番　左

285 ももしきやおほみや人のたまかづらかけてぞなびくあをやぎのいと

▽春20の10。114。「柳」「なびく」。「池の汀」→「百敷」、「鴛」→「大宮人」、「柳」→「玉鬘」、「下枝」→「(柳の)糸」。

春三（釈阿）

百五十八番　左

264 うぐひすのしるべのみかははなのかに人をもさそへやどのはるかぜ・315

左歌、ことなるとがなく、いうに侍るべし／右歌、…無為なるにつきて左かつべくや侍らむ「左　勝」（校本）、「右歌―右の歌（〃）」

【語注】○鶯の　①3拾遺414「春風のけさはやければ鶯の花の衣もほころびにけり」（物名「さはやけ」よみ人しらず。

①3′拾遺抄490）。①18新千載56「鶯のやどの花だに色こくは風にしらせでしばしまたなん」（春上「返し」清慎公）。②4古今六帖1945「風によるなみのいそには鶯のはるもえしらぬはなのみぞさく」（第三「いそ」つらゆき）。③132壬二2027「鶯のしるべの風もかひぞなき雪ばかりさく春の梅がえ」（下、春）。○はな　「鶯」ゆえ「梅」とも考えられるが、千五百番歌合の位置、及び歌合の前後の歌より「桜」。○はなのかに　④40永享百首64「とほつ人軒端の梅の花の香にさそはれぬ春は松風ぞふく」（春「檐梅」兼良）。○やどのはるかぜ　新編国歌大観①～⑩の索引では、他に④37嘉元百首608、⑤197千五百番歌合474、247前摂政家歌合〈嘉吉三年〉80、⑦78範宗126、⑧9沙玉II（後崇光院）318、10草根（正徹）1131、8480、35雪玉（実隆）182、⑨8広沢輯藻（長孝）158、⑩137道助法親王家五十首229がある。○いうに　源氏物語「御耳の聞きなしにや、いと優《いう》にあはれにおぼさるれば、」（「若菜上」、新大系三—267頁）。○無為　和漢朗詠集656「幸に堯舜無為の化に逢うて　…」（下「帝王」白）。菅家文草48「無為なり　玄聖の化」（141頁）、同382「北辰高きところ　無為の徳」（408頁）。今昔物語集「法ニ不迷ズ、永ク無為ヲ得テ解脱ノ岸ニ至レリ」ト。」（巻第一の第三、新大系一—16頁）。

【訳】　鶯の導きだけであろうか、桜の香に人をもいざなえよ、わが家の春風よ。〔左歌は、さしたる咎がなく、優雅でございますようだ／右歌は、…自然・無難であるので左が勝つようでございましょうか〕

▽春20の11。体言止。「人」。「大宮人」→「鶯」、「玉鬘」「（青）柳」→「花」、「百敷」「大宮」→「宿」、「なびく」→「風」。鶯を誘う道案内としてのみではなく、桜の香によって人をいざなえと、我家の春風に呼びかけた詠。四句切。体言止。右、忠良、316「みねしらむこずゑのそらにかげおちてはなの雲まにありあけの月」。

【類歌】　④22草庵823「梅がかにかぜこそにほへ鶯のしるべはまだき春のこなたに」

④36弘長百首26「鶯のしるべばかりやいそぐらん花の香おそき春の山かぜ」（春「鶯」為氏）

④41御室五十首452「鶯のしるべの風の匂ひこそ人のこころを先さそひけれ」（春、有家）

「本歌」―「古今　春上一三（友則）」（長沢「千五」30頁）・①1古今13「花のかを風のたよりにたぐへてぞ鶯さそふしるべにはやる」（春上、紀とものり）。「右歌に欠点があるのに対し、左歌は、「ことなるとがなく優」なりといい、「無為」な点を是としている。／この讃岐の作は、「花の香を…を本歌とする。本歌の内容を生かした上で、「人をもさそへ」と主題を拡充させ、一首全体に、なるほど破綻がない。」（『讃岐』97頁）。「讃岐は、本歌の花の香りが鶯を誘うという発想を前提として踏まえ、「鶯の導べのみかは・人をも誘へ」と言って、鶯ばかりでなく花を見る人をも誘って欲しいと新たな願望を付加しており、本歌の趣向を進展させている。判者俊成は、讃岐歌の本歌取りによる表現を「優に侍るべし」と評価している。」（長沢「千五」34頁）。

百七十三番　左

345 さかぬまは花と見よとやみよしののやまのしらゆききえがてにする

▽春20の12。122。「花」。「香」→「見」、「やど」→「山」、「風」→「雪」。

百八十八番　左

265 あだなりとかつみよし野のやまざくらうらみてもなほたづねいるかな・375

左は、かつみよしのの山ざくらといへる姿宜しく見え侍るを、右、…とりどりにをかしく侍り、持とすべし

「左　持」（校本）、「左は、―左歌（〃）、侍り、―侍（〃）」

【語注】○み 「見」との掛詞。○やまざくら ①4後拾遺141「心からものをこそおもへ山ざくらたづねざりせばちるをみましや」（春下、永源法師）。①6詞花21 20「あさまだきかすみなこめそ山ざくらたづねゆくまのよそめにもみむ」（春、一宮紀伊）。○たづねいる 八代集二例、初出は千載60。①8新古今156「春ふかく尋ねいるさの山のはにほの見し雲の色ぞ残れる」（春下、公経）。

【訳】不実だと一方では見ている吉野の山桜（を）、恨んでもやはり（桜を）尋ね入ることだよ。〔左歌は、「かつみ吉野の山桜」と歌った（歌の）姿がよいように見えますが、右歌は、…それぞれに風趣がございます、引き分けとすべきでしょう〕

▽春20の13。「見」「み吉野の山」。「花」→「桜」。不実と一方では見ても、吉野の山桜を怨んでも、それでもやはり尋ね入ると、「あだなりと（かつ見）」や「恨みても（猶尋ね入る）」といった詞を用いて、恋歌仕立てとしている。右、376、通光「やまざとはさらでもまれにとふ人をおもひたえぬるはるさめのころ」。

【参考】③125山家1456「たづね入る人にはみせじ山桜われとを花にあはんと思へば」（百首、花十首）

【類歌】⑤243新玉津島社歌合〈貞治六年三月〉73「かへるさはみちまよふともやまざくらかつさくみねをなほやたづねむ」（「尋花」前内大臣実）

「本歌」―「古今 春上六二（読人不知）＝伊勢一七段」（長沢「千五」30頁）・①1古今62「あだなりとなにこそたてれ桜花年にまれなる人もまちけり」（春上、よみ人しらず）。「左の「姿よろし」は、「かつみよしの」というかけ詞が自然で調子もなだらかな点を讃えた。「とりどりにをかしく」の「とりどり」は、持の場合よくつかわれるが、相手の歌と並べてそれぞれにの意である。」（『讃岐』100頁）。「本歌が浮気な様子の恋人に譬えた桜を吉野山のものと設定して、「かつ見る、み吉野」と掛詞を駆使して一首の中心に据えている。また、讃岐は本歌の結句「待つ」に呼応して「訪ね入る」と詠んでおり、本歌に贈答する形をとっている。讃岐歌の主題は桜だが、伊勢物語中の一首を本歌に用いることで、背景に物語の恋的な情調を添加していると思われる。判者俊成は「…」と、修辞技巧による緊縮した表現を評価している。」（長沢「千五」35頁）。

二百三番　左

266　おもひねのはなをゆめぢにたづねきてあらしにかへるうたたねのとこ・405

左、花をゆめぢにといひ、あらしにかへるうたたねのとこ、いとえんにこそ見え侍れ／…、左、ことのほかのかちに侍るべし「左　勝」（校本）

【語注】 **○おもひね**　八代集七例。①7千載41「あさゆふに花まつころはおもひねの夢のうちにぞさきはじめける」（春上、崇徳院。④30久安百首20）。②4古今六帖2056「きみをのみおもひねにねし夢なればわが心から見つるなりけり」（恋「ゆめ」い勢）。 **○たづねきて**　④10寂蓮9「尋ねきて花みぬ人やおもふらむよしののおくをふかき物とは」（春「…、花」）。 **○あらしにかへ(る)**　新編国歌大観①～⑩の索引では、他に、④37嘉元百首2395「いにしへはみはてぬ夢のただぢにて嵐にかへる夜半のうたたね」（雑「夢」定為）、40永享百首649、⑤261最勝四天王院和歌193、⑧17松下（正広）1835、35雪玉7899がある。 **○かへる**　掛詞。 **○うたたねのとこ**　勅撰集初出は、①2後撰1284 1285（句またがり）、他、③133拾遺愚草537、④1式子233＝31正治初度百首235、④31同1280がある。 **○えんに**　源氏物語「何心なき空のけしきもたゞ見る人から艶にもすごくも見ゆるなりけり。」（「帚木」、新大系一―71頁）。

【訳】 思って寝る桜を夢路に尋ね求めやってきて、嵐によって帰って行く、現実にめざめるうたたねの床であるよ。

〈左歌は、「花を夢路に」と歌い、「嵐に帰る転寝の床」と歌ったのは、たいそう優美だと見えます、…左歌は、特別の勝でございますようだ〉

▽春20の14。「尋ね」。「尋ね」→「帰る」、「桜」→「花」、「怨み」→「思ひ」。思い寝に見た桜を、夢の中に再び尋ね求めて来て、転寝の床は嵐によって目ざめるとの詠。「思ひ寝」「夢路」「尋ね来て」「帰る」「転寝の床」と、これも前歌・265同様、恋歌仕立てとしている。体言止。また式子にも、④1式子216「夢のうちもうつろふ花に風吹きてしづこころなき春のうたたね」（春）がある。⑥20拾遺風体集26、春「千五百番歌合に」二条院讃岐。右、406、釈阿「みかりせしかたののふゆやつらからんはるの山ぢにきぎすなくなり」。

「『新古今集』的な艶風の歌」（「高畠」59頁）。「右方は釈阿自身の作なので謙辞となっているが、それでも左歌への讃辞は真意とみてよい。表現・詞句が優雅で深みのあるところに「えん」を認めたとみられる。」（『讃岐』98頁）。「⑰〈私注―この歌〉では「おもひね」「夢路」「うたたねの床」のように、春の歌に恋的な要素を連想させる桜の歌を詠んでいることも注目される。この⑰の歌は千五百番歌合の俊成判に「いとえんにこそみえ侍れ」と評価されていることによっても、恋的な要素の連想される詠であることが確認できる。この千五百番歌合に先行する正治二年後鳥羽院初度百首中に／おもひねの夢路に匂ふ花をさへしばしもみせぬ風の音哉／（「春」藤原忠良）／という作があり、讃岐の歌と語句の重なりがあり、かつ桜を夢に見る、風の音で夢をさまされるという発想も似ており、この忠良詠の影響を受けていると考えられる。このことは讃岐が当代歌人の作に対し敏感であり、意識していたことの現われとも考えられよう。」（吉野「歌風」38頁）。

二百十八番　左

267
てりもせず雲もかからぬはるの夜の月はにはこそしづかなりけれ・435

左歌、不明不暗朧朧たる月にはしづかならむ心宜しく侍るを、右歌、…ともに女人の歌はかやうにこそと、えんに見え侍り、よき持に侍るべし「左　持」（校本）、
「には―庭（〃）、とも―共（〃）、えん―艶（〃）、侍り、よき―侍りき（〃）、に―にて（〃）」

【語注】**〇てりもせず**　【参考】【類歌】の他、③132壬二1214、⑤197千五百番歌合510などがある。①20新後拾遺140「照りもせぬならひを春の光にて月は霞のはるる夜ぞなき」（春下、芬陀利華院前関白内大臣）。②16夫木7749「てりもせずおぼろ月夜のこち風にくもりはてたる春雨ぞふる」（雑一、風、こち風「毎日一首中」同（＝為家））。⑤250風葉和歌集49「てりもせぬ春のならひのいとどまたくもり果てぬる袖の月影」（春上、あまのもしほびの大僧都）。**〇はるの夜の月**　八代集七例、が、初出は千載20。**〇しづかなり**　八代集一例・新古今1969（式子）、他、「心静かに」八代集一例・後撰1377。「静〜」については、拙論「式子内親王歌の漢語的側面―「窓」「静（〜）」―」（『古今和歌集連環』和泉書院）参照。**〇不明…たる月**　「文集、嘉陵春夜詩、不明不暗朧朧月といへることをよみ侍りける」（①8新古今55の詞書）。白氏文集巻第十四、律詩「嘉陵夜有懐二首」・「不明不闇朧朧月非暖非寒慢慢風…」（上、333頁）。**〇えんに**　266既出。

【訳】照りつけもせず、雲もかかりはしない春夜の月は、庭こそ静かなことよ。〔左歌は、明るくなく暗くなく朧朧としている月によって、庭が静寂であろう歌の趣がよいようでございますが、右歌は、…共に女人の歌はこのようであろうと、優美に見えます、よい引き分けでございましょうよ〕

▽春20の15。「嵐」→「雲」「静か」、「寝」「夢」「床」→「夜」「月」、「床」→「庭」。判の如く、照りもせず雲もかか

らない春夜の月によって、庭の静かな様をうつした叙景歌。右、436、俊成卿女「かげきよき花のところはありあけの月もえならずすめる空かな」。

【参考】③40千里72「てりもせずくもりもはてぬ春の夜のおぼろ月夜にしく物ぞなき」（風月「不明不暗朧朧月」。①8新古今55。⑤291俊頼髄脳162）

【類歌】①17風雅590 580「いづるより雲もかからぬ山のはをしづかにのぼるあきの夜の月」（秋中、定宗）

④34洞院摂政家百首73「照りもせずおぼろに霞む春の空くもるぞ月の光なりける」（春「霞」家長）

④39延文百首712「はるのよのまれにも月はてりもせずくもりはてたる空はあれども」（春「春月」覚誉）

「てり…267…「しく物ぞなき」は千里の解釈的感情であり、説明であって、漢詩の耽美的気分を凌駕するものではない。讃岐の「庭こそしづかなりけれ」が適切な表現であるかどうかは疑問があるとしても、古今集時代の説明的気分に代る、客観的描写を重んずる新風への傾斜の姿勢は窺うことが出来るであろう。」（「糸賀」45頁）。『新古今集』的な艶風の歌。（「高畠」59頁）。「夜の庭前の静かな朧月と、花かげのえならぬ有明月を対比させ、いかにも女人の歌らしくてよいと、「えんに見え侍りき」と結んだ判詞。左歌は、大江千里集（句題和歌）に見える名歌、／てりも…を本歌とする。千里とその歌は、白氏文集の「嘉陵春夜詩」に、「不明不暗朧々月」とある句の翻案であり、判詞に指摘するとおりである。上述二百三番にみられた「えん」がここにも用いられている点に注意される。「えんにみゆ」という叙述で絵画的・幻想的な世界を彷彿とさせ、俊成的な美の世界がよく具現されている。」（『讃岐』101頁）。「俊成の判によると「不明…しく侍」と評されており、この判詞の指摘によれば、新古今時代の和歌が漢詩の句題を多く摂取・吸収しているように、讃岐も漢詩の世界を取り入れているといえる。判詞は『白氏文集』の／嘉陵夜有懐（二）／不明…慢慢風／独臥空牀好天気　平明閑事到心中／を指摘していると思われるが、この漢詩は『新撰朗詠集』にも採られている。この漢詩の第一句を大江千里が和歌に詠みかえた作が、『新古今集』に入集している。すなわち、／

文集…（春上・五五）の歌である。…「明るくも暗くもない春のぼんやりとした月」という漢詩の世界を「春のかすんだ月のさす静かな庭」という讃岐自身が作り出した世界に取り入れることによって、漢詩にはない新たな「艶」な境地を作り出した態度に、讃岐らしい艶な作風への傾斜が表われていると思われる。俊成判に「女人の…侍りき」とあるのもその点を評価したものであろう。」（吉野「歌風」40、41頁）。「本歌」―「千里集七二＝新古今　春上五五」（長沢「千五」30頁）・【参考】の③40千里72。

春四（釈阿）

二百三十三番　左

465 はるのよのみじかきほどをいかにしてやこゑのとりのそらにしるらむ

▽春20の16。164。「春の夜の」。「照り」「雲」「月」→「空」、「夜」→「八声の鳥」。

二百四十八番　左

268 あれはててわれもかれにしふるさとにまたたちかへりすみれをぞつむ・494

左、われもかれにしふるさとにといへる、いづくとはわき侍らねどあはれおほく侍るにや、右、…、なほ左のすみれつゆけくや侍らんとて、まさると申し侍るべし「左　勝（校本）」、「侍るに―侍に（〃）」

【語注】**○あれはて**　八代集四例、初出は後拾遺270。④26堀河百首830「あれはてゝ人影もせぬふる郷に猶松むしの声ぞたえせぬ」（秋「虫」肥後）。④27永久百首553「むぐらはひよもぎがそまとあれはててふりにし里は人かげもせず」（雑「故郷」常陸）。**○かれ**「離・枯れ」掛詞。**○ふるさとに**　②4古今六帖1293「ふるさとにあらぬものからわがためにに人のこころのあれてみゆらん」（田舎「さと」いせ）。**○すみれ（をぞ）つむ**　①8新古今1684 1682「いその神ふりにし人を尋ぬればあれたるやどにすみれつみけり」（雑中、能因）。他、②1万葉3996 3974、④26堀河百首247などにある。

【訳】荒れはててしまって、私もすっかり縁切りとなってしまった、草枯れの故郷に再び立ち帰って来て、菫を摘むよ。（左歌は、「我もかれにし故里に」と表現したのは、どこがとはいえませんが、情趣が深いことでございましょうか、右歌は、…、やはり左歌の菫が露（涙）っぽくございましょうか、といって、優れていると申しますようだ」

▽春20の17。「八声の鳥」→「我れ」「菫」。荒廃し、草も枯れ、私も離去して近づかなくなった故郷に再度帰って来て菫を摘むとの詠。赤人の有名な、①1古今序「春ののにすみれつみにとこし我ぞのをなつかしみひと夜ねにける」が想起されるが、詞の重なりは少ない。また「あれはてて…」という、「廃園の風景」については、『新古今集と漢文学』（和漢比較文学叢書13、汲古書院）の川村晃生、同名論文参照。⑥31題林愚抄1386、春四、菫菜「千五百番」讃岐。右、越前、495「さくらさくひらのたかねにかぜふけばこずゑにつづくしがの浦なみ」。「どこがどういうのではないが、「あはれ多く侍る」のでは、という。「すみれ」は「住み」をかけるが、「たちかへりすみれをぞつむ」という叙述は、哀調が滲透していて、やはりよい。」（『讃岐』99頁）。「本歌」―「堀河百首　春「菫菜」二四一（公実）・二五〇（顕仲）・二五三（隆源）・二五四（肥後）」（長沢「千五」30頁）・④26堀河百首241「むかしみしいもが垣ねはあれにけりつばなまじりの菫のみして」（春「菫菜」公実）、同250「あさぢふやあれたるやどのつぼ菫たれむらさきの色にそめけん」（同、顕仲）、同253「あれにける宿のそともの春ののに菫つむとてけふもくらしつ」（同、隆源）、同254「ふるさとの浅茅が原におなじくは君と菫の花をつまばや」（同、肥後）。

二百六十三番　左

269 こぬ人をうらみやすらむよぶこどりしほたれ山のゆふぐれのこゑ・524

左、しほたれ山のよぶこ鳥はまことにうらみやすらむ
ときこえ侍るを／右、…、以左まさると申すべくや

「左　勝」（校本）

【語注】〇よぶ　「来《こ》ぬ」と対。〇よぶこどり　15、185既出。〇しほたれ山　八代集にない。「美作の歌枕（『八雲御抄』巻五ほか）で、『和歌初学抄』には「コヒナドニ」詠むべきだと記される。」（歌ことば大辞典）。『歌枕索引』は、後述の③106散木1194のみ。『古代地名索引』には、中国、播磨国「潮垂山　梁塵②420」（114頁）とある。その梁塵秘抄は「430〇山の様がるは、…播磨の明石の此方なる、潮垂山《しほたれやま》こそ様《やう》がる山なれ、」（新大系120頁）。新編国歌大観の索引①～⑩をみると、他に③106散木1194「いつとなくしほたれ山のさざれみづくれゆくままにおと《声、》そへ《たて（夫）たて（歌）》つなり」（恋下。②16夫木8917、雑二、山、しほたれ山、美作「家集、夕恋」。⑩181歌枕名寄8157、美作国、塩垂山）、⑥32林葉累塵集1107がある。〇ゆふぐれのこゑ　①6詞花121 119、①8新古今1477（忠良）、③95為仲130、130月清324、1071、③131拾玉1017「よぶこどりききわく事もなけれどもながめにとまるゆふ暮の声」（宇治山百首、春「喚子鳥」）、2400、132壬二512、1703、④15明日香井1080、18後鳥羽院1544、31正治初度百首2129、32正治後度百首67、316「きかぬまの心はしるや郭公人まつ山のゆふぐれのこゑ」（「郭公」具親）、519、709、⑤184老若五十首歌合81、127などがある。後述の「長沢「千五」37、38頁」参照。

【訳】やっては来ない人を恨んでいるのであろうよ、呼子鳥よ、潮垂山の夕暮の声は。〔左歌の、潮垂山の呼子鳥は、本当に恨んでいるのであろうよと耳にされますが、右歌は、…そこで左が勝れていると申し上げるべきでしょうか〕

▽春20の18。「離《か》れ」→「来《こ》ぬ」、「我れ」「菫」→「人」「呼子鳥」、「故里」→「山」。潮垂山の呼子鳥の夕べの声は、来ない人を恨んでいるのだろうと推量したもの。これも恋歌仕立て。三句切、倒置法、体言止。②16夫木1828、春五、喚子鳥「同」＝「千五百番歌合」二条院讃岐。右、定家、525「とまらぬはさくらばかりを色にいでてちりのまがひにくるるはるかな」。

【参考】②4古今六帖871「つの国のまつか（ママ）ねやまのよぶこ鳥なくといまくといふ人もなし」(山「山」)
④26堀河百首222「こぬ人をまちかねやまのよぶこ鳥おなじ心にあはれとぞ聞く」(春「喚子鳥」肥後。①6詞花47 45)
「主題、あるいは内容に共感が持たれて、左の勝となった。右は心がどうも理解できないという。」(『讃岐』99頁)。

「「しほたれ山」は『和歌初学抄』『八雲御抄』に「美作」とある名所・歌枕であるが、讃岐歌以前には／ある…いつと…の一首がみられるのみである。俊頼歌が「しほたれ山」と共に「さざれ水」を詠んでいるのに対し、讃岐歌は「よぶこ鳥」を詠んでいる。どちらも暮れてゆく「しほたれ山」を詠んでおり、「水の音」「喚子鳥の声」と聴覚の世界でとらえている。讃岐歌は千五百番歌合の判詞で俊成に「左しほ…こえ侍」と評されている。「しほたれやま」という地名に来ない人を恨みながらも待っているという状況を示す「しほたれる」ということばを重ねて表現した恋的な要素が俊成に評価されたものと思われる。」(吉野「歌風」43、44頁)。「古典」－「散木奇歌集　恋下一一九四」、「摂取」－「〃建久元　五・二八　宇治山百首　春「喚子鳥」＝拾玉集一〇一七〃」(長沢「千五」31頁)…【語注】の③106散木1194、③131拾玉1017。「当該歌には讃岐の珍しい歌枕表現も併せて見ることができる。讃岐以前に「塩垂山」を詠んだ歌は俊頼歌一例(『散木奇歌集』一一九四)のみであり、これを摂取したと思われるが、歌材・用語が一致するa〔私注－【語注】の③131拾玉1017〕からの影響も推測できる。ここではaの影響が強いと思われるが、「夕暮の声」という表現は以下に挙げるように文治建久期以降に流行したものである。／b…壬二集九二七…c…拾玉一〇四三…d…六百番二九九…e…御室五十首四六三…f…御室五十首七一九…／用例は夏部に多く、「夕暮」という時間や歌材の鳴き声に、それぞれ清涼感・哀切感がこめられている。讃岐歌は喚子鳥を配しているため、哀艶な恋の調べで、夕暮自体にも人恋しさが最も高まる時間との印象があり、b～fの前例と違いが見られる。aと比べても、「しほたる」という涙を暗示する歌枕「塩垂山」を詠み、「人、恨む」等と表現して、それを強調している。判者俊成は「塩垂…侍る」と、四季歌に恋的情緒を揺曳させた讃岐歌を評価している。」（長沢「千五」37、38頁）。

二百七十八番　左

554 いまはとてはるのありあけにちる花や月にもをしきみねのしら雲

▽春20の19。129。「夕暮」↓「有明」、「山」↓「峯」、「鳥」↓「花」。

二百九十三番　左

584 枝にちるはなこそあらめうぐひすのねさへかれゆくはるのくれかな

▽春20の20。136。「散る花」「春の」「有《ら》《り》」。「花」↓「鶯」、「有明」↓「暮」。

夏一（内大臣・薨去、源通親）

三百八番　左

614 神まつるうづきの花もさきにけり山郭公ゆふかけてなけ

▽夏15の1。143。「花」。「散る」↓「咲き」、「鶯」↓「（山）郭公」、「暮」↓「夕」、「音《ね》」↓「鳴け」。

三百二十三番　左

270 ほととぎすまだうちとけぬしのびねにこのしたくらき夏の夜の月・644

【語注】○**ほととぎす**　①2後撰157「あひ見しもまだ見ぬこひも郭公月になくよぞよににざりける」（夏、よみ人しらず）。⑤1民部卿家歌合7「住む里はしのぶの山のほととぎすこのした声ぞしるべなりける」（郭公）。○**しのびね**　190前出。②16夫木2845「しのびねにこがくれゆきし時鳥こゑさみだれてなきわたるなり」（夏二、郭公、読人不知）。○**このした**「木の下」のみは八代集四例。○**このしたくら（き）**（一句）①3拾遺340、5′金葉三356、①12続拾遺293（知家）、18新千載262（宗尊）、748（実方）、②9後葉248（公任）、14新撰和歌六帖143（知家）、16夫木8218「よとともに木の下くらきときは山月もおくらでたれかこゆらん」（雑二、山、ときは山、山城又常陸、醍醐入道太政大臣）、8496（覚盛）、9496（頼氏）、13332（光俊）、③67実方210、80公任216、106散木1372、130月清1085、④35宝治百首1095（頼氏）、⑤197千五百番歌合2906（良平）、320竹園抄5など。○**夏の夜の月**（一句）①4後拾遺223、5金葉二152 161＝5′金葉三143、②2新撰万葉285、4古今六帖290などがある。

【訳】時鳥（の）、まだうちとけはしない忍び音に、（葉がまだ生い茂っていて）木の下が暗い夏の夜の月であるよ。

▽夏15の2。「郭公」「月」。「鳴け」→「音《ね》」、「花」→「木」、「夕」→「夜」。郭公のまだうちとけない四月の忍び音の比に、木の下が暗い夏の夜の月と、初夏の叙景を歌う。体言止。右、寂蓮、645「うの花やみぎはをかけてさきぬらむなみよせまさる玉河の里」。

【参考】③96経信71「まつよひをつつむなるべしほととぎすまだうちとけぬしのびねなれば」（「深山郭公」）…270に近い

⑤48花山院歌合1「さみだれにまだならねどもほととぎすうちとけてなけよはのひところ」(「郭公」彈正宮上)
⑤111庚申夜歌合〈承暦三年〉4「ねざめしてまづたれききつ郭公まだうちとけぬよはのひところ」(「郭公」)
【類歌】①8新古今198「ほととぎすまだうちとけぬしのびねはこぬ人をまつ我のみぞきく」(夏、白河院)…上句ほぼ
同じ
①17風雅1503 1493「さこそげにしのびねならめほととぎすくらきあま夜の雲になくらむ」(雑上、藤原行信)
「本歌」―「新古今　夏一九八(白河院)、経信集「深山郭公」七一」(長沢「千五」30頁)…【類歌】の①8新古今198、【参考】の③96経信71。「当該歌は複数の本歌を持つ例で、…二首のabの傍線部(私注―「郭公まだうちとけぬ忍びね」)では、郭公の忍び音に恋する自分を重ね合わせているが、讃岐歌では初夏の景物として捉えている。また、讃岐はabに見られる「待つ」のような主観表現を抑え、ほの暗い月を描写し、視覚・聴覚の両面から初夏の景を詠んでいる。月の様子を指す「木の下暗き」という表現に注目すると、これは、管見では詠歌年次不明の良経歌(『秋篠月清集』一〇八五)が一首見える他は、以下の四例のみとなる。/…c…(公任集二一五、※実方集二一〇=拾遺　別三四〇…d…(公任集二一六、※実方集二一一…e…f…(散木奇歌集　雑上一三七一・一三七二)/これら全て贈答歌で、詞書に共通する「下鞍」は馬具の名称である。cdについて言えば、陸奥では鬱蒼としているのであろう木々の様子と、贈る馬具の名称を掛けており、efも同様な物名歌的表現である。cには月という語も重なり、讃岐はこれらに注目したと思われるが、讃岐は夏の月の様相そのものを表現しており、前例の人事的な掛詞表現とは趣向を変えて捉えている。詞の摂取量からabによる影響が大きいと思われるが、c~fのような特徴的な性格を持つ表現を加え、一首を完全な叙景歌に変化させるという工夫が見られる。」(長沢「千五」33、34頁)。

三百三十八番　左

271　ほととぎす夜ぶかきこゑはもろともにねざめぬ人もうらめしきかな・674

【語注】**○ほととぎす**　①3拾遺118「さみだれはい《に（抄）》こそねられね郭公夜ぶかくなかむこゑをまつとて」（夏、よみ人しらず。3′拾遺抄75）。①13新後撰194「おのづからなくも夜ぶかき郭公ねざめならではきく人ぞなき」（夏、氏久）。**○夜ぶかきこゑ**　①4後拾遺199「ほととぎすよぶかきこゑをきくのみぞ物思ふ人のとりどころなる」（夏、道命）。

【訳】時鳥の夜深い声は、共に寝覚めはしない人も恨みに思うことよ。

▽夏15の3。「郭公」「夜」「寝《ね》」。「音《ね》」→「声」。時鳥の夜更け時の声は、私と一緒に寝覚めない人も残念に思う、共に聞きたいと恋歌めかしている。時鳥の声と寝覚めぬ人とが「うらめし」ではなかろう。右、家長、675「うぐひすのいりにしあとのくもゐよりまちつるときのとりもなくなり」。

【参考】①5金葉二674 131「子規一声なきて明けぬればあやなくよるの《は（続）》うらめしきかな」（成通、〔異本歌〕）。②10続詞花121）

②4古今六帖4449「ほととぎすよぶかきこゑは月まつとおきていもねぬ人《いもねであかす（266三、267二）》ぞ《を（続古、続千・伊勢、万・伊勢）》ききける」（鳥「ほととぎす」みつね。①11続古今207。①15続千載239。②15万代648。③12躬恒149。⑤266三十人撰26。⑤267三十六人撰26）…271に近い

②4同4453「うちとけていもねられねばほととぎすよぶかきこゑは我のみぞ聞く」（鳥「ほととぎす」）

【類歌】⑤230百番歌合〈建長八年〉957「ほととぎすよぶかき声は我がためにね覚せさする人やきかせん」（左京大夫）…271に近い

「本歌」―「古今　夏一五三（友則）、拾遺　夏一一八（読人不知）」（長沢「千五」30頁）…①1古今153「五月雨に物思

ひをれば郭公夜ぶかくなきていづちゆくらむ」（夏、紀とものり）、【語注】の①3拾遺118。

三百五十三番　左

704 たをりつる花たちばなのかをしめてわがたまくらにをしき袖かな

▽夏15の4。130。「かな」。「時鳥」→「（花）橘」、「声」（聴覚）→「香」（嗅覚）、「人」→「我《わ》」、「夜」「寝《ね》」→「枕」。

三百六十八番　左

272 ひきかねしやま田の水をさみだれにあらぬかたにもまかせつるかな・734

【語注】〇**ひきかね**　八代集にない。「ひきか（ね）」を新編国歌大観①〜⑩の索引でみると、他には、②16夫木15121（後九条内大臣）、⑥31題林愚抄8278（前内大臣基家）だけである。〇**やま田の水**　新編国歌大観の索引①〜⑩をみると、他には、④44正徹千首179、⑤230百首歌合〈建長八年〉851、⑥35鳥の跡237、36新明題和歌集1037、⑧10草根（正徹）1752、1753、35雪玉（実隆）569、4707、⑨17為村121、33浦のしほ貝（直好）412、⑩1為家千首232、7為家五社百首660がある。〇**さみだれ**　「乱れ」を掛けるか。①16続後拾遺212「五月雨に山のしづくも落ちそひて岩波たかし谷川の水」（夏、行家。④35宝治百首988）。〇**あらぬかたに…**　新編国歌大観の索引をみると、⑥〜⑩は用例が多いので、①〜⑤に限定すると、他は、①16続後拾遺858、17風雅1981、④30久安百首1364、35宝治百首3195にある。〇**まかせつるかな**　④26堀河百首229「小山田に種蒔きすてて苗代の水の心にまかせつるかな」（春「苗代」顕季。③105六条修理大夫195）。⑤292綺語抄256「山里のそともがくれのしづのやにかけひの水をまかせつるかな」。

【訳】 引き入れかねた山田の水を五月雨によって、とんでもない方向にも引き入れてまかせてしまったことよ。
▽夏15の5。「かな」。入れかねた山田の水を、五月雨のせいで、思いもしなかった所に引き入れてしまったと歌う。右、内大臣、735「けふだにもむすぶよもぎのひとかずにいらぬあやめのねをもなけとや」。「古典」―「堀河百首　春「苗代」二二九（顕季）」、「摂取」―「拾玉集「五月雨」三八九二」（長沢「千五」31頁）…【語注】の④26堀河229、③131拾玉3892「さなへとる手だまもゆらにさみだれて心に水をまかせつるかな」（「五月雨」）。

夏二（内大臣、薨去）

三百八十三番　左

273 すずむべきし水たづねて行くみちの野中の草をまづむすびつる・764

【語注】 ○すずむ　八代集二例、初出は後拾遺511、他、「涼み」一例。○たづねて行く　「尋ね行く」は八代集三例。○野中の草　①3拾遺375（3′拾遺抄480。③1人丸237）、④26堀河百首1394、④44正徹千首254「さゆり葉のしられぬし水汲みたえて野中の草をむすぶ山風」（夏百首「夏草」）。○まづむすび　③133拾遺愚草242「冬きては野べのかりねの草枕くるれば霜や先むすぶらん」（大輔百首、冬）。○末句　しおり、帰る時の道しるべとしようとしたとも考えられるが、伊勢物語「151枕とて草ひき結ぶこともせじ…」（八十三段）、新大系160頁）、新古今「182わすれめや葵を草にひき結び…」（夏、式子）で分かるように、枕にしようとしたのであろう。

【訳】 涼む予定の清水を訪ね求めて行く道の途中の、野中の草をまず初めに結んだことよ。
▽夏15の6。「水」。涼を求めて清水を尋ねて行く道の野中の草を先ずは結んで旅寝をすると歌う。いうまでもなく、

有名な①1古今887「いにしへの野中のし水ぬるけれど本の心をしる人ぞくむ」（雑上、よみ人しらず）が、直接にではないが、影を落としていると思われ、273に語句の通う、「野中の清水」を歌った詠に、⑤261最勝四天王院和歌209「いなみのや野中のし水むすぶ手の玉ゆら涼しささのかり庵《露（夫）》」（「野中清水　播磨」具親。②16夫木12529）がある。第三、四句にかけてのののリズム。右、忠良、765「さみだれのしづくににごるやまの井のあかですぎぬる郭公かな」。

三百九十八番　左

274　夏むしのともしすてたるひかりさへのこりてあくるしののめの空・794

「あくる―明（校本）」

【語注】**○夏むし**　螢のこと。後撰209「つゝめども隠れぬ物は夏虫の身よりあまれる思ひなりけり」（夏）、④1式子227「水くらきいはまにまよふ夏虫のともしけちても夜をあかすかな」（夏。31正治初度百首229）。**○ともす（て）**　新編国歌大観①～⑩の索引をみると、他には、①14玉葉1175（宗尊）、②16夫木7939、③131拾玉2516、④38文保百首525、⑥20拾遺風体和歌集256（⑦96中書王（宗尊親王）237）、⑨2黄葉（光広）1443がある。**○ともしすて**　八代集にないが、「ともす」は八代集に五例ある。**○しののめの空**　八代集一例・新古今1193。①17風雅160 150「花かをるたかねの雲のひとむらはなほあけのこるしののめの空」（春中、公宗女）、①17同295 285「花ののちも春のなさけはのこりけりありあけかすむしののめの空」（春下、教兼）の他、③131拾玉370、132壬二2755、④30久安百首1380、32正治後度百首43、318、⑤175六百番歌合789、184老若五十首歌合166などにある。

【訳】夏虫（螢）の火をともし捨てた光までも、残って明けて行く東雲の空であるよ。

▽夏15の7。「草」→「虫」。蛍の照らし捨てた光まで残って明け行く夜明けの空を歌った叙景歌で、例によって夏夜の明けやすさ、短さを歌う。体言止。②16夫木3199、夏二、蛍「同」＝「千五百番歌合」二条院讃岐、第二句「ともしすてける」。右、兼宗、795「とことはになくとも人やあかざらむさてこころみよ山郭公」。

【類歌】③133拾遺愚草772「夜もすがらまがふ蛍の光さへわかれはをしきしののめの空」（十題百首、虫十）

四百十三番　左

275　ふるさとのにはのあさぢにかぜたちてすずしくなればゆふだちのそら・824

「なれば―なれる（校本）」

【語注】**○にはのあさぢ**　①8新古今474（④1式子240。④31正治初度百首242）、1290、③125山家1024、131拾玉858「故郷の庭のあさぢに霜おりてながめしとてもさびしからずや」（詠百首倭歌、冬「庭草帯霜」）、5068、⑤168廿二番歌合〈治承二年〉15、19、229影供歌合〈建長三年九月〉47「つかふとてまれにのみ見る山里の庭の浅茅に秋風ぞ吹く」（「山家秋風」隆親）などにある。**○かぜたちて**　①17風雅1523 1513「秋ちかき草のしげみに風たちて夕日すずしきもりのしたかげ」（雑上、基輔）、④31正治初度百首741、747、⑤183三百六十番歌合295、207内裏詩歌合〈建保元年二月〉42などがある。**○ゆふだちのそら**　八代集二例、共に新古今（後述）。③117頼政167（①8新古今267）、125山家235、126西行法師家集623（①8新古今263・後述）、132壬二1572「夕立の空吹きはらふ山風にしばしすずしき蟬のこゑかな」（九条前内大臣家百首、夏「雨後蟬」）、133拾遺愚草824「風《かれ》わたる軒の下草うちしを《ほ(六)》れすずしくにほふ夕立の空」（歌合百首、夏「晩立」。⑤175六百番歌合279）、④27永久百首223「故郷をたづぬる道にかきくらしむら雲さわぐ夕立のそら」（夏「晩立」常陸）、⑤175六百番歌合280「夏の日をたがすむさとにいとふらむすずしくくもる夕立のそら」(夏「晩立」家隆)などがある。他、「夕立」のみは、八代集一例・千載217。さらに「夕立…」があり、初出は金葉150(後述)。「夕立」については、『守覚全歌注釈』173参照。

【訳】故里の庭の浅茅に風が立って、涼しくなった時には、夕立の空模様となることよ。

▽夏15の8。体言止「の空」。「明くる東雲」→「夕」。故里の庭の浅茅に風が立ち、涼しくなると、夕立の空だとの明快な叙景歌。体言止。⑥10秋風集216、夏下「千五百番歌合のうた」二条院のさぬき、第四句「涼しくなるや」。右、通光、825「なにとなくさびしきころをつくづくとおもふこころも五月雨の空」。

【類歌】①12続拾遺208「露ふかき庭のあさぢに風過ぎてなごりすずしき夕立の空」(夏、為教)…275にかなり近い

①13新後撰280「たれか又秋風ならでふる郷の庭の浅茅の露もはらはん」(秋上、平宣時)

「古典」―「金葉二　夏一五〇(俊頼)」、「摂取」―「西行集　雑六二三/〃建久四~五　六百番歌合　夏「晩立」二七九(定家)・二八〇(家隆)〃」(長沢「千五」31頁)…①5金葉二150 159「このさともゆふだちしけりあさぢふに露のすがらぬくさの葉もなし」(夏「…雨後野草…」俊頼)、③126西行法師623「よられつる野もせのくさの影ろひて涼しくくもる夕立の空」(雑)、【語注】の③133拾遺愚草824=⑤175六百279、⑤175六百280。「夕立は、既に先学による指摘があるように、新古今集において初めて夏の歌題として定着した歌材であり、その伏線として初めて歌題とされた〔私注―④27永久百首(夏「晩立」218~224)がある。また②4古今六帖509~511「ゆふだち」、第一、天、もある。〕六百番歌合以降、「夕立の空」という表現が急増している。ここでは、「涼しく…夕立の空」という詞・配置が一致する次の三例を挙げる。/h…(西行集　雑六二三)/i…六百番歌合二七九…j…六百番歌合二八〇…当該歌の里の浅茅と夕立という歌材構成はg〔私注―①5金葉二150 159〕と類似しているが、gは夕立後の景が中心であり、夕立の捉え方はh~jによる影響が強いと思われる。前例をみると、h~jは「涼しく曇る」「涼しく匂う」等、清涼感の表現としては違和感のある、視覚・嗅覚を用いた夕立の描写である。讃岐歌は、皮膚感覚に訴える風や涼気に夕立を予知して視線を空

に向けるという構成で、皮膚感覚から視覚へ自然な感覚の移動が表記されており、流行表現を讃岐なりに消化し、変化させて用いていることが分かる。」（長沢「千五」38頁）。

四百二十八番　左

276　この世よりやどるつゆさへきよきかなにごりにしまぬ池のはちす葉・854

【語注】○にごりにしまぬ　①17風雅2014 2004「みがきなすひかりもうれしはちす葉のにごりにしまぬ露のしら玉」（雑下、前左大臣）。③106散木1356「世中をそむくとならばはちす葉のにごりにしまぬ心ともがな」（雑上）。③131拾玉3505「露の身を玉ともなさんはちすばのにごりにしまぬわが心より」（詠百首和歌、夏「はちすばの…」。⑤197千五百番歌合994）。

○池のはちす葉　③132壬二1191、④31正治初度百首2132などにある。　○はちす葉　199前出。

【訳】　現世以来宿る露までも清らかなことよ、濁世の濁りにしみはしない池の蓮葉は。

▽夏15の9。体言止。「夕立」→「露」、「故里の庭」→「池」、「浅茅」→「蓮（葉）」。泥水の濁りに染まらない池の蓮葉は、来世・極楽浄土のみならず、此世から宿る露までも清美だと歌ったもの。大もとに、有名な①1古今165「はちすばのにごりにしまぬ心もてなにかはつゆを玉とあざむく」（夏「はちす…」僧正へんぜう。②4古今六帖3795。③7遍昭34。⑤291俊頼髄脳419。⑤293和歌童蒙抄559。⑤311八雲御抄161）があるのはいうまでもない。三句切、倒置法、体言止。右、釈阿、855「さなへづきさみだれそむるはじめとやよもの山雲くもり行くらむ」。

【類歌】①19新拾遺411「はちす葉の玉かとぞみる池水のにごりにしまぬ秋のよの月」（秋上、後嵯峨院御製）
③131拾玉4794「この世よりはちすにやどる君なれば南無阿弥だ仏の声ぞ身にしむ」

④15明日香井398「つゆをさへたまとあざむくはちすばのにごりにしまぬ夏のよの月」（詠千日影供百首和歌、夏）
⑤250風葉和歌集512「にごりなき池のはちすの花なれば此世の露はすゑぬなるべし」（釈教、中務卿のみこのむすめ）
「本歌」―「古今　夏一六五（遍昭）」（長沢「千五」30頁）・▽の①1古今165。

四百四十三番　左

277 よとともにもゆるほたるのいかにしてすずしき秋をかねてしるらむ・884

「よ―夜（校本）」

【語注】**○よ**「世」を掛けるか。**○よとともに**①10続古今431 423「世とともにもえてとしふるいぶき山秋はくさ木のいろにいでつつ」（秋下、寂縁）。**○もゆるほたる**①15続千載1060 1064「夜もすがらもゆるほたるに身をなしていかで思ひのほどもみせまし」（恋一、為道）。**○いかにして**②10続詞花234「花すすきまねかざりせばいかにして秋の野風の方をしらまし」（秋下、行宗）。

【訳】夜と共に燃える蛍は、どうして涼しい秋を、それ以前に知るのであろうか。

▽夏15の10。夜になると燃えて熱く身をこがす蛍は、どのようにして涼しい秋を前もって知るのかと疑問を呈した平明な詠。俊成卿女、885「ながき夜のやみこそまされともしするほぐしのまつのかりの光に」。

【類歌】①13新後撰922 923「よとともにもゆともいかがいぶき山さしもつれなき人にしらせむ」（恋二、為経）…ことば
④31正治初度百首934「いかばかり思ひにもゆる夏むしのすずしき秋の風を待つらん」（夏、季経）

夏三（判者、後京極殿）

四百五十八番　左持

278　かりてなくなみだやかへすほととぎすこゑみな月のむらさめの空・914

山鳥籬花相比処　云声云色両尋常「左　持」（校本）、

「両―雨（〃）」

【語注】○ほととぎす　①1古今160「五月雨のそらもとどろに郭公なにをうしとかよただなくらむ」（夏、つらゆき）。①8新古今248「ほととぎす五月みな月わきかねてやすらふ声ぞ空にきこゆる」（夏、国信）。③131拾玉3504「郭公空もとどろになくころ《ゑ(千)》は よ《夜》た《た》た《だ(千)》雨ふる袖のうへかな」（詠百首和歌、夏「五月雨の…」）。⑤197千五百番歌合964）。③133拾遺愚草2537「ほととぎす空につたへよ恋ひわびてなくやさ月のあやめわかずと」（下、恋「夏恋」）。⑤194水無瀬恋十五首歌合20）。④31正治初度百首27「郭公空かきくもる夏の雨におもはせがほのよひのひとこゑ」（夏、御製）。⑤183三百六十番歌合169）。○みな月　「みな月」は八代集六例。「みなぎる」又は「無《な》」との掛詞とも考えられるが、「みなぎる」は八代集になく、歌の内容から考えて、そうはとらない。○むらさめの空　八代集二例、初出は千載167。○山鳥　和漢朗詠集182「一声の山鳥《さんてう》は曙雲の外　…」（夏「郭公」許渾）。

【訳】（我々のを）借りて泣いた涙を（我々の許へ）返すのか、時鳥の声がする水無月の村雨の空であるよ。（山鳥（＝時鳥）、籬花は、共に比較する所、歌うところの声と色が、二つとも普通、並一般（のレベル）である）

▽夏15の11。「螢」→「時鳥」、「秋」→「水無月」。借りて泣いた我らの涙を、郭公は返すのか、声が夏の終りの六月の村雨の空にするとの詠。「郭公」ゆえに、やはり【類歌】が多い。体言止。右、丹後、915「人しれぬわがとこ夏の

からにしきたれをまつとてしきはじめけん」。

【類歌】①8新古今215「こゐはして雲ぢにむせぶ《かふ(式)》時鳥涙やそそくよひのむらさめ」（夏、式子。④1式子225。④31正治初度百首227）

②16夫木3561「時鳥こゐみな月とおもへばや夕だつ雲に立ちかへりなく」（夏三、夕立、為家）

④18後鳥羽院331「ほととぎす声やむかしのいそのかみふるきみやこのむら雨の空」（外宮御百首、夏）

④18同1207「時鳥こゐのよすがとなる物はなきつる雲のむらさめのそら」（夏）

④33建保名所百首360「今日は又こゐみな月のほととぎすまつらの山の明方の空」（夏「松浦山筑前国」）

⑤182石清水若宮歌合〈正治二年〉109「いつをまついま一こゐぞほととぎすおのがさ月のむら雨の空」（「郭公」家隆）

⑤197千五百番歌合893「かたらひしやどをわするな郭公こゐみなづきのそらになるとも」（夏二、通具）

⑤289隆源口伝51「さ月はて声みな月の時鳥いまはかぎりのねをや鳴くらむ」⑤292綺語抄582。「郭公をば六月には詠むべからず。古今集歌「さ月はて…」（隆源口伝、歌学大系一、116頁）、綺語抄（歌学大系別巻一、104頁）

四百七十三番　左持

279 すみよしのまつかげあらふおきつなみしたにや秋の風かよふらん・944

南北両神霊地趣　欲論優劣恐猶深「左　持」（校本）

【語注】○すみよしの　①6詞花329 328「すみよしのなみにひたれるまつよりも神のしるしぞあらはれにける」（雑上、資業）。○まつかげ　八代集三例、他、「松の陰」三例。○まつかげあら（ふ）　新編国歌大観の①～⑩の索引には、他になかった。**○おきつなみ**　①2後撰1096 1097「住吉の岸ともいはじおきつ浪猶うちかけようらはなくとも」（雑一、藤原元輔）。**○や**　疑問としたが、詠嘆か。**○風かよふ**　③133拾遺愚草822「かぜかよふ扇に秋のさそはれてまづ手になれぬ《てなれぬる(六)》床《ねや(六)》の月かげ」（歌合百首、夏「扇」。⑤175六百番歌合261）。

【訳】　住吉の松の陰を洗う沖の波の、下に秋の風が（夏だというのに）通うのであろうか。〔南北（住吉と貴船）の二つの神の霊地の風趣があり、優劣を論じようとするのだが、畏《おそ》れはやはりさすがに深いものがある〕

【本歌？】　①4後拾遺1063 1064「おきつかぜふきにけらしなすみよしの松のしづえをあらふしらなみ」（雑四、経信）…279

に近い

▽夏15の12。「雨」→「風」、「涙」「雨」→「波」、「水無月」→「秋」。住吉の松の陰にうち寄せる沖の波の下の辺りに、もう既に秋の風が通っているのかとの詠。有名な、【参考】の古今360に拠った【本歌？】の後拾遺1063 1064をふまえて、279は、季節の交錯（夏歌であり、下句の「（波の）下に秋風が通うのか」）を歌う。右、越前、945「きぶね河たまちるせぜにまがひてもまがひもはてぬ夏むしのかげ」。

【参考】　①1古今360「住の江の松を秋風吹くからにこゑうちそふるおきつ白浪」（賀「秋」躬恒）

②4古今六帖1925「すみよしのおきつしらなみ風ふけばきよするはまをみればきよしも」（「はま」）

③117頼政402「住吉の奥よりきたる浪ならば松の根もみでかへらましやは」（下「来不会恋」）

【類歌】　③131拾玉4606「こぎとめてききこそわかめすみよしの秋は過ぎぬる冬のまつかぜ」（建久二年…、冬十首

「古典」―「後拾遺　雑四・一〇六三（経信）」、「摂取」―「山家集　雑一〇五四」（長沢「千五」31頁）…【本歌？】の①4後拾1063 1064、③125山家1054「すみよしの松がねあらふなみのおとをこずゑにかくるおきつしほかぜ」（下、雑）。

## 四百八十八番　左勝

974 夏の夜の月のかつらのしたもみぢかつがつ秋のひかりなりけり
▽夏15の13。153。「下《した》」「秋の」。「秋」→「夏」、「松」→「桂」「紅葉」、「陰《かげ》」→「光」。

五百三番　左勝

280 むしのねはまだあさぢふにしのびきてしたにつゆけき野べの夏草・1004

虫声先好草間露　風響不思河上秋「左　勝」（校本）

【語注】○むしのねは　③131拾玉853「いろいろに身にしむ野べの虫のねはちくさの花にたぐふなりけり」（詠百首倭歌、秋「虫声非一」）。④31正治初度百首53「むしのねはほのぼのよわる秋の夜の月はあさぢがつゆにやどりて」（秋、御製）。⑤39三条左大臣殿前栽歌合6「あきふかくなりゆくのべのむしのねはきくひとさへぞつゆけかりける」（ときふむのあそむ。①10続後撰405 397）。⑤197千五百番歌合1745「むしのねは草葉とともにかれぬれどよわらぬものはあさぢふの風」（冬一、三宮）。○あさぢふ　掛詞「浅」「浅茅生」。○しのびき　八代集にない。②1万葉4171 4147「之奴比来尓家礼《シノヒキニケレ》《しのひきにけれ》」（巻第十九）、枕草子「忍《しのび》てくる人見しりてほゆる犬。…いびきしたる。又忍びくる所に、長烏帽子して、さすがに」（二五段、新大系34、35頁）。他、③119教長256、132壬二1135、1659、④41御室五十首567「夏ふかき山下みづに忍びきて秋もや人の心くむらん」（夏、家隆）、⑤197千五百番歌合1403などにある。○したにつゆけ（き）　新編国歌大観索引の①〜⑩には、他は⑧32春夢草（肖柏）362、960だけである。○野べの夏草（一句）　勅撰集初出は、①13新後撰230、他、③131拾玉2161、2188、④30久安百首628、⑤93禖子内親王家歌合〈五月五日〉22、131左近権中将俊忠朝臣家歌合9、10などにある。

【訳】（夏だから）虫の音はまだ浅く、浅茅生にしのんできて、下のほうが露っぽい野辺の夏草であるよ。〔虫の声は

草の間（場所）に先ず好く、風の音の響きは河のほとりの秋を思いはしない）
▽夏15の14。「下《した》」「夏」。「桂」「紅葉」↓「虫」「浅茅生」「草」、「秋」↓「夏」、「光」↓「音《ね》」。晩夏ゆえに、虫の音はまだ浅く、浅茅生にしのんでやって来て、下の方に露の置いている野の夏草の様を歌う。「まだ浅…しのび…下に」と、ひそやか系の詞が並ぶ。またこのあたりは、季夏ゆえ夏に秋がまじる歌群であり、ここも、虫、露といった秋の景物が歌い込まれている。第三、四句しの頭韻。体言止。右、通具、1005「たづねきてならす日かずにあき風やたつたがはらのゆふぐれのそら」。

五百十八番　左（右勝）

281　はやきせのみそぎにながすうきことはかへらぬ水にたぐへとぞ思ふ・1034

萋旦偸通時鳥後　声声相続最娯心「右　勝」（校本）、「うきことは―浮ことの（〃）、たぐへとぞ―たくへても（〃）、旦―思（〃）、且（高・校本）、娯―揺（校本）」

【語注】○はやきせ　①1古今531、5金葉二561 597「はやきせにたたぬばかりぞみづぐるまわれもうき世にめぐるとをしれ」（雑上、行尊。5′金葉三551）、5金葉解69、7千載615 614、7千載723 722、②2新撰万葉490、4古今六帖2084 2936などがある。○みそぎになが（す）　新編国歌大観索引の①～⑩では、他は、①18新千載307、④38文保百首2531、⑤244南朝五百番歌合290、⑥39大江戸倭歌691、⑧14亜槐（雅親）526、⑨5逍遥（貞徳）1001、2915、11霊元法皇35、15賀茂翁（真淵）131、

26琴後（春海）1468がある。**○うきことは** ②15万代2643「なみだがはながるるもののうきことは人のふちせもしらぬなりけり」（恋五、仁和御製）。「水」の縁語「浮き」を掛ける。**○かへらぬ水** ①6詞花93 91、③106散木1057、115清輔341、⑤126源宰相中将家和歌合〈康和二年〉11＝42、⑤165治承三十六人歌合142などがある。④39延文百首3035「よしの川岩波はやく夏くれてかへらぬ水にみそぎをぞする」（夏「夏祓」雅冬）。『新勅撰和歌集全釈　一』190・【類歌】の③130月清639参照。

【訳】早い瀬の禊ぎに流す憂く辛いことは、決して帰りはしない水に伴えと思うよ。（蛬（の声）が朝（翌朝カ）にひそかに時鳥の後に通じ合い、それらの声々は共に続いて最も心を娯しませてくれる」

▽夏15の15。「露」→「水」。す速い瀬の禊として流す〝憂きこと〟は、戻らぬ水と共に流れ去れと思うと歌って、「夏」の詠を終了する。六月祓の歌。末句字余り（「お」）。右、家隆、1035「ほととぎすこゑもたえにしかきねよりしのびねになくきりぎりすかな」。

【類歌】③130月清639「はやきせのかへらぬ水にみそぎしてゆくとしなみのなかばをぞしる」（西洞隠士百首、夏。①9新勅撰190）

「摂取」—「〝建久九　五・二〜正治元？　西洞隠士百首「夏二十首」＝秋篠月清集六三九〝」（長沢「千五」32頁）・【類歌】の③130月清639。

秋一（判者同）

五百三十三番　左持

282 かぞへしる人のこころにたつあきをにしよりとしもたれさだめけん・1064

人意計秋能識節　猶聞荻響忽称名「右　勝・」（校本）

【語注】○かぞへしる　八代集一例・千載959（②10続詞花357）。他、③132壬二2618など。○人のこころに　①2後撰86「春の日のながき思ひはわすれじを人の心に秋やたつらむ」（春下、よみ人しらず）。④38文保百首2383「うかりける人の心に秋たてばわが身まくずの露ぞこぼるる」（恋、為実）。○にしより　五行説による。春は東、夏は南、冬は北から来る。

【訳】数え知る人の心の中に立つ秋を、西よりやって来たのだと一体誰が定めたのであろうか。〔人の心ばかりが、秋というその時節をよく知り認識する（が）、やはり荻の音の響きを聞いて忽ちにして、（それが）秋という名を称える〕

▽秋20の1。数えてそれと知る人の心に立つ秋であるのに、西より来て立つ、と一体誰が決めたのかとの詠。初句切（「数え知ることだよ、人の心の中に立つ秋であるのに、…」）か。右、雅経、1065「あさくらやきのまろどのにたがとへば秋をもなのるをぎのうはかぜ」。

「本歌」―「古今　秋下二五五（藤原勝臣）」（長沢「千五」30頁）・①1古今255「おなじえをわきてこのはのうつろふは西こそ秋のはじめなりけれ」（秋下、藤原かちおむ）。

五百四十八番　左持

283　みかづきのひかりほのかにみゆるよりこころをつくす秋のそらかな・1094

新秋微月尋常事　白浪青松又比之「左　持」（校本）

**【語注】** **○みかづきの**　③130月清51「みか月の秋ほのめかすゆふぐれはこころにをぎのかぜぞこたふる」（花月百首、月五十首）。③131拾玉5755「三日月のほのめく空に秋をこめてそぞろにわ《き（夫）》たる山のはの雲」（五十首和歌、秋。②16夫木17239。⑤184老若五十首歌合213）。④35宝治百首2413「三日月のほのかにみてしおも影をうはの空にや恋渡るべき」（恋「寄月恋」有教）。④35同2425「しるらめやほのかにみえし三日月の空にも人を恋ひわたるとは」（恋「寄月恋」行家）。①21新続古今1021）。⑤197千五百番歌合1293「あきにそむこころもたへずみか月のほのめくかげにさをしかのこゑ」（秋二、家長）。**○ほのかにみゆる**　③132壬二55「有明のほのかにみえし月だにも送らぬ空にかへる秋かな」（初心百首、秋。①19新拾遺556）。**○こころをつくす**　③129長秋詠藻512、131拾玉1292、132壬二137「ひこぼしの妻まつよひの空になほ心をつくす夕月夜かな」（後度百首、秋）。**○秋のそらかな**　②10続詞花275、③125山家374「雲はらふあらしに月のみがかれてひかりえてすむあきの空かな」（秋）、④26堀河百首697、27永久百首243「望月の山のはいづるよそほひにかねてもひかる秋の空かな」（秋「八月十五夜」兼昌）、⑤86六条斎院歌合（天喜五年九月）2、⑤250風葉和歌集335「いつとても有明の月はみしかども心にとまる秋の空かな」（秋下、かいばみの右大将）、421源氏物語135、710などがある。

**【訳】**　三日月の光がほのかに見えてから、心を尽くす秋の空であるよ。〔新たな秋となりほのかな月というのは、普通一般のことであり、白浪青松もまたこれになぞらう〕

▽秋20の2。「秋」「心」。前歌がやや抽象概念的な詠であったのに対して、283は三日月の光がかすかに見えて以来、心尽しの秋空だと歌って情緒的なものとなっている。大もとに、①1古今184「このまよりもりくる月の影見れば心づくしの秋はきにけり」（秋上、よみ人しらず）があるのは無論である。②16夫木3921、秋一、初秋「同」＝「十五番歌合」二条院讃岐、第四句「心をつくる」。右、寂蓮、1095「ふく風もまつのひびきもなみのおともあきにけりなすみよしの

はま」。

【参考】①7千載274 273「秋のよの心をつくすはじめとてほのかにみゆる夕づくよかな」（秋上、実家）…283に近い

【類歌】①8新古今1934 1935「我がこころ《出づ（慈）》猶はれやらぬ秋霧にほのかにみゆる在明の月」（釈教、公胤）

③131拾玉1354「みか月のほのめきそむるかきねよりやがて秋なる空のかよひぢ」（花月百首、月五十首。⑤177慈鎮和尚自歌合104）

④23続草庵185「月はまだ木間にみえぬ夕暮も心づくしの秋の空かな」（秋）…283に近い

「これが後年になると、その作風が変り抒情性はあるが、それが沈潜した抒情性となってくる。千五百番歌合中の〈私注―283、285、105〉などがそうである。…頼政の死が彼女の歌風の変遷に影響したのではなかろうか。」（「木越」110頁）。「摂取」―「千載　秋上二七四（実家）」（長沢「千五」32頁）・【参考】の①7千載274 273。

五百六十三番　左（右勝）

284 あまの河こぞのわたりはうつろへどふかきちぎりやかはらざるらん・1124

秋樹蝉鳴山影寂　以声知暮感懐深「右　勝」（校本）

【語注】**○こぞのわたり**　後述歌の他、②1万葉2088 2084、③1人丸91、2赤人346などにある。**○ふかき**　「河」の縁語。**○や**　疑問ではなく詠嘆。

【訳】天の河の去年の渡り場は変化しても、深い二人の因縁は決して変りないであろうよ。〈秋の樹木に蝉が鳴く山の影は寂寥であり、その声でもって夕暮を感じ知るのは感懐深いものがある〉

【本歌】①3拾遺145「天の河こぞの渡の《ハ(万)》《で(万)》うつろへばあさせふむに《カハセヲフムニ(万)》《河(人、和)》《かはせをふむに(万)》まに夜ぞふけ《た(和)》にける」（秋、柿本人まろ。②1万葉2022 2018。③1人丸76。⑤274秀歌大体50。⑤293和歌童蒙抄139）

▽秋20の3。「月」「空」→「天」。雲漢の去年の河渡りした所の様子が変っているが、二星の深い宿縁はきっと変らないだろうとの詠。上句の、自然の「うつろふ」と、下句の、人事の「変らざる」との対照でもって、上句がほぼ同一な拾遺145をふまえて、牽牛が浅瀬（「深き契り」と対照）を踏む間に夜が更けた（拾遺145）を、二星の深い「契り」は不変だとしているのである。右、家長、1125「よとともに山かげくらきたにのいほのくるるしらするひぐらしのこゑ」。

【類歌】①16続後拾遺250「天河紅葉の橋の色よりや去年のわたりもうつろひにけん」（秋上、源兼氏）

④15明日香井481「あまのがはもみぢのはしの秋かぜにこぞのわたりもうつろひぞゆく」（秋「七夕」）

④41御室五十首724「かくばかりふかき契をあまの川いかにへだつる年の渡りぞ」（秋、覚延）

④43為尹千首316「さても又去年のわたりやこれならむうつろふ月の天の川舟」（秋「七夕船」）

「本歌」―「拾遺　秋一四五（人麻呂）」（長沢「千五」30頁）・【本歌】の①3拾遺145。

五百七十八番　左持

285 あきはまたあさかののらのあさつゆにさしもしをるるたび衣かな・1154

逆旅路将霊世路　露光涙色欲相争「左　持」（校本）、

「あさかの―あさちかく（〃）、世―疋（〃）」

【語注】 **○あきはまた**（だ） ②16夫木4313「秋はまだあささささはらのをみなへしいくよるよるを露のおくらん」（秋二、女郎花、為家）、②16同9196「秋はまだあさ井のをかのをざさはらむすびやすらんちよのはつ露」（雑三、俊光）。 **○また**「まだ」か。 **○あさかのの**「あさか」と「浅」との掛詞。八代集にない。新編国歌大観①～⑩の索引でも、他は、④1式子279「あさか《はカ》の野らに」（恋）しかなく、『古代地名索引』にもない（「安積（陸奥）」「浅香（摂津）」はある）。また『歌枕索引』は、上記の式子歌のみ。式子『全歌集』『全釈』は「浅羽《葉》」、④31正治初度百首281「我が袖はかりにもひめやくれなゐのあさはの野らにかかるゆふ露」（恋、前斎院）のこの式子歌も「あさは」。 **○あさつゆ** これも「浅」を掛けるか。「露」は「涙」を含意。④31正治初度百首1345「秋はぎのちりゆくをののあさ露にこぼるる袖も色ぞうつろふ」（秋、定家）。 **○さしも** 八代集七例、初出は後拾遺612。 **○たび衣**「旅衣」のみ八代集七例、初出は詞花179、他、「旅《たび》の衣」八代集二例。④30久安百首795「妹こふる涙もかかる旅ごろも野ばらの露にぬるるのみかは」（羇旅、実清）。④31正治初度百首187「みちしばやあさおく露をうちはらひぬれぬれきたる旅衣かな」（羇旅、三宮）。④31同1186「旅ごろもしをれぬ道はなけれども猶露ふかしさよの中山」（羇旅、釈阿）。⑤189撰歌合〈建仁元年八月十五日〉74「草枕月すむのべのしら露にまだひとへなるたびごろもかな」（「野月露涼」前権僧正）。

【訳】 秋はまた、浅くあさかの野らの朝露に、それほどに濡れ萎れる旅衣であるよ。〔旅の路はまた不可思議な人生の旅路であり、露の光と涙の色は共に競おうとしている〕

▽秋20の4。「天の川」→「あさかの野ら」。秋は又〔まだ〕浅く、少しのあさか野の朝露であるのに、涙も加わってそれほどまでに濡れる旅衣だとの詠。末句（、第二句）に分かるように羇旅歌的。上句あ（第二、三句「あさ」）の頭韻。283参照。右、三宮、1155「七夕のあかぬわかれのなみだゆゑもみぢのはしや色まさるらん」。

【参考】 ①7千載524 523「たび衣あさたつをのの露しげみしぼりもあへずしのぶもぢずり」（羇旅、覚忠）

【類歌】 ③132壬二2336「はつ秋の一花ずりの旅衣露おきそふる宮城のの原」（下、秋「…、野径早秋」）

「古典」—「万葉　巻一一　寄物陳思二七七三」、「摂取」—「〝正治初度百首「冬」一三六二（定家）・「恋」二八一（式子内親王）〟」（長沢「千五」31頁）…a・万葉2773 2763「紅の浅葉の野らに刈る草の束の間も我を忘らすな」、c・④31正治初度百首1362「冬はまだあさはの野らにおく霜の雪よりふかきしののめの道」（冬、定家）、b・【語注】の④31正治281。「⑦（私注—285）」は、新風歌人が本歌取りによって詠んだ作品と、その作品の本歌である古歌とを同時に意識しながら詠んだ歌である。…吉野氏の調査では、この形態は初度百首では五例見られたのが、千五百番歌合では一例（六二三左）だとして、「讃岐が本歌取りという詠作技巧を讃岐なりに身につけてきたため、当代歌を媒介として古典摂取をする必要が薄れてきた」と指摘しているが、⑦も同じ形態と思われる。⑦の季節が浅いという発想はcの「冬はまだ」の表現を、朝露に衣が濡れるという発想はbの「袖・夕露」を、それぞれ意識していると思われるが、bcの本歌であり、「浅い、あさは」と掛詞を用いたaも讃岐は念頭に置いていたであろう。先行歌a〜cが「あさは」とするのに対し、讃岐のみ「あさか」という歌枕を詠んでいることが注意される。校異からも分るように歌合本文に揺れが生じている部分であり、かつ「あさかの野良」という前例がないことから、一つには、讃岐は本来先行歌のように「あさは」と詠んでいたが、書写伝来の過程で本文が改変した可能性、または、沼・山と結び付く陸奥の「安積」を、羈中の歌枕として独自に「あさかの野良」と詠んだ可能性の二つが考えられる。ともあれ、bcの出典は初度百首であり、讃岐が院第三度百首詠進にあたって、積極的に新鮮な作品を取り入れて行く姿勢が窺われる。」（長沢「千五」35、36頁）。

五百九十三番　左勝

1184　さびしさに秋のあはれをそへてけりあれたるやどの荻のうはかぜ

▽秋20の5。144。「秋」。「野」→「宿」「荻」、「露」→「風」。

秋二（御判）

六百八番　左持

286 花すすき秋のかたみになるときはこゑもほにいでて鹿も鳴くなり・ 1214

遠山田うちそよぐなる時しもあれうらみもあへぬかよ
ふ鹿のね「左　持」（校本）、「へぬ―へす（〃）」

【語注】**○花すすき**　「ほにいづる」を出す表現。下の「ほ」は、「穂」と「秀《ほ》」を掛ける。②4古今六帖2216「はなすすきほにいでぬ秋はありぬとも…」（恋「ざふの思」きのつらゆき）。**○秋のかたみ**　八代集では、拾遺214、220より七例。②5金玉31、6和漢朗詠集278、③7遍照29、22頼基6、61道信12、⑤69祐子内親王家歌合〈永承五年〉44「すぎてゆくあきのかたみにさをしかのおのがなくねもをしくやあるらん」（「鹿」中宮大夫。①8新古今452）、⑤75播磨守兼房朝臣歌合17などがある。**○第四句**　字余り（「い」）。**○末句**　終り方の一つの型《パターン》。**○なり**　断定としたが、伝聞推定（ようだ）か。

【訳】花薄（が）、秋の形見になる時には、（鹿の）声も穂が出るように表にあらわれて鹿も鳴くのである。（「とうとう（同等）か」。遠い山田にうちそよぐという時もあれよ、恨みきれずに通って来る鹿の音《ね》は。三句切、倒置法。）

▽秋20の6。「秋の」。「荻」→「花薄」。花薄が秋の形見となる時には、花薄のみならず、穂の如く声にあらわして鹿も鳴くとの詠。花薄、鹿と、秋の材料が揃っており、それをつなぐ詞が「ほにいでて」である。聴覚（「声」「鳴く」）。歌材ゆえ【参考】歌が多い。右、忠良、1215「とほやまだいなばほのかに雁鳴きてくものたえまにみか月のかげ」。

【参考】①1古今242「今よりはうゑてだに見じ花すすきほにいづる秋はわびしかりけり」（秋上、平貞文。②4古今六

帖3708）
①1同243「秋の野の草のたもとか花すすきほにいでてまねく袖と見ゆらむ」（秋上、ありはらのむねやな。②2新撰万葉103。②4古今六帖3701）
①2後撰840 841「花すすきほにいづる事もなきものをまだき吹きぬる秋の風かな」（恋四、よみ人しらず）
万葉1605 1601「めづらしき君が家なる花すすき穂に出づる秋の過ぐらく惜しも」（巻第八）
③31元輔213「結びけんほど《露(続)》をもしらで《ず(〃)》花すすき秋をさだめてほには出でなん」（「返事、もとすけ」。②10続詞花801）
③82故侍中左金吾58「はなすすきほにいでてなびく秋風に野べはさながらなみぞたちける」（秋「すすき」）
④26堀河百首870「花薄あすは冬野にたてるともけふはながめん秋のかた見に」（秋「九月尽」顕仲）
⑤419宇津保物語200「思ふこといかにしれとか花すすき秋さへほにもいでですぐらん」（源侍従の君（仲澄））
【類歌】①10続後撰279 270「はなすすきほにいづる秋の夕ぐれはまねかぬにだにすぐるものかは」（秋上「すすきを」範玄）
④14金槐213「我のみや分かじとはおもふ花すすきほにいづるやどの秋の夕暮」（秋）
④14同508「今更になにをかしのぶ花薄ほにいでし秋もたれならなくに」（恋「会不逢恋」）
「本歌」―「古今　秋下二四二（貞文）・二四三（棟梁）」（長沢「千五」30頁）…【参考】の①1古今242、同243。

六百二十三番　左勝

287 とればけぬよしえだながらみやぎのの萩にたまるる秋のゆふつゆ・1244

みやこ人きてもとへかしまつかぜのけはしきさとのよ
はの気色を、(ママ)「左　勝」（校本）

【語注】○とればけぬ　④35宝治百首1666「とればけぬおけば玉なす露の間も忘がたみののべの月影」（秋「野月」経朝）。○みやぎのの　「見」との掛詞。①15続千載393 395「おもふどちいざみにゆかん宮ぎのの萩が花ちる秋の夕暮」（秋上、後徳大寺左大臣。②15万代853）。①20新後拾遺303「露のぬきよわきもしらず宮木のの萩の錦に秋かぜぞ吹く」（秋上、通藤女）。②16夫木5477「人ならば都に見ましみやぎ野の露をいざよふ萩の夕風」（秋四、露「…、野夕風」家隆）。④26堀河百首1404「宮城のの秋の萩原分けゆけばうは葉の露に袖ぞぬれぬる」（雑「野」永縁）。○たまゐる　八代集四例、初出は後拾遺421。○秋のゆふつゆ（一句）①7千載264、8新古今280、780、①15続千載1735 1737「白玉かなにぞとはんうちわたすをち方野べの秋の夕露」（雑上、津守国夏）、②10続詞花241、③86伊勢大輔35（＝96経信249）、④1式子43、30久安百首1038などにある。また「夕露」は203既出。○ゆふつゆ　④45藤川五百首161「秋萩に玉ぬくのべの夕露をよしやみださで宿ながらみん」（「野亭夕萩」）。

【訳】手にとると消えてしまった、えいそれなら枝にあるままで見る、宮城野の萩に珠のある秋の夕べの露よ。（「みきまけよ（右負よ）」。都人よ、やって来て尋ねてくれ、松風の荒々しい里の夜半の有様を。二句切、倒置法）

【本歌】①1古今222「萩の露玉にぬかむととればけぬよし見む《みん》《る（万）》人は枝ながら《人はなほよそ（六、ならのみかど）》見よ」（秋上、よみ人しらず。②4古今六帖3640。④45藤川161左。⑤295袋草紙19。297万葉集時代難事35。298柿本人麻呂勘文21。356今鏡154）

▽秋20の7。「秋の」。「花」→「枝」、「花薄」「鹿」→「萩」。本歌をふまえて、萩に置く露は、玉に抜こうと取ろうとすれば、はかなく消えてしまう、ままよそれなら枝の状態のままで見る、宮城野の萩に玉が存在する秋の夕暮の露だと歌う。初句切、が、倒置法とはとらない。体言止。右、兼宗、1245「たづねてもたれかはとはんうづらなく野辺に

あはれをふかくさのさと」。
【類歌】 ③133拾遺愚草2315「とればけぬわくればこぼる枝ながらよしみやぎのの萩の下露」（下、秋）…287に近い
④33建保名所百首397「宮城のの萩のはよわき朝露を枝ながら吹く秋の風かな」（秋「宮城野陸奥国」女房）
④33同404「とればけぬよし枝ながら宮木のや萩の下葉の露の白玉」（秋「宮城野陸奥国」忠定）…287に近い
38「を、内容は殆んどそのままであるが、歌枕を中心に据え、表現を美化し屈折させながらイメージに富んだ、／287／に改作している。この過程には、古今集、読人しらずの「萩の…の投影を認めることができる。」（「糸賀」44、45頁）。「この讃岐歌は、古今集の／萩の露…／を本歌にしていると思われる。この讃岐歌が詠まれる以前、建久六年秋頃に定家の／取れ…／の歌がある。定家歌も古今集歌を本歌としている。定家は、本歌にはない「宮城野」という萩の名所を詠み込み、本歌の「露」も「下露」と詠みかえている。讃岐歌は同じ古今集歌を本歌として、定家歌から影響をうけたと考えられる。讃岐歌は、定家歌の宮城野の名所を取り入れているが、上句「とればけぬ分くればこぼる」という対句的な表現は取っていない。また、本歌の「萩の露」、定家歌の「萩の下露」にもみられない「萩に玉ゐる秋の夕露」という詞を使って時間を萩の夕方に限定することによって、もの寂しい宮城野の景色や露のはかないイメージを強めている。」（吉野「正治」7、8頁）。「古典」—「古今　秋上二二二（読人不知）」、「摂取」—「〃建久六秋　左大将家当座勅句十首＝拾遺愚草二三一五〃」（長沢「千五」31頁）…【本歌】の①1古今222、【類歌】の③133拾遺2315。

六百三十八番　左勝

1274 女郎花よがれぬつゆをおきながらあだなるかぜになになびくらん

▽秋20の8。151。「露」。「萩」↓「女郎花」、「夕」↓「夜」、「ゐる」↓「置き」、「露」↓「風」。

六百五十三番　左

288　ひとときの花とみれどもをみなへし秋のちぎりを世世にむすばん・1304

月きよきゆらのみなとのはまちどり夜ぶかきそらの霜にゆくなり「右　勝」（校本）、「ちぎり―たのみ（〃）、世世―よそ（〃）、ゆくなり―鳴也（〃）」

【語注】〇ひととき　八代集一例・古今1016。下の「世世」と対。〇をみなへし　①1古今235「人の見る事やくるしきをみなへし秋ぎりにのみたちかくるらむ」（秋上、ただみね）。②4古今六帖2908「をみなへしみるに心はなぐさまでいとどむかしの秋ぞこひしき」（雑思「むかしをこふ」。③15伊勢79）。②4同3668「なにしおはばしひてたのまんをみなへし花の心の秋はうくとも」（草「をみなへし」貫之）。②4同3690「をみなへし花のこころのあだなれば秋にのみこそあひわたりけれ」（草「をみなへし」）。③5小町98「たれをかもまつちの山の女郎花秋とちぎれる人ぞ有るらし」。⑤19東院前栽合8「あきののにあだなのみたつをみなへし花さかぬまはしる人ぞなき」（「をみなへし」）。〇秋のちぎり（二句）「飽き」を掛けるか。「秋の契り」とは何か。時節の秋と、飽きがちの花なのだが、そうならない〝契〟か。また「世々の契り」は八代集二例・千載839、919。「秋の契り」の勅撰集初出は①16続後拾遺251（輔親）、他、③114田多民治213、131拾玉3101、3611、⑤179院当座歌合〈正治二年九月〉11、197千五百番歌合1567などがある。

【訳】一時の花と見たけれども、女郎花（とした）、この秋の約束を、これから先々の世に結ぼう。〔「つゆはよし（露は良し）」。月の清美な由良の湊の浜千鳥は、夜更けの空の霜の中を飛び行くようだ。「なり」は伝聞推定〕

▽秋20の9。「女郎花」、最末「ん」。女郎花を一時のかりそめの花と見るが、この秋に結んだ（そして「決して飽きな

い」か)、末までの長い約束を将来にわたって結ぼうと歌ったもの。前歌に続いての、恋歌仕立ての女郎花詠。右、釈阿、1305「むらさきのいろをばのこせ藤ばかまつゆはあらしにくだけちるとも」。

【類歌】③133拾遺愚草1990「秋ならでたれにあひみぬをみなへし契やおきし星合の空」(詠花鳥和歌「七月女郎花」)

六百六十八番　左持

289　君がよの秋のそらまでながめけるちぎりうれしき月のかげかな・1334

見るからになみだぞくもるやどの月さびしとや思ふし
ばのとぼそを「左　持」(校本)

【語注】**○ながめける**　③123唯心房113「つきはなほおなじそらをもながめけりのべのけしきぞ秋はこひしき」(「月の…」)。**○月のかげかな**　③125山家355「ながむるもまことしからぬ心ちしてよにあまりたる月の影かな」(秋。126西行法師216)。④41御室五十首692「万代とよばふかつらの山のはに秋をかぎらぬ月の影かな」(雑、祝)。

【訳】君の代の秋の空までもながめた宿縁がうれしい月の光であるよ。〔「みなやさし(皆優し)」。見るやいなや涙で曇ってしまう我家の月であるよ、(それゆえに)寂寥と思うのだろうか、イヤ思わない、この柴の扉を(であっても)。下句倒置法〕

▽秋20の10。「世」「秋の」「契り」。君が代の秋空まで〝ながめ〟た因縁がうれしい月光を歌う。秋歌の真中であり、中秋の名・望月を歌うか。また、我「君が世」を寿いでいる。右、俊成卿女、1335「ゆきめぐりなれぬるそらの秋の月さてしもあかぬ光そひけり」。

【参考】③97国基94「みそらゆく月はあはれとおもふらむゆたにもきみがながめけるかな」(「かへし」)
【類歌】⑤189撰歌合〈建仁元年八月十五日〉4「君が代のかげにかくれぬ秋なれば月にちとせを契らましやは」(「月多秋友」前権僧正)
⑤189同7「君が代の契りおもへばひさかたや月の都のゆくすゑのあき」(「月多秋友」有家)

秋三(御判)

六百八十三番　左勝

290 ながめつるありあけの月はかたぶきて山よりいづるさをしかのこゑ・1364

しののめやかりたのおもに風すぎて月にむれたるかりのこゑかな「左　勝」(校本)

【語注】○ながめつる　②16夫木8505「詠めつる空行く月の行すゑにおもひもいでよ宇津の山ごえ」(雑二、駿河、うつの山、慈鎮)。③130月清1059「ながめつる月より月はいでにけりうのはなやまのゆふぐれのそら」(夏「薄暮卯花」)。○第二句　字余り(「あ」)。○かたぶきて　①17風雅1555 1545「はつせ山ひばらに月はかたぶきてとよらのかねのこゑぞふけ行く」(雑上、尊氏)。⑤189撰歌合〈建仁元年八月十五日〉60「よし野山《初瀬(落)》月はたかねにかたぶきてあらしにのこる鐘の一声」(「深山暁月」前権僧正)。⑤342落書露顕20)。○さをしかのこゑ(一句)　勅撰集初出は【参考】の金葉歌。他、7千載312 311、314 313、325 324、②1万葉2149 2145、2150 2146、④26堀河百首709、30久安百首347などがある。
【訳】しみじみとみた有明月は傾いてしまって、山より出てくる小牡鹿の声であるよ。(「しかかつか(鹿勝つか)」)。

夜明け方よ、刈田の上面に風が過ぎ去り、月光の中に群れている雁の声であるよ。第二、三、末句かの頭韻）

▽秋20の11。「ながめ・る」「月」。「空」→「有明・月」、「かげ」→「声」、「君」→「鹿」。「ながめ」見た有明の月は西に沈みかけ、雄鹿の声は、反対に山より出てくると歌ったもの。「有明月は傾き」、「雄鹿の声は山から出る」と対照的に歌う。体言止。右、丹後、1365「秋かぜにむらくもはるる月みればこころのうちもすずしかりけり」。

【参考】①5金葉二223 236「おもふことありあけがたの月かげにあはれをそふるさをしかのこゑ」（秋、皇后宮右衛門佐。
5′金葉三221）

【類歌】③131拾玉5204「月影はおりゐの山にかたぶきて鳥のはつねも有明の空」
③132壬二1116「詠むれば月ははるかにかたぶきて哀はあけぬ鳥の声かな」（雑「暁建久歌」）
④18後鳥羽院330「ほととぎす月に契るや有明の山よりいづるこゑのさやけさ」（外宮御百首、夏）
⑤184老若五十首歌合284「いまこんとちぎらぬつまを長月の有明の月にさをしかの声」（秋、雅経。④15明日香井897）
「本歌」―「万葉　巻一二　寄物陳思三〇一六＝拾遺　恋三・七八二（人麻呂）」（長沢「千五」30頁）・①3拾遺782「あしひきの山よりいづる月まつと人にはいひて君をこそまて」（恋三、人まろ）。

六百九十八番　左勝

291 あきの月いかにまちいでてながむればさやけきかげのまづくもるらん・1394

いな葉山けはしくはあらぬまつ風のくもらぬ月のかげ
はらふなり「左　勝」（校本）

【語注】 ○あきの月 ①3拾遺175「ここにだにひかりさやけき秋の月雲のうへこそ思ひやらるれ」（秋、経臣。3′拾遺抄116）。④39延文百首2447「すみなれし山をばいでぬ秋の月雲のいづくにかげをかくさむ」（秋「月」有光）。○第二句字余り（「いで」）。○まちいで 八代集四例。○ながむれば ①4後拾遺262「夜もすがらそらすむ月をながむれば秋はあくるもしられざりけり」（秋上、堀川右大臣）。○さやけきかげ ⑤155右衛門督家歌合〈久安五年〉13「すずしさにさやけきかげやまさるらんすぐれてみゆる秋の夜の月」（「秋月」範綱）。○まづくも ④32正治後度百首929「出でぬより月の姿をおもはせてまづ雲はらふみねの松かぜ」（あき「つき」越前）。

【訳】 秋の月（を）、どれほど待ち出でて眺望してみると、さやかな月の光がまず初めに曇ってしまうようだ。（「いけまくか（池負くか）」。因幡山の、荒くはない松風が曇りはしない月の光を払うようだ（のだカ））

▽秋20の12。「の月」「出《づる》」「なが《めむれ》」。「声」→「かげ」、「月」→「曇る」。秋月をどれほどに待望久しく見ると、月の清明な光は、まず雲に覆われるとの慨嘆詠。右、越前、1395「ひろさはの池しもいかにむかしより月みる夜はのさがとなりけん」。

【参考】 ③80公任314「ながむればくもらぬ月のうらやましいかで浮世を出でて住むらん」…291に近い
③118重家125「よしさらばくもらばくもれ秋の月さやけきかげはいるもをしきに」（内裏百首、月十首）

七百十三番　左

1424 あはれなる山田のいほのねざめかないなばの風にはつかりのこゑ

▽秋20の13。166。「月」→「寝覚」「雁」、「かげ」→「声」。

七百二十八番　左持

292　夜もすがらおきゐるつゆのいかなれば草のはごとにぬるとみゆらん・1454

おとにきくなるとの浦のしほかぜにほのかにかよふ友千鳥かな「左　持」（校本）、「おき―をき（〃）」

【語注】**○夜もすがら**　①5金葉二385 408「夜もすがらくさのまくらにおくつゆはふるさとこふる涙なりけり」（恋上、長実）。③59千穎54「よもすがらおきゐられつつつゆの身のきえいりつつぞこひわたりける」（「こひ十二首」）。④22草庵527「夜もすがら露をば露と奥山の月にも袖をぬらしつるかな」（秋上「深山月」）。④26堀河百首729「夜もすがらおきゐてぞみる照る月の光にまがふ玉ざさの露」（秋「露」師時）。④38文保百首439「よもすがらおきてぞあかす小山田やねられぬ庵の秋の白つゆ」（秋、実重）。**○おき**　掛詞（起・置）。**○ぬる**　掛詞（寝・濡）。

【訳】一晩中、置き・起きている露はどうして、草の葉ごとに濡る・寝ていると見えるのだろうか。（「おなしほと（同じ程）」。有名な鳴門の浦の潮風に（のって）、ほのかに通ってくる友千鳥であるよ）

▽秋20の14。「葉」。「稲」→「草」、「寝覚」→「夜もすがら」「起き」「寝る」、「声」→「見ゆ」。夜中じゅう置い（起き）ている露がどうして草葉ごとに濡れる（寝る）と見えるのかという理屈っぽい理知的な詠。露が置いて濡れているのに、起き、寝るを掛けたもの。その中の「起き」と「寝る」が対語。同じ讃岐196に、詞の通う④31正治初度百首1932「夜もすがら草ばにつたふ蛍こそ風にこぼれぬ露とみえけれ」（夏、讃岐。②16夫木3275）がある。右、通具、1455「世中になびきおきふすしたをぎもすゑこす風につゆはおちけり」。

【参考】①3拾遺1078「終夜もゆるほたるをけさ見れば草のはごとにつゆぞおきける」（雑春、健守法師）…292に近い

③1人丸197「竹の葉におきゐる露のまろびあひてぬる夜はなしにたつ我が名かな」
③1同276「草の葉におきゐる露のきえぬまは《に(新)》玉かとみゆることのはかなさ」（山陰道「おき」。①19新拾遺844）
③51本院侍従18「うかびても君はねにけりいかなれば露とおきゐてなき明すらん《ぬれし袂ぞ(新)》」（「返し」。①18新千載1182）
【類歌】②16夫木4304「明けわたるあしたの原のをみなへしおきゐる露のいかにぬるらん」（秋二、女郎花、為家）
「本歌」―「拾遺　雑春一〇七八（健守）」（長沢「千五」30頁）・【参考】の①3拾遺1078。

七百四十三番　左勝

1484 人はみなこころのほかのあきなれやわがそでばかりおけるしらつゆ

▽秋20の15。134。「置き《け》」「露」。

秋四（判者・定家）

七百五十八番　左

1514 よとともになだのしほやきいとまなみなみのよるさへ衣うつらん

▽秋20の16。126。「露」→「波」。

七百七十三番

293 いそちかきあまのとまやのゆふぐれにきりのまがきをあらふしらなみ・1544

このあまのとまやも、いそちかきとおかれずはしらなみのよりどころなく侍るべきにや、さしも侍らじものを、すゑの句はいひなれて見え侍れど、…「右　勝」

（校本）

【語注】〇**あまのとまや**　①2後撰1193 1194、4後拾遺519、③73和泉式部855、85能因113、⑤187鳥羽殿影供歌合〈建仁元年四月〉24「浪かくるあまのとまやの夕すずみやがて月みるたよりなりけり」（「海辺夏月」宮内卿）、197千五百番歌合2752「風ふけばあまのとまやのあれまくもをじまがいそによするなみかな」（雑一、有家）、421源氏物語189などにある。〇**きりのまがき**　①7千載311 310、②2新撰万葉512、540、4古今六帖3678、③116林葉390、④26堀河百首762、30久安百首1042、⑤6亭子院女郎花合6、158太皇太后宮亮平経盛朝臣家歌合46「ゆふまぐれ露のまがきのさびしさにをしか鳴くなり秋の山里」（「鹿」心覚）、175六百番歌合343「ゆふまぐれあはれこもれる野はらかな霧のまがきにうづらなくなり」（秋「鶉」有家）、421源氏物語67、312、424狭衣物語216などにある。「浪もてゆへる淡路しま山」（古今911）のような「籬の如き霧」ではなかろう。〇**あらふしらなみ**　①4後拾遺1063 1064＝③96経信189などにある。〇**よりどころ**（波の）寄り所か。〇**さしも侍らじものを**　上記をうけるか、歌全体の景か。〇**すゑの句**　下句か、第五句か。

【訳】磯の近い海士の苫屋の夕暮時に、霧のかかる籬を洗う白波であるよ。〔この「海士の苫屋」という言い方も、「磯近き」と配置されなかったら、「白波」の拠り所がないのではありませんでしょうか、そんなことはあり得ないことですが、末の句はおなじみの表現に見えますが、…〕

▽秋20の17。「波」。「灘」→「磯」、「塩焼」（人）→「海士」、「夜」→「夕暮」。磯近くの海士の夕べ、苫屋を包む霧の籬を洗い寄せる白浪を歌う秋の叙景詠。「磯、海士、苫屋、波」と、海岸の材料が揃っている。体言止。②16夫木

5380、秋四、霧「千五百番歌合」二条院讃岐、第二句「あまのと山の」。右、寂蓮、1545「あきをしるそではうらみのつゆながらはぎのした葉をあはれとぞおもふ」。

【参考】④30久安百首793「磯ちかき海士のとま屋のたびねには枕のしたに浪ぞおとする」（羈旅、実清）

「月詣集に後徳大寺内大臣の、／なごの海の霞のまより眺むれば入日を洗ふ沖つ白波／（一・正月、新古今・春上・三五）／が見られる。「入日を洗ふ沖つ白波」と「霧の籬をあらふ白波」とでは、スケールも色彩感もかなり違うが、「洗ふ白波」が詞としらべの上で類似している。「なごの海の」の歌は新古今集に撰入されているので、類似の句を持つ讃岐の「磯ちかき」の歌についても、新しい傾向を充分指摘することが出来よう。」（「糸賀」45頁）。「やや巧緻なものであり、⑿や⒀の歌（私注—49、31）の世界よりはむしろ新古今的である。」（脇谷「自然」91頁）。「判詞は略すが、負の左方も、「末の句はいひなれてみえ侍る」とほめている。」（『讃岐』108頁）。「摂取」—「久安百首「羈旅」七九三（実清）」（長沢「千五」32頁）・【参考】の④30久安793。

七百八十八番　左

294　たのめおきし人のゆくへをまつむしのこゑばかりして秋ぞふけゆく・1574

左、人のゆくへをまつむしのなど優には侍るを、ゆくへといひてふけゆくと侍るやおなじ心にやときこえ侍らん「右　勝」（校本）、「へを—ゑ〔を〕（〃）」

【語注】〇**たのめおき**　八代集十例、初出は後拾遺641。〇**初句**　字余り（「お」）。③116林葉758「たのめおきし人もきまさぬ秋のよはまた鳥の音を待つが苦しき《さ(新)》」（恋。①21新続古今1258）。〇**人のゆくへ**　新編国歌大観①〜⑩の索引をみると、ままあるが、勅撰集では、①14玉葉1784 1776のみである。他、主なものでは、③131拾玉5159、④18後鳥羽院281、⑤424狭衣物語205などがある。　**○まつむし**　③131拾玉640「心あらむ人もきけとや松むしの秋くれがたのゆふざれの声」（厭離百首、秋）。④31正治初度百首1155「さえまさる秋のころもをうちわびて人まつ虫もこゑよわるなり」（秋、釈阿）。②4古今六帖3993「こむといひしほどもすぎにし秋ののにひとまつ虫のこゑのかなしさ」（虫「まつむし」つらゆき）。③50一条摂政御集22「まつむしのこゑもきこえぬのべにくる人もあらじによさへふけにき」。④31正治初度百首689「山ざとよいそぐ心はさよふけてたのむかきね《まがき》に松むしのこゑ」（「山家」慈円）。④41御室五十首632「思はずに野原の友と成りにけりたのめもおかぬ松むしのこゑ」（秋、顕昭）。⑤85六条斎院歌合（天喜五年八月）3「松むしのこゑなきつくす野べにきてたのめぬひともたびねしぬべし」（「まつむし」せじ）。⑤248和歌一字抄80「草枕旅ねやせまし秋の野に人まつむしの声を尋ねて」（外「野外尋虫」師時）。⑤250風葉和歌集357「風さむみ人まつむしのこゑたててなきもしぬべき秋の暮かな」（秋下、のちくゆる大将の女御）。

【訳】　頼みとしておいた人の行方を待っている、松虫の声だけがして秋が更けて行くよ。〔左歌は、「人の行方を松虫の」など（という表現）は優雅でありますが、「行方」といって、「更け行く」と（歌に）ありますのは、同じ意味内容か、と耳にされるのでしょう〕

▽秋20の18。あてにしていた人の行方を待っていても、松虫の声ばかりが聞こえて、あの人は来ず、秋がむなしく更けて行くとの、おなじみの、「松虫」の掛詞で、〝待つ女〟の立場で歌った恋歌的四季・秋歌。右、家長、1575「ふくからになみだもろきあきかぜのきぎのもみぢにかからずもがな」。

【参考】　①1古今202「あきののに人松虫のこゑすなり我かとゆきていざとぶらはむ」（秋上、よみ人しらず。③3家持256）

④26堀河百首822「たのめおきし言の葉により恋草や人まつ虫のすみかなるらん」（秋「虫」顕仲）

【類歌】①8新古今1321「こぬ人を秋のけしきやふけぬらむうらみによわる松虫の声」（恋四、寂蓮）

④37嘉元百首535「たがあきの露の契をたのむらんふけゆくまでも松虫の声」（秋「虫」冬平）…294に近い

「左は負だが、「人の行くへ」「松虫の」などは優だとほめている。欠陥は表現の重複といういささかの点にある。」（『讃岐』108頁）。「本歌」―「拾遺　秋一八一（読人不知）」（長沢「千五」30頁）・【語注】の①3拾遺181。

八百三番　左

295　あきのくれあらしの山をすぎゆけばそでにこきいるるみねのもみぢば・1604

…秋をかぎりとみん人のためといふ歌をおもひて、袖にこきいるるみねのもみぢばといへる、まことによろしくも侍るかな「左　勝」（校本）、「いるる―入る（ﾉ）、とい―とはい（ﾉ）、よろしく―宜（ﾉ）」

【語注】○**あきのくれ**　八代集二例、千載333、382。○**あらしの山**　「嵐」との掛詞。④26堀河百首852「峰たかきあらしの山の紅葉ばは麓の里の錦とぞ見る」（秋「紅葉」師頼）。⑤64内裏歌合〈永承四年〉8「ちりまがふあらしのやまのもみぢばはふもとのさとのあきにざり《ぞあり(新)》ける」（「紅葉」祐家。①18新千載621）。○**こきいるる**　八代集一例・古今309。○**みねのもみぢば**が、①3拾遺1062・詞書「…ひげこに花をこきいれてさくらをとぐらにして…」（雑春）にある。
①1古今1096、3拾遺1128＝3′拾遺抄415、②1万葉1589 1585などよりある。

【訳】 秋の暮に嵐の嵐山を過ぎ行くと、(散って)袖にしごきとって入れる峰の紅葉葉であるよ。(「秋を限りと見ん人のため」(古今309)という歌を思って、「袖にこき入るる峰の紅葉葉」と表現したのは、実によいようでございますことよ」)

【本歌】 ①1古今309「もみぢばは《を》袖にこきいれてもていで《で》なむ《ん》秋は《を(新)》限と見む人のため」(秋下、そせい法し。②3新撰和歌112)

▽秋20の19。「秋」「行く《け》」。「更け」↓「暮」「過ぎ」、「虫」↓「紅葉」。秋の夕暮、嵐ふく嵐山(の麓)を過ぎて行く時には、峯の紅葉葉を袖にこき入れるとの詠。いうまでもなく大もとに、判詞の言う如く、本歌の古今309があり、295は、秋はもう終りだと判断している人の為に、持って出よとばかりに、嵐は峯の紅葉葉を袖にこき入れるとなる。体言止。初、第二句あの頭韻。第四句字余り(「い」)。158参照。右、三宮、1605「むしのねのかれがれになるくさのうへに秋かけておくにはのはつ霜」。

【類歌】 ②16夫木6013「まつがねのたけがりゆけばもみぢばを袖にこきいるる山おろしの風」(秋六、秋山、寂蓮)
③133拾遺愚草2373「山姫の形見にそむる紅葉ばを袖にこきいるるよもの秋かぜ」(秋、内裏秋十首)
④31正治初度百首1158「かへる秋あらしの山を行くならば猶ふきかへせみねのもみぢば」(秋、釈阿)
④39延文百首2655「かへるさの袖にこきいれんたのみだにのこらずくれぬみねの紅葉ば」(秋「九月尽」為明)

「「袖にこきいるる」の表現を紅葉について用いた古歌は、素性法師の「もみぢ…があげられ、讃岐の歌はそれに拠ったのであろうが、素性の歌では人間の動作であった「袖にこき入れ」を、嵐の所為と見たところに、当代的な趣向が認められる。」(「糸賀」45頁)。「右方の「秋かけて」を一応弁護しながら、左方を賞揚する。「秋を限りと」は、古今集秋下、素性作「もみぢ…」という本歌の扱い方がはなはだうまいとほめたのだ。」(『讃岐』105頁)。「この讃岐歌は、定家の判詞で/もみ…/を本歌としていると指摘されている。詞は、「袖にこきいるる」「紅葉ば」が重なり、晩秋という季節の設定が同じである。古今集歌では、紅葉ばを袖にこき入れるのは作者であるのに対して、山の嵐に変えることによって景に広がりを持たせ、自然を擬人化している。判詞に「秋を…かな」と述べていることから、その本歌取りが成功していることを評価して讃岐歌を勝としたと思われる。」（吉野「正治」8、9頁）。「本歌」―「古今　秋下三〇九（素性）、拾遺秋二一〇（公任）」（長沢「千五」30頁）…【本歌】の①1古今309、①3拾遺210「あさまだき嵐の山のさむければ紅葉の錦きぬ人ぞなき」（秋、公任）。

八百十八番　左

296　いづかたへ秋のおくりをすまのせきせきゆくふねもゆくへしらねば・　1634

左、心はをかしく侍るを、おくりをすまの関、すこしささへてやきこえ侍らむ／右、…、左、猶すゑの句もをかしきさまに侍らん「左　勝」（校本）、「せきゆく―をき《すイ》行（〃）、おくり―ゝ《く》はり（〃）、さま―さも（〃）」

【語注】○**秋のおくり**　八代集にない。新編国歌大観①～⑩の索引では、他は、⑤155右衛門督家歌合〈久安五年〉42「きえかへりをしめど人をおもへばや露をかたみに秋のおくらん」（丹波）だけであるが、いうまでもなくこれは「秋の置くらん」」。○**すまのせき**　八代集二例、初出は千載425、あと「すまのせき―」は五例ある。「為《す》」との掛詞。○**せきゆくふね**　新編国歌大観の①～⑩の索引に、他になかった。○**ささへ**　「支フ」と同根。万葉3352 3338「あしひきの山道は行かむ風吹けば波の塞《ささ》ふる海道は行かじ」（巻第十三）。平家物語「城の内の兵共、しばしさゝへてふせきけれ共、敵は大勢也、」（巻第七「火打合戦」、新大系下―11頁）。徒然草「身の後には金をして北斗を支ふとも、」（第三十八段、新大系114頁）。　**○すゑの句**　第五句か、やはり下句であろう。

【訳】　どの所へ秋の見送りをするのか、須磨の関よ、関を行く舟も行方をば知らないので…。〔左歌は、歌の中身は趣があるのですが、「送りを須磨の関」といういい方は、少々ひっかかって聞こえるのではありませんでしょうか、右歌は、…、左、やはりすゑの句も情趣のある様子でありましょう〕

▽秋20の20。「秋の」「行《くけ》」「ば（最末）」。「行け」→「行方」。須磨の関の海付近を行く船（人事）がどこへ行くのかも知らないのだから、どこへ秋の送り（自然）をするのか知らないと歌って秋歌群を閉幕する。下句、「関行く船が秋の行方を知らないのだから」ととるのは、やはり無理であろう。倒置法。第三句以下、「せき」「ゆく」の繰り返しのリズム。右、内大臣、1635「しぐれするくものあなたはふゆのそら秋のなごりはいまいくかかは」。

【参考】　⑤159実国家歌合53「いづかたへ秋の行くらんかくばかりをしむ心のせきにとまらで」（「九月尽」前少納言

【類歌】　④41御室五十首714「もろともに花みし人やおくらましいづ方へ行く春としりせば」（春、覚延）

⑤197千五百番歌合2876「いづかたへたがことづてをすまのせきせきふきこゆるおきつしほ風」（雑二、良平）

「左は心（主題）がおもしろい。二・三句に欠点があるが、下句も「をかしきさま」（風情がある）なので勝とするという。「心をかし」と「をかしきさま」と、「をかし」を心と「さま」の両方に与えている。「さま」は「姿」にくらべると例が少なく、釈阿判には見あたらない。定家判では、右のほかに、「歌のさまさびし」「思ひ入れたるさま」「歌のさまよろし」などがわずかながら見られる。」（『讃岐』105頁）。

冬一（判者同＝定家）

八百三十三番　左

297 秋くれてあはれつきにしかねのおとの霜にこたふる冬はきにけり・ 1664

…／左は優に侍るべし「左　勝」（校本）、「左―左歌（ﾉ）」

【語注】○秋くれて　③134拾遺愚草員外371「ま野の浦のいり江の浪に秋暮れてあはれさびしき風の音かな」。○つき　掛詞「尽く」、「撞く」（「鐘」の縁語）。なお「撞く」は八代集二例、初出は千載382。○かねのおと　八代集初出は後拾遺1211。④31正治初度百首2103「年はくれ春はあけゆく鐘のおとのしもは霞に消ゆるなりけり」（春、丹後）。○霜にこたふる　新編国歌大観①～⑩の索引では、他に、①21新続古今1770（六条院宣旨）＝②16夫木9853＝⑦45六条院宣旨80、③131拾玉1797「はつせ山霜にこたふるよはのかねをもろくもさそふ風のおとかな」（百番歌合、冬）＝⑤177慈鎮和尚自歌合110＝⑦74無名和歌集（慈円）22、⑨30桂園一枝（景樹）542がある。○末句「・はきにけり」終り方の一つの型《パターン》。

【訳】秋が暮れはて（終って）、ああ終ってしまった、その時に撞いた鐘の音の霜にこたえる冬は来たことだよ。〔左歌は、優雅でありましょうよ〕

▽冬15の1。「秋」。「秋」→「冬」、「行く」→「来《き》」。①7千載398 397「たかさごのをのへのかねのおとすなり暁かけて霜やおくらん」（冬、匡房）、同397 396「はつ霜やおきはじむらん暁のかねのおとこそほのきこゆなれ」（冬、大炊御門右大臣）や小侍従95などの唐土豊嶺の鐘の故事（「秋霜降れば則ち鐘鳴る」（山海経））によって、秋が終り、去った時に撞

いた鐘の音の、霜が降り置けば鳴る冬が来たとの詠で、冬歌歌群を開始する。第一、二句あの頭韻。第三句字余り（「お」）。右、忠良、1665「秋はみなすぎのいたどのひましらみあけ行くそらにしぐれふるなり」。
【参考】①7千載393 392「秋のうち《中(久)》はあはれしらせし風のおと《音(〃)》のはげしさそふる冬はきにけり」（冬、教長。④30久安百首250）…歌全体のリズム・歌調が似る
「左歌を優とするが理由は示していない。一首全体に欠点がなく、音調がなだらかで歯切れよくうつくしいというのだろう。」（『讃岐』106頁）。「摂取」―「〃建久六　三〜七・一一？　南北百番歌合「冬」＝拾玉集一七九七〃」（長沢「千五」32頁）・【語注】の③131拾玉1797。

八百四十八番　左

298 なきかはすまがきのむしも鹿のねもしぐれにかへておとづれもせず・1694

はじめになきかはすと侍るより、まがきのむし、しかのね、時雨など、こゑごゑおほくかぞへられたる心地し侍り、いかに／…「左　持」（校本）、「侍り―侍（〃）」

【語注】**○なきかはす**　八代集一例・①7千載255 254「夕さればかやがしげみになきかはすむしのねをさへわけつつぞ行く」（秋上、盛方）。他、①18新千載485「鳴きかはす秋のねざめはむしのねも枕の露も涙なりけり」（秋下、大江宗秀）、③106散木424、458、129長秋詠藻232、④27永久百首325、332などがある。**○まがきのむし**　①7千載478「なきよわるまが

きの虫もとめがたき秋のわかれやかなしかるらん」（離別、紫式部。③72紫式部2）、③131拾玉4810、133拾遺愚草664など。

**○鹿のね**　八代集初出は後拾遺282。が、②4古今六帖1633、③44九条右大臣27などにある。**○しぐれにかへ**（一句）八代集にない。③131拾玉5402などにある。**○おとづれもせず**　①1古今338、②4古今六帖994、3569、⑤415伊勢物語233などにある。「音」を潜ませる。

【訳】　鳴きかわしていた籬の虫も鹿の音も時雨に変化してしまって、もう私の許へおとずれもしないことよ。〈（歌の）初めに「鳴き交わす」とありますより、「籬の虫」、「鹿の音」、「時雨」などの、声声が沢山数えられた心地がします、どうでしょうか／…〉

▽冬15の2。「音《おと》」。「音《おと》」→「音《ね》」、「霜」→「時雨」。秋に鳴き交わしていた籬の虫も鹿の鳴声も、すっかり時雨の音に替えてしまってやって来ないと歌う。判詞に言う如く、「虫、鹿、時雨」（の音）と、秋～初冬の材料が揃っている。秋と冬の季節の交代の歌でもある。また式子に、298の二、三句の詞に通う④1式子141「虫の音もまがきのしかもひとつにて涙みだるる秋の夕暮」（秋）がある。第三、四句しの頭韻。右、兼宗、1695「秋のうちもをりをりおとはせしかども冬のはじめのはつ時雨かな」。

「本歌」―「千載　離別四七八（紫式部）」（長沢「千五」30頁）・【語注】の①7千載478。

八百六十三番　左

299　まきのやもひまなくこけにとぢられてしぐれのおともかはるふるさと・1724

両首、こけのしたに時雨のおとをわすれ、ねやのうへに霜の色をおもへり、姿詞いづれとわくべくも侍らぬにや「左　持」（校本）、「両首―両首歌（〃）、いづれと―いづれ（〃）」

【語注】○まきのや　105前出。④31正治初度百首661「神無月しぐるる夜半の槙の屋は音こそやがて涙なりけれ」（冬、慈円）。○ひまなく　167前出。○とぢられて　⑤118左近権中将藤原宗通朝臣歌合14「山ざとはふりつむゆきにとぢられてまきのいたどもあけぞわづらふ」（「雪」源兼貞）。○しぐれのおと　③123唯心房115「たれかまたまきのいたやにねざめしてしぐれのおとにそでぬらすらん」（「しぐれ」）。③126西行法師294「まきの屋の時雨の音を聞く袖に月のもり来てやどりぬるかな」（冬「冬月」）。⑤160住吉社歌合〈嘉応二年〉55「まきのやのしぐれのおとにゆめさめてみやこひしきねにぞぬれぬる」（「旅宿時雨」中納言）。○ふるさと　「時雨」の縁語「降る」を掛けるか。

【訳】　槙の屋もすきまなく苔に閉じこめられてしまって、時雨の音もすっかり変ってしまう故里であるよ。〔二首、苔の下に時雨の音を忘れ、閨の上に霜の色を思いやっている、（二首の）歌の姿、詞共、どちら（がいい）と判断することもできませんのでは…。「苔の下に…を忘れ」と「閨の上に…を思へり」は対句〕

▽冬15の3。「時雨」「音」。「籬」→「槙の屋」「故里」、「かへ」→「かはる」、「音《ね》」→「音《おと》」。槙の屋もびっしりと苔に埋もれ、それゆえに時雨の音も変る故里だとの詠。「苔」と「故里」が応じ合う。同じ讃岐の名歌に、①8新古今590「世にふるはくるしきものを槙の屋にやすくも過ぐるはつ時雨かな」（冬）・讃岐105がある。体言止。右、通光、1725「ふけゆけばいとどかたしくそでさえて夜ごとにしるしねやのうへの霜」。

【類歌】①8新古今589「まきのやに時雨のおとのかはるかな紅葉やふかく散りつもるらむ」（冬、入道左大臣。④31正治初度百首1861）

④31正治初度百首468「時雨よりあられにかはる槙の屋の音せぬ雪ぞけさはさびしき」（冬、良経）「古典」—「千載　冬四〇三（定信）」、「摂取」—「久安百首「冬十首」八五二（俊成）」（長沢「千五」31頁）…①7千載403 402「おとにさへたもとをぬらす時雨かなまきのいたやの夜はのねざめに」（冬、源定信）、④30久安百首852「まばらなるまきの板屋に音はしてもらぬ時雨は木の葉なりけり」（冬、顕広）。

八百七十八番　左

300 みなと河なみのまくらにわきかぬるしづくはとまのしぐれにぞしる・1754

両首のしぐれ、みなと河の枕のもと、山めぐりの袖のうへ、又おなじほどにやきこえ侍らん「左　持」（校本）

【語注】**○みなと河**　八代集二例・千載312、315。摂津国の歌枕。②12月詣279「みなと川時雨せざりしうきねには波のみさすが袖はぬれしか」（羈旅、覚昭）。**○なみのまくら**　八代集二例・新古今653、1331。また「なみまくら」も八代集二例・金葉297、新古今703。「波」は「涙」をも含意。**○わきかぬる**　八代集五例。**○とま**　「苫」自体、八代集四例。この場合、屋根代りに和船の屋形を覆う薦である。

【訳】湊河（の）、船の旅寝において、波の枕に区別しかねている滴は、苫より降る時雨によって知ることよ。〔二首の時雨（の歌で）、湊川の枕の元、山めぐりの袖の上、又同じレベルで聞こえますのでしょうか。「湊河…もと」と「山め…の上」は対句〕

▽冬15の4。「時雨」。「故里」→「湊川」、「屋」→「枕」、「時雨」→「雫」、「槙」→「苫」。湊川の船の旅寝で、判断しかねている滴は、苫より漏れ落ちる時雨によってそれと知られると歌う。①7千載187「さみだれはとまのしづくに袖ぬれてあなしほどけの浪のうきねや」（夏「旅泊五月雨と…」源仲正）によって、湊川という都から遠く離れての船泊りは、悲しみが深く、枕元が濡れているが、涙か滴か判断しがたいものは、苫より落ちる時雨で分かると歌う。また上句は、無意識に流して、涙と滴と区別できないとも考えられるが、そうではなかろう。下句しの頭韻。右、釈阿、1755「やまめぐるしぐれはやがてすぎぬれどこのはにぬる袖のうへかな」。
「「おなじほど」としているが、それぞれの時雨の描写をうまいといっているのである。」（『讃岐』107頁）。「摂取」—「山家集　百首「雪十首」一四八六」（長沢「千五」32頁）・③125山家1486「みなと川とまにゆきふく友舟はむやひつつこそよをあかしけれ」（百首、雪）。

八百九十三番　左

301 霜むすぶ冬のよなよなかさなりてかぜのみかれぬにはのあさぢふ・1784

かぜのみかれぬ庭のあさぢふ、いと宜しくも侍るかな

「左　勝」（校本）

**【語注】** **○霜むすぶ**（一句）①8新古今609が八代集初出。**○冬のよなよな**（一句）八代集になく、新編国歌大観①（勅撰集）の索引に用例がない。讃岐は他に、⑤197千五百番歌合1904・讃岐303がある。また③56恵慶273、58好忠341、59千穎45、89、④26堀河百首1099などにある。**○かれ**「枯・離る」掛詞。**○にはのあさぢふ**（一句）勅撰集初出は、

①13新後撰433、他、③130月清385、131拾玉5375、132壬二332、133拾遺愚草2782、⑤175六百番歌合380、1029など。

【訳】霜が生じる冬の夜ごとに重なり積もって、風だけが来ないことのない庭の、枯れた浅茅生であるよ。〔「風のみかれぬ庭の浅茅生」という表現は、たいそう悪くありますよ〕

▽冬15の5。「湊河」→「庭」、「時雨」→「霜」「風」、「枕」→「夜な夜な」、「苫」→「浅茅（生）」。霜のできる冬夜がふえて、有名な古今315「山里は冬ぞさびしさまさりける人目も草もかれぬとおもへば」（冬、源宗于）の如く、人は来ずに草も枯れ果てる、しかし風だけは離《か》れるということなく、いつもやって来る庭の浅茅生の情景を歌う。一読して冬の歌材が揃っているのが分かる。体言止。第三、四句かの頭韻及びリズム。⑥11雲葉783、冬「（千五百番歌合）」二条院讃岐、第四句「よれ《（ママ）》のみかれぬ」。右、俊成卿女、1785「まつ人もとふべきさともなけれどもしぐれふる夜はねられざりけり」。

【類歌】①13新後撰433「秋の色《の（夫）》はむすびもとめぬ夕霜にいとどかれゆく庭のあさぢふ」（秋下、実泰）
③133拾遺愚草958「うらがれし浅茅はくちぬ一とせの末ばの霜《も（正）》の冬のよなよな」（正治百首、冬。②16夫木6592。④31正治初度百首1361）
④35宝治百首2086「吹く風もあだになすぎそおのづから霜がれ残る庭のあさぢふ」（冬「寒草」隆親）
④37嘉元百首1747「さびしさは冬のものとて霜ぞおく秋よりかれし庭のあさぢふ」（冬「初冬」為信）
⑤197千五百番歌合1718「こととひし庭のみちしばうらがれて霜よりさゆる冬のよなよな」（冬二、公経）
「左歌の下句が大変よいとだけいう。左右とも来ぬ人を待つ女の心情をよんだのだが、右はあまり明快で奥がないのに対し、左は縹渺とした表現がよしとされたのだろう。」（『讃岐』106頁）。「摂取」―「〃正治初度百首「冬」一三六一（定家）〃」（長沢「千五」32頁）・【類歌】の③133拾遺愚草958。「当該歌には場面構想・用語共に定家歌の強い影響が認められる。しかし、定家が「一年」という単位で時間設定を行い、その末として「冬の夜な夜な」に到達しているのに

対し、讃岐は冬の一時期に焦点を絞り、かつ「重なりて」と拡大している。また、定家の「うら枯れし浅茅」を、讃岐は「風のみかれぬ」という否定的表現に換言して、他の対象（浅茅）の消失を暗示する等の工夫が見られる。讃岐の否定的表現は初度百首に多く見られたものだが、千五百番歌合にもこうして継続している。判者定家は「風のみ…かな」とこの表現を高く評価し、俊成卿女と番えられた讃岐を勝としている。」（長沢「千五」37頁）。

冬二（季経）

九百八番　左

1814 世にふればくるしきものをまきのやにやすくもすぐるはつ時雨かな

▽冬15の6。105。「霜」→「（初）時雨」、「庭」→「（槙の）屋」。

九百二十三番　左

1844 うちはへてふゆはさばかりながき夜になほのこりける有明の月

▽冬15の7。117。「初時雨」→「有明の月」。

九百三十八番　左

302 つゆはしも水はこほりにとぢれれてやどかりわぶる冬の夜の月・1874

左右歌とも心をかしく侍れば、勝劣難決「左　持」

(校本)

**【語注】** **○つゆはしも** 「露霜」のことか。 **○やどかりわ(ぶる)** 新編国歌大観①~⑩の索引をみると、他は、③133拾遺愚草2470(=②16夫木9276)だけである。また「かりわぶ」も八代集になく、「かりわ(ぶる)」は、新編国歌大観の①~⑩の索引でも、⑧39通勝292、⑨2黄葉(光広)492、12芳雲(実陰)2027、4395だけである。 **○冬の夜の月** 八代集四例。

**【訳】** 露は霜、水は氷に閉じ込められてしまって、宿る所を借りわびている冬の夜の月であるよ。〔左、右歌共に歌の趣がおもしろくありますので、勝負は決めがたい〕

▽冬15の8。「冬」「夜」「の月(最末・体言止)」。「有明」→「夜」。露は霜に、水―後述の拾遺241の如く「池」か―は氷に各々閉じ込められ、宿りを借り侘びている冬夜の月を描いたもの。第一、二句対句。末句、体言止で、「・の夜の月」は終り方の一つの型《パターン》。右、定家、1875「まきのやにしぐれあられはよがれせでこほるかけひのおとづれぞなき」。

**【参考】** ①3拾遺241「ふゆの池のうへは氷にとぢられていかでか月のそこに入るらん」(冬、よみ人しらず)

⑤16論春秋歌合20「ひとはこずこほりにやどはとぢられておきびにもゆるふゆはまされり」(とよぬし)

⑤354栄花物語77「…夜もすがら　上毛の霜を払ひ侘び　氷るつららに　閉ぢられて　来し方知らず　…」(左衛門督頼通の北の方)

⑤393和泉式部日記143「冬の夜のめさへこほりにとぢられてあかしがたきをあかしつるかな」(女(和泉式部))

**【類歌】** ④39延文百首2761「空よりもかげやさゆらん池水のこほりにやどる冬のよの月」(冬「冬月」源義詮)

「本歌」―「拾遺　冬二四一(読人不知)」(長沢「千五」30頁)・**【参考】** の①3拾遺241。

九百五十三番　左

303 かぜわたるいけのみぎはのいかならん袖だにこほる冬のよなよな・1904

左歌、霜おかぬ袖だにさゆる冬の夜のかものうはげをおもひこそやれ、といふ歌の心をとかくしなせるにや／右歌、…あしからねば持と申すべし「左　持」（校本）、「といふ…右歌、―といふ歌（〃）」

【語注】○かぜわたる（一句）205前出。○いけのみぎは ①3拾遺454＝3′拾遺抄518、②4古今六帖1666、3999、③88範永164、⑤76太宰大弐資通卿家歌合23、421源氏物語604などがある。○いかならん ①4後拾遺535「さよふけてみねのあらしやいかならんみぎはのなみのこゑまさるなり」（羇旅、源道済）。○袖だにこほ（る） ①〜⑩の新編国歌大観の索引に、他になかった。後述の①3拾遺230「袖だにさゆる」。「（冬の侘しさに流す）袖の涙でさえも氷る」か。○冬のよなよな 301前出。③131拾玉2630「いけにきて見なるるをしの声すなり月影こほる冬のよなよな」（冬）。

【訳】風が過ぎて行く池の汀はどのようであろうか、袖でさえ氷る冬の夜な夜なは。〔左歌は「霜置かぬ…」（後述の①3拾遺230）という歌の趣をあれこれとしたのであろうか／右歌は、…悪くないので持と申し上げるべきだ〕

▽冬15の9。「水《み》」「氷る」「冬の夜」体言止。「宿」→「池」。袖でも氷る冬の毎夜であるから、風の渡る池の水際は一体どうなっているのか、さぞ氷りはてていようと思いやった詠。第二、三句いの頭韻。三句切、倒置法。右、通具、1905「こほりゐるかけひのおとのたえしよりよはの嵐ぞねざめとひける」。

【参考】⑤76太宰大弐資通卿家歌合26「よをさむみいけのみぎはのこほればやかぜよりさきになみのよるらん」（「池

氷」さねさだ）

⑤118左近権中将藤原宗通朝臣歌合15「かぜはやみすまのうらなみいかならんふゆのよすがら千鳥なくなり」（「千鳥」）

【類歌】②16夫木10806「夜もすがらまののかやはら風さえて池の汀も氷りしにけり」（雑五、池、まののいけ、摂津、俊頼）

④34洞院摂政家百首解45「風わたるみぎはのまつの音さえて月かげながらこほるいけ水」（「氷」兼高）

「本歌」―「拾遺　冬二三〇（公任）」（長沢「千五」30頁）・①3拾遺230「しもおかぬ袖だにさゆる冬の夜にかものうはげを思ひこそやれ」（冬、公任。3′拾遺抄152）。

九百六十八番　左

304　ねざめする人なかりせばきえぬともいかでしらましよはのうづみび・　1934

左歌、させるふしなくや、きえぬとも、いかが／右歌、…、いづれと申しがたくはべり「左　持」（校本）、「いづれ―何（ﾘ）、申しがたくはべり―申かたくや（ﾘ）」

【語注】○ねざめする　③131拾玉558「ね覚する夜はのうづみ火かきのけてとふはひうらもうき身なりけり」（御裳濯百首、冬）。○人なかりせば　②10続詞花461「くみてとふ人なかりせばいかにして山井のみづのそこをしらまし」（釈教、新院御歌）。⑤176民部卿家歌合〈建久六年〉75「待ちかぬる人なかりせば郭公はつ音聞きつといかでしらまし」

（「初郭公」定宗）・パターン。　**○いかでしらまし**　①7千載464「くれ竹のをれふすおとのなかりせば夜ぶかき雪をいかでしらまし」（冬、坂上明兼）。④30久安百首251「ちりつもるならのかれはのなかりせば時雨ふる夜をいかでしらまし」（冬、教長）。　**○よはのうづみび**（一句）　新編国歌大観の索引①・勅撰集に用例がない。③131拾玉770「人しるや夜はのうづみ火下もえてむなしくくるるとしの行へを」（楚忽第一百首、冬「炉火」）。③131同1273「人しるやよはのうづみび下もえてながき思ひにくゆるこころを」（賦百字百首、冬「うづみび」）。　**○うづみび**　228前出。　**○いかが**　「（消えてしまっても）どうということもないのではないか」か。

【訳】　寝ざめする人がいなかったなら、消えはててしまっていても、どうして知ることができようか、夜半の埋火をば。〔左歌は、これといった目立つ箇所（特徴）もないのでは、（また腰句の）「消えぬとも」という表現は、どうでしょうか／右歌は、…、どちらが（良い悪い）とも申しがたいのであります〕

▽冬15の10。「如何《いか》」「夜半《よな》」体言止。「夜」→「寝（覚）」。寝覚の人がいなかったら、夜半の埋火が消えていてもどうして（そのことを）知ろうか、イヤ知りはしない、逆にいえば、寝覚する人がいるから、埋火が消えているのを知ると歌った反実仮想詠。四句切、倒置法（第三、四句と末句）。体言止。右、家隆、1935「あまのはらゆきふりくればあしびきの山こそなみのふもとなりけれ」。

冬三（判者同）

九百八十三番　左

1964　ふるゆきに人こそとはねすみがまのけぶりはたえぬおほはらのさと

▽冬15の11。135。「人」体言止。「埋火」→「炭竈の煙」、「消えぬ」→「絶えぬ（ず）」、「人」→「里」。

九百九十八番　左

305 わがともとたのみしたけはゆきをれて人こそなけれ冬のあけぼの・ 1994

左歌、唐太子賓客白楽天愛為吾友といふことをよめり、閑居の歌にはよくや侍るべき／右歌、…まさるにこそ

「右　勝」（校本）

【語注】○わがとも　八代集一例・千載607（賀、俊成）。○わがともとたのみ　③131拾玉3271「わが友とたのむまがきの竹のうちにうれしくきなくももちどりかな」（百首句題、春「竹籬聞鶯」）。③131拾玉4443「わが友とたのみし人はうせはててしのぶむかしぞいとど恋しき」（「懐旧」）。○ゆきをれ　八代集一例・新古今1582。が、「雪の下折」は、八代集二例・新古今667、673（共に後述）。○冬のあけぼの　「曙」の八代集初出は後拾遺1102。枕草子「春は曙」でも分かるように、「冬の曙」は珍しく、新編国歌大観①（勅撰集）の索引に用例がない。が、③130月清440、662、131拾玉1482、1590、133拾遺愚草1911、2158、④31正治初度百首161、⑤184老若五十首歌合376、390などにある。「当時の流行表現を摂取したと思われる例」（長沢「千五」38頁）。

【訳】我友と頼みとした竹は雪折れて、人はいないことだよ、冬の曙には。（左歌は、「唐の太子賓客白楽天　愛して吾が友となす」（和漢朗詠集432、下「竹」篤茂）ということを詠んでいる、閑居の歌としては（それで）よいのでしょうか／右歌は、…まさっていることで（あります））

▽冬15の12。「人こそ」「雪」体言止。「人」→「友」、「訪はね」「絶え」→「無けれ」。我友だとあてにした竹は雪折れて、冬曙には、（友人がいずに）人がいないと歌う。第三、四句「雪折れがしていて、人がいない」というよりも、

「友としての竹が雪に折れて、人がいない」といった趣なのであろう。四句切、下句倒置法。さらに判の左歌評の後半は、閑居の歌としてはよいのですが、冬歌としてはどうか、といった意味あいと思われる。いうまでもなく、判詞の言の如く、和漢朗詠集432をふまえている。なお竹の雪折を歌った新古今の詠に、①8新古今667「あけやらぬねざめの床にきこゆなり籬の竹の雪の下をれ」（冬、範兼）、①8同673「夢かよふみちさへたえぬ呉竹のふしみの里の雪の下をれ」（冬、有家）がある。右、寂蓮、1995「山かぜはさそひかねたるまきの葉をゆくへもしらずうづむ雪かな」。
【類歌】①14玉葉1003 1004「跡もなきすゑ《末》野《の(拾)》の竹の雪をれにかすむや煙人はすみけり」（冬、定家。③133拾遺愚草2447）
③130月清173「わがともとたのみし人はおともせでまがきのたけのかぜのこゑのみ」（二夜百首「寄竹恋」）
「季経の判詞「左歌…吾友」で指摘されたのは、『和漢朗詠集』所収の次に引く詩句である。／竹／晋騎兵参軍王子猷裁《(ママ)》称此君／唐太…吾友　篤茂／讃岐はこの漢詩の心をふまえて詠んだと思われる。」（吉野「歌風」41頁）。「古典」—「和漢朗詠　下「竹」四三二（篤茂）」、「摂取」—「〃建久元　一二・一五、一九　二夜百首「寄竹恋」＝秋篠月清集一七三〃」（長沢「千五」31頁）…既述の和漢朗詠432、【類歌】の③130月清173。

千十三番　左

306 そまがはのこほりによどむいかだしやいはまのゆきに春をまつらん・2024

左歌、宜しきさまにはべれども、右歌、…、右の勝にや「右　勝」（校本）

【語注】○そまがは　八代集四例、初出は金葉（三）144。③130月清522「そまがはのいはますずしきくれごとにいかだのとこをたれならすらむ」(南海漁父百首、夏。③131拾玉1750)。④31正治初度百首433「そま河の山陰くだすいかだしよいかがうきねの床はすずしき」(夏、良経)。**〇こほりによど(む)** 新編国歌大観の①～⑩の索引では、他に、③133拾遺愚草2450(⑤218内裏百番歌合〈承久元年〉157)、⑤197千五百番歌合87(具親)、⑧10草根(正徹)6313、⑨26琴後(春海)796だけである。**〇いかだし** 八代集四例、初出は後拾遺905。①5金葉二245 261「おほゐがはいはなみたかしいかだしよきしのもみぢにあからめなせそ」(秋、経信。5′金葉三253)。**〇いはまのゆき** 新編国歌大観の①～⑩の索引では、他に④31正治初度百首1011(経家)、⑨16悠然院(宗武)151だけである。

【訳】杣川の氷に淀んで(行きかねて)いる筏師よ、岩間の雪に春を待っているのであろうよ。〔左歌は、悪くない様ではありますが、右歌は、…、右の勝でありましょうか〕

▽冬15の13。「雪」。「竹」→「杣」、「雪」→「氷」、「友」→「(筏)士」、「冬」→「春」。杣川の氷の中に行きかねている筏士は、岩間の雪に対して春を待つとの詠。第三、四句いの頭韻。右、家長、2025「ふるゆきのふかきいほりを人とはばしばをりくべてわぶとこたへよ」。

【参考】③129長秋詠藻519「となせ川岩間にたたむ筏しや波にぬれても暮を待つらん」(右大臣家百首「後朝恋」。①9新勅撰809 811)

「古典」―「金葉三　夏一四四=詞花　夏七六(好忠)」、「摂取」―「実家集「月歌」六七※〔私注―私家集大成三〕」(長沢「千五」31頁)…①5′金葉三144「そま河のいかだのとこのうきまくらなつはすずしきふしどなりけり」(夏、好忠)、10実家67「そまかはのあさせによどむいかだしをすきてやはるのくれはいぬらん」(春「かはのほとりのはるのくれ」)。

千二十八番　左

307　しろたへのふじのたかねにゆきふればこほらでさゆるたごのうらなみ・　2054

左歌、なからよりかみは、万葉集に、たごの浦にうちいでてみれば白妙のふじのたかねに雪はふりにけり、といへる歌なり、こほらでさゆるたごのうらなみといふことをぐしたるはをかしかるべきに、ふじのたかねに雪のふらんからに、たごのうらなみのさゆべきにあらず、ふじのたかねに月などのすまば、たごのうらにうつりてこほらでもさえ侍りなんかし、右歌は心えぬ事はべらねば勝とす「右　勝」（校本）、「かみは、―上は（〃）、いふことを―いふ事（〃）、雪の―雪（〃）、月などの―月なと（〃）、侍りなん―侍なん（〃）」

【語注】 **○しろたへの**　③118重家586「ふるゆきのひかずつもればしろたへのなみまにきゆるあはぢしま山」（「雪中眺望」）。 **○ふじのたかね**　これのみ八代集六例、初出は後拾遺825。 **○ゆきふれば**　⑤261最勝四天王院和歌295「雪ふれば氷る汀もさざ浪やしがのうらわの月のあけぼの」（「志賀浦 近江」有家）。 **○こほらでさ（ゆる）**　新編国歌大観①～⑩の索引では、他にない。 **○たごのうらなみ**　これのみは八代集一例・古今489、また「田子の浦」は八代集四例。他に、②10続詞花672、③25信明10、29順266、33能宣186、35重之93、56恵慶249、⑤390蜻蛉日記59、421源氏物語382などがある。

【訳】白妙の富士の高嶺に雪が降った時には、氷らないで、冷え冷えとする田子の浦波であるよ。〔左歌は、半ば・第三句より上は、万葉集に、「田子の浦にうち出でて見れば白妙の富士の高嶺に雪は降りにけり」、といった歌（とほぼ同然）である、「氷らで冴ゆる田子の浦波」ということを付け加えたのは趣がありそうであるが、富士の高嶺に雪の降るようなことによって、田子の浦波が冷え冷えとするようなのはあり得ない、富士の高嶺に月などが澄んだとしたら、田子の浦に映って、氷らなくても冷え冷えと必ずしましょうよ、右歌は納得しがたいことがありませんので勝とする〕

【本歌】①8新古今675「たごのうらに《ニ　ゆ（万）》うち出でてみれば白妙の《マシロニゾ（シロタヘノ）　ましろにぞ（万）》富士のたかねに雪はふりつつ《ケル　ける（万）　ける（定）》」（②1万葉321。②16夫木11475、⑤273続歌仙落書49評。275百人秀歌4。276百人一首4。310定家物語9）

▽冬15の14。「雪」「氷る」。「杣川」→「富士の高嶺」「田子の浦波」。白妙の富士の高嶺に雪が降っている—本歌による—時には、氷りはしないが、冷える田子の浦の波だと、判の指摘の如く、二つの歌枕を持つ本歌にほぼ2／3依拠しており、307独自の詞は、下句の「氷らで冴ゆる…波」だけといってよい。右に対して負となった。体言止。右、三宮、2055「はるちかきこほりのしたのさざなみはうちいでんことや思ひたつらん」。

【参考】③62馬内侍91「夜もすがらたごのうら波よせしおとをふじのたかねにきかざりけるよ」

【類歌】①19新拾遺431「白妙の富士の高ねに月さえて氷をしけるうきしまが原」（秋下、源有長）…307に近い

④22草庵513「白妙の富士の高根の秋の月影も千里の雪とみえつつ」（秋上）

④43為尹千首405「ふじのねの雪よりいづる秋の月氷やくだく田ごのうらなみ」（秋「山月」）…307に近い

「古典」—「万葉　巻三　雑歌三二一＝新古今　冬六七五（赤人）」、「摂取」—「〃正治初度百首「春」一六二三（寂蓮）・「冬」七六六（忠良）〃」（長沢「千五」31頁）…【本歌】の①8新古今675、④31正治初度百首1623「志賀の浦やけふ

たちかへる春風にこほらぬ浪も遠ざかりけり」（春、寂蓮）、④31同766「霜がれの尾花がすゝに月さえてこほらで氷るさののうら波」（冬、忠良）。

千四十三番　左

308 ますかがみかげさへくれぬものならばかさなるとしをなげかざらまし・2084

左歌、ますかがみのかげくれずとても、よはひおとろへばなげかざるべきにあらず／右歌、…、仍為勝「右勝」（校本）、「ますかがみの—ますかゝみ（〃）、べきに—べきにも（〃）」

【語注】**〇ますかがみ**　③56恵慶73「わかるれどかげをばそへつます鏡年月ふとも思ひわするな」（①11続古今853 861。②15万代3332）。**〇くれ**　年の「暮」と人生の「暮」を掛ける。**〇ものならば…なげかざらまし**（パターン）②9後葉361「恋しさのつらさにまさる物ならばいままでかくはなげかざらまし」（恋二、読人不知）。⑤136鳥羽殿北面歌合50「わがこひの心にかなふものならば人のつらさもなげかざらまし」（「恋」顕輔）。**〇なげかざらまし**　③131拾玉4366「としのあけてうき世の夢のさむべくはくるともやみをなげかざらまし」（短冊「歳暮」）。

【訳】真澄の鏡に写る姿さえ暮れはしないものなら、重なって行く年を嘆きはしないであろうに。〔左歌は、真澄の鏡に写る姿が暮れないとしても、年齢が衰えた時には嘆かないはずがない、嘆くのだ／右歌は、…、そこで勝とする〕

▽冬15の15。第三句末「…ば」。「さへ」を用いて、すなおに、年は暮れても、写る鏡の人生の姿さえ暮れなかったら、重なる年は嘆かない、つまり、姿も暮れるので、重なる年を嘆くと歌ったもの。反実仮想の詠ととった。が、本人は暮れても、写る姿さえ暮れぬものなら、重なる年は嘆かないであろうと解釈するのは、やはり無理であろう。ともあれ、これで四季・冬の詠を終え、歳末を迎える。右、内大臣、2085「くれてゆくとしのをしさはますかがみ見るかげさへやあすはかはらん」。

【参考】①7千載472「かずならぬ身にはつもらぬとしならばけふのくれをもなげかざらまし」（冬、惟宗広言。②12月詣858）

【本歌】—「古今　冬三四二（貫之）」（長沢「千五」30頁）・①1古今342「ゆく年のをしくもあるかなますかがみ見るかげさへにくれぬと思へば」（冬、きのつらゆき）。

祝（師光）

千五十八番　左

309 いせのうみきよきなぎさのなみもただ君に心をよするなりけり・2114

左歌、いせのうみきよきなぎさの波も君に心をよすとばかりにては、祝の心こそおぼつかなく侍れ／右歌は…、可為勝「右　勝」（校本）

【語注】○いせのうみ　②4古今六帖1898「いせのうみのなぎさによするうつせがひむなしたのみによせつくしつつ」

〔「かひ」〕。○**きよきなぎさ**　「…の海・きよきなぎさ」一、二句の型《パターン》同一の歌は、以下がある。③15伊勢191「なだのうみのきよきなぎさにはまちどりふみおくあとをなみやけづらん」。③46安法法師57「とこのうみにきよきなぎさは年ふれどみるめもよせむものとやはしる」。④41御室五十首801「伊勢の海きよきなぎさに駒とめて都のつとにこがひろはん」（雑、旅、生蓮）。

【訳】　伊勢の海（の）、清明な渚の波もただ一途に、わが君に心を寄せるのであるよ。〔左歌は、「伊勢の海清き渚の波も君に心を寄す」とだけ（の表現）では、祝の心は不充分でございます／右歌は…、勝とすべきである〕

▽祝5の1。催馬楽「10伊勢の海の　清き渚に　しほがひに　なのりそや摘まむ　…」（「伊勢の海」旧大系386頁）による、伊勢の海の清美な渚の波もひたすら君に心を寄せるとの詠であるが、判は祝意が足りないとして負とした。右、忠良、2115「あまつそら霞をわけていづる日のかげものどけき千代のはつ春」。

【参考】　⑤256嘉応元年宇治別業和歌9「よよをへてたえぬながれの川上も君にこころをよするなりけり」（源頼信。1169年）・下句同一

【類歌】　②15万代1627「伊勢海《の（夫）》なぎさをきよみすむ鶴のちとせのこゑをきみにきこえむ」（神祇、大伴黒主。②16夫木10294）

【本歌】　―「後撰　恋五・九四四（少将内侍）」（長沢「千五」30頁）・①2後撰944 945「人はかる心のくまはきたなくてきよきなぎさをいかですぎけん」（恋五、少将内侍）。

千七十三番　左

310 やどしおくかげしづかなる月見ればすむもかひあるいはし水かな・2144

同じいはしみづ、いづれもおなじ程にこそ

【語注】○やどしおく　八代集にないが、③116林葉436、113拾遺愚草443などにある。○しづかなる　267前出。○すむ　掛詞（「澄・住む」）。「住む」は「宿」の縁語。○すむ・かひある　⑤162広田社歌合121「きみがよにあふせうれしきいはしみづすむにかひあるながれともがな」（「述懐」小侍従。小侍従235）。○いはし水　八代集六例。②13玄玉9「榊葉に霜もおきけり岩清水月の氷の影さゆる夜は」（神祇、隆信）。②16夫木15987「いはし水すみはじめけん月影のみつのころもにかげぞうつりし」（雑十六、いはし水、衣笠内大臣）。④9長方85「神垣や代代に絶えせぬいはし水月も久しき影やすむらん」（秋「…、社頭月を」。①12続拾遺1415 1417）。④18後鳥羽院1476「いはし水すむ月かげの光にぞむかしの袖をみるここちする」（正治二年七月北面御歌合「水辺月」）。⑤182石清水若宮歌合190「いはし水やどれる月にすみなれし神や雲井のことを問ふらむ」（「月」公景）。

【訳】（水に）宿しておく影の静かな月を見ると、そこに澄む、また共に住むのも、そのかいがある岩清水であるよ。〔（両歌とも）同じ岩清水、（また）どちらも同じ程《レベル》で（ありましょうか）〕

▽祝5の2。「海」→「かひ（貝）」、「伊勢の海」→「石清水」、「海」「渚」「波」→「水」、「清き」→「清」。「伊勢の海」から「石清水」の詠で、水に宿しておく光・姿の静かな月を見ると、そこに澄むのも、また住んでいるのも甲斐のある石清水だと、石清水を寿ぐ。右、兼宗、2145「いく千代も君がこころにまかせよとすみはじめけるいはし水かな」。

【類歌】③133拾遺愚草1192「石清水月には今も契りおかむ三たび影みし秋の半を」（内大臣家百首、神祇五首）
⑤179院当座歌合15「万代の秋をやかねて石清みづやどるも月の影しづかなり」（「月契多秋」公経。⑤236摂政家月十首歌合80）

千八十八番　左

311 よものうみは浪しづかにてすみよしの松ふくかぜのおとのみぞする・2174

左歌、めづらしき事もはべらず、又させる難もなし／
右歌は…、勝とや申すべく侍らん「右　勝」（校本）、
「事も―事に（〃）」

【語注】○よものうみ　八代集三例、すべて金葉（311、461、710）。『守覚全歌注釈』220参照。○第一、二句　四海波静は中国の慣用句で、四海静謐波静か。さらに初句字余り（「う」）。○しづかに　267、310前出。○すみよしの松　③131拾玉1533「すみよしの松のあらしにかよふなりあはのなるとの浪のおとまで」（秋日詣住吉社詠百首和歌、雑五十首）。④26堀河百首277「すみよしの松にかかれるふぢの花風のたよりに浪やおるらん」（春「藤花」顕季）。○すみよしの松ふくかぜ　①16続後拾遺1331 1324「君が代のしるしとぞみる住吉の松吹く風ものどけかりけり」（神祇、経房）。③131拾玉442「すみよしの松ふく風も神さびてよわたる月の影たけにけり」（日吉百首和歌、秋）。③131同1103「君が代にかねてうゑけるすみよしのまつ吹く風はするゑもはるけし」（宇治山百首、雑「祝」。①21新続古今787）。④40永享百首316「住吉の松ふく風やおくるらんとほさとをののゆふだちの空」（夏「夕立」浄喜）。⑤160住吉社歌合127「みやゐしていくよへぬらむすみよしのまつふくかぜもかみさびにけり」（「述懐」経正）。⑤197千五百番歌合483「すみよしのまつふくかぜのさびしさもいまひとしほのはるのあけぼの」（春、忠良）。⑤228院御歌合〈宝治元年〉243「をさまれる御代ぞしらるる住よしの松ふく風の音ののどけさ」（「社頭祝」公基）。⑤362平家物語51「すみよしの松吹く風に雲はれてかめ井の水にやどる月かげ」（法皇。363源平盛衰記48）。○おとのみぞする「おとのみぞす（る）」は八代集五例、初出は金葉253。

【訳】まわりの海は、浪が静かであって、住吉の松を吹く風の音だけがするよ。〔左歌は、これといって珍しいこと（歌内容）もありません、（が、）またこれといった欠点もない／右歌は…、勝と申すべきでありましょうか〕

▽祝5の3。「静か《なる》《に》」「住《み》《む》」。「石清水」→「住吉」、「水」→「海」「浪」、「影」「見れ」→「音」、「かひ（貝）」→「海」。周囲の海は浪が穏やかで、住吉の常磐の松籟の音だけがする、逆にいうと、他の雑音が一切ないということでもある。つまり、四海・天下泰平・天下静謐の君の聖代を寿ぐ賀歌。右、通光、2175「ときはなるみどりのいろにあらはれて君がちとせはそらにしるしも」。

【参考】④30久安百首1281「君が代はまつふく風のいとたかく難波の事もすみよしの神」（神祇、安芸）
⑤160住吉社歌合15「すみよしのまつふくかぜのおとさえてうらさびしくもすめる月かな」（「社頭月」経盛）

【類歌】①13新後撰1211 1216「住よしの松ふく風もかはらねば岸うつなみやむかしなるらん」（雑上、如願法師）
③130月清1221「四ものうみかぜしづかなるなみのうへにくもりなきよの月をみるかな」（秋。①10続後撰1361 1358）
③131拾玉456「ふる雪にうらのまつ風うづまれて磯うつ浪のおとのみぞする」（日吉百首和歌、冬）
③132壬二2333「四方の海風しづかなる浪の上に雲こそみえね秋のよの月」（下、秋）
④39延文百首1500「四の海なみしづかにて蘆原のみづほのくには風もみだれず」（秋日同詠百首和歌、雑「祝言」源通相）
⑤271歌仙落書113評「何となくむかしおぼゆる渡りかな松ふくかぜのすみよしのはま」
「古典」―「古今　賀三六〇（素性）」、「摂取」―「〃建久元　九・一三「花月百首「月五十首」＝秋篠月清集八〇〃」（長沢「千五」31頁）…①1古今360「住の江の松を秋風吹くからにこゑうちそふるおきつ白浪」（賀「秋」そせい法し）、③130月清80「よものうみなみもしづかにすむ月のかげかたぶかぬきみがみよかな」（花月百首「月」）。

千百三番　左

312　かすがののはるのわかなもきみがためいくよろづ代かつまんとすらむ・2204

これも又勝負え思ひわきがたく侍れば、為持「左持」（校本）

【語注】〇かすがの　②4古今六帖2305「かすがのにわかなのかずはのこしてんちとせのはるはわれぞつむべき」（祝「わかな」いそ）。②4同2310「しろたへのころもかたしきかすがのにわかなつみしもたがためにぞは」（祝「わかな」）。③56恵慶36「春日野のわかなもしるくはるがすみかすみわたれりかたをかのはら」。〇はるのわかな　③46安法法師70、④26堀河百首74、80などにある。〇きみがため　③119教長58「きみがためはるごとにつむわかなこそおいずしなずのくすりなりけれ」（春）。〇いくよろづ代　八代集一例・金葉323。〇勝負　源氏物語「「おなじくは、御前にてこの勝ち負け定めむ」と」（「絵合」、新大系二―178頁）。

【訳】春日野の春の若菜も君のために、幾万代か摘もうとするのだろうか、幾万代だ。〔これもまた、勝ち負けはよう判断しがたいですので、持とする〕

▽祝5の4。「四方の海」「住吉」（歌枕）→「春日野」（〃）、「松」→「若菜」。春日野の春の若菜も我が君のために永久に摘むだろうと、例の〝我君〟の永久を寿ぐ詠。それゆえに【参考】歌が多い。【参考】の①1古今21、22、②4古今六帖2302で、ほぼ311の歌をカバーできる。右、釈阿、2205「君が代をひよしのかみにいのりおけばちとせのかずやしがのうらなみ」。

【参考】①1古今21「君がため春ののにいでてわかなつむわが衣手に雪はふりつつ」（春上「仁和のみかど…」。②3新

撰和歌29。②4古今六帖45。②8新撰朗詠32。③38仁和1。⑤232新時代不同歌合43）
①1同22「かすがののわかなつみにや白妙の袖ふりはへて人のゆくらむ」（春上、つらゆき）
②4古今六帖2302「わかなおふるのべてふ《とい(新、貫)》のべは《を(新、貫)》君がためよろづよしめてつまんとぞ思ふ」（祝「わかな」つらゆき。①8新古今711。③19貫之189）…312に近い
②4同2304「かすがのにわかなつみつつよろづよをいのるこころは神ぞしるらむ」（祝「わかな」そせい）
②4同2306「ちはやぶる神たちよけ《ませ(貫)》よきみがためつむかすがののわかななりけり」（祝「わかな」つらゆき ある本。③19貫之318）
②4同2308「かすがののわかなもわれ《君(貫)》をいのらなん《む》たがためにつむもの《春(貫)》ならなくに」（祝「わかな」・③19貫之173）…312に近い
③28元真114「きみがためわかなつみつつ千世をへむめづらしげなくのべはみるとも」（「わかな」）
③46安法法師71「君がためとしをつまむとしめし野にわかなはゆきをうちはらひつつ」（「返し」）
③74和泉式部続44「君がためわかなつむとて春日野の雪まをいかにけふはわけまし」
③111顕輔48「君が世はかぎりもしらずながづきのきくをいくたびつまむとすらん」（「菊祝」。⑤149西宮歌合39）
③116林葉16「我がそのの若なをしめてみやこ人いくらの春をつまんとすらん」（春）
⑤419宇津保物語760「君がためかすがの野べの雪まわけけふのわかなをひとりつみつる」（そわうのきみのて。⑤250風葉13）
【類歌】①16続後拾遺608「君がため谷の戸出づるうぐひすはいく万代の春をつぐらむ」（賀、円光院入道前関白太政大臣）
③132壬二1440「竹河の水のみどりも君がためいく千世までかすまんとすらん」（家百首、雑「寄水雑」）…全体のリズム似る

④31正治初度百首1108「春日野の春のわかなに祈りおけばやほよろづ代も君ぞつむべき」（春、釈阿）…312に近い
⑤250風葉11「きみが為はるのおほのをしめたれば千世のかたみにつめる若なぞ」

千百十八番　左

313　君をおもふこころをくみてこたふなりみたらし河のおともさやかに・　2234

左歌、祝のこころくらくはべり／右歌、…可為勝「右勝」（校本）、「おもふ―いのる（〃）」

**【語注】** **○初句**　字余り（「お」）。**○こころをくみて**　①4後拾遺587「わかれけむこころをくみてなみだがはおもひやるかなこぞのけふをも」（哀傷「かへし」元輔。③31元輔102）。①7千載241 240「あまの川心をくみておもふにも袖こそぬるれ暁のそら」（秋上、土御門右のおほいまうちぎみ）。①18新千載2015 2014「せきいるるかひなからまし音羽河心をくみて人のしらずは」（雑下、通俊）。**○くみ**　「河」の縁語。**○こたふなり**　③131拾玉979「わび人の心のそこにこたふなりをのへのかたのまつ風のおと」（二日百首「山家」）。**○なり**　いわゆる伝聞推定より、断定のほうがよい。**○みたらし河**　73前出。①13新後撰723「千はやぶるその神山の中におつるみたらし河の音のさやけさ」（神祇、道玄）。

**【訳】**　君を思い慕う心をくんで応えることだ、御手洗川の音もはっきりと。〔左歌は、祝の趣旨がはっきりしていません、右歌は、…勝とすべきである〕

▽祝5の5。「君」。「摘ま」→「汲み」、「春日野」→「御手洗川」。御手洗川の音もさやかに、わが君を思うわが心を汲み取って（神は）感応しているのだと歌う。例によって、我君を寿ぐ詠で、「祝」5首を終える。第二、三句この

頭韻。三句切、倒置法。何か出典があるか。「みたらし河」といえば、何といっても、①1古今501「恋せじとみたらし河にせしみそぎ神はうけずぞなりにけらしも」（恋一、読人しらず）が思い浮ぶが、313とは関係がなさそうである。

右、俊成卿女、2235「さきにけり君が見るべきゆくすゑはとほざとをのの秋萩の花」。

【参考】③71高遠43「いさぎよきみたらしがはのそこふかくこころをくみてかみはしらなむ」（①11続古今706 710）

⑤167別雷社歌合154「昔よりおもふ心にあるものを御手洗川のくみてしらなん」（「述懐」経正）

「摂取」―「千載　秋上二九三（公時）」（長沢「千五」32頁）・①7千載293 292「いしまゆくみたらし川のおとさえて月やむすばぬこほりなるらん」（秋上、藤原公時）。

恋一（判者同）

千百三十三番　左

2264 ふじのねもたちそふ雲はあるものを恋のけぶりぞまがふかたなき

▽恋15の1。165。「御手洗河」↓「富士の嶺」。

千百四十八番　左

314 もろともにありあけの空ぞまたれけるほのみかづきのよひのおもかげ・2294

左右共にさもときこえて、よき持にこそ「左　持」

（校本）、「ほのみかづき―ほのみる月（〃）、よひ―よ

【語注】 ○もろともに ③48清慎54「あはれとも人もみるべく諸共に有明にのみよをいでしかな」（「女に」）。③67実方313「もろともにまつべき月をまたずしてひとりもそらをながめけ《つ(万)》るかな」（①15続千載439 441。②15万代2460）。 ○あり あけの空 「有明の月」は古今集より多いが、「—の空」は八代集六例、初出は詞花324。「有」掛詞。 ○第二句 字余り（「あ」）。 ○ほのみかづき 「ほの見る」は八代集四例、「三日月」八代集六例。「見」掛詞。④40永享百首701「この夕ほのみか月のよひよひに影そふごとくこひやまさらん」（恋「寄月恋」兼良）。①〜⑩の新編国歌大観の索引にままあるが、①〜⑤において、ここ・314であげたもの以外では、①21新続古今1695（土御門内大臣）＝⑤197千五百番歌合1101（内大臣）だけである。 ○よひのおもかげ ①〜⑩の新編国歌大観の索引では、他、⑤247前摂政家歌合〈嘉吉三年〉366「あけば又なみだや袖にさみだれの雲間の月の宵の面影」（「夏逢恋」氏数）と⑦78範宗579「雲間よりほのかに人をみか月のあかでいりにしよひのおもかげ」（「寄月恋」）、35雪玉（実隆）2923だけである。

【訳】（はっきりと顔が分かるので、）共にいて有明の空が自然と待たれることよ、ほのかに見た三日月の如き昨夜の宵の面影によって。〔左右の歌共に、その通りだと耳にされて、よい持で（ある）〕

▽恋15の2。「あ《りる》」。「雲」→「空」「月」。仄かに見た三日月のような—実景でもあろう・「三日月の光の下で見た」—宵の面影によって、共に居る有明の空が待たれるとの、掛詞を用いた詠。三句切、倒置法、体言止。右、越前、2295「あらはれん名はをしけれどしのぶやまみねのしら雲かからずもがな」。

【参考】 ②10続詞花175「よひのまのかたわれ月と見しものをながめぞあかす有明の空」（秋上、行盛）

②10同404「もろともに有明の月をみしものをいかなるやみに君まどふらん」（哀傷、有信）

⑤419宇津保物語871「ゆふかけてみそぎをしつつもろともに有明の月をいくよまたまし」（かんのおとど（俊蔭女））

【類歌】①15続千載1500 1503「もろともにまち出でし夜の面かげもさらに恋しき山のはの月」（恋四、隆博）
②16夫木3339「すむ月のひかりは霜とみ《さ（壬、六）》ゆれどもまだよひながら有明の空」（夏三、夏月「六百番歌合」家隆。③132壬二320。
⑤175六百番歌合234）
④15明日香井1472「さてもいまだよぶかき月のかげならば待ちえたるかひも有明の空」（恋「暁遇恋」）
④38文保百首982「面影をほのみか月の入りしより在明までにあはぬ君かな」（恋、有房）
「摂取」―「〃建久四〜五　六百番歌合　恋「暁恋」七九一（良経）〃」（長沢「千五」32頁）・⑤175六百番歌合791「つきやそれほのみし人のおもかげをしのびかへせば有明のそら」（恋上「暁恋」女房）。

千百六十三番　左

2324 かはづなくかみなびがはにさくはなのいはぬいろをも人のとへかし

▽恋15の3。119。

千百七十八番　左

315 いたづらにさてやはくちんあやむしろながす涙をしきしのびつつ

右歌は…、無左右勝負難申「左　持」（校本）、「歌は―歌（〃）」

【語注】○いたづらに　③15伊勢256「おくつゆをなにあかずとていたづらになみだをさへもながしいづらん」。○くち「莚」の縁語。**○あやむしろ**　八代集にない。②4古今六帖1389「ひとりぬ《ね》る床《のこも》《寝と薦》くちめやは《も》《も》あやむしろをになるまでも《に》《に》君をば《し(4496)》《し(万)》またむ」（宅「むしろ」。＝②4同4496。②1万葉2543 2538「綾席《アヤムシロ》《あやむしろ》」（後述））。③115清輔396「ふるさとをしきしのぶるもあやむしろをになる物といまぞしりぬる」。なお後述の「かやむしろ」（八代集一例・後述の①7千載789 788）は、万葉、古今六帖にない。**○しきしのび**　「頻・敷」、「忍・偲ぶ」掛詞。「敷き」は「莚」の縁語。「頻偲ぶ」八代集二例・①7千載789 788「あさでほすあづまをとめのかやむしろしきしのびてもすぐすころかな」（恋三、源俊頼。③106散木996）、①7同942 939「しきしのぶとこだにたへぬ涙にも恋はくちせぬ物にぞ有りける」（恋五、俊成）。「万葉集の「布暴（ぬのさらす）」を「布慕」（しきしのぶ）とする本文もあるところから生じた歌語。」（新大系・千載789）。

【訳】かいもなくそのままの状態で（我身も莚も）朽ち果てるのだろうか、綾莚に流す涙を敷いて、しきりに涙をこらえ、またあの人を思い慕いながら…。〔右歌は、…左右の勝ち負けはなく、（それを）申しにくい〕

▽恋15の4。綾莚に流す涙を敷いて、盛んに涙すまいと我慢し、男を恋慕しながらむなしく、あの人が訪れることなく莚も朽ち、私ははかなく死んでしまうのかと漏らしたもの。前歌に比べて悲劇性が強調される。二句切、倒置法。

右、通具、2355「しる人も涙のしたにくちはてばたが名はたたじつねなきにして」。

【参考】③116林葉705「しるらめや涙の床のあやむしろをになるまでにしき忍ぶとは」（恋）

【類歌】④22草庵920「涙をや玉にぬかましあや莚をになるまでとしきしのびても」（恋上）

⑤221光明峰寺摂政家歌合162「あや筵なみだの露のたてぬきにたれおりそめてしきしのぶらん」（「寄筵恋」成実）

「古典」—「万葉　巻一一　正述心緒二五四三」、「摂取」—「林葉集　恋七〇五」（長沢「千五」31頁）…万葉2543 2538「ひとり寝と薦朽ちめやも綾席緒になるまでに君をし待たむ」、【参考】の③116林葉705。

## 千百九十三番　左

2384 うちはへてくるしきものはひとめのみしのぶのうらのあまのたくなは

▽恋15の5。111。「しのぶ」。

恋二（顕昭）

千二百八番　左

2414 ふけにけりこれやたのめし夜はならん月をのみこそまつべかりけれ

▽恋15の6。120。

千二百二十三番　左

2444 夢にだに人をみよとやうたたねの袖ふきかへす秋のはつかぜ

▽恋15の7。158。

千二百三十八番　左

316 ふかくさののべのうづらよなれはなほかりにはとだにまたぬものかは・ 2474

左歌、野とならばうづらとなきてとしはへんかりにだにやは君はこざらむ、といふ歌をおもへり／右歌は、

…左は、わがやどあれて野べとならば、われはうづら

のやうになきてとしへんとよめるを、そのあらましごとのうづらを、かりにはとだにまたぬものかはとよめり、…ふたつにとらばうづらにはならんと人のよみたれば、さもよみつべし、しぎのかずかくことはなければいかが、左はいますこしたよりや侍らん、かつと申すべくや「左　勝」（校本）、「歌、―歌は（〃）、なき―成（〃）、君は―君か（〃）、へり―へる（〃）、右歌は、―右は（〃）、左は、―左歌は（〃）、うづら―うつゝ（〃）、なき―なり（〃）、うづら―うつゝ（〃）、よめり―よめる（〃）、うづら―うつゝ（〃）」

**【語注】** **○ふかくさ**　259前出。①7千載259 258「夕されば野べのあきかぜ身にしみてうづら鳴くなりふか草のさと」（秋上、俊成。④30久安百首838・顕広。④41御室五十首472「里はあれて人は出でにし深草の野原の暮にうづら鳴くなり」（秋、有家）。④43為尹千首386「ふか草の野べもつづきておのづから鶉や床にふしみなるらん」（秋「野鶉」）。⑤175六百番歌合198「しげき野となつもなりゆくふか草の里はうづらのなかぬばかりぞ」（夏「夏草」家隆。②16夫木3360）。**○ふかくさののべ**　①1古今832「ふかくさののべの桜し心あらばことしばかりはすみぞめにさけ」（哀傷、かむつけのみねを）。**○のべのうづら**　③130月清631「秋ならでのべのうづらのこゑもなしたれにとはましふかくさのさと」（西洞隠士百首、春廿首。②16夫木3300）。**○なれ**　23前出。「汝《なれ》」。**○かり**　「狩・仮」掛詞。**○あらましごと**　源氏物語「今行く末のあらましごとをおぼすに、住吉の神のしるべ、」（「澪標」、新大系二―101頁）。

【訳】深草の野辺の鶉よ、おまえはやはり、狩で仮りにはとだけでも、待たないのであろうか、待っている。〔左歌は、「野とならば…」という歌を思ったのである。／右歌は、…左歌は、我が家が荒れて野辺となったとしたら、私は鶉のように鳴いて年を過ごそうと詠んだのを、その予測の鶉を、「かりにはとだに待たぬものかは」と詠んでいる。…二つの歌を考えると、鶉にはなろうと人がよんだので、そうも詠むことができるであろうよ、鴫のかずかくことはないので、どうであろうか、左は少し拠り所がありましょうよ、勝と申すべきでしょうか〕

【本説】伊勢物語「むかし、おとこありけり。深草に住みける女を、やう〳〵あきがたにや思けん、かゝる歌をよみけり。／206年を経て住みこし里を出でていなばいとゞ深草野とやなりけん／女、返し、／207野とならば鶉となりて《き(古)》鳴き《年は》を《へ》らん《む(古)》かりにだにやは君は来《か(古)》ざらむ／とよめりけるにめでて、行かむと思ふ心なくなりにけり。」（百二十三段）、新大系192、193頁。①1古今971、972「深草のさとにすみ侍りて、京へまうでくとてそこなりける人によみておくりける／971年をへて…／返し　よみ人しらず／972野とならば…」）

▽恋15の8。深草の野辺の鶉に、お前はやはり、狩という口実で、仮にさえも待たないものか、待つ筈だと歌ったもので、判の如く、【本説】の伊勢物語世界（判は古今集歌）をふまえている。つまり上記の〝男〟の立場で、女（鶉）へ、お前は待っている筈だといったもの。なお後述の吉野氏は「自分の感想を詠みかけた歌」とする。右、家長、2475「ながめわびぬひとりありあけの月かげにあはぬかずかくしぎのはねがき」。「野と…とある歌に対して詠んだものである。詞を取り入れ、歌の心に依って詠む態度に加えて、古典の物語に対して自分の感想を詠みかけた歌となっている。これもまた、古典摂取の一つの態度だと思われる。」（吉野「正治」9頁）。「古典」―「古今　雑下九七一（業平）・九七二（読人不知）＝伊勢一二三段」、「摂取」―「久安百首「秋二十首」八三八（俊成）」（長沢「千五」32頁）…【本説】の伊勢物語123段（①1古今971、972）、【語注】の①7千載259 258。

千二百五十三番　左

317 くもるさへうれしかるべきそらならば涙のあめもいとはざらまし・ 2504

左歌は、さきの五十一番の右歌に申しあげ侍りぬる、
くもるさへの歌にきこえ侍りぬ、右歌は、…左歌もひ
とふしは侍れど、尚右歌の下句の、…かち侍るべし
「左　持」（校本）、「さへの歌—さへうた（〃）、侍れ
…—侍は持と申へし（〃）」

【語注】○くもるさへ　下記の①3拾遺722の歌。①20新後拾遺1154「くもるさへうれしとみえし大空のくるるもつらくいつ成りにけん」（恋四、西園寺入道前太政大臣。②15万代2707。④34洞院摂政家百首170）。○涙のあめ（一句）167前出。

【訳】曇るようなことさえもうれしいような空であるとしたら、涙の雨も決して嫌いはしなかったろうに。〔左歌は、前の五十一番の右歌に申し上げました、「曇るさへ…」〔私注—後述の①3拾遺722〕の歌に通じ合っています、右歌は、…左歌もよい箇所はありますが、やはり右歌の下句の、…勝ちますでしょう〕

【本歌?】①3拾遺722「いつしかとくれをまつまのおほぞらはくもるさへこそうれしかりけれ」（恋二、よみ人しらず。3′拾遺抄250。⑤197千五百番歌合2501判）

▽恋15の9。あの人との逢瀬の時刻である暮を待つ間の空は、曇るのまでも似ているのでうれしいと歌った拾遺歌を、317は上句にふまえ、その空であるとしたら、涙の雨も嫌わないだろう、が、うれしくない空だから、涙の雨を厭うと反実仮想で歌ったもの。右、三宮、2505「うとかりしもろこし舟もよるばかり袖のみなとをあらふしらなみ」。

千二百六十八番　左

318 涙河せきやるかたやしがのうらみるめはすゑもたのみなければ・ 2534

左歌は、ふるき歌ふたつをとりあはせてよまれて侍るにや、はやきせにみるめおひせばわがそでになみだの河にうゑましものを、みるめこそあふみのうみにかたからめふきだにかよへしがのうらかぜ、かやうの心ばへともに侍るか／右歌は、…、左はいますこし歌合の歌にかち侍りなん「左　勝」（校本）、「左歌は、―左歌（〃）、そでに―袖の（〃）、侍るか―侍り（〃）、右歌は、―右歌（〃）」

【語注】○涙河　112前出。④27永久百首590「涙川みなとにうかぶうき草のうきねとどめむかたのなきかな」（雑「萍」顕仲）。⑤4寛平御時后宮歌合192「人しれずしたにながるる涙川せきとどめな《テ》むかげは《ヤ（新）》《や（続）》見ゆると」（①10続後撰640 632。②2新撰万葉227）。○せきやる　八代集二例、初出は金葉688　○しがのうら　これのみ八代集一例、新古今639。が、「志賀の浦風」八代集二例、「志賀の浦波」同七例。○みるめ　掛詞「海松布・見る目」。

【訳】涙河（を）、はるかにとどめやる所は志賀の浦である、（なぜなら）海松布は淡水で、また会うこともいつまでも頼りとできないので。〔左歌は、古い歌を二つ取り合せて詠まれていますでしょうか、一つは、「早き瀬に海松布生ひせば我が袖に涙の河に植ゑましものを」（①1古今531）、「海松布こそ近江の海に難からめ吹きだに通へ志賀の浦風」

（①4後拾遺717）、このような意味内容が共にありますか／右歌は、…左歌は少々歌合の歌には勝ちますでしょう」

▽恋15の10。「涙」。「雨」→「河」。会うこと・海松布はこの先も頼めないのだから、涙河を堰き止める場所は志賀の浦だと歌ったもの。三句切、倒置法。右、内大臣、2535「やましろのこまのうりふのよのなかやならしははてで人のつれなき」。

【参考】③76大斎院前の御集69「なみだがはせくかたもなくくちなしのそでのつつみもみをとこそなれ」（「かへし」）

④30久安百首870「涙川袖のみわたにわきかへりやるかたもなき物をこそおもへ」（恋、顕広）

【類歌】①11続古今1097 1105「なみだがはせきやるかたのなければやみをはなれてはながれざるらん」（恋二、業平）…318に近い

①18新千載1083「なみだ川せかばとたのむかひもなしいつより袖の色に出でけん」（恋一、惟宗光吉）

「顕昭の判詞に「左歌…にや」と指摘させているように／はやき…／みるめ…／右の二首の歌から、古今集の「なみだ河」、後拾遺集の「しがの浦」を「みるめ」の詞に結びつけて詠み込んでいる。このように二首の古歌を取り入れる態度もみられる。」（吉野「正治」9頁）。「本歌」―「拾遺　恋四・八七六（貫之）、堀河百首　恋「恨」一二七五（基俊）」（長沢「千五」30頁）…①3拾遺876「涙河おつるみなかみはやければせきぞかねつるそでのしがらみ」（恋四、つらゆき）、④26堀河百首1275「人しれずみるめもとむと近江なるしがのうら見て過す比かな」（恋「恨」基俊）。

恋三（判者同）

千二百八十三番　左

319 おもひねのこころのほかにさめにけりゆめのうちにもゆめをしらねば・2564

左歌、ゆめのうちの夢、つねにみゆる事にて、めおどろかすふしにあらずや／右歌は…、勝とこそは申し侍らめ「右　勝」（校本）、「ゆめを―夢と（〃）、左歌、―左歌は（〃）、おどろかす―おとろかすへき（〃）、こそは―こそ《は》。（〃）」

【語注】○**おもひね**　266前出。○**こころのほか**　134前出。

【訳】思い寝は、思いがけなくも目覚めてしまったことよ、夢の中でも夢のことを知らないものだから…。〔左歌は、夢の中の夢は、いつも見ることであって、それでもって目が覚める時でないのではないか／右歌は…、勝だと申し上げましょう〕

▽恋15の11。「ば」（最末）。「末」→「他」「内」。夢の中でも夢ということを知らないものだから、思い寝は自分の思い・希望とは異なって、不本意にも目覚めてしまったと歌う恋歌。三句切、倒置法。下句ゆめの頭韻。右、忠良、2565「あとたえぬたれにとはましみちのくのおもひしのぶのおくのかよひぢ」。

【参考】①3拾遺1360「夢のうちの花に心をつけてこそこのよのなかはおもひしらるれ」（異本歌、哀傷、読人不知）

【類歌】①13新後撰1081 1085「おもひねの夢のうちにもなぐさまでさむるうつつは猶ぞかなしき」（恋四、中原師宗）

①13同1165 1170「おもひねの心のうち《中（嘉）》をしるべにてむかしのままにみる夢もがな」（恋五、前関白太政大臣。④37嘉元百首271）

⑤183三百六十番歌合673「おもひねのこころひとつをしるべにてむかしにかへるゆめのかよひぢ」（雑、有家）

「古典」―「堀河百首　雑「夢」一五四八（永縁）」、「摂取」―「文治三～四以前？　日吉百首「雑二十首」＝拾玉集

四八六」（長沢「千五」32頁）…④26堀河百首1548「ながきよの夢の内にてみる夢はいづれうつつといかでさだめん」（雑「夢」永縁）、③131拾玉486「たびのよにまたたびねして草枕夢のうちにもゆめを見るかな」（日吉百首和歌、雑）。

千二百九十八番　左

320 契りおきし浦ふく風はさもあらで袖に涙ぞやむときもなき・2594

左歌は、われもおもふ人もわするなありそうみのうらふく風のやむときもなく、と六帖に侍ればにや、人みなくちづけて侍るを、万葉には、初二句は此定にて、腰句は、おほなわにうらふく風のやむときもなくありとはべり、古歌の終句のいひにくきを誦しなほされたりけるにや、いかさまにもうらふく風につきては、をかしくよみなされたり／右歌は、…、左は詞をかざり、右は思ふこころをのべられたり、持と申すべし「左持」（校本）、「初―初の（〃）、なわ―なは（〃）、風の―かせは（〃）、なくありとはべり、―なくと侍る（〃）、終句の―終章は（〃）」

【語注】○初句　字余り（「お」）。○第二、三句　風信、来るよといったにもかかわらず来ないで。古今13「花の香を風のたよりにたぐへとぞ…」・上記の「風のたより」は、漢語の「風便・風信」に当る。**○くちづけ** 発心集「常は彼の「浄心信敬不生疑惑者」の文を口付け、ことくさとせり。」（第七—三、古典集成299頁）。十訓抄「断金伐木の契などいふ事あれども、人みなくちづけたるうへ、ながければしるさず。」（五—七、岩波文庫131頁）。まさに「口・付け」。

**【訳】** 約束しておいた浦に吹く風は、そうではなく（＝あの人が便りをよこし、やって来ることはなく）袖に涙はとどまる時がないよ。〔左歌は、「我れも思ふ人も忘るな荒磯海の浦吹く風の止む時もなく」（②4古今六帖2612、雑思「あひおもふ」。が、**【参考】**の後撰歌の本文）、と古今六帖にありますからであろうか、人すべて言い馴れていますが、万葉集では、初二句は、これと同じであって、第三句目（以下）は、「おほなわに（浦吹く風の止む時もなく有り）」（②1万葉609 606）とあります、古歌の末句の言いにくいのを作りなおされたのであろうか、なんと（なるほど）「浦吹く風」については、趣深く詠みなされている。／右歌は、…、左歌は（歌の）詞を装飾し、右歌は思う所の心を歌っている、引き分けと申し上げるべきでしょう」

▽恋15の12。約束の、あの人が私のことを忘れずに思い続け、文《ふみ》を送り、来訪することは、（古歌の如くに）そうではなく、袖に涙のほうは、（古歌の如く）止む時もないとの詠。後述の万葉、後撰、古今六帖でかなり語句が異なる。判の初めの歌は、古今六帖ではなく、後撰と同一。右、兼宗、2595「あひみてののちさへものをおもふかな人のこころのしらまほしさに」。

**【参考】**①2後撰1298 1297「我も思ふ人も《君もおもへわれ》わするなありそ海の浦吹く風《ふくかぜ(古)》のやむ時もなく」（雑四、ひとしきのみこ。②1万葉609 606「われもおもふ《ワレモオモフ》ひともなわすれ《ヒトモワスルナ》多奈和丹《オホナワニ》浦吹風之《ウラフクカゼノ》止時無有《ヤムトキナカレ》」。②4古今六帖2612）…これより

**【類歌】**③131拾玉163「ありそ海のうらふく風にあらねどもやむ時もなく物をこそおもへ」（百首述懐）

「本歌」—「後撰　雑四・一二九八（均子内親王）」（長沢「千五」30頁）・**【参考】**の①2後撰1298 1299。

千三百十三番　左

2624 あま雲のよそながらだにいつまでかめにみるほどのちぎりありけん

▽恋15の13。147。「契り」「あらり」。「浦」→「天」、「風」→「雲」。

千三百二十八番　左

2654 いそのかみふるのわさだにつなはへてひく人あらばものはおもはじ

▽恋15の14。145。「ありら」。

千三百四十三番　左

2684 あはれあはれはかなかりけるちぎりかなただうたたねの春のよの夢

▽恋15の15。121。二つ前「契り」。

雑一（前権僧正）

千三百五十八番　左

321 いにしへの神代もかくやはるのはな秋のもみぢはさだめおきけん・2715

まつことはめづらしからぬ花なれば神代のもみぢ色やそふらん、仍左勝歟「仍左勝歟―仍以左為勝歟（校本)」

【語注】○**はるのはな**　八代集三例。○**第三、四句**　①8新古今363「見わたせば花も紅葉もなかりけり…秋の夕暮」(秋上、定家)。③119教長661「はるのはなあきのもみぢもちりぬれど…」。③129長秋詠藻433「春の花秋の紅葉のちるを見よ…」。○**さだめおき**　八代集にない。③133拾遺愚草87。⑤403弁内侍日記55「いにしへにさだめおきけることの葉を今もかさねて思ひやるかな」(弁内侍)。源氏物語「世になびかぬかぎりの人く、殿の事とりを《お》こなふべき上下定めを《お》かせ給ふ。」(「須磨」、新大系二―15頁)。

【訳】昔の神代もこのように、春の花(桜)、秋の紅葉は定めおいたのであろうか。〔待つことは珍しくもない花であるので、神代の紅葉は色を加えるのであろうか、そこで左が勝か〕

▽雑10の1。「春」。「夜」→「代」。昔の神代もこう、季節の〝華〟、優美さの典型としての春の桜、秋の紅葉は決めておいたのかと歌う。右、丹後、2716「ときしあれば花ははるにもあひにけりまつこともなき身をいかにせん」。

【類歌】①10続後撰1237 1234「春の花秋のもみぢのなさけだにうき世にとまるいろぞまれなる」(雑下、土御門院。①20新後拾遺1470)

④38文保百首1099「いにしへの神代やとほくかすむらんをしほの山の春の明ぼの」(春、実教)

「摂取」―「治承二　五〜七　右大臣家百首「紅葉」=長秋詠藻五五四/〝文治三　春　殷富門院大輔百首「冬十首」=壬二集二四六〃」(長沢「千五」32頁)…③129長秋詠藻554「春は花秋は紅葉となぞや此四方の山辺よ人さそふらん」(右大臣家百首「紅葉」)、③132壬二246「春は花秋はもみぢと人まちしみちたえはつる冬の山ざと」(殷富門院大輔百首、冬)。

千三百七十三番　左

322　草も木もおのがをりをりちぎりおきていろをもかをも人にしれつつ・2746

とにかくにただなぞらへてありぬべしゆゑありとても
ききよからねば、仍為持

【語注】○**草も木もおのが**　③130月清929「くさもきもおのがいろいろあらためてしもになりゆくながづきのすゑ」（院無題五十首、秋。⑤184老若五十首歌合296）。○**おのがをりをり**　新編国歌大観①〜⑩の索引では、他にない。○**をりをり**　八代集三例。○**第三句**　字余り（「お」）。○**いろをもかをも**　③88範永112「きみならで誰にか見せむもみぢ葉のいろをも香をもしるひとぞしる」。③122林下179「さかきばのいろをもかをもしる人をしりそめぬるもかみのめぐみか」（冬「返し」）。○**下句**　①1古今38「君ならで誰にか見せむ梅花色をもかをもしる人ぞしる」（春上、とものり。②4古今六帖4147。6和漢朗詠100。③11友則3。25信明100）による。○**判の歌**　三句切。

【訳】　草も木もそれぞれの折折を定めておいて、色も香も人に知られつつある。〔とにもかくにもただ準じ比べられてあるのであろう、何かいわれがあっても耳に聞きよくないので、そこで引き分けとする〕

▽雑10の2。「おき」。「花、紅葉」→「草、木」「色、香」、「いにしへの神代」→「をり」、「定め」→「契り」。草の花も木の花も、各々の時節時節を決めているので、花の色も香も人に知られるようになるのだと歌う。第一句「草も木も」に対して、第四句「色をも香をも」が対応。右、越前、2747「さかきさすとよみや人のかみあそびたちまふ袖のかさへかぐはし」。

「本歌」―「古今　春上三八（友則）」（長沢「千五」30頁）・【語注】の①1古今38。

千三百八十八番　左

323　こころあらばゆきて見るべき身なれどもおとにこそきけまつがうらしま・2776

すむあまのこころあるべきまつがうらもみわのひばら
におよぶべきかは「かは—かは　仍以右為勝（校本）」

【語注】○初句　字余り（「あ」）。○初、末句　③112堀河45「こころあらばあまもいかにかおもふらんもみぢちりしく松がうらしま」（「海のほとりのおつる葉」）。⑤272中古六歌仙247）。○まつがうらしま　八代集二例・後撰1093、千載460。③131拾玉1499「こころありて物がたりせんあまもがなふねこぎとめむ松がうらしま」（当座百首、雑「海路」）。③132壬二289「おもひわび松がうら島たづねこん心あるあまやなぐさむるとて」（大輔百首「寄名所恋」）。○判の歌　第三句字余り（「う」）。

【訳】その気があるのなら、行って見るべき身ではあるが、話に聞く（だけだ）よ、松が浦島のことをば。〔住んでいる海士が分別・センス（情趣）をもっている苫の松が浦も、三輪の檜原に及ぶべきであろうか、及びはしない〕

【本歌】①2後撰1093 1094「おとにきく松がうらしまけふぞ見る《みつるかな(素)》むべも心あるあまはすみけり」（雑一、素性?。③9素性46）

▽雑10の3。「色」「香」→「見る」「音」「聞け」、「人」→「身」、「草」「木」→「松」。噂の松が浦島を今日見て〝心〟ある海人・尼は住んでいると知ったという本歌を、323は、分別があるなら、その地へ行って見るべき我身だが、松が浦島をただ空しく話として聞くだけだと歌う。第二、四句の「見る」と「(音に)聞け」、初句、第三句の「心」と「身」が対。そうして以上の第四句までを受けとめる末句「松が浦島」の体言止。四句切、下句は倒置法。右、定

家、2777「いくよへぬかざしをりけんいにしへにみわのひばらのこけのかよひぢ」。

【参考】①4後拾遺94「みるからにはなのなたてのみなれども心はくものうへまでぞゆく」（春上、高岳頼言）…ことば

「本歌」―「後撰　雑一・一〇九三（素性?）」（長沢「千五」30頁）・【本歌】の①2後撰1093 1094。

千四百三番　左

2806 身のうさに月やあらぬとながむればむかしながらのかげぞもりくる

▽雑10の4。107。「身」「あら」。「見る」（「音、聞け」）→「ながむれ」（「影」）、「行き」→「来る」。

千四百十八番　左

324 いかばかりこころの水のあさければぬしだにしらぬむねのはちすぞ・2836

つひになほむねのはちすはひらけなんしらぬはまぢはゆきてしもなし、仍以左為勝「はちすは―はちすの（校本）、仍以―以（〃）」

【語注】〇**こころの水**　八代集三例・詞花369（後述）、千載1218、新古今1947。仏教語「心水」による。①15続千載974 978「たねまきし心の水に月すみてひらけやすらんむねの蓮も」（釈教、俊成）。①19新拾遺1495「にごらじな心の水のそこ清み八重に花さく胸のはちすば」（釈教、円伊）。②14新撰和歌六帖2006「すましかね心の水はにごるともむねのはちすは

ひらけざらめや」（「はちす」）。**〇第二、三句**（同一）①6詞花369 368「おもひやれこころのみづのあさければかきながすべきことのはもなし」（雑下、太政大臣。②9後葉530）。**〇むねのはちす**（一句）八代集にない。仏教上の悟り。**〇はちす**　八代集において、後拾遺1152より、また「はちすの上」は拾遺1340よりある。**〇判の歌**　三句切。

【訳】どれほどか心の水が浅いので、本人でさえも知らない胸の蓮であるよ。〔とうとう最後にはやはり胸の蓮はきっと開くのでしょうよ、分からない不案内な浜路は行きて行くこともない、そこで左歌を勝とする〕

▽雑10の4。第三句末「れば」。「身」→「主《ぬし》」。どれほどか心の水が浅いので、本人も知らない（仏教の）悟りだとの釈教的詠。『讃岐』は、相手の心が浅いので、わが胸の思いを相手・主《ぬし》でさえも知らないとの解。右、家隆、2837「もしほやくけぶりもなみのすゑにしてしらぬはまぢにけふもくらしつ」。

【参考】③129長秋詠藻581「…いとへども　心のみづし　あさければ　むねのはちすも　いつしかに　ひらけんことは
かたけれど…」

「判定（慈円）は和歌で「つひ…なん」と、左の勝とした。理由は示されないが、左歌は、相手の心が浅いゆえにわが思いは察してもらえないとの歎きを詠んだ。「主だにしらぬ」にふかい詠歎があり、一首全体として重い調べが効果的だ。それに対し、右歌は象徴の度がすぎ、「知らぬ浜路に云々」は、歎きの感を伴わない。／家隆の歌風は、…讃岐のような老練な女流に、その点は一歩ゆずったということかもしれない。」（『讃岐』95頁）。「古典」―「詞花　雑下三六九（実行）」、「摂取」―「長秋詠藻五八一」（長沢「千五」32頁）…【語注】の①6詞花369 368、【参考】の③129長秋詠藻581。

雑二（判者同）

千四百三十三番　左

2866 のちの世の身をしるあめのかきくもりこけのたもとにふらぬ日ぞなき

▽雑10の6。124。「知《ら》る」。「主《ぬし》」→「身」、「水」→「雨」。

千四百四十八番　左

325 行するゐをしる人あらばとひてましかくいひいひてはてはいかにと・2896

はかなしなのりのともしびそもきえぬかくいひいひて

はてもまことに、仍持歟「はても—はては《イ も》（校本）」

【語注】〇判の歌　三句切。〇のりのともしび　八代集二例・千載1210、新古今1931。「法灯」の訓読語。

【訳】将来を知る人がいたら聞いてみることにしよう、このように言い続けて果てはどのようになるのかと。〈むなしいことよ、法の灯は、それも消えはててしまった、（また）このように言い続けて最終的にも〈には〉本当に、そこで引き分けか〉

▽雑10の7。「知る」。「後の世」→「行末」「果て」、「身」→「人」、「なき」→「あら」。このように（「世の中を嫌だ嫌だ」か）言い続けて最後にはどのようになるのかと、行末の果を知る人がいたら聞いてみたいものだとの詠。325の下句は、ほぼ【参考】の拾遺507の第二～四句そのままであり、その「行末を知る人…」となる。三句切、倒置法。右、寂蓮、2897「ゆくほたるひかりをまどにあつめても《て身の（宝）》思ひしらるるのりのともしび」。

【参考】①3拾遺507「世の中をかくいひいひのはてはてはいかにやいかにならむ《んん（宝）》とすらん」《む（抄）》（雑上、よみ人しらず。①3拾遺1314。3′拾遺抄375。⑤376宝物集115）

①7千載761 760「かかりけるなげきはなにのむくいぞとしる人あらばとはましものを」（恋二、成範）

【類歌】 ②16夫木5967「行きかよふ人だにあらばとひてまし山ぢのきくのちよのけしきを」（秋五、菊、第三のみこ惟家〔＝為家〕）

…上句のリズム似る

②16夫木14478「わがかかる山ざとずみをいかにともしる人あらばたづねきなまし」（雑、山家「…、山ざと」同〔＝為家〕）

「本歌」――「拾遺 雑上五〇七（読人不知）」（長沢「千五」30頁）・【参考】の①3拾遺507。「本歌の作者が「世間」を案じているのに対し、讃岐は「行く末」として案じる対象を深化させている。本歌の誹諧歌的な重ね詞は下句に縮約して、行く末がどうなるのか尋ねたい、と言って本歌に呼応させている。」（長沢「千五」35頁）。

千四百六十三番 左

2926 かげたけてくやしかるべきあきのつきやみぢちかくもなりやしぬらん

▽雑10の8。123。「行末」「果て」→「たけ（て）」。

千四百七十八番 左

2956 ながらへてなほ君がよをまつやまのまつとせしまにとしぞへにける

▽雑10の9。108。「たけて」（初句）→「ながらへて」（〃）「年ぞ経《へ》」。

千四百九十三番 左

326 おいのなみなほたちいづるわかのうらにあはれはかけよすみよしの神・ 2986

こしかたをしのぶもいかがおいのなみにあはれかくべしすみよしの神、若可左勝歟「なみに―なみ（校本）、可左―左可（ﾘ）」

**【語注】** **○おいのなみ**　八代集二例・後拾遺1131（後述）、新古今705。⑤421源氏物語475「老の波かひある浦に立ちいでてしほたるるあまを誰かとがめむ」（「若菜上」尼君（明石の尼君））。第三句内の「若《わか》」と「老」対照。「波」「立つ」「浦」「懸く」は縁語。326の原型は①4後拾遺1131 1132「おいのなみよせじと人はいとへどもまつらんものをわかのうらには」（雑五、連敏法師）。①21新続古今1903「和歌の浦に身は七十の老の浪五たびおなじ名をぞかけつる」（雑中、雅孝）。④3小侍従5「老のなみくる春毎に立ちそひてかすみへだつる和歌の浦なみ」（春「霞隔浦」）。④11隆信940「おいの浪たちかくるともわかのうらのあしたづのこをかたみとは見よ」（雑四）。④22草庵1237「老の波立ちかさねにしわかのうらのもくづはいとど玉もまじらじ」（雑「御返し」）。⑤399源家長日記75「君が代に昔にかへるおいのなみなほ行末も和歌のうらかぜ」（まさつね）。**○わかのうら**　八代集初出は古今序、次は前述の後拾遺1131。「和歌」。**○第三句**　字余り（「う」）。**○すみよしの神**　これのみ八代集一例・後拾遺1062。和歌の神。**○判の歌**　第三句字余り（「い」）。体言止。

**【訳】**　老の波がやはり立ち出る和歌の浦に、〝あはれ〟というものをかけて下さい、住吉の神よ。〔昔を思い慕うのもどうであろうか、老の波にあはれをかけるべきだ、住吉明神よ、もしくは（「それ！」「ごとき」か）左が勝つべきだろうか〕

▽雑10の10。「猶」（第二句初め）。「（松）山」→「（和歌の）浦」。老をむかえても出家などせず、この世に執着を持ち、

まだ和歌にかかずらわっている私を、和歌の神である住吉明神よ、心・思いをかけて下さいと、神祇歌的に神を持ち出して千五百番百首をしめくくる。四句切、倒置法、体言止。同じ讃岐・152に④31正治初度百首1994「いまはとてさはべにかへるあしたづの猶たちいづるわかの浦なみ」（鳥、讃岐。①20新後拾遺1417）がある。右、内大臣、2987「としをへてこしかたのみぞしのばるるあらましかばとおもふ人ゆゑ」。

【参考】③109雅兼32「すみよしのたむけのたびにあらねどもあはれはかけよおきつしらなみ」

⑤169右大臣家歌合〈治承三年〉61「わかの浦になほたちかへる老のなみしげき玉もにまよひぬるかな」（大夫入道）

【類歌】③130月清494「もしほぐさはかなくすさむわかのうらにあはれをかけよすみよしのなみ」（治承題百首、神祇）

…326に近い

③132壬二1535「さてもなほあはれはかけよ老のなみ末吹きかは《よす(洞)よわ(新)》るわかのうらかぜ《波(洞)》」（洞院摂政家百首「述懐」。①20新後拾遺1319。④34洞院摂政家百首1824）…326に近い

④11隆信939「…見えねども　猶たちいでて　おいのなみ　ふけひの浦に　おとろへて…」（雑四）

④44正徹千首942「老の波さのみかさなる和歌の浦に猶とどまらで出づる舟かな」（雑、述懐）

⑤176民部卿家歌合〈建久六年〉231「もしほ草かきおく跡のきえざらばあはれはかけよ和歌のうらなみ」

⑤184老若五十首歌合432「すみよしの浦ふく風のしき浪にあはれはかけよ岸の姫松」（雑、越前）

「正治百首に列して面目を施した讃岐が、空前の規模を誇る翌年のこの歌合に参加した、その折の再度の感激を詠じたものである。老の身を強く意識しながら、和歌の道に精進する決意を披瀝し、歌神の庇護を期待しているのは、見ようによっては悲愴ですらある。」（「糸賀」47頁）。「古典」―「後拾遺　雑五・一一三一（連敏）」、「摂取」―「〃建久六　三〜七・一一？　治承題百首「神祇」＝秋篠月清集四九四〃」（長沢「千五」32頁）…【語注】の①4後拾遺1131 1132、【類歌】の③130月清494。

⑤188和歌所影供歌合　建仁元年（1201）八月　6（首）

「影供歌合　建仁元年八月三日／題／初秋暁露／関路秋風／旅月聞鹿／故郷虫／初恋／久恋／作者／左方／…女房讃岐…判者　沙弥釈阿　…」

九番（初秋暁露）　左　（右勝）　女房讃岐

327　夜をこめてささわくる袖に置く露や秋の涙のはじめなるらん・17

【語注】○**初秋暁露**　他は「隆信Ⅱ146・良経1127」のみ（歌題索引）。③130月清1127「秋のきていくかもあらぬにをぎはらやあか月つゆのそでになれぬる」（秋。この歌合・⑤188和歌所影供歌合〈建仁元年八月〉3）。○**夜をこめて**　「旅立ちの早い時の慣用句。」（新大系・千載314）。③80公任91「よをこめておきける露の玉くしげあけてののちぞ秋としりぬる」。○**ささ**　「笹」のみ八代集一例・古今622。○**ささわくる袖**　④35宝治百首3804「篠分くる袖より露のやどりにてよすがら草の枕にぞおく」（「旅宿」隆親）。○**秋の涙**（一句）　勅撰集初出は、①9新勅撰1089、他、③130月清88、1558、133拾遺愚草2371、2863などにある。○**はじめなるらん**　①6詞花242 241「つねよりもつゆけかりつることよひかなこれやあきたつはじめなるらん」（恋下、一宮紀伊。②9後葉389）。

【訳】　夜が深くて笹を分けて進む袖に置く露は、秋の涙の初めなのであろう。

▽まだ夜の明けないうちに―詞書によれば、「暁」―、笹を分け行く袖に置く露が、秋の涙の最初だろうという「初秋暁露」詠。第二句字余り（ナシ）。右、沙弥釈阿（すべて相手は同じ）18「秋きぬと枕につぐるかねのおとにやがてもかかる袖の露かな」。

【参考】⑤156太皇太后宮大進清輔朝臣家歌合38「秋の夜の月みる袖におく露やひるにかはれるしるしなるらん」（「月」頼輔）
⑤158太皇太后宮亮平経盛朝臣家歌合38「秋の野の花のたもとに置く露や妻よぶしかの涙なるらむ」（「鹿」成仲）
【類歌】③131拾玉3605「夏をこめてあさぢが原におく露や秋の分けくる道と成るらむ」（詠百首和歌、夏）

九番（関路秋風）　左（右勝）　讃岐〔以下略〕

328　春のくる道とぞききし相坂の関にも秋の風は吹きけり・53

【語注】**○関路秋風**　「新古1601（良経）／隆信II192・良経1128」（歌題索引）。④11隆信192「都いでてかさなる山のあき風にむかしのあとをしら川の関」（「同じ御歌合に、せきのみちの秋風」）。**○春のくる**　①5金葉5「はるのくる夜のまのかぜのいかなればけさふく《き（堀）》にしもこほりとくらん」（春、前斎宮内侍。④26堀河百首16）。**○相坂の関**　④26堀河百首783「かずしらずきみがためにとひく駒はいくその秋かあふ坂の関」（秋「駒迎」紀伊）。
【訳】春は東からやってきて、来春の道《ルート》だときいていた相坂の関にも秋の風は吹くことだよ。
▽都の東方にあり、来春の途《みち》ときいた相坂の関にも秋風が吹いているとの「関路秋風」詠。これも前歌に続いて―331まで、すべて釈阿に対して―負となった。右、釈阿、54「時しもあれ秋の旅ねをすまの関身にしむ風のかへる白波」。
【参考】①2後撰983 984「ゆき帰りきてもきかなん相坂の関にかはれる人も有りやと」（恋五、よみ人しらず）
③80公任54「をしみにとさしてきつれどあふ坂の関にも春はとまらざりけり」

【類歌】④31正治初度百首873「春のくるみちをや年もかへるらん今夜はとぢよ逢坂の関」（冬、隆房）…328にやや近い

九番（旅月聞鹿）左（右勝）

329 草枕鹿のねそはぬ月にだになぐさめかねしさらしなの山・89

【語注】○旅月聞鹿「良経㊟3」（歌題索引）のみ。三「わすれすよかりねに月をみやきのゝ枕にちかきさをしかの声」（『私家集大成・中世Ⅰ』「旅月聞鹿」。③130月清解5）。○鹿のね 298前出。○月にだに ④41御室五十首829「月にだになぐさめがたき山里の軒ばをこむる夕霧の空」（秋、寂蓮）。○なぐさめかね 八代集三例、【本歌】参照。○さらしなの山 八代集四例。信州。月の名所。憂愁の印象があり、姨捨を連想し、棄老説話が伝えられる。

【訳】草を枕として旅寝をし、鹿の鳴き声が加わらない月でさえも心を慰めがたかった更科の山であるよ。

【本歌】①1古今878「わが心なぐさめかねつさらしなやをばすて山にてる月を見て」（雑上「題しらず」よみ人しらず。⑤416大和物語261（第百五十六段、男））

▽有名な本歌を三句以下にふまえて、信濃に旅寝をして鹿の鳴声が添わない月にさえも、更科の山は慰まらない、ましてや今聞いたからには…と、大和物語（旧大系327、328頁）にみられる姨捨山伝説の説話歌を、羇旅化している。体言止。右、釈阿、90「船とむるあかしの月の有明に浦より遠のさをしかのこゑ」。

【参考】③12躬恒84「みつつわれなぐさめかねつさらしなのをばすてやまにてりしつきかも」（「ざふのうた」）

③12同179「さらしなのやまよりほかにてるとき《月》もなぐさめかねつこのごろの月《そら（新）》」（①8新古今1259）

【類歌】④31正治初度百首1068「さらしなやをばすて山にふる雪をなぐさめかねし月かとぞみる」（冬、経家）
④33建保名所百首545「わすれなむなぐさめかねし山のはの空を秋とはさらしなのさと」（秋「佐良科里信濃国」）
⑤399源家長日記216「これもさぞなぐさめかねし此春はいまさらしなの月やすみけん」（院）
「歌題に従って歌の中に旅・月・鹿をそれぞれ詠み込んでいるが、「さらしなの山」に「鹿のね」を詠み込んだ点は讃岐独自である。因みに、同歌合の「旅月聞鹿」題の歌一八番三六首中で「さらしなの山」を詠んだのは讃岐だけである。周知のように「さらしなの山」は古今集以来「月」とともに詠まれている歌枕であり、／題しら…わが…／という古今集の歌で著名である。讃岐歌の「さらしなの山」「月」「なぐさめかねし」という語は右の古今集歌を取り入れたと考えられる。しかしながら、「さらしなの山」と「月」という伝統的な詠み方に「鹿のね」を取り合わせた点には讃岐の独自性を認めることができよう。」（吉野「歌風」43頁）。

九番（故郷虫）　左（右勝）

330　我《われ》ひとりあるじ顔にて故郷に人まつむしの鳴《なき》明すらん・125

【語注】○**故郷虫**　「経正45・西行Ⅰ460・隆信Ⅱ196・良経1129」（歌題索引）。97経正45「ふるさとはにはもあさちのふかけれは　まかきのほかのむしもなきけり」（『私家集大成・中古Ⅱ』、秋「故郷虫」）。○**あるじ顔**　八代集一例・金葉604。「ある」掛詞か。○**人まつむし**　八代集三例（三代集のみ）。古今202「あきの野に人松虫のこゑすなり我かと行きていざ訪はむ」（秋上「題しらず」よみ人しらず）。例の如く「待つ・松」掛詞。○**鳴明す**　八代集一例・詞花340。
【訳】自分だけが主人という顔で、故里に人を待っている松虫が鳴き明すのであろう。

▽自分（虫）のみ、主人面《づら》をして、故郷に人を待つ松虫が鳴き明すのかと、虫も我も人を待っている「故郷虫」詠。右、釈阿、126「むかしだにまがきものらと成りし跡にたれまつ虫の今も鳴くらん」。

【参考】②4古今六帖1293「ふるさとにあらぬものからわがために人のこころのあれてみゆらん」（田舎「さと」いせ）②4同3995「夕されば人まつむしのなくなへにひとりある身ぞこひまさりける《おきどころなき(玉)》」（虫「まつむし」。①14玉葉1644 1636。③19貫之645）

【類歌】②15万代1110「むばたまのよかぜをさむみふるさとにひとりある人のころもうつなる」（秋下、三品親王雅成）
④18後鳥羽院397「故郷にまてとつげこせうつの山都へかよふありあけの月」（外宮御百首、雑）
⑤188和歌所影供歌合〈建仁元年八月〉142「宿はあれて庭はのべなる故郷にあるじとなりて虫の侘ぶらん」（「故郷虫」宗安）…この歌合

九番（初恋）　左（右勝）

331　しらせてもかひなかりけり何せんにおもひかへさで色に出でにけん・161

【語注】○**題**　70にもある。○**しらせても**　⑤441小夜衣21「しらせてもかひ有るべしと思はねば涙のうみに身はしづめつつ」（姫君（中宮））。○**何せんに**　八代集六例。○**おもひかへさ**　八代集四例、初出は後拾遺826。①7千載892 890「こひそめし心の色のなになればおもひかへすにかへらざるらん」（恋四、小侍従）。○**末句**　字余り（「い」）。

【訳】知らせてもつくづくとかいがないことだよ、どうして思い返し・恋心を変えはしていないのに、顔色に出てしまったのであろうか。

▽あの人・男に我が初恋心を知らせても、つくづくと甲斐がない、どうして心を変えてもいないのに顔に出てしまったのかと慨嘆する。二句切。右、釈阿、162「おぼつかなはつとやだしのかたがへりかりばのをのの恋の行末」。

【類歌】④35宝治百首3148「くやしきにぬるるたもとのさ夜衣思ひかへすもかひなかりけり」（恋「寄衣恋」禅信。①13新後撰1159 1164）

⑤175六百番歌合615「ひとしれぬおもひはふかくそむれども色にいでぬは《ねば（続）》かひなかりけり」（恋上「忍恋」兼宗。①15続千載1050 1054）…331に近い

⑤376宝物集187「しらせてもかひやなからんとおもふよりまだきに人のうらめしきかな」（雅頼）

九番（久恋）　左　（右）

332　契りおきしその〔　　　　　　〕袖に我がなもくちやはてなん・197

【語注】○題　113にもある。○**契りおきし**　②9後葉376「こぬ人をうらみもはてじ契りおきしそのことのははかたみならずや」（恋三、関白前太政大臣）。⑤205鴨御祖社歌合〈建永二年〉25「みづがきやわが代のはじめ契りおきしそのことのはを神やうけけむ」（「社頭述懐」御製。④18後鳥羽院1692。⑤278自讃歌8）。⑤228院御歌合〈宝治元年〉187「かぎりともおもはでしもや契置きしそのままにひぬ袖の白露」（「逢不遇恋」通忠）。○〔　〕「言の葉（に違ひては（、を記したる））」あたりが入るか。○**くちやはてなん**　⑤175六百番歌合769「すゑまでといひしばかりにあさぢはらやどもわがなもくちやはてなん」（恋上「旧恋」女房）。○**なん**　強意。

【訳】約束しておいたその…袖に我が名もきっと朽ち果ててしまうであろうよ。

▽約束のその〔言葉（と違う故に（、を書き記した））〕袖に我名も、また涙で袖自体も必ずすたれ果てるだろうとの詠か。10字分欠。初句字余り（「お」）。右、釈阿、198「〔　〕契りしものをいはのまつつる巣くふまで成りにけるかな」。

⑤189撰歌合　建仁元年〔1201〕八月十五日　3（首）

「撰歌合　建仁元年八月十五夜／題／…作者／左…／右…讃岐…／判者釈阿」

一番（月多秋友）（左勝）　右　讃岐〈以下略〉

333　こよひより千代のかげをぞかぞへつるてる月なみの秋の中半に・2

左右歌読申訖、判者左勝之由申之

【語注】○3　森本『研究』291頁。が、4首である。○月多秋友「新古740（寂蓮）／寂蓮II145・474・定家2258・隆信II200・良経1114」（歌題索引）。①8新古今740「たかさごの松もむかしに成りぬべし猶ゆくすゑは秋のよの月」（賀「八月十五夜和歌所歌合に、月多秋友といふ事をよみ侍りし」寂蓮）＝この歌合3。○千代のかげ　八代集四例。○月なみ　八代集一例・拾遺171（後述）。○中半　八代集六例。○に「の中に」「によって」。

【訳】今夜から千代の月影をば数えることよ、照る月ごとの秋の半ばに。〈月は多年の秋の友〉〔左右の歌をば詠み申し上げ終って、判者が左の歌が勝の旨、これを申し上げる〕

【本歌】①3拾遺171「水《池（順）》のおもにてる月浪をかぞふればこよひぞ秋のもなかなりける」（秋「屏風に、八月十五夜池ある

家に人あそびしたる所」源したがふ。3′拾遺抄115。②6和漢朗詠251。③29順289)
▽水面に照る月の浪の数、及び月数を計算すると、今夜が秋の真中だという本歌をふまえて、照る月浪の秋の半ば(中秋の名月)に、千代の月影を今夜から数えるという算賀的詠。三句切、倒置法。【類歌】が多い。左、左大臣、1「月ならでたれかはしらむ君が代に秋のこよひのいくめぐりとも」。
【参考】③71高遠403「つきかげはいつもあかぬにこよひこそあきのなかばにあはれなりけれ」
【類歌】①9新勅撰260「かぞへねど秋のなかばぞしられぬるこよひににたる月しなければ」(秋上、登蓮法師)
①10続後撰332 323「名にたてて秋のなかばは今夜ぞと思ひがほなる月のかげかな」(秋中、寂然)
③133拾遺愚草2110「ことわりの光さしそへ夜はの月あきらけき世の秋の半に」(寛喜元年十一月女御入内御屏風和歌、八月「月」)
④22草庵541「秋の夜に照る月なみをなかばとは水なき空の影もみえけり」(秋下「…、八月十五夜」)…333に近い
⑤182石清水若宮歌合〈正治二年〉154「神もわきて照る月かげを契ればや秋のなかばにみ山出づらん」(「月」定家)
⑤247前摂政家歌合〈嘉吉三年〉221「かぞへつる秋のも中の空はれて名高き月の光をぞみる」(中秋、近衛)
⑤247同517「かぞへてや神も待ちけん石清水てる月なみの秋の今夜を」(秋神祇、氏数)…333に近い

十六番(左海辺秋月　右月下擣衣)　(左勝)　右

334 すが原やふしみの里も秋の夜は月におきゐて衣うつなり・32

又以左為勝

【語注】○月下擣衣 「新古478（良経）・479（宮内卿）／良経1116」（歌題索引）。①8新古今478「さとはあれて月やあらぬと恨みても誰あさぢふに衣うつらむ」（秋下「和歌所歌合に、月のもとに衣うつといふことを」摂政太政大臣。⑤189撰歌合29）。○（すが原や）ふしみの里 歌枕（奈良）。②4古今六帖1294「秋ののののうつろひゆけばすがはらやふしみのさとのおもほゆるかな」（田舎「さと」）。①7千載260 259「なにとなく物ぞかなしきすがはらやふしみのさとの秋の夕ぐれ」（秋上、俊頼。③106散木550）。①7同839 838「わするなよよよの契をすがはらやふしみのさとの有明の空」（恋三、俊成）。○月に・「によって」、「（月の光の）中に」。○末句・衣うつなり 126参照。終り方の一つの型《パターン》。②10続詞花248「秋のよをねざめて聞けば風さむみとをちの里に衣うつなり」（秋下、済円）。

【訳】菅原よ、伏見の里も秋の夜は月によって（臥身（「見」か）ではなく）起きて居て衣を打つようだ。〔又左歌を勝とする〕

▽大和の伏見の里も、秋夜は、伏すのではなく、月に起き座り衣打つとの詠。【類歌】は主なものを掲げたが、就中、③131拾玉250「秋の夜をねざめてきけばすが原やふしみの里に衣うつなり」（百首 堀川院題、秋「擣衣」）は、ほぼ334の第四句が異なるのみ—334「（も…は）月におきゐて」、拾「（を）ねざめてきけば（…に）」—である。慈円の「堀河題百首」の成立は、千載集成立の文治三、四年（1187、1188）以前（久保田淳『新古今歌人の研究』543頁）といわれ、この歌合は建仁元年（1201）であるので、慈円歌がはるかに先行する。左、俊成卿女、31「波のうへはちさとのほかに雲きえて月かげかよふ秋のしほ風」。

【類歌】②16夫木14682「しづのめが月におきゐのさととほみおひかぜしるく衣うつなり」（雑十三、里、おきゐのさと、陸奥、孝継）

④22草庵609「里はあれて秋かぜさむみ《るか（御）》すが原やふしみの暮に衣うつなり」（秋下）…334に近い

⑤217家隆卿百番自歌合46「明けぬなり衣手さむしすがはらや伏見のさとの秋の初かぜ」（秋。④41御室五十首568）

二十一番（題同＝海辺秋月）（左勝）右

335 松しまやをじまのあまも心あらば月にや今宵袖ぬらすらん・42

左歌殊によろし、仍為勝

【語注】○海辺秋月 「新古399（宮内卿）・400（丹後）・401（長明）／定家2261・隆信II 201・良経1117」（歌題索引）。①8新古今400「わすれじな難波の秋のよはのそらこと浦にすむ月はみるとも」（秋上、丹後。⑤189撰歌合39）。○松しま 八代集四例、初出は後拾遺827（後述）。○をじまのあま 八代集四例、初出は千載886。○第三句 字余り（「あ」）。

【訳】松島よ、雄島の海士も（〃もののあはれ〃を知る）心があったら、月に今宵は袖を涙で濡らすのであろうか。〈海辺の秋月〉〔左歌は特に悪くない。そこで勝とする〕

▽松島の雄島の、あの情趣を解さない、むくつけき海人にも、もし〃あはれ〃を知るなら、月に今夜—この歌合の「八月十五夜」の中秋の名月か—、さぞ袖を濡らすであろうよと歌ったもの。大もとに、【参考】の①4後拾遺827 828があるのはいうまでもない。また前歌・334とは、「菅原や伏見の里も…月に…衣…」、「松島や雄島の海士も…月に…袖…」と、歌枕（大和と陸奥）のみならず、歌の構造が似ている。さらに同じ讃岐に、323「こころあらばゆきて見るべき身なれどもおとにこそきけまつがうらしま」があり、その本歌・①2後撰1093 1094とは335の上句が通う。左、鴨長明、41「まつしまやしほくむあまの秋の袖月は物思ふならひのみかは」。

【参考】①4後拾遺827 828「まつしまやをじまのいそにあさりせしあまのそでこそかくはぬれしか」（恋四、源重之）

④28為忠家初度百首609「たのめつつこぬものゆゑにまつしまやをじまのあまのそでぬらすらん」（恋「怠偽恋」。②9後葉350、かねつね）…335に近い

【類歌】①8新古今399「こころあるをじまの海人のたもとかな月やどれとはぬれぬものから」（秋上「八月十五夜…」宮内卿。この歌合・⑤189撰歌合35）
①13新後撰904 905「つれなくも猶あふ事をまつしまやをじまのあまと袖はぬれつつ」（恋二、遊義門院）
①15続千載1176 1180「松島やをじまのあまに尋ねみんぬれては袖の色やかはると」（恋二、知家）
①15同1177 1181「まつしまやをじまの海士のすて衣おもひすつれどぬるる袖かな」（恋二、忠定。②15万代2311）
③131拾玉2901「わが袖を見せばや人にまつ島やをじまのあまのぬれ衣とて」
④261最勝四天王院和歌455「心あらば袖はいかにとあまをとへおぼろ月夜のしほがまのうら」（「塩竈浦陸奥」有家）

二十四番（題同＝湖上月明）（左勝）右

336 をちかたや雲もへだてぬ志賀のうらの波と空とにすめる月かげ・48

にほの水うみの水のおも、めづらしとて、左為勝

【語注】**○湖上月明**「新古1507（丹後）／定家2262・良経1118」（歌題索引）。①8新古今1507 1505「夜もすがら浦こぐ舟は跡もなし月ぞのこれる志賀の辛崎」（雑上「和歌所歌合に、湖上月明といふ事を」丹後。⑤189撰歌合45）。**○をちかた** これのみ八代集三例。が、「遠方人」八代集五例。②16夫木8093「遠方や雲井の山のほととぎす天つ空にも鳴きわたるかな」（雑二、山、くもゐやま、同（＝読人不知））。**○雲もへだてず** ③79輔親82「五月雨はをぐらきつきとおもひしをこよひのそらはくももへだてず」。**○志賀のうら** 318前出。③131拾玉5560「みねの月にふもとはれ行くしがのうらの雲のちさとよこよひいくむら」。**○第三句** 字余り（「う」）。**○すめる**「住」掛詞か。**○すめる月かげ** ①8新古今504

「村雲やかりの羽かぜにはれぬらむ声きく空にすめる月影」（朝恵、秋下）。④26堀河百首787「あらしふく伊駒の山の雲はれて長井のうらにすめる月影」（秋「月」国信）。

【訳】（月のある）遠い彼方よ、雲も隔てはしない志賀の浦の波と空との世界に澄んでいる月の光よ。〈湖上の月が明るい〉〔琵琶湖の水の面、珍しいとして、左歌を勝とする〕

▽彼方、雲もさまたげはしない志賀の浦の波と空とに澄んでいる月光と、まさに題の「湖上月明」の叙景詠。前歌・334に続いての歌枕（「志賀の浦」近江）、初句「…や」。体言止。左、女房（後鳥羽院）、47「からさきやにほの水うみ水の面に照る月なみを秋風ぞ吹く」。

【参考】⑤169右大臣家歌合〈治承三年〉22「をちかたやあさづま山にてる月のひかりをよするしがのうらなみ」（「月」頼政）

【類歌】①19新拾遺403「思ひやる千さとの外の秋までもへだてぬ空にすめる月かげ」（秋上、俊光女）

④31正治初度百首1542「志賀の浦に深行く月をながむればさざ浪こゆる西の山かげ」（秋、範光）

④39延文百首3147「わたつうみやちさとはるかにたつ波のをちかたかけてすめる月影」（秋「月」為遠）

⑤177慈鎮和尚自歌合1「志賀の浦の浪間に影をやどすかなわしの深山に有明の月」（大比叡十五番）

⑤203元久詩歌合76「志賀の浦のおぼろ月夜の名残とてくもりもはてぬ曙の空」（「水郷春望」御製）

釈阿九十賀屏風歌　建仁三年（1203）十一月　1（首）。⑤399源家長日記　夏帖　納涼　女房讃岐

337　行きかへりすずみにきつつならしばやしばしの秋をたもとにぞしる・46

【語注】 **○すずみ**　この語のみ八代集一例・後拾遺220。**○すずみにき**　⑤197千五百番歌合960「柳かげすずみにきたるからころもならすたもとになるる河風」（夏三、女房）。**○なら**　「馴れ」を掛けるか。**○ならしば**　八代集一例・①8新古今1050「みかりするかりばのをののならしばのなれはまさらでこひぞまされる」（恋一、人麿。②1万葉3062 3048）。他、③130月清757、930、132壬二1911、③133拾遺愚草157、1363、2483、2564、2624、⑤180院当座歌合〈正治二年十月〉30など。「しばし」の序。**○しばしの秋**　新編国歌大観①～⑩の索引では、他にない。

【訳】 往復し、涼みにやって来つつ楢柴よ、しばしの秋を袂に知ることよ。

▽行き帰りにも、楢の木の下に涼みに来つつ、袂に吹く涼風によって、しばらくの秋を感じとると歌う。『讃岐』89頁参照。『源家長日記全註解』、「二三　俊成入道九十の賀（建仁三年）…それにつけてもこの世のめいほくをきはめはてさせせんとおほしめして、かの光孝天皇の御時、はなの山の僧正仁寿殿ニめして、賀をたまはられるを例として、和歌所にして賀を給へき仰を下さる。霜月の廿日あまり三日とさためられて、先屏風の歌とてめされ侍り。…ならしは《Aるしら》や…此題みなよみてまいらせあはれたりしを、人々めしあつめて、一首つゝえりいたされて、絵所のかしこきかきりめして、此歌の心いひきかせてかゝせらる。このしきしかたは摂政殿かゝせ給。」（122～124頁）。他、有名な、『同』「又さぬき・みかはの内侍・丹後少将なと申人々も、いまはみなよはひたけて、ひとへに後のよのいとなみして、爰かしこのいほりにすみなれて、歌のこともすたれはてては、とき〳〵うためされなとするも念仏のさまたけなりとそ、うち〳〵はなけきあへるとき〻侍。」（63頁）もあり、この時讃岐は、1141?年生で、建仁三・1203年63歳?であり、出家（建久七・1196年、56歳?、隠栖か）していたらしい。106参照。

⑩58内裏歌合　建暦三年〔＝建保元・1213〕年八月七日　3（首）、「…／判者〔私注—無判〕」

二番（「山暁月」）　右　二条院讃岐

338 ひとりすむみやまのいほにゆめたえてながめわびぬるあり明のつき・4

【語注】○山暁月　「家隆2121・定家2674」（歌題索引）のみ。49家隆2121「あけぬとてをちかた人のを《お（壬、内）》くらすは　ひとりやか〻る山のはの月」（「同三年内裏御歌合《会に（壬）》、山暁月」）。③132壬二2469。⑩58内裏歌合6）。○ながめわび　133前出。

【訳】一人で住んでいる深山の庵に夢が終り、さめて、眺めるのを辛く感じる有明の月であるよ。〈山の暁の月〉

▽独り住みの深山の庵・山家において、目が覚めて夢が消え、有明月を〝詠め侘び〟ている様を歌ったもの。体言止（この歌合の歌3首共）。左、良平（3首共）、3「みかさやまおなじありあけ□すむ月もむかしのあきやわすれわぶらむ」。

【参考】③125山家948「ひとりすむいほりに月のさしこずはなにか山べの友にならまし」（雑）

【類歌】①8新古今380「ながめわびぬ秋よりほか《外（式）》のやどもがな野にも山にも月やすむらん」（秋上、式子内親王。④1式子248）

①8同1526 1524「ながめわびぬ柴のあみどのあけがたに山のはちかく残る月かげ」（雑上、猷円法師）

①15続千載834 838「旅人の床の山風夢たえてまくらにのこるありあけの月」（羈旅、中原師員）

①22新葉1090 1087「ひとりすむみ山がくれの柴の庵に秋をかさねてみつる月かな」（雑上、経方）

⑤197千五百番歌合1809「うちしぐれむら雲まよふ夜はの月ながめわびぬる山かげのいほ」（冬二、通光）

⑤261最勝四天王院和歌260「をしか鳴く床の月影夢たえて独りふしみのあきの山かぜ」（「伏見里山城」秀能。②16夫木4762）

十番（「野夕風」）　右　讃岐（以下略）

339 の辺にきてあはれしれとやふきつらむそでにしをるるあきのゆふかぜ・20

【語注】〇**野夕風**　「家隆2122」（歌題索引）のみ。③132壬二2470「人ならば都《宮こ(家)》にみましみや木のの露に《を(リ)》いざよふ萩の夕かぜ」（「野夕風」。49家隆2122。⑩58内裏歌合22）。〇**の辺にきて**　②9後葉141「秋風にを花なみよるのべにきてほのめく月の影をみるかな」（秋上、親隆）。〇**きて**　「風」か「作者」か、一応作者とする。〇**や**　疑問か詠嘆か。詠嘆とする。〇**ふきつらむ**　①4後拾遺50「むめがかをたよりのかぜやふきつらんはるめづらしく君がきませる」（春上、平兼盛）。他、③99康資王母47、④30久安百首610など。〇**つ**　強意。〇**そでにしを（るる）**　新編国歌大観①～⑩の索引では、他に、④18後鳥羽院1675（＝⑤204卿相侍臣歌合〈建永元年七月〉41）、⑤218内裏百番歌合〈承久元年〉99（経通）、273続歌仙落書（成義）82、⑦106資平134がある。〇**あきのゆふかぜ**　八代集二例・千載772、新古今274。が、②4古今六帖411、⑤421源氏物語306にある。①15続千載364 366「吹きむすぶ荻のはわけにちる露を袖までさそふ秋の夕かぜ」（秋上、慶融）。〇**ゆふかぜ**　137前出。

【訳】野にやって来て、情趣を知れということで、きっと吹いているのであろうよ、袖に萎れている秋の夕風であるよ。〈野辺の夕風〉

▽袖を吹き弱らせ、涙で濡らす秋の夕べの風は、野辺に来て、〝もののあはれ〟をしみじみと思い知れということで、今きっと吹いているのであろうと、「野夕風」を歌う。三句切、倒置法、体言止。また下句は〝野辺に来る前〟というよりも、〝来ている時〟であろう。左、権大納言藤原朝臣（良平）、19「かすがのやあとあるみちをとひかねてゆふべのかぜにしかもなくなり」。

【参考】③125山家288「あたりまであはれしれともいひがほにをぎのおとこす《に（万）》あきの夕風」（秋「隣夕荻風」）

【類歌】④34洞院摂政家百首593「身にさむく秋はきにけり今よりの夕の風の哀しれとて」（早秋、少将。②15万代791）

十八番（「河朝霧」）　右

340　はしひめのまつよあけぬるなみのうへにいとどさびしき宇治の河霧・36

【語注】○河朝霧　「家隆2123・定家2675」（歌題索引）のみ。③133拾遺愚草2676「あさぼらけいざよふ浪も霧こめて里とひかぬるまきの島人」（雑、旅「河朝霧」）。⑩58内裏歌合39。2675「建暦三年八月内裏歌、山暁月」）。○はしひめ　八代集一例・新古今636。「宇治の―」は八代集五例、初出は古今689、あと四例すべて新古今。②16夫木7047「はしひめのこほりの袖にゆめたえてあじろふきそふうぢの河風《なみ》」（冬二、氷、同（＝俊成卿女））。③132壬二675「あさ霧にしばしやすらへ橋姫の心もしらぬ宇治の河をさ」（光明峰寺入道摂政家百首、恋「寄名所」）。③132同2039「橋姫のあさけの袖やまがふらし霞もしろき宇治の川なみ」（下、春「…、水郷春望」）。③132同2277「五月きて袖やぬれそふ橋姫のながめにまさるうぢの川なみ」（下、夏）。④38文保百首3324「はし姫の浪こす袖やくちぬらんやそうぢ河の五月雨の比」（少将内侍）。○なみのうへに（第三句）字余り（「う」）。④38文保百首1658「浪のうへに河せの月もさゆるよは氷いざよふうぢの網代木」（冬、為藤）。○宇治の河霧　八代集三例、初出は詞花419。「宇治の河」は歌枕。

【訳】橋姫の待つ夜が明けてしまった（川の）波の上に、とても淋しい宇治の川霧であるよ。〈川の朝の霧〉

▽橋姫の待っている夜がすっかり明け果ててしまった波の上に、（橋姫の心をあらわすかのように）たいそう淋しい宇治の河霧が覆っているとの「河朝霧」詠。大もとには無論、古今689「さむしろに衣かたしきこよひもや我をまつらむ

うぢのはしひめ」（恋四、よみ人しらず）があり、またそれの本歌取りの歌に、定家の有名な①8新古今420「さむしろや待つよの秋の風ふけて月をかたしく宇治の橋姫」（秋上、定家）がある。また「橋姫・まつ夜・宇治の川」で、以下の多くの【類歌】がある。体言止。左、権大納言藤原朝臣、35「あけぬるかきりのたえまにほのぼのとをちかたしらむうぢの川浪」。

【類歌】①8新古今636「はしひめのかたしき衣さむしろに待つよむなしき宇治の曙」（冬、太上天皇。④18後鳥羽院1431）

①16続後拾遺316「橋姫のまつ夜の月もいたづらに霧たちこむる宇治の川波」（秋上「…、河霧」入道二品親王道助）…340に近い

①16同1046 1038「橋姫のまつ夜むなしきとこの霜はらふもさびし宇治の川かぜ」（雑上「…、冬河風」俊成女。④19俊成卿女228。⑤215冬題歌合〈建保五年〉52）…340に近い

①21新続古今1745「はし姫のかたしき衣たちこめてまつ夜をたどる宇治の河霧」（雑上、兼熙）…340に近い

④15明日香井509「はしひめのまつよふけゆくかは浪に月もいざよふ《月かげもいざよふなみの（1422）》せぜのあじろぎ」（詠百首和歌、冬「網代」。④15同1422）

④15同1197「ほのぼのとあさひいざよふ浪のうへにやまの名のこすうぢのかはぎり」（歌合同三年八月七日「河朝霧」）…この歌合

④38文保百首343「橋姫のまつ夜更けてゆく袖かけて月影さむし宇治の河かぜ」（秋、内経）

④45藤川五百首95「橋姫のまつ夜を宇治のいはぬ色や波にしをるる山吹の花」（「橋辺款冬」）

⑤213内裏百番歌合　建保四年（1216）・（私注—四年が正しい）10（首）

「歌合　建保四年閏六月九日／入新勅撰歌共詞書建保六年内裏歌合云云／題／春二首　夏二首　秋二首　冬二首　恋二首／

作者／左／…右…二条院讃岐…判者　治部卿藤原朝臣定家　或本衆議判後日付詞畢」

二番（春）　右（左勝）　讃岐〔以下略〕

341　ふく風や谷にも春とつげつらむ雪ふるすよりいづるうぐひす・4

…左方、詞ききよきにつきていひくだす時かやうのこころ常の詞に侍るべし、歌ざま猶いひしりて宜しく侍るよし申す／右方、谷にや春とつげつらんといへる、心あるよし右方申せど、左方猶よろしとて勝ち侍りき

【語注】　○ふく風や　①2後撰12「吹く風や春たちきぬとつげつらん枝にこもれる花さきにけり」（春上、よみ人しらず。②2新撰万葉15。②4古今六帖391。⑤293和歌童蒙抄107）。　○ふる　掛詞「降る・古」。　○うぐひす　③125山家61「ゆきとぢしたにのふるすを思ひいでてはなにむつるる鶯のこゑ」（春）。

【訳】「…新勅撰に入集した歌などの詞書は、建保六年内裏歌合だと云々…或本では、衆議判で後日に詞を付け終った」と。／吹く風よ、（それが）谷にもまた春ときっと知らせたのであろうよ、雪の降り積っている古巣より出て来た鶯であるよ。〔…左方（通光）は、（右の）歌の詞が耳ざわりが良くて、歌い下す時、このような歌の趣は、一般の詞でありますようだ、歌の有様がやはりコツを知っていて悪くなくあります旨を申します／〈定家の判〉右方の歌は、「谷にや春と告げつらん」と歌ったのは、歌の趣がある旨を右方の歌を申しているが、左方（の歌）はやはり悪くないとして勝としました〕

▽①1古今14「うぐひすの谷よりいづるこゑなくは春くることをたれかしらまし」（春上、大江千里）と4後拾遺19「山たかみゆきふるすよりうぐひすのいづるはつねはけふぞなくなる」（春上、能宣）をもとに、吹く風が里にも、またさらに谷にも春だと知らせたのだろう、だからそのせいで雪の降り積っている—降っているカ—古巣より鶯が（声カ）出てきたと歌う。三句切、体言止。なおこの歌合の対戦相手はすべて通光（持一、負九）である。左、通光、3「雲のゐるとほ山姫の花かづら霞をかけてふくあらしかな」。

【類歌】③133拾遺愚草203「みねの松谷のふるすに雪消えて朝日とともにいづる鶯」（大輔百首、春）

④31正治初度百首908「宮こへといでてはてにけり鶯の谷のふる巣は風やもるらん」（春、季経）

④31同2209「かへるべき程はいつともしら雪に春はふるすを出づるうぐひす」（春、信広）

④32正治後度百首804「春もなほ谷のふるすはうづもれて雪よりいづる鶯の声」（春「うぐひす」宮内卿）…341に近い

④37嘉元百首2403「雪のこる谷の古巣のいでがてに春をぞいそぐうぐひすの声」（尚侍）

④40永享百首26「雪ふかき谷のふるすの鶯はおのれいでてや春をしるらん」（春「鶯」公冬）…341に近い

⑤244南朝五百番歌合43「ことわりや谷には春もしら雪のふるすを出でて鶯のなく」（春三、無品法親王）…341に近い

十二番　右（左勝）

24　いにしへの春にもかへる心かな雲井の花に物わすれせで＝小125

二十二番（夏）　右（左勝）

342　待ちかねて更くるまくらにすぎぬなり山ほととぎす一こゑのやど・44

…／左方又雖無申旨、歌体猶可勝之由各申す

【語注】 **〇待ちかね**　66前出。⑤145内蔵頭長実家歌合〈保安二年閏五月廿六日〉10「まちかねてくらぶのやまのたそかれにほのかになのるほととぎすかな」（〔郭公〕安芸守）。**〇すぎぬなり**　③119教長235「ほととぎすくもゐはるかにすぎぬなりたがやどまでかをちかへりなく」。③132壬二1655「すぎぬなり有明の空の時鳥雲のいづくにこゑのこるらん」（守覚法親王家五十首、夏。④41御室五十首563）。④18後鳥羽院230「すぎぬなり夜半のね覚の時鳥声をばしばし月に残して」（建仁元年三月内宮御百首、夏）。④29為忠家後度百首195「ほととぎすききもわかれてすぎぬなりやこゑのとりのこゑのまぎれに」（郭公「暁郭公」）。**〇なり**　いわゆる伝聞推定。**〇一こゑのやど**　新編国歌大観の①〜⑩の索引に、他になかった。

【訳】 待ちかねて（夜の）更け行く枕に過ぎ去ってしまったようだ、山時鳥が一声鳴いた家では。〔左方（の人）は又（右歌に対して）申し上げることは無いといっても、（左の）歌の風体はやはり勝とすべきことを各々申している〕

▽山郭公の一声だけの家では、（郭公の声を）待ちかねていて、夜更けた寝床の枕に過ぎ去っていってしまったようだと歌う。三句切、倒置法、体言止。左、通光、43「風ふけばみなわになびくかりこものみだれてのぼる淀のかは舟」。

【参考】 ③87入道右大臣81「まちかねてやまべにいればほとぎす《ママ》みねのたにぢを出づる一声」
③119教長228「ほととぎすただひとこゑにすぎぬなりたがまつやどをいかになくらん」（夏）…342に近い
③119同229「ほととぎすさつきのゆはり一声にいるがごとくにすぎぬなるかな」
④28為忠家初度百首681「…山ほととぎす　かたらへば　くものこゐを　まちかねて　こころそらなる　…」（雑「山寺短歌」為忠）
⑤107顕季家歌合6「ほととぎすただひとこゑにすぎぬなりあかぬこころをせきにするゐばや」（〔郭公〕）

【類歌】 ④31正治初度百首1227「すぎぬなりやよまてしばし郭公二こゑとだに人にかたらむ」（夏、隆信）

三十二番　右（左勝）

343　たち花に枝うつりするほとゝぎす声きくよりもめづらしきかな・64

…、右枝うつり、此ごろのすがたにあらずとて以左為

勝

【語注】 ○たち花　32前出。③126西行法師家集144「橘のさかりしらなん郭公ちりなん後にこゑはかるとも」。③126同763「あやめふく軒に匂へる橘にきてこゑぐせよ山郭公」（②16夫木2703。③128残集（西行）9）。④31正治初度百首332「ほとゝぎすさそへとうゐしたち花にをりえてきなくこゑにほふなり」（夏、御室守覚法親王）。○枝うつりする　八代集一例・後撰159（後述）。

【訳】 橘に枝移りをする時鳥の姿は、声を耳にするよりも珍しいことよ。〔右歌の「枝移り」は、此頃の歌の姿・様に非ずとして、左を勝とする〕

▽〔まだ四月なので、木蔭に隠れて五月を待っている時期だとしても、羽のウォーミング・アップのために、〕橘に枝移動をする郭公は、その姿を見せて、妙なる声を聞くよりも珍しいと、もと（342の第二、三句）は、①2後撰159「こがくれてさ月まつと《ま》も《は(伊)》郭公はねならはしに枝うつりせよ」（夏、伊勢。②4古今六帖4432。③15伊勢455）であり、判詞にも言うように「此比の姿に非ずとて」負となった。ともあれ、通常の絶妙の時鳥の声よりも、形姿を歌っている点、それこそ珍しい。左、通光、63「風になびくさののかは浪打ちさやぎしらぬ露ちる夕立のそら」。

【参考】③11友則9「めづらしきこゑならなくにほととぎすこ《そ（新）》こらのとしをあかずもあるかな」（②3新撰和歌139）

⑤139新中将家歌合11「ほととぎすはなたちばなのかをとめてこゑならすなりえだうつりして」（「郭公」道経）…343に近い

⑤157中宮亮重家朝臣家歌合53「つねよりもめづらしきかな郭公いまきのやまのけふのはつ声」（「郭公」成仲。②16夫木8146）

【類歌】③133拾遺愚草23「とどめおきしうつり香ならぬ橘にまづこひらるる郭公かな」（初学百首、夏。他に「時鳥（かな）」と「橘に」を歌ったものに③133同325がある）

⑤182石清水若宮歌合〈正治二年〉131「しめのうちや玉しく庭の橘に声を手向くる郭公かな」（「郭公」讃岐・354）

⑤251秘蔵抄62「郭公五月の雨にうづもれて花たちばなに枝うつりなく」（十二月異名「五月　さ月」元方）

四十二番　（秋）　右　（左勝）

344　ふる郷はねやの板まに苔むして月さへもらずなりにけるかな・84

…、右歌ふかき心なしとて以左為勝

【語注】**○ねやの板ま**　①4後拾遺847 848「あめふればねやのいたまもふきつらんもりくる月はうれしかりしを」（雑一、定頼）。他、③58好忠284、⑤421源氏物語774などにある。**○板ま**　八代集六例。**○むし**　「生す」八代集五例。

【訳】古里は閨の板と板の隙間に苔が生えて、月の光までも漏れることもなくなってしまったことよ。〔…、右歌は、深い（歌の）趣がないとして、左を勝とする〕

▽故郷は寝屋の屋根の葺板の間に（までも）苔が生じ、雨や霧などのみならず、月光までもが漏らないようになったと歌う。後述の①7千載1011 1008、⑤361平家（覚）19が、344に近似し、344独自の詞は「閨」のみであり、判では「深き心無しと」して負となった。左、通光、83「さとわかず身にならすよの秋風に荻のはながら露ぞこぼるる」。

【参考】①7千載1011 1008「ふるさとのい《は(中)は(林)》たゐのし水みくさゐて月さへすまず成りにけるかな」（雑上「故郷月…」俊恵。②10続詞花190。③116林葉453。⑤165治承三十六人歌合333。271歌仙落書80。272中古六歌仙180）…全体のリズムも344に似る

③119教長745「あふことをまつのいはねにとしふりてこけむすばかりなりにけるかな」（恋「寄苔恋」）

【類歌】①18新千載649「ちりつもる木の葉がくれに成りにけりねやの板まの冬の夜の月」（冬、津守国助）

②16夫木14265「ねやのうちの真木のいたさへ苔むしてやつれはてたる草の古さと」（雑、故郷、為家）

④16右京大夫175「ましばふくねやのいたまにもる月を霜とやはらふあきのやまざと」

⑤197千五百番歌合635「ふるさとのうの花づき夜きて見ればねやのいたまをもらぬばかりぞ」（夏一、越前）

⑤197同1779「ふるさとのねやのいたまにもるあられおもはぬとこに玉ぞしきける」（冬一、兼宗）

⑤361平家物語（覚一本）19「ふる里の軒のいたまに苔むしておもひしほどは《よりも(延、源)》もらぬ月かな」（巻三、康頼。362平家物語（延慶本）60。363源平盛衰記67）…344に近い

五十二番　右（左勝）

345 もろ人の心のうちははるながら千年の秋の月をこそみれ・104

かちのの原、萩のした露、可勝之由定め申す

【語注】○もろ人　八代集六例。①5金葉二522 557「いくとせにわれなりぬらんもろ人のはな見るはるをよそにききつつ」（雑上、源行宗。5′金葉三513）。④38文保百首270「もろ人の心にはるをいそがずは行くとしなみをいかにをしまん」（冬、道平）。○人の「は（主格）」か。○はるながら　③117頼政670「春ながら秋のみやまにゐる人ぞ紅葉をこひて花をみしとや」（雑）。○ながら「まで」か。○千年の秋　八代集三例・拾遺517、後拾遺328、千載620。「千年も続く筈の秋」、「千年も続いている秋」、「千年も続いた秋」と、未来、現在、過去の三通りが考えられるが、上句が現在のようなので、これもそれか。⑤159実国家歌合117「君ぞ猶雲のうへまでくもりなき千とせの秋の月はみるべき」（「祝」政平）。

【訳】多くの人の心の中は春であるのだが、永久の秋の月を見ることだ。〔勝野の原、萩の下露（の左歌を）、勝とすべき旨を決め申し上げる〕

▽すべての人の心は春であるが、月は永遠不変の秋の月を見るとの詠。心の内は春だが、眼は千年の秋を見るとの、心中と目で見るとの対照の歌。負。左、通光、103「暮れば又わがやどりかはたび人のかちのの原の萩の下露」。

【類歌】②16夫木16267「もろ《る（久）》人のこころのうちにすむ月をいかなるつみの雲かくすらん」（雑十六、釈教、顕輔。④30久安百首388）

⑤213内裏百番歌合〈建保四年〉106「諸人の心は月にすみぬらしみやこの秋のふかき夜のそら」（秋、越前）

六十二番　（冬）　右　（左持）

346　神無月いづれもろさのまさるらむ木木の木のはとふかき涙と・　124

…、木木の木葉、ふかき涙きほひおつる心ふかきたぐひはあはれに聞きなされ侍りしかば、持と定め申す

【語注】 ○神無月 ①8新古今571「神無月木木のこの葉は散りはてて庭にぞ風のおとはきこゆる《のこれ(新時)》」(冬、覚忠。⑤235新時代不同歌合185)。 ○もろさ 八代集なし。源氏物語「思ひ続けられ給ふに、例の涙のもろさは、ふとこぼれ出でぬるも、いと苦し。」(「幻」、旧大系四―203、204頁。新大系では、「もろさ」の語彙はなく、「涙もろさ」二例。上記は「涙もろさ」(四―194頁。脚注「青表紙他本多く「なみたのもろさ」、明融本「なみたもろさ」。」)。「もろさ―」は、意外にも新編国歌大観①～⑤の索引になく、「涙もろさ―」「涙のもろさ」も、同①～⑤の索引では、②15万代3008「うきこともなぐさみぬべきつきになどなみだもろさの身にそひにけむ」(雑二「月をよめる」伊忠)のみである。が、同⑥～⑩では、「もろさ―」は、⑥二、⑧一、⑨一例あり、「涙もろさ―」は、⑧四、⑨一例、「涙のもろさ」は、⑦一例のみであるが、いうまでもなく、「涙もろ(…)」「涙ももろ(…)」は、②4古今六帖2553、③125山家1321、④30久安百首1277、⑤34女四宮歌合33など頻出する。 ○まさるらむ ⑤211月卿雲客妬歌合〈建保二年九月〉26判「たづのゐるあしべのしほや増るらんふかきなみだの色はみゆとも」。 ○木木の木のは ②3新撰和歌126「かみな月しぐれの雨ははひなれやきぎのこのはを色にそめたる」(冬)。

【訳】 神無月(よ)、どちらがもろさがまさっているのであろうか、木々の木葉と深い涙とでは。〔木々の木葉と深い涙とが争い落ちる趣の深い同類は、しみじみとあはれに聞きなされましたので、持と決め申します〕

▽神無月においては、樹々の木葉と深い涙とでは、どちらがもろさの増さるのかと歌ったもの。涙っぽく感傷的な詠。判をして、木葉と涙が争い落ちる「心深き類はあはれに聞きなされ…」で持となった。二句切、二、三句と下句との倒置法。②15万代1330、冬「建保内裏百番歌合の歌」、建保四年(1216)、二条院讃岐、末句「ふるきなみだと」。125参照。

左、通光、123「ちりはてて木のはおとなき山川のこほりのよそにゆく嵐かな」。「〔落葉〕…神無月には、木の葉と私の昔を思う涙と、どちらのもろさが勝っているだろう。どちらももろく散るばかりだ。」（『万代和歌集(上)』1330）。

七十二番　右（左勝）

347　あとたのむものさびしさはしらねども消ゆるはをしき庭の雪かな・144

…、いとよろしく聞え侍るよし両方申定為勝

【語注】**〇あとたの（む）**　新編国歌大観①～⑩の索引では、他にない。**〇ものさびしさ**　八代集一例・後撰266。⑤182石清水若宮歌合〈正治二年〉228「さらぬだに人めかれ行く山里に物さびしかるにはのしら雪」（「雪」但馬）。**〇しらねども**　①1古今391「君がゆくこしのしら山しらねども雪のまにまにあとはたづねむ」（離別、藤原かねすけ。③14兼輔93）。**〇消ゆるはをしき**　①7千載4「みちたゆといとひしものを山ざとにきゆるはをしきこぞの雪かな」（春上、匡房。④26堀河百首82。⑤301古来風体抄568）…下句似る。

【訳】足跡を頼りとするもの淋しさは知らないけれども、消えはててしまうのは惜しい庭の雪であるよ。〔たいそう悪くなく耳にされます旨をば、両方・左、右とも申し決めますので勝とする（申しますので、勝とするのを決めるカ）〕

▽訪れる人の跡をあてにする（が、その人は来なくて、それゆえの）うら淋しさは実感したことはないが、消え果ててしまうのは、もったいない庭の雪を歌う。或いは、後に雪が残っているのを頼みとする淋しさは知らないが、消えるのは惜しい庭の白雪よと歌ったものか。左に対して負となった。左、通光、143「神無月しぐれにけりなあらち山行き

かふ袖も色かはるまで」。

164 八十二番（恋）右（左勝）

いかなれば涙のあめはひまなきにあぶくま河の瀬だえしぬらん・讃167

348 九十二番 右（左勝）

うたがひしゐもりのあとはそれながら人の心のあせにけるかな・184

…、右あとけどほくきこえ侍りしかば、以左為勝

【語注】○**うたがひ** 八代集七例。⑤420落窪物語25「みじかしと人のこころをうたがひしわがこころこそまづは消えけれ」（女君（落窪の君））。○**ゐもり** 八代集にない。後述参照。○**それながら** 八代集六例。「（それ）ながら…かな」一つの表現型《パターン》。①2後撰514 515「人こふる心ばかりはそれながら我はわれにもあらぬなりけり」（恋一、よみ人しらず）。②16夫木13741「ふなをかの子の日のあとはそれながらきたのの松にひく心かな」（二十九、松、為家）…ことば。

○**あせ** 八代集四例、他「いろあせがた」八代集一例。「跡」の縁語。

【訳】疑った居守の跡はそのままで、人の心はすっかり色あせはててしまったことよ。〔右歌の（はか、居守の）跡はよそよそしく耳にされますので、左を勝とする〕

▽この歌を唐土ではなく、我国の女の歌として解した。あの人・男の浮気を疑った居守の血の跡は、そのまま消えないけれど、あの人の心は色あせた、私から離れていってしまったと歌い、再び負となった詠。俊頼髄脳（の説話）に

よる。②16夫木13152~13155、雑九、動物「守宮」四首の一首、16夫木13154「建保四年内裏十首歌合」二条院讃岐。なお次歌16夫木13155・知家の詠は、②14新撰和歌六帖1568「あはれまたつぐるこころのよしぞなきゐもりのしるしそれとみながら」(「人づま」)である。左、通光、183「まつしまや我が身のかたにやくしほのけぶりのするゐをとふ人もがな」。俊頼髄脳「忘るなよたぶさにつけし虫の色のあせなば人にいかがこたへむ〔私注―⑤291俊頼髄脳248。⑤294袖中抄273。また以下の歌は後述〕/返し/あせぬとも…/ぬぐくつの…/ゐもりといふ虫は、ふるき井などに、蜥蜴に似て尾ながき虫の、手足つきたるなめり。これは、もろこしの事なめり。ここには虫はあれど、つくる事なし。遠き所などにまかる時、かひなにつけつれば、あらひのごひすれど、落つる事なし。ただ、男のあたりによる折に、落つるなり。(ぬぐくつのかさなる事の、と詠めるは、女の、みそかごとする折に、おのづから、はきたるくつのかさなりて、ぬぎおかるるなり。さて、かくは詠めるなり。)」(古典全集145、146頁)。「袖中抄」、第六「一、ゐもりのしるし付ぬぐ沓のかさなる」(歌学大系別巻二、106、107頁)など参照。上記の歌、⑤291俊頼髄脳249「あせぬとも我ぬりかへむもろこしのゐもりもまもる限りこそ《ほどこそは(袖)》あれ」(⑤299袖中抄274)、⑤291同250「ぬぐくつのかさなることの《うへに(夫)》かさなれば《るは(夫、奥)》ゐもりのしるしいま《かひ(夫)》はあらじな」(②16夫木15148。⑤294奥儀抄430。⑤299袖中抄272)。

(補遺)

②12月詣和歌集150

登蓮法師つくしにまかりけるに、歌林苑にて人人餞しはべるとて　讃岐

349 行人ををしむ袂もかわかぬにまたおきそふる秋の夕つゆ(別部、巻頭歌)

【語注】○**登蓮法師**　生没年未詳。寿永元年（1182）までに没。家系未詳。歌林苑の会衆。「ますほの薄」（長明『無名抄』旧大系48、49頁）の逸話により数奇法師として知られる。中古六歌仙。詞花集初出。無名抄「とをろ〳〵いひ出たりけるを、登蓮法師其中に有りて、此事を聞きて言葉少なに成りて、」（48頁）。○**歌林苑**　無名抄「俊恵法師が家を哥林苑《ママ》と名付けて、月毎に会し侍しに、」（47頁）。○**かわかぬに**　④22草庵1346「そのままに露おく袖はかわかぬにはや七とせの秋もへにけり」（哀傷）。○**秋の夕つゆ**　203前出。

【訳】別れ行く人を惜しんで濡れた袂も乾きはしないのに、再び置き加わる秋の夕露であるよ。〈登蓮法師が筑紫に下向する時に、歌林苑で人々がはなむけをしますのに〉

▽「ますほの薄」の話で著名な登蓮が、渡辺（摂津）ではなく、筑紫に旅立つ時の歌で、行く人・登蓮を惜別する涙もまだ乾いていないのに、再度秋の夕露が置き添うと歌う。月詣集の「別」の巻頭を飾る詠。体言止。『鳥帚』377頁にもこの歌が挙がっている。

【参考】②4古今六帖581「いつとてもかわかぬ袖の秋の夜は露おきそへてものぞかなしき」（天「つゆ」）
③94大弐三位58「わかれけんなごりの袖《露》もかわかぬにおきやそふらん秋のしらつゆ《夕(新)》」（①8新古今780）…349に近い
③100江師494「いにしへのたもとのつゆもかわかぬにそふるなみだをおもひこそやれ」

【類歌】③131拾玉361「行く秋をしむたもとのゆふ露やあすは我がなく袖にのこらむ」（百首、秋）
④31正治初度百首1858「夜もすがら惜む袂におく露やかはりて秋のかたみなるべき」（秋、静空）
「これが讃岐集に見えないことは、一応この家集と月詣集との関係を薄弱にする。しかし前述したやうに、現存二条院讃岐集は成立当初のままの内容とは考へられず、本来は完全な百首であつたと仮定すれば、散佚した作の中に右の一首が含まれてゐなかつたとは言ひがたい。登蓮の筑紫下向については、源三位頼政集、俊恵の林葉集にも餞歌が見えてをり、制作時期としても、矛盾するところはないやうである。」（森本『文庫』219頁）。「この歌のすぐあとに、／

今ぞ知る…〔私注—②12月151〕／という三河内侍の作が並んでいる。また、林葉集に、「登蓮…はるばると…〔私注—③116林葉983＝①8新古今884離別〕とあり、頼政集にも、／登蓮…かぎりあれば…／返し／うれしさを…〔私注—③117頼政321、322〕とみえ、みなおなじ折の詠であろう。登蓮の作はまた、風雅集旅に、「筑紫へ…ふるさとを…〔私注—①17風雅951 941旅〕」歌林苑の人々の親交、その中に会衆のひとりとしての讃岐の動静が推察される。／なお、讃岐のこの歌と詞句のよく似た歌が大弐三位集にみえる…わかれけん…〔私注—【参考】の③94大58〕」〔『讃岐』62、63頁〕

以上をふまえて、この歌の詠まれた時期を考察しよう。頼政（1104～1180）、頼政集は1176年頃までに自撰か、俊恵（1113～1191）、1178年林葉集成るか、三河内侍（1140年頃の生）、月詣集1182年成る、讃岐（1141年頃～1217年頃）で考えると、1176年以前、この頃歌林苑の活動がさかんだと言われた1168年あたりか。また藤原資隆の⑦51禅林瘀葉集86には、餞別、「初秋於歌林苑餞登上人越鎮西和歌一首付小序」として和歌序（漢文）とその歌が録されている。この集は1～100まであり、寿永百首（1182年）とみなされ、資隆は生没年未詳であるが、文治元（1185）年9月までは存命とのことであり、上記の記述を裏付けてくれる。

## ②15万代和歌集

350　まちかねてひとりながむるありあけの月にぞ人をうらみはてつる・2125

巻第十　恋歌二　〔「対月増恋といふことを」〕　二条院讃岐

【語注】○**まちかね**　八代集六例、初出は金葉114。○**ありあけの月**　①2後撰1032 1033「ひとしれずまつにねられぬ晨明の月にさへこそあざむかれけれ」（恋六、兵衛）。①8新古今1505 1503「思ひいづる人もあらしの山のはにひとりぞ入りし有明の月」（雑上、静賢）。①12続拾遺906 907「待ちいづる影さへつらしたのめても人はこぬよの有明の月」（恋三、玄覚）。②4古今六帖3043「まてといはばまだよはふかしながづきのありあけの月ぞ人はまどはず」（雑思「人をとどむ」）。

**○うらみはて** 109前出。**○対月増恋**「経盛82」（歌題索引）のみの珍しい歌題。⑦54経盛82「こよひさへあはであけぬとながむればかたぶく月に袖のぬれぬる」（恋「向月増恋」。②15万代2124＝350の前の歌、350の詞書はこの歌の詞書）。

【訳】恋人・男を待ちかねて一人しみじみと見る有明月に、あの人を恨み果てたことよ。〈「月に向って増す恋」と言うことを（詠んだ歌）〉

▽あの人は来ず、待ちかね一人〝なが〟める有明の月に対して、男を恨んだ歌。例の、古今691「今こむと言ひし許に長月のありあけの月を待ちいでつる哉」（恋四、素性）に見られる〝待って有明月〟の詠。

【参考】③81赤染衛門23「君が見し有明の空にあらねどもひとりながむる月はへにけり」（「かへし」）

【類歌】①10続後撰1075 1072「身につもる秋をかぞへてながむればひとりかなしきありあけの月」（雑上、基綱）

②15万代1881「たがためぞちぎらぬよはをふしわびてながめはてつるありあけの月」（恋一、後京極摂政太政大臣）

⑤197千五百番歌合1409「をりしもあれひとりながむるおほ空のありあけの月にはつかりのこゑ」（秋三、三宮）

「〔待恋〕…二一一〇〜二一二六は寄月恋…など、素材によって纏められている。…参考歌「君が…」（赤染衛門集）〔私注—【参考】の③81赤染23〕。」（『万代和歌集(上)』2125）。

351 すみとげてありぬべしやはわがこころやまのあなたを見てかへらなん・3130

巻第十六　雑歌三　「題しらず」　二条院讃岐

【語注】○すみとげ　八代集一例・後拾遺1190。②4古今六帖4016、⑤173宮河歌合66など。○ありぬべしや　①4後拾遺697「あひみではありぬべしやと心みるほどはくるしきものにぞありける」(恋二、読人不知)。「あり」は「生きる」か、「そういう状態でいる」か。○やは　反語。○やまのあなた　①1古今877、1同950「みよしのの山のあなたにやどもがな世のうき時のかくれがにせむ」(雑下、よみ人しらず)よりある。仙境か。①3拾遺387「あかずしてわかれし人のすむさとはさはこの見ゆる山のあなたか」(物名、よみ人しらず。3′拾遺抄477)。海潮音「山のあなたの空遠く／「幸《さひはひ》」住むと人のいふ。…」(「山のあなた」カアル・ブッセ)。

【訳】(この世に)住み果てて、そのままできっといられるであろうか(、そうではない、だから)わが心は、山の彼方を見て帰りたいものだ。

▽この(我身は、)俗世に住み終えて生きていられない、堪えられないので、我心は、山のむこうの仙境をば見て帰りたいとの詠。第一、二句と三句の倒置法か。また第二句の主語が「我身」「我心」が考えられるが、やはり心か。要するに、住み遂げて、いてられそうもないので、我心は山の彼方を見て帰りたいとの詠。次歌は、3131「身のうさをなぐさむかたやなからましよしののやまのこのよならずは」(証蓮)、前述の①1古今950の仙境の「吉野」歌である。

【類歌】②14新撰和歌六帖547「わがこころ山ざとずみをいかにぞとしる人あらばたづねきなまし」(「山ざと」)

④35宝治百首3638「我が心すみもやすると庵しめてみればにごれる山の井の水」(雑「山家水」御製)

「〔山〕…参考歌「み吉野の…〔私注―前述の①1古今950〕▽私の心では、住み遂げられそうもないので、せめて山の向こうを見るだけで帰ろう。」(『万代和歌集(下)』3130)。

⑥20拾遺風体和歌集2

352 氷りゐてとほざかりにししがの浦なみをさそひて春はきにけり（春「後京極摂政家名所歌十首の中に」二条院讃岐）

【語注】○氷りゐ　226前出。　○なみをさそ（ひ）　新編国歌大観索引①〜⑩では、他、④37嘉元百首1155だけである。
○末句　171前出。例の、終り方の一つの型《パターン》。
【訳】氷っていて遠ざかってしまっていた志賀の浦（に）、波を誘って春はやってきたことよ。
▽氷って遠ざかっていた志賀の浦の波を誘って春は来たと、左記の本歌を上句（＋「波」）にふまえて、下句をうち出している。久保田淳『藤原家隆とその研究』、「建久五年夏良経家名所題十首歌合」、「志賀浦」、1194年。
「本歌／さよふくるままに汀やこほるらんとほざかりゆくしがの浦浪／（後拾遺・冬・419・快覚）」（吉野「正治」3頁）
【参考】①6詞花1「こほりゐししがのからさきうちとけてさざなみよする春かぜぞふく」（春、匡房。④26堀河百首2）
【類歌】①16続後拾遺458「志賀の浦みぎはの波は氷ゐておのれのみたつさ夜千鳥かな」（冬、土御門入道内大臣）
①21新続古今2「しがの浦やよせてかへらぬ波のまに氷うちとけ春は来にけり」（春、後小松院）…352に近い
②13玄玉370「春はまだ汀にかへるおとすなり遠ざかりにししがの浦浪」（時節歌上、円賢法師）…352に近い
⑤182石清水若宮歌合　正治二年
「石清水若宮歌合　道清法印結構　正治二年／題／桜　郭公　月　雪　祝／歌人／左方…讃岐…判者　内大臣兼右近衛大将源朝臣通親公」1200年、『小侍従全歌注釈』525参照。讃岐は卅三番、左で、右の相手はすべて寂信

353
あしびきの山あゐの袖をふく風にかざしのほかの花ぞちりける・65（「桜」卅三番　左持　讃岐）

左山あゐの袖いかが、やまあゐにすれるとも又あゐもてすれるなどこそふるくもよみたれ、右、…、持などにや

【語注】○あしびきの　④31正治初度百首1825「足引の山あゐにすれる衣とや卯花がさねひかげさすらん」（夏、静空）。○山あゐ　八代集二例・新古今712、1889、が、「やまゐ（山藍）」は多い。「山あひ（間）」を掛けるか。が、この語は八代集では一例・「山間《やまひ》」拾遺245のみ。また大嘗会・五節・豊明節会などや神事で着する小忌衣は、この山藍の樹液で摺り染めたものを用いた。○山あゐの袖　③131拾玉2649「いはし水春さく花のちる空に雪をめぐらす山あゐの袖」（春日百首草、諸社「八幡」）。定家歌に多い。○ふく風に　①3拾遺1121「吹く風にちる物ならば菊の花くもゐなりとも色は見てまし」（雑秋、忠見）。○風　山からの風か。○かざしのほか　新編国歌大観①～⑩の索引では、他に⑦122為理59「かすがやまをみのたもとのはる風にかざしのほかの花ぞかつ散る」（春「春日りんじのまつり」左宰相中将家）だけである。○末句　一つの表現型《パターン》。②4古今六帖379「春風の吹きそめしよりたきつせのこほりもとけて花ぞちりける」（天「はるのかぜ」）。○やまあゐにすれる　①3′拾遺抄426＝③19貫之371がある。○あゐもてすれる　「あひ―」と共に新編国歌大観の索引の①～⑩になかった。

【訳】山藍の袖を吹く風に挿頭の他の（本物の）花が散ることよ。〔左歌の「山藍の袖」という表現はどうか（と思われます）、「山藍に摺れる」とも、又「藍もて摺れる」などは古くも詠んでいます、右、…持などでございましょうか〕

▽儀式《セレモニー》で着る山藍の袖をふく風に、当人の挿頭以外の桜が散るとの詠。第二句字余り（「あ」）。右、沙弥寂信、66

「つねよりものどけくにほへ山ざくら枝も声せぬ春ぞことしは」。

【参考】②4古今六帖697「しら雪のふりしく時はあし引の《みよしの(古)》山下かぜに花ぞちりける」(天「ゆき」)。①1古今363・賀「冬」)…353に近い

【類歌】⑤258文治六年女御入内和歌59「ふくかぜにちるともみえず山ざくらはなはけふこそさかりなりけれ」(三月「桜…」右)

354 しめのうちや玉しく庭の橘に声を手向くる郭公かな・131(「郭公」卅三番 左勝 讃岐)

右歌、…左歌、しめのうち橘とおける、いかが負け侍らむ

【語注】○題 22にもある。○しめ 八代集四例。注連縄。神域を示す。○橘 紫宸殿南庭の右近の橘かとも考えられるが、神域ゆえ神社の橘。おそらく石清水八幡宮の若宮社の橘であろう。③126西行法師763「あやめふく軒に匂へる橘にきてこゑぐせよ山郭公」(②16夫木2703。③128残集(西行)9)。③133拾遺愚草325「橘に風ふきかをり《る(夫)》くもるよをすさびになのる時鳥かな」(閑居百首、夏。②16夫木2752)。④31正治初度百首332「ほととぎすさそへとうゑしたち花にをりえてきなくこゑにほふなり」(夏、御室)。⑤182石清水若宮歌合〈正治二年〉77「神がきのみしめにこもる橘に山ほととぎすいもひしてなけ」(「郭公」季能・この歌合)。○声を手向くる ④33建保名所百首263「ほととぎすいまや都へいづみなるしのだの杜に声を手向けて」(夏「信太社」)。

【訳】 標の内よ、玉(砂利)を敷いている庭の橘に声を手向けている郭公であるよ。〔右歌、…左歌、「標の内、橘」と表現したのは、どうして負けましょうか、負けません〕

▽神域内、白玉砂利を敷きつめた石清水の若宮社の神庭—紫宸殿の南庭にならってか—の橘に声を手向ける郭公を歌う。初句字余り（「う」）。第二、三句「た」の頭韻。右、寂信「まつよりはゆきてをきかむ郭公山のとかげをいづるはつ声」。

【類歌】⑤182石清水若宮歌合〈正治二年〉113「折こそあれ花たち花に風ふれて声なつかしきほととぎすかな」（「郭公」敦房）・この歌合

⑤228院御歌合〈宝治元年〉77「庭にちる花たちばなの梅雨に声はしをれぬ時鳥かな」（「五月郭公」越前）

355 石清水秋の最中《もなか》をさだめてぞ月もさやけき影をそへける・197（「月」卅三番 左勝 讃岐）

右…左は八月十五夜を詠ぜり、月の歌にとりていかが
負け侍るべき、仍以左為勝

【語注】○題 44にもある。○石清水 ②13玄玉9「榊葉に霜もおきけり岩清水月の氷の影さゆる夜は」（神祇、隆信）。④32正治後度百首750「いはし水月に契やふかからん秋のなかばにわきてうつれる」（神祇、季保）。⑤182石清水若宮歌合〈正治二年〉155「いはし水秋のなかばの月も見きあはれとてらせ行末の空」（「月」成家・この歌合）。○最中 八代集では、この「秋の最中」（拾遺171。仲秋八月、八月十五夜）のみ。

【訳】石清水（八幡宮において）、秋のまん中（中秋）を決めてのことだ、月も明らかな光を加えたことよ。〔右…左歌は八月十五夜を歌っている、月の歌に関してどうして負けましょうか、負けません、そこで左を勝とする〕

▽石清水八幡宮の若宮社の石清水に、秋の真中・八月十五夜に時を決めて、中秋の名月もさやかな姿を加えたと詠ずる。右、寂信、198「あづさ弓こよひのまとゐうけひきて入るまで月を神もみますや」。

【参考】⑤39三条左大臣殿前栽歌合7「すみわたれちりつくにはのいはしみづあきのつきかげさやけかるべく」（もとすけのまうと）
③130月清282「月のすむ秋のもなかのいはしみづこよひぞ神のひかりなりける」（十題百首、神祇）
③133拾遺愚草1192「石清水月には今も契りおかむ三たび影みし秋の半を」（内大臣家百首、雑、神祇）
⑤233歌合〈文永二年八月十五夜〉79「名にしおふ秋のなかばの中空に月もさやけき影やどすらん」（「停午月」通成）
⑤247前摂政家歌合〈嘉吉三年〉196「すみにけり秋の最中の石清水神の心も月にしられて」（「中秋」常秀）

356 聞く人の心もそらに寒《さ》えにけりほしうたふなる雪の明ぼの・263（「雪」卅三番　左（右勝）　讃岐）

左、ほしうたふなると侍るや、神楽の歌めかしくきこゆらん、但ふかき難はささ《本ノママ》さるべし、右…可為勝歟

【語注】**○聞く人の心** ③131拾玉1292「聞く人の心をつくす物やなにあらしにたぐふあか月のかね」（賦百字百首、雑十五首「あかつきは」）。④28為忠家初度百首185「ほととぎすくもぢになけばきくひとのこころもそらにあくがるるかな」（夏「雲間郭公」）。**○第一、二句** ⑤121高陽院七番歌合25「ほととぎすくもゐのこゑはきく人の心さへこそそらになりけれ」（夏「郭公」信濃）・これは郭公の声を（聞く人の…）である。**○そらに** 掛詞（「空」と「上《うは》の空に」）。**○ほし** 神楽歌「明星」のこと。採物に始まる神楽の終り近く、暁の明星の輝く頃歌われる。**○うたふ** 八代集にない。「歌」は八代集二例。源氏物語「御供に声ある人して歌はせ給ふ。」（「若紫」、新大系一―187頁）。③115清輔13「あまのとをおしあけがたにうたふなり…」。**○なる** いわゆる伝聞推定。**○雪の明ぼの** 珍しい表現。詳しくは『守覚全歌注釈』91参照。一句で勅撰集初出は、①9新勅撰421。さらに讃岐より前では、③111顕輔93にある。⑤261最勝四天王院

和歌49「初瀬川ゐでこす浪もさえにけり鐘のみひびく雪のあけぼの」（「泊瀬山」具親）。なお「明ぼの」は、4前出。

【訳】聞く人の心も上の空となって、空に冷たく澄んだことよ、「明星」を歌う声が聞こえる雪の曙であるよ。〔左歌は、「星歌ふなる」とございますのは、神楽の歌めかしく聞こえるのでしょうか、但しひどい欠点は〈「侍らざる（ございません）」カ〉でしょう、右、…勝とするべきか〕
▽「明星」を歌う雪の曙には、それを聞いている人も呆けて、空に冴え冴えとすると歌う。三句切（「…けり」）、倒置法、体言止の型《パターン》。①8新古今363「見わたせば花も紅葉もなかりけり浦のとま屋の秋の夕暮」（秋上、定家）の類である。また定家と式子に、356に似た歌として、③133拾遺愚草1912「空さえてまだ霜ふかき明がたにあかほしうたふ雲の上人」（女御入内御屏風歌、十二月）、④1式子266「身にしむは庭火のかげにさえのぼる霜夜のほしの明がたの空」（正治百首、冬）がある。右、寂信、264「神がきやさす榊葉に白妙のゆふかけてけり今朝の初雪」。
【類歌】③131拾玉866「雲のうへのをみのこころもに霜さえてほしうたふなり明がたの空」（詠百首倭歌、冬「禁中神楽」）
④32正治後度百首839「さびしさをとひこぬ人の心まであらはれそむる雪の明ぼの」（冬「ゆき」宮内卿）

357　色かへぬ神のめぐみの男《を》山いく松がえのわか葉さすらむ・329（「祝」卅三番　左勝　讃岐）

左右共に当社事ながら、幾松がえの若葉さすらんなど
侍る、めづらしければ猶以左為勝

【語注】○**色かへぬ**　②16夫木9222「色かへぬ松のみどりはしげをかの神さびたちていくよへぬらん」（雑三、しげをか、茂、大和「岡松を」兼倫）。○**めぐみ**　「恵み」（名詞）は八代集にない。土佐日記「神仏の恵み蒙れるに似たり。今日、」（新大系22頁）。「芽ぐみ」を掛けるか。○**男山**　八代集二例・古今227、889。⑤220石清水若宮歌合〈寛喜四年〉101

「男山まつとせしまにふりにけりひとり老木の色もかはらで」（「社述懐」式賢）。**○いく松がえ**　八代集にない。新編国歌大観①〜⑩の索引にも他になく、わずかに⑧10草根7771「いく松風の」があるだけである。「松」は「待つ」との掛詞か。**○わか葉**　八代集では、「芦の―」のみ三例、初出は後拾遺49。**○わか葉さす**　⑤227春日若宮社歌合〈寛元四年十二月〉76「いく千世とかぎりもあらじ三笠山わか葉さしそふ松のおひするゑ」（「祝」中納言弟）。

【訳】（常磐の松と言われる如く）色を変えない神の恩恵の男山（・石清水）よ、幾松の枝の若葉が伸びるのであろうか。〔左右歌共に当・石清水の神社のことではあるが、「幾松が枝の若葉さすらん」などとございます表現は、目新しいので、やはり左を勝とする〕

▽不変の色の神の恩恵の男山は、どれくらいの松の枝の若葉が伸びるのか、限りも知られないことだとの詠。右、寂信、330「君が代はたぐひもあらじいはし水たえぬ流のすまんかぎりは」。

【類歌】③133拾遺愚草999「をとこ山さしそふ松の枝ごとに神も千とせをいはひそむらん」（正治百首、祝。④31正治初度百首1402）

④31正治初度百首1903「色かへぬ松にさく花いくかへり君がかざしにをらんとすらむ」（祝、静空）

⑤227春日若宮社歌合〈寛元四年十二月〉54「色かへぬ松もときはの春日山いく万代のかげまもるらん」（「祝」少将）

⑤223時代不同歌合

358　こふれどもみぬめの浦のうき枕なみにのみやは袖のぬれける・232（百十六番　右）

【語注】**○みぬめ**　八代集にない。「みぬめの浦」・畿内、摂津「万葉⑥946・1065　奥義㊤258」（『古代地名索引』）。敏馬の浦は万葉951 946「…直向ふ　敏馬の浦の　沖辺には　…」、万1069 1065「…定めてし　敏馬の浦は　朝風に　…」、万1070 1066「まそ鏡敏馬の浦は百舟の…」、奥義抄「二十五　出万葉集所名…、浦…みぬめのうら」（歌学大系一、254、258頁）。「見ぬ目」との掛詞。他、「みぬめのうら」は、①14玉葉1309 1310「うき人をみぬめの浦のあだ波はさのみかけてもなにおもふらむ」（恋一、大江忠成朝臣女）、③122林下（実定）208、132壬二872、133拾遺愚草1172など。誤訓から「としま」とよまれていた。**○うき枕**「浮・憂」掛詞。旅寝か。八代集三例・金葉（三）144＝詞花76、千載431。涙で浮く。「浮き」は「波」の縁語。③132壬二2806「うき枕浪になみしく袖の上に月ぞかさなるなれし面影」（恋「旅泊恋」）。

【訳】恋い慕ってはいても、あの人を見ずに、みぬめの浦の辛く苦しい枕は、波にばかり袖は濡れたのであろうか、イヤそうではなくて涙で濡れたのだ。

▽敏馬の浦の舟での旅泊時、波にのみ袖は濡れるのではなく、旅の憂さ辛さ悲しさの涙で濡れるように、恋うても会えず、辛い思いをする故に泣くとの、所謂象徴詠。

【類歌】②16夫木15367「なみのみかとま屋の下のうきまくらもりきて月も袖ぬらしけり」（雑十四、枕、うきまくら、越前）

日本歌学大系　第六巻　聞書全集（83、84頁）「字余之事…三十六字有る歌／二条院讃岐／

359　ありそ海の波まかき分てかづく海士のいきもつきあへずものをこそ思へ」

わたつうみのおきつしほあひにかづくあま…　おも

（第九巻、稲木抄（388頁）・「歌林良材に、二条院讃岐、『わたつ…おもへ』と詠めるは、句毎に一字づゝ余りたれども、ほど拍子よき故に、三十六字有りて耳にたゝずと申し侍り。」＝別巻七、歌林良材集、巻上（408、409頁）、「〇第一　出ﾚ詠歌諸体／1　三十六字歌　三十一字に五字あまるなり。／八雲抄　ありそ…つぎ…物…思へ　二條院讃岐」、「4　第一句有ﾆ七字ｰ体…さもあらばあれ名のみながらの橋柱くちずばい《は(拾)》まの人も忍ばじ　讃岐」〔私注―定家歌（後述）〕）

【語注】　〇わたつうみの　③35重之297「かずしらずかづくときけどわたつうみのあまの衣はさむげなるかな」（下、冬）。〇第一、二句　①1古今910「わたつ海《うみ(新、六)》のおきつしほあひにうかぶあわのきえぬものからよる方もなし」（雑上、よみ人しらず。②3新撰和歌251。4古今六帖1791）。〇波まかき分　新編国歌大観①～⑩の索引ではこの歌のみ。〇おきつしほあひ　八代集二例・古今910、新古今1761。〇いき　八代集一例・詞花403。〇いきもつきあへず　新編国歌大観①～⑩の索引では、他、⑥38八十浦之玉957、⑧31為広Ⅲ60「うつおとのいきもつきあへず聞ゆなりこれやかづきのあまの衣手」（「擣衣恩」）のみである。〇つきあへ　「つぎあふ」共、八代集にない。徒然草「けふありつることとて、息も継《つ》ぎあへず語り興ずるぞかし。」（新大系、（第五十六段）、134頁）。定家歌（③133拾遺愚草1291、内裏百首、雑廿首「長柄橋」。①14玉葉2075 2067。玉葉では、善信、讃岐（141、142）の前の位置）。〇さもあらばあれ　字余り（「あ、あ」）。八代集初出、拾遺934。投げやりな言い方。〇ながらの橋柱　「なが（長）」掛詞。「長柄の橋柱」八代集三例、「長柄の橋の橋柱」八代集一例。歌の訳〔ままよ、どうともなって朽ちてしまえ、名だけが長く残っている長柄の橋の橋柱よ、もしそれが朽ちていないとすれば、今の人も思い偲びはしないだろう、つまり朽ちたから偲ぶのだ〕。

【訳】　荒磯の海辺の波の間をかき分けて〔大海原の沖の潮合に〕もぐる海士の息もつくことができない、そのようにもの思いをすることよ。

▽潜く海士の如く、息もつけない程もの思い——おそらく恋——にふけっているとの詠。字余り、第一句（共に「う」）、第二句（母音ナシと「あ」）、第三、四句（「あ」）、末句（「お」）。三十一字が規範であるのに、「三十六字有る歌」の例としてあがっている。⑤311八雲御抄59、二条院讃岐「ありそ海の波まかき分けて…つぎ…」二条院讃岐。⑩211伊勢物語古注釈書引用和歌459、1、巻上「第一出詠歌諸体」、「ありそ海の浪まかき分けて…つき…」。⑩206歌林良材「（9）伊勢物語集注」第九十六段「わたつみの波かきわけて…つぎ…」。

【参考】③43藤六26「わたつうみのおきにこがるるものみればあまのつりしてかへるなりけり」（「かへるのおきにいでて」。⑤391枕草子21（兵衛のくら人））

「八雲御抄」・「八病　喜撰式…七、中飽病〔号〕〔別巻三〕或号二和結腰病一。／是〔は〕三十五六字あるなり。…有そ《二條院讃岐》海のなみま…つぎ…思へ〔卅六〕三十六字／是にすぎむは有〔んはあり〕がたし。旋頭歌にことなるべからず。」（歌学大系三、25～27頁）、「…二条院讃岐／ありそ…つき…おもへ」（別巻三、206～209頁）

宣長（1730～1801年）も「字音假字用格」において、「又後ノ歌ナガラ、二条院ノ讃岐、ありそうみの浪間かきわけてかづくあまの息もつきあへず物をこそおもへ、コレハ句ゴトニ余リテ卅六モジアリ、其中ニ第二句ノわハ喉音ナガラあ行ノ格ニ非ル故ニ、此ノ句ハスコシキ、ニクシ、其他ノ四モジハ皆右ノ格也、故ニ多ク余リタレドモ、耳ニタ、ザルハ自然ノ妙也、〔右ノ二首ハ後世ニ字余リノ例ニ引ク歌也、然レドモ右ノ定格ノ有ルコトヲ知ル人ナシ、是ハ予ガ始テ考ヘ出セルトコロ也、可秘々々、〕」（本居宣長全集（筑摩）五巻、335頁）と述べ、「本居学を修め」（歌学大系別巻九、解題11頁）たとされる大江東平（寛政六・1794～安政三・1856年）の「歌體緊要考（下巻）」（同九、561、562頁）にも引用されている。

⑩176言葉和歌集　3首（巻第十二、恋中）、114、136は「二条院讃岐」、148は「讃岐」

360　人ごころかはりはつればちぎりおきしことのはさへぞくやしかりける・114

【語注】○人ごころ　④35宝治百首2916「人心かはる契のあきかぜにおのれうらみて松むしぞなく」(「寄虫恋」但馬)。④38文保百首1486「よしや我うきみのとがぞ人心かはる契をなにかうらみん」(恋二十首、定房)。○かはりはつ　八代集にない。大和物語「としごろすみけるほどに、男、妻《め》まうけて心かはりはてて、この家にありける物どもを、」(百五十七、旧大系328頁)。③113成通13「名残なくかはりはてぬる世の中に…」。あと125山家1235、133拾遺愚草27、2487などがある。132壬二2211「みしよにはならひばかりぞ夏衣人の心ぞかはりはてぬる」(下、夏「…、更衣を」)。

【訳】人の心が変りはててしまったので、約束しておいた言葉までもが悔しいことだ。

▽あの人の心変りに、(不変を、例えば「(契りきな…)末の松山波越さじとは」などか)誓った言葉までも悔しいとの恋歌。分かり易い。第三句字余り(「お」)。

【参考】②4古今六帖3371「ちぎりおきしことのはかはるうきよにはふみも心もやがてこそふれ」(第五、服飾「ことの葉」)
②9後葉376「こぬ人をうらみもはてじ契りおきしそのことのはは《も》かたみ《情(和)》ならずや」(恋三「雖契不来恋を」関白前太政大臣。⑤248和歌一字抄641)

【類歌】①13新後撰1155 1160「契りおきし心この葉にあらねども秋風ふけば色かはりけり」(恋五、法印頼舜)
⑤358増鏡122「契りおきし心の末は知らねどもこのひと言やかはらざるらむ」(「浦千鳥」内侍のかんの君(頊子))

361　うき人もすがたはさらにかはらねばすぐるよそめをそれとしりぬる・136(「過門不入といふ恋」)

【語注】**○過門不入恋**　「月詣581（小侍従）・582（大輔）／小侍従Ⅰ111・隆信Ⅱ529」（歌題索引）。④3小侍従111「すぎぬなりもとこし道をわすれねばあゆみとどまる駒をはやめて」（恋「かどをすぐるにいらぬ恋」）。**○すがたはさらに、すぐるよそめ（を）**　共に新編国歌大観索引①〜⑩では、この歌のみ。**○よそめ**　八代集五例。恋人の他人としての存在。私が見ることか。**○それとしり**　①2後撰701 702「こひしとは更にもいはじしたひものとけむを人はそれとしらなん」（恋三、在原元方。⑤415伊勢物語192）。「それ」は「過ぐる余所目」を指すか。

【訳】私にとって辛く悲しい人も、姿は前と全く変らないので、過ぎ去ってしまうあの人の他人ぶった様子をあの人と知ったことよ。〈門（の辺り）を過ぎて（家の中に）入らないという恋〉

▽辛いあの人の心はすっかり変ってしまっても、姿は以前と少しも変化していないから、門（付近）を過ぎて行ってしまう恋人の、私と無関係だと思っているそぶりをあの人と（「それだと」か）知ったと歌う。連体形止め。

362　わすれじとたのめし人はよそながらかどのけしきぞかはらざりける・148（「見家思出恋」）

【語注】**○見家思出恋**　「頼政Ⅰ381」（歌題索引）のみ。③117頼政381「故郷をみれば物こそかなしけれ我もあれにし心なれども」（下、恋「見家思出恋、歌林苑会」）。**○わすれじと**　②4古今六帖2953「わすれじとたのめしものをとしふともかはる心とうたがふなきみ」（第五、雑思「たのむる」）。②16夫木14001「わすれじとたのめし末はわかさぢやのちせの山のよそのしひしば」（第廿九、椎「建保四年百首」家長）。⑤416大和物語115「わすれじとたのめし人はありときくいひしことのはいづちいにけむ」（第八十一段、右近）。⑤419宇津保物語16「わすれじと契りしえだはもえにけりたのめし人ぞこのめならまし」（一としかげ（俊蔭女））。**○かどのけしき（ぞ）**　新編国歌大観索引では、この歌のみ。**○けしき**　八代集初出は後拾遺10であるが、以降頻出。

【訳】 決して（あの人が私のことを）忘れまいとあてにさせた人は、今は他人の状態でありながら、門の姿は変らないことだよ。〈家を見て思い出す恋〉
▽作者は「讃岐—二条院讃岐ではない—」と書かれているが、一応全歌に入れた。忘れないと頼みにさせたあの人は、もう私とは他者の存在であるが、門の有様は前と少しも変らないとの詠。即ち人（「頼めし人」）は変っても、門（「門の景色」）は変らないとの、例の「人事は変化しても、自然は不変」の型《パターン》に似通っている。「よそ」と「かはらざり」が対照。下句かの頭韻。

⑥20拾遺風体和歌集

363 さみだれに下行く水やまさるらむ波にちかづくふるのたか橋・68（夏「橋五月雨」、二条院讃岐）

【語注】 **○さみだれに** ③133拾遺愚草28「五月雨に水浪まさるまこも草みじかくてのみ明くる夏のよ」（初学百首、夏）。④22草庵328「わたるべきあさせもいさや五月雨に水まさりゆくとこのやま川」（夏）。④38文保百首1928「五月雨に水まさらばと心して橋とりつなぐふじの川長」（夏、有忠）。④41御室五十首66「五月雨に水こえにけりさはだ河くに宮人のわたす高はし」（夏、静空。②16夫木9473）。**○下行く水** 八代集四例。**○や** 疑問よりも詠嘆であろう。**○ちかづく** 八代集二例・千載1200、1241。**○ふるのたか橋** 八代集にない。160前出。①15続千載287 289「日かずへて浪やこすらん五月雨は雲間もみえずふるのたか橋」（夏、大江宗秀）。
【訳】 五月雨によって橋の下を行く水がきっとまさるのであろう、水波に近付いている布留の高橋であるよ。
▽五月雨で水嵩が増し布留の高橋に波が近付いていると歌う平明な叙景詠。三句切、体言止。〈類歌〉が多い。また

讃岐160に、同じ五月雨の布留の高橋を歌った「いそのかみふるの高橋たかしとも見えずなり行五月雨のころ」がある。

【参考】③125山家208「さみだれにみづまさるらしうち《宇治(西757)》ち《ぢ(夫・西156)》橋や《の(夫、西156、757)》くもでにかかるな《く(西156)》みのしらいと」(夏「さみだれ」。②16夫木2982。③126西行法師156。③126同757)

⑤131左近権中将俊忠朝臣家歌合6「さみだれにみづまさるらしさはだがはまきのつぎはしうきぬばかりに」(「五月雨」前兵衛佐)

⑤165治承三十六人歌合320「さみだれは《や(和、悦)》ふるの高橋水こえて波ばかりこそ立渡りけれ」(「五月雨」資隆。⑤331和歌大綱1。⑤332悦目抄3)

【類歌】①19新拾遺264「五月雨のふるの高はしたかしともみかさまさりてみえぬ比かな」(夏、基任)

②16夫木9431「五月雨にみづのまこもやかくるらしよどのうきはしうきまさりゆく」(雑三、橋、賀茂政平)

④32正治後度百首122「日にそへて水かさまされば五月雨にふるの高橋名のみなりけり」(夏「五月雨」範光)

④34洞院摂政家百首430「五月雨に水まさりけり《るらし(夫)》みわ川のとなせのゐくひ波か《が(夫)》くれ行く」(「五月雨」為家。②16夫木11250)

④34同465「五月雨に野沢の水やまさるらん波の上なる草のはもなし」(「五月雨」頼氏)

④39延文百首1627「日数経て波やこすらん五月雨のふるのたか橋人ぞわたらぬ」(「五月雨」尊氏)

④39同3027「さみだれのふるのたか橋水こえてゆききの人や道をかふらん」(夏「五月雨」雅冬)

# 解　説

今までの研究をふまえて、〝解説〟を述べていこう。詳しくは、巻頭の「参考文献」の著書、論文等（「一、生涯」は、特に森本元子氏の著『讃岐』）に拠られたい。まずは讃岐の伝記より始めよう。

## 一、生涯（含、歌風）

讃岐は、小侍従ともかかわりのあった有名な源三位頼政と源斉頼養女との間に生まれた。生没年未詳ではあるが、通説では、229・④31正治初度百首1973「暮れはつる年のつもりをかぞふればむそぢの春も近付きにけり」（「冬」15首の最末歌）の一首を根拠として、永治元年（1141）頃出生、父38歳、また建保四年（1216）閏六月九日の⑤213内裏百番歌合〈建保四年〉、76歳の後、歌合の類に出詠していない所から、この一、二年後、77、78歳で世を去ったものとみられ、一応建保五年（1217）頃と推定されている。出生については、「正治二年に五十九歳、康治元年（一一四二）生まれとしておきたい。」（山崎『正治』242頁）との説もある。

父頼政は、平忠度の如く、武人としてまた歌人としても著名である。父方の家系には歌人が多く、さらに讃岐の兄弟では仲綱が、父頼政の資質を受けついだ歌人であった。頼政は長治元年（1104）、父兵庫頭源仲正、母勘解由次官藤原友実女の子として生まれ、治承四年（1180）には、式子の二歳下の弟である以仁王（1151～1180）を奉じて平家討滅の兵をおこし、敗れて宇治で戦死した。享年77歳、この当時としては長寿である。女である讃岐がほぼ同年77、78の齢を保ったのも、この父の血が流れているのであろうか。頼政には、平家物語の有名な「鵺退治」の話の他に、平等院内

で自害したことによる「扇の芝」の由来・伝説がある。百人一首には撰《と》られていないが、代表歌として、①6詞花17
16「みやま木のそのこずゑともみえざりしさくらははなにあらはれにけり」（春「題不知」）等がある。一方、以仁王
は南都に向う途中、山城国相楽郡綺田《かばた》（加幡）で討たれた。なお二人につき詳しくは、『日本伝奇伝説大事典』（角川
書店）を参照のこと、ただし讃岐についての記述はなかった。尊卑分脈は、讃岐㊁97、㊂131頁、父頼政は㊂128、㊃137
頁を参照されたい。

そして讃岐の歌人としての生涯は、ほぼ

Ⅰ　二条天皇出仕期…保元三年（1158）？18歳〜長寛二年（1164）・24歳

Ⅱ　二条院崩御後から寿永元年（1182）・42歳まで…永万元年（1165）・25歳〜1182年

Ⅲ　後鳥羽天皇中宮任子出仕期（建久期）…建久元年（1190）・50歳〜宮仕えを辞した建久七年（1196）・56歳

Ⅳ　後鳥羽院歌壇参加期（正治・建仁期）…正治二年（1200）・60歳、院初度百首、建仁元年（1201）、千五百番百首詠進〜建仁三年（1203）・63歳

Ⅴ　順徳院歌壇参加期…建保元年（1213）・73歳〜建保四年（1216）・76歳、内裏百番歌合

の五期に分けられる。以下、生涯も含めて順にみていこう。

〔Ⅰ〕先ず讃岐という名の由来については、近親者の任国によると考えられるが、見当らない。つまり「父兄には見出されず、頼光・頼国・頼弘の三代がいづれも讃岐守に任じてゐるから、あるひはこれに由縁があるのではなからうか。」（『文庫』221頁）とされている。また当然ながら別人の讃岐もいるので注意されたい（『讃岐』68〜72頁）。

そして歌人としての讃岐の始発については、いうまでもなく、父頼政の存在が大きい。俊恵の歌林苑の「会衆としては、清輔・教長・資隆・頼政・仲綱・讃岐・広言・登蓮・道因・祐盛・素覚・空人（空仁）・重保・長明・大輔等、御子左一派では隆信・寂蓮等が挙げられ」（『新古今歌人の研究』久保田淳、324頁）ており、保元（1156年）から治承（1180

年）前後までおよそ二十余年、歌壇に隠然たる勢力を持ち続けていたとされる。父頼政は歌林苑の重要なメンバーであり、兄仲綱も関係があった。会衆の中には「ますほの薄」の話で有名な登蓮法師もおり（349参照）、讃岐も歌林苑に身を寄せ、その温床で育成された一人と考えられる。その長明の無名抄には、讃岐に関して「恋歌秀歌」（旧大系67頁）として54の歌が挙がっているが、後鳥羽院御口伝には何らの記述がない。

さて讃岐が若くして二条帝に出仕（保元三年（1158）?、18歳）したのは、久寿二年（1155）10月、父の頼政が兵庫頭となり、仁安元・1166年10月までこの職にあった（公卿補任）のも、一つの要因とされている（『文庫』224頁）。二条院は、永万元・1165年7月28日、23歳で崩御するわけであるが、二歳年上の讃岐との贈答（6 7、9 10、77 78）によって、二人の間には恋愛感情・関係があったかとも言及されている。なお「二条天皇香隆寺陵」については、『昭和京都名所図会　4（洛西）』36～38頁参照のこと。この間、平治元、永暦元、応保元年（1159～1161）「内裏歌会に度々列す。」（『讃岐』163頁）、応保二年（1162）「中宮育子貝合に参加。」（『讃岐』36、164頁。16の歌）、さらに仁安年間（1166～1168年）後白河院当座歌合に参加（群書類従、第十六輯、巻第三百一「愚秘抄下」592頁）等の活動が見られる。一方眼を歴史に転じると、永暦元年（1160）1月26日、太皇太后藤原多子を宮に納れ給ふ、2月17日、上西門院及び上皇皇子・守覚、御出家あらせらる等の記事が諸記録にうかがわれる。また小侍従とのかかわりについても、「讃岐と持った歌壇的関係は浅くない。年齢では二十年の開きがあるが、早くから見えぬ糸につながれていることを知るのは興味ふかい。」（『讃岐』49頁）とされる。

〔II〕二条院崩御後、宮仕えを退いて、仁安二年（1167）、27歳の「この前後藤原重頼と結婚か。」（『讃岐』164頁）とされている。夫との子としては、二男（重光、有頼）一女が想定され、女のほうは⑥8現存和歌六帖146「いそのかみふるかはをののかきつばたはるのひかずはへだてきにけり」（「かきつばた」二条院讃岐女。8′現在和歌六帖抜粋本にはない）、⑥9秋風抄269「春のよもおなじ雲井の空ながら霞めば遠き山のはの月」（雑、二条院讃岐女。⑥10秋風和歌集にはない）

と出ている。さらに讃岐の子として、⑤170三井寺山家歌合（治承四年（1180）五月以前）の左の歌人に、「大法師観宗讃岐子」とあり、⑤163三井寺新羅社歌合（1173年）の右の作者に「讃岐君観宗」・「観宗讃岐公」と出てくる。後の歌合に「「讃岐子」と注されている。頼政の女二条院讃岐の子であることを意味するのであろうか。」（歌合大成八、2329頁）と言及され、1141年頃出生の讃岐が母なら、少し若すぎるきらいがあるが、ここに記しておく。

讃岐自身にかえると、治承二年（1178）38歳、3月の別雷社歌合までの十一、二年間の動静は不明である。この間、重頼の妻となり、或いは夫と共にその任国に下っていたか、とも考えられている。それは、吾妻鏡、文治四年（1188）九月三日条に、若狭の国の地頭であった夫・重頼が国司の命に従わなかったことなどを記している。以上『文庫』229、230頁や65、66の歌、『讃岐』126頁参照。――吾妻鏡「若狭国司申、松永宮川保地頭宮内大輔重頼不随国命事、可令停止非法之由、成下文令進上候、」（第一、257頁）

この期の歌人としての歩みをみていくと、永万元年（1165）、25歳、今撰集1首（53）、嘉応元年（1169）、29歳、続詞花集入集2首（52、54）、承安二年（1172）成立の歌仙落書―「二条院讃岐」の名の最も早い文献―入集4首（53・99、54、52、55・146）。が、治承四年（1180）、40歳、父と兄仲綱が宇治で戦死した。この時讃岐は40歳の人生の中年―この当時としては晩年―であり、この「肉親の痛ましい死と共に、移り行く世の有様を、思慮に富んだ中年の心の奥深くに受け止めたわけであった。おそらくは生得の性質に加えて、こうした経験が、彼女の歌にさらに沈潜した味わいをもたらすこととなったものであろう。」（「安田」89頁）と言われる。この時、讃岐は夫の任地に同行していた可能性がある。そうして寿永元年（1182）、42歳、夏秋（夏カ）の間に、讃岐も参画し、自撰された、賀茂社への寿永奉納百首が資料の一部となって、11月、月詣和歌集が成立している。讃岐も8首（12、349、13、18、72、38、39、40…7首が讃岐集と重なる）入集しており、かなり重んじられていることが分かる。数年後の文治三、四年（1187、1188）の千載集には4首（恋…51、54、53・99、100）入り、「当代女流の一流と目されたわけである。」（『讃岐』67頁）。

〔Ⅲ〕次の建久年間では、建久元年（1190）1月兼実女任子が入内、4月立后したのに従って、この頃中宮任子（宜秋門院）に仕えたかと考えられている。その任子出仕に当っては、頼政の弟頼行の女である、従姉妹の丹後の力添え「尽力があったかと思われる。」（『讃岐』67頁）と言われる。丹後は幼少の頃から兼実に仕え、九条家歌壇の重要な一員であった。その九条家と関わりをもっていたことは、「『明日記』正治二年八月二四日…讃岐の正治初度百首のため詠進した百首が良経の元に届けられたこと〔私注―「廿四日、天晴、和歌周章構出、…参殿下御前、御覧歌、又給讃岐百首見之、」（第一、166頁）〕」（吉野「正治」2頁）からも分かる。さらに建久二年（1191）は玄玉集の成立した年であるが、その年の3月14日、中宮、南殿の桜を観給ふ（玉葉）、17日、内裏詩歌御会（玉葉）と続き、翌建久三年（1192）3月13日には、後白河院が六条殿にて崩じなされたのである。

そして二年後の建久五年（1194）8月11日の中宮和歌会に讃岐は出詠したが、「九条家をバックとする歌会に、讃岐が列する最初で最後の機会であった。」（『讃岐』68頁）。『玉葉』の記述の中に、「十一日、…女房二人、讃岐、頼政女、丹後、頼行女、」（下888頁）とある。翌建久六年（1195）1月20日、「中宮讃岐」とも見えている民部卿経房家歌合において、讃岐は勝二、持二、負一（148、168、103＝157、169、113）の好成績を得た。さらに同年翌2月に催行された（らしい）左大将「良経主催の女房八人（小侍従…二条院讃岐…）による百首会が、女流歌人による大きな催しとしては最後だったのではないかと思われる。…八人のうち後鳥羽院の正治初度百首には小侍従・讃岐・丹後の三人が参加している。…後鳥羽院歌壇の始まりとともに…讃岐・丹後もその活動は持続されるが出詠の回数は新進女流〔私注―宮内卿・越前・俊成卿女ら〕には及ばない」（『国文学（学燈社）』「新古今とそれ以後」、「女歌人たち」今井明、1997年11月号、42巻13号、46頁）、「森本元子氏は、…「八人の女流による四百番を、さきの六百番に合せて、千番の大歌合を意図したと想像できぬこともない」と考えておられる。」（『中世和歌史の研究』494頁、久保田淳）と言及される。新古今350参照。

そして、出家はいつか不明であるが（217）、翌建久七年（1196）の11月政変により、任子が中宮を出たのに伴って、宮仕を辞し、隠栖し、山居生活に入ったかと考えられている（『讃岐』166頁）。この頃の讃岐の様子は、源家長日記において、「又さぬき・みかはの内侍・丹後少将など申人々も、いまはみなよはひたけて、ひとへに後のよのいとなみして、爰かしこのいほりにすみなれて、歌のこともすたれはてたれは、とき〳〵うためされなとするも念仏のさまたけなりとぞ、うち〳〵はなけきあへるときゝ侍。」（建仁元年（1201）。『源家長日記全註解』63頁）と描かれている。

〔Ⅳ・Ⅴ〕こうした讃岐に転機が訪れるのが、正治二年（1200）、60歳、建仁元年（1201）、61歳の正治初度と千五百番歌合百首への参加である。この両百首は、新古今集の入集歌数の2（79首）、1（91首）位を占める―ただし率では2、3位―。この「正治・建仁の三年間は、…讃岐にとっても歌風が大きく新風への傾斜を見せ、もっとも歌が円熟した折である。」（『島津』372頁）と言われる。讃岐の正治百首については、山崎桂子『正治百首の研究』42〜51頁の「個人百首」、240〜243頁の「作者点描」参照。その中で氏は「讃岐の本百首には身辺状況を詠じたものが多いのが特徴である。」（242頁）と述べられる。さらに森本氏は、正治百首の中で、勅撰集に入った自然詠（101、137、102、162）が、まず挙げられているが、「自然詠の佳作は、むしろそれ以外のものにある。」（『讃岐』84頁）として、170、174、179、193、205、215、221が挙げられている。正治百首で、「特に生活心情をしのばせるもの」（同81頁）として、176、191、106、139、217、229、155、247、249が掲げられ、「全体として温雅でふかい味わいがある。」（同82頁）、「温雅な風情とさわやかな調べは讃岐の持前であったが、正治百首はそれを一段と深める機会であった。」（同85頁）と言われる。また正治百首における讃岐歌について、長沢氏は、「本歌取りは当代歌人がほぼ一様に重視する傾向にあり、讃岐も同等な意識に基づいていたと思われる。それと並行して…新風や当代歌人の歌からの摂取が極めて多く見られる。新たな歌境を模索していた文治・建久期の新風が相互に行っていた当代歌摂取を、晩年後鳥羽院歌壇に参加した讃岐にも見ることができた。」（長沢「正治」30頁）と言及される。

千五百番歌合では、全体として勝32、持32、負26の、12位の成績で、高齢の丹後や小侍従を遠く引き離すものであり、そして越前や宮内卿など新進の女流歌人を凌ぐ実力を保持しており、新古今撰者の雅経や通具らよりも上位の成績であった。さらに細かく見るなら、六条家系の歌人からはあまり高い評価は得られなかったが、御子左家系の歌人には認められたため、たとえば、俊成、定家の判定をみると、勝5、5、持5、3、負0、2であり、俊成、定家が重んじた歌人の一人であることが知られる。そうして全体として高い評価を得ているのは、前述の島津氏の「新風への傾斜」の指摘がうなずかれるのである。また部別でみると、恋の歌人といわれる讃岐であるが、千五百番歌合の恋の部が好成績だったわけでもない。好成績はむしろ春、秋、雑部の方に目立つのである。さらに言うなら、千五百番歌合のみならず、定家は、小侍従、讃岐、丹後の中でも、一貫して、特に讃岐を評価しているのである（吉野「正治」11頁）。

　そして吉野氏は、千五百番歌合までの讃岐の歌風をまとめられる。「①III期（建久期）が、IV期後鳥羽院歌壇参加期（正治・建仁期）の讃岐にとって重要な意味をもつこと。／②III期・IV期は、古典摂取と共に当代歌人からの影響作が見られること。／③IV期の正治初度百首では、当代歌人の本歌取りの歌から影響をうけつつ本歌取りした作が五首見られるが、良経・慈円・定家《ママ》家隆などの当代歌人の中でも良経の歌からの影響が考えられる歌が比較的多い。…④千五百番歌合では、正治初度でみられた当代歌人の影響をうけた本歌取りの歌は一首しかみられない。」（吉野「正治」11頁）。

　さらに千五百番歌合における讃岐の歌の古典摂取と同時代歌人からの影響について、長沢氏は、「後鳥羽院歌壇における詠作方法の一典型とされていた本歌取りを意識的・積極的に取り入れていた点、歌壇を席巻している新風が開拓の途上にあった文治・建久期の作品に注目していた点等は、讃岐が当代の歌壇という場の文芸的志向に、よく答え得る歌人であったことを窺い知ることができると思う。」（長沢「千五」39頁）と言われる。

　讃岐の新古今入集歌数は、同集の女流歌人中、式子、俊成女に次ぐものであり、讃岐と新古今とのかかわりについては、森本元子『私家集と新古今集』(「Ⅷ　二条院讃岐集」(264〜268頁))参照。その中で、また小侍従と讃岐とを比較して、異なる点を述べておられる。「おなじく新風の浪に乗りながら、小侍従は十分に乗り切れなかったのに対し、讃岐はみごとにこれを乗り切り、かつての詠風をかなぐり捨てて、完全に現代歌人として生きることができたことであろう。」(同266頁)と。

また「定家は讃岐の『千五百番歌合』の歌が、『新古今集』撰集当時の歌風にそぐわない歌であると判断して、撰歌対象から外したのではないかという推測ができるのである。」(「高畠」58頁)に対して、森本氏は、「この時期の定家の好尚が讃岐の詠風とはずれていたとは言いがたい。…千五百番歌合で発揮した讃岐の詠風なるものが、ある一時期の好尚に合致する類のものではなく、新古今時代から新勅撰時代を覆うだけの幅と深さを持っていた、という点が認められるのではないか。」(『讃岐』118頁)と言及される。

千五百番歌合以後、十余年の空白があり、その間讃岐は、訴訟の為に鎌倉に下向していたようで、訴訟は十六夜日記の例でも分かるように、かなり長い間かかったものと思われる(141、142参照)。再び讃岐が歌壇(歌合)に登場するのは、建保元年(1213)、73歳の高齢時であり、三年後の内裏百番歌合に出詠後、程なく亡くなったものと考えられている(「七十五歳以上」(山崎『正治』242頁)、建保五年(1217)「この年頃他界か(77)」(『讃岐』168頁))。

さらに「晩年の彼女にとって、人間杼情の世界は次第にうとましく遠い世界のこととなりつつあった。動乱の世に、詩人的資質を受けて抒情詩の世界によろこびを見出しながらも、ついにその世界だけにはとどまることのできない一人であったのであろう。」(「安田」89頁)、「讃岐は、その平明平坦な、よみくだす詠法を年令を加えると共に、詩的情熱の衰微と平行させるという、中世女流歌人の典型でもあったのである。」(福田「中世」44頁)と言われる。

讃岐が消息を断ってから二十年足らずして、文暦二年(1235)新勅撰集が完成した。讃岐は当代女流歌人中第三位(殷富門院大輔15、式子14、讃岐(13)首)を示している。さらに新古今16首から新勅撰13首というのは、晩年の撰者定家が高く評価していたものであり（「高畠」53頁）、「『新勅撰集』に採られた讃岐の歌の多くは、撰者定家が志向したと思われる『続後撰集目録序』の中の、「すがたすなおに心うるはしき歌」にかなり近いものではなかったろうかと思うのである。」（同57頁）、新勅撰における讃岐の千五百番歌合の「そのそれぞれの歌が、いずれも女性のしみじみとしたあはれ深い情趣の世界を表出させていて、平淡にして優艶で、心すなおな歌が多く見られ、本歌取りの歌にしても、伝統的な風雅からはみ出るような歌ではないことが知られたわけである。」（同59頁）と述べられる。つまり新古今的な新風から、歌林苑的な旧風に戻ったといえよう。125参照。

○

最後に、讃岐の歌人としての生涯をまとめてみよう。十代後半から七十代後半までの約六十年間の歌人生活であるので、当然ながらそれなりの変化が見られるのであるが、全体として、谷山茂氏は讃岐を「艶風派に属する人々」の一人とし、110、111、112、52「等の恋歌の艶なるはいうに及ばず」、101、103、163、107、105「などの四季部・雑部の入集歌においてさえ、高風・寂風であるとともに、どこか優艶の気を漂わしている。いかにも、女らしく思い入れて、しおらしい艶風の歌どもである。…さらに高く評価さるべき、純抒情的艶風歌人である。」（「新古今の歌人」269〜271頁）と言われる。また「〔作風〕武人の娘らしく筋の通った歌が多い」（岩波『日本古典文学大辞典』594頁）とされ、讃岐の「歌の最大の特色は、むしろ沈潜した抒情性にある、と私は思う。そして、この性格は、年と共に深まって行ったものに違いない」（「安田」87頁）とも述べられる。さらに「讃岐の調《ママ》は平明流暢であるが、正治百首、千五百番歌合の作品になると、新古今風な知的な意匠の冴えがみられ、歌道精進の跡が明白である。…もっぱら、次に展開する新風和歌への橋渡しとして和歌史上に確かな位置を占めている。」（「森本、糸賀」81頁。ここは糸賀氏執筆）と記される。

さらに讃岐の自然詠について、脇谷氏は、「讃岐の〈四季〉歌には、絵画的構成と感覚による新古今的な巧緻な自然詠もあったが、一方では透徹した観照と沈潜された抒情による落ちついた味わいの歌が多く認められるのである。

…実感的な自然観照詠や巧緻にして感覚的な自然詠などきわめて多彩であった。」（脇谷「自然」89、91頁）とまとめられている。

○

また『歌題索引』による歌題をみると、讃岐のみは、春1「内裏垂柳（ママ）」、11「夜昼思花」、17「雨後躑躅」、26「尋引菖蒲」、27「毎年掛葵」、29「暁照射」、31「深夜鵜川」、35「月前瞿麦」、39「薄従風」、40「荻声驚夢」、41「庭前苅萱」、43「寺閑聞虫」（「寺静聞虫　重家270」）、47「時雨中鷹狩」、※53「始不思後思恋」、（55「恨旧夫恋」（歌仙落書））、61「雨中帰恋」、62「恨短夜恋」、64「忍通心恋」、71「留形見隠恋」、91「雨中遠草」、94「隔夜水鶏」、95「初夏待郭公」、97「不開門恋」、計22題、讃岐の他に一つは、30「蚊遣火尽」長明18、33「竹中螢」覚性232、36「水鶏何方」慈円822、38「萩花露重」清輔106、※53「初疎後思恋」頼政Ⅰ454（※53は、同一歌で二つの題を持つ）、362「見家思出恋」頼政Ⅰ381、計5題であり、98（家集）までにほぼ限られている。讃岐のみは、98首中1／4〜1／5を占め、小侍従には及ばないが、守覚並である（各『全歌注釈』参照）。

○

『日本古代文学人名索引（韻文編）』中（292〜294頁）のミスを指摘しておくことにする。「古今1055」は明らかに他人。「続古今249」は「俊成」歌でミス。続詞花193は「藤原兼房女か」と『私撰集作者索引』にあり、またこの歌は、⑤121高陽院七番歌合35にあり、寛治八年（1094）と、明らかに時代が違う。さらに万代477も「禖子内親王家」と『私撰集作者索引』に書かれ、この歌も⑤78六条斎院歌合23（天喜四・1056年閏三月）にあり、讃岐と時代が異なる。また万代891（讃岐）が抜けている。ちなみに三百六十番歌合346（丹後）は、実は讃岐138である。

## 二、諸本、伝本

すべて同一系統である二条院讃岐集の伝本及び内容については、『新編国歌大観④』解題（689頁）、『私家集大成・中世Ⅰ』解題（785、786頁）、『古典文庫』205～214頁、讃岐集成立については、同215～220頁にまとめられ、事新しく付け加えることはない。成立時期については、賀茂歌合（治承二・1178年3月）～千載集（文治三・四、1187・1188年）の間、さらに原型は、前述の、寿永元年成立の作者自撰の寿永百首家集で間違いはない（詳しくは、松野陽一『鳥帚　千載集時代和歌の研究』「寿永百首について」394～412頁、井上宗雄『平安後期歌人伝の研究〈増補版〉』「寿永百首家集をめぐって」419～526頁、等参照）。そして家集の成立の時期は「文治元年（一一八五）讃岐四十五歳前後といふところに落ち着くのではないだろうか。」（森本『文庫』220頁）と言われている。

がしかし、家集が完全な百首かといえば、そうではない。まず春1～21（他人2首）、讃19首、他人2首計21首、夏22～37（0）＋94、95、96、98、讃16＋4＝20首、秋38～45（0）、8首、冬46～50（0）、5首、恋51～72（2）＋97、讃21首、他人2首計23首、雑73～93（5）、讃16首、他人5首計21首、総合計讃岐89、他人9、計98首でアンバランスである。そこで寿永百首の復元となると、349（秋）、100（恋）、160（夏）、193（夏）が新たに加わる可能性がある（以上「古城」37、38頁）。これを小侍従の寿永百首と思われるもの（春、夏、秋、冬各10首＝四季40首、恋20、雑40首。詳しくは『小侍従全歌注釈』の「解説」参照）と比べるなら、一定の型・形式といったものはなく―『鳥帚』395頁の表をみても、各集の実態は区々である―。おそらく讃岐の百首は、他人の歌を除いて、春20、夏20、秋10、冬10、恋20、雑20首（前後）あたりではないか。この讃岐集は、讃岐の「前半生の足どりや詠風をうかがう上で重要な作である。」（『和歌大辞典』）と言われている。諸本については、『国書総目録』『古典籍目録』参照。

この著の冒頭（「凡例」）に述べた讃岐集の第一類本は98首、第二類本は、後述の補遺歌を有する伝本である。補遺歌を有する伝本には、「撰集ニ入歌」として、勅撰集に見えて家集にない歌を抄出付記したものや、新古今２首を追補するもの、その２首にさらに５首を追補するものが存するが、いうまでもなくすべて後人の増補追記と思われ、家集本来のものではない。そもそも勅撰集に補遺を加えるということについては、二十一代集・勅撰集の終焉を意識しなくては始まらないことであり、その点については、武井和人『中世和歌の文献学的研究』「第４章　三条西実隆襍攷」の「第１節　私家集末尾に勅撰集による補遺を加へるといふこと――勅撰集の終焉――」参照。

諸本の校異―河、冷、多、書、東、高、関・七本―を20までの歌でみると、次のようになる。ただし古典文庫の諸本の校異や〝私〟〝国〟は除いた。

| | | | | | | |
|---|---|---|---|---|---|---|
| 河 | | | | | | ㉚ |
| 河 | 冷 | | | | | 1 |
| 河 | 冷 | 多 | 書 | 高 | | 2 |
| 河 | 冷 | 多 | 書 | 東 | 高 | 1 |
| 河 | 冷 | 多 | 東 | 高 | | 1 |
| 河 | 冷 | 多 | 東 | 高 | 関 | 2 |
| 河 | 冷 | 書 | | | | 3 |
| 河 | 冷 | 書 | 東 | 高 | 関 | 4 |
| 河 | 冷 | 書 | 高 | | | 2 |
| 河 | 冷 | 書 | 関 | | | 1 |
| 河 | 冷 | 東 | 関 | | | 1 |
| 河 | 多 | | | | | 2 |
| 河 | 多 | 書 | 東 | 高 | 関 | 1 |
| 河 | 多 | 東 | | | | 2 |
| 河 | 多 | 東 | 高 | 関 | | ⑩ |
| 河 | 多 | 東 | 関 | | | ⑤ |
| 河 | 書 | 東 | 高 | 関 | | 2 |
| 河 | 東 | | | | | ⑥ |
| 河 | 東 | 高 | | | | 4 |
| 河 | 東 | 高 | 関 | | | ㉕ |
| 河 | 東 | 関 | | | | ⑪ |
| 河 | 高 | | | | | 2 |
| 河 | 高 | 関 | | | | 1 |
| 冷 | | | | | | 4 |
| 冷 | 多 | 書 | | | | ⑤ |
| 冷 | 多 | 書 | 東 | 高 | 関 | 1 |
| 冷 | 多 | 書 | 高 | | | 1 |
| 冷 | 書 | | | | | (65) |
| 冷 | 書 | 東 | 高 | 関 | | 2 |
| 冷 | 書 | 東 | 関 | | | 1 |
| 冷 | 書 | 高 | | | | ⑨ |
| 冷 | 書 | 高 | 関 | | | 2 |
| 冷 | 書 | 関 | | | | 1 |
| 多 | | | | | | ㉔ |
| 多 | 東 | | | | | 4 |
| 多 | 東 | 高 | | | | 2 |
| 多 | 東 | 高 | 関 | | | 3 |
| 多 | 東 | 関 | | | | 4 |
| 書 | | | | | | 3 |
| 東 | | | | | | ⑲ |
| 東 | 高 | | | | | ⑤ |
| 東 | 高 | 関 | | | | ⑤ |
| 東 | 関 | | | | | ⑩ |
| 高 | | | | | | ⑱ |
| 高 | 関 | | | | | 4 |
| 関 | | | | | | 3 |

数字の５（箇所）以上をみると、一本のみでは、河・30、多・24、東・19、高・18に独自異文が多く、複数本共通では、〝河東高関・25〟と〝冷書・65〟本を基本系として、これに前者では多本、後者では多、高本もかかわる。就中、〝冷書〟の数・65は抜群であり、字・筆跡は異なるが、〝冷〟と〝書〟は、リコピーの如くほぼ忠実に写したような感じなのである。諸本については以上のことがほぼいえるかと思う。

〔付記〕関大本について、簡単な書誌を述べておきたい。横18.5センチ、縦23.9センチ。表紙は茶、薄茶のまだら横波模様で、白線が数本入る。右下、ラベル911、208、W2、4。左上に表紙に直接墨字書き。題簽はない。袋綴で、鳥の子紙。奥書・奥付は何もなく、98の歌で終り。初めは遊・白紙２枚（４頁）、３枚目（５頁目）の左上に「二條院讃岐集」とあり、表紙の筆跡と異なっている。6頁目「No、140284、昭32、5、25、和」の青ハンコが押してある。4枚目すべて白紙で、5枚目（9頁目）より始まる。奥の末5枚（10頁分）遊・白紙、裏表紙は何も書かれていず、表と同じ模様の続きである。

## 三、同時代及び後世の評

勅撰集入集は73首、正しくは72首（重複一首・続古今1078 1086＝新後撰1609を除く）―後の「勅撰集所載歌一覧」参照―である。玉葉に多く（8首）、風雅にないのは注目される。ちなみに式子は玉16、風14首、守覚は玉5、風0、小侍従は玉12、風2首である。

さらに承安二年（1172）の撰といわれる「歌仙落書」（⑤271新編国歌大観。歌仙落書と讃岐については、『讃岐』54〜57頁参照）において、女流歌人として、讃岐、小侍従、大輔の三名を挙げ、讃岐の歌については、少し長いが、「風体艶なるを先として、いとほしきさまなり。女のうたかくこそあらめとあはれにも侍るかな。家の風たえず申さむ事もおろかなり。父の朝臣よりは、艶なるかたは立ちまさりてや。末の世には出来がたくなむ。九月許りね覚がちなる床ちかく、むしの声々かれ〴〵に聞ゆる暁がたに、夢さめたる心持こそすれ。」（歌学大系、第二巻、264頁）と述べ、次に例歌として、53、54、52、55の歌があがり、最後に「袖ぬらすさ夜のね覚を知りがほに枕になるゝ虫のこゑ〴〵」（265頁）の歌が添えられている。そして「八雲御抄」（歌学大系、第三巻、27頁）は、359「ありそ海の」の歌。また「和歌色葉」の「六　名誉歌仙者」として、古今の優秀な歌よみの〝女房八十二人〟を掲げているが、讃岐もその中の一人である（歌学大系、第三巻―以下、「歌学大系、第　巻」は略す―、135頁）。

いうまでもなく百人秀歌（三、367頁）、百人一首（三、373頁）の作者の一人であり、その「沖の石の…」の異名は、百人一首では、『増註』以下にみえ、『古事類苑』文学部十、歌四、889頁「由歌得異名」、「〔二上峯〕一因レ歌得レ名、吾山四話ニ載タリ、…沖の石の讃岐…我袖は…」とあり、小侍従のように、その当時より喧伝されたものではないようである。その百人一首の注釈は汗牛充棟であるので、この全歌注釈では主なものにとどめた。江戸時代までの注については、「参考文献」の神作氏のもの「〔1〕百人一首抄〈細川幽斎〉…〔13〕百人一首一夕話〈尾崎雅嘉〉」が集成している。

次に「歌苑連署事書」には、166「あはれなる」の歌があがっており、「玉葉集條々事…一、面々所詠並詞以下事…あはれなる…右の三首うちつゞき入れる詞のさまたゞおなじやうにて、てづゝにきこえ侍り。いかさまにも故実にそむかむかし。朗詠集に此花是非二人間種一といへるは別のことなるべし。凡の歌もさせることなし。やむごとなき人々のことども申すもおそれあり。」(四、97～100頁)。「愚秘抄〈鵜本〉」には、「萱斎院、宜秋門院丹後、二條院讃岐、宮内卿、亡父卿女などぞ、女歌にはすぐれておぼえ侍る。此人々の思入りてよめらん歌をば、有家、雅経、通具、家隆などもよみぬきがたくや。」(四、296、297頁)。「三五記〈鷺本〉」には、「〔一、歌体事…第四 麗体」(四、314、321頁)として108「ながらへて」の歌。「定家十体」の「幽玄様」(四、362頁)として107「身のうさに」、「有心様」(四、367頁)として105「世にふるは」、「麗様」(四、371頁)として108「ながらへて」の歌があがっている。また「井蛙抄」の「(付)桐火桶抄…一、其時女房中に俊成卿女許被レ入たる事/此人京極心に不レ叶歌人也。仍新勅撰に二條院讃岐十三首、殷富門院大輔十五首、八條院高倉十三首、俊成卿女八首、而住江の月の夜神の御心までもさこそたとへられたる、太以不レ足二信用一。」(五、120、121頁)と、逆の記述ながら、新勅撰における讃岐の高い評価がうかがわれる。さらに「聞書全集」(六、84頁)は、前述の359の歌、「耳底記」は、「詠歌制之詞」として、101「月にあまぎる」(六、206頁)、104「わたればにごる」(六、207頁)、110「袖さへ浪の」(六、208頁)があがっている。「梨本集」は、「一、なに顔」として、132「知らず顔」(七、57頁)がある。「稲木抄」(九、388頁)は、前述の359の歌である。

以下、著書と讃岐歌を列記していこう。八雲御抄(別三、209頁)359、新六歌仙〔別〕(別六、222頁)110、新歌仙歌合

（別六、226頁）105、元暦三十六人歌合（別六、229頁）105、新三十六人撰歌合〔甲〕（別六、234頁）101、131、54、新三十人〔乙〕（別六、239頁）121、新三十六歌仙〔丙〕（別六、242頁）101、新三十六人歌合〔丁〕（別六、243頁）101、新中古歌撰〔別〕（別六、247頁）110、女三十六人撰〔甲〕（別六、342頁）101、54、51、女房三十六人歌合〔乙〕（別六、350頁）105、54、104、女房三十六人歌合〔丙〕（別六、356頁）105、51、54、女歌仙〔丁〕（別六、361頁）51、続女歌仙〔戊〕（別六、363頁）54、練玉和歌抄（別六、412、418、428、435、436頁）156、105、110、52、53、時代不同歌合〔甲〕、「（一一五〜一七）…讃岐」（別六、454頁）、同（別六、468頁）104、358、54、時代不同歌合〔乙〕（別六、476頁）104、小倉百人一首（別六、511頁）51、女百人一首（別六、543頁）104、名所百人一首（別六、547頁）142、私玉抄（別八、152、173、181、248、264、391、404頁）268、143、156、103、126、57、55、和歌部類（別八、520、521頁）101、104、110、宗長秘歌抄（『古今集　新古今集（国語国文学研究大成7）』（三省堂）385、392、398頁）101、112、107、『女房恋百人一首』（仮称、『中世和歌史の研究』（久保田淳）829頁）57。

また説話集などを見ても、沙石集（大系75頁）に109、古今著聞集（大系156頁）に同じく109の歌があるが、同219頁「尾張内侍・讃岐などさそひて、」の讃岐は、前述の如くこの讃岐ではない。さらに宝物集（新大系）の112頁に202、199頁に335の歌があり、352頁にも讃岐の記述がある。

○

終りにこの著の出版に当っては、和泉書院・廣橋研三氏を初め、多くの方のお世話になった。この場を借りてお礼を申し上げたい。なお題字は、今回も我が母・小田妙子氏にお願いした。亡父の恩と合せて、生み育ててくれた労に感謝の言を述べたい。さらに黙々と私を支え続けている妻に対しても同様である。また今回は妻の協力もあった。その他多くの人の助力のもとにこの著が成ったことを喜びたい。今は亡き森本元子氏を初めとする戦後の研究によって、讃岐研究が進んできたが、このささやかな著が、讃岐研究の一助となれば幸いである。また力足らずして未解明の点は今後の課題としていきたい。次は、『実国・師光全歌注釈』を予定している。

# 讃岐年譜

『讃岐』163～169頁の「関係年譜」をもとに作成した。なお複数に所収されている歌は、先のに入れた。正治初度百首所収は101、102、104、106、112、115、133、137～140、152、154、155、162、163、170～253、千五百番歌合は105、107、108、111、114、117、119、120～124、126、128～130、134～136、143～145、147、151、153、158、161、164～166、257～326である。

| 年 | | 歳 | 〔讃岐歌(番号)〕 |
|---|---|---|---|
| 保元三 | 1158 | 18 | この頃内裏に出仕か、12月二条天皇即位 |
| 平治元 | 1159 | 19 | 内裏和歌会に度々列す、3月初めて内裏和歌会〔1?、3?、23?〕 |
| 永暦元 | 1160 | 20 | 同上〔34?〕 |
| 応保元 | 1161 | 21 | 同上、この前後内裏和歌活動さかん |
| 二 | 1162 | 22 | 3月中宮育子貝合に参加〔2?、16?、72?〕 |
| 長寛元 | 1163 | 23 | 〔43?〕 |
| 二 | 1164 | 24 | |
| 永万元 | 1165 | 25 | 今撰集に入る〔53〕、7・28二条院崩〔23歳〕 |
| 仁安元 | 1166 | 26 | 仁安年間後白河院当座歌合に参加 |
| 二 | 1167 | 27 | この前後藤原重頼と結婚か |
| 三 | 1168 | 28 | この頃歌林苑の活動さかん〔349?〕 |
| 嘉応元 | 1169 | 29 | 続詞花集に入る〔52、54〕 |
| 二 | 1170 | 30 | |
| 承安元 | 1171 | 31 | |
| 二 | 1172 | 32 | 歌仙落書に入る〔55〕 |
| 三 | 1173 | 33 | |
| 四 | 1174 | 34 | |
| 安元元 | 1175 | 35 | |
| 二 | 1176 | 36 | |
| 治承元 | 1177 | 37 | |

| | | | |
|---|---|---|---|
| 二 | 1178 | 38 | 別雷社歌合に参加（12、13、73） |
| 三 | 1179 | 39 | |
| 四 | 1180 | 40 | 父頼政（77歳）、兄仲綱（55歳）宇治で戦死 |
| 養和元 | 1181 | 41 | |
| 寿永元 | 1182 | 42 | 家集自撰、賀茂社に奉納、月詣和歌集に入る（12、13、18、38、39、49、72、349） |
| 二 | 1183 | 43 | |
| 元暦元 | 1184 | 44 | |
| 文治元 | 1185 | 45 | |
| 二 | 1186 | 46 | |
| 三 | 1187 | 47 | 千載集に入る（51、53、54、100） |
| 四 | 1188 | 48 | |
| 五 | 1189 | 49 | |
| 建久元 | 1190 | 50 | この頃中宮任子に出仕か、1月兼実女任子入内、4月立后（109？、118？）（「入道前関白家に…」） |
| 二 | 1191 | 51 | |
| 三 | 1192 | 52 | |
| 四 | 1193 | 53 | （六百番歌合、同後番歌合） |
| 五 | 1194 | 54 | 丹後と共に8・11中宮和歌会に列す、（352「後京極摂政家名所歌十首」） |
| 六 | 1195 | 55 | 丹後と共に1・20民部卿家歌合に参加（103、113、148、168、169） |
| 七 | 1196 | 56 | この頃宮仕を辞し隠栖か、11月政変、任子中宮を去る |
| 八 | 1197 | 57 | |
| 九 | 1198 | 58 | |
| 正治元 | 1199 | 59 | |
| 二 | 1200 | 60 | 7〜9月初度百首に小侍従、丹後らと参加、秋三百六十番歌合（160）に入る、（131（土御門内大臣家歌合）、254〜256（院当座歌合）、353〜357（石清水若宮歌合）） |
| 建仁元 | 1201 | 61 | 3・29新宮撰歌合に参加（156）、6月頃千五百番百首詠進、8・3和歌所影供歌合（327〜332）、8・15和歌所撰歌合に参加（333〜336） |
| 二 | 1202 | 62 | |
| 三 | 1203 | 63 | 前年末〜本年春千五百番歌合に好成績を得る、8・15俊成九十賀屏風歌に丹後らと共 |

| 年号 | 西暦 | 年齢 | 事項 |
|---|---|---|---|
| | | | に撰入〔337（家長日記）〕 |
| 元久元 | 1204 | 64 | |
| 二 | 1205 | 65 | 3・26新古今集に16首撰入 |
| 建永元 | 1206 | 66 | |
| 承元元 | 1207 | 67 | 伊勢の国小幡村の所領の件で鎌倉幕府に訴訟に赴く、11月目的を果たして帰京〔141、142〕 |
| 二 | 1208 | 68 | |
| 三 | 1209 | 69 | |
| 四 | 1210 | 70 | |
| 建暦元 | 1211 | 71 | |
| 二 | 1212 | 72 | |
| 建保元 | 1213 | 73 | 8・7内裏歌合に出詠〔338～340〕 |
| 二 | 1214 | 74 | |
| 三 | 1215 | 75 | |
| 四 | 1216 | 76 | 閏6・9内裏百番歌合に出詠（最後の出詠〔125、167、341～348〕） |
| 五 | 1217 | 77 | この頃他界か |

# 讃岐歌一覧

1～362までの所収歌一覧である。歌集などは適宜省略に従ったが、勅撰集は上3字内、私撰集（②11今撰、13玄玉、15万代、⑥10秋風、11雲葉和歌集）は、上2字の略称にとどめた。②12月詣和歌集、16夫木和歌抄、④31正治初度百首、⑤183三百六十番歌合、197千五百番歌合は、それぞれ月詣、夫、正、三百、千とした。また歌番号間の「―」は、「返し」なりを含む一対の歌群である。

| | |
|---|---|
| 1 | |
| 2 | |
| 3 | |
| 4 | |
| 5 | |
| 6― | |
| 7 | 〔二条院〕 |
| 8 | |
| 9― | |
| 10 | 〔二条院〕 |
| 11 | |
| 12 | 新続古32、月詣17、別雷社歌合4 |
| 13 | 続後拾999 991、月詣168、別雷社歌合64、三百六十番94 |
| 14 | |
| 15 | 夫1830 |
| 16 | |
| 17 | |
| 18 | 月詣234 |
| 19 | |
| 20 | |
| 21 | |
| 22 | |
| 23 | |
| 24 | |
| 25 | |
| 26 | |
| 27 | |
| 28 | |
| 29 | |
| 30 | |
| 31 | 万719、夫11228、宝物集387 |
| 32 | |
| 33 | |
| 34 | |
| 35 | |
| 36 | |
| 37 | |
| 38 | 月詣640 |
| 40 | |
| 41 | |
| 42 | |
| 43 | |
| 44 | |
| 45 | |
| 46 | |
| 47 | |
| 48 | |

| | |
|---|---|
| 49 | 続後拾444、月詣891、万1378、夫6616、拾遺風体166 |
| 50 | |
| 51 | 千載760 759、百人秀歌94、百人一首92、三五記251 |
| 52 | 新古今1184、続詞花550、前摂政家歌合400判、歌仙落書102、宝物集240 |
| 53 | =99。千載891 889、今撰163、歌仙落書100 |
| 54 | 千載880 878、続詞花566、時代不同歌合234、歌仙落書101、無名抄30、女房三十六人歌合47、定家八代抄1075 |
| 55 | 続千1488 1491、万2657、歌仙落書103 |
| 56 | |
| 57 | 新勅902 904 |
| 58 | |
| 59 | |

| | |
|---|---|
| 60 | 新後1164 1169 |
| 61 | |
| 62 | |
| 63 | |
| 64 | |
| 〔65 | 〈玉葉2076〉都の人関連（男）か〕 |
| 66— | |
| 67 | |
| 〔68 | 同僚の女性〕 |
| 69 | |
| 70 | |
| 71 | |
| 72 | 月詣500 |
| 73 | 別雷社歌合124 |
| 74 | |
| 75 | |
| 76 | |
| 〔77 | 御製〕 |
| 78— | |
| 79 | |
| 80 | |
| 〔81— | 三川内侍〕 |
| 82 | |

| | |
|---|---|
| 83 | |
| 84 | 万2087 |
| 〔85— | 男・他人〕 |
| 〔86 | 男・他人か〕 |
| 87— | |
| 88 | |
| 89 | 玉葉2288 2280、参川 |
| 〔90— | 玉葉2289 2381、讃岐、大殿参川〕 |
| 91 | |
| 92 | |
| 〔93 | 他人の歌〕 |
| 94 | |
| 95 | |
| 96 | |
| 97 | |
| 98 | |
| 撰集ニ入歌99 | =53。千載891 889 |
| 100 | 千載925 923 |
| 101 | 新古130、正1919、三百124 |
| 102 | 新古271、正1937 |

| | |
|---|---|
| 103 | 新古435、民部卿家歌合98 |
| 104 | 新古540、正1953、時代不同歌合230、定家八代抄456 |
| 105 | 新古590、千1814、定家十体114、落書露顕16 |
| 106 | 新古1512 1510、正1950、定家八代抄1613 |
| 107 | 新古1542 1540、千2806、定家十体20 |
| 108 | 新古1636 1634、千2956、三五記80、定家十体157 |
| 109 | 新古1965 1966、藤川五百256左注、十訓抄149、古今著聞集109、沙石集3 |
| 110 | 新古1084、定家八代抄927、歌林良材18、89 |
| 111 | 新古1096、千2384 |
| 112 | 新古1120、正1982 |
| 113 | 新古1286、民部卿家歌合190、三百654 |
| 114 | 新勅26、千285 |

| | |
|---|---|
| 115 | 新勅222、正1939 |
| 116 | 新勅241 |
| 117 | 新勅403、千1844、題林愚抄5410 |
| 118 | 新勅620 622 |
| 119 | 新勅691 693、千2324 |
| 120 | 新勅963 965、千2414 |
| 121 | 新勅979 981、千2684 |
| 122 | 新勅1029 1031、千345 |
| 123 | 新勅1160 1162、千2926 |
| 124 | 新勅1161 1163、千2866 |
| 125 | 続後82、万代318、内裏百番歌合24 |
| 126 | 続後402 394、万代1118、千1514 |
| 127 | 続後805 801 |
| 128 | 続古83、千195 |
| 129 | 続古135、千554、雲葉192 |
| 130 | 続古250、千704 |
| 131 | 続古683 687、(通親家影供歌合)、万代1527、雲葉880、題林愚抄6158 |
| 132 | 続拾602 603 |
| 133 | 続拾936 937、正1981 |
| 134 | 新後289、千1484、雲葉490 |
| 135 | 新後526、千1964 |
| 136 | 玉285、千584 |
| 137 | 玉347、正1928、三百164 |
| 138 | 玉670 671、正1949、三百346、秋風334 |
| 139 | 玉825 826、正1957 |
| 140 | 玉1073 1074、正2001 |
| 〔141 | 玉2076 2068、歌枕名寄4480、善信〕 |
| 142——141 | 玉2077 2069、歌枕名寄4481 |
| 143 | 続千214 215、万代521、千614 |
| 144 | 続千360 362、万代891、千1184 |
| 145 | 続千1426 1429、夫5054、千2654 |
| 146 | ＝55。続千1488 1491 |
| 147 | 続後拾900 892、千2624、雲葉1031 |
| 148 | 新千95、176民部卿家歌合6 |
| 149 | 新千1418、万代2513 |
| 150 | 新拾98 |
| 151 | 新拾365、千1274 |
| 152 | 新後拾1417、正1994 |
| 153 | 新続古333、千974 |
| 154 | 新続古646、正1960 |
| 155 | 新続古1858、正1989、三百704 |
| ☆156 | 新古237、新宮撰歌合20 |
| 157 | ＝103。新古435 |
| ☆158 | 夫17071、千2444 |
| 159 | ＝145 |
| 160 | 万代685、夫3040、三百222 |
| 161 | 夫木768、千255 |
| 162 | 続古908 915、正1967、秋風509 |
| ☆163 | (一)新古584、正1979 |
| 164 | (二)新勅123、千465 |
| 165 | (三)続古1078 1086、新後1609 925、万代1949、千2264 |
| 166 | (四)玉598、夫4953、千1424、歌苑連署事書16 |
| 167 | (五)新拾1266、内裏百番歌合164、347の次 |
| ☆168 | 民部卿家歌合52 |
| 169 | 民部卿家歌合144 |
| 正治初度百首 春170 | 正1904 |
| 171 | 正1905 |
| 172 | 正1906 |
| 173 | 正1907 |
| 174 | 正1908 |
| 175 | 夫1315、正1909 |
| 176 | 正1910 |
| 177 | 正1911 |
| 178 | 正1912 |
| 179 | 夫1002、正1913 |
| 180 | 正1914 |
| 181 | 正1915、秋風81 |
| 182 | 正1916 |
| 183 | 正1917 |
| 184 | 正1918 |
| 185 | 夫1829、正1920 |
| 186 | 正1921 |
| 187 | 正1922 |
| 188 | 正1923 |

| | |
|---|---|
| 夏189 | 正1924 |
| 190 | 正1925 |
| 191 | 正1926 |
| 192 | 正1927、三百180、秋風147 |
| 193 | 夫10848、正1929、歌枕名寄533 |
| 194 | 正1930 |
| 195 | 夫3082、正1931 |
| 196 | 夫3275、正1932 |
| 197 | 正1933 |
| 198 | 正1934 |
| 199 | 正1935 |
| 200 | 正1936 |
| 201 | 正1938 |
| 秋202 | 正1940 |
| 203 | 正1941、秋風304 |
| 204 | 正1942 |
| 205 | 正1943 |
| 206 | 正1944、三百380 |
| 207 | 夫13800、正1945 |
| 208 | 正1946 |
| 209 | 正1947 |
| 210 | 正1948 |
| 211 | 正1951 |
| 212 | 夫5743、正1952 |
| 213 | 正1954 |
| 214 | 正1955 |
| 215 | 夫6306、正1956 |
| 216 | 正1958 |
| 冬217 | 正1959 |
| 218 | 正1961 |
| 219 | 正1962 |
| 220 | 正1963 |
| 221 | 正1964 |
| 222 | 正1965 |
| 223 | 正1966、三百524 |
| 224 | 正1968 |
| 225 | 夫7089、正1969、歌枕名寄3629 |
| 226 | 夫12398、正1970 |
| 227 | 正1971 |
| 228 | 正1972 |
| 229 | 正1973 |
| 恋230 | 正1974 |
| 231 | 正1975、秋風924 |
| 232 | 正1976 |
| 233 | 正1977 |
| 234 | 正1978 |
| 235 | 正1980 |
| 236 | 夫17105、正1983 |
| 羈旅237 | 正1984 |
| 238 | 正1985、三百606 |
| 239 | 正1986、三百602 |
| 240 | 正1987 |
| 241 | 正1988 |
| 山家242 | 正1990 |
| 243 | 正1991、三百710 |
| 244 | 正1992 |
| 245 | 夫9357、正1993 |
| 鳥246 | 正1995 |
| 247 | 正1996 |
| 248 | 夫12877、正1997 |
| 249 | 正1998 |
| 祝250 | 正1999 |
| 251 | 正2000 |
| 252 | 正2002 |
| 253 | 正2003 |
| 廿四番 | ＝院当座歌合14 |
| 254 | |
| 255 | 同18 |
| 256 | 同33 |
| 千五百番 | 千15 |
| 春257 | |
| 258 | 千45、雲葉36 |
| 259 | 千75 |
| 260 | 千105 |
| 261 | 千135 |
| 262 | 千165 |
| 263 | 千225 |
| 264 | 千315 |
| 265 | 千375 |
| 266 | 千405、拾遺風体26 |
| 267 | 千435 |
| 268 | 千494 |
| 269 | 夫1828、千524 |
| 夏270 | 千644 |
| 271 | 千674 |
| 272 | 千734 |
| 273 | 千764 |
| 274 | 夫3199、千794 |
| 275 | 千824、秋風216 |
| 276 | 千854 |
| 277 | 千884 |
| 278 | 千914 |
| 279 | 千944 |

| | |
|---|---|
| 280 | 千1004 |
| 281 | 千1034 |
| 秋 282 | 千1064 |
| 283 | 夫3921、千1094 |
| 284 | 千1124 |
| 285 | 千1154 |
| 286 | 千1214 |
| 287 | 千1244 |
| 288 | 千1304 |
| 289 | 千1334 |
| 290 | 千1364 |
| 291 | 千1394 |
| 292 | 千1454 |
| 293 | 夫5380、千1544 |
| 294 | 千1574 |
| 295 | 千1604 |
| 296 | 千1634 |
| 冬 297 | 千1664 |
| 298 | 千1694 |
| 299 | 千1724 |
| 300 | 千1754 |
| 301 | 千1784、雲葉783 |
| 302 | 千1874 |
| 303 | 千1904 |
| 304 | 千1934 |
| 305 | 千1994 |
| 306 | 千2024 |
| 307 | 千2054 |
| 308 | 千2084 |
| 309 | 千2114 |
| 310 | 千2144 |
| 311 | 千2174 |
| 312 | 千2204 |
| 313 | 千2234 |
| 恋 314 | 千2294 |
| 315 | 千2354 |
| 316 | 千2474 |
| 317 | 千2504 |
| 318 | 千2534 |
| 319 | 千2564 |
| 320 | 千2594 |
| 雑 321 | 千2715 |
| 322 | 千2746 |
| 323 | 千2776 |
| 324 | 千2836 |
| 325 | 千2896 |
| 326 | 千2986 |
| 和歌所影供歌合 | 17 |
| 327 | |
| 328 | 53 |
| 329 | 89 |
| 330 | 125 |
| 331 | 161 |
| 332 | 197 |
| 和歌所撰歌合 333 | 2 |
| 334 | 32 |
| 335 | 42 |
| 336 | 48 |
| 源家長日記 337 | 46 |
| 内裏歌合 338 | 4 |
| 339 | 20 |
| 340 | 36 |
| 内裏百番歌合 341 | 4 |
| 342 | 44 |
| 343 | 64 |
| 344 | 84 |
| 345 | 104 |
| 346 | 万代1330、百124 |
| 347 | 百144 |
| 348 | 夫13154、百184 |
| 補遺 349 | 月詣150 |
| 350 | 万代2125 |
| 351 | 万代3130 |
| 352 | 拾遺風体2 |
| 353 | 石清水若宮歌合65 |
| 354 | 同131 |
| 355 | 同197 |
| 356 | 同263 |
| 357 | 同329 |
| 358 | 時代不同歌合232 |
| 359 | 聞書全集83、84頁、八雲御抄59、歌林良材1、伊勢物語古注釈引用和歌459 |
| 360 | 言葉集114 |
| 361 | 同136 |
| 362 | 同148 |
| 363 | 拾遺風体68 |

# 勅撰、私撰集　収載歌一覧

共に和泉書院刊の『勅撰集作者索引』（181頁）、『私撰集作者索引』（157頁。②16夫木まで）、『同続編』（116頁）に基づいて作成した。（例、760 759 51の760は新編国歌大観番号、759は旧編、ゴチックの51は本書歌順番号）

## 勅撰集収載歌一覧

**7 千載**〈四首〉760 759 51・880 878 54・891 889 53＝99・925 923 100

**8 新古**〈十六首〉130 101・237 156・271 102・435 103＝157・540 104・584 163・590 105・1084 110・1096 111・1120 112・1184 52・1286 113・1512 1510 106・1542 1540 107・1636 1634 108・1965 1966 109

**9 新勅**〈十三首〉26 114・123 164・222 115・241 116・403 117・620 622 118・691 693 119・902 904 57・963 965 120・979 981 121・1029 1031 122・1160 1162 123・1161 1163 124

**10 続後**〈三首〉82 125・402 394 126・805 801 127

**11 続古**〈六首〉83 128・135 129・250 130・683 687 131・908 915 162・1078 1086（＝新後撰＊1609 925）165

**12 続拾**〈二首〉602 603 132・936 937 133

**13 新後**〈四首〉289 134・526 135・1164 1169 60・＊1609 925（＝続古1078 1086）☆＝165

**14 玉葉**〈八首〉285 136・347 137・598 166・670 671 138・825 826 139・1073 1074 140・2077 2069 142・2289 2281 90・〔2076 2068 141 善信〕

**15 続千**〈四首〉214 215 143・360 362 144・1426 1429 145・1488 1491 55＝146

**16 続後**〈三首〉444 49・900 892 147・999 991 13

18 新千〈二首〉95 148・1418 149

19 新拾〈三首〉98 150・365 151・1266 167

20 新後〈一首〉1417 152

21 新続〈四首〉32 12・333 153・646 154・1858 155

## 私撰集収載歌一覧

10 続詞〈二首〉550 52・566 54

11 今撰〈一首〉163 53

12 月詣〈八首〉17 12・150 349・168 13・234 18・500 72・640 38・659 39・891 49

15 万代〈十五首〉318 125・521 143・685 160・719 31・891 144・1118 126・1330 346・1378 49・1527 131・1949 165・2087 84・2125 350・2513 149・2657 55 146・3130 351

16 夫木〈二十七首〉768 161・1002 179・1315 175・1828 269・1829 185・1830 15・3040 160・3082 195・3199 274・3275 196・3921 283・4953 166・5054 145 159・5380 293・5743 212・6306（本文「二条院御製」、正治初度百首1956）215・6616 49・7089 225・9357 245・10848 193・11228 31・12398 226・12877 248・13154 348・13800 207・17071 158・17105 236

⑥ 10 秋風〈七首〉81 181・147 192・216 275・304 203・334 138・509 162・924 231

11 雲葉〈六首〉36 258・192 129・490 134・783 301・880 131・1031 147

20 拾遺風〈四首〉2 352・26 266・68 363・166 49

27 六華〈四首〉954 105・1110 52・1127 54・1357（藤原通光）162

31 題林愚〈十八首〉98 257・413 258・1231 128・1386 268・1719 143・2150 156・4028 103 157・4547 126・5410 117・6158 131・6437 113・6832 52・6910 53 99・6919 57・7739 51・8134 55 146・8567 108・10268 140

⑩ 176 言葉〈三首〉114 360・136 361・148 362

# 索　引

## 全歌自立語総索引　凡例

1、以下は本書に収めた和歌、1～362の歌に用いられている全ての自立語を掲げたものである。歌語のみとし、詞書、集付などは除外した。接頭語、接尾語は入れた。逆引きをして（すべての索引とも）確認したが、なお遺漏のあることを恐れる。

2、重出や他人の歌も含めたが、重出や他人の歌については、〃＝〃、〃〔　〕〃とした（例、「103＝157」、〔7〕）。なお本文変更は以下である。2さ《せ》—せ、48さゝ《〔て〕く？》→さて《〈く〉》、62たえ→たへ、104わたればわたる《（ママ）〔にごる〕》→わたれば〔にごる〕、131る《り》→り、147。《めに》→めに。

重出は、99＝53、146＝55、157＝103、159＝145、他人の歌（11首）は、7、10、65、68、77、81、85、86、90、93、141である。

3、語の処置については、利用の便を第一として項目をたてた。複合語、連語については、意味をもつまとまりとして尊重する立場から、そのままで扱った（例、「夕露」「我が袖」「春の夜」「もの思ふ」「待ち侘ぶ」など）。ただし、複合語、連語を構成する各単語からも検索できるように、（　）を付し、参照項目として示した（例、「(夕)露」、「(我が)袖」など）。

4、語の配列と表記は、次の通りである。

(1)、見出し語は、原則として歴史的仮名遣いによって表記し（底本の本文のそれが誤っている場合は正して）、五十音順に並べた。「を」は「お」の、「ゐ」は「い」の語群にそれぞれ入れたが、「ゑ」同様、それらの、「あ」や「し」、「と」などの各語内での順序は、原則として五十音順とした。清濁音は一緒のものとして、順序に差をつけなかった。

(2)、活用語は、終止形で立項し、活用語尾の五十音順とした。

(3)、見出し語の次に、（　）を以て記した漢字は便宜的なものであり、品詞を示したものもある。

(4)、縁語の指摘は省いたが、掛詞は歌番号の後に、〃☆〃を記した。

**五句（各句）索引　凡例**

「自立語総索引」に基づき、五十音順に配列した。初句には〃○〃を付し、初句が同じ場合は、次の語句を掲げた。

**歌題索引　凡例**

『平安和歌歌題索引』の項目に従い、その音順（例、「花《か》」、「旅月《りょげつ》聞鹿」）とした。部立などの類は省略した。収載範囲は、1〜157、168、169、254〜256、327〜340、350、353〜357、361、362である。

**詞書主要語句索引　凡例**

6〜18、48、63〜98、103、109、113、125、131、140、141、148、349、352の主な詞書の語句を五十音順に並べた。

# 全歌自立語総索引

## あ

あかし(明石)　238☆
あかす(明す)　あかし238☆、あかす162
(鳴き明す)
あかず(飽かず)　あかず9 98、あかぬ13 26 47
あき(秋)　98 102 134 158 198 201 202 203 208 209 211 215 216 232 244 277 279 285 287 294 333 337 339 345 349 355
(立つ秋)
あきかぜ(秋風)　180 204
あきくる(秋暮る)　あきくれ297
あきのあはれ(秋の哀)　144
あきのおくり(秋の送り)　296
あきのかぜ(秋の風)　328
あきのかたみ(秋の形見)　286
あきのくれ(秋の暮)　295
あきのそら(秋の空)　283 289
あきのちぎり(秋の契り)　288
あきのつき(秋の月)　106 123 291
あきのなごり(秋の名残)　154
あきのなみだ(秋の涙)　327
あきのねざめ(秋の寝覚)　103＝157、115
あきのひかり(秋の光)　153
あきのもみぢ(秋の紅葉)　321
あきのよ(秋の夜)　138 254 334
あきはぎ(秋萩)　38
あく(明く)　あくる274、あけ52 340
あく(開く)　あけ36
(押し開く)
あくがる(憧る)　あくがれ138
(有明)
かけがた(明方)　101 185 257☆
あけはつ(明け果つ)　あけはて48
あけぼの(曙)　4 175 305 356
あけやる(明・開け遣る)　あけやら97☆
あさ(麻)　235
(今朝)
あさか(浅香・安積)　285☆
あさごと(朝毎)　204
あさし(浅し)　あさ280☆、285☆、あさけれ324
あさぢ(浅茅)　275
あさぢがするゑ(浅茅が末)　113
あさぢはら(浅茅原)　221
あさぢふ(浅茅生)　280☆、301
あさつゆ(朝露)　285
あさみどり(浅緑)　177
あし(芦)　49
あしたづ(芦鶴)　152
あしのね(芦の根)　64
あしのまろや(芦の丸屋)　218
あしびき(足引)　353
あす(褪す)　あせ348
あそぶ(遊ぶ)　あそぶ179
あだなり(仇なり)　あだなり265、あだなる151
あたり(辺り)　242
(花の辺り)
あと(跡)　233 347 348
あとたゆ(跡絶ゆ)　あとたえ113
(山のあなた)
あはれ(哀)　66 121 121 241 297 326 339
(秋の哀)
あはれなり(哀なり)　あはれなる166 185 247
(沖つ潮合《あひ》)
あひみる(会ひ見る)　あひみ62〔86〕87
あふ(会ふ)

あは 29、あふ 58 59☆、149☆、167☆
(つき合ふ)(流れ合ふ)
あぶくまがは(阿武隈川) 167☆
あふさか(逢坂) 59☆、149☆、328
あふせ(逢瀬) 234
あふひぐさ(葵草) 27
あま(海士) 111 293 335 359
あまぎる(天霧る) あまぎる 101
あまぐも(天雲) 147
あまのがは(天の川) 284
あまのかはかぜ(天の川風) 202
あまのと(天の戸) 257
あまのはら(天の原) 250
(置き余る)
あめ(雨) 61 124 168 190
(五月雨)(泪の雨)(春雨)(村雨)
あめふる(雨降る) あめふれ 91
あやし(怪し) あやしき 203
あやなし(文なし) あやなく 220
あやむしろ(綾莚) 315
あやめ(菖蒲) 26 137
あらいそ(荒磯) 131
あらし(嵐) 101 266 295☆
あらしのやま(嵐の山) 295☆
あらそふ(争ふ) あらそふ 248
あらぬいろ(有らぬ色) 186
あらぬかた(有らぬ方) 272
あらはなり(顕はなり) あらはなり 195、あらはに 218
あらはる(現る) あらはれ 49
あらふ(洗ふ) あらふ 279 293
あられ(霰) 224
あり(有り) あら〔10〕40
〔65〕66 67 69〔77〕107 136 145＝159 320 325、
あり〔86〕103☆＝157☆、192 314☆、ある 79 80〔85〕87 165、あれ 41 62 87 163 236
(甲斐有り)(心有り)(類《たぐひ》有り)
ありあけ(有明) 29 103☆＝157☆、117 118 129 133 139 194 290 314☆、338 350
〔ありしむかし (有し昔) 93〕
ありそうみ(荒磯海) 359
ありぬべし(有りぬべし) 351
ある(荒る) あれ 144
あるじがほ(主顔) 330
あれはつ(荒れ果つ) あれはて 268
(山藍)
あをやぎ(青柳) 1 114 179
(雲居)


## い・ゐ


いかが (如何が) 55＝146、〔85〕
いかだし(筏士) 306
いかで(如何で) 78 127 192 304
いかなり(如何なり) いかなら 230 303、いかなる 80〔81〕209、いかなれ 167 292、いかに 109 115 164 231 277 291 325
いかばかり(如何許) 324
いき(息) 359
いざよひ(十六夜) 127
いく(幾) 312
いくしほ(幾入) 255
いくとせ(幾年) 106
いくまつがえ(幾松が枝) 357
いくよ(幾夜) 238
いけ(池) 179 276
(春の池)(広沢の池)
いけのみぎは(池の汀) 303
いけみづ(池水) 224
(沖の石)
ゐせき(井堰) 56 201
いせのうみ(伊勢の海) 309
いそ(磯) 110 293
(荒磯)(荒磯《ありそ》海)
いそのかみ(石上) 145＝159、160 262
いたし(甚し) いたく 169

いただ(板田)　〔141〕142
いたづらに(徒に)　61 315
いたま(板間)　344
いつ(何時)　〔10〕24 234(〜か)
いづかた(何方)　16 296
いづく(何処)　20
いつまで(何時迄)　147
いづれ(何れ)　346
いづ(出づ)　いづる92 190 290 341、
いづれ44、いで6〔7〕155 172 237 260
(色に出づ)(立ち出づ)(穂・秀に出づ)
(待ち出づ)
いづみ(泉)　98
いづみ(和泉・国)　91
いでてゆく(出でて行く)
いでてゆく233
いでやる(出で遣る)　いでやら168
いと(糸)　114
いとど(副)　185 340
いとふ(厭ふ)　いとは317、いとひ247
いとま(暇)　126
いとゆふ(糸遊)　179
いなば(稲葉)　166 180 212
いにしへ(古)　76 125 321
いぬ(往ぬ)　いに71
いのち(命)　60〔65〕66
いは(岩)　131
いはしみづ(岩清水)　310 355
いはそそく(岩注く)　いはそそく170
いはつつじ(岩躑躅)　16 17
いはばし(岩橋)　245
いはひ(岩ひ)　34(ゐカ)
いはま(岩間)　306
いひいふ(言ひ言ふ)　いひいひ325
いひしる(言い知る)　いひしら256
いふ(言ふ)　いは
73〔90〕119、いふ53＝99、いへ198
(言ひ言ふ)
いへのかぜ(家の風)　80〔81〕
いほ(庵)　116 212 338
いほり(庵)　23
(柴の庵《いほり》)(旅の庵《いほ》)
いま(今)　19 22 60 82 106 115 129 152 184
いまさらに(今更に)　53＝99、55＝146
いまは(今は・名)　256
(我妹子・わぎもこ)
ゐもり(居守)　348
いりあひ(入相)　43
いる(入る)　いり67 110 115、〔いれ7〕
(こき入る)(尋ね入る)
ゐる(居る)　ゐる237
(起き居る)(起・置き居る)(遅れ居る)
(氷り居る)(玉居る)
いろ(色)　104 119 198 253 255 261 263 322
(有らぬ色)(花の色)(一つ色)
いろかふ(色変ふ)　いろかへ357
いろにいづ(色に出づ)
いろにいで〔90〕331
いろになる(色に成る)　いろになり232
いろまさる(色増る)　いろまさり12 17

## う

うう(植う)　うゑ214 243
うきこと(憂き事)　281
うきみ(憂身)　246 ☆
うきぐも(浮雲)　163
うきす(浮巣)　246
うきね(浮寝)　238
うきまくら(浮・憂き枕)　358 ☆
うく(浮く)　うき246☆(「憂身」のほう)
うぐひす(鶯)　136 171 178 260 264 341
(身の憂さ)
うし(憂し)　うき97 109 231 361、うし72
うすし(薄し)　うすき37、うすけれ217
うたがふ(疑ふ)　うたがひ348

うたたね（転寝）　121　158　223　266
うたふ（歌ふ）　うたふ　356
うち（内）　197　218
（心の内）（注連《しめ》の内）（春の内）（身の内）
（夢の内）
うぢ（宇治）　340
うちしぐる（うち時雨る）　うちしぐれ　163
うちそそく（うち注く）　うちそそく　168
うちそふ（うち添ふ）　うちそふる　207
うちとく（うち解く）　うちとけ　270
うちはふ（うち延ふ）　うちはへ　111　117　161
うちわする（うち忘る）　うちわすれ　43　☆
うつ（打つ）　うち　43　☆
（衣打つ）
うづき（卯月）　143
うつしおく（移し置く）　うつしおき　41
うつす（映す）　うつさ　8
うづみび（埋火）　228　304
うづら（鶉）　218　316
（枝移りす）
うつりが（移り香）　176
うつる（映る）　うつら206☆、うつれ　179
うつる（移る）　うつら　206　☆

うつろふ（移ろふ）　うつろへ　284
うのはな（卯の花）　25
うはかぜ（上風）　144
うはげ（上毛）　50
うはば（上葉）　40
うぶね（鵜船）　31
うへ（上）　205
（雲の上）（袖の上）（波の上）（花の上）
（荒磯海）（伊勢の海）（四方の海）（渡津
海）
うめ（梅）→むめ
うら（浦）　320
（志賀の浦）（忍ぶの浦）（敏馬《みぬめ》の浦）（和
歌の浦）
（松が浦島）
うらがる（末枯る）　うらがれ　215
うらぢ（浦路）　239
うらなみ（浦波）　152　307
うらみす（恨みす）　うらみやす　269
うらみはつ（恨み果つ）　うらみはて　109　350
うらむ（恨む）　うらみ　192　265
うらめし（恨めし）　うらめしき　271
うれし（嬉し）　うれしかる317、うれしき　289


## え


（下枝《しづえ》）（松が枝）（幾松が枝）
えだ（枝）　38　136
えだうつりす（枝移りす）　えだうつりする　343
えだかはす（枝交す）　えだかはす　182
えだながら（枝ながら）　287


## お・を


おいのなみ（老いの波）　326
をかさ（小笠）　28
をがや（小萱）　240
おき（沖（奥））　219
をぎ（荻）　40　144
おきあまる（置き余る）　おきあまり　88
おきかくす（置き隠す）　おき（な）かくし　48
おきそふ（置き添ふ）　おきそふる　349
おきつしほあひ（沖つ潮合）　359
おきつなみ（沖つ波）　279
おきのいし（沖の石）　51
をぎのは（荻の葉）　115
おきわかる（起き別る）　おきわかれ　256
おきわかる（起・置き別る）

をやまだ(小山田)　244
およぶ(及ぶ)　およば　251
をり(折・名)　163
(折折)
をりをり(折折)　322
をる(折る)　をら　187
(手折《た》る)(雪折る)
(下折《した》れ)
をれふす(折れ伏す)　をれふす　38
(山下風《をろし》)

## か

(三日月)
か(香)　130　322
(移り香)(花の香)
(真澄《ます》鏡)
かがりび(篝火)　33
かかる(＝かくある)　244
かかる(掛かる)　かから267、かかる　163
(咲き掛かる)(散り掛かる)
(霧のま垣)(霜のま垣)(ま垣)(籬)
かきくもる(かき曇る)　かきくもり　124
かきそむ(書き初む)　かきそむる　70
かきね(垣根)　172
かきのく(掻き除く)　かきのけ　228
かぎり(限り)　21
(数限りなし)
かきわく(掻き分く)　かきわけ　359
かく(副詞)　235
〔かくて　65〕
かく(や)　321
かく(は)　235
かく(掛く)　かく241、かくる199、かけ　27
102　112　114　143☆、230　239、かけよ　60　89　326
(思ひ掛く)
(置き隠す)
(雲隠れ行く)(深山隠れ)
かげ(影)　34　107　123　291　308　310　333　355
(面影)(月影)(月の影)(日影)
かげ(陰)　75
(木陰)(松陰)
かげぐさ(陰草)　91
(小笠)
かざし(名詞)　353
かざす(動詞)　かざし　187
かさなる(重なる)
かさなり301、かさなる　237　308
(立ち重なる)
かざる(飾る)　かざれ　197
かず(数)　75　94
かずかぎりなし(数限りなし)　かずかぎりなき　140
かずならず(数ならず)　かずならず89、かずならぬ　78
かすがの(春日野)　312
かすがやま(春日山)　75
かすみ(霞)　2　174　177　258
(春霞)(夕霞)
かすみそむ(霞み初む)　かすみそめ　257
かすみのころも(霞の衣)　128
かすむ(霞む)　かすめ　175
かぜ(風)　32　37　39
148　151　166　183　196　210　212　216　217　225　261　301　320　341　353
(秋風)(秋の風)(天の川風)(家の風)
(上《うは》風)(川風)(初風)(春風)(松吹
く風)(山風)(夕風)
かぜかよふ(風通ふ)　かぜかよふ　279
かぜたつ(風立つ)　かぜたち　275
かぜわたる(風渡る)　かぜわたる　205　303
かぞふ(数ふ)　かぞふれ229、かぞへ　333
かぞへしる(数へ知る)　かぞへしる　282
かた(方)　36　194　246☆、318
(明方)(有らぬ方)(何方《いづ》)(遠方《をち》)(大方)
(暮方)(取る方)

かた（潟）　246☆
（難波潟）
かたしく（片敷く）　かたしく67 162（き？） 223
かたなし（方無し）　かたなき165
かたぶく（傾く）　かたぶき290
（秋の形見）
かつ（且つ）　265
かつがつ　153
かづく（潜く）　かづか224、かづく359
かつら（桂）　153
（玉鬘）
がてに　122
かど（門）　362
かなし（悲し）　かなしき72
かなふ（叶ふ）　かなは58〔65〕
（思ひかぬ）（慰めかぬ）（引きかぬ）（待
ちかぬ）（分きかぬ）
かね（鐘）　43
かねのおと（鐘の音）　297
かねて（予て）　87 277
かのも（彼面）　195
（天の川）（天の川風）（阿武隈川）（神無
備川）（崎田《さきた》川）（杣《そま》川）（竹河）（立田
川）（涙川）（涙の川）（禊《みそぎ》川）（御手洗《みたらし》
川）（湊川）（山川）（吉野川）

かはかぜ（川風）　162
（天の川風）
かはぎり（川霧）　340
（枝交《かは》す）（鳴き交す）
かはたけ（川竹）　33
かはづ（蛙）　119
かはりはつ（変り果つ）　かはりはつれ360
かはる（変る）　かはら11 253 284 361 362、かはる53＝99、57 234 299
（生《お》ひ変る）（消え変る）（咲き変る）
かひあり（甲斐有り）　かひある310
かひなし（甲斐無し）　かひなかり331
かふ（替ふ）　かへ189 298
（色変ふ）
（吹き更ふ）
（行き交ふ）
かへす（返す）　かへし79☆、かへす278
（思ひ返す）（吹き返す）
かへりゆく（帰り行く）　かへりゆく128
かへる（帰る）　かへら281、かへり228、かへる61 125 131☆、140 152 188 266☆
（立ち帰る）（見て帰る）（行き帰る）
（主《あるじ》顔）（知らず顔）（見せ顔）
（炭竈）

（その上《かみ》）（石上《いその》）
かみ（神）　149 326
かみなづき（神無月）　346
かみなびがは（神無備川）　119
かみのめぐみ（神の恵み）　357
かみまつる（神祭る）　かみまつる143
かみやま（神山）　27☆
かみよ（神代）　321
（小萱）（苅萱）
かやりび（蚊遣火）　30
かよひぢ（通路）　155 169 216 233 245
（風通ふ）
からころも（唐衣）　79
かり（狩）　316☆
かり（仮）　244☆、316☆
かり（雁）　180
（御狩野）
（初雁）
かりがね（雁）　128☆
かりしく（刈り敷く）　かりしく240
かりなく（借り泣く）　かりてなく278
かりば（狩場）　47
かりまくら（仮枕）　223
かりわぶ（借り侘ぶ）　かりわぶる302
かる（刈る）　かり244☆

かる(枯る)　かれ218　268☆、301☆
かる(離る)　かれ268☆、301☆
かる(借る)　かり128☆、220
(末枯《うら》る)(霜枯る)
(目離《か》る)(夜離る)
かるかや(苅萱)　41
(霜枯れ果つ)
かれゆく(離れ行く)　かれゆく136
かわく(乾く)　かわか349、かわく51
かをる(薫る)　かをる148

き

き(木)　189 322
(木木)(妻木)
きえかはる(消え変る)　きえかはり221
きぎ(木木)　346
(白菊)
きく(聞く)　きか14 192、きき262 328、
きく43 74〔77〕248 343 356、きけ92
(音に聞く)
きこゆ(聞こゆ)　きこゆる256
きし(岸)　193
きてみる(来て見る)　きてみれ148
(衣衣)
きぬぎぬ(衣衣)　52
(池の水際)(水際《みぎは》)
きね(巫覡)　200
きみ(君)　3〔7〕34 64 100 127〔141〕254 309 313
きみがため(君が為)　312
きみがみよ(君が御代)　140 250 251 252 253
きみがよ(君が代)　108 289
きゆ(消ゆ)　きえ
45 57 122〔287〕(け)、304、きゆる30 347
きよし(清し)
きよ(み)44、きよき276 309
(川霧)(夕霧)
きりのまがき(霧の籬)　293
(天霧る)

く

く(来)　き5 98 171 222 297 337
339 352、くる15、こ5 241↓(来《こ》ぬ人)
(忍び来)(尋ね来)(頼み来)(問ひ来)
(尋《と》め来)(匂ひ来)(漏り来)
くくる(括る)　くくる198
くさ(草)　110 189 263 273 322
(葵草)(陰草)(下草《した》)(千草)(夏草)(深
草)(若草)
くさのは(草の葉)　88 292
くさのゆかり(草の縁)　89〔90〕
くさば(草葉)　196 204
くさまくら(草枕)　241 329
くだく(砕く)　くだくる205
くだす(下す)　くだす31
くつ(朽つ)　くち〔77〕110 142 315
くちはつ(朽ち果つ)　くちやはて332
くひな(水鶏)　36 94
くむ(汲む)　くみ313
くも(雲)　45 148 165 174 237 267 336
(天雲)(浮雲)(白雲)(横雲)
くもがくれゆく(雲隠れ行く)
くもがくれゆく258
くもぢ(雲路)　22
くものうへ(雲の上)　6☆
(宮中)、8☆(宮中)、250☆(宮中)
くもりなし(曇り無し)　くもりなき179
くもる(曇る)
くもら220、くもる174 291 317
(かき曇る)
くもま(雲間)　156
くもゐ(雲居)
3 9〔10〕14 106☆、125 132☆、257
くやし(悔し)　くやしか
り360、くやしかる123、くやしさ58
くらし(暗し)　くらき270

(春の来《く》る)
くる(繰る)　くる 111 ☆
くる(暮る)　くれ 20 44 308 ☆
(秋暮る)
くるし(苦し)　くるしき 105 111 ☆
くれ(暮) 168
(秋の暮)(年の暮)(春の暮)(夕暮)
くれがた(暮方) 208
くれてゆく(暮れて行く)　くれてゆく 18 216
くれはつ(暮れ果つ)　くれはつる 229
くれたけ(呉竹) 248
くれなゐ(紅) 198

け

(上毛)
(雪気《げ》)
け(きえ・消え) 287
けさ(今朝) 189
けしき(景色) 362
げに(実に) 〔85〕 203
けふ(今日) 17 70 92 173
けぶり(煙) 135 226 236 242
(恋の煙)

こ

(田子)(我背子)(我妹子《わぎも》)
こかげ(木陰) 37 187
こきいる(こき入る)　こきいるる 295
こけ(苔) 299
こけのころも(苔の衣) 217
こけのたもと(苔の袂) 124
こけむす(苔生す)　こけむし 344
こころ(心) 6 〔7〕 11 26 39 47 53＝99、 57 64 83 87 112 125 199 206 214 232 283 309 313 356
(下《した》の心)(人心)(人の心)(我が心)
こころあり(心有り)　こころあら 323 335
こころそら(心空) 9 〔10〕
こころづくし(心尽し) 256
こころと(心と) 40
こころなし(心無し)　こころなく 208
こころのうち(心の内) 98 345
こころのほか(心の外) 134 319
こころのほど(心の程) 13
こころのみづ(心の水) 324
こころのやみ(心の闇) 100
こころみる(試みる)　こころみる 87
(待ち試みる)
〔こころみ(試み・名詞) 86〕
こころもとなし(心もと無し)　こころもとなき 95
こし(越) 175
こしぢ(越路) 128
こじま(小島) 219
こずゑ(木末・梢) 23 215 219
こぞ(去年) 284
こだかし(木高し)　こだかく 75
こたふ(答ふ)　こたふ 313、こたふる 297
こと(事) 〔10〕 74 〔77〕 87
(憂き事)(思ふ事)(その事)
(朝毎《ごと》)(夜毎)
ごとに(毎に) 75 95
ことのは(言の葉) 72 89 360
こぬひと(来ぬ人) 269
このした(木の下) 270
このは(木葉) 46 48 220 346
このも(此面) 195
このよ(此世) 100 109 276
こはぎ(小萩) 42
(我恋)
こひのけぶり(恋の煙) 165☆(火)、202☆(火)
こひし(恋し)　こひし 53＝99、こひしき〔68〕 76

さみだれ(五月雨)　96 156 160 193 272 363
さむ(覚む)　さむる40、さめ58 319
(寝覚む)
(夜寒)
さむし(寒し)　さむから128
(秋の寝覚)(春の寝覚)(寝覚)(寝覚す)
さむしろ(小莚)　54
さも(然も)　30 320
さやかに(副)　313
さやけし(形)　さやけき291 355
さゆ(冴ゆ)　さえ225 356、さゆる31 307
さらしな(更級)　329
さらしやる(晒し遣る)　さらしもやら25
さらに(更に)　258 361
(今更に)
さを(棹)　31
さをしか(小牡鹿)　290

し

(筏士)
しか(鹿)　29 42 207 256 286
(小牡鹿)
しかのね(鹿の音)　298 329
しがのうら(志賀の浦)　318 336 352
しがらみ(柵)　112
しがらむ(柵む)　しがらめ42
しき(頻)　315☆
しきなみ(頻波)　140
(百敷《ももしき》)
しく(敷く)　しき315☆
(片敷く)(刈り敷く)(玉敷く)
しぐる(時雨る)　しぐる47
(打ち時雨る)
しぐれ(時雨)　46 220 298 299 300
(露時雨)(初時雨)
しげし(繁し)　しげ88☆、しげけれ38
しげみ(茂み・名)　88☆
した(下)　50 64 91 110 279 280
(木の下)
したくさ(下草)　215
したつゆ(下露)　102
したのこころ(下の心)　82
したがふ(従ふ)　したがふ39
したふ(慕ふ)　したひ118
したもみぢ(下紅葉)　153
したゆくみづ(下行く水)　363
したをれ(下折れ)　259
しづえ(下枝)　1 161
しづかなり(静かなり)　しづかなり267、しづかなる310、しづかに311
しづく(雫)　300
しのだ(信太)　24 91
しののめ(東雲)　274
しのびく(忍び来)　しのびき280
しのびね(忍び音)　190 270
しのぶ(偲ぶ)　しのぶ〔93〕191☆
しのぶ(忍ぶ)　しのぶ111☆、しのび315☆
しのぶ(忍(草))　191☆
しのぶのうら(忍ぶの浦)　111☆
(楢柴)
しばのいほり(柴の庵)　242
しばのと(柴の戸)　200
しばし(暫)　5 156 169 216 337
(幾入《しほ》)
(沖つ潮合)
しほたれやま(潮垂山)　269
しほひ(潮干)　51
しほやき(塩焼)　126
しぼる(絞る)　しぼる235
(雄島)(小島)(籬が島)(松が浦島)(松島)
しみづ(清水)　59 273
(岩清水)

しむ(染む)　しま 276、しめ 130
(身に沁・しむ)
しめ(注連) 200
しめのうち(注連の内) 354
しも(霜) 35 48 50 221 297 302
しもおく(霜置く)　しもおけ 253
しもがる(霜枯る)　しもがれ 49 213
しもがれはつ(霜枯れ果つ)　しもがれはつる 222
しものまがき(霜の籬) 154
しもむすぶ(霜結ぶ)　しもむすぶ 301
しらぎく(白菊) 214
しらくも(白雲) 129 150
しらたまつばき(白玉椿) 251 ☆
しらつゆ(白露) 57 ☆、113 134
しらなみ(白波) 293
しらね(白嶺) 175
しらゆき(白雪) 122
しらす(知らす)　しらせ 2 71 331、しらする 217
しら(ず)(知ら(ず)) 251 ☆
しらずがほ(知らず顔) 132
しらぬむかし(知らぬ昔) 231
しる(知る)　しら 26 37 51 57 ☆、69 78 82 83 188 199 204 296 304 319 324 347、しり 20 361、しる 183 277 300 325 337、しれ 6 322 339
(言ひ知る)(思ひ知る)(数へ知る)(空に知る)(人知る)(身を知る)
しるし(著し)　しるから 36、しるき 170 253
しるべ(導) 26 264
しるべす(導す)　しるべし 251
しろし(白し)　しろき 4
しろたへ(白妙) 307
しをる(萎る)　しをるる 285 339、しをれ 17 17
しをれそむ(萎れ初む)　しをれそめ 190

## す

す(為)　し 123 164 277 294、す 55=146、296 ☆、312、する 47 72 〔90〕 122 172 311、せ 108 116 231 267 298
(恨みす)(枝移りす)(音す)(導《しるべ》す)(住まひす)(瀬絶えす)(絶えす)(旅寝す)(照射《ともし》す)(何す)(寝覚す)(円居《まとゐ》す)(物忘れす)
(浮巣)(古巣)
すがた(姿) 361
すがはら(菅原) 334
(夜もすがら)
すぎゆく(過ぎ行く)　すぎゆく 22、すぎゆけ 295
すぐ(過ぐ)　すぎ 2 84 342、すぐる 105 361
(真菅《すげ》)
すさむ(遊む)　すさむ 215
すず(鈴) 249 ☆
(花薄)
すずし(涼し)　すずしき 102 137 201 277、すずしく 275
すずみ(涼み・名) 337
すずむ(涼む)　すずむ 273
(村雀)
すずろ(漫ろ)　すずろ 249 ☆
すその(裾野) 263
すだく(集く)　すだく 69
(灯《とも》し捨つ)(鳴き捨つ)
すてぶね(捨舟) 49 225
(身を捨てやる)
すま(須磨) 239
すまのせき(須磨の関) 296 ☆
すます(住ます)　すませ 42
すまひ(住まひ) 244
すまひす(住まひす)　すまひし 191
すみがま(炭竈) 135
すみぞめ(墨染) 176

すむ(澄む)　すむ118 310☆、すめ336
すむ(住む)　すみ208、すむ310☆
(一人住む)
すみとぐ(住み遂ぐ)　すみとげ351
すみなる(住み馴る)　すみなれ218
すみよし(住吉)　279 311 326
すみれ(菫)　268
(花摺《ずり》)
するが(駿河)　236
すゑ(末)　139 252☆、318
(浅茅が末)(木末)(行末)

せ

せ(瀬)　112 281
(逢瀬)
せき(関)　59 328
せきゆく(関行く)　せきゆく296
(井堰)(須磨の関)
せきもり(関守)　2
せきもる(関守る)　せきもる149
せきやる(堰きやる)　せきやる318
せく(堰く)　せく112
(我が背子)
せだえす(瀬絶えす)　せだえし167☆
せばし(狭し)　せばき193
せみ(蟬)　102

そ

そが(曽我)　162
そこ(其処)　36 71 83☆
そこ(底)　34 83☆
(岩注く)(打ち注く)
そで(袖)　59 61 63〔86〕96 103＝157、106 110 112 130 158 163 176 206 239 295 303 320 327 332 335 339 353 358
(人の袖)(我袖)
そでのうへ(袖の上)　203
そとも(外面)　200
その(其の)　76〔77〕332
そのかみ(其の上)　27☆
そのこと(其の事)　203
そふ(添ふ)　そは329、そふ20、そへ144 150 355
(打ち添ふ)(置き添ふ)(生《お》ひ添ふ)(立ち添ふ)
そまがは(杣川)　306
そむ(染む)　そむる219
(書き初む)(霞み初む)(咲き初む)(萎《しを》れ初む)(立ち初む)
(墨染)
そよぐ(戦ぐ)　そよぐ37
そら(空)　〔7☆〕、21☆、61 96 101 164☆、179 185 220 255 274 275 278 314 317 336 356☆
そらに(空に)　356☆
そらにしる(空に知る)　そらにしり〔7☆〕、そらにしる164☆
(秋の空)(心空)
それ(其れ)　248 361
それながら(其れ乍)　348

た

(我手《た》枕)
(板田)(小山田)(山田)(早稲田)
(瀬絶えす)
たえす(絶えす)　たえせ252
たえま(絶え間)　45 210
(箸鷹)
たが(誰が)　103＝157、233
たかさご(高砂)　207
たかし(高し)　たかし160、たかみ101
(木高し)
たかはし(高橋)　160 363
たかね(高嶺)　307
たぎつ(滾つ)　たぎつ112☆
たく(動詞)　たけ123

たくなは(たく縄)　111
たぐひあり(類有り)　たぐひある　8
たぐふ(類ふ)　たぐへ46　281
たけ(竹)　259　305
(川竹)(呉竹)
たけかは(竹河)　252
たご(田子)　28
たご(田子・歌枕)　307
たそがれ(黄昏)　255
ただ(只)　121　214　309
たたく(叩く)　たたき36、たたく　94
(夕立)
たちいづ(立ち出づ)　たちいづる152☆、326
たちかさなる(立ち重なる)　たちぞかさなる　150
たちかへる(立ち帰る)
たちかへり268、たちかへる180☆
たちそふ(立ち添ふ)　たちそふ　165
たちそむ(立ち初む)　たちそめ　177
たちのぼる(立ち上る)　たちのぼり　131
〔たちはなる(立ち離る)　たちはなるれ86〕
たちむかふ(立ち向かふ)　たちむかへ　216

たちよる(立ち寄る)
たちよる37　246、たちよれ　187
たちばな(橘・立花)　32　191　343　354
(花橘・立花)
たつ(立つ)　たた236、たち180☆、
241、たつ161、たつる242、たて　73
(風立つ)(先立つ)(春立つ)(目《め》立つ)
(芦鶴)
たつあき(立つ秋)　282
たつたがは(立田川)　198
たづぬ(尋ぬ)
たづぬる83　138、たづね　273
たづねいる(尋ね入る)　たづねいる　265
たづねく(尋ね来)　たづねき　116　173　266
たに(谷)　171　245　341
たなばた(七夕)　202
たね(種)　72
たのみ(頼み・名)　318
たのみく(頼み来)　たのみこ　27
たのみわたる(頼み渡る)　た
のみわたら82、たのみぞわたる　73
たのむ(頼む)　たのま
53＝99、たのみ305、たのむ180☆、
347、たのむれ56、たのめ　113　120　362
たのめおく(頼め置く)　たのめおき　294

たのむ(田の面)　180☆
(一度《たび》)
たびごろも(旅衣)　285
たびね(旅寝)　116
たびねす(旅寝す)　たびねする　23　212　239
たびのいほ(旅の庵)　240
たふ(堪ふ)　たへ62(たえ)〔65〕66(たえ)
(白妙)
たま(玉)　197　205　224
(衣の玉)(白玉椿)
たまかづら(玉鬘)　114
たましく(玉敷く)　たましく　354
たまづさ(玉梓)　70　209
たまも(玉藻)　たまも　223
たまゐる(玉居る)　たまゐる　287
(我手枕)
たむく(手向く)　たむくる　354
(君が為)
たもと(袂)　〔77〕235　337　349
(苔の袂)(花の袂)(人の袂)
たゆ(絶ゆ)　たえ〔62〕〔66〕70　135　338
(跡絶ゆ)(途絶ゆ)(仲絶ゆ)
たるみ(垂水)　170
たれ(誰れ)　15　115　138　282
たをる(手折る)　たをり　130

## ち

(八千夜)
(浦路)(通路)(雲路)(越路)(六十路)
(闇路)(夢路)
(浅茅《ぢ》)(浅茅が末)(浅茅原)(浅茅生)
ちかし(近し)　ちかき 40 244 293、ちかく 76 123 137、ちかけれ 74
ちかづく(近付く)　ちかづき 229、ちかづく 363
ちぎり(契り)　41 70 121 147 182 231 284 289
(秋の契り)
ちぎりおく(契り置く)　ちぎりおき 180 320 322 332 360
ちぎる(契る)　ちぎら 173、ちぎる 184
ちぐさ(千草)　213
ちとせ(千年)　345
ちどり(千鳥)　162 223
ちよ(千代)　333
ちよ(千夜)　254
(八千夜)
ちらす(散らす)　ちらさ 16、ちらす 261
ちり(塵)　54
ちりかかる(散り掛かる)　ちりかかる 104
ちる(散る)　ちら 13 184 214、ちり 190 353、ちる 11 42 48 101 129 136 191 205 224 232

## つ

つき(月)　6 〔7〕 29 35 101 103‖157、107 117 118 120 127 129 132 133 138 139 153 156 174 194 250 267 270 290 302 310 329 334 335 338 344 345 350 355
(秋の月)(卯月)(神無月)(長月)(三日月)(水無月)
つきかげ(月影)　45 92 254 336
つきなみ(月次)　333
つきのかげ(月の影)　44 289
つきあふ(つき合ふ)　359
つく(尽・撞く)　つき 297 ☆
(近付く)(待ち付く)
つぐ(告ぐ)　つげ 341
(心尽《づく》し)
つくす(尽す)　つくす 283
つくばやま(筑波山)　195
(橋造り)
(木綿付《つけ》鳥)
つたふ(伝ふ)　つたふ 196 209
つづく(続く)　つづく 243
(岩躑躅)
(人伝《づて》)
つなぐ(繋ぐ)　つなぐ 225
つなはふ(綱延ふ)　つなはへ 145‖159
つね(常)　4
(白玉椿)
つばさ(翼)　190
つま(妻)　207
つまぎ(妻木)　245
つむ(摘む)　つま 312、つむ 268
(年の積り)
つもる(積る)　つもら 46、つもり 54
つゆ(露)　38 89 151 178 191 196 197 199 204 205 221 241 276 292 302 327
(朝露)(下《した》露)(白露)(涙の露)(夕露)
つゆけし(露けし)　つゆけから 116、つゆけき 280、つゆけく 103‖157、つゆけさ 133
つゆしぐれ(露時雨)　235
つらし(辛し)　つらき 231
つれなし(形)　つれなかり 234

## て

(捲《まくり》手《で》)
(山寺)
てり(照り・名)　267
てる(照る)　てる 35 333

と

(天の戸)(柴の戸)(槙の戸)(槙の戸鎖
し)
とき(時)　62 286 320
(一時)
ときは(常盤)　182
とく(解く)　とくる50、とけ　178
(打ち解く)
(住み遂ぐ)
とけゆく(解け行く)　とけゆく　170
とこ(床)　54 133 181 266
とこなつ(床夏)　35 197
とこなる(床馴る)　とこなれ　238
(槙の戸鎖し)
とし(年)　20 27 55＝146、95 108 188 262 308
(幾年《とせ》)(千年《とせ》)(三年《とせ》)
としのくれ(年の暮)　131
としのつもり(年の積り)　229
〔とだゆ(途絶ゆ)　とだえ141〕
とづ(閉づ)　とぢ169 299 302
とどむ(止む)　とどむる71、とどめ　5
とどめおく(止め置く)　とどめおき154
となり(隣)　171
とひく(問ひ来)　とひこ245
とふ(問・訪ふ)　とは
135、とひ325、とふ18 115 227、とへ119
とほざかる(遠離る)
とほざかり352、とほざかる22 76
とほし(遠し)　とほ25、とほき250☆
とほの(遠野)　69
とま(苫)　300
とまや(苫屋)　223 293
とまやかた(苫屋形)　239
とまる(止まる)
とまり47 188、とまる20
(行き止まる)
とめく(尋めく)　とめくれ32
とも(友)　30 41 171 173 242 248
(我友)
ともしす(照射す)
ともしす29、ともしする195
ともしすつ(灯し捨つ)　ともしすて274
ともす(灯す)　ともす33
ともに(共に)　57 59 126 177 218 277
(諸共に)
とものみやつこ(伴の御奴)　1
とり(鳥)　164
(鴛鴦鳥)(千鳥)(水鳥)(木綿《ゆふ》付鳥)(呼
子鳥)
とる(取る)　とる28、とれ287
とるかた(取る方)　249☆

な

(我名)
(若菜)
な〜そ　169 240
なか(中)　237
(野中)(最《も》中)
ながし(長し)　ながき26 117
ながす(流す)　ながす281 315
なかたゆ(仲絶ゆ)　なかたえ63
ながづき(長月)　139
なかなかに(中中に)　208
なかば(中ば)　333
ながむ(詠む)　ながむ211、ながむ
る350、ながむれ107 291、ながめ289 290
ながめ(詠め・名)　163
ながめわぶ(詠め侘ぶ)
ながめわび133 338
ながら(長柄)　74
(枝ながら)(さながら)(それながら)
(よそながら)
ながらに　249
ながらふ(長らふ)　ながらへ108

ながる(流る)　ながれ 186
ながれ(流れ・名) 252
ながれあふ(流れ合ふ)　ながれあひ 63
なきあかす(鳴き明す)　なきあかす 330
なきかはす(鳴き交はす)
　なきかはす 298
なきすつ(鳴き捨つ)　なきすて 22
なきわたる(鳴き渡る)　なきわたる 194
なぎさ(渚) 230☆、246☆、309
なく(鳴く)　なき 96、なく 15 24 69
☆、102 119 162 185 192 207 223 260 286、なけ 143
なく(泣く)　なき 71、なく 69☆
(借り泣く)
なぐさむ(慰む)　なぐさむる 231
なぐさめかぬ(慰めかぬ)
　さぐさめかね 329
なげき(嘆き) 18
なげく(嘆く)　なげか 308、なげく 62
なごり(名残) 28
(秋の名残)
なさけ(情) 227
(人の情)
なし(無し)　な(ぎ)230☆、246☆、
なかり〔10〕304、なき 15 18 21 27 32 50
51 59 112 124 230 249☆、320、なく 28 30、
なけれ 206 305 318、なし 28 138、なみ 126
(文《あや》無し)(数限り無し)(方無し)(甲斐
無し)(曇り無し)(心無し)(心もと
無し)(定め無し)(隙《ひま》無し)
なす(為す)　なし 41イ
(思ひ為す)
なだ(灘) 49 126 225
なつ(夏) 19 95 198
なつくさ(夏草) 280
なつのよ(夏の夜) 62 153 270
なつむし(夏虫) 274
なつかし(懐し)　なつかしき 96
など(副詞) 188
なに(何) 57 60 62 76 83 151
なにす(何す)　なにせ 331
なにはがた(難波潟) 49 225
(たく縄)
なびく(靡く)
　なびか 39、なびく 1 114 151 161
(早苗)
なほ(猶) 98 108 109 117 152 155 237 251 259 265 316 326
なほす(直す)
　なほさ 38、〔なほし 141☆〕
(踏み直す)
なみ(波) 110
126 131 193イ 201 205 216 224 230 239 309 311 336 352 358 363
(老いの波)(浦波)(沖つ波)(頻《しき》波)(白
波《なみ》)
(月次)
なみのうへ(波の上) 186 238 340
なみのはな(波の花) 211
なみのまくら(波の枕) 300
なみま(波間) 359
なみだ(涙・泪) 78 178 232 278 315 320 346
(秋の泪)
なみだがは(涙・泪川) 112 318
なみだのあめ(泪の雨) 167 317
なみだのかは(涙の川) 56
なみだのつゆ(涙の露) 88
なみだのふち(泪の淵) 234
なら(楢) 37
ならし(歌枕) 15☆
ならしば(楢柴) 337
ならす(慣す)　ならし 15☆、ならす 24
(数ならず)
(ものならば)
ならふ(動詞)　ならふる《しつイ》 41
なりやる(為り遣る)　なりやら 52
なりゆく(為り行く)　なりゆく 160
なる(馴る)　なるる 173、なれ 132

(里馴る)(住み馴る)(床馴る)
なる(為る)　なら75、なり44 66 113 123 137 242 344、なる60 76 177 286、なれ195 275
(色に成る)
なるさは(鳴沢)　226
なれ(汝)　23 316

**に**

にごり(濁り)　276
〔にごる(濁る)　にごる《(わたる)》104〕
にし(西)　194 282
にしき(錦)　197
には(庭)　46 48 88 113 221 267 275 301 347 354
にはたづみ(庭潦)　8
にはのおも(庭の面)　243
にひまくら(新枕)　55＝146
にほ(鳰)　246
にほひ(匂ひ)　261
にほひく(匂ひ来)　にほひくる176
にほふ(匂ふ)　にほふ80〔81〕

**ぬ**

ぬ(寝)　ぬる292 ☆
ぬぐ(脱ぐ)　ぬぐ28
ぬし(主)　79 324
ぬの(布)　25
ぬま(沼)　26 ☆
ぬらす(濡らす)　ぬらさ〔77〕78、ぬらし52、ぬらす335、ぬらせ59
ぬる(濡る)　ぬる292 ☆、ぬるる63〔86〕、ぬれ96 235 358
ぬるよ(寝る夜)　94
ぬれまさる(濡れ増る)　ぬれまさり61

**ね**

ね(音)　71 ☆、136 185
(鹿の音)(忍び音)(笛の音)(虫の音)
ね(根)　26
(芦の根)(垣根)(松が根)
(白嶺)(高嶺)(富士の嶺)
(秋の寝覚)(浮寝)(転寝《うたた》)(思ひ寝)(旅寝)(旅寝す)(春の寝覚)
ねぐら(塒)　248
ねざむ(寝覚む)　ねざめ271
ねざめ(寝覚)　166
(秋の寝覚)(春の寝覚)
ねざめす(寝覚す)　ねざめする304
ねぬよ(寝ぬ夜)　94
ねのひ(子日)　172
ねや(閨・寝屋)　344

**の**

(小野)(春日野)(裾野)(遠《とほ》野)(布留野)
(御《み》狩野)(宮城野)
のき(軒)　40 223 244
のきば(軒端)　137 176
(掻き除《の》く)
のこる(残る)　のこり117 155 274、のこる118、のこれ21 226
のち(後)　149
のちのよ(後の世)　124
のどけし(長閑し)　のどけき183 250
のなか(野中)　63 273
のばら(野原)　243
のべ(野辺)　41 42 67〔68〕116 172 177 210 213 240 280 316 339
(立ち上《のぼ》る)
のやま(野山)　189
のら(野ら)　285

**は**

(軒端《は》)(山の端)
(夜半)
(稲葉)(上葉)(荻の葉)(草葉)(草の葉)

（言の葉）（木葉）（榊葉）（蓮葉《はちす》）（紅葉葉）（若葉）
（狩場）
はかなし（儚し）　はかなかり121、〔はかなき77〕
（いかばかり）（さばかり）
はぎ（萩）　206 287
（秋萩）（小萩）
はく（掃く）　はき1
はし（橋）　74〔141〕142
（岩橋）（高橋）（八橋）
はしたか（箸鷹）　249
はしつくり（橋造り）　142
はしひめ（橋姫）　340
はじめ（初め）　92 327
（七夕《ばた》）
はちす（蓮）　324
はちすば（蓮葉）　199 276
（明け果つ）（荒れ果つ）（恨み果つ）（変り果つ）（朽ち果つ）（暮れ果つ）（霜枯れ果つ）
はつかぜ（初風）　158 170
はつかり（初雁）　166 209
はつしぐれ（初時雨）　105 219
はて（果）　325

はな（花）　5 6 8 9 11 13 14 21 32 35 42〔68〕〔93〕101 119 122 125 129 136 143 150 154 175 181 182 183 184 186 189☆、191 200 206 214 243 260 266 288 353
（卯の花）（尾花）（立花）（波の花）（花立花）（春の花）（梅《むめ》の花）
はなざくら（花桜）　3
はなすすき（花薄）　39 286
はなずり（花摺）　206
はなたちばな（花立花）　130
はなのあたり（花の辺り）　148
〔はなのいろ（花の色）　7〕
はなのうへ（花の上）　178
はなのか（花の香）　80〔81〕264
はなのたもと（花の袂）　189☆
はなる（離る）　はなれ219
（立ち離る）
ははそのもり（柞の杜）　185
はふ（延ふ）　はふる200
（うち延《は》ふ）（綱延ふ）
はやし（早し）　はやき112 281、はやく131☆
（浅茅原）（天の原）（大原）（小松原）（菅原）（野原）
はらふ（払ふ）　はらは197、はらふ204、はらへ50

はる（晴る）　はるる17、はれ28 174 202 236
（衣張る）
はる（春）　9 19 20 21 125 128 129 170 171 175 177 183 184 188 228 229 306 312 341 345 352
はるがすみ（春霞）　12
はるかぜ（春風）　1 258 264
はるさめ（春雨）　17 263☆
はるたつ（春立つ）　はるやたつ257
はるのいけ（春の池）　161
はるのうち（春の内）　5〔81〕
はるのくる（春の来る）　328
はるのくれ（春の暮）　136
はるのねざめ（春の寝覚）　181
はるのはな（春の花）　321
はるのゆき（春の雪）　259
はるのよ（春の夜）　84〔85〕121 164 174 267
はるのわかれ（春の別れ）　18
はれやる（晴れ遣る）　はれやら259
はれゆく（晴れ行く）　はれゆく156

## ひ

（岩ひ）
ひ（日）　124 150 236
（子日）
ひをふ（日を経）　ひをへ213

(潮干《ひ》)
ひ(火)＝「こひ(恋)の煙」 202☆
(埋火)(篝火)(蚊遣火)
ひかげ(日影) 221
ひかり(光) 33 35 92 274 283
(秋の光)
(足引《びき》)
ひきかぬ(引きかぬ) ひきかね 272
ひく(引く) ひく26 145＝159
ひぐらし(蜩) 215
ひたすらに 62
ひだり(左) 16
ひと(人) 5 15 18 51 60 69 84 119 134 135 138 145＝159、158 169 241 245 264 271 304 305 322 325 350 356 361 362
(大宮人)(来《こ》ぬ人)(諸《もろ》人)(山人)(行く人)
ひとしる(人知る) ひとしれ64
ひとごころ(人心) 360
ひとづて(人伝) 14
ひとのこころ(人の心) 72 282 348
ひとのそで(人の袖) 52
ひとのたもと(人の袂) 78
ひとのなさけ(人の情) 56
ひとのゆくへ(人の行方) 294
ひとまつ(人待つ) ひとまつ330☆
ひとめ(人目) 111
ひとこゑ(一声) 22 342
ひとたび(一度) 184 254
ひとつ(一つ) 163 173 235
(身一つ)
ひとついろ(一つ色) 213
ひととき(一時) 288
ひともと(一本) 214
ひとよ(一夜) 54
ひとり(一人) 34 116 350
(我れ一人)
ひとりすむ(一人住む) ひとりすむ338
ひまなし(隙なし)
ひまなき167 191、ひまなく299
(橋姫)
ひらく(開く) ひらくる3☆
(思ひ開く)
ひる(昼) 11 44
ひろさはのいけ(広沢の池) 193

ふ

ふ(経) ふる105☆、へ108
(日を経《ふ》)(程経)
(浅茅生《ふ》)
ふえのね(笛の音) 71☆
ふかくさ(深草) 259☆、316
ふかし(深し) ふか(み)215 259☆、ふか
き284 346、ふかく155 177、ふかけれ104
(夜深し)
ふかみどり(深緑) 189
ふきおくる(吹き送る) ふきおくる210
ふきかふ(吹き更ふ) ふきかへ258
ふきかへす(吹き返す) ふきかへす158
ふきみだる(吹き乱る)
ふきなみだりそ240
ふく(吹く) ふか
39、ふき328 339、ふく132 183 320 341 353
(松吹く風)
ふく(更く) ふくる342、ふけ31 120 127 139 232
ふく(葺く) ふく137
ふけゆく(更け行く) ふけゆく294
ふじ(富士) 226 236 307
ふじのね(富士の嶺) 165
ふしみ(伏見) 334
ふす(伏す) ふす30
(折れ伏す)
(泪の淵)
ふぢ(藤) 187

ふね(舟)　296
(鵜舟)(捨《すて》舟)
ふは(不破)　2
〔ふみ（文）　141☆〕
〔ふみなほす(踏み直す)
　ふみなほし141☆〕
ふみわく(踏み分く)
　ふみわけ259
ふゆ(冬)　117 217 222 228 297 301 303 305
ふゆのさと(冬の里)　227
ふゆのよ(冬の夜)　302
ふる(布留)　145＝159、160 363
ふるの(布留野)　262
ふる(降る)　ふら
　124、ふる45 61 105☆、135 220 224 226 227 263
(雨降る)(雪降る)
ふる(古る)　ふり74
ふるさと(故里)　〔68〕268 275 299 330 344
ふるし(古し)　ふるき92
ふるす(古巣)　171 341☆

**へ**

(沢辺)(野辺)(山辺)
(有りぬべし)
へだつ(隔つ)　へ
　だつ237、へだつる237、へだて19 336

**ほ**

ほか(外)　245 353
(心の外)
ほし(星)　356
ほたる(螢)　33 196 277
ほど(程)　97 147 164
(心の程)
ほどふ(程経)　ほどふれ98
ほととぎす(時鳥)
　22 23 24 95 96 156 168 190 192 194 270 271 278 343 354
(山時鳥)
ほにいづ(穂・秀に出づ)　ほにいで286☆
(明けぼの)
ほのかに(仄かに)　283
ほのみる(仄見る)　ほのみ314☆

**ま**

ま(間)　26☆、39 50 51 108 122 184 230
(板間)(岩間)(雲間)(絶え間)(波間)
　(雪間)(夜の間)
まがき(籬)　210 243
(霧の籬)(霜の籬)
まがきがしま(籬が島)　211
まがきのむし(籬の虫)　298
まかす(任す)　まかせ5 184 272
まがふ(紛ふ)　まがは148、まがふ2 165
まきのと(槙の戸)　36 94 127
まきのとざし(槙の戸鎖し)　97
まきのや(槙の屋)　105 299
まくら(枕)　342
(浮・憂き枕)(仮枕)(草枕)(波の枕)
　(新枕)(我手枕)
まくりで(捲手)　16
まさし(正し)　まさしから84〔85〕
まさりゆく(増り行く)　まさりゆく263
まさる(増る)　まさる346 363
(色増る)(濡れ増る)
ますかがみ(真澄鏡)　308
ますげ(真菅)　162
ませ(籬)　197
また(又)　8
　44 45 58 74 103＝157、200 228 241 245 268 285 349
まだ(未)　25 26 52 199 270 280
まちいづ(待ち出づ)　まちいで291
まちかぬ(待ちかぬ)　まちかね66 342 350
〔まちこころみる(待ち試みる)
　まちこころみ65〕
まちつく(待ち付く)　まちつけ3

まちわぶ(待ち侘ぶ)　まちわび 55＝146
まつ(待つ)　また 95 192 314 316、まち 29 44 156 168 169 171、まつ 34 97 108 120 127 153 233 294☆、306 340、まて 75
(人待つ)
まつ(松) 12 75 182 187 207
(幾松が枝)(小松原)
まつがうらしま(松が浦島) 323
まつがえ(松が枝) 193
(幾松が枝)
まつかげ(松陰) 279
まつがね(松が根) 193イ
まつしま(松島) 335
(小松原)
まつのゆき(松の雪) 260
まつふくかぜ(松吹く風) 311
まつむし(松虫) 294☆、330☆
まつやま(松山) 108
まづ(先) 37 273 291
(何時《いつ》迄)
(神祭る)
まどろむ(動)　まどろめ 58
まとゐす(円居す)　まとゐする 228
(目の前《まへ》)
ままに 12 142 221

(芦の丸屋《まろ》)

み

(垂水《み》)
み(身) 249 323
(憂身)(我身)
みおく(見置く)　みおき 6
みかづき(三日月) 283 314☆
みかりの(御狩野) 47
みぎ(右) 16
みぎは(水際・汀) 49 161 193 225
(池の汀)
みぎり(砌) 32
みじかし(短し)　みじかき 30 164
みせがほ(見せ顔) 227
みそぎ(禊) 281
みそぎがは(禊川) 201
みたらしがは(御手洗川) 73☆、313
みだる(乱る)　みだるる 67〔68〕
(思ひ乱る)(吹き乱る)
みち(道) 259 273 328
みづ(水) 34 63 104 193 252 272 281 302
(池水)(岩清水)(心の水)(清水)(下行く水)
みづとり(水鳥) 50

みてかへる(見て帰る)　みてかへら 351
みとせ(三年) 55＝146
みどり(緑) 12 179 198 252
(浅緑)(深緑)
みな(皆) 134
みなづき(水無月) 278
みなとがは(湊河) 300
みにしむ(身に沁む)　みにしみ 162、みにしむ 80
みぬめのうら(敏馬の浦) 358☆
みぬめ(見ぬ目) 358☆
みね(峯) 101 129 226 258 295
みのうさ(身の憂さ) 107
みのうち(身の内) 118
みひとつ(身一つ) 18
(大宮人)
みやぎの(宮城野) 287☆
みやこ(都) 155 237
(伴の御奴《みやつこ》)
みやま(深山) 208 260 338
みやまがくれ(深山隠れ) 168
みゆ(見ゆ)　みえ 2 11 51 60 84〔85〕160 196 198 222、みゆ 25 292、みゆる 35 79 175 206 283
みよ(御代) 183

(君が御代)
みよしの(み吉野)　122 148 150 265☆
みる(見る)　み
8 13 48 66 73☆、106 238 265☆、287☆、
みる 21 38 45 58 72 〔81〕 154 181 204 205 214 243
254 255、みれ 39 288 310 323 345、みよ 122 158
(会ひ見る)(来て見る)(仄《ほの》見る)(目に
見る)
みるめ(見る目)
83☆、110☆、230☆、318☆
みるめ(海松布)
83☆、110☆、230☆、318☆
みをしる(身を知る)　みをしる 124
みをすてやる(身を捨てやる)
みをもすてやら 249

**む**

むかし(昔)　106 107 109 176 191 247
(有りし昔)(知らぬ昔)
(立ち向かふ)
むし(虫)　69 210
(夏虫)(籬の虫)(松虫)
むしのこゑ(虫の声)　43
むしのね(虫の音)　280
(綾蓆《むしろ》)(小莚《さむしろ》)
(苔生《む》す)
むすぶ(結ぶ)　むすば
288、むすび 34 70☆、273、むすぶ 98
(霜結ぶ)
むすびおく(結び置く)　むすびおき 182
むそぢ(六十路)　229
むなし(空し)　むなしき 230
むね(胸)　236 324
むめ(梅)　176
むめのはな(梅の花)　261
〔むらさき(紫)　90〕
むらさめ(村雨)　278
むらすずめ(村雀)　248

**め**

めかる(目離る)　めかるれ 9
(人目)(見ぬ目)(見る目)(余所《よそ》目)
(神の恵み)
めぐる(巡る)　めぐる 106
〔めたつ(目立つ)　めもたた 68〕
めづらし(珍し)　めづらしき
343、めづらしく 222、めづらしげ 32
めにみる(目に見る)　めにみる 147
めのまへ(目の前)　57
めをさます(目を覚ます)
めをさます 247

**も**

(彼面《かのも》)(此面《このも》)(外面《そとも》)(田の面《む・も》)
(玉藻)
(一本《もと》)
もなか(最中)　355
もの(物)
14 15 105 111 145＝159、165 188 204 233 316
ものおもふ(物思ふ)
ものおもひ 149、も
のおもふ 232、ものをこそおもへ 359
ものさびしさ(物淋しさ)　347
ものならば　308
ものわすれす(物忘れす)
ものわすれせ 125
もみぢ(紅葉)　104 255
(秋の紅葉)(下紅葉)
もみぢば(紅葉葉)　295
ももしき(百敷)　114
もゆ(燃ゆ)　もゆる 277
もり(森・杜)　24 91 102 215
(柞の杜)
もりく(漏り来)　もりくる 107
もる(漏る)　もら 344

(関守)(関守る)
もろさ(脆さ)　346
もろともに(諸共に)　23　132　271　314
もろびと(諸人)　345

## や

(芦の丸屋)(苫屋)(苫屋形)(寝《ね》屋)(槙
の屋)
(苫屋形)
やがて　54
(塩焼《やき》)
(青柳《やぎ》)
やこゑ(八声)　164
やすし(易し)　やすく　105
やすらふ(休らふ)　やすらふ　127　216
やちよ(八千代)　254
(伴の御奴《やつこ》)
やつはし(八橋)　82
やど(宿)　24　113　138　144　264　302　342
(我宿)
やどしおく(宿し置く)　やどしおく　310
やどす(宿す)　やどさ　106
やどる(宿る)　やどる　33　276
やなぎ(柳)　161
やま(山)　15　101　122　148　150　237　290　329
(嵐の山)(奥山)(男山)(小山田)(春日
山)(神《かみ》山)(潮垂《しほたれ》山)(筑波山)(野
山)(松山)(深山)(深山隠れ)
やまあゐ(山藍)　353
(深山隠れ)
やまかぜ(山風)　184
やまがは(山川)　104
やまざくら(山桜)　265
やまざと(山里)　169　172　243
やまだ(山田)　166　212　272
(小山田)
やまでら(山寺)　43
やまのあなた(山の彼方)　351
やまのは(山の端)　4　97　174
やまびと(山人)　227　235
やまぶき(山吹)　186
やまべ(山辺)　181
やまほととぎす(山時鳥)　137　143　342
やまをろし(山下風)　217
(心の闇)
やみぢ(闇路)　123
やむ(止む)　やむ　320
(蚊遣火)
(明け遣る)(出で遣る)(惜しみ遣る)
(思ひ遣る)(咲き遣る)(晒し遣る)
(堰き遣る)(為《な》り遣る)(晴れ遣る)
(身を捨て遣る)

## ゆ

(草の縁《ゆかり》)
ゆき(雪)　45　128　135　169　226　227　306　347　356
(白雪)(春の雪)(松の雪)
ゆきげ(雪気)　174　258
ゆきふる(雪降る)
ゆきふる341☆、ゆきふれ　307
ゆきま(雪間)　173　222
ゆきをる(雪折る)　ゆきをれ　305
ゆきかふ(行き交ふ)　ゆきかふ　64
ゆきかへる(行き帰る)　ゆきかへり　337
ゆきとまる(行き止まる)　ゆきとまる　240
ゆく(行く)　ゆか16、ゆき323、ゆく273
(出でて行く)(帰り行く)(離《か》れ行く)
(雲隠れ行く)(暮れて行く)(下行
く水)(過ぎ行く)(関行く)(解け行
く)(為《な》り行く)(晴れ行く)(更け行
く)(増《まさ》り行く)(分け行く)
ゆくすゑ(行末)　63　76　250☆、251　325
ゆくひと(行く人)　349

ゆくへ（行方）（人の行方）　188 296
ゆふ（夕）　143☆
ゆふがすみ（夕霞）　19
ゆふかぜ（夕風）　137 240 339
ゆふがほ（夕顔）　200
ゆふぎり（夕霧）　211
ゆふぐれ（夕暮）　9 102 269 293
ゆふだち（夕立）　275
ゆふつゆ（夕露）　203 287 349
ゆふ（木綿）　143☆
ゆふつけどり（木綿付鳥）　247
（糸遊）
ゆめ（夢）　40 58 60 79 84〔85〕121 155 158 319 338
ゆめぢ（夢路）　266
ゆめのうち（夢の内）　319
ゆるす（許す）　ゆるさ 149
ゆゑ（故）　15 109 173

## よ・ら

よ（夜）　23 31 59 59 117 192 224 277 340
（秋の夜）（幾夜）（千夜）（夏の夜）（寝《ぬ》る夜）（寝《ね》ぬ夜）（春の夜）（一《ひと》夜）（冬の夜）（八千夜）（夜な夜な）
よがる（夜離る）　よがれ 54 151
よごと（夜毎）　33
よ（世・代）　105 126
（神代）（君が御代）（君が代）（此《この》世）（千代）（後《のち》の世）（御《み》世）（世世）（万代）（我世）
よこぐも（横雲）　97
よさむ（夜寒）　212
よし（副詞）　287
よし（由）　28
よしの（吉野）　150
（み吉野）
よしのがは（吉野川）　186
よす（寄す）　よせ140、よする 309
よそ（余所）　74 238 261
よそながら（余所ながら）　73 147 362
よそめ（余所目）　361
よどむ（淀む）　よどみ56、よどむ 306
（夜な夜な）
よなよな（夜な夜な）　301 303
よのま（夜の間）　4
よは（夜半）　30 46 67 120 162 228 304
よひ（宵）　314
（今宵）
よぶかし（夜深し）　よぶかき 271
よぶこどり（呼子鳥）　15 185 269
よも（四方）　181
よものうみ（四方の海）　311
よもすがら（夜もすがら）　196 292
よよ（世世）　288
よる（夜）　126☆
よす（寄る）　よる 126☆、131
（立ち寄る）
よろづよ（万代）　312
よわる（弱る）　よわる 210
よをこめて（夜をこめて）　327
（野ら）

## わ

わか（和歌）　152
わかのうら（和歌の浦）　326
わが（我が）　〔68〕245
わがおもふ（我思ふ）　194
わがこころ（我が心）　351
わがこひ（我恋）　69
わがせこ（我背子）　71
わがそで（我袖）　51 134 230
わがたまくら（我手枕）　130
わがとも（我友）　305
わがな（我名）　332
わがみ（我身）　20〔93〕188

# 五句(各句)索引

## あ

## い・ゐ

**さ**

## し



## す

## 歌題索引

### あ行



### か行



### さ行



### た行



### な行



### は行



### ま・や・ら行

# 詞書主要語句索引

## あ行



## か行



## さ行



## た行



## な行

■著者紹介

小田　剛（おだ　たけし）

一九四八・昭和二三年京都市に生まれる。

神戸大学大学院文学研究科修士課程（国文学専攻）修了

京都府立乙訓高等学校教諭（国語科）

専　攻：中世和歌文学

著　書：『式子内親王全歌注釈』（和泉書院）、『守覚法親王全歌注釈』（同）、『小侍従全歌注釈』（同）

現住所：〒六六六—〇一一二　川西市大和西二—一四—五

ＴＥＬ　〇七二—七九四—六一七〇

研究叢書368

二条院讃岐全歌注釈

二〇〇七年一一月二〇日初版第一刷発行

（検印省略）

著　者　小　田　　剛

発行者　廣　橋　研　三

印刷所・製本所　大　村　印　刷

発行所　有限会社　和　泉　書　院

大阪市天王寺区上汐五—三—八

〒五四三-〇〇〇二

電話　〇六-六七七一-一四六七

振替　〇〇九七〇-八-一五〇四三

ISBN978-4-7576-0431-5　C3395